Einaudi. Stile libero Big

Paul Murray
Il giorno dell'ape

Traduzione di Tommaso Pincio

Einaudi

Titolo originale *The Bee Sting*

www.einaudi.it

ISBN 978-88-06-26372-0

Il giorno dell'ape

Ma qui per me i giorni migliori sono quando tremo di paura.

JOHN DONNE

Le Sylvie

1.

Nel paese vicino, un uomo aveva ucciso la famiglia. Aveva inchiodato le porte perché non uscisse nessuno; i vicini li avevano sentiti correre per le stanze, gridare, chiedere pietà. Finita l'opera aveva rivolto la pistola contro sé stesso.

Ne parlavano tutti. Che razza d'uomo bisognava essere per fare una roba simile, che segreti doveva nascondere. Le voci si rincorrevano. Tresche, droghe, file segreti nel computer.

Elaine era solo stupita che non accadesse piú spesso. Infilò i pollici nei passanti dei jeans e guardò la tetra via principale del paese. Insomma, disse, almeno fai qualcosa.

Cass ed Elaine si erano conosciute a una lezione di chimica, durante un esperimento. Elaine aveva versato dello iodio sull'eczema. Era stato un incidente; aveva pianto piú lei di Cass e aveva insistito per accompagnarla in infermeria. Da allora erano diventate amiche. Ogni mattina Cass passava a casa di Elaine e andavano a scuola insieme. All'ora di pranzo, tiravano su le gonne lunghe e gironzolavano per il supermercato, ascoltavano musica col telefono di Elaine, mangiavano i croissant dal reparto panetteria finendoli prima di arrivare alla cassa. La sera andavano a casa di una o dell'altra per studiare.

Cass aveva la sensazione di conoscere Elaine da sempre; trovava assurdo che non fossero amiche dalla nascita. Era quasi inquietante quanto si somigliavano le loro vite.Le due famiglie erano molto note in paese: Dickie, il padre di Cass, era il proprietario della concessionaria Volkswagen locale, mentre Big Mike, il padre di Elaine, era un imprenditore e allevatore di bestiame. Entrambe le ragazze erano un tantino piú alte della media; entrambe andavano bene a scuola, anzi, erano costantemente le migliori della classe. Entrambe erano intenzionate ad andarsene da quel posto, un giorno, per non tornarci mai piú.

Elaine aveva capelli dorati, occhi verdi, una linea perfetta. Se comprava vestiti online, le stavano sempre a pennello, parevano confezionati per lei. Parlando di Elaine nel suo diario, Cass ricorreva a parole come «grazia» e «stile». Aveva quel che i francesi chiamano un certo *je ne sais quoi*. Anche quando si tagliava le unghie dei piedi, sembrava stesse mangiando una pesca.

Quando Cass andava a casa di Elaine, si sedevano in camera con la lampada carosello accesa e guardavano il sito di Miss Universo Irlanda. Elaine pensava seriamente di partecipare, non tanto per il titolo in sé quanto per le opportunità che poteva offrire. La vincitrice dell'anno prima era adesso brand ambassador di un'azienda che produceva succhi di frutta.

Cass trovava che Elaine fosse piú bella di tutte le contendenti che aveva visto nelle foto online. Ma non era cosí facile. Ognuna delle ragazze che concorreva per diventare Miss Universo Irlanda, e poi Miss Universo dell'intero pianeta, aveva superato una qualche avversità. Una era profuga di una guerra in Africa. Un'altra aveva dovuto sottoporsi a un intervento chirurgico quando era ancora una bambina. Una concorrente magrissima era stata molto grassa un tempo. L'avversità doveva essere qualcosa di serio, tipo un disturbo dell'apprendimento, ma non troppo serio, tipo esser rimasta incatenata nella cantina di un pedofilo per una decina d'anni. L'eczema sarebbe stato perfetto come avversità; si chiesero se Cass potesse attaccarlo a Elaine, tenendo a contatto la pelle abbastanza a lungo. Ma sembrava di no. Elaine disse che il requisito dell'avversità era ingiusto. Se ci pensi, è una specie di discriminazione o quasi, disse.

La domestica bussò alla porta per dire che era ora di andare a nuoto. Elaine alzò gli occhi al cielo. La piscina era sempre piena di vecchi e appestati. Venire da un posto come questo, disse. Se non è un'avversità, non so cosa sia.

Elaine odiava quel paese. Tutti conoscevano tutti, tutti sapevano i fatti degli altri; quando camminavi per strada la gente in macchina rallentava per vedere chi eri e poterti salutare con la mano, nel caso. Non c'erano veri negozi; invece di McDonald's e Starbucks, avevano *Binchy Burgers* e *Mangan's Café*, con dietro il banco i veri proprietari che ti chiedevano notizie dei genitori. Non puoi comprarti manco un hot dog senza dover raccontare a qualcuno la storia della tua vita, si lamentò Elaine.

Le piccole dimensioni del posto non sarebbero state poi cosí male se gli abitanti fossero stati un tantino piú raffinati. Ma il loro unico interesse, a parte l'agricoltura e il buon andamento della fabbrica di microchip, erano gli sport gaelici. Il calcio gaelico, l'hurling, il camogie, i campionati della contea, la Coppa, gli under 21 – non parlavano d'altro. Elaine odiava la Gaa, l'Associazione sportiva gaelica. Non era una brava atleta, nonostante la grazia fisica. Era sempre l'ultima ad arrivare in cima alla fune, nell'ora di ginnastica; a lacrosse, si relegava a bordo campo, dove, tutta accigliata, buttava i capelli da un lato o dall'altro e fluttuava controvoglia avanti e indietro a seconda della direzione del gioco, come una bella fronda sul fondale di un oceano rumoroso e ingrugnito.

Il comitato di Vivambiente, tra i cui membri figurava la madre di Cass, non faceva che sparare menate sulle bellezze naturali dell'area, ma Elaine non ci stava. Ai suoi occhi la natura era quasi peggio dello sport. Non faceva che crescere, un'espansione continua. Cose tipo le coltivazioni ma anche altre piante morivano per poi ricomparire l'anno dopo. Possibile che nessuno si rendesse conto di quanto era inquietante?

Non sono negativa, disse. Voglio solo vivere in un posto dove poter prendere un buon caffè senza essere costretta a vedere la natura o gente che sembra fatta di purè di patate.

Neanche a Cass fregava niente della Gaa e conveniva sulla generale mancanza di *je ne sais quoi*. Per lei, però, la presenza di Elaine bastava a cancellare i difetti del posto.

Non si era mai sentita cosí legata a qualcuno. La sera, quando si messaggiavano – a volte andando avanti fino alle due del mattino –, sembravano quasi una persona sola, tanto entravano in sintonia. Se Elaine scriveva a Cass per dirle: Che minchia è successo oggi con quel soggetto, lei capiva all'istante di quale soggetto stava parlando; non servivano spiegazioni, bastava una sola parola, «bagatella» o «batosta», a farla ridere talmente forte che il padre la sentiva dal lato opposto del pianerottolo e veniva da lei per dirle di dormire. Per certi versi, erano i momenti piú belli, migliori anche di quelli che passavano insieme. Distesa a letto, coi messaggi che volavano da un telefono all'altro, Cass aveva la sensazione di volare a sua volta, molto al di sopra delle case, in uno spazio puro che apparteneva soltanto a lei e alla sua migliore amica.

Uscite da scuola andavano quasi sempre a casa di Elaine, ma a volte Elaine preferiva un cambio di scena e optavano per quella di Cass. Le piaceva trattenersi in cucina a parlare con Imelda – la chiamava cosí, la madre di Cass, «Imelda», e con una naturalezza, una disinvoltura tali che dopo un po' anche Cass aveva cominciato a usare quel nome. Quei jeggings ti stanno da Dio, Imelda, commentava Elaine. Oh, tu dici?, replicava l'Imelda mamma di Cass e si piegava con grazia, come neppure un salice, per esaminare il retro delle cosce. Avevo qualche dubbio sulle strisce. Sono proprio le strisce il bello, diceva Elaine col tono di una sentenza, e Imelda sprizzava felicità.

La madre di Cass andava famosa per la sua bellezza. Anche lei aveva capelli biondi e occhi verdi. Fa strano che sia tua madre, diceva Elaine. Sarebbe piú logico che fossi io sua figlia, ti pare?

Saremmo sorelle, in quel caso!, esultava Cass.

No, volevo dire, io invece di te, precisava Elaine.

Insomma: Cass non sapeva bene cosa pensare. Restava il fatto che Elaine andava d'accordo con sua madre piú di lei. A Imelda piaceva che Elaine provasse le sue creme per il viso; si scambiavano segreti di bellezza e consigli sui prodotti. Cass faceva da spettatrice in quelle conversazioni. Niente andava bene per la sua pelle, diceva Imelda. Per via dell'eczema. È una vera avversità, conveniva Elaine.

Una volta Imelda le aveva portate a Dublino per i pre-saldi. I cartellini dei prezzi erano ancora senza sconto; solo i clienti platino ne erano a conoscenza. Elaine era visibilmente eccitata da quella segreta supremazia sugli altri acquirenti; aveva osservato Imelda aggirarsi altera tra gli appendiabiti, maneggiare impietosa i capi come un'imperatrice al mercato degli schiavi, come se potesse cogliere la differenza, con una specie di aura attorno a sé, un bagliore platino.

Cass non comprendeva del tutto il culto di Imelda. Secondo lei, Elaine era molto piú carina di sua madre. Sí, ma tua madre avrà almeno trentaquattro anni, diceva Elaine. Si mantiene bella, insomma.

Elaine pensava che sua madre non fosse invecchiata bene e una volta le aveva confessato che la sua «paura piú grande» era che la sua fosse una bellezza transitoria e che avrebbe passato il resto della vita come una di quelle carciofe plebee che vedeva far la spola col carrello della spesa nel parcheggio del Lidl.

Era vero: anche adesso, pur con due gravidanze alle spalle, Imelda aveva un impatto elettrico sulle persone. Quando camminava per strada le donne inclinavano il capo fissandola con adorazione, come di fronte a un abbagliante sfoggio atletico. Gli uomini si fermavano e balbettavano, con le pupille dilatate e la bocca tremante e semiaperta in una mezza *o*, come se cercassero di espellere chissà quale ineffabile parola.

L'effetto di Cass non era elettrico e, quando diceva che Imelda era sua madre, la gente l'osservava per un po', come dovesse risolvere un enigma, poi le carezzava con compassione la mano e diceva: Hai preso da tuo padre allora.

Secondo Elaine non era soltanto una questione di aspetto. Imelda aveva anche un alone di mistero, un magnetismo.

Non mi capacito che abbia sposato tuo padre, diceva a Cass con candore.

Anche Cass faceva fatica a crederlo a volte. Suo padre, cosí premuroso e sensibile, si era innamorato pure lui del fascino in tutto e per tutto superficiale di Imelda, come un fesso qualsiasi. Ma non voleva sminuire sua madre agli occhi di Elaine. Al tempo stesso non capiva come Elaine potesse vedere in Imelda un alone di mistero. Passare del tempo con sua madre voleva dire ascoltare una radiocronaca continua di quel che le frullava in testa – una raffica incessante di pensieri e retropensieri e osservazioni casuali, insignificanti se presi singolarmente ma schiaccianti nel loro insieme. Devo prenotarti l'elettrolisi per quei baffetti che ti stanno spuntando, diceva; poi, mentre lei era ancora sbigottita, Che sono quelli, tulipani o begonie? C'è Marie Devlin, non ha il minimo senso dello stile, ma proprio zero, sai? È arabo quello là? Si sta riempiendo di arabi 'sto posto. Dov'è che fanno quel fantastico chutney? Kay Connor mi ha detto che Anne Blunny ha perso qualche chilo ma non nei posti giusti, secondo il medico. Pensavo ci fosse il sole e invece niente. L'hanno inventato gli arabi, il chutney? E cosí via. Ascoltarla era come inoltrarsi in una foresta di neve, una bianca tempesta di frenetiche vacuità che ti accecava.

In tutta franchezza, avrebbe preferito che Elaine restasse piú che alla larga da casa sua e che dopo la scuola andassero da lei, dove Augustina, la domestica, avrebbe preparato del caffè freddo e loro si sarebbero accomodate in camera a guardare il sito di Miss Universo Irlanda e a scambiarsi dritte sessuali che non avevano mai usato, facendo la classifica dei ragazzi piú belli delle superiori in fondo alla strada.

Al tempo stesso sapeva di dover essere grata dell'innegabile fascino di sua madre, grata che nella sua vita ci fosse qualcosa che l'amica invidiava, specie adesso.

Il fatto è che le loro vite non erano cosí simili come Elaine immaginava. Sí, avevano la stessa racchetta da tennis, la stessa felpa di spugna col cappuccio color pesca Melba. Ma anche se Elaine sembrava non essersene ancora resa conto, alcune delle altre cose che avevano in comune erano in effetti cose che avevano *avuto* in comune. Entrambe le famiglie avevano una domestica brasiliana. Solo che Marianna se n'era andata a «far visita ai suoi» da quasi un anno ormai e Cass sapeva che non sarebbe piú tornata. Cass sapeva dov'erano i migliori negozi di New York e le migliori spiagge di Cap d'Antibes; ma Elaine conservava sulle braccia il segno lasciato dall'abbronzatura delle vacanze, mentre se Cass buttava un occhio alle sue, di braccia, cosa che cercava di non fare, tra le chiazze dell'eczema vedeva una pelle bianca e umidiccia, indistinguibile dalla stoffa dell'orribile camicetta scolastica.

Quando iniziò a comprendere che gli affari stavano «rallentando», come diceva suo padre, si disse che forse non era una cosa negativa. Di recente Elaine le aveva confidato di aver pensato, prima che diventassero amiche, che Cass e la sua famiglia avessero la puzza sotto il naso. Non solo io, si era affrettata a spiegare. Lo pensano in tanti.

Cass era rimasta inorridita. Sapeva che la sua era una famiglia benestante, ma lei non si era mai comportata come se questo la rendesse speciale. Se il rallentamento li avesse ridimensionati un po', Elaine avrebbe capito che lei non cercava affatto di atteggiarsi a superiore né di competere per stare sotto i riflettori.

Dal rallentamento si passò però in breve tempo a una caduta libera. Un'aria di terrore iniziò ad aleggiare sullo showroom. E lei adorava andarci! Dalle ali del salone fissava le carrozzerie abbaglianti, lo scintillio quasi travolgente delle novità. Poi si sedeva nei modelli esposti, prima uno poi l'altro, immaginando per ognuno una vita diversa: principessa, esploratrice, scienziata, fata. Adesso era una vista intollerabile. Le auto ignorate e invendute le ricordavano, nel persistere disperato del loro scintillio, i randagi del canile, in attesa di essere soppressi.

Il padre faceva del suo meglio per consolarla. Gli affari riprenderanno, diceva. È tutto un ciclo. Ma serviva soltanto a stringere il nodo che lei aveva nello stomaco.

Dickie Barnes non era un venditore nato. Spesso, quando Cass passava allo showroom, lo trovava seduto in ufficio a leggere un libro. Se per caso aveva contatti col pubblico, era quasi peggio. Un cliente entrava in cerca di un'auto nuova e lui lo dirottava su una usata. Se il cliente ne voleva una usata, lui gli proponeva un modello piú piccolo ed economico. In diverse occasioni Cass lo aveva sentito dissuadere qualcuno dal comprare automobili in generale.

Quando glielo si faceva notare, a Dickie piaceva citare suo padre, il nonno di Cass, il quale diceva che la chiave dell'attività non era vendere macchine ma costruire relazioni. Una volta che il cliente si fida di te è tuo per la vita, diceva. E come prova, puntava il dito fuori, verso la strada, dove era possibile scorgere l'adesivo della Maurice Barnes Motors sul lunotto di un terzo delle auto che passavano.

Adesso, però, i clienti avevano smesso di venire.

Non era colpa di papà. C'era stato un crollo. Era quello il termine che Cass sentiva nei notiziari, un termine che faceva pensare a uno schianto improvviso con esplosione finale, un'auto che cadeva in un precipizio. Era uno schianto lento però – andava avanti da un anno, di fatto – e non era esploso niente. Non era successo niente di niente o di percepibile quantomeno, eppure in un modo o nell'altro, per via di quel crollo, non c'erano piú soldi. Non ne avevano piú nemmeno le banche. L'anno prima la fabbrica di microchip aveva licenziato un centinaio di persone; metà dei negozi su Main Street avevano messo un foglio A4 in vetrina per ringraziare i clienti della loro pluriennale fedeltà. Erano tutti sulla stessa barca.

Qualcuno era su una barca diversa, però.

Il padre di Elaine si era «messo in affari» con un costruttore per realizzare un piccolo complesso residenziale intagliato nel bosco dietro la terra della famiglia di Cass. Ora il costruttore era fallito e le case incompiute stavano marcendo; Elaine raccontò che Big Mike passava tre giorni alla settimana su a Dublino adesso, a discutere con gli avvocati. Ma chissà come, oltre che in Francia per le vacanze estive, aveva portato la famiglia a sciare in autunno; non avevano disdetto l'ordine permanente di aragoste al negozio di specialità gastronomiche e la domenica, a messa, sedevano sempre in prima fila.

Quell'uomo era soltanto un truffatore, diceva Imelda. Non lo poteva soffrire, Big Mike, con quel suo sorrisetto, gli investimenti e gli stivali da cowboy Gucci. Uno zotico, ecco cos'era, cresciuto con le elemosine dei Lions!

Ma sapeva usare il cervello, il che era già molto in confronto a tanta altra gente.

La madre di Cass non stava affrontando bene quella congiuntura. Era sempre stata un'assidua amante dello shopping. Conosceva ogni corriere della città per nome; la sua cabina armadio era un paradiso segreto di maglioni e scialli mai indossati, stivali che affollavano la scarpiera come danzatrici emozionate, in attesa di riversarsi in scena. Ora, visto come si erano messe le cose, non poteva fare acquisti nemmeno durante i saldi. Per Imelda, equivaleva a una sentenza di morte. A parte le riunioni di Vivambiente, che si svolgevano nel retrobottega della boutique di Olivia Smythe in Main Street, aveva di fatto smesso di uscire.

A casa, senza nessuno che la guardasse, precipitava in un umore nero. Si stendeva sul divano con una rivista poggiata sulle gambe accavallate, sfogliando le pagine con strappi cosí sonori che Cass la sentiva dal piano di sopra. Poi, con un sibilo di scontentezza gettava via la rivista e cominciava a spostarsi da una stanza all'altra, schioccando le dita – «attiva», ma senza niente da fare, come un'adolescente in punizione o un pensionato carico d'ansia in un ospizio –, prima di optare per qualcosa che la mandasse di sicuro fuori dai gangheri, tipo tentare di preparare un soufflé o fare le calze a maglia.

Imelda non ascoltava i notiziari. Non voleva sentir blaterare di economia e globalizzazione. Quando c'era di mezzo il fallimento dell'attività di famiglia, sapeva a chi dare la colpa.

Imelda riteneva da tempo che Cass e Dickie fossero «in combutta». A entrambi piacevano i libri, i discorsi intelligenti. Pensava avessero un legame da cui era esclusa. Credeva ormai che Cass avesse messo il padre «contro» il garage. L'anno prima Cass aveva realizzato un progetto per l'ora di Geografia sul cambiamento climatico. Con l'aiuto dei genitori, bisognava calcolare in che misura il loro lavoro contribuiva al riscaldamento globale. Dickie ci si era tuffato a pesce; adorava fare i compiti. Erano andati a sedersi in cucina e avevano fatto una lista delle auto vendute dal garage, stimato quanta CO_2 ci era voluta per produrle e trasportarle fin lí, determinato una media approssimativa della quantità di gas serra che avrebbero rilasciato nel corso della vita. Alla fine avevano sommato i numeri.

Cass ricordava molto bene quel momento. Era stato tutto divertente fino ad allora. Porca paletta, aveva esclamato papà. Il suo sguardo si era spostato dalla foto della Maurice Barnes Motors scattata da Cass alle immagini di un villaggio del Bangladesh sommerso dalle acque. Non può essere vero, aveva detto, osservando di nuovo quel numero.

Secondo Imelda, da allora Dickie non era piú stato lo stesso. Aveva cominciato a preparare pasti vegetariani e andare al lavoro in bicicletta. Una follia!, diceva Imelda. Che impressione può fare, un commerciante d'auto che va al lavoro in bici?

Lo stesso Maurice, il nonno di Cass, era dovuto saltare su un aereo e venire dal Portogallo per dissuaderlo dall'espandere il parco macchine per vendere piú auto elettriche. I nostri clienti non sono architetti svedesi né gli Abba, Dickie!, gli aveva detto. La gente di qui compra i diesel, vuole il diesel nel serbatoio. Non quei semi di soia della malora.

Ma il danno era fatto ormai, diceva Imelda. Non si era mai piú rimesso in gioco. E tutto perché la sua ragazza d'oro aveva montato un gran casino per niente. Spero tu sia contenta, signorina.

Cass non poteva negarlo: quel progetto aveva turbato anche lei. Non si trattava soltanto del garage; non poteva chiamarsi fuori, c'era dentro fino al collo. Stare su Instagram, mangiare un gelato, accendere una luce: l'intera sua vita, capí, i suoi gesti piú casuali, si lasciavano dietro una scia tossica, come se ci fosse una Cass ombra che saccheggiava e soffocava lo stesso mondo in cui lei viveva. Per settimane aveva girato a vuoto, paralizzata dall'ineluttabilità del male che aveva dentro. Se ne stava sulla soglia del giardino sul retro a guardare i fiori, l'erba e gli alberi in lontananza, immaginando che ogni cosa diventasse nera e gli insetti precipitassero. Anche nei giorni migliori, come quello in cui Elaine le regalò un braccialetto perché ne aveva due uguali, si ricordava a un tratto degli animali in via di estinzione e di come la terra stesse per finire sott'acqua e tutto fosse condannato a causa della famiglia Barnes.

Eppure era abbastanza grande ormai da rendersi conto che il commercio internazionale delle auto non era certo stato interrotto dalla sua ora di Geografia. Sta succedendo in tutto il mondo, mamma, le spiegò. Non è colpa di papà. È un fenomeno globale.

Un fenomeno globale è non aver voglia di lavorare, disse Imelda.

Per questo motivo Cass era tanto nervosa quando Elaine veniva da loro. L'umore di sua madre oscillava come la lanterna di una nave nel mezzo di una tempesta. Vai a sapere cosa avrebbe potuto dire. Era molto probabile che cominciasse a lagnarsi di Dickie davanti a Elaine svelando cosí che se la passavano male. E cosa sarebbe successo a quel punto? Come avrebbe reagito Elaine? Cass l'avrebbe delusa? Sarebbe rimasta sua amica, ora che le loro vite non erano piú le stesse?

Provò a dissuadere Elaine dal venire a casa sua; sminuiva sottilmente sua madre quando poteva. Ma Imelda – sebbene di recente avesse finito il tonico e si lamentasse di avere una faccia che pareva asfaltata – era bella come sempre ed Elaine ne era sempre ossessionata.

Fu Elaine a notare le foto del matrimonio.

Erano nel salotto buono, dove a rigore non avrebbero dovuto trovarsi; Cass e PJ potevano entrarci soltanto quando c'erano ospiti, questa la regola. Ma Elaine voleva dare un'occhiata allo zio Frank, che secondo lei era sexy, malgrado fosse morto; e comunque, disse, tecnicamente era un'ospite.

Il salotto buono aveva un che di falso, la sensazione era quella della sezione recintata di un tour guidato. C'erano un enorme divano di velluto turchese, un lampadario di cristallo e un mucchio di tavolini affollati di porcellane. La mensola del camino era coperta di foto di famiglia scattate negli anni. Maurice e Peggy con gli occhiali da sole sul ponte di uno yacht; Dickie e Frank da lattanti con la stessa salopette; Frank con la divisa sportiva (Per questo è cosí sexy, disse Elaine, sta bene anche con una maglietta da calcio); la prima comunione di Cass, la prima comunione di PJ; Dickie, Imelda e i ragazzi in vacanze del passato, a Malaga, Chamonix, Disneyland, Marrakech, a sciare, fare snorkeling, prendere il sole, cavalcare asini.

Ma niente foto del matrimonio, rimarcò Elaine.

Cass era certa che l'amica si sbagliava; doveva essercene qualcuna infilata da qualche parte. Ma non ne trovò.

Un mistero, disse Elaine, e stavolta Cass non poté che darle ragione. Farsi fotografare era in assoluto ciò che sua madre preferiva al mondo. La casa era piena di giornali gratuiti e riviste patinate nelle cui ultime pagine Imelda appariva radiosa al Talent Show del paese o al pranzo di Natale dei Lions o al nuovo negozio di Hermès da Brown Thomas o al rilancio del *Coady's Pub*, insieme al sindaco o al responsabile delle relazioni pubbliche o a una sua amica del comitato Vivambiente che accanto a lei sembrava pallida o arancione o cellulitica. Che la madre di Cass rinunciasse a un'opportunità fotografica quale il suo matrimonio non era tanto un enigma quanto un autentico shock.

Passarono il pomeriggio in camera di Cass, inventando teorie complottiste, ma senza giungere a una spiegazione. Quella sera,

Cass andò a sedersi sul divano accanto al padre che guardava la televisione. Papà, ma non avete foto di quando vi siete sposati?

Aveva provato quella battuta davanti allo specchio per ostentare la massima noncuranza.

Sul momento suo padre non replicò. Si carezzò il mento invece, tenendo gli occhi fissi sullo schermo, tanto da indurla a pensare che non l'avesse neanche sentita. Poi, proprio mentre lei stava valutando se ripetere la domanda, Ma certo, disse, ce n'è qualcuna da qualche parte. Chissà se riesco a scovarle. E si voltò verso di lei guardandola con lo stesso sorriso di quando le diceva che gli affari erano un ciclo continuo.

Che cazzo vuol dire?, fu la reazione di Elaine quando le riferí le parole del padre.

Lo so, disse Cass.

Fino ad allora, in cuor suo, aveva pensato che la risposta a quell'arcano fosse qualcosa di banale: che le foto erano andate perdute quando avevano cambiato casa o che PJ ci aveva versato sopra della colla o c'era stato un incidente d'altri tempi coi negativi o una roba cosí. Ora si domandava se davvero non ci fosse un disegno segreto.

Devi chiedere a tua madre, disse Elaine.

Sí, disse Cass.

Posso farlo io se tu non vuoi, disse Elaine.

Glielo chiedo io, disse Cass.

Quella era la soluzione. Imelda era una pessima bugiarda. Cogliendo il momento giusto, la verità sarebbe venuta a galla.

Ora come ora, però, Cass cercava di tenersi alla larga dalla madre, che era di umore particolarmente nero. La settimana prima Dickie le aveva venduto la macchina. Lei l'aveva parcheggiata nel garage, come al solito, e se ne era andata a far spese; mentre Imelda era via, Big Mike era entrato, cercando un'auto per Augustina, la domestica. Aveva detto a Dickie che voleva soltanto una carretta; poi gli erano caduti gli occhi sulla Touareg.

Non era l'auto di Imelda in realtà, aveva rimarcato a piú riprese nonché invano il padre di Cass; era quasi un anno che cercava di sbarazzarsene. E se il marito l'avesse venduta a qualcun altro, forse lei non si sarebbe arrabbiata tanto. Ma era convinta che Big Mike l'avesse comprata per cattiveria. Ci vuole umiliare – era questo che continua a gridare a Dickie. Cass pensava perciò che, finché sua madre non si fosse calmata, era meglio evitare domande provocatorie e tenere Elaine fuori dai piedi.

A Elaine, però, non piaceva aspettare. Quella domenica, dopo la messa, corse da Cass in preda a una grande eccitazione per dirle che suo padre era stato al matrimonio di Dickie e Imelda, diciassette anni prima, e le aveva raccontato cos'era successo.

È successo qualcosa?, disse Cass.

Elaine non poteva raccontarle tutto per bene adesso perché aveva danza. Ripasso piú tardi, promise.

È qualcosa di brutto?, disse Cass.

Ma Elaine stava già salendo sull'auto del padre.

Quando l'amica suonò il campanello, Cass si assicurò di essere lei ad aprire; portò Elaine di sopra prima che Imelda potesse vederla. Era venuta direttamente dalla lezione di danza, indossava una felpa col cappuccio sopra il body. Si sedette sul piumone incrociando le gambe. Ma rimase in silenzio per qualche attimo.

Cass era un po' offesa che Elaine fosse andata avanti nelle indagini scoprendo un segreto che le apparteneva di diritto. Avvertí un'improvvisa fitta di terrore. Forse i suoi genitori non si erano mai sposati! Forse non erano neanche i suoi veri genitori! Allora?, disse.

Elaine la fissò con occhi vitrei. Poi disse: C'era un'ape.

Cosa?

C'era un'ape, ripeté Elaine.

Non capisco, disse Cass.

Elaine, mantenendo una faccia impassibile, spiegò che mentre il padre di Imelda accompagnava la figlia in chiesa, un'ape era entrata dal finestrino dell'auto restando intrappolata nel velo della sposa. Imelda ha cominciato a dare di matto, disse Elaine. Ma suo padre ha pensato soltanto che non volesse sposare Dickie.

Quando infine si è reso conto di cosa stava accadendo, ha accostato e cercato di toglierle il velo. Solo che si era impigliato nella cintura del sedile e lui non è riuscito a liberarlo. Allora è saltato giú dall'auto per correre sul lato del passeggero, disse Elaine. Ma proprio mentre sbrogliava il velo, ha sentito 'sto grido.

L'ha punta?, disse Cass.

Proprio sull'occhio, disse Elaine, con una certa dose di piacere.

Il padre di Imelda aveva cercato una farmacia lungo la strada che portava alla chiesa, ma senza trovare di meglio che un piccolo pub dove le aveva comprato un ghiacciolo da tenere sull'occhio gonfio fino all'arrivo. Non era servito, e Imelda aveva tenuto il viso coperto col velo per tutta la cerimonia, mentre avanzavano nella navata centrale, mentre era al cospetto dell'altare, mentre si scambiavano le promesse nuziali e perfino quando Dickie aveva baciato la sposa. Non se l'era tolto fino al ricevimento, disse Elaine. E non aveva voluto spiegare a nessuno cos'era successo. Tutti avevano pensato che fosse impazzita.

Cristo, disse Cass.

Già, disse Elaine.

Dunque è per questo che non ci sono foto? chiese Cass. La puntura era cosí terribile?

Mio padre dice che pareva avesse la vescica di un maiale appiccicata alla faccia, disse Elaine con gusto.

Dio, commentò Cass meditabonda.

Trascorse un attimo di silenzio; poi, nello stesso istante, si guardarono negli occhi. Una volta cominciato a ridere fu impossibile fermarsi. Di lí a poco rotolavano sul pavimento: Cass rideva a tal punto che pensò di poter vomitare.

Un'ape intrappolata nel velo di sua madre! Non era mica una santa con l'aureola! Esilarante, un'immagine perfetta. E che non ne avesse mai parlato coi figli, nonostante in paese ne fossero tutti al corrente, era la ciliegina sulla torta. Imelda era vanitosissima, diventare oggetto di battute era per lei intollerabile.

Quella sera, dopo essere tornata a casa, Elaine le mandò la foto di un'ape con un messaggio: «Vuoi essere la mia regina, ape Cass?» Lei rispose con l'immagine di un'ape sovrapposta a un abito da sposa che diceva: «Sii l'angelo del mio alveare, Elaine». Rimasero sveglie fino a notte fonda scambiandosi foto di api pescate qua e là. Ognuna piú spassosa della precedente. Quando infine posò il telefono, si sentí esausta, la stanchezza buona di chi ha scalato una montagna.

Spenta la luce, però, le tornò in mente la scena. Stavolta le sembrò di assistervi coi suoi occhi, come se fosse seduta in un banco in fondo alla chiesa. Osservò sua madre varcare l'ingresso e avanzare nella navata e, malgrado il velo, Cass poté cogliere la sua umiliazione, il suo smarrimento; e anche lo smarrimento di suo padre, che guardava a bocca aperta la misteriosa figura (chi c'era là sotto?) che stava per sposare. Non avevano molti piú anni di lei adesso; era dispiaciuta per loro, impietriti al cospetto dell'altare di una chiesa che lei conosceva benissimo, mentre tutti li fissavano, traendo conclusioni.

Le dispiaceva anche per l'ape. Le api stavano morendo ovunque, in tutto il mondo: PJ ne parlava di continuo. Nessuno conosceva la causa, ma era un male perché le api portavano il polline di pianta in pianta e, senza di loro, anche la natura sarebbe morta. Quell'ape in particolare se ne ronzava per i fatti suoi, quando, senza preavviso, era stata risucchiata nel finestrino dell'auto e nel mondo di sua madre. Avviluppata nel suo velo, nelle sue urla, doveva aver pensato di essersi persa nel vasto labirinto di un fiore. Ogni punto di riferimento le era stato sottratto; le erano rimasti soltanto il velo e l'enorme bel viso di sua madre. Le sembrò di potersi immedesimare nell'ape e provare il suo panico, il disperato bisogno di una via di fuga; si immaginava poi le mani della madre prendere a schiaffi l'aria, mentre quella creatura compiva il suo estremo sforzo di difesa, il pungiglione che pulsava sulla pelle, pompando il futile veleno. Sentí la vita dell'ape spegnersi. La natura stava morendo, il mondo stava finendo. Quando si addormentò, fu il suo corpo a ridursi in polvere sul pavimento, accanto alle scarpe da sposa in seta di sua madre.

Da allora, l'interesse di Elaine per Imelda sembrò scemare. Cass pensava che la storia dell'ape avesse intaccato il suo alone di mistero. Il che la preoccupava: senza il fascino di Imelda, Elaine poteva perdere interesse anche per lei. Ma non accadde; e in breve tempo le ragazze trovarono una nuova ossessione.

C'erano molte cose da odiare della loro scuola: le gonne alla caviglia, l'odore di ospedale, la preside rinsecchita, le preghiere, gli sport, la noia. L'insegnante di inglese, Miss Ogle, però, era piú da compatire che da disprezzare. Nota anche come «l'ultima suora», era una zitella che viveva ancora con la madre e se ne prendeva cura. La madre era sul letto di morte da trent'anni, ma non moriva mai. Le due abitavano in un piccolo e squallido cottage su Main Street; la borsa di Miss Ogle era piena di campioni di carta da parati e cartelle di colori che non avrebbe mai usato.

Era una figura tragica, però sembrava non capirlo. Aveva un modo di fare pomposo e adorava ricorrere a parole lunghe ed esotiche – «bagatella», «mellifluo», «peculiare» – simili alle bizzarre e vaporose sete che si possono trovare dentro una scatola nella soffitta della nonna. I suoi abiti non erano vaporosi, però; vestiva una combinazione di salopette e bluse con volant, un look che Elaine definiva da «stazione di servizio vittoriana».

Le ragazze sfottevano Miss Ogle di continuo. A volte avevano la sensazione che una giornata non avesse abbastanza ore per sfotterla a dovere. Tutto quel che la riguardava era spassoso – perfino il nome, perché chi mai googlerebbe una come lei? Ma ne parlavano anche seriamente, come un monito, pensando al pericolo di restare in paese e ritrovarsi «incastrate» a badare a un parente.

Miss Ogle non era consapevole nemmeno di questo. Adorava Cass ed Elaine, le sue allieve migliori. «Le mie ragazze», cosí le chiamava.

Poi, un giorno, Miss Ogle non si presentò in classe. Era molto malata, vennero a sapere; cosí malata che la madre agonizzante si era alzata dal letto per la prima volta dopo un decennio per prendersi cura di lei.

Uno scherzo del destino? Qualcosa di cui ridere? La domenica videro Miss Ogle a messa – di un pallore cereo, gli occhi che sporgevano da una testa che sembrava rimpicciolita. Le mie ragazze, disse loro emozionata, allungandosi dalla sedia a rotelle per abbracciarle. Dovettero mordersi le labbra per non crollare, tanto era tragica quella scena. Ebbero anche l'oscura sensazione che fosse colpa loro, che a forza di schernirla con tanta regolarità l'avessero portata al collasso.

Se ne dimenticarono non appena apparve Miss Grehan; come se Miss Ogle non fosse mai esistita. Entrò in classe in un tailleur pantalone bianco che esaltava i suoi lunghi e magnifici capelli rossi, andò dritto alla lavagna e scrisse, in lettere maiuscole, POETE.

Bastava guardarla per capire che Miss Grehan non era una figura tragica né tanto meno zitella. Quella sera, quando la cercarono sui social media, la loro impressione venne confermata. La sua situazione sentimentale era «complicata». Nelle foto del profilo, la sua vita sembrava una festa continua, si spostava da una città all'altra, come in un film di James Bond. Eccola in un locale di Barcellona. Poi in posa sui bastioni di un castello a Praga. Sulla riva dell'oceano in California, con un tramonto che le vorticava attorno, quasi un'emanazione dei suoi splendidi capelli rossi. A Dublino, seduta a piedi nudi davanti a un caminetto. Frequentava solo gente di bell'aspetto. Perfino i vecchi sono belli, disse Elaine.

Che diavolo ci faceva lí? Grehan, Grehan..., disse meditabondo il padre di Cass a cena, quando lei sollevò l'argomento. Ho venduto una Passat a un Grehan qualche anno fa. Aspetta... o era una Fabia? Ci devo pensare un attimo.

È passato tanto di quel tempo da quando ha venduto un'auto che non può certo ricordarselo, commentò Imelda acida.

Oh, Cristo, non cominciare, disse Dickie.

Poteva anche darsi che Miss Grehan avesse un legame con l'uomo della Passat o della Fabia; non lo scoprirono mai. In classe non parlava mai del suo passato e nemmeno di quel presente fatto di castelli e tramonti. *Poete*, di quello parlava.

Le vite delle poete, come le chiamava lei, erano affascinanti e appassionate oppure tortuose o disgraziate. A volte erano entrambe le cose. Parlò di Anna Achmatova, una russa che in gioventú sembrava una stella del cinema e raccontava le sue avventure amorose, ma col passare degli anni il governo aveva messo lei al bando, fucilato suo marito, sbattuto suo figlio in prigione e le aveva tolto carta e penna per impedirle di scrivere. Parlò loro di Anne Sexton ed Elizabeth Bishop, due donne di talento ma incomprese e morte suicide le cui esistenze terribili e meravigliose parevano già una sorta di poesia, rimproveri a un mondo che non era degno di loro. Parlò loro di Saffo, una poeta dei tempi antichi originaria dell'isola di Lesbo, e quando si levò qualche sghignazzo cominciò a recitare versi in cui

Saffo, vedendo la donna che amava ridere con un uomo, si ingelosiva e non riusciva piú a parlare e sentiva un fuoco interno increspare la pelle e le orecchie che si riempivano di ruggiti.

La gente immaginava che le poesie fossero cose sbarazzine, diceva, frivole come centrini di pizzo. Ma in effetti erano artigli, simili ai ramponi di metallo che gli alpinisti usavano per cercare un punto di appoggio sulla parete a strapiombo di un ghiacciaio. Scrivendo versi, le poete potevano sfondare la superficie scivolosa e insignificante della vita in cui erano rinchiuse, accedere alla realtà sottostante che pulsava di passione. Invece di cadere dalla parete a strapiombo, potevano portarsi in alto, verso dopo verso, fino a raggiungere la cima della montagna. E a quel punto, forse, soltanto forse, avrebbero visto per un istante il mondo come davvero è.

È incredibile, disse Elaine quando il suono della campanella annunciò la fine della lezione.

Era incredibile. Difficile immaginare che una persona tanto ricca di stile e sofisticata potesse venire da un posto vicino alla loro scuola. Da un lato, le induceva a sperare di poter scappare e cominciare una nuova vita; dall'altro faceva sembrare la fuga ancora piú urgente, in quanto vedevano il loro piccolo centro abitato come doveva apparire a Miss Grehan, ottuso e privo di poesia. A casa, Cass inizio a guardare i genitori con occhi nuovi: Dickie con sempre meno capelli e la pelle flaccida intorno alla bocca, curvato da un'attività sul viale del fallimento; Imelda impiastricciata di trucco anche se aveva passato l'intera giornata a casa, la faccia simile a una maschera tenuta un po' scostata. Sí, era facile immaginarseli in procinto di cadere, di precipitare dal fianco di una montagna, in un crepaccio.

Quella sera a cena avevano litigato per via di certe «stravaganze» di sua madre. Papà voleva che mamma passasse a un piano telefonico diverso, piú economico. Mamma diceva che papà aveva la faccia tosta di parlare di piani agli altri. Ora erano in stanze diverse – papà beveva birra di fronte alla tv, mamma digitava al telefono, facendo *clic clic clic* sul vetro con le lunghe unghie curve. Quando suonarono alla porta, nessuno dei due sembrò farci caso, il che si rivelò un bene perché era Elaine.

Aveva il viso arrossato. Ho trovato qualcosa, disse.

Cass non era certa di volere Elaine in casa qualora fossero sorte altre discussioni, ma l'amica era già entrata. Dovevo mostrartelo di persona, disse ancora. Cass la seguí di sopra, in camera sua, dove Elaine aprí il portatile, tirandosi poi indietro per consentirle di guardare. Cass si chinò e rimase a bocca aperta fissando lo schermo. Oh, mio Dio, disse. Sí, fece Elaine. È lei?, chiese. Elaine scrollò la pagina. Sfoggiava il tailleur pantalone bianco e un misterioso sorriso, i capelli rossi le cadevano sulle spalle come fiamme rovesciate. «Julie Grehan ha conseguito un master al Trinity College, – si leggeva sotto. – Ha vissuto a Parigi e New York».

Cass si allontanò dal computer di Elaine, sbalordita. Anche Miss Grehan era una poeta! Aveva scritto un libro – un libro intero! – di poesie, intitolato *Sale. Una raccolta*. Era incredibile. Al tempo stesso, era fin troppo logico. A un tratto diventava impossibile anche solo immaginare che non fosse una poeta anche lei.

Sale. Una raccolta era disponibile a 18,99 euro. Dobbiamo prenderlo!, disse Elaine. Sí! disse Cass. Tipo, subito!, disse Elaine.

Elaine aveva una carta di credito, ma non con sé e non ricordava il numero. Chiedi a tuo padre di prendertelo, propose a Cass. Digli che ti serve per scuola. Giusto, disse Cass. Va' a chiederglielo adesso, disse Elaine. Ok, disse Cass. Si alzò. Aveva ancora la parola «stravaganze» nella testa. Vado a chiederglielo, disse disinvolta.

Di sotto, una donna con la giacca parlava della crisi finanziaria al telegiornale. Un numero gigante generato al computer, 3,7 percento, incombeva alle sue spalle nello studio e lei ne parlava con terrore, come se il 3,7 percento si aggirasse a piede libero in città, tipo un serial killer. Il profilo di Dickie era colorato di un azzurrino spettrale. Guardava lo schermo e intanto non smetteva di ruotare la fede attorno al dito.

Cass rimase sulla porta, in attesa che suo padre si accorgesse di lei. Se mi parla glielo chiedo, si disse. Ma i suoi occhi non si staccarono mai dallo schermo, per cui lei se ne andò in silenzio in cucina. Spesso Imelda comprava ancora cose per sfida o per forza di abitudine, nascondendolo a Dickie. Aveva piú senso chiedere a lei.

Sua madre non era in cucina, trovò soltanto PJ seduto al bancone della colazione con un libro.

Dov'è mamma?, gli chiese.

Vivambiente, disse PJ. Senti questa, disse, e lesse dal libro: «Il vostro corpo perde dieci chili di pelle ogni anno. Nel tempo necessario per leggere questa frase, il vostro corpo ha perso duemila cellule cutanee».

Che schifo, disse lei.

Mentre facevi questo commento, devi aver perso circa ottocento cellule cutanee, disse PJ. E mentre io facevo questa osservazione, devo aver perso circa duemilacinquecento cellule cutanee.

Elaine apparve sulla porta. Glielo hai chiesto?, disse.

Che mi dovevi chiedere?, disse PJ.

Sta' zitto un attimo, disse Cass. Si sentiva imbarazzata e confusa, come se fosse circondata da minuscoli frammenti morti del suo corpo.

Sapevi che, disse PJ tornando a guardare il suo libro, la prima parte del corpo umano a formarsi nel grembo materno è l'ano?

Elaine scrutò PJ con un'espressione di disgusto assoluto.

Ma che problemi hai?, disse Cass.

È la natura, protestò lui.

Glielo hai chiesto a tuo padre?, disse Elaine.

Che gli dovevi chiedere?, disse PJ.

Ti dispiace farti i fatti tuoi?, disse Cass.

Vide sul tavolo la borsa di Imelda. Userò quella di mia madre, disse disinvolta. Ma le batteva forte il cuore e, mentre sganciava il fermaglio e sfogliava le carte, si rese conto che PJ la stava osservando dal bancone della colazione. Che c'è?, gli disse. PJ abbassò lo sguardo sul libro. Cass prese la carta e se la infilò in tasca. Sei proprio una spia, disse a PJ.

Nel lasciare la stanza, provò uno strano miscuglio di trionfo e umiliazione. La tua famiglia è esilarante, disse Elaine.

Il giorno dopo, in classe, conobbero Sylvia Plath. Era la poeta piú famosa in assoluto; nel film sulla sua vita era interpretata da Gwyneth Paltrow, e guardarono uno spezzone in cui lei girava per Oxford in sella a una bicicletta con un cestino. Era arrivata dall'America, a diciannove anni, per laurearsi in Inghilterra, dove si era innamorata di un inglese di nome Ted. Era un poeta anche lui, disse Miss Grehan. Mostrò loro una foto. Un mormorio percorse l'aula. Era senza mezzi termini l'uomo piú bello che Cass avesse mai visto, con una mascella marcata e occhi intensi e severi ma anche gentili e giocosi. Lui e Sylvia si erano conosciuti al lancio di una rivista di poesia al college, si chiamava «St Botolph's». Ted si era presentato alla festa con un'altra ragazza. Sylvia era andata da lui e gli aveva azzannato la guancia. Cosí forte da lasciargli il segno, raccontò Miss Grehan.

Cass lanciò un'occhiata a Elaine dal lato opposto dell'aula. Se fosse stata Miss Ogle a raccontare quella storia, probabilmente sarebbero scoppiate a ridere. Sylvia Plath aveva mai sentito parlare di strette di mano? Era mai stato concepito, nella storia, un nome piú ridicolo di «Botolph»?

Ma Elaine era estasiata: osservava l'insegnante, la pelle radiosa, le labbra rosse quasi che se le fosse morse per tutta la lezione, e Cass capí che l'amica stava pensando a quel che voleva dire vedersi travolte da un uomo cosí, con la mascella marcata, e sentirsi a tal punto inondate di passione da fare cose, anzi da *voler* fare cose che di norma mai ci si sognerebbe di fare, tipo azzannargli la guancia o mettersi il suo pene in bocca. E guardandola avere quei pensieri, si ritrovò ad averli anche lei e provare le stesse emozioni; e le sembrò che quella passione fosse molto vicina, come una luna ancora nascosta dalla luminosità del cielo diurno e la cui gravità segreta la stava allontanando dalla Terra.

Dopo la lezione Elaine disse a Cass che aveva cambiato idea, anziché brand ambassador ora voleva diventare poeta. Cass disse che era pazzesco perché aveva pensato la stessa cosa. Corsero dietro all'insegnante nel corridoio per chiederle lumi.

Da vicino, era in effetti piú alta di Elaine soltanto di poco, si rese conto Cass; aveva una spruzzata di lentiggini sul naso e i suoi bellissimi capelli erano piú color cannella che rossi.

Sembrò sorpresa e felice quando Elaine le raccontò le loro intenzioni. Spiegò alle ragazze che per diventare poeta non si doveva far altro che amare la poesia. Dedicatele tutte voi stesse! Riempite la vostra vita di versi!

E consiglia di trasferirci in città, una grande città?, sondò Elaine.

Non necessariamente. C'era una punta di sorpresa nel tono di Miss Grehan. Si può scrivere poesia ovunque, su qualunque cosa.

Ma lei ha vissuto a Parigi, no?, obiettò Elaine.

E a New York, aggiunse Cass.

Dopo essersi laureata al Trinity, disse Elaine.

Miss Grehan sembrava di nuovo un tantino spiazzata. Come fate a sapere queste cose?

Sono su Facebook, disse Elaine.

Era una reazione che a volte riscontravano negli adulti, sorprendersi perché informazioni che loro avevano reso accessibili a chiunque in qualsiasi momento venivano in effetti visualizzate da qualcuno.

Se volete trasferirvi in città, potete senz'altro, disse Miss Grehan. E studiare poesia al college è meraviglioso. Ma piú importante ancora è leggere poesia, e scrivere poesia, ogni giorno. Basta poco. Se le persone leggessero poesia anche una sola volta al giorno, anziché stare con gli occhi incollati al telefono, vi garantisco che il mondo sarebbe un posto migliore.

Andata via l'insegnante, Elaine disse che era un buonissimo consiglio, ma continuava a pensare che vivere in una grande città fosse cruciale. Come prima cosa dobbiamo iscriverci al college di Dublino, disse. Che è quel che ha fatto lei. Cass riconobbe che era il piano migliore.

Si sentiva euforica. Avevano spesso parlato di andarsene dalla provincia, in passato. Ma era la prima volta che Elaine proponeva di andarsene insieme. Uscirono dai cancelli della scuola a braccetto, con Elaine che faceva piani parlandole nell'orecchio. Lesbiche!, gridarono i dondoloni che svapavano davanti all'ingresso della Spar. Lesbiche! Ma Cass nemmeno arrossí. *Noi!* Quel pronome le risuonava nella testa come un coro angelico.

Una porta si aprí dietro di lei e un fascio di luce si proiettò di sbieco sul pianerottolo. Che stai facendo?, disse una voce.

Secondo te?

Origliavi?

Senti chi parla, rimbeccò Cass, poi si rese conto che non era la mossa migliore. Volevo chiedere una cosa a papà, disse.

Suo fratello le si sedette a fianco in cima alle scale. Senti questa, disse. C'è una farfalla che beve lacrime di coccodrillo, la chiamano farfalla fiamma! Direttamente dagli occhi, capito come! Non è pazzesco?

Cass sospirò. Di sotto la discussione proseguiva, una specie di orribile scontro fra droni.

È una roba seria, vero?, disse PJ.

Sei proprio un bambino, disse lei.

Sono quasi un adolescente, disse lui. Anzi, tecnicamente io *sono* un adolescente.

Cass non replicò. Dopo qualche secondo lui chiese: Stanno ancora litigando?

Lei alzò le spalle. Da dietro la ringhiera osservò sua madre entrare in soggiorno pestando i piedi e piazzarsi davanti al televisore con le mani sui fianchi. Chi era il coccodrillo e chi la farfalla? Imelda era bella e iridescente e aveva campato a spese del lavoro che Dickie odiava, per cui a prima vista lei sembrava la farfalla; ma non era in realtà Dickie quello tremolante e delicato? E non era Imelda quella pronta a staccarti una gamba a morsi? E non aveva forse una riserva abbondante di lacrime di coccodrillo? Ma se cosí era, non voleva dire che era Dickie a campare a spese di Imelda?

A voce ancora piú bassa, PJ disse: Le cose vanno proprio male al garage.

Ma non mi dire, replicò Cass, e sprofondò il mento tra le braccia incrociate.

Un ragazzo della mia classe ha detto che sta per chiudere. Non quello in paese, l'altro.

Lei si voltò a guardarlo. Suo fratello aveva la faccia di un elfo, i suoi grandi occhi scuri erano quasi neri nell'ombra del pianerottolo.

Cosa ne sa un ragazzino della tua classe?, disse.
Ci lavora suo zio. È un meccanico.
Cass sospirò con stanchezza. Non ne poteva piú della sua famiglia e del suo annaspare, era umiliante. Ti è mai passato per la testa che potrei avere altre cose a cui pensare?
Giusto, disse PJ. Ma non si mosse dal gradino. Poi disse: È solo che… Cosa credi che succederà?
A dire il vero conto di trasferirmi a Dublino, perciò non so proprio.
Si pentí subito di averlo detto; in casa, quel proposito suonava velleitario, un capriccio da bambini, non tanto diverso da quando PJ le aveva detto che passava le giornate a esercitarsi nella telepatia e pensava di esserci quasi.
Ti trasferisci a Dublino?, disse PJ.
Al college, disse lei controvoglia. Con Elaine.
Con Elaine?
Perché sei cosí duro di comprendonio? La frase le uscí piú tagliente di quanto volesse e PJ trasalí. Si sentí in colpa. Ci vorrà ancora un po', disse. Dopo gli esami.
Ah, disse lui. Sembrava sollevato. Si alzò per tornare in camera sua, ma prima di andare le mise qualcosa in mano. Tieni.
Era una busta imbottita, con il nome di Imelda stampato su un'etichetta adesiva.
È arrivata poco dopo che sono tornato da scuola, disse. L'ho presa prima che mamma riuscisse a vederla. Era indirizzata a lei ma si vedeva che era un libro, per cui ho capito che doveva essere per te.
Oh, disse Cass con aria evasiva prendendo la busta.
Comparirà comunque sull'estratto conto della carta di credito, disse lui. Di solito però li butta.
Cass lo guardò di nuovo. Quando erano piccoli, giocavano agli scoiattoli nel bosco: lui era lo scoiattolo grigio e lei quello rosso. Scoiattolo rosso!, gridava PJ. Arriva il cacciatore! Grazie, scoiattolo grigio! E si rannicchiava all'interno di un albero mentre Dickie irrompeva nel sottobosco. In effetti, PJ aveva i capelli ramati, piú rossi dei suoi; ma Cass era piú grande, per cui la decisione spettava a lei.
È per scuola, gli spiegò scontrosa. Appena la porta del fratello

si chiuse, strappò la busta, componendo già nella sua testa un messaggio per Elaine sulla falsa riga di «Indovina cos'è arrivato mio Dio ce l'abbiamo!!!»

Ma nel momento di estrarlo dalla busta si bloccò. Sembrava molto diverso dalla foto sul sito, aveva piú l'aria di un opuscolo che di un vero libro. La copertina, di carta spessa, era di un orribile colore marrone; c'erano dei punti metallici al centro, come fosse stato fatto in casa. *Sale. Una raccolta*, diceva la copertina, di Julie Grehan.

Le poesie all'interno non dissiparono il suo disagio. La prima si intitolava *Sale*. Cominciava cosí: «Il suo sale sulla mia lingua | È causa di malattie cardiache | Eppure la carne ha bisogno di sale | E tu mi fai carne». Cass andò di corsa a quella dopo, *Il macellaio*: «Un'allegra insegna sopra la porta: Carne da macello! Un macello di carne! | Dimmi, macellaio, amante, la *mia* carne è da macelleria? | O la scarti insieme al fegato | Come cibo per gatti...»

Nelle pagine successive, ricorrevano le stesse parole, «carne», «sale», «macellaio», insieme ad altre di tenore simile, sgradevolmente corporee, come «tòcco», «cuore», «fetta». Provò senza successo a conciliarle con la loro graziosa insegnante, la sua risata musicale, la capricciosa saggezza. Nella solitudine della sua camera, sentí le guance bruciare. Come poteva dirlo a Elaine? Avevano ordinato il libro nella speranza di scorgervi parti nascoste della sua vita, ma se l'erano immaginata come una sorta di estensione del suo Facebook, con altre immagini di castelli e uomini dalla mascella marcata. Quella roba era invece come guardare dentro qualcuno, entrargli sottopelle e sguazzare nel suo sangue, nel vero senso della parola. A chi poteva piacere un simile spettacolo? Posò il libro. *Diciotto e novantanove!*, pensò sconfortata.

Poi si riprese. Aveva corso un bel rischio a comprare quel libro. Qualcosa per cui ne valesse la pena doveva pur esserci in quelle pagine. Diede una gelida scorsa alle poesie, non trovando niente di diverso, finché arrivò ai Ringraziamenti in fondo. Era una lista di persone che l'avevano aiutata in un modo o nell'altro. La prima riga era piena di Grehan, la sua famiglia, dedusse Cass. Ma poi ne seguivano altre, con nomi dal suono esotico, persone che l'avevano ospitata a Parigi e Barcellona mentre lei scriveva. Nel cercarle online, Cass riconobbe un paio di facce che aveva visto sul profilo Facebook dell'insegnante. Venne colta da una nuova ondata di entusiasmo. Era quel che voleva: piú fatti, uno sguardo esclusivo dietro le quinte. L'ultima riga era molto piú misteriosa: prometteva «fedeltà imperitura» alle «Bestie di Beastwick».

E quando cercò su Google, ebbe una grossa sorpresa.

Non sapeva che fare. Non le piaceva avere segreti con Elaine. Tuttavia quel segreto era davvero orribile – orribile quanto il libro, pensò, con le sue poesie volgari e il disegno anatomico di un cuore – e non voleva essere lei a mostrare a Elaine una cosa del genere.

Ma il male del libro trapelò comunque. All'ora di inglese, prima che Miss Grehan arrivasse, trovarono un gruppetto di ragazze intente ad ascoltare Sarah Jane Hinchy, che stava alzando un polverone per via di quel che aveva scoperto online su Sylvia Plath. A quanto pareva, prima di venire in Inghilterra e conoscere Ted, «Plath» – come Sarah Jane Hinchy la chiamava – aveva tentato il suicidio.

E allora?, disse Elaine. Si era suicidata. Era morta cosí. Lo sapevano tutti.

Non sopportava Sarah Jane Hinchy, che le precedeva di poco nelle classifiche scolastiche ed era famosa per aver portato l'anno prima, finché le suore non glielo avevano tolto, un distintivo arcobaleno sul maglione dell'istituto.

Il tentato suicidio di cui Sarah Jane Hinchy aveva letto era particolarmente raccapricciante. Plath si era presa una caterva di sonniferi, disse, per poi andare a nascondersi sotto casa sua – era una casa americana di quelle con un'intercapedine sotto il pavimento. Era strisciata in quell'anfratto dove si poteva solo strisciare e si era distesa lí, a morire. Pensavano fosse scomparsa, disse Sarah Jane Hinchy. L'avevano cercata ovunque, in ogni luogo della città. Ma in tutto quel tempo, tipo per tre giorni, lei era rimasta priva di sensi sotto casa sua; a marcire, in pratica.

Cass vide Elaine trasalire e provò un brivido di disagio. Suicidarsi era un conto: un sacco di gente si era tolta la vita, equivaleva a non invecchiare, a restare com'eri. Ma marcire viva per poi uscire dal terreno come un vero e proprio zombie era un altro paio di maniche e nessuno lo avrebbe mai trovato affascinante. Elaine era molto sensibile a quel genere di questioni. Come pure le altre ragazze.

Non credo che dovremmo imparare niente da una persona cosí, commentò Petra Gilhooley. Cioè, mi dispiace per lei, ma è proprio il caso?

Probabilmente non è vero, disse Karen Casey. Non mi ricordo una storia simile nel film.

Al suo arrivo, però, Miss Grehan confermò che la storia era vera. Disse che era proprio questo a rendere Sylvia tanto interessante – che in superficie fosse una ragazza molto americana, bella e di buona famiglia, mentre nel profondo nascondeva problemi terribili.

Ma crede sia il caso di farci studiare una persona cosí?, disse Petra Gilhooley, per niente toccata.

Siamo tutti persone cosí, disse Miss Grehan. Tutti noi abbiamo dei problemi. Ma spesso, invece di accettare la verità su noi stessi, preferiamo nasconderla sotto il tappeto. Cerchiamo di trasformarci in ciò che pensiamo di dover essere. Molte delle brutture che ci sono al mondo provengono da persone che fingono di essere qualcosa che non sono.

Scrivere una poesia è l'opposto, disse. Se si guarda al mondo, a un piccolo pezzo di mondo, e si cerca di osservarlo per quel che davvero è, si comincia a vedere con piú chiarezza anche sé stessi. E questo può essere molto liberatorio. A volte può salvare la vita.

Quindi, come compito per stasera, ognuna di voi scriverà una poesia. Un gemito si levò dalla classe. Miss Grehan rise. Non è una punizione, disse. Potrebbe perfino piacervi. Scrivete della vostra vita, del vostro mondo. Il vostro mondo è pieno di *dettagli*. Osservateli prima di scrivere. Se una certa cosa è rossa, che tipo di rosso è? Se vedete un albero, che specie di albero è?

Dopo la lezione, con grande stupore di Cass, Elaine non fece menzione della raccapricciante storia di Sylvia Plath. Disse però parole forti su chi aveva dato l'impressione di voler sabotare la lezione di Miss Grehan.

Tu non pensi che Petra avesse le sue ragioni?, suggerí Cass con neutralità. Voglio dire, forse non è davvero il caso.

Elaine replicò che Petra Gilhooley era solo un burattino. Chi tirava i fili era Sarah Jane Hinchy. E il perché è ovvio, aggiunse. Ha una cotta per Miss Grehan. E è gelosa perché Miss Grehan preferisce noi.

Ne sei convinta?, disse Cass. Sentí di nuovo un rimescolio nello stomaco.

Oh, sí, disse Elaine. Continuava a fissarla e cercava di attirare la sua attenzione.

No, intendevo, pensi davvero che Miss Grehan preferisca noi?

Senza dubbio, disse Elaine. Perché abbiamo capito tutta la faccenda della poesia. Questo le ricordò qualcosa. Le scintillarono gli occhi e si chinò in avanti assumendo un'aria riservata. Vieni da me dopo la scuola. Devo farti vedere una cosa.

Poi scappò a Economia aziendale.

Mentre tornavano a casa, Elaine disse a Cass che aveva intenzione di postare la sua poesia su Instagram. Aveva scoperto che c'era una nuova generazione di poete che postavano i loro versi online e avevano milioni di visualizzazioni. Scrivevano di problemi della vita reale, come il razzismo e l'omofobia, ed erano amiche di cantanti, influencer e altre celebrità. Puoi diventare famosa sul serio con la poesia, rimarcò Elaine.

Miss Grehan non sembrava diventata granché famosa, osservò Cass. Elaine ammise che era strano, specie considerando il suo aspetto. Cass le chiese se pensava che Miss Grehan fosse una bella donna. Elaine non rispose, se non con una strana specie di sorriso, come se avesse in testa una battuta che forse lei non avrebbe capito.

Su cosa pensi di scrivere?, chiese Cass.

Ho un paio di idee, disse Elaine vaga. Si erano sistemate in camera sua, con un piatto di cracker di segale tra loro, sul pavimento. Elaine chinò la testa sulla tastiera, nascondendo cosí il viso dietro i capelli. Cass diede un'occhiata al suo schermo bianco. Non aveva uno straccio di idea. Non riusciva a pensare che al libro; lo aveva portato con sé nella borsa, nel caso di colpo ci avesse ripensato e volesse mostrarlo a

Elaine. Ora la preoccupava che l'amica lo scoprisse da sé, in un modo o nell'altro.

Elaine alzò la testa di scatto. Per un attimo si fissarono negli occhi. Come si scrive *carezza*?, domandò Elaine.

Cass le fece lo spelling. Elaine si accigliò. Avrei detto una *z* sola.

Magari mi sbaglio io?, disse Cass. Elaine tornò alla sua tastiera senza replicare. Dopo un po' le chiese dei loro alberi.

Che alberi?, disse Cass.

Gli alberi, quei minchia di alberi che avete in giardino, disse Elaine, schioccando le dita.

Sono di molte specie diverse, disse Cass. Credo che siano querce, perlopiú.

Elaine strinse le labbra e digitò qualche altra parola. Cosa scrivi?, chiese Cass.

Te lo dico quando ho finito, rispose Elaine timida. Cass sorrise. Dovette reprimere l'impulso di strapparle il laptop dalle mani per leggere la poesia. La sua pagina era rimasta immacolata.

Stava calando la sera. Nel bagliore argenteo dello schermo Elaine sembrava una creatura lunare. Un sinonimo di rosso?, chiese.

Scarlatto, disse Cass.

No, non va bene per i capelli di una persona. E neppure zenzero. Mi serve una tonalità piú scura.

Senza sapere bene perché, Cass si sentí a disagio, proprio come al mattino in classe.

Cannella, disse a bassa voce. La parola le era venuta all'istante, come se la stesse aspettando.

Cannella. A Elaine piacque. Digitò ancora, mordendosi tutto il tempo le labbra con una furia selvaggia. Erano cremisi, rubino, rosso sangue.

Cass aveva un ronzio nella testa. Sbadigliò apposta. Ma non dovevi farmi vedere una cosa?

Ah, sí! Elaine balzò in piedi e senza aggiungere altro corse nel bagno.

Cass agguantò subito il laptop, ma lo schermo era bloccato. Dove sei andata?, disse dopo un minuto. Sono quasi pronta, replicò Elaine canticchiando dal bagno.

Cass prese un cracker e lo sbriciolò tra le dita. Si guardò attorno nella stanza che conosceva cosí bene, con la lampada di My Little Pony che mandava in giro per le pareti i suoi destrieri dagli occhi di cerbiatto in un pallido carosello arcobaleno, il letto coperto di orsacchiotti.

Guarda, disse la voce di Elaine alle sue spalle.

Cass si voltò. Elaine era sulla porta del bagno, indossava un tailleur pantalone bianco acceso.

Che ne pensi?, chiese, facendo una piroetta. Non sembro una poeta? Cass non sapeva che dire. I pensieri le scappavano dalla testa. A un tratto la sua amica era una persona diversa, chic, cosmopolita, piú grande. Non sembrava una poeta né un'universitaria; somigliava piú a una ragazza che viveva in una grande città e lavorava in una galleria d'arte o un'agenzia pubblicitaria, una ragazza che si alzava alle sei del mattino per fare pilates e poi uscire sul balcone in accappatoio con una tazza di caffè tra le mani. Era già donna, si rese conto Cass; il suo futuro era lí, una stanza sfarzosa a sua disposizione accanto alla camera da letto.

Non capiva perché questa cosa dovesse intristirla tanto; ma tutto quel che riuscí a bisbigliare fu: Bellissima.

Elaine la guardò dubbiosa con un mezzo sorriso, poi scoppiò a ridere. È uno scherzo!, esclamò. L'ho trovato nel guardaroba di mia madre. Non lo indosserei mai per davvero!

Cass accennò una risata. La testa era tornata a riempirsi di ronzii, come se un intero sciame d'api fosse intrappolato al suo interno, dietro un velo invisibile.

Devo trovare un modo di mostrarlo a Julie, disse Elaine. La farà crepare dalle risate.

Julie?, ripeté Cass stordita.

Miss Grehan, disse Elaine. Prese il telefono e lo allungò a Cass. Tieni, fammi una foto.

Era ormai assodato che Cass scattava foto migliori di quelle che Elaine si faceva da sé. Ma stavolta non riusciva a mettere a fuoco. Vedeva soltanto uno scintillio bianco oro che sembrava evaporare dallo schermo.

Poi sentí bussare alle sue spalle. Era la domestica. C'è tua madre di sotto, disse.

Mia madre?, disse Cass.

Che ci fa qui tua madre?, disse Elaine.

Non lo so, disse Cass, e aggiunse, sconsolata: Meglio che vada a sentire cosa vuole.

Dal pianerottolo, vide Imelda giú in corridoio, parlava con la madre di Elaine. Imelda la scorse in cima alle scale. Devi venire a casa, disse.

Adesso?, disse Cass, e poi: Perché? Ma Imelda era già uscita. Cass lanciò un'ultima occhiata dietro di sé. Elaine, tutta vestita di bianco, la fissava da sopra la ringhiera, sembrava un angelo nel vero senso della parola, che la salutava dal paradiso. Ci sentiamo, disse.

In macchina, Cass disse a sua madre che era sufficiente mandarle un messaggio. Poteva tornare a casa da sola, non c'era bisogno di venire a prelevarla fisicamente dalla sua amica...

Basta!, replicò Imelda secca. Il resto del viaggio lo fecero in silenzio.

A casa, trovò PJ seduto a tavola – era seduto e basta, immobile. Non la guardò; batteva le palpebre e aveva gli occhi storti come quando aveva appena nuotato. Cass sentí suo padre parlare al telefono nella stanza accanto. La voce era seria. Travolta da un'ondata improvvisa di paura, capí cosa era successo. PJ gli ha detto della carta di credito! Il cuore cominciò a picchiare sulle costole. Pianse dentro di sé, maledisse il libro e anche Miss Grehan, il cui arrivo aveva fatto crollare tutto! Suo padre entrò e andò a sedersi a capotavola. Fece un sospiro profondo. Poi cominciò a parlare.

Non della carta di credito. Parlò del garage – quello del paese vicino. Col cuore pesante, spiegò, aveva deciso di chiuderlo. Aveva fatto tutto il possibile per tenerlo in piedi, ma i numeri non tornavano. Ancora una settimana e avrebbe cessato l'attività.

Per un po' si espresse con quel tono strano e formale; Cass capí che stava provando il discorso al personale. Alla fine guardò i due figli all'altro capo del tavolo. Volevo lo sapeste subito, disse. In caso sentiste parlarne a scuola o in giro. Restò in silenzio per un attimo. C'è niente che volete chiedermi?

PJ scosse la testa.

Posso tornare da Elaine?, disse Cass.

No, l'aggredí Imelda.

Cass scoppiò in lacrime.

Dickie si allungò goffamente sul tavolo per metterle una mano sulla spalla. È un bel colpo, mi rendo conto, disse, col tono misurato e implacabile di poco prima. Ma non voglio che tu o PJ stiate in pensiero. Sono cicli. Il mercato è fiacco adesso, ma si riprenderà. L'importante...

Oh, Cristo, Dickie!, esclamò Imelda, sbattendo i palmi sul tavolo. Hai mandato quel posto a ramengo! A ramengo!

Il sollievo che non avessero scoperto niente della carta era durato soltanto un momento, per poi lasciare spazio alla rabbia – la rabbia di essere stata trascinata via dalla sua amica per ascoltare quell'annuncio, trascinata nel loro umiliante casino. Salita in camera sua, mandò subito un messaggio a Elaine. «Solo cazzate», scrisse. Una spunta le indicò che il messaggio era stato consegnato, poi apparve anche la seconda e diventarono entrambe azzurre a testimoniare che Elaine lo aveva letto. Ma non arrivò risposta.

Cass ebbe un rigurgito di collera. Strinse i pugni incidendosi i palmi con le unghie, si colpí sulla testa con entrambe le mani. Guardò nello specchio il suo viso carico d'odio. Le guance erano rigate di lacrime. Una rovina totale. Una volta chiuso il garage, Elaine sarebbe venuta a saperlo per forza. Avrebbe infine scoperto la verità su di lei e la sua famiglia. E poi? Storia chiusa anche il Trinity? Presa della disperazione, le scrisse di nuovo: «Sei libera x una telefonata ho proprio bisogno di parlarti».

Stavolta il messaggio non venne neanche letto. Cass guardò lo scialbo paesaggio fuori della finestra – i campi bagnati, i cavi elettrici, gli alberi. Il cielo in alto era tetro e grigio. Le sembrava di essere sepolta sotto la vita dei genitori, i loro fallimenti, la loro infelicità. Nella sua mente apparve l'immagine grottesca di Sylvia Plath distesa a marcire nell'intercapedine sotto il pavimento. Singhiozzò disgustata, scacciandola dai pensieri, ma solo perché un'altra immagine, ancora piú terribile, ne prendesse il posto.

Elaine era già al corrente? Imelda aveva informato la madre

mentre parlavano in corridoio? Era per questo che ora non rispondeva? Era già troppo tardi? Le scappò un verso di sconforto, una specie di vagito, e prese il telefono, supplicò ad alta voce che Elaine la chiamasse. Ma Elaine non poteva sentirla. Probabilmente stava messaggiando con Miss Grehan. *Julie!* Erano diventate amiche su Facebook e le aveva mandato la foto in bianco con un messaggio, seguito da un andirivieni di ulteriori messaggi mentre Elaine e Julie si libravano nei loro tailleur coordinati, mano nella mano, sopra il paese, sotto il quale giaceva Cass, sepolta! Immagini su immagini le spuntarono nella mente: Elaine che attraversava l'acciottolato del Trinity College, con Miss Grehan al suo fianco, un'assurdità, eppure c'era anche lei, e ora da quel sogno o visione che fosse l'insegnante si girava a guardare Cass per farle un sorriso, un sorriso finto da manichino, prima di tornare a concentrarsi su Elaine, lasciando Cass sola, sola, a piangere...

Il mattino dopo disse a Elaine che Imelda l'aveva portata a casa per fare gli auguri di compleanno al nonno su Skype. A-ha, disse Elaine. I suoi occhi erano concentrati sulla porta, in attesa che apparisse Miss Grehan; Cass capí che aveva con sé una foto del tailleur, pronta da mostrarle.

Dalla voce capí inoltre che non aveva saputo niente del garage. Mentre la lezione aveva inizio si chiese se c'era un modo di darle la notizia facendola sembrare meno negativa, come se la chiusura rientrasse nella dinamica dell'attività e Dickie stesse pensando di aprirne un altro in un'altra contea. O magari poteva dirle che suo padre stava pensando a un'attività del tutto nuova...

La mano di Miss Grehan si posò sulla sua spalla. Ti dispiace, Cass?

Cosa?

Ti dispiace se leggo la tua poesia?, disse Miss Grehan.

Oh, disse Cass, agitata. Vide Elaine guardarla dal lato opposto dell'aula. No, disse. Lei per prima non sapeva se quel no voleva dire no, non le dispiaceva oppure no, preferiva che non la leggesse. Miss Grehan si schiarí comunque la gola e cominciò a leggere.

Volare,
di Cassandra Barnes.

Mano nella mano, notte dopo notte
Lontano dagli occhi voliamo

Nessuno può toccarci quando siamo in volo
Lle nostre parole, i nostri sogni diventano il cielo.

Saliamo in alto, non visti
Perfino le nuvole sono piú in basso di noi

E mentre i nostri corpi dormono, a miglia di distanza,
Ci facciamo vicini, cuore a cuore.

Sempre piú vicini, finché l'alba
Non ci riporta alle nostre spoglie mortali
Al giorno e alle sue regole, anche se nei tuoi occhi
Vedo ancora il sogno notturno del nostro cielo.

Non è strepitosa?, disse Miss Grehan, sorridendo a Cass e rivolgendo poi lo stesso sorriso al resto della classe. Io la trovo strepitosa. Si girò di nuovo verso Cass. Posso chiederti cosa ti ha ispirato?

Cass fissò con uno sguardo infelice le mani poggiate sul banco. Aveva scritto quella poesia mentre era distesa sul letto con il cuore spezzato. *Twilight*, disse a bassa voce.

Miss Grehan inclinò il capo e sorrise di nuovo. Be', grazie di avermi permesso di condividerla, disse, e rivolta alle altre aggiunse: Come possiamo vedere, qualsiasi cosa può far scattare la scintilla per una grande poesia.

Alla fine si allontanò. Cass tenne gli occhi sul libro di testo. Si sentiva a disagio, consapevole che Elaine la stava ancora guardando dal suo banco accanto alla finestra. Avrebbe voluto andarle vicino. Alla prima occasione le avrebbe detto tutto. Ma il tempo si trascinava con lentezza smisurata e, quando finalmente la campanella suonò, Miss Grehan la chiamò di nuovo.

Controvoglia, Cass la raggiunse, sempre consapevole del fatto che Elaine la stava ancora fissando mentre usciva insieme alle altre dall'aula.

Seduta alla cattedra, Miss Grehan l'osservava contenta. Che poesia meravigliosa, disse. Brava.

Grazie, disse lei, guardando il pavimento.

Spero di non averti messo in imbarazzo leggendola in classe. La poesia può essere qualcosa di molto personale, lo so.

Cass scosse la testa e disse che non era personale per niente. L'insegnante proseguí: c'erano concorsi a cui avrebbe dovuto partecipare, libri di poesia che avrebbe dovuto leggere; lei si limitò ad annuire senza parlare finché Miss Grehan si arrese. Be', disse, mettendo i suoi libri nella borsa. Spero comunque che continuerai a scrivere.

Cass si precipitò fuori per raggiungere Elaine. La trovò accanto agli armadietti, in fitta conversazione con Sarah Jane Hinchy. Stre-*pitosa!* stava dicendo Elaine.

STRE-*PITOSA!*, esclamò Sarah Jane Hinchy, a voce piú alta. Scoppiarono a ridere entrambe.

Oh, ciao, disse Elaine a Cass con disinvoltura, voltandosi appena. Poi le due ripresero a parlare e Cass dovette tenersi in disparte finché non smisero. Magari ci becchiamo piú tardi, disse Sarah Jane Hinchy a Elaine quando si congedarono. Ti mando un messaggio, le rispose Elaine. Poi si girò verso il suo armadietto e tirò fuori il cappotto. Cass si affannò a trovare qualcosa da dire. In quel momento passò Miss Grehan. Fece un gran sorriso alle ragazze mentre proseguiva per la sua strada. Non le mostri la foto?, disse Cass.

Hmm?, fece Elaine, concentrata sull'armadietto.

La foto di te col completo. Non dovevi mostrarla a... Julie?

A quel punto Elaine si voltò per guardarla in faccia. I suoi occhi verdi erano gelidi e non tradivano alcuna emozione. Era uno scherzo, Cassandra, disse.

Sí, lo so, replicò Cass, con una risata falsa. Sbuffò. Non riesco a credere che abbia letto quello schifo di poesia, proseguí ostentando indifferenza, con un tono alla Elaine. L'ho scritta stamattina in trenta secondi, parlo sul serio.

Non sminuirla, disse Elaine, tornando a guardare davanti a sé. Era buona. Rifletté un attimo, poi aggiunse, come parlasse da sola: Anzi, stre-*pitosa*.

Cass rise di nuovo, con noncuranza, ma un angoscioso campanello di allarme risuonò dentro di lei. Vengo io da te oggi?

Vedi tu, disse Elaine, con un'alzata di spalle.

Varcarono insieme i cancelli della scuola, passarono davanti ai dondoloni, in silenzio. Elaine non sembrava arrabbiata. Sfoggiava un mezzo sorriso e teneva gli occhi fissi davanti a sé con aria placida. Facevano pensare a due estranee che si erano ritrovate per caso a camminare fianco a fianco in una strada di città.

Ascolta, devo dirti una cosa.

Solo un minuto, mormorò Elaine, scorrendo il telefono col pollice.

Cass attese con impazienza. Aveva già aperto la borsa per tirare fuori il libro. Aspetta che Elaine venga a sapere delle Bestie di Beastwick! Che significa?, avrebbe detto, e Cass l'avrebbe esortata a cercare su Google, lei avrebbe cercato facendosi un'idea sua e sarebbe stato l'inizio di una nuova storia insieme, una storia in cui soltanto loro erano a conoscenza della vera identità di un'insegnante all'apparenza impeccabile e della quale a poco a poco svelavano la trama.

Ascolta, ripeté quando Elaine si decise a staccarsi dal telefono. Ho scoperto una cosa pazzesca. Su Miss Grehan.

Elaine alzò gli occhi al cielo.

Una cosa da non crederci, promise Cass.

Ti rendi conto che parli di lei un casino?, disse Elaine. Ma proprio un casino?

Io?, disse Cass.

È un'ossessione, disse Elaine.

Cass restò a bocca aperta. Le batteva forte il cuore. Non sapeva cosa dire o cosa fare. Cominciò a pensare di essere caduta in una trappola – come se Miss Grehan, scegliendo lei a lezione, l'avesse tirata dalla sua parte, come se sapesse che Cass sapeva e volesse separarla da Elaine, renderla ripugnante quanto lei, affinché non rivelasse il suo segreto. È pazzesca, te lo assicuro, disse, allungando una mano per prendere il libro. Da' un'occhiata.

Sono un po' stanca, disse Elaine dubbiosa.

Ci vorrà un secondo, implorò Cass.

Vado a fare un pisolino, mi sa, disse Elaine. Erano davanti a casa sua.

Oh, disse Cass. Si ricordò dello scambio con Sarah Jane Hinchy.

Ok, disse.

Domani mi racconti tutto quello che vuoi, disse Elaine.

Certo, disse Cass. Rimase a osservare l'amica risalire il vialetto di casa. Non riusciva a muoversi, non riusciva a parlare; sentí un fuoco propagarsi sotto pelle. Poi si voltò. Non proseguí fino a casa sua; tornò invece a scuola. Legò la bici alla rastrelliera ed entrò nell'edificio, facendosi tutto il corridoio fino all'ufficio della preside. Lasciò il libro davanti alla porta, con un'orecchia alla pagina dei ringraziamenti.

Il giorno dopo Miss Grehan non si presentò a lezione. Per il resto della settimana, le ragazze passarono l'ora di inglese nella sala lettura.

Nessuno che avesse una qualche autorità nell'istituto spiegò che fine avesse fatto, ma giravano voci su un genitore che si era lamentato. Lamentato per cosa? Qui i racconti si facevano piú vaghi, piú strani. Secondo alcuni gli argomenti delle lezioni erano sconvenienti. Altri dicevano che la stessa insegnante veniva giudicata sconveniente. Petra Gilhooley disse di aver sentito che Miss Grehan faceva parte di una congrega. Karen Casey disse che no, era una specie di compagnia di ballo; portavano fiocchetti sui capezzoli e cinture falliche.

Nessuna di quelle voci ne prevedeva il ritorno.

Sai chi c'è dietro, vero?, disse Elaine cupa. Sarah Jane Hinchy, cazzo.

Elaine era cosí sconvolta dalla scomparsa della prof che quando si diffuse la notizia della chiusura del garage non se ne accorse. Andava in giro stordita, gli occhi arrossati dal pianto. Poi, un mattino, subito prima delle vacanze di metà anno, se ne uscí con Cass sulla necessità di andare a Dublino, non smetteva di dire che dovevano rintracciare Miss Grehan. Aveva la faccia rossa, i capelli in disordine. E se le è successo qualcosa?, disse. Dobbiamo trovarla!

Ma come?, domandò Cass.

Con Facebook, disse Elaine.

Cass era sorpresa, perché la settimana prima Miss Grehan aveva reimpostato il suo profilo, rendendolo privato. Saltò fuori però che Elaine aveva fatto in tempo a salvare parecchi screenshot. Mostrò a Cass il suo telefono, scrollando una carrellata di immagini, ce n'erano forse centinaia, scatti di pub, caffè, supermercati, librerie, passeggiate sul lungomare. Sono tutti i posti di cui ha parlato negli ultimi tre mesi, spiegò a Cass. Zigzagò col dito sullo schermo e apparve una mappa, con tutte le località evidenziate e linee rosse tracciate fra l'una e l'altra. Comincerò da qui, disse, piazzando il dito su una fitta macchia rossa al centro.

Cass ascoltò, annuí, accettò di trovare una scusa per andare a Dublino. Dentro si sentiva confusa e triste, come se si stesse riempiendo di una nebbia acida che la oscurava e contemporaneamente la corrodeva.

Alla fine, non andarono a Dublino. Il primo giorno delle vacanze di metà anno, Elaine fu portata in fretta e furia all'aeroporto; un viaggio a sorpresa, per gentile concessione del padre. Mandò a Cass messaggi con teorie complottiste dall'aeroporto, dal taxi, dalla reception dell'albergo. Poi calò il silenzio.

Cass pensò di andarci da sola. Si immaginò di camminare per le strade, fissando il diagramma a fiocco di neve di Elaine, senza riposarsi finché non avesse rintracciato l'insegnante. Passò invece quella settimana a casa. L'atmosfera era infernale. Sua madre inveiva contro Dickie, quando lui c'era; quando non c'era, inveiva contro le ragazze di Vivambiente o contro Dennis, il postino, o contro i figli. Lui, coi suoi libri, Mr Trinity College, diceva sua madre, che si atteggiava a gran genio! Ma dove sono le prove di questo presunto genio? Lo sapete, voi? Qualcuno ne ha mai intravisto un bagliore da allora? E si portava la mano alla fronte per scrutare l'orizzonte, in cerca del genio che Dickie doveva avere un tempo e aveva poi perduto.

Cass nutriva ancora la speranza che le voci fossero false e che in un modo o nell'altro la prof sarebbe tornata dopo le vacanze di metà anno. Ma accadde qualcosa. La madre di Miss Ogle – che aveva riacquistato una salute spettacolare da quando la figlia si era ammalata – scivolò su una guava mentre faceva la spesa al supermercato, nel reparto della frutta esotica, e sbatté la testa. Morí in ospedale l'indomani.

Elaine arrivò tardi al funerale, doveva essere appena tornata. Non vide Cass, anche se erano vicine, e Cass non fece un passo verso di lei. Però Miss Ogle, che si era alzata dalla sedia a rotelle, andò dritta verso di loro. Spalancò le braccia e le strinse entrambe, insieme. Le mie ragazze!, esclamò. Loro si guardarono, sbigottite, da sopra la testa dell'insegnante in preda ai singhiozzi. Miss Ogle si tamponò gli occhi. Ora, disse in un tono piú professionale, raccontatemi quel che avete fatto a lezione mentre ero via.

Cass si ritrovò senza parole. Come descrivere quelle settimane tempestose? Come spiegare l'euforia e lo strazio, la sensazione del futuro che si apriva davanti a loro per poi richiudersi? Guardò di nuovo Elaine con occhi mesti, disperati. Elaine alzò le spalle. Aveva una bella abbronzatura e un braccialetto che Cass non aveva mai visto prima, con sopra un cuore.

Niente, disse. Quello che c'è sul libro.

Il lunedí, alla ripresa delle lezioni, Miss Ogle tornò al suo posto. Se ne stava in piedi davanti alla classe, raggiante. Il supermercato le aveva pagato un enorme risarcimento in contanti, avevano sentito. Aveva già dipinto la porta di casa di uno splendente rosa guava.

2.

Dopo la chiusura del garage nel paese vicino, suo padre aveva smesso di dire che la situazione sarebbe migliorata. Sapevano quanto era grave; l'intero paese lo sapeva. Al termine della messa Dickie veniva avvicinato da anziane che gli dicevano di aver recitato una novena per lui in particolare e per l'industria automobilistica in generale. Altri si tenevano alla larga, come se il suo fallimento potesse essere contagioso. A volte, quando ora Cass entrava in un negozio calava il silenzio e lei sentiva il formicolio della vergogna, era come una seconda e odiosa pelle, una nuova avversità sopraggiunta per prendere il posto dell'eczema.

La Crisi aveva trasformato Main Street in una bocca piena di carie, attività grandi e piccole avevano chiuso i battenti. Il crac del garage veniva però percepito come qualcosa di diverso. Un crollo vertiginoso come quello dei Barnes non poteva avere ragioni soltanto economiche. Doveva esserci un elemento morale.

Molti ritenevano che la colpa fosse di Imelda. Dickie aveva guadagnato una fortuna e Imelda ne aveva spese due – questo diceva la gente. Imelda, coi suoi zigomi e gli stivali di pelle italiani, si alzava come la Regina di Saba solo per andare al supermercato! A fare la predica al povero direttore perché non avevano l'anice stellato o il tamarindo o qualsiasi cosa andasse per la maggiore a New York! Se li sogna adesso, i suoi tamarindi, si dicevano l'un l'altro con toni cupi. Se li sogna adesso, il riscaldamento a pavimento, l'ortodontista e tutte le sue menate. Insomma, guarda com'è ridotta.

Sí: guarda Imelda. Unghie scheggiate, ricrescita evidente, andava al Lidl come prima cosa al mattino per essere certa di non imbattersi in nessuno che conosceva; passava le giornate a scavare nella cabina armadio e disporre guanti, cappelli, sciarpe, camicette, vestiti, jeans, gonne, gilet, stole, mantelli foderati di pelliccia sul pavimento della stanza da letto, per scattare foto da ogni angolazione, come un poliziotto sulla scena del crimine. Di sera, si piazzava davanti al laptop per svendere tutto, maledicendo gli avvoltoi online che contrattavano su ogni singolo centesimo come contadini al mercato e che, quando infine pagavano, la mandavano ai matti con messaggi per sapere perché i loro acquisti non erano arrivati.

Capitava in effetti che non arrivassero perché Imelda non li aveva spediti; in piú di un'occasione Cass era entrata in cucina trovando sua madre con le braccia attorno al Dyson senza fili o al «vecchio» Dyson o al servizio da quarantotto pezzi in porcellana che non aveva mai aperto, piangendo a dirotto come si trattasse di un amato pony mandato al macello.

Il padre lavorava spesso fino a tardi; pareva quasi che meno auto vendeva piú tempo dovesse passare al garage. Ma chi poteva biasimarlo? Ogni volta che tornava a casa, gli toccava la solita tirata di Imelda: li aveva rovinati, li aveva traditi, lei era stata ingannata. Cass avrebbe voluto che lui si difendesse, che reagisse! Ma si limitava a starsene seduto a tavola, a testa bassa, senza dire una parola, il che faceva soltanto infuriare mamma ancora di piú, ovvio.

A te va bene, bisbigliò PJ, come se Imelda potesse sentirli anche se era di sotto e urlava a squarciagola. Tu andrai al college. Io sarò inchiodato qui.

Oh, sí, a me andrà alla grandissima, replicò Cass. Fare la maturità con tutto 'sto casino in corso.

In verità ripeteva a sé stessa la solita storia: che di lí a pochi mesi se ne sarebbe andata. Restava sveglia fino a mezzanotte quasi tutte le sere ormai, a ripassare robe su robe – l'equazione della parabola, i verbi modali, gli yardang, la Land League – e a rimpinzarsi di nozioni. Ma era diventato sempre piú difficile credere nel futuro, vederlo. I problemi a casa erano talmente enormi e onnivori che l'idea di eluderli, di essere altrove, sembrava impossibile ora. Suo padre – che aveva studiato anche lui al Trinity da giovane, che si era tanto entusiasmato quando lei gli aveva parlato dei suoi progetti! – non la rassicurava piú dicendole che tutto si sarebbe risolto. Le parlava di rado ormai, di qualsiasi cosa. Sua madre invece diceva soltanto che Dublino era piena di pervertiti e non capiva perché una persona volesse viverci; aveva letto sul giornale di un uomo sorpreso a girare per il TK Maxx con degli specchietti sulle scarpe per guardare sotto le gonne delle ragazze.

Cosa ancor peggiore, Cass non aveva piú Elaine.

Non che non andassero d'accordo: chiacchieravano ancora ogni giorno a scuola e a volte tornavano anche a casa insieme. Ma Elaine non invitava piú Cass da lei per studiare; non le chiedeva piú di parlarle di Imelda; non diceva piú niente sulla vita che avrebbero fatto a Dublino. Era per via della chiusura del garage? O di quel che era successo con Miss Grehan? Cass non ne aveva idea – sapeva soltanto che in quei giorni Elaine aveva rivolto i suoi interessi altrove.

Si diceva che non era dispiaciuta. Anche se le faceva un male indicibile, non voleva condividere con Elaine l'umiliazione della sua famiglia. Meglio che si allontanassero.

Gli interessi di Elaine erano ora concentrati specificamente sui ragazzi. Si mise a caccia di ragazzi con la stessa totale determinazione con cui aveva perseguito la poesia il trimestre precedente. Per quanto «caccia» fosse la parola sbagliata: Elaine era troppo bella per dover cacciare qualcuno. Si trattava semmai di tenere sotto controllo chi cacciava lei. I ragazzi per Elaine non erano né una sfida né un obiettivo né l'Altro; erano piuttosto una merce, una risorsa da gestire. La sua vita amorosa somigliava all'inventario di un magazzino. Quando annunciò a Cass che non si vedeva piú con Ryan Doyle perché si stava vedendo con Ciaran Teeling ma che era solo una roba temporanea in attesa che Malachy Atkins rompesse con Lucy O'Neill, perché lei aveva buoni motivi per credere che avrebbe rotto a breve, Cass pensò ai diagrammi di flusso che lei aveva elaborato e in cui loro andavano al Trinity e da lí a Parigi e New York.

Con la sua girandola di ragazzi Elaine frequentava un pub noto come il Cesso e a scuola si circondava di ragazze che andavano nello stesso posto, Holly Maguire, Jane Tan, Rachel McElligott. Dovresti venire anche tu una sera, aveva detto a Cass. Cass sapeva che Elaine sapeva che lei avrebbe detto no.

Preferiva non uscire piú dello stretto necessario; per quanto stare a casa fosse un inferno, girare per il paese con la gente che la guardava e la compativa era di gran lunga peggio. Eppure, pensò, era stato carino da parte di Elaine chiederglielo.

Si domandava però perché l'amica avesse scelto di iniziare la sua nuova vita di festaiola proprio ora, con la maturità all'orizzonte. Il rendimento scolastico era già calato un po'. A volte, quando parlavano, Cass aveva l'impressione di cogliere un che di sfasato nel comportamento di Elaine. Ma se anche qualcosa non andava, Elaine non lo avrebbe confidato a lei.

Siccome Elaine era presa da altre persone, a scuola Cass si ritrovò a starsene per conto suo. Dopo un po' tuttavia realizzò che Sarah Jane Hinchy se ne stava spesso per conto suo insieme a lei. Non c'era stato un momento che avesse sancito chissà quale legame. Era accaduto e basta, e all'inizio lei lo accettò come un'altra componente della sua caduta. Lei ed Elaine avevano sempre guardato dall'alto in basso Sarah Jane Hinchy. Era la sgobbona della classe, e se finora il suo rendimento era sempre stato un po' piú alto del loro era soltanto perché si applicava molto di piú. Essere sua amica costituiva una sorta di circolo vizioso, perché Elaine era chiaramente disgustata dal vedere Cass in compagnia di una simile sfigata, il che le toglieva qualunque voglia di farsi vedere in compagnia di Cass. Ma dopo aver passato per un paio di settimane la pausa pranzo seduta nel parco insieme a Sarah Jane, Cass non riuscí piú a ricordare perché loro due la trovassero tanto antipatica. Sí, Sarah Jane aveva le gambe grosse e si poteva dare quasi per certo che si tagliasse i capelli da sola. Viveva in una specie di fattoria sulle colline e si diceva che la sua fosse una famiglia povera. Ma era senza dubbio in gamba e, malgrado sembrasse super inquadrata, conosceva una caterva di cose interessanti, da *Harry Potter* ad A$AP Rocky a Xeeon. Wow, disse Cass, e poi: Cos'è Xeeon?

È tipo il nuovo Instagram, spiegò Sarah Jane Hinchy, solo non gestito come un baraccone di mostri alla Zuckerberg.

Se ne usciva spesso con frasi come quella, come se avesse accesso a una realtà di cui Cass non aveva mai sentito parlare. Era disorientata. Lei ed Elaine avevano sempre pensato che se Sarah Jane Hinchy sapeva certe cose era solo per rendersi interessante. E se invece le cose che sapeva fossero state davvero interessanti? Se le cose che lei aveva scelto per sembrare originale l'avessero resa davvero una persona originale? Come la spilla coi colori dell'arcobaleno. La portava ancora, ma sulla camicetta, sotto il maglione di scuola, per cui era difficile sostenere che la portasse per esibirla. Spiegò a Cass che non si considerava gay, in effetti credeva che l'orientamento sessuale non fosse qualcosa di stabilito per sempre; portava la spilla arcobaleno per testimoniare che credeva nella libertà di ognuno di scegliere chi voleva essere e con chi.

Come erano arrivate a vederci un problema? Cass cominciò a chiedersi se la ragione per cui lei ed Elaine avevano preso Sarah Jane Hinchy per una sfigata fosse che non capivano cos'era figo, allo stesso modo in cui la gente terra terra del paese poteva considerare barbose Cass ed Elaine perché non indossavano i top della Gaelic Athletic Association. Era un'idea allarmante.

Anche Sarah Jane stava presentando domanda al Trinity. Hai pensato dove andrai a vivere?, chiese a Cass. Lei rispose tenendosi sul vago. Un conto era parlare con Sarah Jane Hinchy a scuola e tutt'altra faccenda metterla a parte del suo futuro. Sognava ancora che dopo gli esami Elaine sarebbe tornata da lei – al college, per conto loro, lontano dalle rispettive famiglie. Non era ancora pronta a rinunciarci.

Poi un giorno Sarah Jane Hinchy le parlò di una borsa di studio per cui stava facendo domanda. Perché aveva bisogno di una borsa di studio, dal momento che il college era gratis?, domandò Cass. L'affitto non è gratis, disse Sarah Jane. Il cibo non è gratis. I libri non sono gratis. La borsa di studio avrebbe pagato tutta quella roba, era prevista anche una paghetta mensile. Dovresti farci un pensierino, le disse.

Cass non aveva mai pensato a chi le avrebbe pagato l'alloggio, i libri, i pasti; fino a quel momento non aveva mai pensato che potesse essere un problema. L'idea di avere bisogno di un aiuto finanziario era orripilante per lei. Erano diventate questo ormai? Simili alla gente col parka che vedeva il mercoledí mattina, in fila per il sussidio davanti all'ufficio postale?

Posso spiegarti come si fa, se vuoi, disse Sarah Jane. La domanda, intendo. Se passi da me la facciamo insieme.

Poi potremmo guardare *Il trono di sangue*.

Era un vecchio film giapponese ma basato su *Macbeth*, la tragedia che stavano studiando per l'esame. Magari è interessante vederla da una prospettiva non occidentale, disse Sarah Jane.

Cass esitò. Andare da Sarah Jane Hinchy rappresentava un balzo in avanti, in termini di amicizia. Ma compilare un modulo insieme e guardare forse un film non sanciva alcun vincolo. E inoltre sarebbe stato bello uscire di casa; la sera prima a cena Imelda aveva lanciato una scatola di cereali del Lidl in testa a Dickie.

Sarah Jane viveva fuori, a otto chilometri dal paese, per cui Cass aveva bisogno che qualcuno ce la portasse in macchina. I suoi genitori stavano litigando di nuovo e lei aspettava che il peggio passasse prima di chiederglielo. Nel frattempo arrivò un messaggio.

Era di Elaine. «Ehi che succede stronza???» diceva.

Cass non rispose subito; non era sicura di come interpretarlo, se Elaine stesse davvero dicendo che lei era una stronza o se andava inteso in senso amichevole. Mentre cercava di capire arrivò un altro messaggio.

«Sono al Cesso con un tipo dice che gli piaciii».

Questo era ancora piú sconcertante, ma prima che Cass potesse capire di cosa o di chi stesse parlando Elaine, arrivò un altro messaggio, piú semplice.

«Vieni qui fanciulla!!!»

Cass non sapeva che fare. Elaine si aspettava che la raggiungesse al Cesso, era evidente. Al tempo stesso la infastidiva che, dopo averla ignorata per mesi, Elaine pensasse di farla correre da lei con uno schiocco di dita. Per cui mise via il telefono senza rispondere e scese le scale per vedere se riusciva a ottenere un passaggio. Incrociò Dickie che stava salendo. Ehi, papà?, disse. Ma lui sembrò non sentirla. Aveva una lattina di birra in mano e cereali per la colazione nei capelli. Indossava un vecchio e frusto parka che Cass non aveva mai visto prima. Un'immagine le balenò nella mente: lui, lei e Sarah Jane Hinchy, in fila all'ufficio postale. Per cui gridò da sopra la spalla: Sto uscendo! e si diresse verso la strada che portava in paese.

Il nome sull'insegna era «Chester», ma tutti lo chiamavano Cesso. La ragione le fu chiara non appena mise piede nel locale. La gente diceva che quando ancora si poteva fumare, il tanfo si sentiva a stento, ma adesso era inesorabile anche con la porta del cortile sempre aperta. Nessuno sapeva con esattezza da dove venisse; era un tanfo strutturale. Dall'impianto di amplificazione arrivava una scarica a getto continuo di metal degli anni Ottanta, il tavolo da biliardo aveva uno squarcio e la spina della Guinness era spesso infestata di formiche. Ma il barista non controllava mai i documenti e perciò, a parte una manciata di autentici rocker coi riccioli unti e ingrigiti e pentacoli rovesciati sulle magliette, quasi ogni sera il locale era affollato di bevitori minorenni. Andava avanti cosí da una generazione, col risultato che perfino la mamma piú bacchettona del paese sapeva dirti la formazione degli Slayer e l'ordine dei brani – per esempio – di *Seasons in the Abyss*.

La porta era di fronte al bancone, dove gli attempati metallari se ne stavano appollaiati su alti sgabelli. Un paio di loro si voltò e osservò con rassegnazione Cass che entrava. Il barista fissava il suo telefono. Alle sue spalle, file e file di bottiglie di alcolici e una foto in bianco e nero di un uomo con la permanente e capi di elastan. Nello specchio macchiato Cass aveva l'aria di una bimba grigia, una trovatella in una foresta di polvere.

Cass! Elaine le fece ciao con la mano. Era in mezzo ad altra gente – una o due ragazze della scuola ma perlopiú persone che Cass non conosceva affatto. Portava un paio di orecchini che lei non le aveva mai visto. Aveva le guance arrossate, gli occhi che scintillavano e teneva in mano un bicchiere con dentro dei cubetti di ghiaccio e una fetta di lime. Mentre Cass si avvicinava, Elaine si allungò e le prese la mano. Lei è Cass, annunciò agli altri. La mia migliore amica da sempre. La guardò con un sorriso di orgogliosa approvazione. Pochi minuti dopo la trascinò in bagno perché la guardasse mentre si rifaceva il trucco.

Perché puzza tanto 'sto posto?, chiese Cass.

Ci farai l'abitudine, disse Elaine. Dunque, Rowan Headley pensa che sei gnocca.

Chi è Rowan Headley?

È un amico di Enda Frame, spiegò Elaine, in realtà senza fare alcuna luce sulla questione.

Non so chi sia, disse Cass.

Be', in ogni caso deve averti vista in giro, perché ha detto che sei gnocca.

Ha usato proprio questa parola? Gnocca?

Credo di sí. Forse l'ha detta, non ricordo.

L'hai detta tu?

Potrei aver detto che ho un'amica gnocca. Ma non importa!

Non sa neanche chi sono?

Elaine non replicò. Chiuse la lampo della trousse e osservò Cass con insoddisfazione, come un pasticcere davanti a una torta non del tutto riuscita.

Cass la seguí fuori, fino all'area fumatori, dove Elaine sparí all'istante nella folla; e a quel punto un ragazzo con un montgomery venne verso di lei. Si rese conto di conoscerlo, era uno di quei dondoloni che le gridavano contro fuori dai cancelli della scuola. E le venne anche in mente che tra le cose che gridavano c'erano dei complimenti, non proprio che era una gnocca ma che aveva belle tette.

Il dondolone era alto e pallido, con capelli scuri e ricci. Dunque sei tu l'amica di Elaine, disse.

Sí, disse lei. Cass, aggiunse. Il ragazzo annuí con lo sguardo rivolto altrove, come se fosse esattamente come lui sospettava.

Tu sei Rowan?, chiese Cass. Il ragazzo tirò su col naso, irritato. Cass voleva sottolineare che era stato lui a venire da lei. Poi lui disse: Sto andando al bar, prendi qualcosa?

Va bene, disse Cass.

Rowan si staccò dal pilastro cui si era appoggiato e si fece largo a grandi passi tra la gente, sparendo all'interno del locale. Cass si chiese se avesse fatto qualcosa di sbagliato. Si rannicchiò contro il muro; sentiva freddo anche se era sotto un calorifero. Vide Elaine, era poco lontano da lei e le dava le spalle. Si voltò per un attimo a lanciarle un'occhiata, ma tornò a girarsi prima che Cass potesse farle un cenno. Cass capí in modo nebuloso che Elaine voleva qualcosa da lei, che l'aveva fatta venire in quel posto per uno scopo preciso. Si soffiò sulle dita, ascoltò l'orribile stridore emesso dall'impianto di amplificazione.

Rowan tornò con due pinte di lager. La birra è piscio, qui, disse porgendogliene una.

Grazie, disse Cass.

Giochi?, chiese Rowan.

A cosa?

Ai videogame.

Ah, fece lei. *Angry Birds*? Lui sembrò contrariato dalla risposta, per cui gli disse: Mio fratello è bravissimo, ai videogame.

Ah, davvero? Rowan si ravvivò. A cosa gioca?

Dietro di lui un ragazzo, non altrettanto alto ma un po' piú floscio, aveva iniziato a baciare Elaine. Il rumore la distraeva; le sembrava di poterlo sentire con tutto il metal, una specie di *ciac ciac*, come camminare sopra uova di rana. Rowan aspettava impassibile, un soldato in attesa di un ordine. Cass cercò di concentrarsi. Lei e PJ giocavano insieme a *Donkey Kong* quando avevano la Wii. Ora i giochi preferiti del fratello erano come intrappolati in un robot da cucina. Ce n'è uno sulle lontre?

Otter Devastation, la «devastazione delle lontre», disse lui con disinvoltura. Sí, è abbastanza buono. Se gli piacciono i wipeout digli di provare *Agents of Extinction*.

Bene, disse lei. Ci fu una pausa. Dietro di loro, Cass sentí Elaine emettere gridolini di piacere estatico.

Com'è che conosci Elaine?

Oh, disse Cass, illuminandosi, e cominciò a raccontargli la storia della lezione di chimica. Ma prima ancora che lei arrivasse allo iodio lui le aveva afferrato la faccia e la baciava. Lei chiuse gli occhi. Le sue dita erano morbide sulle guance, ma la lingua era inaspettatamente rigida e si muoveva a casaccio senza un chiaro scopo o una direzione – sembrava che lui la controllasse a distanza, con un telecomando, pensò. Il calorifero montato sulla parete era proprio sopra la sua testa, le cuoceva i capelli lasciando però il resto al gelo. Si spegneva ogni tanto per pochi secondi, dopodiché riprendeva vita con un tonfo e lei sentiva i capelli friggere. Si disse che doveva smettere di farsi distrarre. Si appoggiò addosso a Rowan e gli mise una mano sul petto. Lui le aveva cinto la vita con un braccio; l'altra mano era invece scivolata sulla pancia, lei l'aveva trattenuta con un riflesso istintivo e quella era rimasta lí per un attimo, strofinando su e giú in modo sommario prima di spiccare il salto verso le tette, dove si mise a strizzare con una contentezza che le fece venire in mente la palla antistress nell'ufficio di suo padre. Gliela aveva regalata uno dei suoi venditori per scherzo, prima del crollo, quando non c'erano motivi di stress. Era rossa con sopra stampato «NON ROMPETE LE PALLE!!» Suo padre la teneva sulla scrivania, accanto a una foto in bianco e nero del fratello Frank, a un modellino del maggiolone Volkswagen del 1953 e a un'altra foto, stavolta di loro quattro, ovvero lei mamma papà e PJ, sorridenti nei loro maglioni natalizi durante una gita a Funderland. Sua madre continuava a chiedergli perché non ne avesse trovata una migliore per il suo ufficio, anche se sembravano tutti felici malgrado PJ si fosse sentito male ingozzandosi di Crazy Cups; erano felici, perfino mamma. Quanti anni avrà avuto Cass all'epoca, dieci? Undici? Nell'immagine aveva il seno piatto, niente palle da strizzare, e l'eczema copriva come una manica la mano e il polso, non aveva ancora conosciuto Elaine, Elaine non le aveva versato addosso lo iodio e non si era messa a piangere fuori dell'infermeria, non si erano iscritte insieme al pony club né avevano costruito la loro reggia a *Minecraft* né vissuto l'avventura che le aveva viste bigiare la scuola e andare in paese in tuta da ginnastica e con la coda di cavallo, Elaine pensava che nessuno le avrebbe riconosciute per via del look cosí diverso dal solito, ma erano state individuate dopo venti minuti e messe in punizione, coi telefoni sequestrati, e lei aveva premuto la mano sul vetro della finestra in camera sua chiedendosi dove fosse Elaine per poi esser certa, come era certa del suo nome, che in quello stesso momento Elaine aveva premuto la mano sulla *sua* finestra e che niente le avrebbe mai separate…

La lingua, che fino a quel momento si era agitata nella sua bocca come un animale cieco, si ritrasse di colpo. Devo pisciare, disse Rowan e sparí.

Elaine ricomparve all'istante al suo fianco. È un gran baciatore, vero?, disse.

Sí, disse Cass, anche se le sembrò una cosa strana da dire. Attaccò la birra. Aveva lo stesso sapore di Rowan o forse era lui ad avere lo stesso sapore della birra, pensò. Era un bicchiere enorme, si sentiva piena, come se nel suo corpo non ci fosse piú spazio per niente – alcol, lingue e nemmeno parole. In qualche modo era rientrata al centro del gruppo, che a quanto pareva si era trasferito all'esterno per ascoltare Elaine raccontare una storia il cui argomento, capí Cass con un sussulto, era Sarah Jane Hinchy o, per essere piú precisi, la sorella di Sarah Jane Hinchy.

Oh, sí, da schiattare dal ridere, disse Rowan, che era tornato. Mandò giú un sorso di birra e controllò il telefono.

Dunque la sorella di Sarah Jane, Denise, è davvero intelligente, giusto?, disse Elaine. Era tipo tre o quattro anni avanti a noi. E suo padre… suo padre vende mangime per bestiame o una roba cosí e è uno spilorcio totale. Tipo un mito, per quanto è avaro. Ma dice alla figlia che se si diploma col massimo dei voti le comprerà una macchina. Vuole incoraggiarla, diciamo cosí, ma pensa che la figlia non prenderà mai il massimo dei voti, perché va bene che è intelligente, ma non fino a quel punto.

Che ridere, disse Rowan. Mise via il telefono e prese Cass per mano.

Ma Denise studia come una matta e in agosto, quando escono i risultati, lei ha preso il massimo. È la migliore studentessa della contea, tipo. Per cui suo padre deve comprarle la macchina. Però è cosí taccagno che di sicuro non manterrà la promessa, pensa la figlia. E invece no, la mantiene. Un giorno la porta in giardino, dove l'aspetta una Golf. Non nuova, ma nemmeno preistorica, ha tipo otto anni forse.

Bel gesto, disse una ragazza.

Sí, ma aspetta, disse Elaine. Quando lei guarda il fianco dell'auto, il lato del passeggero…

La portiera, disse Rowan. I polpastrelli di Cass stavano sudando nel palmo della sua mano.

Esatto, sulla portiera del passeggero c'era scritto «TROIA», graffiato a caratteri cubitali.

Sull'auto? Cass non capiva. Era stato il padre a scrivere sull'auto?

Qualcuno aveva inciso quella parola sul fianco della macchina con una chiave o qualcos'altro. Avevano provato a ridipingerla ma la scritta si vedeva ancora bene. Vi rendete conto, regalare alla propria figlia una macchina con sopra scritto «TROIA»?

Perché l'aveva fatto? A Cass girava la testa. Sopra di lei il calorifero si accendeva e spegneva e un uomo gridava dalle casse, gridava nel senso letterale del termine, come se la musica lo stesse affettando.

Be', doveva averla pagata poco. Ma poteva dire di essere stato di parola.

L'ho vista andare in giro con quell'auto, disse uno dei ragazzi. Vivevano vicino a Naancross.

Non sapevo che Sarah Jane avesse una sorella, disse Cass.

Si è trasferita a Londra. Non torna spesso, disse il ragazzo.

Chi è Sarah Jane Hinchy?, chiese una ragazza.

La conosci, disse Elaine. È quella tipa con la zeppola, l'occhio pigro e l'acne.

Risponde al nome di Lucky, disse un altro ragazzo.

Si dichiara lesbica, ma è solo per attirare l'attenzione, disse Elaine.

Non era proprio cosí e Cass pensò che sarebbe dovuta intervenire: ma quando cercò di ricordare in che termini esatti Sarah Jane si era spiegata, per esempio sulla fluidità e cosí via, non ci riuscí e allora si rese conto che avrebbe dovuto mandare un messaggio a Sarah Jane per dirle che non sarebbe passata da lei e provò un'ondata di fastidio nei suoi confronti, nei confronti di Sarah Jane cioè, per cui restò zitta.

Non avevi detto che tuo padre ti avrebbe comprato una macchina se avessi superato gli esami?, chiese Rowan a Elaine.

Uff, non nominarlo nemmeno, mio padre, disse Elaine gelida.

Tuo padre vende auto, disse il nuovo ragazzo a Cass. Aveva sopracciglia nere e arruffate e occhi vispi. Avrai di sicuro una macchina, anche se ti bocciano.

Ha chiuso, scimunito, non le vende piú, disse un altro ragazzo.

Elaine spiegò che aveva chiuso solo nel paese vicino, il garage principale era ancora aperto. Dico bene, Cass?

Cass annuí avvilita.

E comunque è escluso che la boccino, Cass è la persona piú intelligente che conosco, disse Elaine. Andremo al college insieme in autunno, aggiunse e prese la mano che Rowan non stava tenendo e la strinse in modo fermo ma gentile, scuotendola appena come una maestra d'asilo potrebbe scuotere la campanella per suonarla. Vero?, disse.

Cass era troppo sorpresa per fare qualcosa di piú che annuire; si sentí investita da una vampata di gioia talmente intensa che pensò di poter prendere fuoco e svanire nelle fiamme, come una ragazza messa al rogo sul cemento dell'area fumatori del pub, un'immagine che sembrava uscire dai video metal dei vecchi tempi.

Piú tardi, nel corso della serata, Elaine le chiese perché l'avesse evitata. Cass era senza parole: Elaine l'aveva davvero vista a quel modo? Le disse che non era cosí; le confessò di essersi sentita troppo in imbarazzo per parlarle a causa di quel che stava succedendo all'attività di famiglia. Nel farlo cominciò a piangere.

Elaine le mise una mano sulla spalla. È colpa di tuo padre. Non tua.

Cass adesso frignava – ormai le sue parole erano indistinguibili e lei quasi non sapeva quel che stava dicendo – qualcosa sul fatto che tutti la consideravano la figlia di Dickie e perciò criticavano anche lei. Elaine si rivelò calma ed equilibrata. Nessuno ti critica, le disse. A tutti dispiace per te. Tuo padre non avrebbe mai dovuto lasciare che le cose andassero in malora. Avrebbe dovuto proteggerti e non l'ha fatto. La cinse con un braccio e la strinse a sé. Che vada affanculo, disse confortandola.

Dopo quella volta, Cass iniziò ad andare al Cesso qualche sera a settimana. Le prove di esame si avvicinavano; tuttavia non aveva problemi a uscire di casa. Suo padre non c'era quasi mai; sua madre stava al telefono a lamentarsi con le ragazze di Vivambiente o di sopra a imballare le sue cose. Dopo mesi di lavoro, nella cabina armadio erano cominciate ad apparire delle aree vuote simili alle chiazze di terra portate alla luce dallo scioglimento dei ghiacciai. E quando Cass gridava dall'ingresso che stava andando da Elaine, lei neanche ci faceva caso.

PJ ci faceva caso, ovvio: era il suo passatempo preferito, fare caso alle cose.

Perché ti trucchi se vai a studiare da Elaine?, diceva.

Cass non pensava che il fratello avrebbe mai raccontato niente, ma non le piaceva che avesse un potere su di lei. Per cui cominciò a lasciare i trucchi, perlopiú rubati alla madre, nel vecchio capanno di pietra nel bosco dietro casa, insieme a uno specchio posato su un davanzale, e si rifaceva il viso usando la torcia del telefono.

Il capanno era proprio in mezzo al bosco. Cass ignorava quale fosse il suo uso in origine; al momento era vuoto. Da piccola, ci andava a giocare con PJ. Sotterravano le pigne e le dissotterravano; quando il padre arrivava urlando, loro strillavano e ridevano e si precipitavano ad arrampicarsi su un albero, fin quando erano troppo in alto per essere presi. A volte però lei fingeva di inciampare e Dickie l'agguantava e la sollevava in aria, senza smettere di ringhiare: Uno scoiattolo! Uno scoiattolo per cena!

Cass pensava a quei momenti quando la sera andava in segreto al capanno; rendevano un tantino meno spaventoso trovarsi laggiú da sola. La paura era comunque parte dell'incanto. Imparò a truccarsi in tre minuti netti: dopodiché correva – correva! – tra gli alberi fino alla nuova strada e da lí entrava in paese, sotto il cielo notturno, al contempo libera e terrorizzata, finché arrivava al Cesso e sentiva il tanfo ormai familiare e l'urto sonoro di quella musica datata saltarle addosso, come due vecchi cani puzzolenti, nel momento in cui spingeva la porta e trovava Rowan intento a svapare in cortile ed Elaine che voltava la testa in mezzo alla ressa per salutarla. Elaine le sorrideva e anche lei sorrideva, sentendosi risplendere di una luce stellare alla maniera in cui una lucciola risplende delle scintille che ha dentro.

Al Cesso passava la maggior parte del tempo a baciare Rowan, mentre Elaine, mai lontana piú di pochi metri, faceva lo stesso con Jesse Farrell, all'inizio, poi con Fiachra O'Grady e poi con Malachy Atkins, che alla fine aveva rotto con Lucy O'Neill. Dopo il Cesso, se non pioveva, capitava che andassero a volte al cimitero con del cibo da asporto. Una volta Rowan aveva detto che la scrittrice Mary Shelley aveva perso la verginità con suo marito Percy sulla tomba della madre. Guardò Cass in modo significativo. Immagina di fare sesso con uno che si chiama Percy, disse Elaine. Scopami, Percy!, intervenne Cass. Piú forte, Percy! Tornando a casa, si fermavano al Topaz e compravano tre pacchetti di patatine ciascuno, di gusti diversi per coprire l'odore dell'alcol; le patatine erano molto meglio delle gomme da masticare, che parevano una ammissione di colpevolezza.

Sulla ristretta base delle ore passate a baciarsi, Cass si sentiva autorizzata a chiamare Rowan il suo ragazzo. Ma su ogni altra base aveva dei dubbi. Quando non si baciavano, lui era di solito freddo, se ne stava in silenzio oppure parlava di cose di cui lei non sapeva niente, come i videogame o l'hip hop. Aveva teorie del complotto su tutto e gli dava fastidio se Cass non conosceva avvenimenti che lui riteneva falsi, come avrebbe voluto spiegarle.

A volte si chiedeva se le piaceva, ma di solito era troppo presa dal capire se piaceva a lui. Stilò una lista di motivi per cui avrebbe potuto rompere: aveva il naso a punta, era ancora innamorato di Elaine. Non si preoccupava di nascondere i porno sul telefono. Di rado le mandava dei messaggi e se glieli mandava erano solo i link dei suoi beat tape su Soundcloud. Una volta gli chiese, scherzando ma non proprio, se gli importasse qualcosa di lei e Rowan replicò all'istante, come se si aspettasse la domanda: Mi importa solo dei rapper morti. Sembrava che la gran parte delle cose che Cass diceva gli risultassero noiose; oscillava tra il cercare di far sesso con lei e la quasi totale indifferenza, a volte in un arco di tempo molto breve.

I ragazzi sono fatti cosí, le disse Elaine. Secondo la sua spiegazione, il fidanzato non doveva piacerti, non allo stesso modo in cui ti piacevano le amiche; stare con i ragazzi era qualcosa che facevi senza per forza divertirti, allo stesso modo in cui bevevi birra anche se il sapore non ti piaceva. Cass si sentí meglio dopo quelle parole.

E comunque, a volte Rowan le piaceva. Aveva capelli lucenti, il suo montgomery era morbido. Anche lui aveva in mente di andare al college a Dublino: ambiva a diventare un dj professionista, ma come ripiego stava facendo domanda per studiare farmacia all'Ucd. Sapeva anche essere simpatico. Si era inventato un gioco alcolico in cui si doveva pensare un nome stupido – Wanda Pompa, Ulick Patonza, Antonia Baciaculo –, cercarlo su Google e, se non c'era un riscontro, toccava scolarsi uno shottino. Spessissimo c'era: il mondo si rivelava un tesoro di nomi imbarazzanti come pochi. Chi l'avrebbe mai detto?

A volte, dopo aver bevuto un paio di birre, se ne usciva con delle idee folli. Per esempio: se l'olfatto di un cane era cinquanta volte piú potente di quello umano, voleva dire che, al posto della percezione binaria Presenza/Assenza tipica degli umani, i cani dovevano avere uno spettro di presenzialità. Tipo, poniamo che tu sia qui e poi te ne vada. A quel punto, per me, sei assente. Ma per un cane sei in buona parte ancora presente, perché il tuo odore resta molto piú a lungo e l'olfatto è il piú sviluppato dei loro sensi. Quindi i cani devono avere una nozione del tutto diversa del tempo, perché per loro il passato è ancora presente nel senso stretto del termine. Quando un cane osserva il mondo deve vedere tutte queste presenze sbiadire poco a poco. Come un cielo pieno di scie di aerei.

E probabilmente è una visione piú vicina a come stanno davvero le cose, disse, col passato e tutto il resto. È un bene in un certo senso, perché significa che i momenti felici non svaniscono per sempre. La guardò nel dirle quelle parole: di sbieco, come per non farsi notare.

Elaine disse che il gioco alcolico era infantile; non era per niente brava a pensare ai nomi. E disse che le teorie di Rowan le ricordavano quelle del fratello di Cass. Adesso era piú fredda con lui. Spiegò a Cass che c'erano altri ragazzi interessati a lei, anche se quando venne messa alle strette disse che parlava di una sua sensazione in generale, piú che di persone precise.

Rowan cominciò a passare al capanno in modo da poter andare al Cesso insieme a Cass. Quel bosco gli piaceva; le foreste decidue erano rare in Irlanda, le spiegò. La maggior parte era stata abbattuta dagli inglesi per bruciare legna nelle loro fabbriche. Il capanno gli ricordava il bunker di Hitler, dove il Führer si era nascosto col suo staff e le famiglie negli ultimi giorni della guerra. Spiegò a Cass che quando i nazisti avevano capito che la sconfitta era vicina, avevano avvelenato i figli prima di spararsi. Poi cercò di baciarla. Lei rise.

Sapeva molto sui nazisti. Alcuni erano scappati in Irlanda dopo la guerra. La piú grossa casa editrice irlandese di testi scolastici era stata fondata da un nazista. Che era un'altra ragione per cui il sistema educativo era uno schifo. E anche la Volkswagen è stata avviata dai nazisti, disse. Per cui a Cass non doveva dispiacere che l'attività di suo padre avesse chiuso.

Quando faceva meno freddo Rowan portava delle lattine al capanno – al Bunker, come lo chiamava. A certa gente andava bene cosí, diceva. Solo che lui non poteva permettersi di bere in un pub tutta la sera. In un'altra occasione le propose di non andarci per niente, al Cesso. Ma c'è Elaine, disse Cass, confusa. E gli altri.

Elaine, ripeté lui sardonico.

Ti sta antipatica? Cass riuscí a nascondere lo stupore.

Rowan disse che era una montata. Si crede intelligentissima. Ma tu sei piú intelligente di lei.

Cass replicò che in realtà lei ed Elaine prendevano gli stessi identici voti.

Perché non vuoi essere meglio di lei.

Quella conversazione le lasciò sentimenti contrastanti. Da un lato, «intelligente» era la cosa piú carina che Rowan le avesse mai detto. Dall'altro, non voleva sentirsi costretta a scegliere tra lui e l'amica. Elaine stava passando un momento complicato. Non aveva un ragazzo e aveva baciato tutti quelli che andavano a bere al Cesso, salvo i metallari, ovvio, che erano vecchi e imbaciabili. Cass finí la sua lattina e disse a Rowan che dovevano muoversi o avrebbero fatto tardi.

Quella sera al pub apparve un nuovo metallaro. Era giovane e bello – ma proprio bello, come uno della televisione, con capelli cosí neri che erano quasi blu e tatuaggi su tutte le braccia. Era seduto al bancone, a bere da solo. Quando vide che le ragazze lo guardavano, sollevò il bicchiere verso di loro. Chi è quello?, chiese Elaine.

Cass non lo sapeva. Non lo aveva mai visto prima; se lo sarebbe ricordato.

È come una versione bella di Rowan, convenne Elaine. Andò a parlargli. Dopo qualche minuto di intensa conversazione, fece cenno a Cass di raggiungerla. Ti presento Richard, disse. Lui si intromise emettendo un suono che sembrava vagamente «Richard». È polacco, disse Elaine, ignorandolo. È appena arrivato in paese.

Da vicino, era bello ma come avrebbe potuto esserlo una ragazza, con un'ossatura esile e bianca in cui i suoi occhi neri parevano due spioncini in un quadro appeso alla parete di una casa stregata.

Senti questa, disse Elaine. Richard è un meccanico. E sta cercando lavoro! Cass la guardò, non cogliendo bene il nesso. Pensavo, forse potrebbe lavorare al garage di tuo padre!

Cass sentí il suo sorriso spegnersi.

Potrebbe, no?, la incalzò Elaine. Lavorare al garage di tuo padre.

Cass era infastidita. Dunque era quella la ragione per cui Elaine l'aveva chiamata, per servirsi di lei mentre flirtava? Non so se stanno cercando personale al momento, disse.

Ma vale le pena tentare, no?, disse Elaine.

Non lo so se è il caso, disse Cass.

Perché non glielo chiedi subito, a tuo padre?

A mio padre?

Se stanno cercando personale. Mandagli un messaggio.

Pensa che io sia da te a studiare, le ricordò Cass.

E allora?

Allora, perché di botto mi metto a parlare di meccanici?

Oh, Cristo, va bene, disse Elaine, alzando le mani.

Cass tornò da Rowan. Chi è quel tipo?, volle sapere lui.

Uno qualunque. Sta cercando lavoro.

Sembra un vampiro uscito dagli anni Ottanta.

È polacco.

Ah, ok.

Poco dopo Elaine tornò a gravitare dalle sue parti. Cass si scusò per non essere stata di grande aiuto. Sí, disse Elaine in modo vago. Cass, percependo un disappunto, lanciò un'occhiata al bancone. Lo sgabello di Richard era vuoto. Cos'era successo?

Elaine sospirò e spiegò che Richard ci aveva provato con la frase da rimorchio piú smielata che lei avesse mai sentito. Non volle dire quale fosse la frase; era troppo imbarazzante, spiegò. Imbecille del cazzo, disse, e tornò a guardare con desiderio lo sgabello vuoto.

Piú tardi, mentre usciva dal bagno delle ragazze, Cass ebbe l'impressione di vedere quel tizio fumare nel cortile. Era buio fuori, per cui all'inizio non ne fu sicura. Poi lui diede un tiro alla sigaretta e in quel breve bagliore il suo viso emerse dall'ombra. La stava guardando a sua volta mentre lei era immobile sulla soglia – la fissava, in effetti, in un modo che sarebbe stato inquietante se lo avesse fatto qualcun altro. Fatto da lui non era inquietante: era tipo... tipo cosa? Un messaggio in una lingua che, all'insaputa di tutti, lei conosceva, una comunicazione segreta che le tintinnava nel petto. I suoi occhi erano neri e umidi: sembravano penetrarla, facendola sentire al contempo piú giovane e anche piú vecchia, lasciva. Aveva voglia di ridere. Era cosí smielato! Il desiderio era smielato, la stessa bellezza di Richard era smielata, ci fosse stata Elaine lí con lei si sarebbero sbellicate.

Ma Elaine non c'era. Cass indugiò sulla porta, ondeggiando un po'. Ciao, disse. Ciao, replicò lui a bassa voce. La luce della sigaretta mostrò i tatuaggi che aveva sull'avambraccio: dadi, la Morte, un angelo in lacrime. Pensò a Elaine che guardava con sconforto lo sgabello vuoto. Posso fare un tiro?, disse. Lui le allungò la sigaretta. Lei la prese, uscendo nel cortile. Aspirò senza sapere come fare. Il veleno del fumo le entrò nei polmoni. Gliela restituí, si girò da una parte e dall'altra canticchiando, come se non si sentisse lo sguardo di lui addosso. Infine disse: Puoi provare al garage, se vuoi. Ma accertati di parlare con mio padre. Dickie Barnes. Non parlare con Phil. È il caposquadra, ma anche un coglione scontroso e odia gli stranieri. Papà è un tenerone.

Richard restò in silenzio per un attimo. Poi alzò le spalle, sorrise e accennò un passo verso di lei. Cass si voltò verso di lui sollevando il viso, ricambiò il sorriso con una timidezza che era in effetti audacia. Ma quando Richard le si avvicinò ancora di piú, lei smarrí il coraggio. *Arriva il cacciatore!* Scappò via, uno scoiattolo nella foresta.

Lui non si fece rivedere al pub. Lei non disse a Elaine quel che era successo.

Poi arrivò l'alluvione. In un solo giorno di pioggia venne giú l'acqua di tre settimane; il fiume ruppe gli argini. Ne parlò anche il telegiornale nazionale. Le scuole chiusero; erano tutti intrappolati in casa, a guardare dalla finestra i laghi grigi che avevano preso il posto dei prati. «Sto sclerando», scrisse Elaine. Da Rowan il silenzio assoluto invece. Cass si chiedeva se avesse intenzione di rompere o se di fatto avesse già rotto con lei, solo che non glielo aveva detto. Il terzo giorno, però, riapparve dal nulla, bagnato fradicio, sui gradini d'ingresso. Per un attimo rimasero a guardarsi sulla porta di casa. La pioggia gli gocciolava dal cappuccio. Poi disse: Vieni?

Vengo dove?, chiese lei.

Lui la squadrò come se fosse un'idiota. Al Bunker?, disse.

Era passato dal bosco e aveva scoperto che, malgrado l'intero paese fosse sommerso, l'acqua aveva risparmiato il vecchio capanno. Si incamminarono tra gli alberi gocciolanti. La prese per mano e le disse che aveva ascoltato un sacco di hip hop angolano. Disse che stava pensando di ascoltare soltanto musica angolana d'ora in avanti.

Il Bunker era umido, ma non tanto piú del solito. Le labbra di Rowan erano fredde ma ci misero poco a scaldarsi. L'avvolse nel tepore del suo corpo. Cass gli adagiò la testa sul petto. Lui diede un'occhiata al telefono e si lamentò del segnale. Nel vano della porta la pioggia non smetteva di cadere. Le chiese cosa pensava di fare quando sarebbe andata al college. Lei restò sorpresa, perché glielo aveva già spiegato, ma del resto si dimenticava un sacco di cose che lei gli diceva. Letteratura, rispose.

No, intendevo, tipo se usciremo ancora insieme, disse Rowan. Sembrava addolorato, anche se era difficile capire se fosse per il pensiero di uscire con lei a Dublino o perché il video di hip hop angolano continuava a bloccarsi.

Cass non sapeva cosa dire. Elaine aveva insistito sulla necessità di perdere la verginità prima del college, ma l'aveva anche messa in guardia sui rapporti troppo stretti. Non è una genialata trasferirsi a Dublino ed essere ancora legata a qualcuno in paese. Cass concluse che era anche la preoccupazione di Rowan. Si intristí, ma non lo diede a vedere. Disse che probabilmente avrebbero voluto vedere altra gente.

Nel sentire quelle parole, Rowan si irrigidí e per un attimo non disse niente, come se anche lui si fosse bloccato per mancanza di campo. Poi si drizzò a sedere e si guardò le scarpe, con l'espressione accigliata di quando era sul punto di fare una dichiarazione importante, come l'ordine corretto in cui guardare i film di *Guerre stellari*. Ma prima che potesse dire alcunché: Cucú! Elaine tirò indietro il cappuccio, si guardò attorno disorientata; non era mai stata nel capanno prima di allora. Perché avete un capanno in mezzo al bosco? Cos'è, un rifugio antiatomico, tipo?

Un rifugio *antiatomico*?, disse Rowan, sconcertato. È di *pietra*. Sembrava piú irritato che mai. Cass aveva mandato un messaggio a Elaine mentre si inoltravano nel bosco, e si rese conto solo in quel momento di non avergli detto che sarebbe venuta anche la sua amica.

Gli altri sono per strada, annunciò Elaine. Malachy sta portando la birra.

La scuola restò chiusa per quasi due settimane; andarono al capanno ogni sera. A volte c'erano quindici persone, ammassate come sardine intorno alle casse portatili, ad ascoltare hip hop angolano. Era come una festa, una festa umida e fradicia. Il mondo era sottosopra; impossibile immaginare che sarebbe mai tornato quello di un tempo.

Ma tornò quello di un tempo, naturalmente. Al rientro a scuola, tornarono anche i risultati delle simulazioni d'esame. Presumo che i vostri genitori li abbiano visti?, chiese Miss Ogle dopo la lezione.

Cass non disse niente. Era suo padre a guardare le pagelle e dopo l'alluvione era stato al garage ventiquattr'ore su ventiquattro, a lavorare sulle auto con danni all'impianto elettrico, danni al motore, danni alla trasmissione; l'alluvione era stata un disastro per il paese, ma una manna per gli affari, seguitava a dire Imelda. Neanche Elaine replicò, si limitò ad accigliarsi, sfregando la punta della scarpa sinistra sul pavimento come se volesse spegnere una sigaretta sulla faccia di Miss Ogle.

Miss Ogle sospirò. Si era dimenticata di allacciare un bottone della camicetta a quadretti; Cass intravedeva il fermaglio bianco del suo reggiseno. Teneva le mammelle poggiate sulle braccia conserte come i sacchi di sabbia che punteggiavano le strade allagate. Ragazze, disse. Lo capisco, ci sono cose che pesano sulla vostra mente e al confronto gli studi vi sembrano poco importanti. Ma tra dodici settimane sosterrete l'esame di maturità, e il suo esito condizionerà la vostra vita. Il sistema scolastico, come ho sempre detto, è memorioso. Qualunque cosa vi stia capitando in questo momento passerà. Ma quel pezzo di carta resterà con voi per sempre. Lo capite?

Dopodiché le due ragazze percorsero il corridoio in silenzio. Poi Cass, con una voce buffa, disse: Me-m*ooo*-ri*ooo*-so.

Elaine disse che erano cazzate. Si trattava soltanto delle simulazioni; chi se le filava?

Al momento degli esami veri ci proveremo sul serio, disse Cass.

Giusto, disse Elaine. E comunque non sta scritto da nessuna parte che dobbiamo studiare al Trinity. Ci sono milioni di corsi di studi a Dublino.

Era vero: avevano compilato i moduli di iscrizione al college a casa di Elaine un paio di settimane prima e si erano meravigliate per il grande numero di opzioni disponibili. Radiologia? Agricoltura biologica? Un turbinio di possibili futuri le avvolgeva come immagini all'interno di un caleidoscopio.

Anche se Dickie ci resterebbe male se non andassi al Trinity, disse comunque Cass.

E perché mai dovresti fare contento lui prendendo una strada che non è la tua?, disse Elaine. Ti ha rovinato la vita. Non gli devi niente.

Si espresse con una rabbia che sorprese Cass. Ripensò a quel che aveva detto l'insegnante a proposito delle cose che pesano sulla mente. Era evidente quel che intendeva, nel suo caso. Tutti in paese, e nel mondo, sapevano del garage. Ma era qualcosa che pesava su Elaine? Quando era andata da lei quella volta, la casa era un bordello – montagne di panni sporchi ammucchiati in cucina, piatti accanto al lavandino, disordine ovunque. Non l'aveva mai vista in quelle condizioni.

Non siamo tenute a fare niente, disse Elaine. Possiamo andare a Dublino. O in qualsiasi altro posto. Si guardò intorno e si strofinò le braccia, come fossero all'aperto, nel bosco, esposte a un vento gelido. Io so solo che se non me ne vado da qui mi ammazzo, nel vero senso della parola.

La madre di Rowan lo teneva d'occhio; voleva che studiasse e gli permetteva di uscire soltanto il fine settimana. A Elaine non dispiaceva. Diceva che era una femminuccia e un presuntuoso, per di piú; diceva inoltre di non voler piú sentire hip hop angolano per il resto della sua vita.

Anche il Bunker le era venuto a noia – sosteneva di essersi presa la candida per via di quel pavimento umido. Il Cesso era ancora chiuso; l'alluvione aveva finito per prevalere su un impianto idraulico vecchio di secoli. Ci toccherà trovare un altro posto dove andare a bere, disse.

Cass non ne era sicura. Forse la madre di Rowan non aveva tutti i torti, forse anche loro avrebbero dovuto ripassare un po'. Ma Elaine non ne poteva piú di ripassare. E comunque mancava ancora un fracco di tempo all'esame.

L'alluvione aveva lasciato segni dappertutto in paese. La sporcizia sugli edifici di Main Street indicava fin dove era arrivata l'acqua. I pavimenti delle attività commerciali chiuse erano cosparsi di pozze salmastre. Ci si immagina un'alluvione come qualcosa di pulito, una grande lavata, ma è il contrario. C'era tanfo ovunque, pareva di essere nei bagni del Cesso.

Se Cass era senza soldi, il che accadeva quasi ogni sera, andavano da *Clarke* o da *Coady* o da *Devine* e trovavano un gruppo di ragazzi che non conoscevano e pagassero loro da bere. L'idea era stata di Elaine: a Cass sembrava uno di quei piani folli con cui se ne usciva nei primi tempi, quando erano diventate amiche da poco, tipo cercare di farsi regalare l'eyeliner spacciandosi per modelle. A differenza di quei piani, però, questo aveva un successo incredibile. Non dovevano far altro che sedersi al bancone per vedere apparire dei ragazzi. Anche se in effetti erano quasi sempre uomini, piú che ragazzi. Tipi slanciati con camicie Ralph Lauren e stivali a punta, contadini capoccioni venuti in paese per il mercato, rappresentanti, tecnici, ingegneri elettrici. Installavano aspiratori o proponevano soluzioni di archiviazione digitale. Erano stati in Australia e in Alaska. Avevano le chiavi dell'auto e carte di credito, la fede al dito e le foto dei bimbi sul telefono.

Cass non sapeva mai cosa dire a quegli uomini, ma in modo diverso da quando non sapeva cosa dire a Rowan, perché in quelle conversazioni, si rendeva conto, ciò che si diceva non aveva una reale importanza. Parlare era soltanto una sorta di distrazione o diversivo mentre sotto la superficie accadeva qualcos'altro. Non le era chiaro se quegli uomini si aspettavano che lei ed Elaine si lasciassero ingannare, come innocenti fanciulle che si fanno inconsapevolmente irretire mentre cinguettano in una conversazione all'apparenza innocua, o se invece riconoscevano che loro erano parte attiva della finzione e sapevano bene che solo di questo si trattava, di uno strano gioco al contempo noioso e inebriante.

Elaine era brava a fingere di non avere cognizione di quella ulteriore attività. Raccontava che erano receptionist del centro sportivo o giornaliste tirocinanti del quotidiano locale o terapiste occupazionali nel paese vicino, blaterando spensierata mentre gli uomini la fissavano come cani davanti a una bistecca. Allo stesso modo, quando gli uomini offrivano da bere, lei fingeva di pensare che fossero soltanto generosi. E lo erano, generosi. Chiedevi una birra e loro ti prendevano anche una vodka, chiedevi una vodka e loro te ne portavano una doppia. Ti ritrovavi ubriaca fradicia senza rendertene conto né avere speso un centesimo.

Se era giovedí o venerdí uno degli uomini con la camicia Ralph Lauren poteva offrire alle ragazze l'ingresso al *Paparazzi* per ballare con Elaine nella stessa maniera incostante e speranzosa con cui aveva ascoltato la storia che erano terapiste occupazionali. Era uno spasso guardare quegli uomini, coi loro bicipiti e i tatuaggi sul collo, ballare goffamente sulle note di *Wake Me Up Before You Go-Go*. Cass sapeva che Elaine non aveva alcuna intenzione di baciarli; sapeva pure che Elaine poteva ballare per ore. Quei tipi pensavano di essere vicini alla meta, ma non c'era nessuna meta; lei voleva solo vedere quanto avrebbero retto.

Anche quando uno di loro otteneva quel che voleva ed Elaine si avvinghiava a lui sulla pista da ballo o fuori, nell'area fumatori, o in uno dei tanti anfratti o nicchie di quel labirinto buio che era il *Paparazzi* – con gli occhi serrati e le ginocchia agganciate all'uomo per tirarlo a sé – era normalissimo per lei fermarsi di botto e liberarsi per andare da Cass come se niente fosse, lasciando l'installatore di aspiratori o l'ingegnere disorientato e ingobbito sulla sua erezione. E anche quando sembrava in preda alla passione capitava che alla fine Cass ricevesse un suo messaggio del tipo «CRISTO!» o «AIUTO», il segnale che doveva andare da lei e interrompere tutto: di solito diceva qualcosa riguardo al ciclo, al che l'uomo in questione batteva in ritirata senza altri commenti.

A volte non voleva essere interrotta, però, e Cass restava a dondolare in maniera appena percettibile ai margini della pista. Ballare non le piaceva, in realtà; se ne stava lí solo per non dover parlare. Avrebbe voluto essere impavida, giocare con i maschi come faceva Elaine; ma gli uomini sembravano enormi da vicino, anche (e specialmente) quando cominciavano a prendersi qualche libertà.

Alla fine, però, doveva parlare, se voleva che qualcuno le pagasse da bere. Una volta che l'ebbe capito, non fu poi cosí difficile. Non doveva far altro che ridere alle loro battute, mostrarsi interessata e tenersi pronta al momento in cui si chinavano per baciarla, quello in cui lei faceva un passetto di lato come un matador, un unico movimento talmente aggraziato da non sembrare affatto un movimento e lasciare intatto l'orgoglio di ognuno.

A volte non si scansava; a volte, se le avevano offerto molti drink o almeno uno le aveva offerto molti drink, si lasciava baciare. Ti toccava baciare qualcuno ogni tanto, per non farti la reputazione di quella che non baciava e ritrovarti cosí senza nessuno che ti offriva piú da bere. Lei ce l'aveva già una reputazione, comunque. Sapevano che non era una terapista occupazionale né una giovane e promettente reporter del «Midlands Monitor» che stava lavorando a un'importante inchiesta sulle discariche. Anche se non erano del posto, sapevano che era una Barnes, una di quelle persone che avevano spadroneggiato ai bei tempi e adesso erano in rovina. Che diritto aveva di darsi delle arie, di respingerli? Perciò li baciava e sentiva i peli ispidi sulle loro guance raschiarle la pelle. Inalava l'odore del loro dopobarba o del deodorante e lasciava che le loro mani si infilassero sotto il top e corressero su per la schiena, sicura che prima o poi sarebbe apparsa Elaine per darle un colpetto sulla spalla, al che si sarebbero dileguate insieme per andare a scompisciarsi dalle risate accanto al distributore di sigarette.

Non sempre Elaine appariva, però, né gli uomini erano sempre cosí educati, tanto che una volta, mentre lei faceva il passetto di lato, il tipo aveva allungato un braccio per afferrarla e ne era seguito un attimo di disorientamento in cui lei si era resa conto di non ricordarsi la sua faccia, malgrado ce l'avesse proprio davanti; tutto quel che riusciva a vedere, o meglio a sentire, era l'uomo che con una mano la spingeva contro il flipper e con l'altra le stringeva forte la mascella tra le dita, facendole scivolare la mano, un attimo, un'altra mano ancora?, tra le gambe, con il flipper che tremava e tintinnava sotto di lei, annunciando con una voce spettrale: Tutti al cimitero, andiamo! Tutti quanti!

Ma di solito qualcuno arrivava e comunque non aveva importanza, niente importava. Niente importava! Tutto stava per finire, stava chiudendo tutto, l'alluvione si era portata via ogni cosa. I suoi giorni di scuola, la famiglia, il ragazzo, gli uomini, le bevute, si sarebbe lasciata tutto alle spalle, come una pelle dopo la muta; o era lei la pelle, lei destinata a essere abbandonata dopo la muta e dissolversi nella notte.

Era questo il motivo per cui, malgrado a volte ancora pensasse a ciò che aveva detto Miss Ogle, non riusciva a credere che quelle settimane avrebbero deciso ogni altra settimana a venire. Le sembrava impossibile che il presente, cosí inconsistente e volubile, col suo procedere a scatti, avanti e indietro, fosse l'immagine che prefigurava il resto della sua vita, quando a stento riusciva a vederci dentro la persona che era lei adesso.

Stai uscendo?

Cass si bloccò. Non aveva senso negarlo, con la mano sul chiavistello e il viso cosí truccato. Da tempo ormai aveva smesso di andare al Bunker per cambiarsi – di solito alle otto di sera il fratello e la madre erano già rintanati nelle loro stanze e, col padre ancora al garage, lei poteva uscire senza che nessuno la notasse o sapesse che non era in casa.

Ma ecco Dickie materializzarsi dal buio del soggiorno con un bicchiere vuoto in mano. Cass si voltò, scostandosi dalla porta. Dovevo vedermi con Elaine, disse, che in fondo non era una bugia.

Dickie si accomodò sul divano in miniatura accanto alla porta d'ingresso, sul quale non sedeva mai nessuno; la casa era piena di oggetti insensati come quello – sedie in miniatura, tavoli in miniatura, risultato di una fase attraversata da Imelda, come se non avendo piú cose per adulti da comprare fosse passata ai mobili per folletti. Ora erano su eBay insieme a tutto il resto.

Hanno ancora il tavolo da biliardo?, disse. Da *Chester*? Com'è che lo chiamano… il Cesso?

Lei non replicò. Che ci faceva suo padre a casa? Non c'era quasi piú stato dopo l'alluvione; sembrava diverso, in un modo che lei non riusciva a inquadrare.

Pensa che un'estate, disse, era impossibile staccarmi da quel coso. Di giorno lavoravamo per Maurice, io e tuo zio Frank, sgombravamo pneumatici da un vecchio magazzino. E la sera andavamo lí, a giocare a biliardo. Soldi buttati nel Cesso!, diceva tuo nonno. Stai buttando soldi nel cesso, nel vero senso della parola! Ma non c'era modo di fermarmi. Me lo sognavo di notte, sognavo di fare tiri, per dirti quant'ero fissato.

Cass non replicò. Stringeva i denti cosí forte che tremava dalla testa ai piedi. Invece di gridare, che era la reazione di sua madre quando facevi qualcosa di sbagliato, a suo padre piaceva portarti prima su e giú per montagne e colline. Ti rendeva complicato ribattere; potevi soltanto seguire il sentiero che la sua voce calma e ferma aveva tracciato, col senso di colpa che ti si abbatteva sulle spalle, finché svoltando un angolo ti ritrovavi in cima, il tuo delitto che si estendeva come un panorama sotto i tuoi occhi e voi due ad abbracciarlo dall'alto con lo sguardo.

Ho visto una tua insegnante l'altro giorno. Per caso, diceva ora. Aveva poggiato un piede sul ginocchio e stava esaminando la suola dello stivale. Anzi no, non per caso, è venuta a trovarmi al lavoro. Miss Ogle.

Le diede un'altra occhiata. Lei lo fissò a sua volta, nera. Non poteva credere che le stesse facendo questo, che si mettesse a fare il padre con lei dopo che per sei mesi era stato a malapena un fantasma! Era a un passo dal dirgli di lasciar perdere – aveva un gran voglia di dirgli anche che non era nemmeno aggiornato! Non andava al Cesso da un mese! Era però stata in quasi tutti gli altri pub del paese, in posti molto peggiori, e piú di una volta era crollata a terra priva di sensi: che ne pensava?

Ascolta, Cassie, disse suo padre, e la guardò serio negli occhi. Quella era la parte in cui ti chiedeva di capire che cosí facevi male a te stessa prima ancora che agli altri e che eri una persona migliore. So quanto è difficile pensare all'esame adesso, con tutto quello che sta succedendo. Ma è il tuo futuro. Non voglio che getti al vento le tue opportunità.

A quelle parole qualcosa si accese dentro di lei. Non vuoi che getti al vento le mie opportunità?, ripeté. Non vuoi che *io* le getti al vento? Sei tu quello che le ha gettate al vento.

Dickie sembrava sorpreso. Cass si rese conto di tremare.

Come faccio ad andare al college se non ci sono piú soldi?

Dall'espressione del padre capí che non se lo aspettava. Ma mentre parlava capí di avere ragione. Le cose non erano piú sospese in un limbo. Le cose erano precipitate. Le cose erano belle che finite, ridotte in polvere, morte e sepolte.

Suo padre cominciò a bofonchiare di soldi messi da parte; era chiaro che stava inventando. I piani che lui aveva fatto per lei, che erano poi anche i piani che lei aveva fatto per sé, le stavano crollando addosso. Eppure provava una specie di cupa gioia. Elaine aveva ragione! Imelda aveva ragione! Era tutta colpa di suo padre! E sbattergli in faccia le sue responsabilità era un piacere che quasi compensava il non avere piú un futuro. Hai idea di quanto mi vergogno, disse, di essere tua figlia?

Dickie trasalí. Cass, disse, con una voce stridula.

Ma lei non si fermò; voleva ferirlo, devastarlo, affinché non le parlasse piú in quel modo. Ci hai traditi, disse. Hai tradito la tua famiglia.

La faccia di suo padre assunse un'espressione stranissima quando lei disse quelle parole, un'espressione che non gli aveva mai visto prima. Per un attimo si chiese se l'avrebbe picchiata. Si rese conto di sperare che lo facesse. Invece sembrò afflosciarsi, come se l'aria che aveva in corpo lo avesse abbandonato.

Provò pena per lui, ma solo per un attimo; di lí a poco quel sentimento venne divorato dalla rabbia di sentirsi in colpa per averlo ferito, quando era stato lui a rovinare tutto. Girò i tacchi e uscí di casa. Pianse fino a che non arrivò in paese.

Da *Coady*, Elaine le offrí uno shottino. Sono tutti uguali, disse. Mandano le cose a puttane e poi si comportano come se fosse colpa tua.

Raccontò a Cass che sua madre aveva beccato Big Mike a farsi la domestica. Era tornata prima dal golf e li aveva colti in flagrante.

Cass rimase cosí sconvolta che si dimenticò di Dickie. La ragazza brasiliana, immacolata, sempre perfetta e muta come una statua; si faticava a immaginarsela fare qualcosa di simile – tipo fare sesso. Ma del resto si faticava a immaginarsi chiunque fare sesso, eppure lo facevano tutti, a quanto pareva.

È successo settimane fa, disse Elaine, con un'alzata di spalle. Non ha importanza.

Ma ne aveva, ovviamente. Tutto si spiegava adesso.

La madre di Elaine aveva sbattuto fuori la domestica su due piedi. Aveva detto a Big Mike che doveva andarsene anche lui, ma si era rifiutato. Dormiva in una delle stanze per gli ospiti. Mi dispiace, disse Cass. Non è poi cosí male, replicò Elaine. Da quando è stato beccato non fa che darmi soldi. Pescò dalla tasca un rotolo di banconote e gliele mostrò. Stasera da bere lo paga papà, disse.

Dopo quella discussione Dickie lasciò in pace Cass. Anche sua madre la lasciò in pace. A cena, non potendo piú gridare al marito, aveva concentrato la sua attenzione sul fratello di Cass. PJ, puoi masticare come un essere umano normale invece di ruminare come un bufalo d'acqua o non so cosa? È meglio che ti dài una regolata, caro mio, se non vuoi finire al volo in collegio! Perfino PJ aveva smesso di impicciarsi della vita di Cass. A volte però era in giardino a dare calci al pallone, quando lei usciva. E se lei si girava per lanciare un'occhiata da sopra la spalla, lo vedeva guardarla a sua volta, ondeggiando nel crepuscolo come il canotto a forma di animale di un bambino che andava alla deriva nel mare aperto.

Le lezioni terminavano un mese prima per le ragazze che dovevano sostenere la maturità, perché potessero concentrarsi sugli esami. L'ultimo giorno, Miss Ogle la prese per mano mentre lei usciva dalla classe. Sei una brava ragazza, Cass, disse. Spero che le cose si risolvano. Aveva le lacrime agli occhi. Questa sarà la serata piú folle di sempre, disse Elaine.

Avrebbe dovuto esserlo. La scuola era finita! Ma quando arrivarono in paese, per una ragione o per l'altra tutto andò storto. Passarono al Cesso, ma non trovarono nessuno di loro conoscenza; era pieno di altri ragazzi, un cast completamente rinnovato, sembrava il remake di una serie tv. Perfino gli habitué, i metallari che non cambiavano mai nemmeno la maglietta, sembravano aver subito una mutazione inesplicabile. Provarono in un altro pub, poi in un altro. Dovunque andassero, Elaine trovava qualcosa che non le stava bene. La musica era troppo alta; la musica era troppo bassa; i barman erano idioti; non avevano le Pringles. Era una di quelle serate in cui niente si incastra a dovere. Incontri la gente sbagliata, dici la cosa sbagliata; indipendentemente da quanto bevi, non riesci a rilassarti. L'opzione migliore sarebbe chiudere i giochi e tornare a casa, ma ovviamente non lo fai mai.

Al *Deasy* si imbatterono in alcune compagne di classe e finalmente Elaine parve darsi pace. Cass andò al bancone. Mentre aspettava che la servissero, un vecchio contadino con un berretto di John Deere attaccò bottone. Chi sei già?, disse. Cass accennò un sorriso, battendo il piede per terra e lanciando occhiate al barman. Il contadino insisteva. Ti conosco, diceva. È solo che non riesco a inquadrarti.

Non ci stava provando, voleva soltanto sapere. I vecchi del paese erano tutti cosí: non erano contenti finché non ti assegnavano un posto, dovevano fissarti sulla loro mappa degli alberi genealogici, stabilire se eri l'ultimo esemplare dei Barnes o dei Donnelly o dei Vattelapesca.

Cass disse al barista quel che voleva. Quando si voltò il contadino la fissava ancora, la bocca semiaperta, come per incoraggiarla a parlare. Lei si arrese e gli disse come si chiamava. Cass Barnes!, gridò lui deliziato dando uno schiaffo al bancone.

Cass Barnes, bene, bene. Sono secoli che non ti vedo. Quanti anni hai adesso? Cristo, devi essere lí lí per dare la maturità, o sbaglio?

Lei accennò un altro sorriso, aspettando che il vecchio dicesse qualcosa su Dickie e quanto gli dispiaceva per il garage.

Invece disse: Ero molto amico di tuo zio. Lo allenavo a calcio. Piú o meno quando si era fidanzato con tua madre.

Lei lo guardò; si chiese se non la stesse confondendo con un'altra persona. Mio zio?, disse. Tuo zio Frank, replicò lui. Quando doveva sposarsi con Imelda. La faccia da contadino sotto il berretto era aperta, screpolata, schietta, il tipo di faccia che si vedeva per le strade del paese nei giorni in cui si giocava una partita. Non sembrava pazzo o delirante. Parlava come se stesse dicendo qualcosa che tutti sapevano.

L'annunciarono proprio in questo pub, disse. Facemmo una gran baldoria quella sera, te lo garantisco.

Cass reagí con un debole sorriso, nella speranza che potesse bastare. Ma il contadino continuò a sproloquiare. Il locale cominciò a ruotare attorno a lei, come una giostra che si era appena messa in moto, con la voce del contadino che arrivava a frammenti alle sue orecchie in un'ondata di vertigini. Ora, Dickie... naturalmente non tutti...

Alla fine il barista riapparve con la sua ordinazione. In quello stesso momento, Cass vide Elaine venirle incontro. Afferrò i bicchieri e, bofonchiando qualcosa al contadino, si affrettò ad andare dall'amica. Elaine la prese per il braccio e, tutta eccitata, cominciò a parlare di un tipo che era nel locale. Cass annuí e sorrise, lasciò che Elaine la riportasse alla sua vita, alla sua vera vita.

Raggiunsero il tavolo dov'erano i loro amici, ma Elaine tirò dritto e uscí nel cortile coperto. Lí, stravaccato su una sedia da esterno sotto un lercio parasole inzuppato di pioggia, c'era Richard, il meccanico sexy che avevano conosciuto al Cesso prima dell'alluvione. Il ragazzo guardò Cass con benevola indifferenza, come se non l'avesse mai vista.

Elaine aveva raccontato a Richard dell'uomo che aveva ucciso la moglie e i figli. E Richard ha avuto questa idea fantastica, disse. Perché non andiamo a dare un'occhiata alla casa?

Cass fissò l'amica in silenzio. Richard era concentrato sul suo telefono come se non c'entrasse nulla in quella storia.

Voglio dire, non è assurdo che non l'abbiamo mai vista?, chiese Elaine. È l'unica cosa interessante che sia capitata in questo posto, l'unica.

Cass osservò che non era successo da loro, ma nel paese vicino.

Richard ha la macchina, disse Elaine. Afferrò la mano di Cass. Andiamo! È stato il nostro ultimo giorno di scuola. Dobbiamo fare qualcosa.

Si stringeva il corpo tra le braccia anche se non faceva freddo e ondeggiava avanti e indietro, saltellando sulla punta dei piedi, danzando come una graziosa falena bionda sotto gli occhi di quello sconosciuto che emanavano un bagliore oscuro.

Cass guardò Richard, che la guardò a sua volta con il suo sorriso gelido e compiaciuto. Perché vuoi andarci?

Mi piacciono i luoghi oscuri, rispose lui. Aveva una voce acuta e stridula, con un accento dell'Europa dell'Est. Hai paura, per caso?

Cass non ha paura di niente, intervenne Elaine, prendendola per mano.

Aspettarono sotto il tendone all'ingresso del pub mentre Richard andava a prendere l'auto. Il tanfo dell'alluvione appestava ancora l'aria, come se sotto il paese ci fosse un cadavere che marciva. Sul lato opposto della strada, strisce nere scalavano i muri del vecchio convento.

Speriamo solo che non sia un maniaco, disse Elaine. Sarebbe una bella sfiga venire uccise l'ultimo giorno di scuola. Rise.

A Cass non sembrava un tipo violento. I suoi modi erano divertiti, quasi femminili. Vuoi davvero che venga anch'io?, chiese, con delicatezza.

Ma certo! Non ci penso proprio ad andare su un luogo del delitto con uno che avrò visto sí e no un paio di volte.

Va bene, ma non voglio ritrovarmi... in mezzo.

In mezzo a cosa? Uff, a lui e me? Vorrai mica andarci tu?

Bleah, disse Cass. Ma entrambe erano percorse dallo stesso elettrico formicolio, non stavano nella pelle; poi, in fondo alla strada apparve un paio di fari. Mentre l'auto si avvicinava, le ruote sull'asfalto bagnato emisero un suono simile a una lampo che veniva abbassata lentamente. Il conducente era invisibile, nascosto dal bagliore dei fanali; Cass se lo immaginò intento a guardarle da dietro il parabrezza, due figurine pallide ed esili come fiammiferi, con cappotti dai colori accesi. Nei lunghi viaggi in macchina Cass faceva sempre un gioco con PJ: Auto rossa, auto blu, diceva uno dei due all'altro, e se la prima auto che incrociavano era blu, sapevano che sarebbe stata una bella giornata.

L'auto era rossa. Accostò e la portiera si spalancò. Saltate dentro, disse Richard. Elaine non si mosse, lei non si mosse. Poi alle loro spalle un'altra voce gridò: Buonanotte Cass!

Si girò: era il vecchio contadino col berretto, se ne stava sulla veranda del pub e la salutava con la mano. Cass imprecò. Poi salí a bordo.

Appena la portiera si chiuse, l'auto partí e le ragazze vennero gettate all'indietro e si urtarono a vicenda, strillando. Era una vecchia Saab; puzzava di sigarette e deodorante. Ma andava veloce. Attraversarono un incrocio col semaforo rosso, poi un altro e Cass si sentí travolgere dall'eccitazione. Richard collegò il telefono allo stereo e le ragazze scrollarono la sua musica in cerca di qualcosa di accettabile. Senza offesa, ma la tua library è super gay, gridò Elaine sporgendosi sul sedile anteriore. C'era tanta roba di Mariah Carey e poi una gran quantità di gruppi, quasi di sicuro polacchi, ragazzi coi boccoli e le facce imbronciate. Alla fine trovarono un pezzo degli Iron Maiden. Passarono davanti alla loro scuola: era strana di notte – pareva rimpicciolita, insignificante. Uscirono a gran velocità dal paese, lungo strade tortuose e bagnate dalla pioggia, cantando a squarciagola sulle note di *The Evil That Men Do*.

Che ti stava dicendo quel tipo?, chiese Elaine a un tratto.

Che tipo?, disse Cass, sorpresa.

Il vecchio al bancone, disse Elaine. Sembravi sconvolta.

Lo allenavo a calcio. Piú o meno quando si era fidanzato con tua madre.

Ah, lui, disse Cass. Mi chiedeva della maturità.

Certa gente non era contenta che lei e Dickie si sposassero, naturalmente.

Perché cazzo la gente è ossessionata dalla maturità, disse Elaine.

Dal sedile anteriore, Richard tornò a chiedere dell'assassino. Perché lo aveva fatto? Le ragazze non ne avevano idea. Si raccontavano diverse storie: che fosse pieno di debiti, che la moglie avesse trovato roba strana sul suo computer, che abusasse dei figli, che facesse parte di una setta. A nessuno piace parlarne, disse Elaine, per cui è difficile avere informazioni precise.

In effetti, pensò Cass, neppure quell'ultima informazione era cosí precisa. La gente diceva di non voler parlare degli omicidi; ma poi continuava a parlarne e anche a lungo. C'erano però altre cose di cui la gente non voleva parlare e in effetti non parlava, cose che semplicemente non venivano mai nemmeno menzionate. La lavanderia che era proprio al centro del paese, per esempio. Faceva parte del convento, un tempo; per sessant'anni ci avevano mandato le ragazze che avevano «smarrito la retta via», per tenere la comunità al riparo dai loro comportamenti peccaminosi. Alcune non ne uscivano piú; passavano la vita dietro quelle alte mura grigie a lavare le lenzuola dei preti e delle suore in punizione per i loro vecchi peccati. Erano tutte morte adesso. Il convento era chiuso, la lavanderia pure, e nessuno parlava di quel che era successo lí dentro.

E lo zio Frank? Era un innominabile anche lui? I suoi genitori non ne parlavano mai. Non sapeva nemmeno dove fosse morto con esattezza. Magari sulla strada dov'era lei adesso.

Be', è comprensibile. La ragazza di quel poveraccio di suo fratello!

Il nome dell'assassino era stato cancellato dalla tomba di famiglia in piena notte e mai piú rimesso.

Ma se l'avessi vista allora. Una vera bellezza! Pareva la vetrata di una chiesa che prende vita...

Il suo sguardo incrociò quello di Richard nello specchietto retrovisore.

La strada serpeggiava sotto di loro, scagliandoli da una parte all'altra, come se stesse cercando di seminarli.

Quando arrivarono nel paese vicino si resero conto di avere un problema. Non avevano idea di dove si trovasse «la casa della morte», come la chiamava Richard. Lui pensava che loro lo sapessero. Loro pensavano che lui lo sapesse. Elaine spense la musica. Odiava la cattiva organizzazione.

Si fermarono in una stazione di servizio e tirarono fuori i telefoni. Nella barra di ricerca Cass digitò il nome del paese e «famiglia massacrata». In un istante lo schermo si riempí di immagini. Mostravano perlopiú la faccia dell'uomo, la stessa foto in dimensioni e risoluzioni diverse. Aveva la barba e indossava una maglietta grigia. Non aveva l'aspetto di un assassino; sembrava solo un papà. Mentre scrollava, Cass incappò nella foto della mamma con l'uomo – anni prima, in abito da sposa, con un puntino rosso negli occhi e un grande sorriso; poi in quella della mamma e dei figli, due maschietti con la maglia della Gaa, in un giardino illuminato dal sole. Avevano un'altalena identica a quella sua e di PJ. Un link sotto la foto portava alla pagina Facebook della madre. La bacheca era un profluvio di omaggi da ogni parte del mondo, lasciati da persone che non avevano mai conosciuto né lei né i bambini, li avevano visti soltanto sui loro telefoni, quando erano già morti.

L'ho trovata!, esclamò Elaine. Mostrò il telefono a Richard e poi a Cass. Di sicuro era un'immagine della casa. Ma non c'era l'indirizzo.

Usa la ricerca inversa immagini, disse Richard. Elaine non sapeva come si facesse. Lui cominciò a spiegarglielo nel suo inglese stentato. Elaine sospirò seccata. Ok, disse Richard, seccato anche lui. Vado a chiedere. Scese dall'auto e si diresse con decisione verso l'officina del distributore.

Non dire che cerchi la casa della morte!, gli gridò Elaine dal finestrino. Ti guarderanno male.

Scavalcò il sedile per andare davanti e provare a riaccendere lo stereo. Il telefono di Cass tintinnò. Rowan le aveva mandato un messaggio: «Posso passare? 6 a casa? Ci vediamo al Bunkr?»

Gli rispose: «Scusa non posso stasera devo studiare».

Ma che cazzo, disse Elaine. Aveva aperto il vano portaoggetti, trovandoci uno spazzolino e un dentifricio. Rovistò ancora. C'è di tutto qui dentro... calzini... una crema per il corpo...

Le porte della stazione si spalancarono di colpo e Richard tornò a grandi passi all'auto. Era arrabbiato. Che stronzo, disse. Sa benissimo dov'è la casa della morte.

Ma ci vivi, in macchina?, domandò Elaine.

Perché guardi nelle mie cose? Le strappò il dentifricio di mano e lo richiuse nel vano portaoggetti. Poi mise in moto e sterzò per tornare sulla strada. Dove stiamo andando?, chiese Elaine.

Richard la ignorò. Lasciò la via principale per svoltare verso un complesso residenziale e confrontare le case con quella della foto. Sei serio? Il tuo piano è guardare ogni casa del paese finché non la trovi?, disse Elaine. Pensi di riconoscerla da un nuvolone che non si muove mai da sopra il tetto?

Lui era scuro in viso. Gli occhi ridotti a due fessure, la mascella contratta. Setacciarono una strada dopo l'altra. Il complesso era pieno di case identiche e sembrava non finire mai. Poi incrociarono una pattuglia che veniva dalla direzione opposta. Videro i poliziotti scrutarli da dietro il parabrezza. Richard imprecò. Appena la pattuglia sparí dalla vista, schiacciò l'acceleratore per tornare sulla via principale e uscire dal paese.

Probabilmente non avremmo visto niente comunque, provò a consolarlo Elaine. Sarà chiusa come si deve. E avranno pulito il sangue e il resto.

O magari l'hanno demolita, disse Cass. Ora che ci pensava, le sembrava l'ipotesi piú verosimile. Difficile che l'avessero lasciata dov'era, sulla strada. Per quanto, la lavanderia l'avevano sí lasciata dov'era.

Richard non replicò; si stava godendo la propria rabbia. L'asfalto sfrecciava sotto di loro, il buio sfilava veloce fuori dei finestrini. Cass ebbe un'idea. Non potremmo andare al Bunker?

Che cazzo è il Bunker?, chiese lui.

Cass cominciò a magnificarlo: una vecchia e misteriosa costruzione in pietra in mezzo al bosco, dove erano accadute cose tremende anni addietro; super inquietante. Richard sembrava interessato malgrado ostentasse distacco.

E c'è della birra, aggiunse Elaine. Dico bene?

Di sicuro ci sono le Monster Munch, disse Cass.

Gli spiegò dove svoltare; quella che pareva una crepa nella muraglia di alberi era in effetti un sentiero fangoso che conduceva al complesso di case non finite su cui Big Mike aveva investito. Al chiaro di luna le facciate erano tristi e ceree. Ognuna di quelle costruzioni sarebbe andata benissimo come casa della morte, pensò Cass; avrebbero potuto portarlo lí sin dall'inizio.

Chi ci abita?, chiese Richard, puntando un dito.

Nessuno.

Ma c'è una luce accesa.

Sarà per ragioni di sicurezza.

Si fermò davanti a una delle case vuote. I fari colpirono le finestre, in un'abbagliante esplosione che divenne sempre piú grande travolgendole di luce. Scesero dall'auto e guardarono il bosco. Il buio sembrava pulsare, confinato dietro il recinto di filo spinato.

Mi state prendendo per il culo, disse Richard. Ma si era rianimato: fece strada, anche se non sapeva dove stesse andando. Gli alberi apparivano sottili e sbiancati, alla luce del suo telefono.

Parlò alle ragazze di una foresta nei pressi della sua cittadina natale dove migliaia di persone erano state passate per le armi durante la Seconda guerra mondiale. Immaginate l'intensità: tutti quei cazzo di fantasmi ammassati in un punto solo. Vai lí, ti cali un acido, metti le cuffie... Fece un gesto con le mani per mimare l'esplosione di un cervello.

Elaine ridacchiò. Dal telefono di Cass arrivò il suono di un'altra notifica. Era un messaggio di Elaine. «Se vive in macchina dove pensi che cachi??»

Cass rispose: «Non lo so ma immagino l'INTENSITÀ del posto».

Raggiunto il Bunker, Richard si ammutolí. Ci girò intorno un paio di volte, poi puntò la torcia del telefono all'interno. Non ci viene nessuno?, chiese. Solo... ragazzini? Girò la torcia verso le ragazze. Cass annuí in silenzio. È abbandonato, disse Elaine, e poi: Potresti stare qui, immagino. Se vuoi.

Cosa, nel bosco?, disse Cass. Provava lo stesso fastidio di quando Elaine gli aveva offerto un lavoro al garage di suo padre.

È piú comodo che dormire in una macchina, insisté Elaine, ignorando l'occhiata che Cass le aveva lanciato. Potremmo portarti le lenzuola, disse a Richard, ravviandosi una ciocca dietro l'orecchio.

Lui diresse la torcia sul telaio della porta. Si chiude, questa? E vedendo la faccia di Cass, si affrettò ad aggiungere: Non pensavo di chiudervi dentro.

Non si chiude, gli disse lei. Richard ci pensò su. Poi, come se si fosse ricordato delle buone maniere: Dopo di voi, esortandole a entrare.

Era strano vedere un adulto lí dentro. Cass si sentiva a disagio, come una bambina che di colpo si rende conto che sta giocando. Elaine sembrò non accorgersene. Gli porse una birra e, mentre lui la apriva, incrociò lo sguardo di Cass e le fece un gran sorriso, come se avesse vinto chissà cosa. Grazie alla birra, Richard si fece piú espansivo, piú accomodante. Che ne dite di un cannone?, propose. Si rispose da solo, accovacciandosi per iniziare a rollare. Elaine lo osservò per qualche secondo, dopodiché, forse sentendosi trascurata, chiese: Che ne pensi del Bunker? Te lo avevo detto che era un posto assurdo.

Lui non replicò; passò la lingua sulla cartina.

Non ti abbiamo piú visto dopo quella sera. Che fine avevi fatto?

Ti sono mancato. Richard pronunciò quelle parole come fossero un'affermazione piú che una domanda; Elaine arrossí.

L'uomo del mistero, disse lei. Gli diede un colpetto con la punta della scarpa. Perché sei venuto qui, in questo paesino di merda?

Qualcuno mi ha detto che ci avrei trovato ragazze carine. Quando sorrideva la sua bellezza diventava un'esplosione di luce miracolosa, con milioni di scintille. Ci si sentiva sommersi da una pioggia di schegge radiose.

Accese il cannone, fece un tiro profondo, trattenne il fumo, poi lo lasciò uscire con un sospiro di appagamento estatico. Passò il cannone a Elaine, che si sedette accanto a lui imitandone con precisione i gesti; tirò dal filtro e liberò anche lei una nuvola bianca con la stessa aria di sublime pienezza. Cass si voltò e guardò la foresta fuori della porta. Nascosti nel buio c'erano gli alberi su cui un tempo si arrampicava insieme al fratello, mentre Dickie dava loro la caccia armato di una pistola giocattolo.

Cass. Da terra, Elaine allungò il cannone. Era cinta dal braccio di Richard adesso. Cass prese il cannone, inalò. Il fumo si riversò nei polmoni. Tornò sulla porta, espirò nella notte. Dietro di lei, Elaine bisbigliò qualcosa a Richard, risero entrambi. Poi si fecero silenziosi.

Cass non aveva piú voglia di fumare, ma non voleva nemmeno voltarsi, per cui continuò a tenere il cannone. Prese il telefono, trovò ad aspettarla la foto della famiglia morta e altri messaggi di Rowan. «Vediamoci ti prego».

Si era presentato a casa sua la settimana prima, senza preavviso. Aveva aperto lei e se l'era trovato lí, sulla porta, e le era preso un colpo – anche se in realtà si era trattato piú di un colpo esteriore, senza sentimento, tipo se il postino ti consegnasse una lettera con niente dentro. Pensava fosse venuto a sapere dei ragazzi che aveva baciato al *Paparazzi* e volesse rompere con lei. Invece le aveva detto di essersi innamorato e si era messo a piangere.

Cass non aveva saputo cosa dire. Si era sentita in imbarazzo per lui – in colpa, anche, perché quelle sue parole non significavano granché per lei, perché amare qualcuno non significava granché. Era meglio quando credeva che lui piacesse a lei piú di quanto lei piaceva a lui, pensò. Da allora lo aveva evitato, ma lui continuava a scriverle. «So che non sei a casa so che sei con elane pensi che le importi qlcs di te???»

Il cannone bruciava tra le sue dita. Fece un altro tiro, sentí una fiammata di dolore sotto le costole. Dietro di lei – non aveva bisogno di guardare per saperlo – Elaine stava baciando Richard. L'aveva vista baciare tanti di quei ragazzi, perché mai quella notte doveva essere diverso? Non era diverso. «Pensi che le importi qlcs di te???» Si asciugò gli occhi e cercò di scrivere una risposta a Rowan. Le girava la testa. Le venne in mente una cosa che lui le aveva detto una volta, che il passato era sospeso sul presente come fumo nell'aria, come scie di vapore che svaniscono poco a poco. Sul momento non aveva capito, ma adesso per un attimo le sembrò di vederlo davvero, quel fumo: lo zio Frank che bruciava disteso su un prato blu, sua madre incastonata nelle vetrate della chiesa con luci colorate che fuoriuscivano dal suo corpo. Vedeva anche sé stessa, una studente con un grosso sbaglio che le ronzava dentro come un'ape intrappolata in un velo, mentre stringeva la mano della sua migliore amica. Anche quella notte sarebbe svanita, come bianche piume chimiche nell'azzurro del cielo. Un mugolio triste e addolorato le sfuggí dal cuore, come se lei si stesse dissolvendo in un mondo di ombre o fosse abitata da un mondo di ombre che la mangiava da dentro.

Poi sentí un tocco sulla nuca – appena accennato, poco piú di un respiro. In un primo momento pensò di esserselo immaginato. Ma no, erano proprio dita e stavano accarezzando le sue. Cass si scostò, ma il suo corpo era troppo pesante e lento e una mano, la mano di Richard, stava stringendo la sua. Con difficoltà, si girò a guardare. Lui era in piedi dietro di lei, le dava le spalle ed era immerso in un abbraccio con Elaine. Erano talmente intrecciati e stretti l'uno all'altra da sembrare congelati. Elaine aveva gli occhi chiusi; Richard l'avvolgeva col suo braccio. L'altro era però teso verso Cass e, con delicatezza ma anche con insistenza, la tirava a sé.

Cass inciampò in avanti, quasi fosse trascinata giú per un tunnel, finché non se li ritrovò accanto, come una porta davanti alla quale lei era in attesa. Con gli occhi ancora chiusi, Richard staccò le labbra dalla bocca di Elaine. In quello stesso istante, la mano di lui risalí la spina dorsale di Cass per raggiungerne la testa e tirarla in modo da guidarne la bocca verso le sue labbra. Lei sentí il suo calore e il suo odore accerchiarla, poi il contatto delle loro bocche, che durò soltanto un momento, perché lui si ritrasse e la mano tornò dietro la sua per guidarla in una nuova direzione. Da qualche parte, in quel vellutato velo di fumo, il cuore di Cass cominciò a martellare; sentí il proprio respiro penetrarle le orecchie; il corpo sembrava percorso da una corrente elettrica mentre si spostava di pochi centimetri nello spazio. Quindi altre labbra, morbide e appiccicose perché cosparse di gloss, coprirono le sue. Un lampo la scosse e lei si ritrovò a ruotare senza volerlo in un'esplosione di fiamme, a sbattere contro il muro. Non si mosse però, si limitò ad aprire un poco la bocca. Dietro, il respiro di Richard era diventato pesante; stava facendo qualcosa o almeno cercava di farla, continuava a togliere la mano un attimo per poi rimetterla dov'era e assicurarsi che lei non si spostasse. Cass si impose di chiudere gli occhi, sentí la foresta entrare dalla porta per animarla e crescere nel suo corpo come un'onda e nella bocca del corpo la cui bocca era sulla sua. Poi spalancò di nuovo gli occhi e vide che anche quelli di Elaine erano aperti adesso, poco piú in alto dei suoi, come due lune verdi che riempivano l'intera volta celeste. Per qualche istante nessuna delle due si mosse. Elaine se ne restò lí, a un centimetro di distanza, a fissare Cass. Poi ritrasse le labbra. Me-*mo*-rio-so, disse a bassa voce.

Cass la guardò a sua volta. Poi, con pompositGà, replicò: Me-mo-*rrrr*-i-*o*-so.

Shhh, le disse Richard. Bacia la tua amica.

Ma Cass non lo fece. BAGATELLA, declamò.

Elaine emise una specie di starnuto, si piegò in due e, quando si ritirò su, i suoi occhi brillavano di lacrime. Mellifluo!

Baciala, disse Richard. Ma quella parola serví soltanto a far ridere ancora di piú Elaine, una sequenza di rantoli sbuffi sibili e grugniti soffocati che ricordava una macchina a vapore dell'epoca vittoriana. Su, ragazze, gli fece il verso Cass. Elaine cacciò uno strillo, alzando una mano per chiedere pietà. Ora anche Cass rideva, ridevano entrambe come non avevano mai riso prima, ridevano cosí forte che non avevano piú fiato in corpo per emettere alcun altro suono e qualunque cosa Richard dicesse o facesse peggiorava soltanto la situazione. Ridevano cosí forte che dovettero sedersi e questo le fece ridere ancora di piú. Stupide troie! Bambine scimunite! Loro cercarono di smettere, ma non c'era verso: si raggomitolarono sul pavimento gelido, tremando con gli occhi chiusi e la testa sepolta l'una nella spalla dell'altra.

Infine Cass levò lo sguardo e vide che Richard se n'era andato. Deve essersi arreso, disse Elaine, il che innescò un'altra ondata di ilarità.

Bacia amica!

Dove sta casa di morte?

Vivo dentro macchina!

Cazzo di stronzata!

Alla fine si sollevarono da terra per mettersi a sedere e guardare, a corto di fiato dopo le risate, il luogo abbandonato da Richard. Elaine aveva le guance bagnate. Se le asciugò con una manica. Ci ha mollate qui, sole in mezzo a un bosco, ma ti pare possibile? Si infilò due dita in bocca e ne estrasse un filo di tabacco.

Voleva che ci baciassimo, disse Cass a bassa voce, visto che Elaine sembrava ignorare la questione.

Che stronzo, disse Elaine, e poi: Baci meglio tu di lui. Si allungò per prendere una lattina di birra dalla scorta in via di esaurimento, strappò la linguetta e chinò il viso per andare incontro alla schiuma che veniva fuori dall'apertura. Respirava a fatica. Oh, Cristo, sto uno schifo, disse. Poggiò la testa sulla spalla di Cass. Sono fatta come una scimmia.

Pure io, disse lei, anche se in effetti, dopo la selva oscura in cui si era sentita avvolta poco prima, aveva raggiunto una strana lucidità. La notte si inarcò su di loro, con pareti nere e lucide come vetro; una singola nota sembrava risuonare in ogni cosa, il buio, gli alberi, le pietre.

La scuola è finita, disse lei.

Me n'ero scordata, disse Elaine. Assurdo.

Calò di nuovo il silenzio. Elaine carezzò con il pollice e un'aria assente la mano di Cass. Ricordi la lezione di chimica, quando ti ho versato lo iodio sull'eczema?, disse dopo un po'.

Mmm. Sapeva dove voleva arrivare Elaine.

L'ho fatto apposta, disse. Pensavo che l'eczema sarebbe andato via. Si rannicchiò accanto a Cass. Volevo aiutarti, disse. Ma ti ho fatto solo male.

Non fa niente, disse Cass. Sentí la mano di Elaine stringersi intorno alla sua. Era la mano dell'eczema, anche se l'eczema non c'era piú; si era schiarito da sé quella primavera, la pelle era nuova adesso.

Rimasero cosí a lungo, con l'orecchio di Elaine sul cuore di Cass.

Chi delle due si rese conto che non era troppo tardi per andare al *Paparazzi*? Si rianimarono all'istante: si alzarono inoltrandosi nel bosco per poi raggiungere la strada. Da lí in avanti corsero, mano nella mano, gridando come banshee. Avevano il vento nei capelli e la testa piena di hashish e birra di supermercato; corsero cosí veloce da perdere la memoria e precipitare in un'amnesia totale. Correvano sopra il paese, lontano dalle loro storie, da chiunque volesse ricordarle; non erano piú niente ma erano insieme, ed erano vive vive vive vive.

E poi un giorno riprese conoscenza e si ritrovò seduta a un banco nella palestra della scuola con un quaderno vuoto di fronte e un foglio di carta rosa. In cima al foglio di carta c'era scritto «Roinn Oideachais – Esame di Stato conclusivo del corso di studi di istruzione secondaria superiore», con la data di quel giorno.

Si guardò intorno in cerca di Elaine e la vide seduta due file piú in là. Cercò di catturare la sua attenzione, ma Elaine era intenta a studiare il foglio.

Si passò la mano tra i capelli, provò a raccogliere i pensieri. «Plath si serve in maniera efficace del linguaggio per esplorare le sue sofferenze personali e intravedere a tratti il potere salvifico dell'amore».

Era una traccia perfetta, un regalo; se la vedeva davanti, Sylvia, con le poete, Saffo, Anna, Anne, al suo fianco. I loro visi erano però sfocati, e quando accostò la penna alla carta non venne niente.

Faceva caldo nell'aula d'esame; la luce che entrava dalle finestre picchiava sul pavimento risvegliando gli odori della gomma corrosa. Cass si sentiva la testa pulsare e aveva le dita cosí sudate che era un'impresa tenere in mano la penna. Perfino le poesie scivolavano via: sapeva che erano nella sua testa, ma i versi, le parole esatte, continuavano a sfuggirle! Una vampa di calore le assalí la nuca e le spalle; si contorse per togliersi il maglione e approfittò di quel movimento per lanciare un'altra occhiata a Elaine, due file piú là. Se soltanto avesse alzato lo sguardo, anche solo per un attimo! Se avesse incrociato i suoi occhi, probabilmente sarebbero scoppiate a ridere entrambe per l'assurda ridicolaggine di quella situazione! Erano fregate! Una comica!

Ma la testa di Elaine non si era voltata; era rimasta abbassata, quasi incollata al banco, con la penna che correva veloce sulla pagina, riempiendo le righe del quaderno una dopo l'altra, con una calligrafia precisa e implacabile, di colore blu. Il rumore delle penne, si rese conto Cass, rimbombava in tutta l'aula, in un profluvio di parole.

Fu allora che cominciò ad avere una brutta sensazione.

La tana del lupo

Le foreste della Bielorussia sono un labirinto, un labirinto verde e carico di neve che si trasforma ogni volta che lui gira le spalle. È inverno: il freddo è una lama, il nemico è ovunque, lampi grigi tra i rami, cosí rapidi che quasi sfuggono all'occhio.

Dietro di te!, grida Nev.

PJ si gira appena in tempo per vedere un fucile puntato proprio contro di lui, una figura in ombra lo inquadra nel mirino telescopico...

Fuoco!

Si getta in una buca nel momento esatto in cui la granata gli piomba addosso, rotola insieme all'esplosione, frana contro un tronco, si rimette in piedi e corre tra gli alberi, verso la luce, senza guardarsi indietro.

Da questa parte!, grida Nev, andando nella direzione sbagliata.

La luce deflagra tra i rami, si contorce e punzecchia, coltelli di luce, fiumi di luce, muri di luce che ruotano e mutano e si avventano su di lui – piú corre veloce, piú sente che il petto è sul punto di esplodere.

Fuoco! Un'altra granata atterra ai suoi piedi.

Aspetta un secondo, dice PJ, e si ferma. Sei tu che mi lanci contro quella roba?

Era un cecchino, grida Nev di rimando. Perché sei una tartaruga.

I cecchini non lanciano granate, ribatte PJ. Nev però è sparito tra gli alberi piú avanti. Ricomincia a inseguirlo ma gli bruciano i polmoni e anche i piedi sono in fiamme, grida come se corresse su lame di rasoio. Il cielo, rosso e violetto, rimpicciolisce diventando una palla scura, una palla nera di dolore che vortica. Cade sulle ginocchia per poi accasciarsi sulla terra morbida, allunga una mano in cerca dell'inalatore.

Il cielo si riapre. La foresta smette di bruciare. Si slaccia le scarpe da ginnastica, se le toglie con la massima delicatezza. Nonostante ciò, insieme a loro viene via gran parte della pelle.

In lontananza sente Nev farsi strada nel sottobosco e, piú vicino, qualcosa che sfrega. Sfrega sfrega, fruscia fruscia, proprio accanto alla sua testa.

Porca zozza – è uno scoiattolo, uno scoiattolo rosso! È appollaiato su un tronco, del tutto immobile, sembra apparso all'improvviso da un altro mondo. E forse è proprio cosí: il bosco pullula di scoiattoli grigi, ma di rossi lui non ne aveva mai visti, finora. Ehilà bello, dice. Lo scoiattolo lo squadra dal suo tronco. Molto molto molto lentamente porta la mano alla tasca ed estrae il telefono. Faccio solo una foto, nient'altro, spiega allo scoiattolo. La bestiola piega la testa in modo amichevole, come a dire: Non c'è problema.

Fuoco!, urla una voce. Un masso si schianta davanti a lui. Quando si gira lo scoiattolo è sparito, come se non ci fosse mai stato.

Che fai lí per terra? Nev si avvicina con passo pesante. Non puoi prenderti pause come niente fosse, quando sei in missione. Nella vita potrei spararti per aver disobbedito agli ordini.

Ho visto uno scoiattolo, dice PJ. Cercavo di fargli una foto e tu lo hai spaventato.

Pensi che nella Seconda guerra mondiale si fermassero a fotografare scoiattoli?, replica Nev. Credevo che stessimo cercando la nostra base.

Va bene, va bene, dice PJ.

È stata tua l'idea di giocare a 'sto stupido gioco, gli ricorda Nev.

Ok, arrivo, dice PJ. Allunga una mano per riprendere le scarpe.

Cristo, dice Nev. Che minchia hai fatto ai piedi?

In effetti è estate, non inverno. Per settimane la temperatura è stata piú alta della media: PJ vorrebbe quasi trovarsi in Bielorussia per davvero, con tutti i cecchini e le granate. Durante il giorno il calore non fa che salire e salire, come l'acqua in un'alluvione. La notte cala un pochino, ma al mattino risale e presto sarà piú forte che mai, un mare di caldo che ti sommergerà lasciandoti sul fondale.

È vietato innaffiare il prato. I vigili del fuoco vanno di continuo sui monti a spegnere le fiamme che divorano le ginestre. In paese sono tutti contenti. Non è fantastico?, si dicono l'un l'altro il macellaio, il barbiere, davanti ai negozi nell'aria che scintilla, ma sotto le loro braccia appaiono chiazze scure e gocce argentate imperlano il loro cuoio capelluto e si capisce benissimo che sono assetati e stanchi e miserabili.

Sarebbe bello restare in casa, se potesse. Quando sono andati in vacanza in Egitto, ogni volta che uscivano in strada era come se qualcuno li incenerisse con una lente di ingrandimento. Cosí avevano finito per non andare in nessun posto, nemmeno alle Piramidi, erano rimasti in albergo a nuotare in piscina e guardare documentari sull'Egitto in televisione, e secondo PJ quella è stata una delle vacanze di famiglia migliori.

Ma quest'estate non andranno da nessuna parte e, anche se la casa è fresca e hanno una tv che aspetta solo di essere guardata, le probabilità di dedicarsi a queste attività sono pari a zero. Ogni mattina comincia infatti con un: Penserete mica di stare tutto il giorno a letto? E poi, non appena si alza, Ma perché state sempre tra i piedi!

È peraltro un plurale puramente retorico. *Voi* vuol dire PJ. Sua madre sembra infatti aver rinunciato a sgridare Cass, che quando scende è solo per portarsi la colazione di sopra, in camera sua. Mentre PJ viene costretto a sedersi e sorbirsi le lamentele materne sui rumori che produce. Fa troppo rumore quando mastica, fa troppo rumore quando usa il telefono. Una volta è esplosa perché batteva le palpebre di continuo. PJ Barnes, sto per arrivare al limite con te!, dice. Sua madre sta sempre per arrivare al limite. È una specie di cavo d'innesco umano, in attesa che lui ci inciampi per farla esplodere.

Per questo il piano migliore, l'unico piano, è alzarsi presto e stare fuori il piú possibile, perdersi nei tunnel soffocanti e senz'aria della foresta.

Proseguono nel labirinto. Il terreno sotto i piedi è secco e scricchiola, crepita come un fuoco appena acceso. Guarda, dice Nev, è la tua nuova scuola!

PJ guarda il telefono. Lo schermo mostra un ragazzo in uniforme scolastica con giacca e berretto, anche se sembra troppo grande per andare a scuola. Ha le mani e i piedi legati e ci sono altri tre tizi allineati e vestiti da insegnanti che gli sborrano addosso. «Gli insegnanti puniscono un frocetto cattivo e se lo scopano di brutto», è scritto sopra il video.

Nev sghignazza tra sé. Buon per te che ti piace essere sfondato, dice.

Sotto la clip ci sono dei mini-schermi.

«Raccomandati per te:

– Nano si diverte con gnocca adolescente.

– Frocetto legato implora pietà a un nano con un coso enorme.

– Vero incesto tra nani».

Noto che il tuo algoritmo ti propone un sacco di porno coi nani, dice PJ.

Dammelo! Nev gli strappa il telefono e se lo ficca in tasca. Allora, dov'è 'sto *posto incredibile* che volevi farmi vedere, dice.

Hmm, fa PJ. Be', è questo.

Questo?, dice Nev. Si guarda attorno per assicurarsi di non essersi perso niente. È un capanno, dice.

Esatto, dice PJ. A prima vista, cioè.

È un vecchio capanno vuoto, dice Nev. Con buchi nei muri.

Sí, comincia PJ, ma... Gli si spegne la voce. È strano, quando viene qui da solo o con Zargham c'è sempre una certa atmosfera, tipo che ti immagini come niente di essere in un'antica rovina o in una base diroccata sperduta in una landa post-apocalittica. Con Nev invece gli sembra piú di essere tipo in un piccolo capanno, anzi in un minuscolo capanno di pietra con il tetto arrugginito e le erbacce negli angoli.

Pensavo ci fosse qualcosa dentro, dice Nev. Non posso credere che mi hai portato fin qui per vedere un capanno.

Ogni tanto ci viene mia sorella coi suoi amici a farci delle feste, ribatte PJ. Per secoli hanno tenuto un'enorme pila di lattine di birra, in quell'angolo lí.

Nev guarda l'angolo vuoto, senza birre.

Lo chiamano il Bunker, insiste PJ. Tipo il bunker di Hitler.

Nev fa un sospiro profondo. Mi sa che un giorno o l'altro scoprirai che il *Führerbunker* stava sottoterra, dice. Era quello il senso, stare sottoterra... ti pare?

Giusto, dice PJ. Il *Führerbunker* è dove combatti contro Hitler alla fine di *Black Dawn*, solo che lui scappa con quella specie di talpa meccanica. Perlomeno è quel che PJ ha letto sul forum – al momento lui e Nev sono ancora inchiodati nella Tana del lupo.

Sí, non so bene perché lo chiamano cosí, ammette.

Nev non replica. Se ne sta con le mani sui fianchi a valutare con disappunto le misere dimensioni del capanno. Poi, poco a poco, gli si accende una luce. Credi che ci abbiano fatto sesso qui dentro?, chiede.

Non lo so, risponde PJ.

Pensavo li guardassi, dice Nev. Non avevi detto che venivi qui a guardarli?

Li ho visti un paio di volte, risponde PJ, risentito. Ho visto che facevano una festa. Non sono stato a guardarli. Comunque, sono secoli che non ci vengono piú.

Nev si incupisce di nuovo. PJ si rende conto troppo tardi che avrebbe dovuto sfruttare meglio il potenziale voyeuristico. Ma gli torna in mente qualcos'altro. Poi c'è stata quella volta, dice. Prima delle vacanze estive, tipo. Sono venuto qui e l'intero Bunker...

Capanno, lo corregge Nev.

Va be', l'intero capanno era pieno di pezzi di cose, tipo pezzi di auto. Ma il mattino dopo, quando sono tornato, erano spariti.

Quel giorno c'era anche Zargham con lui. Erano trafficanti di sicuro! Avevano setacciato la foresta cercando tracce di impronte o pneumatici – pensavano di aver visto uno sconosciuto, in lontananza! Nev però si limita a guardare il pavimento con un'espressione traumatizzata, come se PJ lo avesse rapito per tenerlo in ostaggio in questo posto. Ho fame, dice.

Ah! Quand'è cosí! Rianimatosi, PJ va in un angolo e con un gesto pomposo tira via da terra quello che sembra un pezzo di pavimento sporco ma che è in effetti un asciugamano lurido messo lí a coprire un buco nel quale è nascosta una scatola. La apre. Prendi, dice.

Nev guarda dentro, poi fissa PJ. Che cazzo è 'sta roba?, dice. Filetti di aringhe? Fette di ananas?

Porto qui solo quello a cui mia madre non fa caso, dice PJ, come per scusarsi. Ma ci sono anche barrette energetiche, vedi?

Nev si allontana disgustato. Voglio qualcosa di freddo. Che sia stato in frigo, tipo. Si volta verso PJ con uno sguardo implorante che ha senza dubbio perfezionato nelle sue innumerevoli escursioni al reparto dolci del supermercato. Non possiamo tornare a casa tua?

Hmm, be', potremmo anche, dice PJ. Ma proprio subito subito?

Nev socchiude gli occhi, che ora scintillano di perfidia. Ah, me l'ero scordato, dice. Vuoi stare alla larga da tua madre, perché hai paura che ti spedisca in collegio.

No che non ho paura, ribatte PJ.

Io ce l'avrei, dice Nev. Probabile che ti stuprino, in quel posto. È quel che succede nei collegi, aggiunge, aprendo una barretta energetica. Ti stuprano.

L'anno scorso PJ ha passato tutto luglio al campo estivo. Al mattino c'era Arte, dopo pranzo uno sport a piacere – lui ha scelto tiro con l'arco. C'era anche Zargham, in effetti c'era quasi tutta la classe. PJ ha vinto una medaglia per un mosaico di conchiglie raffigurante uno stunt truck e un'altra come miglior principiante di tiro con l'arco.

Quest'anno però ha detto che non ci voleva andare.

Non vuoi? Papà sembrava sorpreso. Pensavo ti piacesse.

Mi piaceva infatti, ha detto PJ. Ma a volte è meglio non rifare le cose che ti piacciono.

Giusto, ha detto papà dubbioso.

E poi ho poco tempo per me stesso. Cioè, passo tutta l'estate a giocare coi compagni di classe. Quando l'estate è un buon momento per starsene da soli.

Non ti annoierai a startene da solo tutto il giorno?

Per niente! PJ ha scosso la testa con grande enfasi. E poi c'è sempre Nev.

Ah, giusto, ha detto papà. Ti sta simpatico, vero?

Sí, ha confermato PJ, mi sta molto simpatico.

Fa tutto parte della strategia. Mantenere un profilo basso, non attirare l'attenzione. Un aggravio di tempo e denaro? Al contrario, ci accorgiamo a stento della sua presenza! Perché mai dovremmo mandarlo in collegio, il buon vecchio PJ?

Sfortunatamente ciò vuol dire che PJ è bloccato con Nev. Nev non va al campo: ha la tendenza a dar fastidio ai compagni e gli organizzatori hanno spiegato ai genitori che non possono garantire di riuscire a proteggerlo.

PJ cerca di farsene una ragione, la prende come la penitenza che gli sarebbe toccata per i suoi peccati qualora fosse andato a confessarsi; l'estate con Nev è tipo un'espiazione per quel che ha fatto, qualunque cosa sia, e quando tornerà a scuola sarà immacolato come un bambino. Certe volte però passa in bici davanti all'O'Malley Park e vedendo i ragazzi al campo si immagina insieme a loro a giocare a rounders, a migliorare il suo dribbling, per non parlare del corso di batik che, stando a Zargham, è in programma quest'anno, e alla possibilità di sedersi a pranzo sugli spalti ombreggiati insieme a Zargham e chiedergli se vuole scambiare il suo Looza con un KitKat.

La cosa frustrante è che l'estate non dovrebbe essere per forza una punizione. Con questo tempo, potrebbe essere un'estate incredibile, un'estate leggendaria, e senza neanche andare al campo! Se Zargham non fosse partito sarebbero stati nel bosco da mattino a sera senza mai pensare di tornare a casa! Con Nev è invece una lamentela infinita perché il telefono non prende o perché gli aghi gli si infilano nei pantaloncini o perché ci sono troppe formiche – farlo contento è una lotta costante.

Ma la frustrazione maggiore di PJ riguarda lui stesso. Sarebbe stata comunque un'estate leggendaria, se soltanto avesse potuto restarsene per i fatti suoi! E ci prova anche, in effetti. Bandito da casa se ne va sul ciglio della strada, dove tiene il suo registro automobilistico per un'ora, dopodiché torna al Bunker e si siede sotto un albero al sole a mangiare una fetta di ananas o un filetto di aringa mentre legge *Shining* o scambia messaggi con Ethan:

«ASPETTA UN ATTIMO VUOI DIRE CHE HAI UNA FORESTA TUTTA TUA??!!! PAZZESCO!!!»

«Lo so. Guarda questo è il Bunker».

«UUHHH FICO».

«grazie :) Però mi sa che Bunker è sbagliato. Non sta sottoterra».

«SÍ FORSE PIÚ TIPO WOLFSSCHANZE».

«Ah ah non ricordarmi quel posto!!!»

«LOL SEI ANCORA INCHIODATO LÍ? COMUNQUE È FICHISSIMO AVERNE UNO TUTTO TUO!!!»

E sí, con gli uccelli che cantano e le cavallette che zillano e una coppia di farfalle che danzano nei pressi, gli tocca riconoscere che è davvero molto fico, rasenta la perfezione in effetti, il che renderà il tutto ancor piú seccante quando, prima o poi, il formicolio gelido dell'umidità calerà su di lui come un'ombra, ma un'ombra particolare che cala nelle ossa, e a quel punto getterà il libro e si maledirà con uno: Stronzo! Stupido demente del cazzo! E malgrado sia triste e voglia stare da solo, lascerà la foresta per passare da Nev.

Torna dentro, a correre nei tortuosi corridoi del compound nazista. Salta fuori un uomo, la faccia putrescente, gli occhi rossi come la benda sul braccio. Attento!

Lo vedo! Il fucile sobbalza, i proiettili gli martellano il torace, ma l'uomo continua ad avvicinarsi.

Perché non muore?!, urla Nev.

È uno zombie, usa il lanciafiamme!

Non funziona!

Devi aver finito la benzina! Va' al deposito!

Dov'è il deposito?

Altri nazi si alzano da terra per bloccare il passaggio; le loro mani raggrinzite si allungano in avanti e di lato fino a riempire lo schermo, come rami spogli di un albero. Poi una cortina di sangue scende a coprire ogni cosa. Questo livello mi ha proprio stufato, dice Nev, gettando il controller nel lato opposto della stanza.

Posso giocare io?, dice PJ. Nev non risponde. PJ raccoglie il controller, si reimmette in un umido corridoio di pietra.

Una cosa buona di Nev – l'unica cosa buona, in realtà – è che ha *Black Dawn*. *Black Dawn* è probabilmente il gioco preferito di PJ. A dire il vero se lo aspettava per il suo compleanno ma niente, e viste le circostanze ha deciso che era meglio non sollevare un polverone. Non ha infatti bisogno di averne uno tutto suo, visto che va a casa di Nev ogni giorno; Nev è un tantino geloso dei suoi giochi, ma se sei paziente alla fine arriva anche il tuo turno.

La porta alle sue spalle si apre. Come procede, ragazzi?

Bene, grazie, Mrs O'Connor, dice PJ.

Mamma, smetti di interromperci, dice Nev.

Vi portavo solo dei biscotti, dice la mamma di Nev.

Non ce li stai solo portando, te ne stai lí a parlare, dice Nev.

Grazie Mrs O'Connor, dice PJ prendendo un biscotto.

Vedi quanto è educato PJ?

Nev alza gli occhi al soffitto.

Come stanno i tuoi, PJ? dice la donna. Come sta tua mamma? Sono secoli che non la vedo.

Sta bene, dice lui, cercando di essere educato e intanto di sconfiggere un nazista mezzo incenerito che si è trascinato col torso sul pavimento in una scia melmosa di interiora.

E papà? Come va il garage? Ci sono novità?

Novità? Infilza il mezzo-nazista che NON VUOLE MORIRE.

Mi sembrava di aver sentito qualcosa. Devo essermelo immaginato.

Mamma, NON ROMPERE IL C!

Non dire parolacce, Neville!

Ho solo detto l'iniziale, non la parola.

Quando infine la mamma di Nev se ne va per un po' cala il silenzio, a parte il soffio del lanciafiamme e le grida gorgoglianti del nazista moribondo. Poi Nev dice: Come facevi a sapere dov'era il deposito?

Devo averlo visto da qualche parte sul forum.

È strano forte stare sul forum di un gioco che non hai.

Magari compro il due, quando esce, dice PJ.

Sí, come no, dice Nev, con un risolino sarcastico. Prende un biscotto, osserva PJ precipitarsi in fondo al lungo corridoio centrale di Sperrkreis 1. A destra e sinistra, i nazisti in fiamme cadono a terra. Non sono mai arrivati fino a questo punto! Se solo riuscisse a raggiungere la porta. Sarà quella la fine del livello?

Mio padre dice che il garage di tuo padre è inguaiato, aggiunge Nev, senza staccare gli occhi dallo schermo. Dice che sta per essere messo in liquidazione.

PJ schiva un proiettile e para un fendente di spada, ma deve avere pestato un cavo che gli è sfuggito. Un paletto di legno sbuca dal muro e lo inchioda al pilastro dietro di lui. Si contorce impotente: poi lo schermo si riempie di sangue.

Nev tende la mano verso il controller. Tocca a me, dice.

Le campane dell'Angelus risuonano in lontananza mentre PJ risale il vialetto e, quando entra in casa, le sente risuonare anche alla tv, leggermente fuori sincrono.

Ehi, papà, non crederai mai a quel che ho visto oggi nel bosco!

Solo un secondo, figliolo, dice il padre, fammi sentire i titoli del telegiornale.

Alla tv, la sagoma dell'Irlanda ruota per poi esplodere in un milione di frammenti e ricomporsi in un 6. Le notizie di oggi, dice un uomo con voce austera. PJ aspetta. Non ci crederai mai, dice al padre. Mm-hm, fa il padre. La madre appare sulla porta. PJ, va' a dire a tua sorella che è pronto.

Ok, dice lui. Ehi, mamma, indovina cosa ho v...

Vai!

Va bene, ok, sí, dice PJ e corre su per le scale.

Cass è alla scrivania e legge un libro – fissa le pagine con un'intensità enorme, manco le stesse guardando al microscopio. Prende un evidenziatore e *sccrrrfff* traccia una linea sulla pagina, poi *sccrrrfff* un'altra linea sotto. Il suono gli dà i brividi e a quel punto, come se avesse percepito i brividi del fratello, lei leva lo sguardo. Che c'è?, dice.

Indovina cosa ho visto oggi nel bosco. Resta in attesa, ma lei non risponde, per cui glielo dice. Uno scoiattolo rosso!

Fantastico, pidocchio, dice Cass, senza staccare gli occhi dal libro.

È molto raro vederne uno rosso, dice lui. Sono quasi tutti grigi.

Che ci fai in camera mia?

È pronta la cena.

Lei si alza con un sospiro di esasperazione. PJ guarda cosa ha evidenziato. Perché leggi un libro di testo?

Forse perché è interessante?

Ma la scuola è finita.

Non è che smette di essere interessante solo perché la scuola è finita, dice lei. Non ha una data di scadenza come lo yogurt.

LE DIECI RAGIONI PRINCIPALI PER CUI CASS È UNA STRONZA E TU SEI CONTENTO CHE STIA PER ANDARSENE. NUMERO 1: IL SARCASMO.

Quel che è davvero «interessante»: da quando ha dato l'esame, Cass non esce quasi mai di casa. Non va al Bunker, si vede pochissimo con Rowan. Non fa che starsene in camera sua a leggere i libri di testo, prendere appunti, scrivere le risposte su un taccuino. È come se stesse facendo le cose al contrario, pensa PJ: le bevute e le feste per cui avrebbe dovuto attendere l'estate, le ha fatte prima dell'esame, mentre ora che è troppo tardi sta tutto il giorno chiusa in casa, a leggere e ripassare. È come se pensasse che, siccome i risultati non sono ancora usciti, farà in tempo a cambiarli, se si impegna abbastanza.

Che vuol dire «mettere in liquidazione»?, chiede mentre la segue sul pianerottolo.

Lei si ferma, si volta. Dove l'hai sentito?

PJ alza le spalle.

Vuol dire... Si ferma di nuovo. Come cazzo cammini? Zoppichi adesso?

Una vecchia ferita di guerra, risponde lui. Una scheggia.

Sei tutto scemo.

LE DIECI RAGIONI PRINCIPALI PER CUI CASS È UNA STRONZA. NUMERO 2: MANCANZA DI RISPETTO PER GLI ALTRI MEMBRI DELLA FAMIGLIA.

Di sotto mamma si agita in cucina, avvolta dal fumo anche se da mangiare c'è soltanto un arrosto freddo. Sembra di stare in una fornace: è da lei che viene il calore, emana dal suo corpo a ondate. Papà è seduto a tavola con la testa tra le mani. Il tavolo, in rovere massello con le finiture antichizzate, è al momento in vendita su Bargainzz.ie per duemila euro. Presso lo stesso venditore sono inoltre disponibili: quattro sedie da pranzo in rovere massello antichizzato; un pediluvio nuovissimo nella sua confezione originale; un pediluvio nuovo senza confezione; un campo di addestramento Lego Ninjago in buone condizioni, completo di ogni pezzo, con le foto del modello assemblato in ogni sua parte da PJ Barnes con l'aiuto di D. Barnes, due Natali fa.

PJ prende posto a tavola sentendosi antichizzato anche lui. Non lo direbbe mai, ma a volte vorrebbe quasi che papà non tornasse a casa. Quando lui non c'è, almeno si sta in pace.

Le discussioni sono sempre le stesse, vanno avanti da mesi. Mamma vuole che papà chiami il nonno e gli chieda dei soldi. Papà non vuole chiamarlo. Ma perché?, chiede mamma. Non ti dirà di no! Non ha lo stesso nome sulla porta? Spiegami solo perché non vuoi nemmeno parlarci!

Papà posa la forchetta, porta le mani dietro la testa spingendola giú come se volesse affogarsi nel piatto di insalata. Oh, Cristo, dice. Ancora con questa storia. Vogliamo metterci la parola fine, una buona volta?

La fine è per l'appunto quel che ci aspetta, dice mamma. La fine di questa storia e di ogni altra cosa, e tu non vuoi muovere un dito per evitarla!

È un uomo anziano, va bene? Non voglio fargli pesare i nostri problemi.

Oh, Dio non voglia che qualcosa gli sia di peso! Dio non voglia che qualcosa si frapponga tra lui e il golf!

Accanto a PJ Cass se ne sta col telefono in grembo a scorrere l'Instagram di Elaine. La vede aggiungere un cuore alla stanza d'albergo di Elaine, una fiamma a un paio di lunghe gambe bianco-oro che si immergono in una pozza tra gli scogli.

Cosa pensi che farà? La faccia di papà è rosso mattone e scossa da un tremito. Pensi che tirerà fuori il libretto degli assegni e tutto andrà a posto come niente? Guarda i notiziari, diobono, c'è crisi ovunque!

Ma qualcosa farà, no?, grida mamma a sua volta. Non se ne starà con le mani in mano a guardare il garage chiudere!

Oh, Cristo, che chiuda e tanti saluti!, sta urlando papà, quando Cass emette uno strillo e indica il pavimento.

Cos'è, un topo?, chiede PJ, raddrizzandosi di scatto.

No, solo una pozza d'acqua apparsa sul pavimento della sala

da pranzo. Si espande poco a poco mentre loro la osservano, poi papà si alza e la copre con un asciugamano.

È solo una perdita, dice con voce scontrosa. Niente di cui preoccuparsi. Domattina faccio venire Victor a darci un'occhiata.

Prima, papà non si arrabbiava mai. Anche quando mamma ce l'aveva con lui, papà abbozzava e basta finché lei non si calmava. Ora replica alle sue grida con forza, tanto da farla saltare sulla sedia. O peggio, se ne sta in silenzio a rigirare la fede, e non sai mai se sta per esplodere o no. È una persona totalmente diversa. Anche quando si comporta come si è sempre comportato, sembra comunque diverso, come se recitasse.

PJ sa che si tratta di affari e questioni molto complicate. Tuttavia non capisce perché papà non segua il consiglio di mamma e chiami il nonno. Nonno è ricco. Vive in Portogallo, vicino a una spiaggia, in vacanza permanente. Quando viene a trovarli, si presenta con piú regali di quanti possa portarne. Parla con tono fermo e imperativo e conversare con lui su Skype, con l'oceano illuminato dal sole alle sue spalle e i suoi occhi azzurri pieni di calma autorevolezza, è come trovarsi al cospetto di un generale o di Dio, al contempo pauroso e rassicurante. Nonno saprebbe come sistemare le cose. Perché papà non ci parla e basta?

Perché è matto, borbotta Cass. È distesa sul letto, il naso sepolto in *Deutsch macht Spaß*!

Nonno?

Papà, replica lei. Leva lo sguardo. Anche se nonno sganciasse i soldi, non risolverebbe i problemi. Per papà è finita. Sta cercando di mandare tutto in vacca. Vuole uscirne.

Uscire da cosa?

Cass alza le spalle.

Ma non divorzieranno, dico bene?

Cass gli ripete sempre che non divorzieranno perché mamma pensa che sia peccato. Ma stasera si limita a serrare le labbra, a fissare il suo libro.

Avevi detto che non avrebbero divorziato!, esclama PJ. Lo avevi detto!

E non sarebbe meglio?, esclama lei a sua volta. Il divorzio non sarebbe meglio per tutti invece che questa situazione?

Indica la porta, la sala da pranzo, il tavolo antichizzato.

Mamma mi manderà in collegio!, grida PJ.

Oh, Cristo, fatti una vita! Lei si copre la faccia con le mani.

LE DIECI RAGIONI PRINCIPALI PER CUI CASS È UNA STRONZA. NUMERO 3: ATTEGGIAMENTO NEGATIVO. NUMERO 4: NESSUNA LEALTÀ VERSO LA FAMIGLIA. NUMERO 5: NON LE FREGA NIENTE DEI PROBLEMI ALTRUI.

Il silenzio appena calato è come un sibilo. Si sbaglia, pensa PJ. Non divorzieranno. Si è seduto sul ciglio della strada un'ora al giorno per un mese e le auto blu sono in vantaggio sulle rosse per 263 a 108. E comunque, papà vuole ancora bene a mamma. E mamma vorrebbe di nuovo bene a papà se lui riuscisse a far ripartire il garage. Se il nonno fosse lí, sistemerebbe tutto in un attimo!

Vorrebbe dire alla sorella: Ricordi quando papà era divertente? Ricordi quando passava la serata a darci la caccia in giardino? Era il piú bravo, in casa, a *Sonic the Hedgehog*, sapeva tutto sugli animali. Cosa ci fa lí quell'ape, papà? Be', PJ, un sacco di api, i bombi per esempio, non vivono sugli alberi ma in nidi sotterranei, per cui quella signorina potrebbe essere una regina in cerca di una casa sotterranea. Le api vivono sottoterra? Alcune specie. Le scaviamo un nido? Ottima idea!

Quando papà era divertente, tutto era divertente. Non soltanto le vacanze, non soltanto i Natali. Fare la spesa al supermercato era divertente! Tagliare l'erba! All'ora di andare a letto facevano corse in pigiama, leggevano *Il signore degli anelli* – lo avevano letto dall'inizio alla fine –, si mettevano una torcia sotto il mento e si raccontavano storie di fantasmi, vorrebbe dire a Cass: Ricordi?

Ma non lo fa, nel caso lei dica: No, non era cosí. Ti sbagli, non era per niente cosí.

In camera sua si toglie scarpe da ginnastica e calzini. La vescica sul piede destro si è ingrossata e quella sul sinistro è scoppiata, ma le vesciche sa gestirle. Il vero problema sono le dita, i mignoli. Si sono scorticati e continuano a sanguinare. Ci ha messo dei cerotti stamattina ma sono venuti via. E comunque i cerotti rendono ancora piú complicata l'impresa di infilarsi le scarpe.

Guarda i suoi tristi piedi, rossi e scorticati. I suoi piedi lo guardano a loro volta come per dire: Per favore non rimetterci in quelle scarpe, PJ! Lui sospira. Non so piú che pesci pigliare con voi, bisbiglia.

Non è colpa loro, non possono fare a meno di crescere. Quelle scarpe ce l'ha da soli due mesi e ha faticato parecchio a farsele regalare, dunque immagina quel che direbbe mamma semmai dovesse comprargliene un altro paio. Tiene perciò la bocca chiusa, anche se la faccenda non è cosí semplice da risolvere perché i calzini hanno cominciato a macchiarsi e il sangue non va via in lavatrice. Li sta nascondendo nel suo armadietto perché mamma non se ne accorga, ma presto o tardi finirà le scorte di calzini e non sa cosa succederà allora, salvo che sarà dura per lui, se i suoi finiscono per divorziare. Chi mai vorrebbe un ragazzino con dei piedi che si espandono all'infinito?

Il buffo è che non lo manderanno in collegio, questo lo sa per certo. Cass glielo ha spiegato parecchie volte. Il collegio costa e la ragione per cui i loro genitori litigano è che non hanno soldi. Ma sebbene tutto ciò gli sembri sensato su un piano razionale, nel profondo non riesce a crederci. Continua invece a pensare a Jamie Cavendish, che è stato vicino di banco suo e di Zargham finché i suoi non si sono separati e lo hanno spedito Dio sa dove perché nessuno lo ha mai piú visto. Al collegio non ci sono neanche le vacanze estive – è quel che gli dice Nev. I genitori pagano un extra perché non vogliono il figlio a casa.

Aggiunge alla pila dei calzini quelli di oggi, prende il telefono. Elaine ha postato su Instagram la foto di un piatto di gamberetti o una cosa cosí, l'hashtag dice Langoustines, poi una lunga mezzaluna di spiaggia tempestata di persone abbronzate in costume da bagno e infine una della stessa Elaine su una sdraio, che sbircia da sopra gli occhiali da sole con un mezzo sorriso mentre sorseggia da un alto bicchiere, #holidaybliss.

PJ mette una fiamma accanto a quest'ultima foto, per poi aggiungere una faccetta sorridente nel caso la fiamma sia troppo intensa, infine toglie la fiamma e mette un cuore. Tanto Elaine non saprà mai che è lui, sta su Instagram con l'alias di Max Winter, matematico e surfista.

Posa il telefono e gli arriva il suono di una notifica. È Ethan: «L'HAI VISTO? IL NUOVO TRAILER DI BDII!!!» Clicca sul link. Una figura appare a poco a poco da una nebbia grigia. È la statua della libertà, solo che invece di una torcia impugna una spada, sul braccio teso ha una svastica e ai suoi piedi ci sono montagne di cadaveri – uomini, donne, bambini con le facce blu. Poi una mano armata di pistola erutta dai corpi e dopo ancora da quell'immagine emergono le parole: *Black Dawn II*.

«L'HO PRESO IN PRE-ORDER NON VEDO L'ORA!!!»

«Fantastico!»

«COME VA CON LA TANA DEL LUPO?»

«Non tanto bene c'è una botola che non riusciamo ad aprire veniamo annientati di continuo».

«VI SERVE LA CHIAVE AVETE TROVATO IL KAPÒ?»

«Cos'è un kapò?»

«È NELLA STANZA DELLE GUARDIE AL LIVELLO 3 IL MAGROLINO COL VESTITO GRIGIO».

«Nev gli ha sparato. Pensavamo fosse una guardia».

«LOL NON VI SIETE ACCORTI CHE HA UNA CATENA ALLA CAVIGLIA?»

«LOL».

«È IL KAPÒ NON AMMAZZATELO VI DARÀ LA CHIAVE».

«EHI GUARDA QUESTO. BUGATTI VEYRON 350 KM/H».

«Wow belle ruote».

«MIO PADRE POTREBBE PRENDERNE UNA».

«ANDIAMO A PROVARLA DOMANI!!!»

«Fantastico! Ehi indovina cosa ho visto oggi nel bosco uno scoiattolo rosso!»

«DAVVERO??? CARINISSIMO!!!!!»

«Stavo per fare una foto ma è scappato».

«NON HO MAI VISTO UNO SCOIATTOLO ROSSO IN IRLANDA! NEMMENO ALLO ZOO!»

«È UNA FIGATA CHE VIVI VICINO AL BOSCO!»

«Sí».

«Mi sa di sí».

«VUOI GIOCARE A MARIO KART?»

Papà bussa alla porta. Spegni la luce, compare. E pure il telefono.

«Non posso stasera, devo andare!»
«OK SOGNI D'ORO! BUONA FORTUNA COL KAPÒ!»

«Liquidare: chiudere un'attività imprenditoriale o commerciale e trasformare in denaro il patrimonio sociale al fine di saldare i debiti e ripartire l'eventuale residuo tra i soci».

Spenta la luce immagina l'acqua espandersi sul pavimento di sotto e poi anche nel garage in paese, inondando tutto come è successo al seminterrato dei genitori di Cian Conlon durante la grande alluvione. Attorno a lui, la casa schiocca scricchiola sferraglia, come una nave in mare.

D. Quale nave è sprovvista di albero, oblò o timone?

R. La navata.

D. Quale nave non può restare a galla nell'acqua?

La sua nave. PJ si dissolve, affonda negli abissi. Le gambe bianco oro di Elaine penzolano sopra di lui. La ragazza si china e con un filo di voce, morbida come un bacio, gli dice: Stai *liquidando*.

Il mattino dopo Victor è in cucina, gli occhi fissi su un buco che ha fatto nel pavimento. Indossa un giubbotto antiproiettile e due diversi tipi di mimetica – bianca e grigia per i pantaloni, verde e marrone per la maglia.

Pensi ci siano i vietcong dietro questo problema, Victor? Mamma se ne sta in piedi da una parte, a braccia conserte, a fissare Victor che fissa il buco. O l'Isis, magari?

Direi che avete un tubo otturato, Mrs Barnes.

I nodi vengono al pettine, eh?, dice mamma scura in viso prima di uscire di botto dalla cucina.

Victor gira la dolente testa rosata verso PJ, che è seduto al banco a fare colazione.

Bene, dice.

PJ ha la bocca piena di cereali, per cui si limita ad annuire.

Victor non sta simpatico alla mamma. È l'uomo che ha ristrutturato casa loro. I tubi che gocciano, il pavimento irregolare, le piastrelle sconnesse, le prese elettriche che a volte funzionano e a volte no: ha fatto tutto Victor.

A onor del vero – dice papà – cerca sempre di sistemare ogni problema. Quando se ne presenta uno, Victor viene da loro il giorno stesso.

Perché nessun altro lo vuole!, replica mamma. Tu sei l'unico idiota che lo lascia entrare in casa! E si aggira con quella mimetica... ma chi si crede di essere, Rambo?

Victor fa parte della Protezione civile: nel fine settimana lo si vede esercitarsi, spaccarsi la schiena su e giú per Ned's Hill con uno zaino e un fucile di plastica.

Ha un cuore d'oro, dice papà.

È uno scimunito, dice mamma. È solo la vernice a tenere insieme questa casa.

Victor apre la borsa dei ferri e rovista all'interno. Papà entra nella stanza.

Allora, Victor, dice. Che mi racconti?

Si tira avanti, in un modo o nell'altro, risponde Victor, annuendo con aria dolente.

Deve essersi otturato, dice papà.

Cosí sembra, sí, dice Victor.

I due uomini fissano l'interno del buco.

Non dovrebbe avere niente a che fare con l'alluvione, vero?, dice papà. Sono passati mesi.

Potrebbe anche, dice Victor. È tutto collegato. Si soffia il naso. Se ne vedono sempre piú spesso, problemi di 'sto genere, dice.

Ah, davvero?, dice papà.

Il sistema fognario di questo paese ha duecento anni. Non è stato pensato per l'uso che se ne fa adesso. Nuove case, costruzioni sulla piana alluvionale. Vogliamo metterci anche il riscaldamento globale? No, dice e comincia ad avvitare una barra sottile dentro un'altra barra sottile.

Stai dicendo che non durerà?, chiede papà.

Sto dicendo che è messo sotto pressione, dice Victor. Un'enorme pressione.

Il tono è lugubre. Ma a papà brillano gli occhi. Gli piace parlare con Victor. Victor è tra le poche persone in paese che conoscono le cose che conosce papà – i nazisti, Napoleone, la caduta dei Maya, l'orribile sequenza di genocidi di cui è fatto il Passato. PJ sospetta che sia questo il motivo per cui papà non se la prende piú di tanto quando qualcosa in casa non funziona, perché è un'opportunità per parlare con Victor.

Immagino che la gente non si renda conto, dice. Quanto sono fragili queste cose.

La gente non ne ha idea, dice Victor. Nessuna idea.

Eppure basta guardare la storia, dice papà.

Ah, la storia l'hanno buttata via ormai, dice Victor.

Ha unito le due barre, che hanno assunto l'aspetto di un lungo verme di metallo, pronto per essere inserito nelle viscere della casa. Sto vedendo una grande impennata dell'innovazione a prova di futuro negli ultimi mesi, dice.

A prova di futuro?, dice papà.

Pannelli solari e altro, dice Victor.

Parliamo di servizi che fornisci, vero?

Oddio, certo, dice Victor.

È il caso di pensarci, sí, dice papà.

È un inizio, dice Victor, rivolgendosi alle sue barre. Come dico sempre alle persone, senza giri di parole: i pannelli non sono una panacea. Fa una smorfia, spinge in avanti la barra. Poniamo che il mondo si ritrovi immerso fino al collo nella tu-sai-cosa, visto che siamo in presenza di un bambino. I bancomat smettono di vomitare contante, tre giorni dopo i supermercati sono vuoti, il governo va a farsi benedire. A cosa pensi ti servirà avere qualche pannello solare?

A niente, dice. Stringe i denti, tira via la barra. Da sotto il pavimento arriva un gorgoglio. A un bel niente, dice con soddisfazione.

Rimesso a posto il pavimento, Victor li porta a fare un giro intorno alla casa per dare un'occhiata ai punti da cui potrebbe entrare il futuro. Spiega come installare un impianto di recupero delle acque grigie, una pompa di calore, un raccoglitore di acqua piovana.

E poi avete il bosco, dice. È tutto vostro?

Per quel che vale, ovvero non molto, replica papà. Stai pensando al combustibile? Alla legna da ardere?

No, dice Victor. Si mette le mani sui fianchi, osserva la foresta dal lato opposto del prato. Il terreno è in pendenza, dice.

Davvero?, dice papà.

Victor tira su col naso. Quel terreno si è allagato quando c'è stata l'alluvione?

Papà si gratta la testa.

No, dice PJ.

Victor si carezza il mento e annuisce tra sé. Goldenhill, dice. Deve essere per questo allora. Papà e PJ si scambiano uno sguardo; chissà perché non gli è mai venuto in mente che se la casa si chiama cosí, «colle dorato», è per un motivo. Una collina è il posto in cui stare, dice Victor, quando viene giú acqua.

Il telefono di papà squilla; si scusa e rientra in casa. PJ segue Victor fino al furgone. All'interno ci sono cataste di attrezzi, tubi, quadri elettrici.

Che cos'è quello? PJ indica un dispositivo squadrato con vari interruttori e una vaga somiglianza con un droide astromeccanico rovesciato.

Un generatore di emergenza, dice Victor. Ottomila watt. Se la rete elettrica dovesse saltare, quell'arnese ti dà abbastanza energia per cucinare, mangiare, accendere la luce.

Perché mai la rete elettrica dovrebbe saltare?, chiede PJ.

Per un sacco di motivi, dice Victor.

Infrastrutture obsolete. Bufere. Tempeste solari. Un attacco nucleare. Un evento imprevisto, il cigno nero.

Perché mai *non* salta?, dice ancora. È questo che dovresti chiederti.

PJ sospetta che sia vero: se la Maurice Barnes Motors può saltare senza che nessuno riesca a impedirlo, probabilmente anche una rete elettrica può saltare.

Le cose stanno per cambiare, dice Victor. Devi essere preparato.

Giusto, dice PJ, e poi: Immagino che, se sei preparato, non te la vedrai cosí brutta. Che le cose non saranno tanto diverse, cioè.

Victor lo guarda; è uno sguardo strano perché i suoi occhi puntano in direzioni opposte e nessuno dei due fissa davvero PJ. Eppure lo sta guardando, PJ lo sente: uno sguardo cieco e indescrivibile che nasce da un solco rosa e peloso posto tra le due sopracciglia.

Saranno diverse eccome, dice Victor. E saranno brutte.

Si torna nella *Wolfsschanze*. *Wolf* era il soprannome di Hitler. Ethan è stato nella vera Tana, dice che quella del gioco è molto simile a come in effetti era.

«Tranne che probabilmente non c'erano zombie e demoni e altra roba a combattere coi nazi».

«LOL E CHI LO SA??? :)»

Da una porta vedi balzare un cane con una testa umana, anzi no, si direbbe piuttosto una faccia umana cucita sul muso di un cane. I denti sono quelli di un uomo, si piantano nelle tue gambe. Stendi la bestia con una mazzata e corri in fondo al corridoio, è buio pesto.

Per quella porta, dice PJ.

Ci sono due uomini all'interno, ma stavolta il primo punta la sua arma contro l'altro uomo, non su di te.

Non spararagli, dice PJ. È il kapò.

Come fai a saperlo?, chiede Nev. Te l'ha detto Ethan?

PJ non risponde.

Usare le dritte degli altri è come barare, dice Nev.

Non usarle allora, replica PJ.

Nev non fiata, spara alla guardia. Il kapò si accovaccia nell'angolo, con le mani sul viso. Come hanno fatto a non notare 'sto tipo finora? Anche se ti sfuggono le catene, è ovvio che è diverso. I vestiti a brandelli, gli occhi che sporgono da quella faccia grigia e affamata.

Dàgli la pistola, dice PJ.

Sul serio?

PJ controlla il telefono. Sí, dagliela. Nev fa come gli viene detto. Lentamente il kapò abbassa le mani, ti fissa come se stesse levando lo sguardo dal fondo di un lago. Ne avrai bisogno, dice. Ti mette qualcosa nella mano.

La chiave! esclama d'istinto Nev.

«SBRIGATI TI SONO ADDOSSO».

«Perché non viene con noi?»

«NON PUOI AIUTARLO».

Il kapò guarda fuori dello schermo con occhi scuri e vuoti. Sono pronto a morire, dice. La mia sola paura è di essere già morto.

'Sto tizio mi fa sbellicare, dice Nev.

Esci di lí, dice PJ.
Lo lasci nel suo angolo e, appena chiudi la porta, senti lo sparo.

Sopravvivere nella natura selvaggia: difficile ma non impossibile. Se il terreno è secco, ti basta raccogliere foglie morte, chiuderle in un sacchetto di plastica e lasciarle scaldare al sole. Dopo poche ore il sacchetto si riempirà di condensa che puoi bere senza problemi. Puoi anche mangiare le piante selvatiche, ma devi fare attenzione a quelle velenose, tipo le piante con le bacche bianche, le piante con le spine, le piante con le foglie lucide, le piante con le foglie lanuginose e le piante dal sapore amaro. Le formiche sono commestibili, come pure i coleotteri, ma bisogna staccargli ali e zampe...
Ma che vai dicendo?, chiede Nev. Mangiare le formiche? Di che minchia parli?
Sto parlando di andare a vivere nella foresta, per ipotesi, spiega PJ.
E perché mai dovrei andare a vivere nella foresta?, dice Nev.
Be', tipo se devi andartene da casa per qualche motivo, dice PJ.
Tipo... se i tuoi genitori ti mandano in collegio?, chiede Nev con un sogghigno perfido e repentino. Quindi vuoi provare a scappare?
No, dice PJ. Tipo se salta la rete elettrica. O se c'è un attacco di cigni.
Un cosa?
Tipo, ehm, un attacco di cigni neri.
Ma di che cazzo parli?, chiede ancora Nev. Dove le peschi 'ste stronzate?
Victor.
Quel tipo è uno svitato.
Sa un sacco di roba, insiste PJ. Sulla sopravvivenza.
Non vi aveva sfondato il muro di casa con una ruspa?
È successo anni fa. E comunque l'ha sistemato.
Be', buona fortuna per la tua nuova vita, dice Nev. Mangiare coleotteri e leccare condensa da un sacchetto di plastica. Francamente mi sembra peggio che venire stuprati in collegio.
Sono tornati a camminare nel bosco. Il calore risale a onda-

te verdi dal terreno, cala dall'alto con lastre di luce. I piedi gli fanno un male cane, ha quasi l'impressione di sentirli gridare. La foresta gli pare immensa. Non è cosí grande sulla mappa, ma una volta che ci sei dentro, non finisce piú. Un pensiero gli attraversa la mente: potrebbe mai viverci, tra gli alberi? Viverci davvero, cioè? Immagina sua madre che gli aggiusta la cravatta: Allora, PJ, sei pronto per il tuo primo giorno in collegio? E lui lo è: Certo, mamma, vado solo fuori per un secondo – e questo è quanto, boom, sparito, non lo rivedono piú, tranne forse in un Futuro lontano quando sarà un milionario di venticinque anni e si fermerà con la sua auto sportiva accanto alla stazione di servizio in cui lavora Elaine che dice qualcosa tipo: Ma non ci siamo già visti da qualche parte? Al che lui si toglie gli occhiali da sole, che sono di quelli a specchio, e dice: Sí, in un posticino chiamato Passato.

Oppure no, lei dice invece: Ti conosco per caso? e lui: Forse pensavi di sí.

Oppure: Eri la sola che mi conoscesse davvero.

Oppure lei non dice niente e lui si limita a tendere la mano fuori dell'auto e dice: Vieni?, e a quel punto lei sale sull'auto sportiva, una Bugatti tipo quella che il padre di Ethan sta per comprare, e se ne vanno.

All'interno del Bunker l'aria è umida e fresca ma si sente comunque il calore che si accumula sul lato esterno dei muri. Nev si lascia cadere sul materasso e sospira con amarezza. Fa sempre cosí dopo aver giocato alla PlayStation. A volte PJ riesce a rianimarlo proponendogli di immaginare che la foresta sia una modalità speciale del videogame, *Black Dawn Irlanda* tipo. Oggi, però, Nev è troppo depresso.

«HO CHIESTO NON C'È UN SOLO SCOIATTOLO ROSSO IN TUTTO LO ZOO!!! MA GUARDA QUI!!!! UN UISTITÍ APPENA NATO!»

«Oh, wow è adorabile!»

«C'È UNA GARA PER DARGLI UN NOME! HAI QUALCHE IDEA? SI VINCE UN VIAGGIO A DUBLINO!!!»

«Che te ne pare di Ulillí?»

«MI PIACE!»

«È lo zoo di Dublino? Vivi a Dublino?»

«SÍ E TU?»

«A 2 ore tipo. Mia sorella ci si sta trasferendo per andare al college!»

Come fai a usare il telefono se non c'è campo?, chiede Nev.

Va e viene, risponde PJ.

Nev sospira, torna a poggiare la testa al muro. Pensi che tua sorella ci abbia fatto sesso su questo materasso?

Non lo so, dice PJ. Nev si tira su, osserva il materasso. Deve avercelo fatto, dice. Per forza.

Sai come fanno sesso le libellule?, dice PJ. È davvero strano, fanno una specie di cuore...

Basta parlarmi di scienza!, sbotta Nev, coprendosi le orecchie. Stare con te è come andare a scuola!

Scusa, dice PJ. Nev cade in un silenzio scontroso.

«DEVI VENIRE!!! ABBIAMO UNA STANZA X GLI OSPITI POTREMMO ANDARE ALLO ZOO + C'È UN NUOVO NEGOZIO DI VIDEOGAME!!!»

«Wow sarebbe fico».

«SUL SERIO CHIEDILO A TUA MADRE!»

«Forse. Si lamenta sempre che sto in mezzo ai piedi».

«:) ANCHE LA MIA!!!»

Nev, che si era perso nei suoi pensieri, si ridesta di colpo. Hai mai scopato tua sorella?

Cristo, dice PJ.

Sí o no?

Certo che no, dice. È mia sorella.

Ma se ne avessi la possibilità te la scoperesti, giusto?, dice Nev. Se io avessi una sorella me la vorrei scopare al cento percento.

No che non vorresti, dice PJ. Ne abbiamo già parlato. Tu pensi che te la vorresti scopare, ma se ce l'avessi davvero, non vorresti piú.

Sí invece, insiste Nev. Specie se fosse gnocca come tua sorella.

È una stronza, dice PJ.

E tua madre?

A questa domanda PJ non risponde. Ce la sta mettendo tutta per non perdere la calma. «Oppure potresti venire tu da me!» digita.

Ehi, posso vedere una cosa sul tuo telefono?, chiede Nev.

Ok, dice PJ. Sta per passargli il telefono poi ci ripensa. Aspetta, quando dici vedere una cosa, intendi un porno?

Oh, Gesú! esclama Nev. Tira fuori un'altra volta il suo telefono e prova a connettersi senza successo. Sono disposto a pagare, dice. In questo momento pagherei, per vedere persone vere che fanno sesso.

Be', siamo in un bosco, non so come spiegartelo, dice PJ.

Nev getta il telefono sul pavimento sporco. Fa schifo, dice.

Sí, anche PJ pensa che faccia schifo, ma poi Nev si alza con una determinazione insolita e raccoglie il telefono. Dove stai andando?

A casa, dice Nev.

PJ viene colto da un panico improvviso. Aspetta, dice.

Nev non aspetta. Si allontana a grandi passi tra gli alberi, tenendo alzato il telefono come fosse una lanterna e lui si trovasse nel buio pesto di un tunnel sotterraneo. PJ, vedendo il resto dell'estate sprofondare in una verde spirale di solitudine, gli corre dietro. A ogni passo i suoi piedi lanciano un grido. Aspetta, dice, puoi usare il mio. Lo raggiunge e gli afferra il braccio. Aspetta, dice. C'è una ragazza.

Vive in una delle case non finite dall'altra parte della foresta. La sua è quasi completa, ha un lavandino, un fornello, un divano. Altre non hanno nemmeno le assi del pavimento e i cavi penzolano ancora dalle pareti. PJ l'ha scoperta per caso un giorno mentre si aggirava tra i cespugli che circondano il complesso e ha visto la macchina di sua madre parcheggiata lí. È stata la macchina ad attrarre la sua attenzione. Quando è arrivato strisciando sotto la finestra si era già ricordato che mamma aveva venduto quell'auto, o meglio l'aveva venduta papà e mamma aveva dato di matto. Ma ha guardato comunque all'interno e l'ha vista.

E vive lí?, chiede Nev. In mezzo al bosco? Da sola?

Non so se ci vive, risponde PJ. Ci sta ogni tanto.

A fare cosa?

Niente. Piú che altro se ne sta seduta a leggere una rivista o guardare il telefono.

L'hai vista nuda?

PJ non risponde, arrossisce soltanto.

Sí o no?!, grida Nev.

Non ci sono tende!, grida PJ a sua volta, come per giustificarsi.

Nev agita un dito in segno di avvertimento. Se te lo stai inventando..., dice.

Il calore è intenso adesso e li fascia con dense bende invisibili mentre proseguono il cammino nel bosco e nugoli di moscerini incombono sulle loro teste come piccole nuvole scure e vendicative. Nev ansima e sbuffa per lo sforzo e l'eccitazione e, quando arrivano ai margini della foresta, si mette a correre. PJ ha paura di quel che succederà se lei non c'è, per quanto in una certa misura abbia anche paura di quel che succederà se c'è. Ma ecco la macchina davanti alla casa. Rossa, un colore che porta sfortuna; è stato contento quando papà l'ha venduta.

Man mano che si avvicinano, scopre che Nev, dimostrando un talento per la segretezza finora insospettato e per certi versi inquietante, ha individuato il punto di vista migliore nel sottobosco. L'espressione della sua faccia è di religioso stupore. È incredibile, mormora.

La ragazza è seduta sul divano con un asciugamano avvolto in testa tipo turbante e un accappatoio bianco a coprirle il corpo.

Ha appena fatto la doccia, osserva Nev con voce roca.

Sí, ne fa un sacco, conferma PJ.

Incredibile, ripete Nev. Poi, voltandosi verso PJ: Non posso credere che tu non mi abbia parlato di lei! Avremmo potuto passare qui l'estate, a guardare dal vero delle tette vere, invece di correre come idioti in una foresta del cacchio!

Be', siamo qui adesso, no?, dice PJ.

Sei stato molto egoista, dice Nev con franchezza.

PJ china il capo. Il fatto è che non si sente a suo agio al cento percento, a star lí a fissare la bella ragazza, ma è molto piú facile venire a patti con la sua coscienza se lo fa da solo. Tipo, se gli capitasse di buttare un occhio per caso alla finestra mentre passa, con lei che, sempre per caso, se ne sta lí in mutande a leggere l'edizione brasiliana di «Vogue», il tutto gli sembrerebbe di un'innocenza assoluta. Infatti, col passare del tempo, è arrivato a convincersi che in qualche modo la ragazza sappia e che le stia bene e che loro due siano amici, seppure in una maniera non convenzionale. Starsene accovacciato tra i cespugli con Nev che cerca di attivare lo zoom del telefono lo pone su un piano diverso; per certi versi, rappresenta un tradimento della sacra fiducia che si è instaurata tra lui e la ragazza senza che lei ne fosse consapevole.

Aspetta un secondo, dice Nev abbassando il telefono. Io la conosco.

È la vecchia domestica di Elaine, dice PJ.

La domestica di Elaine Comerford, ripete Nev. Che ci fa qui?

Credo che le case qui le abbia costruite il papà di Elaine, dice PJ. Ma questo non spiega niente.

A meno che… Un sorriso si allarga piano piano sulla faccia di Nev. Lui non la tenga qui, dice.

PJ sente lo stomaco contrarsi per il turbamento. Forse, dice con un'alzata di spalle.

È cosí, insiste Nev. La tiene qui nascosta come schiava sessuale. Un nuovo pensiero gli illumina la mente. Porca zozza… magari tra poco arriva e se la sbatte!

PJ riconosce che è una possibilità, anche se in effetti non ha mai visto Big Mike da queste parti. Tra l'altro, non dovrebbe essere in vacanza con Elaine e sua madre, al momento? Sta per aggiungere che probabilmente hanno visto tutto quel che per oggi c'era da vedere e che sarebbe meglio cominciare a pensare di andarsene, quando all'interno la porta del soggiorno si apre ed entra un uomo.

E mo chi cavolo è quello?, chiede Nev a bassa voce.

Non lo so, dice PJ.

Non è Big Mike, dice Nev. Questo è certo.

No, dice PJ. Il nuovo arrivato è un uomo slanciato, con l'aria cattiva che hanno i terroristi nei film. I capelli sono nero corvino, gli occhi ancora piú neri. Petto e braccia sono nudi, muscolosi e coperti di tatuaggi: la Morte, una zombie, dadi che rotolano e un disegno a spirale che PJ non riesce a… Porca zozza.

Porca zozza, dice Nev. Se la sta per sbattere!

L'uomo si è avvicinato alla ragazza, le carezza la guancia col dorso delle dita. La ragazza chiude gli occhi, piega la testa sulla mano dell'uomo come un gatto.

Non ho mai smesso di crederci, dice Nev emozionato. Dicevi che non avremmo mai visto fare sesso nel bosco, ma non ho mai perso la speranza. Ora l'uomo si toglie i pantaloni. La ragazza si toglie l'accappatoio. L'uomo si siede sul divano, il suo pene enorme punta il soffitto. La ragazza monta su di lui.

Sí, è stata un giornata memorabile, riconosce PJ. Guarda l'ora, si alza, stira le braccia. Be', dovremmo cominciare a tornare, mi sa.

Cosa?, dice Nev incredulo. Fissa PJ come se avesse perso il cervello. E forse lo ha perso davvero, il cervello. È solo che guardare delle persone in carne e ossa fare sesso gli sembra di gran lunga piú sbagliato che guardarne una che scrolla il telefono con indosso un asciugamano – gli sembra, a dirla tutta, proprio il genere di crimine per cui si decide di mandare un ragazzino in collegio. E poi quell'uomo: PJ non sa chi sia, ma è pronto a scommettere che non gli farebbe piacere essere spiato.

Vai tu!, dice Nev. Io resto. Questo è sesso vero! Questo è… ehi, lasciami andare! Siccome ora PJ lo sta tirando per il braccio: Togli quella zampa!, sibila, sferrando pugni alla cieca per ritrarsi e riportare lo sguardo alla finestra, infine grida: Togli 'sta ZAMPA!

Oh, merda. L'uomo si è staccato dalla ragazza e guarda di sbieco la finestra. Non muoverti, bisbiglia PJ a Nev. Ma è troppo tardi: Nev si è dato alla fuga, con un immane rumore di foglie. L'uomo corre alla finestra, poi alla porta da cui è entrato. PJ si volta e si precipita tra gli alberi.

Tornato al sicuro nel Bunker, Nev saltella da un piede all'altro. È stato incredibile!, esclama; sembra un personaggio uscito da un libro di Roald Dahl. Stupendo! Spettacolare! Fenomenale!

Poi, di botto, passa alla rabbia. Perché mi hai fatto venir via?, chiede in tono accusatorio.

Io?, dice PJ. Sei stato tu a gridare.

Ho gridato perché volevi portarmi via.

Torna lí se ti va, dice PJ. Torna e fatti gonfiare di botte da un nazi. Sono certo che se gli spieghi che volevi solo filmarlo mentre lui si sbatteva la sua ragazza non avrà niente in contrario.

Nazi? Ma di che parli?

Non hai visto i tatuaggi?

No, dice Nev. Com'è che guardavi *lui*?

Aveva un Sonnenrad tatuato, dice PJ.

Non era un Sonnenrad, obietta Nev. Era solo una ragnatela.

Era un Sonnenrad, insiste PJ, sono abbastanza certo.

E allora?, dice Nev. È solo un tatuaggio. Non significa che sia un nazista. PJ lascia cadere l'argomento e si limita a osservare che comunque quei due staranno finendo, ormai. Grazie ai porno entrambi sanno che il sesso termina di solito nel giro di una ventina minuti. Propone a Nev di rimandare all'indomani, quando l'uomo tatuato avrà abbassato la guardia. Nev accetta controvoglia e dice che porterà la macchina fotografica del padre con il teleobiettivo. Gli racconterò che vado a osservare la natura, dice. Ah ah!

Arrivano in paese discutendo di sesso. Secondo Nev, di sicuro l'uomo stava per impalare la domestica di Elaine, invece lui (Nev) se la sarebbe fatta a pecorina. PJ trova che l'uomo poteva dedicare un po' piú di tempo ai preliminari, perché alle donne piacciono.

Nonostante queste riserve sono tutti e due di ottimo umore. In effetti, la giornata si è rivelata grandiosa. È la prima volta che in quest'estate Nev sembra davvero contento di stare in compagnia di PJ e sentire quel che ha da dire. Inoltre, PJ rimedia un gelato gratis all'edicola di Hourihan perché l'uomo dietro il bancone gli dice che è il ritratto sputato dello zio Frank, un grande della Gaa, che riposi in pace. Vanno da Dingo e giocano a biliardo senza dover aspettare per avere un tavolo, poi si spostano nella sala giochi dove, evento insolito, è Nev a pagare. Quando si siede nella cabina a forma di auto e comincia a investire pedoni, leccando intanto il suo gelato, PJ pensa che un paio di ore prima voleva solo scappare mentre adesso si sente benissimo perché non si può mai dire che piega prenderanno le cose e in questo suo umore euforico, anch'esso insolito, si ricorda che lí hanno anche il videogioco di un quiz, *Chi vuol essere milionario?*

Nel corso degli anni in molti hanno detto a PJ, spesso con un tono secco e sardonico, che con il suo amore per il sapere e la sua enorme collezione di nozioni dovrebbe andare a *Chi vuol essere milionario?* A dire il vero, ha fantasticato anche lui di andarci e vincere, salvando cosí la famiglia dal disastro come il ragazzino di un film che ha visto, e malgrado la versione videogioco non prometta le stesse vincite del quiz televisivo – solo monete da cinque e dieci centesimi nei primi giri di domande, per cui ce ne vuole per recuperare i tuoi soldi – da sempre gira voce che, se arrivi alla fine, il jackpot sia enorme: forse perfino un milione tondo tondo. Nessuno è mai arrivato tanto lontano con quella macchina, ma oggi PJ si sente fortunato.

Riesce a convincere Nev a prestargli l'euro che gli serve per giocare. Pochi minuti dopo è già al quarto giro. È come se le domande fossero state cucite su misura per lui. A quale genere appartiene il bombo comune? Dove è possibile trovare un dendrite? Chi ha scoperto l'isola di Baffin? Risponde a tutte una dopo l'altra, bum, bim, bam. Si ritrova presto attorniato da un piccolo capannello di ragazzini, alcuni cercano di stargli dietro senza successo con i telefoni, altri si limitano a osservare con stupore fin dove si estendono le sue conoscenze. SEI PRONTO PER LA PROSSIMA DOMANDA?, chiede il presentatore.

PJ lancia una rapida occhiata a destra e a sinistra, preme OK. Sí, procediamo.

QUALE TRA QUESTI ERA IL CAMPO DI CONCENTRAMENTO PER DONNE: RAVENSBRÜCK BUCHENWALD SOBIBOR FELSENNEST?

I ragazzini che lo osservano gemono, ma PJ è fiducioso. Felsennest era un quartier generale quindi ovviamente non può essere quello. Sobibor non era un campo di concentramento ma di sterminio, anche se Ethan sostiene che è tutta roba inventata. Restano Buchenwald e Ravensbrück. Sente di saperlo, ne parlano sul forum di *Black Dawn*. Avrebbero dovuto tenerlo aperto! Conosco un sacco di troie che dovrebbero andarci!!! Ci spedirei la mia ex! Queste e altre amenità, ma com'è che si chiamava?

IL TEMPO STA PER SCADERE.

Ok fanculo RAVENSBRÜCK.

Il presentatore sembra dubbioso. SEI SICURO?

No, è solo che suona molto nazi, andavano matti per i nomi di animali sí.

Il presentatore fa una faccia addolorata. Lancia un'occhiata compassionevole a Nev, come se sapesse che a PJ le cose non vanno benissimo, anche se in effetti non sa niente, ovvio, non è che l'immagine digitale di una registrazione fatta anni prima dall'azienda che ha prodotto queste macchine…

RISPOSTA ESATTA!

Una cascata di soldi fuoriesce dallo scivolo. I ragazzini alle sue spalle esultano, Nev gli chiede indietro la moneta che gli ha prestato, l'immagine digitale del presentatore di un tempo andato sorride, come per lasciargli gustare il momento, e PJ comincia a pensare – per la prima volta dopo quanto? – che la fortuna potrebbe girare davvero. Solo nell'ultima ora ha rimediato prima un gelato gratis e adesso almeno due euro in monete da cinque centesimi! Ma questi non sono che sintomi, la sensazione che dopo l'ultimo paio di anni di merda sia iniziata una fase nuova e non solo per lui forse, ma per tutti loro, tipo che forse di botto le cose gireranno bene anche col garage, in un modo che nessuno si è mai aspettato, e si immagina a ridere insieme alla famiglia, poi si immagina con Nev e Zargham fuori della bella casa della domestica con lei che sorride e fa cenno di entrare: Venite, dopodiché prepara loro dei frappè e legge qualche pagina dell'edizione brasiliana di «Vogue», e sebbene questa parte gli sembri un po' inverosimile mentre il bagliore del sole filtra dalle vetrine della sala giochi e il presentatore chiede: COME SI CHIAMA LA MOGLIE DEL PREMIER CONSERVATORE TED HEATH?, PJ pensa che forse ma solo forse questa potrebbe essere la migliore estate di sempre quando viene strappato dal joystick per ritrovarsi inspiegabilmente sollevato in aria, sopra la moquette viola punteggiata di gomme da masticare, e scagliato addosso al *Pac-Man Battle Royale*.

I ragazzini gridano e si disperdono. Sul pavimento PJ vede due Nike Air malconce venirgli incontro minacciose, poi due pugni carnosi discendere per afferrarlo. È il tizio della casa, il tizio con il Sonnenrad tatuato, li ha seguiti aspettando il momento per colpire…

No invece, non è lui. Mentre viene rimesso in piedi, PJ vede che a fissarlo è una faccia diversa, con occhi di un colore normale, una bocca con gli angoli incurvati verso il basso e due orecchie cosí enormi da conferire alla testa l'aspetto di un trofeo, il premio che assegnano al Piú orripilante dei cavernicoli, tipo. Conosce questo tizio: era qualche anno piú avanti di lui a scuola, l'hanno espulso per aver lanciato un compasso in una classe piena di gente. Vive in una delle case popolari dietro il parco. Il suo nome è tipo Moran – Henry? Hugo? – ma lo chiamano tutti Orecchioni per via delle orecchie; è quel che osavano fare PJ e Zargham, gridargli: Orecchioni!, da dietro un angolo o un'auto per poi scappare quando lui si metteva a inseguirli come un animale infuriato. Di questo si tratta? Una vendetta a scoppio molto ritardato? Da sopra le spalle scorge per un attimo Nev che guarda la scena, bianco in viso. Poi viene trascinato via e gettato contro *Aliens: Extermination*. Ti credi furbo?, urla il tipo con le orecchie a sventola. Credi di poter rubare alla mia famiglia?

Rubare? A quella parola, PJ avverte un senso di... sollievo è troppo, ma è ovvio che deve esserci una specie di equivoco, perché tutto si può dire di lui, che è un guardone, uno che nasconde i calzini, un remissivo, ma non ha mai rubato niente e può spiegarlo senza problemi non appena l'avambraccio del ragazzo smetterà di bloccargli la gola. Sei un Barnes, uno di quei ladri, vero?, domanda il ragazzo.

Sí, ma... Insomma, no, cioè..., comincia PJ.

Il garage del tuo vecchio ha solato ma'! Devi a ma' un centone e sessantatre becchi!

Cosa?, dice PJ, confuso. Tua ma'? Ma non ci sono altre spiegazioni; cala invece un pugno e per un secondo tutto diventa nero, poi un altro colpo sparge una pioggia di scintille nell'oscurità. In lontananza sente qualcuno dire: Fuori! Fuori! Sparisci!

E levando lo sguardo dal pavimento, perché a quanto pare è lí che si trova, PJ vede il direttore della sala giochi avvicinarsi con un'andatura a papera, un uovo macchiato di nicotina che si muove su due gambette tozze, agitando le braccia, tozze pure quelle, verso Orecchioni. Non voglio merdate del genere qui! Smamma, vattene affanculo!

Ma prima di andarsene Orecchioni abbassa lo sguardo in terra, su PJ, e dice: Meglio che mi dài quel grano o giuro su Cristo che ti faccio diventare spastico.

Ci vedi, con gli occhi conciati cosí?, gli chiede Nev.

Ci vedo, dice PJ a denti stretti. Fanno solo male.

Sembrano due pomodori schiacciati, dice Nev, per poi aggiungere, con ammirazione: Quando ti ha tirato su da terra e lanciato! Tipo peluche!

Sono tornati nel Bunker dopo esser scappati per la scala di emergenza della sala giochi. PJ si sente pulsare gli occhi di calore, di calore e vergogna. Non può fare a meno di pensare che questa è la punizione per aver spiato la ragazza.

È uno psicopatico, dice Nev. Lo so che lo diciamo di un sacco di gente. Ma nel suo caso è vero, un autentico psicopatico, uno psicopatico totale.

Annuisce con soddisfazione tra sé, si spazza via una foglia dalla manica. Allora, che pensi di fare?

In che senso?, chiede PJ.

Pensi di dargli quei soldi?

E dove li prenderei, centosessantatre euro?

Nev si stringe nelle spalle, lancia uno sguardo malinconico verso la casa del sesso.

Quello è un bugiardo, dice PJ. Mio padre non ruba niente a nessuno.

Magari per disperazione sí, suggerisce Nev. Visto che la sua attività sta andando a puttane?

Non lo farebbe mai, insiste PJ. Non ruba.

Nev non dice niente.

E comunque non ho centosessantatre euro, ribadisce PJ con tono adamantino, come se bastasse a sistemare la questione.

Ok, dice Nev. Però non puoi tornare in paese, immagino, a meno che tu non voglia diventare spastico.

Non potrai piú tornare in paese, mai piú, per il resto della tua vita, riflette. D'estate non è un problema, immagino, ma che farai quando è ora di tornare a scuola?

Si porta la mano alla bocca e ne estrae un pezzetto di aringa rimasto incastrato fra i denti.

Forse, alla fin fine è il caso che scappi, dice.

Torna a casa, racconta a mamma che gli occhi neri glieli hanno fatti gli occhialetti da nuoto che gli ha prestato Nev, si chiude in camera.

Nella scatola da scarpe sotto il letto ci sono i soldi che ha messo da parte per *Black Dawn II*. In tutto trentotto euro e trentatre centesimi. Mi servono perciò centoventiquattro euro e sessantasette centesimi, si dice a voce alta, cercando di convincersi che sia un semplice numero anziché qualcosa di impossibile. Se nonno fosse tornato non sarebbe impossibile, ovviamente: centoventiquattro euro e sessantasette non sono niente per un uomo come il nonno. Una volta PJ lo ha visto coi suoi occhi spendere venticinque euro per un pezzo di formaggio francese. Ma ha già passato mesi a sperare che nonno torni.

La cosa piú ovvia da fare è parlarne a papà, perché deve trattarsi per forza di un grosso malinteso con la ma' di Orecchioni, tipo uno sbaglio con la fattura o con il resto oppure che la macchina aveva bisogno di un lavoro aggiuntivo e il meccanico non lo ha spiegato prima, una cosa che accade di continuo. È anche possibile, ovviamente, che Orecchioni si sia inventato tutto di sana pianta. Sí, se ne parla con papà nella giusta maniera – senza menzionare il volo e le minacce, dicendo una roba tipo: Oggi ho avuto un curioso scambio di vedute con un conoscente sui prezzi comunemente applicati per le riparazioni di un autoveicolo. La faccenda si chiarirebbe probabilmente in cinque minuti.

Ma non vuole parlarne con papà.

Perché malgrado sappia che papà non deruberebbe mai né un cliente né nessuno, in fondo alla sua mente si annida comunque il pensiero che potrebbe sbagliarsi. Gli ultimi due anni non sono forse stati un disfacimento lento e metodico di tutto quel che lui dava per certo? Una lenta trasformazione di suo padre in qualcun altro, qualcuno di diverso? Alla luce di quel cambiamento, la possibilità stessa che papà lo stia ingannando, che non sia l'uomo saggio e intelligente e onesto che lui pensa, non è forse inevitabile? L'ultimo grande rovesciamento, il catastrofico passo finale?

Dopo cena Cian Conlon gli manda un messaggio per chiedergli se è vero che Orecchioni sta pensando di pestarlo con un martello in diretta streaming. La diretta streaming è una novità per lui; finora si è concesso di sperare che, dopo aver sfogato il suo disappunto nella sala giochi, Orecchioni potesse chiuderla lí. In un certo senso è una cosa buona, riflette PJ, perché adesso è chiaro in che situazione si trova. Se ne sta sdraiato sul letto a faccia in giú per un po'. Poi si mette a sedere. Piangersi addosso non serve a niente. Deve agire, escogitare un piano. Prende il telefono, crea un foglio di calcolo.

«OBIETTIVO 124,67.

DENARO RACCOLTO FINORA 0».

Lo guarda per qualche secondo, poi cambia 0 in 0,00 in modo che abbia piú l'aspetto di un numero. Poi apre i contatti. Salve, Mrs Salehi, c'è Zargham?

Chi è a quest'ora?, dice la mamma di Zargham.

Ehm, sono PJ.

Se lo immagina lui o nella pausa all'altro capo del telefono c'è un leggero disappunto?

Poi la donna dice: Aspetta un attimo, PJ. Vedo se riesco a trovarlo.

Che senso ha che i genitori ti regalino un cellulare se poi non ti permettono mai di usarlo?, dice PJ quando Zargham viene al telefono.

Perché mi chiami cosí tardi?, chiede Zargham.

Sono le otto e mezza.

Devo alzarmi presto per andare al campo, spiega Zargham. Non sembra molto contento di sentirlo. PJ teme che siano partiti col piede sbagliato. Va dritto al sodo. Sto vendendo i miei giochi, dice.

Davvero? Zargham è sorpreso. E come mai?

Voglio comprarmi una Switch, dice PJ. (È una delle regole dell'Arte del venditore secondo il nonno: il modo migliore di ottenere denaro è dare l'impressione che non ne hai bisogno).

Davvero?, dice ancora Zargham.

Sí, mi sono stufato di quei vecchi giochi, dice PJ disinvolto. Pensavo di offrire a te la prima scelta.

Arriva un silenzio complesso e prolungato dall'altro capo della linea.

Non è perché devi dare centosessantatre euro a Orecchioni allora?

Ah ah, l'hai sentito anche tu?, dice PJ come fosse una cosa da niente.

L'ha sentito mia madre, dice Zargham rammaricato. Ha sentito che avete fatto a botte per strada.

Non è andata cosí, dice PJ. È stato solo un equivoco. Abbiamo già chiarito. Allora, che mi dici? Ti interessa?

Quanto?, chiede Zargham.

Venti ognuno?, propone PJ come se non ci avesse riflettuto piú di tanto.

Ancora silenzio dall'altro capo della linea. Zargham sta pensando, facendo i suoi conti, e PJ deve soltanto mantenere la calma, ma invece se ne esce con un: Va bene, dieci. CAZZO, proprio la cosa sbagliata da fare perché adesso Zargham chiude la questione: Non lo so, ho già un sacco di giochi.

Non vuoi almeno dargli un'occhiata?, dice PJ. Passa domani, ti faccio una demo.

Sono incasinato col campo, dice Zargham.

Passa dopo il campo, insiste PJ.

Zargham esita, sbuffa dal naso. Poi dice: Penso che mia madre voglia che smettiamo di essere amici.

È una stilettata nel cuore di PJ. Per via della storia di Orecchioni?

Non lo so. Quella. L'altra storia.

Sí, l'aveva capito. Ma si comporta come se non fosse un grosso problema. E se ci incontrassimo per caso? Non sarebbe colpa tua, giusto?

Non lo so, dice ancora Zargham, dispiaciuto.

Ok, non fa niente, dice PJ. Ma è dispiaciuto anche lui.

Si dà una calmata, fa altre telefonate. Solo che il mercato è difficile. La maggior parte dei ragazzi con cui parla hanno saputo del suo incontro con Orecchioni, il che li induce o a tirare su prezzi già bassi o a tenersi alla larga dalla merce che offre, come se i suoi beni fossero colpiti da una maledizione, le reliquie di un uomo morto. Vende per cinque euro lo skateboard pagato cento, una console portatile per tre, la sua amata collezione di *Calvin & Hobbes* per cinquanta centesimi. Pochi spiccioli; è come essere pestato una seconda volta.

«È andata bene?» gli scrive Nev.

«No, – risponde lui e poi: – Non è che potresti prestarmeli tu?»

È risaputo che Nev ha avuto mille euro per la Prima comunione e altrettanto risaputo è che non li ha ancora spesi.

«Non penso», dice Nev.

«Andiamo sei il mio migliore amico», dice lui, pur non avendolo mai pensato finora, anche se probabilmente è vero, il che è piuttosto deprimente.

«Vorrei, – dice Nev, – è che non so se li riavrei indietro. Con la tua famiglia messa in liquidazione e tutto il resto».

«Li riavrai. Vendo i miei giochi».

«Ti prego», dice.

La doppia spunta attesta che Nev ha ricevuto il messaggio, il colore blu attesta poi che lo ha anche letto. Ma passa un po' prima che arrivi la sua risposta. «Forse possiamo trovare un accordo».

«OK», dice PJ, cercando di ignorare la leggera vibrazione da Imperatore Palpatine che percepisce.

«Posso farti un prestito temporaneo, – scrive Nev. – TEMPORANEO».

Il cuore di PJ spicca temporaneamente il volo.

«Ma voglio qualcosa in cambio».

«OK spara».

«Voglio scoparmi tua sorella».

Cosa?, esclama PJ ad alta voce nella sua camera al telefono e poi: «Sii serio».

«Sono serio, – dice Nev. – Ti darò gli € che vuoi ma prima voglio scoparmela».

Ma che cacchio. «Va bene scopati mia sorella chi ti ferma».

«no devi convincerla a scopare con me sesso completo non solo una pompa».

«e come cazzo dovrei convincerla a scopare con te».

«Questo è un problema tuo», dice Nev.

E poi, qualche secondo dopo: «ok una pompa allora».

«che problemi hai?»

«no che problemi hai TU? ah sí adesso ricordo la tua famiglia è nei casini il vostro garage è in liquidazione tuo padre ha fregato un cliente e tu stai per essere pestato a sangue».

«vaffanculo», scrive PJ.

Appare una spunta, poi un'altra.

Ma non arriva risposta.

Stasera Cass non guarda i suoi libri o il telefono. Se ne sta distesa sul letto e basta. Ha gli occhi aperti ma non sembra notarlo quando lui entra. PJ si schiarisce la gola e lei fa un salto. Cristo santo, dice. Perché continui a spuntare dal nulla in camera mia?

Niente, volevo parlarti di una cosa.

Ti ha sfiorato il pensiero che se me ne sto in camera mia è proprio perché non ho voglia di parlare?, gli dice lei.

Ci vorrà solo un secondo, promette.

Cass sospira per l'esasperazione, si mette a sedere sul letto. Che ti è successo agli occhi?

Ho sbattuto contro un albero, dice PJ.

Bravo, dice Cass. Allora?

Sí, giusto, dice PJ miseramente. Si schiarisce la gola, si guarda le scarpe. *Lo conosci il mio amico Nev? Un vero vincente, con una collezione enorme di giochi per la PlayStation, difficile credere che un fico come lui possa essere single...*

Mi chiedevo se la domestica di Elaine, dice invece.

La domestica di Elaine?, replica Cass, guardandolo con attenzione.

Sí, hai presente la sua domestica? La loro domestica, cioè. Viene dal Brasile, mi sa, o una cosa cosí.

Sei venuto in camera mia per chiedermi della domestica di Elaine?, dice Cass.

Se n'è andata o...?

Sí, taglia corto lei. Se n'è andata.

Hmm, dice lui, fingendo di pensarci su. C'è un'altra cosetta...

Non riesco a parlare con te se mi guardi a quel modo, dice lei e si riappoggia al cuscino.

LA DIECI RAGIONI PRINCIPALI PER CUI CASS È UNA STRONZA. NUMERO 6: INCAPACE DI AIUTARE IL PROSSIMO.

Mentre lui esce dalla stanza, però, lei lo chiama: Aspetta!

Lui si gira. Papà ti ha mai detto niente dello zio Frank?, chiede.

Lo zio Frank?, ripete PJ.

Sapevi che era fidanzato con mamma?

PJ strabuzza gli occhi. Chi?

Lo zio Frank. Solo che poi è morto e l'ha sposata papà.

PJ ci riflette un attimo. Gli sembra una soluzione sensata. Ma c'è dell'altro.

Io sono nata cinque mesi dopo il matrimonio, dice.

Interessante, dice PJ, annuendo. Centoventiquattro euro e sessantasette centesimi, la sua mente è concentrata su questo.

Immagina se la persona che hai pensato di essere per tutta la vita, dice lei lentamente, non sei tu.

Lo fissa con i suoi occhi scuri. Lui intuisce che la sorella si aspetta una reazione, ma vai a sapere quale. Vuoi dire... scusa, di chi stavamo parlando?

Cass alza gli occhi al soffitto. Non importa, dice.

Cosa?, dice lui. Spiega.

Non importa, ripete lei. Prende il telefono per fargli capire che la conversazione termina lí.

Fa di nuovo per uscire, trascinando i piedi, sentendosi infantile e sciocco come spesso gli capita quando parla con Cass, anche se è vivo in lui il ricordo di un'epoca in cui non era cosí, in cui lei era anzi la sua migliore amica, malgrado PJ sapesse di non essere il miglior amico di Cass e, nel ripensare a quel periodo, si ferma sulla porta e glielo dice, senza giri di parole: Senti, non vorrei chiederteli ma ho proprio bisogno di soldi, perché uno si è messo in testa che papà lo ha derubato. Si chiama Orecchioni e ora se la prende con me...

Oh, mio Dio, dice Cass.

Sí, dice lui, è una brutta storia. Se avessi, diciamo, cinquanta euro...

Ma sua sorella sta fissando il telefono. Elaine è tornata!

O magari venti?

Scusa! Balza in piedi. Devo andare!

Non riesce a dormire. Ogni volta che prova a chiudere gli occhi sente qualcuno, qualcuno alla finestra. Alla fine si alza, si affaccia sul pianerottolo. Silenzio totale, buio totale. Ripensa a quando era piccolo e andava in camera di mamma e papà perché aveva paura. Sembravano molto piú grandi nel sonno, rigonfi nel loro letto come grosse bestie marine addormentate, trichechi o balene. Non aveva che da infilarsi sotto una pinna per avere la sensazione che il mondo fosse scomparso insieme ai suoi mostri.

Il capodoglio è l'animale piú rumoroso del pianeta. Si esprime con schiocchi e squittii, ognuno piú forte di un razzo che si stacca da terra. Parlare con un capodoglio sfonderebbe i timpani a un essere umano.

Va in bagno, guarda la sua faccetta triste illuminata dalla luce bianca di una lampada che ronza. Pensa a Zargham, Elaine, Cian Conlon, alle persone che conosce e che l'osservano mentre lui viene pestato, ridono e postano: FROCIO, oppure pensano a quanto è triste e sfortunato. E le immagini di lui a terra, con la felpa e un martello che gli si abbatte addosso, rimarranno lí fino alla notte dei tempi, su Internet.

Di sotto, la borsa di mamma è piena zeppa di liste della spesa e gratta-e-vinci grattati. Dopo aver frugato senza successo, la svuota sul bancone. Alla fine trova una banconota grigioverde da cinque euro. La raccoglie, se ne resta a lungo in piedi, con la banconota in mano, nel buio della cucina. Poi la rimette nella borsa, comincia a stiparci anche il ciarpame, gli scontrini e i biglietti del parcheggio, finché in mezzo alle monete sparse trova qualcos'altro. Sembra anch'essa una moneta a prima vista, ma non lo è: è piú leggera e di forma ovale, non rotonda. Sopra c'è stampata l'immagine di una donna con una lunga veste e le mani protese da cui si irradiano stelle. È una Medaglia dell'Immacolata. Ne ha una anche lui. A un tratto gli viene un'idea. Corre di sopra, torna in camera sua e fruga nell'armadio, spostando fumetti e un cumulo di calzini sporchi di sangue, finché trova una scatola. Dentro c'è una medaglia identica, solo che questa ha un filo. Gliel'ha data Rose, l'ultima volta che l'ha vista. Portala sempre, gli ha detto. E quando sarai in gravi difficoltà, recita questa preghiera per tre volte, non ha mai fallito che io sappia.

Non ha mai fallito! Proprio quello di cui ha bisogno! Ma dov'è la preghiera? Ricorda che Rose l'aveva avvolta in un pezzo di giornale, era stampata lí, lui pensava di averle messe via insieme. Ma non c'è. Svuota l'intero armadio sul pavimento. Vecchie carte dei Pokémon, uno shuriken di gomma, tentativi di disegnare Wolverine, lettere interrotte a Elaine – nessuna preghiera. Cazzo! dice ad alta voce, poi si scusa. Si scervella. Rose non aveva accennato qualcosa su un fiore? Un fiore sacro? È un'impresa esserne sicuri, PJ capisce soltanto il cinquanta percento di quello che lei dice, quando va bene.

Zia Rose è vecchissima. PJ non ha mai capito di chi sia zia di preciso. Era una chiromante, gli ha detto Cass. Una volta, molto tempo fa, sono andati a trovarla nel posto in cui viveva, un cottage minuscolo con un pollaio in giardino e un capanno con una montagna di torba sotto cui lui era andato a rintanarsi scavando una galleria mentre mamma e zia Rose parlavano a bassa voce in cucina. Adesso sta in una casa di riposo. Ha i peli sopra il labbro superiore e chiama papà Frank e lui Lar, vai a sapere perché.

Ma aveva strani poteri, a sentire Cass.

È stato nella casa di riposo che gli ha dato la medaglia: gliel'ha messa in mano mentre se ne stavano andando. Aveva la voce bassa e roca, e da vicino puzzava di cavolfiore. Per quando non saprai dove sbattere la testa, gli ha detto. Come se prevedesse, pensa lui ora, come se prevedesse in quale casino si sarebbe trovato.

Cerca «preghiera fiore sacro» su Google. Escono dodicimila risultati. Quello in cima riporta una preghiera che gli sembra abbastanza autentica, ma chissà se è la stessa che gli ha dato Rose.

Si mette la medaglia al collo e comincia a leggere: Oh, fior del Carmelo, oh, vite in fiore...

Fa una strana sensazione leggere una preghiera sul telefono, con il quale ha guardato tanta di quella roba sacrilega. Spera che la Vergine Maria capisca che sta pregando lei e non, poniamo, *Candy Crush* o Pornhub.

Splendore del cielo, Madre benedetta del figlio di Dio, Vergine immacolata, assistimi nel bisogno. Oh, Stella del mare, donami aiuto e mostrami che sei mia madre. Oh, Santa Maria, Madre di Dio, Regina del cielo e della terra, ti supplico umilmente dal profondo del mio cuore di soccorrermi in questo momento di bisogno:

[Inserite qui la vostra personale richiesta
alla Nostra Signora].

Ok, ci siamo. Non pensa che a Dio faccia piacere ricevere un'espressa richiesta di denaro, per cui chiude gli occhi e sussurra alle ombre: Ti prego fa' che il nonno torni a casa.

Riapre gli occhi, legge l'ultima parte della preghiera. Oh, Maria, concepita senza peccato, prega per noi che cerchiamo rifugio in te. Oh, Maria, concepita senza peccato, prega per noi che cerchiamo rifugio in te. Oh, Maria, concepita senza peccato, prega per noi che cerchiamo rifugio in te.

Santa Maria, rimetto questa preghiera nelle tue mani.

Amen.

Nell'istante in cui termina di pregare il telefono gli vibra nel palmo. Nonno!

«EHI ZIO SEI SVEGLIO???»

No, è solo Ethan. Sente la delusione straripare dentro di lui. Ma la preghiera non può funzionare all'istante, si rimprovera, non è mica un incantesimo. Scrive: «Ehi sí».

«TI VA UNA CORSA VELOCE?»

«Non posso dovrei essere a dormire a quest'ora!!!»

«VA BENE», risponde Ethan, allegando una gif di Pikachu con gli occhiali da sole che corre su uno skateboard.

PJ sorride, nonostante la delusione. Ovvio che va bene, va sempre tutto bene con Ethan.

«EHI INDOVINA PARTCIPO AL CONCORSO X UISTITÍ SE VICIAMO MIA MADRE DICE KE PUOI STARE DA NOI».

«Wow fantastico».

«E SE NON VINCIAMO PUOI VENIRE CMQ A TROVARCI ABITIAMO DIETRO MCDONALDS :)»

«Grazie zio», dice PJ. Pensa, e non per la prima volta, a come sarebbe bello se Nev fosse Ethan. Vorrei abitare piú vicino, dice.

«ANCH'IO :)»

«TUTTO OK? NON HAI POSTATO NIENTE OGGI».

PJ non risponde subito. Di solito le loro conversazioni restano ancorate ai videogame, non parlano della loro vita privata. Ma nessuna regola lo vieta, no? Solo perché Ethan vive in un altro posto non vuol dire che sia meno amico. Non è anzi piú amico? Piú di quelli che ha lí? Quelli che dovrebbe «conoscere»?

«Ah sí ho avuto un po' di casini».

«OH NO :(»

«Già». Per qualche secondo non aggiunge altro. Osserva l'immagine del profilo di Ethan nell'angolo dello schermo – il sorriso smagliante, i capelli tipo cespuglio, mentre se ne va in bici giú per un vialetto illuminato dal sole con una maglia del Manchester United per cui PJ gli ha spesso dato il tormento. (È il tuo solo difetto! MACCHE DIFETTO RED DEVILS 4EVER!!!)

Poi scrive: «Sono preoccupato per un mio amico. I suoi litigano di continuo e lui pensa che divorzieranno e lo manderanno in collegio».

«:(»

«Già + uno vuole dei soldi e dice che lo pesta di brutto se non glieli da».

«TREMENDO».

«Esatto percui adesso dice cos eassurde tipo che vuole scappare».

«Non so che fare».

«Non voglio tradirlo e dire niente ai suoi ma scappare di casa è assurdo giusto?»

Segue una lunga pausa, molto lunga.

In cima allo schermo viene annunciato che Ethan sta scrivendo. Ma non arriva niente, come se ci ripensasse piú volte prima di premere Invia. Poi:

«DPIENDE».

«DOVE PENSA DI ANDARE???»

«Nel bosco», dice PJ.

«IL BUNKER DOVE GIOCATE???».

«Sí».

Un'altra pausa. Poi: «È IL PRIMO POSTO DOVE LO CERCHERANNO».

Appena legge quelle parole, PJ capisce che l'amico ha ragione. È ovvio, soltanto un ragazzino non lo capirebbe. Lo troveranno in un attimo e lo porteranno a casa, dopodiché Orecchioni lo pesterà ancora di piú per aver provato a scappare. «Giusto, – dice. – È unidea stupida comunque non penso che lavrebbe mai fatto».

«NO NON STUPIDA».

«SONO SCAPPATO UNA VOLTA».

«QUANDO LE COSE NON ANDAVANO TANTO BENE A CASA».

Non tanto bene? È quasi un colpo per PJ, ha sempre avuto l'impressione che a casa di Ethan non ci fossero problemi. Ma non chiede perché, solo: «Dove sei andato?»

«DA UN AMICO».

«Ma ti hanno trovato?»

«TI TROVANO SEMPRE ALLA FINE».

«MA ERANO COSI PREOCCUPATI X ME CHE QUANDO MI HANNO TORVATO SI SONO DIMETINCATI DI TUTTO LE COSE X CUI MI ROMPEVANO E I PROBLMI CHE AVEVO ERANO CONTENTI E BASTA XCUI SI E TUTTP RISOLTO ANCHE SE NON ERO SCAPPATO DAVVERO».

«MAGARI POTREBE ANDARE COSI ANCHE PER IL TUP AMICO???»

Per PJ è una rivelazione. Quindi non deve scappare per davvero – non per sempre. Basta un posto sicuro in cui rintanarti, i tuoi si metteranno una paura tale che sistemeranno tutti i casini che ti hanno spinto ad andartene. Niente piú litigate, niente divorzio, niente piú discorsi sul collegio. Non lo cacceranno piú di casa e smetteranno di lamentarsi che lui diventa sempre piú grande. Lo tratteranno tutti con rispetto, presteranno attenzione ai suoi sentimenti, perfino Cass. Nonno tornerà con un jet privato. Elaine correrà da lui e lo abbraccerà con un singhiozzo. Ero cosí spaventata! Orecchioni, denigrato e messo al bando, vedrà distrutti i suoi piani in diretta streaming.

«MA DEVE ANDARE IN UN POSTO DOVE CI METTERANNO UN PEZZO PER TROVARLO».

«XCHE' SE LO TROVANO SUBITO NN FUNZIONA LI DEVE SPAVENTARE».

«E che dovrebbe fare? – chiede PJ. – Il mio amico cioè».

«NON COMOSCE NESSUNO CON UNA CAMERA DEGLI OSPITI DA QUALCHE PARTE? QUELLO E IL MODO + SICURO».

«Non lo so, – dice. – Glielo chiedo».

«Ci parlo».

La mattina dopo, mamma e papà litigano di sotto. Hai lasciato che andasse tutto a rotoli, sta dicendo mamma. Ah, è colpa mia adesso?, replica papà. Pago per il salto di qualità e ne sono responsabile vita natural durante? Riferisco solo quello che dice la gente, ribatte mamma. Cristo, dice papà.

Pochi minuti dopo papà bussa alla sua porta. Come vanno gli occhi?, dice. Sei in condizioni di darmi una mano a fare una cosa?

Vuole andare al circolo e vedere cosa c'è da sistemare.

Perché devi andarci?, chiede PJ.

Ognuno di noi deve fare qualcosa per la comunità, dice papà. Andiamo.

PJ odia il circolo; l'unica cosa buona dell'alluvione è che da allora il circolo è rimasto chiuso e lui non è stato piú obbligato ad andarci con papà ogni sabato mattina per gli allenamenti di calcio degli under 10. Per via dell'asma soprattutto, ma anche perché non è bravo, PJ non gioca a calcio, e venire trascinato lí per dare una mano lo ha sempre considerato una punizione o almeno una lezione morale, come se papà volesse costringerlo a osservare da bordo campo quel che si perde, lo spirito di squadra, la partecipazione e in generale i vantaggi per la salute. A rendere particolarmente irritante questa tortura è il fatto che nemmeno papà giocava a calcio da ragazzino. Ha provato a nasconderlo durante gli allenamenti, ma è già tanto se riesce a colpire il pallone con un piede. La sola ragione per cui allena gli under 10 è che zio Frank era un allenatore e, quando è morto, papà ne ha preso il posto. È perciò un inganno bello e buono che papà si comporti come se gliene importasse qualcosa e desiderasse che PJ sia un bravo giocatore, dal momento che non gli ha trasmesso nessuna delle doti necessarie.

PJ ha spesso pensato a quanto è strano che papà avesse un fratello con il quale è cresciuto nella stessa casa in cui abita lui ora. È raro che papà parli di Frank in famiglia, ma a volte, dopo l'allenamento, mentre rimettono in ordine, tolgono le reti dalle porte, raccolgono i parastinchi, si lascia andare ai ricordi, gli racconta del suo stupefacente talento di calciatore amato da tutti, di questo o quel gol che aveva segnato, di questa o quella squadra con cui aveva giocato e del paese intero che andava a tifare per lui. PJ non ha mai capito bene il senso di questi racconti, che hanno sortito soltanto l'effetto di fargli odiare ancora di piú lo sport e anche lo zio Frank. Il che lo fa sentire in colpa, visto che non ha mai conosciuto lo zio Frank. Ma lo sconforta che papà non gli parli piú d'altro ormai, senza contare che PJ non sa nemmeno se lui per primo ci creda a quelle storie.

Oggi il cielo è di un azzurro brillante e senza nuvole e si fatica a immaginare che ci sia mai stata un'alluvione. PJ guarda dal finestrino dell'auto la foresta e i campi, le villette con i cani e i vialetti acciottolati, le altalene e le parabole satellitari, i panni immobili appesi al filo. Passano davanti ai magazzini Creaghan con il loro piccolo esercito di bombole a gas gialle nel piazzale e poi davanti alla Cantwell House Fishing and Golf con l'insegna marrone dell'ente irlandese per il turismo e un'ottava posizione nella lista di Tripadvisor dei posti da non perdere nelle Midlands, malgrado PJ e Zargham abbiano passato un intero fine settimana a postare recensioni con una stella lamentandosi dei fantasmi («ATTENTI») e di altri fenomeni sovrannaturali («UN GHOUL SENZA TESTA NELLA SALA COLAZIONE COME FA QUESTO POSTO AD AVERE QUATTRO STELLE???») dopo che il direttore li ha sgridati per aver camminato sul fairway. Come si sentirebbe a guardare tutto ciò per l'ultima volta? Però non sarebbe un'ultima volta, rammenta a sé stesso, sarebbe un distacco solo temporaneo – una settimana o due al massimo, poi si farebbe «trovare» e tornerebbe a casa, in una situazione diversa, migliore di adesso!

«UN NUOVO INIZIO».

E non solo per lui, ma per l'intera famiglia.

«QUANDO SCAPPI RICORDI AI TUOI QUALI SONO LE COSE DAVVERO IMPORTANTI».

Forse anche Cass resterà a casa e tornerà quella di prima, tutti loro torneranno quelli di prima.

«FORSE IL TUO AMICO PUÒ STARE DA ME!!!»

«Wow sarebbe fantastico».

«SE È DAVVERO UN TUO GRANDE AMICO ;)»

Il circolo è in uno stato peggiore di quel che papà si aspettava. Le pareti sono ancora impregnate d'acqua e le luci non si accendono. Be', mi sa che i danni trascendono le nostre capacità, dice. Risalgono in macchina senza aver concluso niente. Facciamo un salto dal ferramenta, dice. Mette in moto, fischiettando tra sé.

Le ragazze di Vivambiente non piacciono a papà. Il Comintern, cosí le chiama. Gli chiedono solo e sempre di pulire le macchie di benzina dallo spiazzo della concessionaria.

Vedi il tuo amico oggi?, gli chiede.

Che amico?, dice PJ.

Com'è che si chiama già. Nev.

PJ replica con un silenzio eloquente, che papà non coglie. Da quanto ho capito, state parecchio nel bosco, voi due, dice.

PJ sente un nodo stringergli di botto lo stomaco. Papà si volta verso di lui con un sorriso. Ah sí, dice.

Papà torna a guardare la strada. Quel vecchio capanno, dice. Credo fosse una ghiacciaia, ai tempi. Victor pensa che potremmo trasformarlo in una baita o qualcosa di simile. Sarebbe divertente, non trovi? Un rifugio di montagna nel giardino dietro casa.

Mm-hmm, dice PJ. È preoccupato, c'è la possibilità di incontrare Orecchioni dal ferramenta. È alquanto remota però, giusto? A meno che non sia lí per comprare martelli?

Io e tuo zio Frank lo usavamo come base, dice papà. Stavamo lí notte e giorno. Giocavamo a *Guerre stellari* e non so piú cos'altro. Prima che Frank cominciasse a prendere il calcio sul serio.

Mmh, dice PJ.

Una volta, dice papà, abbiamo deciso di scappare di casa.

Nel sedile del passeggero PJ si sente gelare il sangue. Sa qualcosa?

Una pensata di tuo zio, prosegue papà. È stato lui a ideare il piano. Non ricordo piú quale fosse il motivo. Se io o lui o tutti e due fossimo in rotta col mondo o avessimo solo voglia di avventura. Comunque sia, in un modo o nell'altro tuo nonno ha mangiato la foglia. Quando siamo andati al capanno nel bosco, in piena notte, lui era lí ad aspettarci. Fine della storia.

Ride. Probabilmente non c'era neanche bisogno che ci fermasse. Dubito che saremmo andati lontano una volta finite le nostre razioni di cibo. E tuo zio era sempre stato un tipo casalingo.

Ero io quello che voleva andarsene, dice.

Resta in silenzio per un po'. Alberi e case si avventano sul parabrezza, sfilando via all'ultimo secondo. Papà si volta di nuovo e sorride, a conferma che il racconto è terminato. E PJ capisce che non sa niente, che questa non è una trappola. Inoltre: guardandolo a sua volta, capisce che papà è di nuovo papà – lo ritrova nel viso, lo vede come non lo vedeva da un'eternità, anche se non saprebbe spiegare cosa vede. E a un tratto sente il bisogno di dirgli tutto, di parlargli della ragazza segreta nella casa non finita, dell'uomo con il tatuaggio nazista, di quel che è successo nella sala giochi con Orecchioni e dei centosessantatre euro. Di Ethan e del collegio e del suo piano di fuga e di cosa ha in mente per ricomporre l'unità familiare. E non vuole soltanto dirgli tutto – è come se già vedesse sé stesso e papà scoppiare in una risata fragorosa, dopo che gli ha detto tutto. Poi vede sé stesso dire a Zargham che è stato un malinteso, un equivoco. Ci credi che ho pensato davvero di scappare?!

Vede tutto questo con una chiarezza totale, come se fosse già successo. Sente il calore del sollievo scorrergli nel corpo, come se le cose fossero tornate alla normalità senza dover dire alcunché. Ma glielo dirà. Se la prossima auto che passa è blu, glielo dirà. Ok, subito dopo la collina. Ok, non appena parcheggiano. Ok, quando sono dentro al negozio.

La merce di Halloween è già esposta. Una nonnina zombie con le braccia tese, un telefono vecchia maniera che urla quando alzi la cornetta. Uno zerbino che se calpestato si accende e, con voce grave, dice: Benvenuto nella tua rovina.

Che robaccia!, dice papà con una risata. Mette lo zerbino nel carrello. Prende della candeggina per il circolo. Poi chiama Victor per chiedergli lumi su un attrezzo di cui gli ha parlato e partono alla ricerca dell'articolo. Diglielo adesso!, si incalza PJ, ma mentre passano in rassegna gli scaffali è papà a parlare, gli dice che l'ultima volta che è stato lí avevano un berretto con un led incorporato che sarebbe stato perfetto per mamma, per quando va a correre d'inverno, e PJ capisce che il momento è questo, ma non vuole rovinare il buonumore, malgrado se lo stia rovinando comunque, con le sue mani.

E ora sono di nuovo in macchina, diretti verso casa. DIGLIELO DIGLIELO DIGLIELO, gli ripete il cervello. I prati non bagnati stanno cambiando colore, da giallo a marrone. Passano davanti alla fabbrica di microchip, al lago, ai magazzini Creaghan. Incrociano una volante che procede nel senso inverso, papà fa un cenno col capo, il poliziotto leva un dito dal volante e visto che non c'è piú molto tempo, ormai, PJ si contorce nel sedile per cacciarsi le parole fuori di bocca: Papà, devo chiederti una cosa.

Sí, PJ, di' pure, dice papà.

Ehm, è assurdo, lo so, ma uno che ho incontrato alla sala

giochi ha detto... comincia PJ. Al che da dietro arriva il suono strozzato di una sirena.

L'auto della polizia si è messa a seguirli. Deve aver fatto inversione. Papà accende le luci di emergenza e accosta.

Ehi, Ken, dice papà.

Ehi, Dickie, dice il poliziotto. Guarda PJ da dietro il finestrino. Ehi, giovanotto, dice.

Che succede, Ken, ho per caso una luce di posizione spenta?

No, no, niente del genere. Il poliziotto ha una faccia slavata e lentigginosa, come il novantacinque percento della gente in paese, ma gli occhi glaciali di un robot che ti scruta da dietro una maschera. Non volevo allarmarti, è solo che mi è venuta in mente una cosa quando ti ho visto.

Ah sí?, dice papà. Davvero?

Sí. Al garage lavora con voi un certo Ryszard Brankowski?

Ryszard? Ah, sí... lavora con noi... cioè, lavorava.

Non sta piú da voi?

No, non piú, se n'è andato.

Hai idea dove?

Non saprei, cosí su due piedi, ci dovrei pensare, dice. È passato un bel po' di tempo ormai, è stato da noi solo un paio di mesi. Perché, si è messo nei guai?

Fammelo sapere, se lo vedi, dice il poliziotto. Si tocca il berretto. Stai bene.

Anche tu, Ken, dice papà. Avvia il motore ma prima di reimmettersi in carreggiata aspetta che l'autopattuglia faccia inversione alle loro spalle e si allontani a gran velocità nella direzione opposta.

Che succede, papà?, chiede PJ. Ma papà non risponde. Riaccosta invece sul ciglio della strada, dopo pochi metri.

Perché ci fermiamo?, chiede PJ.

Ma papà non risponde neanche stavolta e quando PJ si volta verso di lui vede la faccia bianca di un cadavere. Gli occhi di suo padre sono tondi e larghi come piatti, i denti serrati e la pelle tesa delle dita che stringono il volante sembra dover aprirsi da un momento all'altro per far emergere il bianco delle nocche.

Papà?, dice PJ. Papà? Stai bene, papà? Gli scuote il braccio, ma suo padre non reagisce, è come se non fosse lí, se n'è andato di nuovo, del tutto stavolta. PJ viene assalito dalla nausea. Guarda la strada nella speranza che passi qualcuno ma è deserta, per cui tira fuori il telefono e comincia a comporre il 999 solo che il telefono gli casca dalle mani e finisce sotto il sedile e mentre lui si china per recuperarlo papà comincia a emettere uno strano rumore, un gracidio orribile o un gracidio al contrario, come se cercasse di fare un respiro profondo ma non ci riuscisse e intanto la strada è sempre deserta, quella strada è sempre trafficata ma ora non passa un'auto a pagarla, come se tutti si tenessero apposta alla larga. Da qualche parte sotto il sedile una voce risponde ma nel tentare di parlare a sua volta PJ si rende conto di non saper cosa dire. Pronto?, ripete la voce. Pronto, è ancora in linea? Pronto? Mio padre, farfuglia PJ nel vuoto. Mio...

A quel punto, con un respiro secco, papà solleva la testa, guarda a destra e a sinistra, poi si volta verso PJ e dice: Potremmo fare prima un salto al Lidl e prendere dei panini con la salsiccia per pranzo, e riprende a guidare come se non fosse successo nulla...

Non volevi dirmi qualcosa?, chiede.

Pronto pronto, continua la voce al telefono. PJ lo recupera, chiude la comunicazione, rimette il telefono in tasca. Punta lo sguardo davanti a sé, sulla strada. Non era niente di importante, dice.

Tenta per l'ultima volta di sbolognare le sue cose. Vende l'iPod a un ragazzino da Subway che sembra non essere mai stato dal barbiere in vita sua, mentre l'amico del ragazzino ascolta Drake al telefono e mangia maionese da una bustina. Uno della classe inferiore alla sua gli compra dei giochi per un euro ma arrivati al dunque si spaventa, insiste affinché PJ si riprenda i giochi e gli lasci il denaro. Uno che conosce Cian Conlon gli promette di comprare il drone per venti euro ma poi non si fa vedere, lo ghosta, anche se continua a giocare in streaming a *League of Legends* sul suo canale Twitch, per cui PJ lo vende a un tipo per tutto quel che ha nel portafoglio (cinque euro) quando esce dal pub. Di punto in bianco si fa vivo Rowan con un messaggio, dice che è interessato alla sua collezione di *Yu-Gi-Oh!*, ma quando si incontrano nel giardino di fronte alla biblioteca gli parla solo di Cass. PJ gli dice che sua sorella non ha un'altra storia e che sembra depressa. Questo rincuora non poco Rowan, che gli compra l'intera scatola di carte. Poi inforca di nuovo la bici per andare al campo estivo. Un fucile spara-acqua a pompa, un kit di Slime, una PokéBall per leggere nel pensiero: deve piazzare tutto. È preso da una strana euforia, come se fosse saltato da un aereo in volo e stesse cadendo nel vuoto. Tornato a casa mette i soldi nel suo armadietto, sotto i calzini, e aggiorna i calcoli. Al che sente un tonfo al cuore perché è lontano dalla somma che gli serve, molto lontano.

Giunge alla conclusione che è comunque inutile, almeno sulla lunga distanza. Anche se riuscisse a pagare Orecchioni, si presenterebbe in ogni caso un nuovo problema, un nuovo disastro, è solo questione di tempo. I problemi arrivano dall'interno; dalla sua famiglia. E a meno che qualcosa non li fermi sul nascere, continueranno a gonfiarsi senza sosta, come nuvole nere da una petroliera in avaria che ammantano e soffocano tutto.

Si collega al forum. Un paio di secondi dopo arriva il messaggio. «EHI STRANIERO!»

«Ehi, – scrive lui. – Ricordi l'amico di cui parlavamo l'altro giorno?»

Da lí in poi tutto procede molto rapidamente. Ethan sa bene cosa bisogna fare. Per cominciare, PJ deve preparare la borsa e nasconderla in un posto sicuro, lontano da casa. Il che vuol dire: 1) è escluso che venga scoperto e 2) è pronto ad andarsene in qualsiasi momento. PJ prende uno zaino, ci infila soldi, cibo, caricabatterie, due cambi d'abito, e seppure con qualche difficoltà riesce a ficcarlo nel buco sotto il pavimento del Bunker.

Passo successivo: eliminare gli indizi.

«D'ORA IN AVANTI TUTTO QUEL CHE SI TROVA NELLA TUA CAMERA DOVRÀ DEPISTARE».

Lascia un appunto con gli orari del traghetto o con i numeri dei voli.

«IL TRAGHETTO È MEGLIO PERCHÉ NON LASCIA TRACCE CARTACEE».

Scrivi una lista di destinazioni lontane. È lí che ti cercheranno, quando te ne sarai andato.

«PENSERANNO CHE SEI A KM E KM DA CASA».

Qualunque cosa rallenti le loro ricerche ti sarà d'aiuto.

La sera ha confessato che non c'è nessun «amico».

«LOL SÍ LO IMMAGINAVO!!!!! :)»

«Posso stare da te allora?»

«CERTO!»

«Ma non dovrò nascondermi dai tuoi? È probabile che finisca al telegiornale».

«LOL I MIEI NON GUARDANO MAI IL TELEGIORNALE SONO SUPER PRESI DAL LAVORO SARANNO SOLO CONTENTI CHE IO ABBIA QUALCUNO CON CUI GIOCARE».

«MIA MADRE HA PREPARATO I BISCOTTI TE NE TENGO DA PARTE UN PO' !!!! :)»

«Wow fantastico, grazie».

Ethan è davvero un buon amico, pensa. Anzi, non è escluso che sia il suo migliore amico. È buffo che il suo migliore amico possa essere una persona che non ha mai incontrato dal vivo. E mentre ci pensa, arriva il messaggio: «NESSUN PROBLEMA BRO».

«SEI IL MIO MIGLIOR AMICO DEL FORUM».

«FORSE IL MIO MIGLIORE AMICO IN ASSOLUTO!!!!»

«Grazie bro, – dice PJ. – Anche tu lo sei».

L'ultima parte del piano. La ripassano insieme. C'è una corriera che va a Dublino quattro volte al giorno. PJ l'aspetterà a una fermata fuori del paese per diminuire le probabilità di essere visto. Una volta arrivato in città, Ethan lo verrà a prendere alla stazione degli autobus e lo porterà a casa sua.

Sarai lí, giusto? PJ è colto da un nervosismo improvviso all'idea di trovarsi da solo a Dublino.

«LOL NON PREOCCUPARTI».

Dà a PJ il suo numero. PJ gli dà il suo.

«+ SCARICA QUESTA».

È un'app, un'app trova-amici, cosí, se dovessero mancarsi, Ethan può trovarlo.

«Wow roba da professionisti», dice PJ.

«PIANIFICHI PIANIFICHI E POI IL PIANO VA STORTO PER UNA STUPIDATA... SAREBBE UNA BELLA ROTTURA TI PARE».

PJ non vede come sia possibile. Hanno pensato a tutto, gli sembra. È una cosa semplicissima – si direbbe che un'impresa del genere dovrebbe essere piú complicata, richiedere piú tempo. E in effetti è quello che vorrebbe. Che richiedesse piú tempo. Invece è tutto pronto, organizzato. La notte, sdraiato sul letto, si sente di colpo come se gli mancasse l'aria. Il domani si spalanca sotto di lui come un abisso.

«Secondo te non è da vigliacchi? Scappare dai problemi, dico?»

«TU STAI SCAPPANDO X RISOLVERLI I PROBLEMI + PER AIUTARE LA TUA FAMIGLIA!»

«A ME SEMBRA DA CORAGGIOSI!!! :)»

«MA ANCHE DIVERTENTE!!! TI PRENDI 2 SETTIMANE DI VACANZA!!! E QUANDO TORNERAI TUTTO ANDRÀ MEGLIO!!!! :)»

«E COMUNQUE NON MI PARE CHE HAI SCELTA!!!! :)»

Guarda, PJ, dice mamma, c'è uno dei tuoi amici che ti saluta.

PJ si volta e vede Orecchioni, è sulla rotonda spartitraffico, gli occhi incollati su di lui nell'auto.

Ti sta salutando, PJ. Potresti ricambiare il saluto come farebbe un essere umano civile e con un minimo di educazione?

E lui, con la mano che sembra priva di peso e ossa, saluta Orecchioni, che si apre la giacca per mostrare un martello infilato nella cintura. Mentre l'auto si allontana, lenta come un'agonia, Orecchioni gongola alla maniera di un gladiatore che si erge sopra la carcassa sventrata di un nemico sconfitto.

Esco un attimo, dice a mamma quando tornano a casa.

Mm-hmm, fa mamma, asciugando il bancone della cucina.

Indugia sulla porta. Torno tra un po', dice.

Va bene, dice lei e poi, vedendo che non si è ancora mosso: Deciditi, PJ, o entri o esci, ma chiudi la porta! Non so proprio che accidenti vi insegnano in quella scuola.

Il sole splende. PJ esce. Da sotto i piedi, risale una voce: Benvenuto nella tua rovina.

Attraversa il campo in direzione del bosco. Gli uccelli volano sopra di lui. Una luce dorata inonda l'azzurro del cielo.

«EHI GUARDA CSOA E' ARRIVATO!!!!!»

Avvolto da una luce azzurra *Black Dawn II* è sul tavolo, nella sua scatola. «OMG è uscito?»

«POSSIAMO COMINCIARE NON APPENA SEI QUI!!!!!»

«Wow un tempismo perfetto! Sono appena uscito!»

Guarda ancora la foto. «È la tua stanza?»

«OH, QUELLA E' UNA SPECIE DI RIPOSTIGLIO».

«NON E' LA STANZA DOVE STARAI».

«E' SOLO IL POSTO IN CUI HO SCATTATO LA FOTO».

«FAMMI SAPERE QUANDO SEI SULLA CORRIERA!!!»

Si ferma sul limitare del bosco. I calzini! Ha lasciato i calzini sporchi di sangue appallottolati nell'armadio. Quando i suoi genitori si renderanno conto che se n'è andato e rovisteranno nella sua stanza, li troveranno quasi di sicuro e questo rovinerà l'effetto della sua scomparsa. Chi mai si struggerebbe per un ragazzino che nasconde calzini sporchi e insanguinati? Potrebbero non volerlo piú a casa!

Controlla il telefono. Se torna a casa adesso, probabilmente perderà l'autobus delle undici. Ma ce n'è un altro alle due. Torna indietro di corsa. Ho dimenticato una cosa, dice a mamma.

Ah sí?, dice lei. Ah sí? Fa un cenno a PJ, indica il telefono: sta parlando con qualcuno.

Mentre va in camera sua, vede Cass seduta sul letto con un libro di matematica. Che c'è?, chiede.

Niente, fa lui. Ti salutavo solo.

Mm-hmm, dice Cass.

LE DIECI RAGIONI PRINCIPALI PER CUI CASS È UNA STRONZA. NUMERO 7: NON TI DICE CIAO MANCO SOTTO TORTURA.

Le dispiacerà quando lui non ci sarà piú. Dispiacerà a tutti.

Il che gli fa venire in mente una cosa. Non avevi detto che Elaine è tornata?

Cass emette un verso di esasperazione.

Non è che mi faresti un favore? Dille che Max Winter la saluta.

Sei un vero psicopatico, replica lei, riabbassando gli occhi sul libro di matematica.

In camera sua dà un'ultima occhiata ai libri e i giocattoli, ai poster di *Skulduggery Pleasant* e dei Pesci d'Islanda. Addio, Beinhákarl (squalo elefante), addio Marsíli (anguilla di sabbia). I pesci lo guardano a loro volta con indifferenza. Tutto è indifferente, le cose sembrano esili e piatte, quando lui le vorrebbe invece cariche di sentimento, di emozioni! È come se, per quella stanza, lui se ne fosse già andato; come un livello completato e al quale non si torna piú. Con un po' di imbarazzo, apre l'armadio, tira fuori i calzini, li infila in una federa. Al suo ritorno, dice tra sé, gli compreranno tutti i calzini che vuole. Ma non ci crede nemmeno lui: anche il futuro gli appare esile e piatto, un pesce che lo fissa con occhi vitrei da un mare artico.

Qualcosa brilla sulla moquette. È la Medaglia dell'Immacolata, deve essere caduta quando ha preso i calzini. La raccoglie, la stringe nel pugno per un momento. Non ricorda la preghiera. Si limita a dire in silenzio: Ti prego.

Di sotto, sta andando alla porta, pronto a uscire, quando mamma grida: Ehi, signorino. Sei tu?

PJ si blocca, la federa con i calzini gli penzola dalla mano.

Vieni qui un secondo, per favore.

Cosa pensava? Come ha potuto credere che non se ne sarebbe accorta? Va da lei, trascinando i piedi, ora il futuro è fin troppo visibile, sfila davanti ai suoi occhi, scena dopo scena, tutte insostenibili – la scoperta dei calzini/mamma che inorridisce, il piano rovinato, lui in punizione, Orecchioni che si presenta per regolare i conti, il collegio, ecc. ecc.

Era Marita Scanlon al telefono, comincia sua madre. Quel nome non gli dice niente, ma cerca di darsi un'aria incuriosita, mentre con un movimento lento porta la federa dietro la schiena.

È nel comitato dei Lions, spiega mamma. La loro cena annuale era prevista per questo giovedí, con Paddy Wall come ospite d'onore. Ma poi Paddy Wall è caduto da una scala e passerà a letto i prossimi tre mesi. Indovina quindi chi hanno invitato al suo posto?

PJ non ha la minima idea di cosa significhi tutto questo, ma sua madre freme, emana un'energia gioiosa. Se fosse un'altra

persona, si direbbe che stia cercando di trattenere una risata.
Chi?, chiede lui.

Maurice!, esclama mamma. Fanno tornare Maurice dal Portogallo per averlo come ospite d'onore!

Il nonno torna a casa!

Non è una notizia fantastica? Ho chiesto a Marita se veniva davvero, perché lo hanno invitato all'ultimo momento e lui è impegnatissimo con il circolo del golf e lei ha detto che sí, ha una partita il giorno dopo ma potrebbe prendere un volo giovedí e ripartire venerdí mattina.

Nonno torna a casa, ripete lui, stordito.

Il nonno in carne e ossa, sí, dice mamma. Meglio che informi tuo padre, aggiunge e si allontana danzando dal banco della colazione.

Viene il nonno! Cazzo!

Tornato in camera, come prima cosa tira fuori la medaglia e la bacia. Grazie Dio! Grazie Nostra Signora del Sacro Fiore per aver parlato con Dio! E grazie zia Rose, soprattutto. Cavolo, non era una balla la storia della preghiera. Gli dispiace per il tizio che è caduto dalla scala e comincia a recitare una preghiera perché si rimetta presto ma la interrompe a metà, è troppo eccitato. Viene il nonno! Dopodomani! Se lo immagina fin d'ora sulla porta, con le braccia cariche di regali! Darà dei soldi a papà – papà sistemerà i problemi del garage – mamma avrà la crema idratante giusta e smetterà di arrabbiarsi per il suo aspetto – Cass andrà all'università – lui pagherà Orecchioni e non finirà con le ossa rotte – tutti saranno felici e contenti e non si parlerà piú di divorzio né di collegio e tutto si sistemerà una volta per sempre! Evviva evviva!

Ethan è la prima persona a cui lo dice.

«FANTASTICO!»

«Lo so, stavo per prendere la corriera!»

«???»

«E IL PIANO?»

«Be', non devo piú scappare adesso!»

«NO???»

«SEI SICURO CHE TUO NONNO TI DARÀ I $$$ CHE TI SERVONO?»

«Piú che sicuro. È piuttosto ricco».

«GRANDE!!!»

«Incredibile, 30 secondi e sarei partito».

«LOL CMQ SE NON DOVESSE ANDARE HAI SEMPRE UN PIANO B GIUSTO??? :)»

«Grazie x tutto bro».

«PREGO BROS 4EVER».

Non è fantastico?, dice a Cass.

Lei è allo specchio, si sta truccando. Ti hanno mai spiegato che si bussa prima di entrare?, dice.

Sí, hai ragione, scusa. È fico però, no?

Oh, sí, la cena dei Lions, seduti nello stanzone di un albergo con altre duecento persone, fichissimo.

LE DIECI RAGIONI PRINCIPALI ah ma chi se ne frega, il suo umore è troppo buono perché Cass glielo possa rovinare.

È scattato un blitz delle pulizie. Mamma è un tornado, sta mettendo a soqquadro l'intera casa. È una fortuna che i soldi e l'occorrente per la fuga siano nascosti nel Bunker perché mamma rifà anche la sua stanza e lo sgrida per bene quando trova uno yogurt che si era dimenticato.

Perché pulisci anche qui?, chiede PJ. È improbabile che il nonno entri in camera sua. Mamma si limita a pietrificarlo con uno sguardo da Medusa. Poi gli allunga una spazzola per pulire. Il bagno, dice.

Il mattino dopo, finito di fare colazione, mamma carica in macchina lui e Cass. Vanno a Dublino a comprare dei vestiti nuovi per la cena dei Lions.

Pensavo non avessimo piú soldi, dice Cass.

Smettila di fare domande, Cass, non ne posso piú, dice mamma.

Non era una domanda, era un'affermazione.

CASSANDRA BARNES!, esclama mamma, poi a voce piú bassa aggiunge: Ve lo spiego per la prima e l'ultima volta. C'è molto in ballo con questa cena. È molto importante che facciamo una buona impres...

Attenta!, urla Cass. Mamma ha tirato dritto senza guardare mentre si girava per impartire la sua lezione e ora un camion strombazza e sterza dandole il tempo di spostarsi e schiacciare a sua volta il clacson e gridare: Suonati 'sta ceppa, Ollie McGettigan, hai torto marcio, vecchio pervertito, torna a guardare il culo delle ragazzine al Feis Ceoil.

Mamma ha in serbo caterve di insulti che sfodera con prontezza in ogni occasione, è un lato di lei che PJ ammira da sempre.

Nonno i soldi li ha però, vero, mamma?, dice, solo per accertarsi di non aver scommesso sul cavallo sbagliato.

Maurice i soldi li ha, conferma mamma. E sarà contento di aiutarci, se gli diamo l'impressione che ce l'abbiamo messa tutta e questo casino non è colpa nostra. Per cui dobbiamo vestirci per sostenere la parte.

Il sistema migliore per avere denaro è dare l'impressione che non ne hai bisogno, dice PJ.

Appunto, conferma mamma.

Perché papà non è venuto con noi?, dice. Non ha bisogno di vestirsi per sostenere la parte, lui?

Non parlarmi di quell'uomo, dice mamma.

Penso stia facendo qualcosa con Victor, dice PJ. Una roba a prova di futuro.

A prova di futuro, dice mamma. Una roba a prova di Victor, ecco di cosa avremmo bisogno in casa.

Papà non ha accolto la notizia con l'entusiasmo che PJ si aspettava. A cena, quando mamma glielo ha detto, lui ha continuato a masticare la sua lattuga, non la smetteva piú di masticare, sembrava che non dovesse far altro in eterno. Poi ha detto qualcosa: È fantastico. Ma potrebbe anche aver detto: È finita.

A PJ è un po' dispiaciuto per suo padre, in evidente imbarazzo perché il nonno vorrà capire cosa ha combinato di sbagliato nell'attività. Al tempo stesso gli è chiaro perché mamma si sia arrabbiata con papà quando lo ha visto uscire per incontrarsi con Victor invece di dare una mano nelle grandi pulizie di casa.

Ha detto che avevano da fare nel bosco, le spiega PJ. Dovevano sigillare qualcosa o forse fare un'altra roba. Mamma scuote la testa. Buon per loro, dice, se vanno in giro a sproloquiare sulla fine del mondo prossima ventura mentre gli altri si dannano per cercare di venir fuori dal buco in cui si trovano adesso.

Bella coppia di catastrofisti, quei due, dice ancora mamma.

Entrano in autostrada, la radio locale comincia a gracchiare e, quando le voci spariscono, mamma mette su Rté.

Alla vista del grande cartello blu dell'autostrada con la scritta DUBLINO, PJ comincia a emozionarsi. Manda un messaggio a Ethan: «Indovina dove sto andando!»

E poi, non vedendo arrivare alcuna risposta: «Dublino!»

«Con mia madre, – prosegue, – ma forse riesco a telare per un po'. Possiamo fare un salto in quel negozio di giochi, che dici?»

Anche se sa bene che probabilmente sua madre non gli consentirà di telare e vedere nessuno. Ethan non risponde, comunque sia.

Cass, che è rimasta in silenzio, china sul suo telefono, emette un gemito sommesso.

Elaine mi ha scritto che domani va con suo padre a Dublino per vedere degli appartamenti, dice a mamma.

Ah sí?, dice mamma.

Mi chiede se posso andarci anch'io.

Guarda mamma speranzosa. Mamma la guarda a sua volta, torna a guardare la strada e poi dà un'altra occhiata a Cass come se non potesse credere che sua figlia le chieda una cosa simile. Come pensi di andare a Dublino domani? È il giorno della cena.

Ma non posso andare lo stesso? Tipo che se andiamo di...

NO, dice mamma.

No, ma se andiamo la mattina torneremmo in tempo per...

Cass! No! Ho detto No!

Non mi hai nemmeno ascoltata! Vediamo soltanto un paio di case...

Cass, che vi ho detto poca fa? Andiamo alla cena! È una cosa molto importante per la nostra famiglia e bisogna che ci prepariamo per la serata.

Ma perché non posso nemmeno andare...

Ma ma ma, la interrompe mamma, perché non puoi andarci un altro giorno, a Dublino con Elaine? Puoi andarci quando vuoi! Non potevi andarci oggi, per dire, visto che sarai a Dublino tra mezz'ora?

Perché domani è il solo giorno in cui suo padre è libero e serve lui per pagare il deposito.

Ah, certo, dimenticavo che il mondo gira intorno a Big Mike e ai suoi impegni – no, Cass, hai sentito quello che ho detto! Alza la voce per imporsi sulle proteste della figlia. Non intendo ripeterlo! Elaine può fare delle foto, no? Può fare delle foto e spedirtele, siamo nel XXI secolo, e poi ve la vedete tra voi.

Cass comincia a piangere. Tu mi odi, vero?, singhiozza. Mi odi, ammettilo.

Oh, misericordia, dice mamma.

Mi odi perché pensi che avrò la vita che tu non hai mai avuto e non lo sopporti.

Dal motore dell'auto si leva un rombo stridulo. Attenta, dice mamma a bassa voce, al che PJ nel sedile posteriore è scosso da un brivido perché mamma non parla mai a bassa voce. Attenta a come parli, signorina.

Cass non discute piú, si limita a chinare la testa e scorre il telefono.

Ascolta, ragazza, riprende mamma dopo qualche chilometro. Non so cosa ti abbia detto tuo padre. Ma se vostro nonno non ci viene incontro, non ci saranno case né università. Passerai l'anno prossimo a strofinare cessi da Supermac's, mi hai sentito?

Cass annuisce.

Bene, dice mamma.

PJ è confuso. Ha sentito Cass dire a Rowan che nemmeno ci pensa ad andare al college, allora perché fa tante storie per un appartamento in cui non andrà a vivere? Ma niente è mai chiaro al cento percento con lei. Forse vuole stare con Elaine finché può, pensa, e scivola in una fantasia in cui lui ed Elaine guardano insieme degli appartamenti. Prendiamone uno con la vasca idromassaggio, baby, gli sussurra lei nell'orecchio. Lui non dice niente. Indossa occhiali da sole a specchio.

È un paio d'anni che mamma non viene a Dublino per fare shopping. Appena mette piede da Arnotts, però, le basta un attimo per riacquistare la sua vecchia energia. Cammina piú eretta, parla piú forte. Gli uomini in cui si imbattono tornano indietro per ripassarle davanti, una ragazza del reparto cosmetici le chiede se le interessa fare la modella. Lei ignora tutti, è concentrata al cento percento sullo shopping. Sembra uno di quei film in cui l'eroe che è andato a vivere in un eremo in montagna abbandona il ritiro e scende a valle per un ultimo lavoro, dimostrando che è ancora il primo della classe come scassinatore o guerriero ninja o deltaplanista o quel che è: mamma è capace di dare una scorsa a una parete intera di vestiti in un minuto e individuarne uno, quello perfetto, come se i capi fossero pesci da arpionare. Un vestito, un cardigan e dei collant per Cass; una camicia, un maglione e dei pantaloni per PJ.

Magari anche le scarpe, già che siamo qui, dice.

È allora che PJ va nel panico. Cos'hanno queste che non va?, dice. Non le ho da tanto.

Non sono formali, dice mamma. Quante volte devo ripeterlo. Se c'è una cosa da cui la gente ti giudica sono le scarpe.

Non ha scelta. Si dirigono al reparto scarpe. Mamma ne sceglie un paio. Vanno bene, dice lui. Non c'è bisogno che le provo. Siediti, dice mamma. La commessa gli toglie una scarpa.

Mamma e la commessa guardano il piede di PJ.

Mio Dio, dice mamma.

Un attimo dopo la commessa fa una risatina forzata. Mi sa che non c'entri piú in queste!, dice.

Mamma non ride però. Si inginocchia con il tallone di PJ nella mano. Leva lo sguardo su di lui con una specie di doloroso stupore negli occhi. Queste scarpe sono troppo piccole per te, dice.

PJ annuisce, piano, inebetito, come se finora non se ne fosse accorto.

Perché non mi hai detto niente? Non ti facevano male?

Non tanto, dice.

Ti sanguina il piede. Ti sta sanguinando.

Non fa cosí male in realtà, dice. Cioè, so che a guardarlo sembra messo male, ma... Gli si spegne la voce.

Mamma sta per dire qualcosa, poi invece si ferma. I suoi occhi indugiano in quelli di lui. Per un attimo ha un'aria molto triste.

E PJ china il capo, si sente arrossire. Non è importante, dice. Ma lei continua a guardarlo dal basso, con il piede sempre in mano, al che gli viene da piangere, perché è come se sua madre se ne fosse andata davvero a vivere sulle montagne mentre ora è di nuovo al suo fianco, con il suo grande amore di anni addietro che si risveglia come i poteri dell'addestratore di draghi. E questo è troppo, troppo.

La commessa ha un'espressione tipo: Cercate di essere normali, per favore.

Prendiamo anche queste, dice mamma.

Alla cassa, osserva la carta nel pos come se pensasse che possa esplodere. Affonda le dita nelle spalle di PJ, entrambi sono pronti a girarsi e scappare.

Be', dice una volta che sono risaliti in macchina. Come diceva sempre mia zia Rose, se non funziona, almeno saremo i piú eleganti dell'ospizio di carità.

Quella sera la casa appare trasformata. L'odore di fogna è finalmente sparito. Ci sono fiori nei vasi, un cesto di frutta. Ogni superficie scintilla. PJ deve ammettere che fa una certa impressione. E anche loro appaiono trasformati, rigidi e spazzolati nei loro abiti nuovi.

Non c'era bisogno di darsi tanta pena, è il commento di papà. Ha detto di non farne un affare di Stato.

Questo è quel che ha detto, replica mamma. Ancora non hai capito come ragiona? Eppure è tuo padre.

La notte, in camera sua, PJ guarda il foglio di calcolo: gli mancano ancora cinquanta euro, cinquanta euro tondi tondi. Pochi giorni fa gli sembrava una cifra astronomica, irraggiungibile. Ora si tratta soltanto di chiederla al nonno nel modo giusto.

E se poi non viene? Se ne sta sveglio a immaginare ogni sorta di contrattempo. Una bomba in Portogallo, incendi che devastano il Paese, l'aereo che precipita o esplode sulla pista. Un estraneo che gli tossisce in faccia, infettandolo con un microbo letale. Il nonno a letto, immerso in un sonno profondo, ignaro della nuvola che si addensa nello specchio della sua camera, la Morte che si prepara a tendere gli artigli attraverso lo specchio per trascinarlo via.

Nel cuore della notte il suono di una notifica. È arrivato un messaggio.

«SAI QUAL È IL TUO PROBLEMA PJ SEI UN LURIDO EBREO BUGIARDO».

«TOPO DI FOGNA SPERO TI SCORTICHINO VIVO EBREO DEL CAZZO».

«PENSI DI ESSERE + FURBO DI ME SO DOVE STAI».

«TI TROVO TI INCATENO E TI SVENTRO».

«MANGERÒ LE TUE BUDELLA SCOPERÒ LA TUA ANIMA E MI IMPLORERAI DI MORIRE».

Va avanti cosí per pagine e pagine.

Poi, al mattino, non trova la medaglia. Rivolta la stanza ma niente, non c'è. Come può essere che mamma l'abbia gettata durante il suo blitz? Non butterebbe mai un oggetto sacro, no?

E se invece fosse cosí? Che succede quando butti un oggetto sacro? Che ne è della preghiera?

Scende di sotto per chiederle se l'ha vista, ma lei è nel mezzo di una discussione con papà.

Nonno ha mandato un messaggio a papà per dire che alla fine non starà da loro. Ha una stanza al *Burke's Hotel*, dove si terrà la cena.

E ce lo dice soltanto adesso?, sbotta mamma. Dopo che mi sono ammazzata per pulire casa?

Sono stati i Lions a prenotarla, spiega papà. Gliel'hanno detto solo ora.

Mamma serra le labbra. Sospetta qualcosa, dice. Si tiene a distanza. Prende uno straccio e comincia a passarlo sul bancone, che è già lucido come uno specchio. Oh, è una vecchia volpe, quello, dice. Non vuole saperne niente dei nostri casini.

Però lo vedremo comunque, giusto?, dice PJ, cercando di non mostrarsi in ansia. Giusto?

Ma certo, dice papà. Verrà prima da noi e andremo alla cena tutti insieme.

È una vita che fa orecchie da mercante, dice mamma mentre continua a strofinare. Stai a vedere se non schizza in Portogallo finita la cena, prima che qualcuno possa avvicinarlo. Non che gliene faccia una colpa. Alza lo sguardo, dopodiché si stacca dal bancone con un salto. Ma che cavolo?, strilla.

Alla finestra c'è Victor che li osserva da fuori.

Mamma si gira verso papà con sguardo inquisitorio. Ma proprio ora? Oggi? Mi prendi in giro?

Dobbiamo finire un paio di lavoretti, spiega papà.

PJ riesce a sentire sua madre che digrigna i denti. Non è certo un mistero perché siamo finiti sul lastrico, dice mamma dopo che papà ha lasciato la cucina per raggiungere Victor.

Non è la giornata ideale per avere un po' di riservatezza. In qualunque parte della casa si sposti, per qualche mistero mamma ci arriva prima di lui. Gli dice di rendersi utile, gli assegna dei compiti e poi si lamenta di come li esegue. Quando non restano piú compiti da assegnare, gli dice di mettersi i vestiti nuovi per farle vedere come gli stanno. PJ non fa in tempo a cambiarsi che mamma è nel mezzo di una nuova crisi. Una torta! Non hanno una torta per il nonno. Ci vorrebbe una torta e loro non ce l'hanno.

Ma non andiamo a una cena?, dice PJ. Ci sarà lí, no?

Dobbiamo avere qualcosa da offrirgli per quando passerà da noi, dice mamma. Gesú, Giuseppe e Maria, non possiamo offrirgli due biscottini alla crema! È rossa in faccia, si tira i capelli ed esclama: Possibile che soltanto io mi renda conto di quel che succede?

PJ si offre come volontario per andare in paese a comprare una torta.

È bello uscire di casa. È una giornata calda e senza vento ma l'aria passa comunque attraverso gli sfiati del casco e fruscia nelle orecchie. Incatena la bici nella piazza principale e si incammina verso il supermercato. Il nonno arriverà tra un paio d'ore, dice tra sé. Andrà tutto bene. Mamma pensa di no, ma è quel che mamma pensa sempre. Lo stomaco pensa di no, ma le cellule dello stomaco si rinnovano ogni due giorni, per cui nel giro di due settimane avrà uno stomaco tutto nuovo. Mentre è in coda con la torta visualizza un esito positivo in cui il nonno gli allunga cinquanta euro e poi lui ne allunga centosessantatre a Orecchioni. È talmente impegnato a visualizzare quelle scene che nel tornare in piazza si dimentica di fare il giro largo e mentre passa davanti alla sala giochi due mani gli afferrano le spalle e lo trascinano in un vicolo dove viene gettato a terra dietro un bidone della spazzatura. Una torta? Orecchioni è davvero arrabbiato. Hai comprato una cacchio di torta?

Non è per me!, urla PJ.

Chiudi quella cazzo di bocca! Orecchioni gli dà un calcio nelle palle. PJ emette un guaito stridulo, si contorce sul cemento bagnato. Pensi di farmi fesso?! Ti avevo detto che voglio indietro quei cazzo di soldi!

PJ cerca di spiegargli che è sul punto di averli, ma non riesce a parlare e comunque. Orecchioni non lo ascolta. Si trovano nel cortile interno di uno dei pub o cosí sembra. Ci sono dei fusti di birra impilati accanto a una porta e del vapore che esce da un condotto di ventilazione. Orecchioni è andato al muro in fondo, dove sono rimaste due transenne di acciaio dall'ultima partita. Ne prende una e la solleva sopra la testa di PJ.

Dove cazzo sono i miei soldi?, grida con la transenna pronta ad abbattersi su PJ che pigola: Ce li ho! Ce li ho!

E dove stanno?

PJ si fa piccolo piccolo. A casa, dice. E poi, in un impeto di sincerità: Mi mancano soltanto cinquanta euro.

KLANNNGG! La transenna viene giú schiantandosi perlopiú sul cemento, ma in parte sulla testa di PJ. Ti prego!, dice. Li troverò! Li troverò!

Orecchioni si inginocchia. Uno di quei ginocchi preme sulla testa di PJ. Ti avevo dato una possibilità, dice.

PJ ha la sensazione che la testa stia per aprirsi in due. Li troverò, bisbiglia. Gli esce qualcosa dal naso. Sta per arrivare mio nonno, li troverò.

Orecchioni gli afferra un orecchio, glielo torce, lo tira rimettendo PJ in piedi. Guarda, dice. Gli mostra il telefono con l'altra mano. Sullo schermo c'è la cucina di PJ vista da fuori. È notte. PJ è al banco dove fanno colazione, parla con sua madre. Il telefono zooma sulla faccia di PJ, poi si sposta dalla finestra all'altra mano della persona che sta filmando. Stringe il manico di un martello.

Oggi, dice.

Dov'eri finito?, chiede mamma quanto lui torna a casa. Il nonno sarà qui a minuti! Arretra di un passo, lo guarda dalla testa ai piedi. Mio Dio, che ti è successo?

Ah, dice PJ. Sí, sono caduto dalla bici.

I pantaloni nuovi, PJ! Non ti sono durati neanche una settimana!

Lo so, sí, scusa.

Mamma lo osserva con un misto di frustrazione e sconforto, come un pittore di fronte a un'opera d'arte irrecuperabile. Non c'è tempo per lavarli, dice. Meglio che vai di sopra e ti cambi.

In camera sua Cass, ancora in pigiama, fissa lo specchio come se guardasse un lago di tristezza.

PJ tira dritto, va nella sua stanza, si toglie i pantaloni sporchi di fango. Sente martellare la testa nel punto in cui Orecchioni ha premuto con il ginocchio e in quello in cui gli è caduta addosso la transenna. Ma ringraziando il cielo non ha segni. Sorride allo specchio. Ehi, nonno, non è che mi sosterresti per una corsa sponsorizzata? Sono dieci chilometri, le persone dànno quasi tutte cinque euro per chilometro.

Ha l'aria di uno a cui servono una trasfusione di sangue e un trapianto di cuore. Alla faccia di chi dice che il miglior modo per ottenere denaro è dare l'impressione di non averne bisogno. Tende le labbra in un sorriso smagliante. Corsa sponsorizzata. Il tetto della scuola. Dieci chilometri. Ogni volta che chiude gli occhi, vede incendi, esplosioni, l'aria che si consuma. Fa un respiro profondo, respinge quelle immagini.

Puoi farcela, si dice. Ne verrai fuori.

Il rumore di un auto. Oh, Gesú – è qui!, strilla mamma dal corridoio.

Cazzo.

Scende di sotto mentre il taxi risale il vialetto facendo scricchiolare la ghiaia. Mamma è già corsa fuori. Ed ecco il nonno scendere dall'auto, i capelli argentati che scintillano alla luce, buste della spesa che pendono dalle braccia come bastoncini di zucchero da un albero. Il cuore di PJ si rallegra all'istante. Che stupido pensare che il nonno potesse non venire! Gli basta un'occhiata per capire che il suo piano funzionerà, perché quell'uomo è in grado di sistemare qualunque cosa.

È arrivato il nonno!, grida, non a qualcuno in particolare, solo per la gioia.

Il nonno entra in casa e si ferma nell'ingresso, guardando in alto e attorno a sé.

Bello questo posto, dice. Piú spazioso di come lo ricordavo.

Mamma arrossisce perché probabilmente il motivo di questa impressione sono i tanti mobili che lei ha venduto, ma il nonno si è già rimesso in moto. Ecco il giovanotto!, esclama. PJ sorride ma esita, colto da una timidezza improvvisa. Allora, dice il nonno. Vieni qui, fatti guardare. Lo prende per i fianchi e lo fissa a lungo. I suoi occhi sono di un azzurro chiarissimo, identico a quello delle zanzariere elettriche, e quando li guardi senti uno sfrigolio secco come se una piccola parte di te fosse stata incenerita. Poi sorride e in un attimo quel frammento resuscita. Quando sorride mette in mostra il suo dente d'oro. Un tempo nonno gli raccontava sempre che quel dente era il seme da cui era nato. PJ allungava allora la mano verso la bocca e cercava di estrarlo. Ora, al posto della storia del seme, al nonno piace raccontare che il dente gli serve nel caso in cui dimentichi di comprare il biglietto dell'autobus, facendo ridere tutti perché tutti sanno che il nonno non prenderebbe mai l'autobus. Ma quel dente d'oro trasmette ancora a PJ la sensazione che il nonno sia fatto di una materia diversa dalla loro.

Come sta il mio giovanotto, dice. Somigli sempre piú a tuo zio Frank, lo sai?

Sí, me lo dicono sempre, dice PJ.

Il nonno sembra gradire la risposta. Come va col calcio? In che ruolo giochi? Tuo zio era una punta. E un bomber! Mio Dio, se sapeva usare i piedi, quel ragazzo.

PJ arrossisce. Non sono molto bravo, io.

Il nonno gli scompiglia i capelli. Be', ti svelerò un segreto. È il segreto di chiunque abbia successo. Si allenava notte e giorno. Appena aveva un momento libero andava fuori a palleggiare con il muro. Faceva impazzire la tua povera nonna, Dio l'abbia in gloria.

Il nonno si raddrizza. E dov'è la mia fanciulla?

Cass appare in cima alle scale nel suo vestito nuovo. È lungo e tragico e lei scende i gradini con un incedere lento, come se stesse entrando in mare.

Come sei cresciuta! dice il nonno. Guardati, dice.

Sono alta come l'ultima volta che mi hai vista, dice Cass. Sono alta cosí da quando avevo tredici anni.

Non parlavo dell'altezza, ma del viso. Il nonno le prende il mento tra il pollice e l'indice e la osserva. Sí, dice. Sei una donna ormai, dice. Hai già spezzato il cuore a qualche ragazzo? Scommetto di sí.

No, dice Cass, con le guance che si colorano di un rosa acceso.

E Rowan?, interviene mamma.

A-ha! Rowan, eccola là, dice il nonno.

Sta crescendo, è vero, dice mamma. Tra solo un paio di mesi andrà al college.

Non mi hanno ancora ammessa, borbotta Cass.

Ce la farai, dice mamma. Sí, siamo molto fieri di lei, dice al nonno.

E giustamente, dice il nonno. Sarà il primo membro di questa famiglia con una laurea. Certo, anche tuo padre ci ha provato, dice ancora, ma non era destino. Al suo primo giorno nella grande città, lo sventurato giovanotto esce dal cancello del college per avventurarsi nel traffico e viene investito da un autobus.

Il dente d'oro, gli occhi azzurri, i capelli argentati sono un unico scintillio mentre racconta quella storia, che peraltro hanno tutti sentito parecchie volte. Non dovrei ridere, dice, ricomponendosi. Era in condizioni terribili, povero ragazzo. Dovette tornare a casa e restarci per mesi. Dunque, dice rivolto a Cass, toccherà a te raddrizzare quel che è andato storto.

Si china e prende le buste della spesa poggiate ai suoi piedi. E ora, dice. I regali!

Oh, sei incorreggibile, dice mamma, mentre lui le porge una busta.

Sono soltanto dei pensierini.

La busta contiene una piccola scatola. Mamma resta senza fiato quando la apre. Oh, Maurice, è fantastica! Dio santo, deve essere costata una fortuna.

È questo il guaio del fare un regalo a una bella donna, dice il nonno. Deve essere altrettanto splendido o al suo cospetto apparirà scialbo. Ce n'è uno anche per te, signorina, dice, dando a Cass una busta identica.

Sei una canaglia, dice mamma. Si guarda allo specchio con la collana premuta sul collo.

E per te, giovanotto, aggiunge il nonno voltandosi verso PJ. Non preoccuparti, niente bigiotteria.

Grazie, dice PJ, mentre il nonno gli mette in mano un'altra busta.

Un uccellino mi ha detto che potrebbe piacerti. Ci ho visto giusto?

PJ sbircia all'interno della busta. Non riesce a impedire che un grosso sorriso gli apra il viso.

Ah! Ci ho visto giusto dunque, dice il nonno scompigliandogli ancora i capelli. Poi si azzittisce un attimo, lo guarda meglio. Che hai fatto alla testa? Ti sta venendo un livido.

È caduto dalla bici, dice mamma.

Sta bene?, chiede il nonno. Bisogna accertarsi che non abbia una commozione cerebrale. Niente mal di testa? Nausea?

È sano come un pesce, dice mamma. È solo contento di vederti, nient'altro.

Il nonno gli dà un'occhiata di sbieco. Stai bene? PJ annuisce. Il nonno lo osserva ancora un momento, poi si rialza. E ora, dov'è quello scapestrato che si spaccia per figlio mio?

Ah, è in giardino con Victor, dice mamma. Stanno installando o riparando non so cosa e preferisco non saperlo.

Il nonno piega il capo da un lato. Victor McHugh? Gli avete permesso di tornare?

Be', che devo dirti, Maurice, quell'uomo è come i ratti, una volta che ti entrano in casa è impossibile sbarazzarsene. Vieni, ti porto da lui.

Lascia stare, lascia stare, dice il nonno, dandole un buffetto sulla mano, lo scovo da me.

Esce dalla porta del patio e mamma lo segue con lo sguardo, massaggiandosi con aria assorta la mano che il nonno ha appena preso nella sua, mentre lui attraverso il giardino. Anche PJ lo segue con lo sguardo. È il momento giusto? Sembra di buon umore. Ma proprio quando sta per uscire a sua volta mamma si gira di scatto verso di loro. Allora! abbaia. Posso sapere cos'era quella scena?

Cass non dice niente. Lí, col suo regalo in mano, dà l'impressione di essere immersa sott'acqua, gli occhi assenti, i capelli che fluttuano in cento direzioni diverse.

Non bastava che tuo padre non abbia ritenuto opportuno farsi vedere? Ti ci dovevi mettere anche tu. *Non mi hanno ancora ammessa*... che roba era? Tieni il broncio perché non sei potuta andare a Dublino con Elaine, è per questo? È una vendetta o cosa?

Aspetto ancora i risultati degli esami, mormora Cass.

Verrai ammessa, dice mamma, e ora è lei ad avere lo sguardo da ammazza-zanzare. Ascoltami bene, signorina... vedi di farti ammettere. Mi è difficile camminare a testa alta in questo paese già cosí. E quanto a te – è il turno di PJ adesso – che ti ha preso tutto di un botto?

Non mi ha preso niente, dice PJ. Sto bene.

Meglio cosí, dice mamma. Perché verrai a quest'accidenti di cena, a costo di portarti in barella, mi hai sentito? Morirai dopo, se proprio devi. Fa un passo indietro, le mani sui fianchi. Ascoltate, ragazzi... Si interrompe, abbassa la testa. Sembra l'insegnante di musica a scuola poco prima che andasse in congedo. Poi da dietro di lei arrivano delle risa.

Il nonno riappare con papà al seguito. Ridono entrambi. Accanto a suo padre, papà sembra piú giovane, ha un che di fanciullesco, tratti piú dolci e distesi.

L'ho trovato nel bosco, dice il nonno. Costruiva un fortino!

Be', eccomi qui, dice papà, e poi, rivolto a mamma, Possiamo offrire da bere a quest'uomo?

Che fine hanno fatto le mie buone maniere?, dice lei.

Lascia stare, lascia stare, dice il nonno, e continua: Scotch. Single malt, se lo avete.

Sí, dice ancora. È un vero piacere. Essere tornato e rivedervi. È un peccato che io debba andare a questa cena della malora.

È un grande onore per noi, dice mamma, porgendogli un bicchiere. Per l'intera famiglia.

Non sentitevi obbligati, dice il nonno. Non c'è ragione che vi trascini con me. È soltanto una riunione di vecchi bacucchi come me che fanno discorsi barbosi.

Non ce la perderemmo per nulla al mondo, dice mamma. Non è forse un tributo a quel che hai realizzato?

Sí sí, dice il nonno con un risolino. Meglio darci sotto, finché ce n'è. Dico bene, Dickie? Dà una pacca sulla spalla a papà, solleva il bicchiere. Salute!

Dalla sua stanza PJ ascolta l'ilarità che arriva da sotto. Non ricorda quand'è stata l'ultima volta che ha sentito mamma e papà ridere. E ora non c'è verso che smettano. È come se avessero conservato la loro scorta annuale per oggi.

Si toglie il maglione nuovo, la camicia nuova, le scarpe nuove, i pantaloni vecchi, indossa la tenuta sportiva della scuola.

Che stai facendo? C'è Cass sulla porta. Tra una ventina di minuti andiamo alla cena.

Ah sí, dice lui.

Lei lo guarda e poi, vedendo che lui non aggiunge altro, alza gli occhi al cielo. Mi sembra di vivere in un manicomio, dice.

PJ si allaccia le scarpe nuove. Va a guardarsi allo specchio. Sfodera un sorriso caloroso come quello dello zio Frank nella foto. Fa un respiro profondo, esce dalla sua stanza diretto alle scale.

Nuova strategia. Questa è molto meglio dell'idea del tetto, perché è personale. I prossimi momenti sono cruciali, però. Resta in attesa sul pianerottolo finché non sente la porta della sala da pranzo aprirsi, il nonno che canticchia in corridoio. È il segnale che lo induce a scendere le scale, con il pallone sotto il braccio...

Ops!

Uh, scusa, nonno.

Sono ancora intero, dice il nonno ridendo. Dove vai? Sai che tra poco andiamo alla cena.

PJ annuisce. Sí, pensavo di dare due calci, prima, dice. Come lo zio Frank, aggiunge.

Bravo, bravo, dice il nonno. Si volta verso il bagno. Torna indietro!, strilla il cuore di PJ, mentre la sua testa borbotta: *Idiota, avresti dovuto attenerti al piano del tetto!* Che tipo di scarpini usava lo zio? dice d'impulso.

Scarpini?, replica il nonno, che si ferma nel corridoio, per poi girarsi e guardare i piedi di PJ.

Non ti allenerai con quelle, spero.

Hmm?, dice PJ, abbassando lo sguardo sulle scarpe nuove.

Non hai degli scarpini adatti?

PJ assume un'espressione afflitta. Ehm, no. I piedi sono cresciuti di botto e i vecchi scarpini non mi entrano piú.

Il nonno si gratta la splendida testa d'argento. Be', non puoi dare calci a un pallone con quelle.

Ci sono degli scarpini in saldo da Elverys, dice PJ. Li hanno messi a cinquanta euro ma i saldi finiscono oggi. Se per caso hai cinquanta euro cash potrei andare a comprarli prima della cena.

O almeno questo è quel che vorrebbe dire, non fosse che dalla bocca gli esce un guazzabuglio di parole proprio nel momento in cui appare mamma, che comincia a gridare: PJ, in nome di Dio, che ci fai conciato cosí? Tra un quarto d'ora usciamo!

Volevo solo dare due calci, dice a bassa voce.

Dare cosa? Mamma sembra spersa.

Parlavamo di comprare un paio di scarpini nuovi, spiega il nonno.

Ah sí, ci vorrebbe un mutuo per stare al passo coi suoi piedi, dice mamma. Torna di sopra a cambiarti e smettila di disturbare il nonno.

Detto ciò si dilegua per andare a truccarsi. Il nonno ridacchia.

Anche tuo zio Frank cercava sempre di spillarmi denaro, dice. Estrae il portafoglio. PJ ha un tonfo al cuore. Alla fine, alla fine, si lascerà quest'incubo alle spalle...

Ma ormai non porto piú tanto contante con me, dice il nonno.

Aspetta, cosa...

È ingombrante e scomodo, dice il nonno. Uso la carta, perlopiú.

PJ lo fissa con orrore.

Ma dopo cena io e te faremo un salto da Elverys e prenderemo gli scarpini migliori che hanno, dice il nonno. D'accordo? Lo guarda dall'alto, scintillante come Dio, nella sua infinita capacità di fare qualunque cosa salvo capire di cosa ha bisogno un povero cristo. PJ annuisce, cerca di sorridere anche se ha la sensazione che il suo cranio si sia preventivamente trasformato in ghiaccio e sia sul punto di romp...

Oh, aspetta, cinquanta li ho, dice il nonno. Estrae una banconota dal portafoglio e la deposita nella mano di PJ.

PJ, per l'amor di Dio! Mamma mentre torna.

Sí, mamma, dice PJ, e stavolta il sorriso è sincero.

In camera comincia a togliersi la maglia per indossare i vestiti nuovi, ma è felicissimo! È cosí felice che non resiste, prende il telefono dall'armadio in cui lo ha nascosto, lo accende e scatta una foto alla copertina del gioco con la Statua della Libertà e la svastica e la manda a Nev. «Guarda cosa mi ha portato mio nonno!»

Nev riceve il messaggio ma non risponde. PJ se lo immagina nella sua stanza, accigliato e roso dall'invidia, e si concede un momento di giubilo prima di spedire la stessa foto a Zargham.

«Guarda!!! *Black Dawn II*!!!»

«Minchia!» dice Zargham.

«Ti va di passare piú tardi e giocare?»

«Ho da fare piú tardi», risponde Zargham.

Ma poi, subito dopo: «OK vediamo».

Ragazzi!, chiama papà dal piano di sotto. PJ si infila di corsa gli strani abiti nuovi, non mollando mai i cinquanta euro, quindi scende dabbasso pronto a salire in macchina quando si rende conto – giusto in tempo! – che il resto del denaro è ancora nascosto nel Bunker, dentro lo zaino. Durante la cena potrà sgattaiolare via e saldare il conto con Orecchioni. Torno tra un secondo, grida da sopra la spalla. Papà fa un verso di protesta o forse solo di smarrimento, ma comunque PJ ha già attraversato il giardino per inoltrarsi nel campo.

È una bella giornata, il sole è cosí forte che la sua luce è quasi accecante perfino nel bosco. PJ sente il padre chiamarlo in lontananza, gli risponde gridando qualcosa senza senso, continua a correre. È difficile con le scarpe nuove, ma i piedi gli fanno già meno male. Arrivato alla biforcazione della quercia abbattuta, devia a sinistra, scivola giú lungo il pendio fino al canale e poi riemerge. L'uomo tatuato non lo preoccupa, Nev dice di aver sorvegliato la casa per tre giorni e di non aver visto nessuno. Vedi, tutto si sistema, le cose stanno tornando alla normalità.

«EHI BELLO HAI RICEVUTO STRANI MESSAGGI DA ME IERI?»

Passa davanti al tronco dove ha visto lo scoiattolo rosso. Con la testa è all'hotel mentre porge a Orecchioni i suoi centosessantatre euro, ponendo fine a questa spiacevole saga. Ci sono tutti? dice con una punta di alterigia. Sí, dice Orecchioni, per poi aggiungere a malincuore, Grazie.

«EHI IL MIO TELEFONO HA SPEDITO UNA CATERVA DI MESSAGGI».

«SCUSA SE TE NE E' ARRIVATO QUALCUNO».

Al che PJ se ne va, torna alla cena senza essere picchiato in diretta streaming, il che è un successo. Che serata piacevole! Tutti sono contenti. Perché mai abbiamo litigato o siamo stati in pensiero?, dice papà. Solo per i soldi? Soldi?, ripete il nonno. Ho vagonate di soldi! Potete averne quanti ne volete! Ma a una condizione – non dovete divorziare! Mamma e papà si guardano e scoppiano a ridere. Sul serio pensavi che noi volessimo...? Dopodiché quello scambio di battute si ripropone in modo identico, salvo che stavolta il tema è il collegio. Sul serio pensavi che ti avremmo mandato...?

«QUALCUNO MI HA HACKERATO L'ACCOUNT UNO PSYCONERD NAZI».

E in men che non si dica tutti tornano a comprare auto e papà insegue lui e Cass nel bosco ridendo come quando erano piccoli dopodiché Cass va al college a Dublino ma torna spesso a trovarli e poi anche PJ va al college e studia IA + robotica, vive con Cass e ha un laboratorio in soffitta.

«HO CHIESTO A MIO PADRE DI SCOPRIRE COS'E' SUCCESSO!»

È un'invenzione geniale, gli sussurra Elaine da dietro mentre lui è al lavoro con indosso il suo camice. Stai lontana è molto pericoloso, le dice.

«SCUSA BELLO SPERO TU STIA BENE».

PJ è talmente preso da queste visioni di un futuro felice che soltanto nei pressi del Bunker si accorge del silenzio in cui è immerso il bosco.

Gli uccelli non cantano, nessuno scoiattolo fa capolino per vedere chi sta arrivando.

La luce filtra tra i rami ma a un tratto si gela come se delle lastre di ghiaccio fossero esplose sopra di lui.

Qualcuno è stato qui e ora tutto tace e osserva.

PJ prosegue con calma, lo scricchiolio sommesso delle foglie sotto i suoi passi fa pensare a una congiura e quando il Bunker appare in mezzo agli alberi gli sale la tensione al pensiero che qualcuno si nasconda all'interno, qualcuno che è pronto ad avventarsi su di lui dalla porta.

È soltanto quando si avvicina che si rende conto che non c'è nessuna porta.

Al suo posto si erge una piastra di metallo.

Ci poggia una mano, la spinge per vedere se è reale. È reale.

Ci poggia una spalla, preme con tutta la forza che ha. La piastra non si muove. Sente un piagnucolio, proviene da lui. Come? Cosa? Perché? Spinge ancora, niente. Si gira e con la bocca aperta scruta il terreno, scruta il cielo in cerca di una spiegazione.

E ora la foresta prende vita, è un coro di gracchi e gracidii e schiocchi e cinguettii e strilli, il vento tra le foglie è un potente sssssssibilo a piú voci che arriva da ogni direzione, come se ridesse della sua situazione, come per dire: Allora, ragazzino, adesso che si fa?

Cristo, PJ, che fai? Dobbiamo andare!

Papà è accanto alla portiera aperta dell'auto. Nella luce bianca del sole sembra al contempo giovane e vecchio, come un ragazzo che non abbia dormito per un migliaio di anni.

Papà. La voce di PJ è flebile, come un alito di vento nelle orecchie. Papà, cos'è successo al Bunker?

Andiamo, PJ, eravamo tutti qui ad aspettarti, dice papà. Dall'interno dall'auto le facce guardano fuori, blu-grigie, mezzo invisibili.

Il Bunker, il capanno nel bosco, c'è una porta di metallo adesso, non sono riuscito ad aprirla.

Sí, l'abbiamo sigillato. Bisogna sistemarlo.

Ma io... come faccio ad aprire?

Non devi aprire niente. Non è sicuro entrare lí dentro.

Ok, ma ho lasciato della roba, ci ho lasciato una cosa lí dentro...

Non c'è tempo per questo adesso. Ne discutiamo piú tardi.

Ma io devo prendere una...

Piú tardi, dice papà. Dopo la cena.

Ma mi serve adesso, è questione di un secondo...
Vuoi salire in macchina? Vuoi degnarti di salire in questa accidenti di macchina?

Che magnifica giornata!, dice il nonno mentre papà mette in moto. In Portogallo è sempre cosí, ovviamente.
La sua faccia appare tra i sedili per voltarsi verso di loro. Tutto bene là dietro?
Oh, non stiamo piú nella pelle, dice mamma. Il viso bianco come un cadavere anche se coperto di trucco.
Non siete mai stati a una cena dei Lions, altrimenti sapreste che potete lasciare la pelle dov'è, ridacchia il nonno. I discorsi! Dio! Una marea di discorsi!
«OHI CI SEI?»
«PENSO CHE MI STAI IGNORANDO :(»
«No».
«No sono stato occupato. È arrivato mio nonno».
«OH, FICO! gRANDE!»
«SAI CHE NON TI HO MANDATO IO QUEI MESSAGGI VERO? :) NON LO FAREI SIAMO AMCII X LA PELLE».
«Certo :)»
Il nonno sta spiegando a papà come sono le strade in Portogallo. Papà guida. Mamma è seduta accanto a PJ, con le mani bianche sulla borsetta. Sul lato opposto Cass fa un verso a metà tra un rantolo e un singhiozzo: porta una mano alla bocca, PJ vede il suo viso perdere il colorito. Tiene il telefono sollevato davanti a lei come se fosse un pugnale.
«Ascolta».
«Il piano resta valido? Se vengo oggi?»
«VIENI OGGI???!!!»
«Vorrei provarci se riesco. Resta valido allora?»
«!!!! GRANDE CI DIVERTIREMO».
Dice che verrà a prendere PJ alla stazione. Dice che ci sarà anche sua madre, è tornata presto, le ha già parlato di lui. Dice che ci sono degli sconti al negozio di videogiochi. Dice che hanno un nuovo cucciolo.
«Wow stupendo», replica PJ.
C'è un autobus che parte dalla piazza del paese tra un'ora

e quarantacinque minuti, quindici minuti prima dell'appuntamento che PJ ha dato a Orecchioni. Sarà a Dublino prima che suoni l'Angelus.

«INCREDBILE DUNQUE TI SEI DECISO A LLA FINE???»

«Sí ma».

Il suo pollice resta sospeso sopra la tastiera. C'è soltanto una cosa che ha bisogno di sapere. Ma come sollevare la questione, in che modo chiederglielo. Qualcosa tipo: «Ethan, sei reale?»

Sei reale, nel senso, sei un ragazzo reale? Con una mamma che ti prepara i biscotti e una stanza per gli ospiti e un lucernario e un amico che lavora allo zoo?

I secondi passano, il suo pollice resta sospeso. Non c'è un modo. L'auto rallenta, stanno entrando in paese.

Ethan scrive: «???»

E PJ ancora non risponde.

La sposa vedova

I.

Sulla strada per l'albergo pensa che si cagherà addosso si cagherà addosso nel vero senso della parola

Sono soltanto dieci minuti di macchina È andata in bagno prima di uscire Eppure mentre passano davanti ai magazzini Creaghan lo stimolo a un tratto è cosí forte che sta per dire a Dickie di fare inversione e riportarla a casa ma poi pensa che non resisterà mai fino a casa Non sarebbe meglio dirgli di accostare e darle modo di correre nell'erba Mio Dio Sarebbe la cosa giusta no? Starsene sul ciglio della strada con le mutande abbassate e l'intero paese che passa e la guarda La ciliegina sulla torta

No Stringe i denti Serra le gambe Si ricorda che qualcuno probabilmente PJ le ha detto che lo sfintere è il muscolo piú potente del corpo umano

Sui sedili davanti i due uomini padre e figlio si atteggiano a gran fighi Maurice si fa bello nello specchietto Si dà dei colpetti ai capelli bianchi sulla nuca Dickie guarda la strada con occhi inespressivi come se niente lo toccasse Si mantiene entro i limiti di velocità anche se non ci sono altre auto in vista

Glielo dirà o lascerà che si dilegui nell'Algarve senza accennargli niente Non ha ancora capito mi sa Nato nella bambagia non si è ancora reso conto di quel che sta piovendo addosso alla loro famiglia

Sei la sua martire Questo dicono le ragazze Quante te ne ha fatte passare Imelda!

Accanto a lei i figli se ne stanno immersi nei loro telefoni finché Maurice si gira sul sedile Cos'è 'sto silenzio di tomba dice Siete ancora vivi?

Imelda dà una gomitata leggera a PJ Provare con la figlia è inutile Tuo nonno ti sta parlando dice

PJ solleva dal telefono due occhi spersi come se l'avessero appena strappato da un sogno

Com'è il gioco? È quello giusto? Il commesso del negozio ha detto che è l'ultimo della serie

Sí no è proprio quello giusto grazie mille dice PJ

Di che si tratta? Seconda guerra mondiale? Combattere i nazisti?

Esatto solo che questo è ambientato nel presente per cui è come se i nazisti avessero vinto la guerra È una realtà alternativa

Realtà alternativa eh? dice Maurice Si gira di nuovo Be' non potrebbero combinare casini peggiori della gentaglia odierna Infila una mano nella tasca della giacca Estrae un mazzetto di biglietti e dopo averli sfogliati torna a guardare la strada Il mondo accorre per salutarlo

Dickie sperava di scambiare due parole con te dopo la cerimonia dice Imelda da dietro Se aspetta che ci pensi il marito si fa notte Non è vero Dickie?

Dickie non dice niente

Due parole veloci sul garage aggiunge lei Prima che tu riparta Perché lui le ha ripetuto almeno una decina di volte che domani ha una partita di golf e che perciò parte presto Una quattro palle cosí l'ha chiamata Sul momento quando lui ha detto che aveva una quattro palle non ha saputo che pensare Si è chiesta se non fosse il nomignolo con cui i ricchi chiamano una malattia tipo l'orchite

Certo dice Maurice l'amico di tutti Nessun problema spero

No no dice lei pensando Sa benissimo qual è il problema Se n'è stato seduto a bordo piscina del suo golf club in Portogallo a guardare Dickie che mandava a rotoli l'attività e non ha mosso un dito L'ha presa per scema?

Ora che lo ha detto la tensione si allenta un po' Fa un respiro profondo prende il telefono Un concorrente di *Ballando con le stelle* sorpreso con un'altra Queste Balenciaga in offerta non sono niente male I migliori 38 rimedi per gli occhi gonfi Una giudice di *X Factor* sorpresa con un altro Scorre ancora Continua a scorrere Andrà per il meglio Nessuno si trova mai a dover cagare sul ciglio della strada È una cosa che non capita ma poi l'auto rallenta Lei solleva di colpo lo sguardo Che succede Perché rallentiamo?

C'è un trattore dice Dickie Sí Un catorcio antidiluviano arranca davanti alla macchina Il vecchio al volante che ondeggia da un lato all'altro non dà segno di essersi accorto di loro Non possiamo sorpassarlo? chiede lei

Niente sorpassi per i prossimi due chilometri dice lui

Dio santo Dickie! Faremo tardi! Lo sorpassi per favore?

Ma lui non ci pensa proprio Aspetta invece con pazienza che il trattore arancione proceda tra uno scossone e l'altro a passo di lumaca E voltandosi lei vede che dietro di loro si è formata una fila di auto e sente l'intestino torcersi Va sempre peggio Contrae il corpo intero Ma non può tenerla a lungo Non può non può Dovranno fermarsi qui sul ciglio della strada dove c'è soltanto un campo e nemmeno un cespuglio dietro cui nascondersi e con tutta la contea in fila indiana a far da testimone Non è Imelda Barnes quella diranno dalle auto Che sta facendo Accovacciata con le mutande abbassate a cagare l'anima L'umiliazione finale Spillare soldi al nonno è ora l'ultimo dei problemi Non ha scelta Allunga una mano per dare un colpetto alla spalla di Dickie Dice al marito di fermarsi pensando L'inferno è essere vivi l'inferno è essere una persona L'inferno…

Il trattore gira e lascia la strada

Dickie cambia marcia accelera L'aria entra dal finestrino L'onda si placa

Imelda si abbandona contro lo schienale Si rilassa Andrà tutto bene si dice Non è che un albergo È soltanto un posto Non può succederti nulla adesso

Una martire Questo dicono le amiche In tutta onestà Imelda non sappiamo come tu faccia a sopportare

Soltanto quando hanno parcheggiato si rende conto che Cass sta piangendo

Dickie e PJ e Maurice si stanno già avviando all'ingresso dove sono riuniti i pezzi grossi Ma Cass non vuol saperne di scendere dall'auto Fissa la madre è bianca in faccia Le lacrime le bagnano il vestito appena comprato e lei deve ancora varcare la porta dell'albergo

Che c'è? chiede Imelda

C'è andata Sarah Jane Hinchy bisbiglia sua figlia

Cosa? dice Imelda Andata dove? Sarah Jane chi?

È andata a vedere gli appartamenti con Elaine dice Cass Si copre il viso E se poi vanno a vivere insieme?

Fosse una giornata diversa Imelda potrebbe essere un po' indulgente perché sebbene non abbia la minima idea di cosa stia parlando Cass è chiaro che è sconvolta ma il fatto è che se non trova subito un bagno scatta l'apocalisse per cui prende il mento della figlia tra indice e pollice e le gira il viso per costringerla a guardarla negli occhi

Non ora le dice Mi hai sentito?

Gli occhi lacrimosi di Cass la osservano con un misto di dolore e sfida

Mi hai sentito? ripete

Cass annuisce

Siamo arrivate fin qui dice tanto a sé stessa quanto a Cass Ora non ci resta che andare a questa cena dopodiché se Dio vuole le cose cominceranno a sistemarsi

Ma quando scende dall'auto e vede la facciata dell'albergo scintillare nel calore il mondo le crolla addosso di nuovo e pensa Non posso farcela non posso

Poi sente un braccio infilarsi sotto il suo È Maurice Ti dispiace se prendo in prestito tua moglie per un attimo dice a Dickie La porta via senza aspettare risposta Varcato il maestoso ingresso passano davanti al sindaco e agli altri anziani nei loro soprabiti neri Piegandosi verso di lei le mormora Sei incantevole come non mai Dio ne sai una piú del diavolo replica lei Ma si lascia condurre nell'atrio oltre la scala curva fino alle porte in fondo che si aprono sulla sala da ballo e in quel momento è contenta che ci sia il braccio di Maurice perché nel giro di un attimo è la sola cosa a tenerla in piedi

Si era detta che oggi sarebbe stato sicuramente diverso Dopo diciotto anni non poteva non essere cambiato! E invece no è rimasto identico La stessa moquette Gli stessi quadri alle pareti Lo stesso stormo di tovaglioli bianchi a forma di cigno sospeso sui tavoli e lo stesso odore di zuppa nell'aria e le stesse tende rosse dietro il palco dove suonava la band Tutto le si avventa addosso di colpo Tutti quei dettagli che lei neanche ricordava di aver notato E che l'assaltano con il loro ruggito come un'orda di fantasmi rimasti da allora in attesa di vederla tornare a dare un'occhiata *ricordaricordaricordaricorda* Al che sente il sudore colare sotto le braccia Faceva caldo anche quel giorno Sudava nel vestito I lacci del corsetto le scavavano la carne Le palpebre pulsavano come se dovessero esplodere L'aria era come l'aria di una tomba Attraverso la nebbia bianca del velo il respiro le tornava addosso caldo e umido rendendo quell'aria soffocante ancora piú calda e soffocante con il pizzo che pesava su di lei come cemento e piombo Una ragazza in un vestito di calcestruzzo che affondava nel pavimento

Appena gli ospiti si accorgono che Maurice è arrivato parte un applauso A poco a poco gli altri presenti nella sala si voltano e battono le mani e mentre il rumore sale l'elegante e maestoso Maurice accoglie quel saluto con grazia e modestia e Imelda sorride a destra e sinistra appoggiata al suo braccio Quando sei in dubbio sorridi È quel che dice Clara Langan Quando stai male sorridi

Almeno sono venuti in tanti dice Dickie mentre Maurice si allontana da lei per andare incontro al suo pubblico

Già Sarà di buon umore dopo Sicuro che gli parlerai vero Dickie? dice Imelda al marito

Dickie non risponde Sembra piuttosto scosso È il pensiero di dover parlare con Maurice o perché è tornato in mente anche a lui quel giorno? Deve essere questo Ma prima che lei possa chiederglielo qualcuno si avvicina per stringergli la mano e Dickie si incolla sulla bocca uno dei suoi soliti sorrisi e si mette all'opera

Il corteo dei sostenitori sembra non avere fine Le prendono la mano e la baciano sulla guancia Molti c'erano anche allora Uomini in ascesa come loro all'epoca Uomini influenti che secondo Maurice era utile far conoscere a Dickie La pensava cosí anche allora Anche dopo quel che era successo Un uomo d'affari fino al midollo E non aveva ragione forse? Diciotto anni dopo non sono forse piazzati alla Camera di Commercio nel Cumann* nel Consiglio lattiero-caseario per il bene che hanno fatto a Dickie?

* Il *cumann* (termine irlandese che significa «associazione») è solitamente la diramazione a livello locale di un partito politico; può anche essere un'organizzazione indipendente, ma sempre di carattere locale [*N. d. T.*].

Ridono ridono la chiamano mia cara mentre le loro mogli la guardano dall'alto in basso con evidente antipatia I loro occhi sono come aghi che tolgono i punti di sutura

Sí lei sa bene come parlano di Dickie nei dintorni Dopo tutto quello che ha fatto per i Lions come anche per il Rotary e i Winnie e la squadra di calcio Senza contare che ha dato lavoro a metà dei fannulloni del paese Scrocconi che nessuno avrebbe messo a disporre merce sugli scaffali di un supermercato figurarsi dietro un registratore di cassa e che soltanto Dickie per pura gentilezza ha assunto e pagato bene perché spazzassero il pavimento del garage anche quando i tempi si sono fatti duri! Per non parlare degli altri Quelli che nemmeno Dickie poteva assumere ma che si presentavano comunque da lui e gli raccontavano le loro sventure Mi sono rovinato la schiena cadendo dall'escavatore Ho perso il lavoro perché qualcuno ha rubato dei soldi dalla cassa ma non sono stato mica io E allora Dickie prendeva il libretto degli assegni Oppure pescava dalla tasca un pezzo da dieci o da venti se non da cinquanta

Sei un tenerone gli diceva lei Pensi che Maurice sia arrivato dov'è distribuendo denaro a ogni idiota che prova a spillargliene? Ma lui era incapace di dire no anche se lei sapeva bene che una volta finiti i soldi gli avrebbero voltato le spalle Ricchi e poveri indistintamente E cosí hanno fatto Lo chiamano scemo adesso e hanno ragione

E come la chiamano lei? Cos'è ai loro occhi se non la piú lacrimevole delle storie? La guardano e non hanno piú alcun dubbio Sanno da dove hanno avuto inizio le disgrazie di Dickie Barnes In quel posto si dicono tra loro È partito tutto da lí

La gente Si può mai essere all'altezza della gente? Tira fuori il portafoglio e dice a Cass di andare al bar a prenderle un gin tonic

E prendi anche una Coca per te e tuo fratello PJ metti via quel telefono o te lo tolgo non farmelo ripetere

Posso prendere le patatine? chiede Cass

Le patatine? dice Imelda Stiamo per cenare no?

Ma poi gli occhi le cadono su PJ pallido come un fantasma Non è lui ultimamente Sono le preoccupazioni Cerchi di tenerli lontani dai problemi ma loro li percepiscono E va bene porca miseria dice

Cass si allontana con un'espressione stizzita e PJ che zoppica al suo seguito Ora ogni volta che Imelda lo guarda rivede il suo povero piede da Arnotts Quel piede blu e bianco con la pelle a brandelli C'è mancato poco che ci restasse secca per la vergogna Dio fai che tutto si risolva con Maurice Immagina! Tornare ad avere dei soldi! Invece che preoccupazioni!

Ci darà una mano È un uomo gentile in fondo E intanto hanno fatto bene ad aspettare di vederlo in carne e ossa e a non chiedergli niente su Skype È piú difficile dire di no a una persona quando ce l'hai davanti E comunque non è forse colpa sua se si trovano in queste condizioni? Dopo che lui gli ha rifilato non soltanto il garage ma anche quella maledetta casa? Gli ha appioppato un'attività in agonia con un patrimonio netto negativo di un milione di euro per poi sparire nell'Algarve

La parata prosegue Saluta il Monsignore e Phil il capomeccanico e poi i Cronin e i Woodley e un pezzo da novanta della fabbrica di microchip Sfodera a ripetizione il suo sorriso piú smagliante un faro che lampeggia in un oceano indifferente E mentre si chiede se si siederanno prima o poi chi è che le si para davanti? Big Mike Comerford

Ohi dice lui

Ohi Mike replica lei nel modo piú garbato possibile

Ti trovo benissimo dice lui

Grazie mille dice lei Guardandosi in giro in cerca di qualcuno che la salvi Ma a quanto pare l'intera sala le ha voltato le spalle per cui si ritrova bloccata da Big Mike che le dice Be'

Che bel vestito dice

Grazie ripete lei guardando da un'altra parte

Ti sta bene le dice Sarà il taglio o non so cosa Come ti casca

Mm-hmm dice Imelda

Clara Langan vero? dice lui

Imelda ci mette un po' a capire

Riconosco le foglie dice ancora lui toccando la manica del suo vestito La fantasia con le foglie di quercia Le mette dappertutto queste foglie Perché è di Kildare Com'è che si dice? Un motivo ricorrente

In questo momento basterebbe una piuma per abbattere Imelda È come se a un tratto il cane del postino l'avesse avvicinata per avviare una conversazione E malgrado lei non sopporti Big Mike già da prima che si comprasse la sua amata Touareg per regalarla alla domestica con cui se la spassava O che lasciasse incompiute e senza porte le case che aveva cominciato a costruire in fondo al bosco e che sono diventate un ricovero per topi e zingari di passaggio Resta tuttavia il fatto che il motivo o il taglio del vestito sono argomenti che Dickie ha scelto di ignorare Né si è pronunciato su quanto quel vestito le stia o non le stia bene Se ne è invece rimasto impalato a mordersi il labbro quando lei lo ha tirato fuori dalla scatola e si è resa conto che suo marito avrebbe voluto chiederle quanto era costato ma non osava perché sapeva che lei glielo avrebbe ficcato in bocca spingendoglielo in gola

L'ho vista a *Late Late* dice Big Mike È una gran donna Ha iniziato come modella e ora ha una sua linea di moda

E di arredamento dice Imelda E produce anche alimenti senza glutine

Davvero? dice Big Mike Bene bene Scuote la testa per un attimo e poi Hai mai pensato di fare qualcosa del genere?

Fare cosa? dice lei Mobili?

Pensi che Clara Langan se ne stia in un capanno a mettere insieme armadi e guardaroba? dice lui con una risata Lei è il volto del marchio La persona che la gente riconduce al prodotto Potresti farlo benissimo dice Una donna come te

Una donna come me vent'anni fa taglia corto lei Ora vedi di sparire Mike Comerford Tu e le tue minchiate

È vero però che le ragazze le hanno detto cose simili Con la tua bellezza Imelda! Sei ancora in tempo! Inizia con una foto in bikini e una confezione di detersivo da lavastoviglie in mano sul «Sunday Independent» Ti ritrovi imprenditrice senza neanche accorgertene!

Sa che le amiche sono animate da buone intenzioni Ma alle sue orecchie quelle parole suonano piú come un Ecco cosa avresti potuto fare Imelda Ecco cosa avresti potuto fare se non fossi rimasta qui Se non ti fossi aggrappata al primo salvagente che ti è stato lanciato E a quel pensiero la sala comincia a girare e le tornano le vertigini

È dunque una benedizione vedere Cass che riappare camminando a testa bassa con i drink stretti nelle mani Imelda distoglie lo sguardo da Mike e prende il suo gin tonic prima che i bicchieri si schiantino sul pavimento

Cass le restituisce il denaro Erano gratis dice Ah si beve a scrocco pensa Imelda Ecco spiegata la ressa

Conosci mia nipote? dice Maurice al sindaco Ogni volta che apre bocca sembra che stia donando un vaso Ming a un museo Cassandra andrà presto al Trinity College di Dublino per studiare Letteratura inglese

Big Mike estrae il telefono Vi scatto una foto dice Sorridete!

Dov'è PJ? chiede Imelda ma Mike sta già per scattare Guarda lo schermo del telefono Bellissima dice Mike e poi Dammi il tuo numero Imelda che te la mando

Cos'altro può fare se non darglielo? Un attimo dopo puntuale le arriva la foto I suoi capelli sembrano un nido di uccelli Dickie pare sul punto di avere un infarto Cass ha una faccia che è il ritratto della disperazione mentre Maurice e il sindaco se ne stanno radiosi in mezzo a loro con l'aria di far visita a un ospedale psichiatrico

Abbiamo conosciuto una tua amica a Dublino dice Big Mike a Cass Sarah Jane Hinchy Ha una sorella che fa l'agente immobiliare Sta cercando un appartamento per voi tre

Per noi tre? ripete Cass

Ah ve la spasserete dice Mike Ci scommetto

Ti avevo detto che saremmo tornate in tempo le mormora Cass quando Mike decide finalmente di allontanarsi

Cosa? dice Imelda

Se fossimo andate a vedere le case Saremmo tornate in tempo dice Cass E le lancia un'occhiataccia omicida Come se l'intera cena fosse stata architettata da Imelda proprio per infliggere una tortura a lei e impedirle di visionare gli appartamenti con le amiche Quando in realtà se sono lí è appunto per avere la possibilità di mandarla a Dublino E sebbene le rincresca di essere stata brusca con la figlia mentre erano in macchina teme comunque di poter esplodere Ma proprio in quel momento sente una mano sulla spalla e una voce che dice Ti tengo d'occhio Imelda Barnes

Si gira Sono Geraldine e Maisie La cavalleria Grazie a Dio

Dove eravate? chiede Non pensavo sareste venute

Siamo in ritardo? dice Geraldine Ci siamo fatte un bicchiere di vino da Bojangles Sei un incanto aggiunge

No replica Imelda Sono in uno stato pietoso

Non è fantastico? dice Maisie guardandosi attorno Sembra un matrimonio solo che sono tutti vecchi

Credo che ti stia addosso o sbaglio? dice Geraldine indicando con la testa il lato opposto della sala dove Big Mike cinge con un braccio la moglie

Ha una bella faccia tosta quell'uomo dice Imelda Che coraggio a farsi vedere in mezzo a gente perbene Anche se le viene subito in mente che quella gente sta probabilmente dicendo la stessa cosa di lei e Dickie e i loro debiti

Hai sentito l'ultima? chiede Geraldine

Quale dice Imelda ma poi si accorge che Cass ha ovviamente teso le orecchie Va' a cercare tuo fratello le ordina E Cass si allontana alla solita maniera alzando gli occhi al cielo sospirando ecc.

Perché è cosí giú di corda? chiede Maisie seguendola con lo sguardo

Oh non parlarmene dice Imelda

È la tua punizione dice Geraldine ridacchiando Per com'eri tu alla sua età

Chi altro c'è qui? chiede Imelda

Una è dovuta andare a Dublino per la radioterapia dice Geraldine Roisin sta arrivando

Eccola annuncia Maisie Quell'ombretto è stupendo Roisin Come si chiama?

Maniac risponde Roisin Si guarda attorno Non c'è un single sotto i cinquanta in questo posto

Le ragazze si vedono una volta a settimana nel retro del negozio di Una Dwan per le riunioni di Vivambiente ma una buona parte del tempo la passano a discutere di Big Mike e dei suoi affari Che lui sia in difetto lo dànno tutte per scontato anche se sua moglie Joan non è esente da colpe

Come ha potuto consentire che una donna come quella entrasse in casa sua! dice Geraldine Uno schianto da niente Bionda e snella come una frusta a parte quel paio di tette per cui darei un occhio della testa Lo sapevano tutti che sarebbe andata a finire in un certo modo

L'errore è stato aver preso una brasiliana dice Maisie Avrebbe dovuto prendere una polacca Le brasiliane sono troppo libidinose Le polacche sono piú belle ma anche frigide

Libidinosa o no dice Geraldine Ce l'aveva scritto in faccia che era a caccia di soldi Come fai a fidarti di una donna cosí?

Buon per lui che Joan se lo sia ripreso commenta Maisie

Ha intestato il novanta percento della sua attività a lei per impedire alla banca di metterci le mani dice Geraldine Alla fine si è svegliato Big Mike è idiota ma non matto Miss Brasile avrà anche un bel paio di tette ma l'ultima cosa che lui farebbe è sputtanarsi il patrimonio

Le puttane però andrà sempre a cercarle dice Maisie Ci proverà con qualcun'altra

Joan lo sorveglierà obietta Geraldine E le sue spie faranno altrettanto Tu sai in che buco viviamo Tutti vedono tutto

Per un attimo cala il silenzio poi Maisie dice Tu non hai paura di essere vista?

No perché sto attenta dice Geraldine Lancia occhiate veloci a destra e sinistra poi a bassa voce dice Potrebbe essere qui

Chi? L'uomo del mistero? Qui? chiedono le ragazze all'unisono per poi guardarsi intorno Chi è? Tony Daley? Sarà mica il sindaco?

Geraldine sfodera un sorriso da gatta dopodiché sussurra Che ne dite se vi faccio vedere una foto?

Estrae il telefono e dopo aver scrollato per un po' lo passa a Maisie che emette una sorta di guaito portandosi una mano alla bocca prima di passare a sua volta il telefono a Imelda

Che te ne pare? chiede Geraldine

È la foto di un pene Un pene eretto

Guarda che faccia! Quanto le piacerebbe prenderlo in mano eh!

Oh la nostra Imelda è troppo pura per una roba simile

Macché pura È che preferisce stuzzicarli vero Imelda? Dio le volte che gli uomini di questo paesino si saranno fatti una sega pensando a te Migliaia letteralmente migliaia!

Mamma posso avere un euro per il videogioco? dice PJ apparso dal nulla Imelda rivolta di scatto il telefono quindi prende la borsa e ce lo fa cadere dentro Geraldine non smette di ridere

Geraldine ha una tresca È l'impenitenza fatta persona

Sentite ragazze dice Sono sposata da ventidue anni e non cerco piú di coglionarmi da sola Ho puntato sul cavallo sbagliato e questo è quanto

Al tempo stesso non vuole un divorzio Perché sottoporsi a uno strazio in questa fase? dice Perché sottoporre i figli a uno strazio? No è molto meglio cosí e quando mi sarò stancata di lui potrò dargli il benservito senza tanti rancori

E che succede se ti innamori sul serio? chiede Imelda

Geraldine si limita a una risata e risponde che correrà il rischio

Quel che Imelda voleva dire ovviamente era Ma è peccato Che è poi quel che vorrebbe dire quando Roisin sventola l'anello bianco e spiega che è magnifico essere una Milf e approfittarne Si trattiene perché sa come replicherebbero le ragazze In tutta onestà Imelda credi ancora in certa roba dopo quello che hai passato?

Le persone cominciano a sedersi Deve esserci stato qualche segnale Le ragazze corrono al bar per rifornirsi prima che inizino i discorsi Imelda va a cercare il suo tavolo

Big Mike le fa l'occhiolino mentre lei gli passa davanti Finge di non vederlo Ci vuole un bel coraggio dopo il casino che ha combinato! Anche se a volte si chiede se può fargliene una colpa Quella ragazza era davvero bella Augustina Cosí si chiamava la domestica Mentre lui era incastrato con una donna come Joan Dull Una di quelle bacchettone noiose che parlano con la mascella serrata come se i denti si fossero staccati dalle gengive e dovessero cadere in terra appena la bocca si apre

Ma non era mica obbligato a sposarla no? Non fosse stato per i soldi I soldi della famiglia di lei Per questo l'ha sposata Anche se nessuno ha mai detto che era un cacciatore di dote

Sí se avesse avuto modo di parlare con quella ragazza le avrebbe detto chiaro e tondo Lascia perdere Big Mike Lascia perdere le pulizie Lascia perdere i paesini come questo Dàtti una smossa Usa la bellezza che Dio ti ha dato finché sei tempo per farti un'altra vita Stilista Influencer Nutrizionista Altrimenti non sarai che una ex bella ragazza in attesa di essere tradita Il cavallo sbagliato Il cavallo ormai vecchio Quando la gente dirà Ora non sembra ma dovevi vederla un tempo

Roisin sta osservando con aria infastidita la disposizione dei posti a sedere Ho impiegato un'ora intera a entrare in un vestito scollato dietro e questi mi piazzano in un tavolo di suore dice Uno stronzo sta ridendo

E forse lo stronzo sta ridendo perché quando è lei a cercare il suo posto vede che le hanno assegnato lo stesso tavolo di quel giorno Proprio quando pensava di essersi quasi abituata a ritrovarsi lí Allo stesso identico tavolo e sulla stessa identica sedia Rivede gli ospiti di allora e la sé stessa di allora È come se qualcuno o qualcosa fosse determinato a farle capire che niente si è mai mosso da lí L'hotel Il passato L'hanno aspettata il tempo che serviva Lí c'era la torta e lí il gruppo musicale Dickie sedeva alla sua destra E dall'altra parte del tavolo c'era Rose Si ricorda di aver fissato Rose da dietro il velo Cercando di catturarne lo sguardo E ricorda Rose che distoglieva lo sguardo

Ovviamente lei è l'unica fessa che si è presa la briga di sedersi subito Gli altri ospiti hanno vagato verso i tavoli per poi fermarsi a metà strada La stanno mica guardando? Non penseranno mica Quello è il posto in cui era seduta anche quel giorno? Quanto vorrebbe indossare il velo anche oggi Invece estrae il telefono Clara Langan e famiglia stanno facendo un picnic in un parco in Francia Le bambine impegnate ad affondare il cucchiaio in piccole ciotole a pois piene di fragole sono uno splendore con quei vestitini #summerfun Clara Langan indossa le stesse Balenciaga che sono in saldo e proprio in quel momento si apre un pop-up Fatti un regalo Imelda! Uno sconto ulteriore del dieci percento! E lei sta quasi pensando di farselo fosse solo per vendicarsi di essere stata trascinata in questo posto quando un cameriere piomba su di lei e le mette davanti una piccola zuppiera Poi la sala si riempie di colpo di camerieri che vanno e vengono sfrecciando come gabbiani Quattro zuppiere identiche sono apparse di fronte ai posti non ancora occupati Dickie si siede al suo fianco Bene dice

Sul momento lei non replica Gli concede un attimo per vedere se lui si renderà conto di dove sono Se guarderà dietro di sé e dirà Cristo Imelda sto diventato matto io o questo è lo stesso identico tavolo a cui eravamo seduti il giorno del matrimonio?

Da non crederci vero? dirà lei e a quel punto rideranno E i fantasmi svaniranno agitando i loro pugni ossuti

Tony Daley ha appena comprato uno di quei forni autopulenti dice Dickie

Ma davvero? dice Imelda

Davvero sí Dice che è fantastico

La sua martire Imelda Tu sei una martire

Poi Cass si fionda al tavolo Si schianta sulla sedia Molla un bicchiere di Coca davanti a sé e se ne sta lí a guardarlo storto Dov'è tuo fratello? le chiede Imelda Cass neanche si volta Come faccio a saperlo?

Imelda sente la rabbia spumeggiare nella testa come le bollicine nel bicchiere Viene servita e riverita ma tutto le sembra dovuto! Dio quanto le piacerebbe portarla indietro nel tempo Al tempo in cui era piccola lei Imparerebbe le buone maniere Cosa c'è per colazione Niente Cosa c'è per cena Niente Gli sceriffi che bussano alla porta Le guardie i servizi sociali gli idioti di questo stesso Lions Club con le scatole di cartone piene di barattoli di mais e cioccolata all'arancia scaduta da una settimana I loro sguardi inebetiti e orripilati come se fossero finiti in una cripta Imparare a ricucire il cuoio capelluto di tuo fratello dopo che papà lo ha colpito con un martello da carpentiere Non male come antipasto no?

Ma dov'è PJ?

Gran parte degli ospiti si stanno sedendo ormai, però lui non si vede ancora Non era andato a giocare ai videogame? dice Dickie Ma al videogame accanto al bar non sta giocando nessuno

Che abbia incontrato qualcuno che conosce?

E chi potrebbe conoscere? replica lei Non ci sono altri ragazzini qui Dickie serra le labbra gira l'anello intorno al dito Non se ne sarà mica andato? dice lei con un rigurgito di panico improvviso

Andato? fa lui Andato in che senso?

Andato andato sbotta lei senza sapere bene in che senso Sa solo che di punto in bianco il cuore martella nel petto e sotto la luce del sole che affluisce dalle ampie finestre ogni cosa è diventata scura e nella sua mente si è fatta strada la certezza terribile che lui non ci sia piú Che la sala se lo sia divorato Il prezzo di quel che è accaduto quel giorno La vita che lei non avrebbe mai dovuto vivere E ora non lo rivedrà piú e quando lei pronuncerà il suo nome nessuno capirà di chi parla...

Eccolo lí dice Dickie Guarda Accanto all'uscita di emergenza E punta il dito verso il fondo della sala dove PJ se ne sta in piedi con lo sguardo fisso sul telefono accanto alle lunghe tende Starà messaggiando con i suoi amici dice Dickie Vado a prenderlo

Non c'è bisogno dice lei inondata dal sollievo Ma lui va comunque e lei non stacca gli occhi dal figlio mentre Dickie avanza tra i tavoli come se PJ potesse sparire da un momento all'altro Sembra cosí piccolo in mezzo a tanti panzoni che chiacchierano eppure l'espressione del suo viso è quella di una persona piú grande Tormentato è la parola giusta? Angosciato Ha la sensazione di non averlo visto quasi mai quest'estate Non riesce a cavargli una parola dalla bocca Quel dannato garage ha sfasciato tutto Quel posto maledetto le ha rovinato l'esistenza

PJ arriva al tavolo con la mano di Dickie sulla spalla Si siede e comincia a mangiare la zuppa muovendo il cucchiaio con gesti meccanici Lei resiste all'impulso di fargli domande Aspetta invece di incrociare il suo sguardo Tutto bene? dice Lui le sorride E lei ha un sussulto Perché cos'altro è quel sorriso se non un riflesso dei segnali luminosi che lei emana intorno a sé come un faro?

Un attimo dopo Maurice si apre un varco tra la folla E mentre avanza sussurra saluti e stringe mani come se fosse Frank Sinatra E appena lui si siede come se non si aspettasse altro Tommy Shiels presidente del Lions Club sale sul palco

Pollo o manzo? mormora un cameriere all'orecchio di Imelda per poi rivolgersi a Dickie Pollo o manzo?

Prima un paio di informazioni pratiche dice Tommy Shiels e comincia a indicare le uscite di sicurezza Imelda solleva il coperchio della zuppiera Cosa aveva mangiato quel giorno? Sempre che avesse mangiato qualcosa Deve essere stata un'impresa mangiare col velo ma se non ha mangiato cosa ha fatto durante il pranzo? Ha fissato Rose? Ha scrutato le ombre?

Alla sua destra Maurice ha inforcato gli occhiali per dare un'occhiata agli appunti Alla sua sinistra Dickie non fa che girare l'anello intorno al dito preparandosi a fare il suo triste discorso Dall'altra parte del tavolo dove all'epoca sedeva Rose

Cass si è allungata contro lo schienale sorseggia la Coca con lo sguardo perso nel vuoto e non ha toccato la zuppa Di botto la settimana scorsa si è messa in testa che doveva andare a trovare Rose Ha fatto una scenata quando Imelda le ha detto di no Tipico Per anni ha dovuto trascinarla a forza all'ospizio e adesso che è lei a non volere che ci vada non può impedirglielo

Povera Rose Dio solo sa quanto tempo è passato Deve andare a trovarla Appena 'sto casino finirà Se mai finirà

Ora Tommy Shiels sta ripercorrendo quanto di buono i Lions hanno fatto nel corso dell'anno I pacchi alimentari che hanno distribuito Il carbone e il legname consegnati ai concittadini piú bisognosi E non sono sempre le persone che ti aspetti dice

I volti degli ospiti presenti in sala sono schierati di fronte a lei Hanno lo sguardo puntato sul palco mentre si rimpinzano di zuppa e pane al bicarbonato Monica Chambers Odette O'Leary Angela Batt Il dentista il preside della scuola il pediatra

Sono mesi ormai che fa lo stesso sogno Un'alluvione che travolge le case Porta via i vestiti dagli armadi I giocattoli dagli sgabuzzini Il cibo dalla tavola Nel sogno lei si aggira guadando e tirando fuori le cose dall'acqua Ma la roba è tanta e la sovrasta La corrente diventa piú forte Strappa gli elettrodomestici dalle prese l'isola dalla cucina le piastrelle dal pavimento la vernice dalle pareti La tira per i vestiti Finché viene portata via anche lei Gli abitanti del paese ammassati ai margini della piena la osservano La fissano dall'alto mentre lei viene spazzata via Ai loro occhi è una vecchia Anche la sua giovinezza è sparita insieme al resto A tutto quel che l'acqua ha portato via

Poi come fosse in grado di udire i suoi pensieri dalla sedia accanto il marito tende una mano e l'appoggia sulla sua stringendola Una voce le sussurra nell'orecchio Non sei mai stata cosí bella

Dickie? No stai scherzando? È Maurice Mai e poi mai a Dickie sarebbe venuto in mente di dire una cosa simile

Non scherzo affatto dice lui Sei stupenda

No dice lei I capelli sono un disastro

Sei perfetta dice lui Hai superato te stessa Poi stringendole ancora la mano sussurra Vuoi scappare con me Imelda? Vuoi venire in Portogallo con me? Sono un uomo anziano Non ti sfiancherò

Lei tira via la mano e dà uno schiaffetto a quella del suocero Smettila di dire sciocchezze! Maurice Barnes!

Non le ha mai dato fastidio che flirtasse con lei Sa che è uno scherzo per tutti e due Si intendono Sono simili per certi versi

Eccoci qui dice lui Questa è la mia festa d'addio Il mio orologio da viaggio Viene da chiedersi a cosa sia servito tutto questo vero?

Non dire cosí ribatte lei Dall'altra parte del tavolo Dickie rischia che gli si stacchino le orecchie dalla testa nel tentativo di capire di cosa stanno parlando Sei ancora nel fiore degli anni Un paio di mie amiche di cui non farò il nome ti mangerebbero vivo se potessero

Maurice sorride tra sé Imelda è pronta a scommettere che a Quinta do Lago abbia una piccola señorita che lo aspetta e che sia questo il motivo per cui non è tornato a casa per Natale

Sono contento che tu sia potuta venire dice lui Significa tanto per me

Non me lo sarei perso per niente al mondo dice lei È un omaggio al tuo lavoro

E ora l'ospite d'onore di questa serata Un uomo che di certo non ha bisogno di presentazioni sta dicendo Tommy Shiels

È strano essere di nuovo in questo posto dice Maurice Vero?

Lei non commenta

Non ci vengo da quel giorno continua lui Dal… stavo per dire il funerale Dio mi perdoni Intendevo dal matrimonio

Quando sente fare il nome di Maurice Barnes ogni abitante di questa città pensa a parole come altruismo premura generosità dice Tommy Shiels

Ti risveglierà dei ricordi dice Maurice Lei si limita a un sorriso

Incarna lo spirito di quella generosità che caratterizza l'essenza dei Lions dice Tommy Shiels

L'ape! dice Maurice scuotendo il capo Peggy pensava fosse un segno

Ma io non ho mai dubitato che fosse la cosa giusta Che tu abbia fatto la cosa giusta

Distoglie lo sguardo per fissare un punto indefinito davanti a sé Il sorriso che indugia sulle sue labbra sembra un ricordo perduto e per un istante lei lo rivede accanto alla tomba avvolto nel suo cappotto nero Gli occhi chiusi come se non dovesse riaprirli piú La faccia svuotata quasi fosse lí che avevano scavato la fossa

Alzati vecchio fanfarone! Tommy Shiels tuona dal palco

Maurice riapre gli occhi Balza in piedi si aggiusta i polsini e sale con passo spedito i gradini del podio Chinando il capo alla maniera di chi è abituato a ricevere medaglie si avvicina a Tommy Shiels che gli infila il nastro al collo I presenti si alzano applaudono e gridano evviva

Mamma bisbiglia PJ con insistenza

Imelda si volta vede che Cass sta piangendo Accasciata sulla sedia ha le guance rigate di lacrime che scorrono come un rubinetto aperto Come se tutto il dolore del mondo scorresse dentro di lei

L'intera sala è in piedi ora Lo scroscio di applausi ricorda il rumore di un fiume in piena Dickie si china nel tentativo di convincere Cass ad alzarsi Devi alzarti le sta dicendo Devi alzarti Cass lo spinge via

Alla vista di quelle lacrime Imelda ripensa alle lacrime che aveva versato dietro il velo È come se guardasse sé stessa nel passato Come se quel giorno fosse stato rinchiuso in questa sala aspettando il momento per riemergere

Per cui mentre Dickie cerca di far alzare Cass lei volge le spalle al palco Osserva il mare di facce che la osservano a loro volta e spinge lo sguardo oltre quell'orizzonte Un minuscolo frammento della speranza di un tempo alligna ancora nel suo cuore Vederlo apparire in fondo alla sala Il suo amore il suo promesso sposo

Frank

2.

Chi le ha raccontato la storia? Non può essere stato papà perché parlava soltanto di sé E mamma non raccontava storie perché le piaceva soltanto spazzolarle i capelli Deve essere stata Rose perciò Se la ricorda Rose in casa quando lei era piccola Era anche il tipo di storie che raccontava Rose Un avvertimento lanciato prima che entrambe sapessero che c'era bisogno di lanciarne uno

Il racconto parlava di un viaggiatore che si mette in cammino verso casa dopo essere stato via molto a lungo Una notte si ritrova all'aperto nei campi dopo il calar del sole senza abitazioni né locande nei paraggi dove chiedere alloggio È una notte pungente ma non ha altra scelta se non quella di sdraiarsi sul fianco della collina e stendersi il mantello addosso per ripararsi dal freddo Una luna bianca incombe su di lui Se ne sta a tremare sull'erba Ci mette parecchio a prender sonno Alla fine si addormenta anche se soltanto per essere svegliato da una musica

Guarda in alto La luna è sparita il cielo è un grande buio Non vede anima viva intorno a sé eppure sente la musica Un violino una fisarmonica un bodhrán che creano una melodia da ballare

Si alza per dirigersi verso quel suono e scopre allora che c'è una porta sull'altro lato della collina

La porta è socchiusa e da quello spiraglio arriva una lama di luce insieme alla musica

Il viaggiatore indugia perché ha sentito anche lui i racconti che parlano dei Sídh il popolo fatato che vive invisibile al nostro fianco ma che ogni tanto è possibile scorgere per qualche attimo nei pressi di un particolare albero o di una sorgente o di una collina Sono belli da vedere ma anche maestri di magie crudeli Se ti metti contro di loro non c'è modo di sapere come reagiranno Se ti ammazzeranno il bestiame Se ti ruberanno il bambino Se ti faranno ammalare O se si divertiranno con te mettendoti la faccia al posto del culo o piantando un albero nel tuo corpo che crescerà finché i rami non si protenderanno dalla bocca dagli occhi dalle orecchie

Il viaggiatore sa che è meglio tenersi lontani dai Sídh E tuttavia la notte è gelida! La notte è gelida e la musica cosí allegra e chi suona una musica come quella non vorrà certo fargli del male Si ritrova perciò ad avvicinarsi alla porta Si fermerà sulla soglia pensa Ascolterà la musica Si tratterrà giusto il tempo di scaldarsi Non deve rivolgere parola a chi vedrà all'interno chiunque sia Ma chi può stabilire che si tratta del popolo fatato e non di semplici persone come lui che vivono nel fianco di una collina?

Cosí si dice prima di varcare la soglia

Al che si ritrova non in una caverna ma in una grande sala È in corso una festa La tavola è imbandita con pietanze e carni di ogni genere Brocche di whisky e idromele I commensali sono incantevoli Non ha mai visto persone tanto belle Hanno capelli biondi e occhi azzurri e appena posano lo sguardo su di lui lanciano un grido di giubilo come se lo aspettassero per cominciare Lo fanno sedere Gli mettono una coppa in mano Gli dicono di mangiare a volontà Cosa che lui fa E quando è sazio prendono il suo vecchio e umido mantello e gli coprono le spalle con una bella veste Gli posano un diadema sulla testa e gli infilano un anello d'oro al dito Anche le coppe e i piatti sono d'oro Catene d'oro pendono dal collo di ognuno e d'oro sono rivestite le pareti Una fanciulla lo prende per mano Ha i capelli dorati come un giorno d'estate

La musica riprende anche se il viaggiatore non riesce a capire chi stia suonando La fanciulla gli danza intorno compiendo vari giri Gli bacia la fronte la guancia le labbra Lui le spiega che ha una moglie che lo aspetta e lei ride Simili cose non hanno importanza qui dice Questo è un luogo spensierato Al che il viaggiatore danza e beve e ogni volta che la sua coppa si svuota viene riempita senza che lui riesca a capire come e la festa prosegue senza che lui avverta alcuna stanchezza e le gentili persone che lo hanno invitato a unirsi alla compagnia gli si dispongono intorno a cerchio e mentre lui e la fanciulla danzano loro battono le mani e li incitano Che amici pensa E poi si sveglia

È mattino Il viaggiatore giace nell'erba sul fianco della collina Il vecchio mantello disteso su di lui è piú umido che mai Si alza in piedi con un gemito Gli dolgono le ossa Per quanto perlustri la collina con lo sguardo non scorge alcun segno della porta alla luce del giorno Finché si arrende e conclude che si è trattato soltanto di un sogno Riprende il cammino diretto al suo villaggio

Lungo la strada nota delle differenze Una locanda che non aveva mai visto prima Un bosco dove avrebbe dovuto esserci una fattoria Quando raggiunge il villaggio le cose gli appaiono ancora piú strane Qualcuno gli ha portato via la casa lasciando soltanto un mucchio di pietre Di sua moglie e dei figli nessuna traccia

Chiede ai compaesani dove possano essere Ma anche i compaesani sono cambiati È un altro uomo quello che si spaccia per fornaio Un altro uomo ancora sostiene di essere il prete E nessuno di loro sa dove sia andata la sua famiglia

Finché non lo portano al cospetto di un uomo Un uomo vecchio vecchio con una lunga barba grigia Sí dice il vecchio Lui conosceva una donna con quel nome Quand'era bambino Ma lei era molto vecchia Vecchia come sono vecchio io adesso dice E oggi è sepolta nel cimitero Non è lei dice il viaggiatore perché sua moglie è giovane e in salute Dimmi fa il vecchio dove hai preso quell'anello? E il viaggiatore vede che porta ancora al dito l'anello d'oro che gli è stato donato dalle gentili persone sotto la collina E allora lui comincia a raccontare la sua storia ma prima che giunga al termine i compaesani capiscono che è maledetto e lo cacciano dal villaggio a suon di botte

Il viaggiatore torna quindi sulla strada dove vagherà in solitudine per il resto dei suoi giorni A cent'anni di distanza dalla moglie e dai figli e da tutte le persone che un tempo conosceva Cercherà invano una porta in una collina per implorare quei gentili sconosciuti di rimandarlo nel tempo in cui viveva prima di incontrarli

Ma vai a sapere perché quel racconto le è rimasto impresso visto che lei non viveva in un salone di fate in festa né in un villaggio con un fornaio e un prete ma in una strada di piccole case pigiate una contro l'altra in una grande città con vasti campi tutt'intorno In un campo c'era la Texaco che faceva i panini con la salsiccia mentre nell'altro c'era la Statoil che aveva le torte anche se bisognava attraversare l'autostrada per arrivarci Casa loro era l'ultima della schiera per cui in giardino c'era spazio per l'auto e il furgone e le altalene e i capanni di papà Ce n'erano sei di capanni anche se uno era pieno di immondizia risalente ai tempi in cui raccoglieva ancora rifiuti Chiedeva di continuo al comune di venire a prendersela ma quelli nemmeno ci pensavano Per dispetto diceva papà Quattro capanni contenevano la sua roba anche se mamma diceva che nessuno a parte lui avrebbe saputo distinguerli dall'immondizia Duecento bambole senza testa Due bancali di bustine da tè vecchie di cinque anni Un fracco di radio che parlavano solo francese Contenitori Tupperware rotti e vassoi da barbeque usa e getta impolverati Parte di quella roba stava lí da tanto Da piú anni di quanti ne aveva lei

Imelda e Lar giocavano nei capanni quando papà non era nei dintorni tranne in quello dell'immondizia per via dei topi E nel sesto perché papà gli aveva detto di non entrarci per nessuna ragione al mondo Ci aveva messo Butch dopo che il comune aveva chiesto che smettesse di abbaiare E che dovrei fare? aveva detto papà all'uomo del comune I bambini lo adorano Non posso mica ammazzarlo

Nessuno ti sta dicendo di ammazzarlo aveva risposto l'uomo del comune Solo di non tenerlo legato in giardino tutto il giorno

Quando venite a prendere quella spazzatura? aveva domandato papà ma l'uomo stava già salendo in macchina

Era stata Noeleen a denunciarli diceva papà Si era sempre lamentata perché il cane abbaiava Lo faceva impazzire piú di Butch quella donna Potrebbe mettersi i tappi nelle orecchie no? Ma poi il giorno di San Patrizio stavano tutti a guardare la sfilata in tv C'era una ragazza sul carro del latte Miss Premier Dairies la ragazza piú bella che lei avesse mai visto e intanto in giardino Butch abbaiava Non la smetteva di abbaiare e alla fine papà era sbottato E che cazzo Si era alzato per andare fuori e dopo avere afferrato un mattone con una mano e tirato via il palo dal terreno con l'altra aveva trascinato il cane nel sesto capanno Lei e Lar avevano cercato di fermarlo ma lui li aveva rimandati in casa Dovevano andare a piangere dalla vicina da Noeleen se proprio volevano aveva detto Dopo quella volta non avevano piú parlato con Noeleen né lei con loro

Sí papà sapeva essere molto duro quando si arrabbiava Ormai era un disabile ma era stato un lottatore ai tempi e le sue braccia erano simili alle carcasse che Imelda vedeva penzolare nel furgone del macellaio con la testa ancora attaccata Spesso guardava i filmati di papà insieme a lui Lo vedi quel tipo le diceva con una mano impegnata a stringere una birra e l'altra poggiata sulla sua spalla Sta cercando di mollarmi un sinistro Al che lei girava la testa dall'altra parte perché pensava che papà potesse morire Guarda guarda lo vedi! diceva tirandole la testa in avanti Si eccitava come se fosse tornato a menare e si alzava per metà dal divano tirando un pugno *Baaam!* gridava mentre l'altro uomo cadeva sull'asfalto e papà si abbatteva su di lui con pugni che erano come martelli

Non era divertente venire colpiti da quei pugni dicevano i piú anziani Quando si toglievano le camicie vedevi i segni Se pensate che ora sia cattivo ritenetevi fortunati dicevano All'epoca non sapevi mai se poteva ucciderti sul serio quando beveva Ma beve anche ora diceva Lar e loro ridevano Quello non è bere

Con lei però papà era tenero come un agnellino I maschi erano gelosi perché lei aveva una stanza tutta sua e vestiti nuovi mentre i loro erano riciclati Ma soprattutto perché papà non la picchiava mai indipendentemente da come si comportava anche se va detto che Imelda non si comportava mai male con lui E papà non permetteva nemmeno che altri la toccassero con un dito Era troppo bella per gli animali e i selvaggi che vivevano da quelle parti diceva Un dono della natura Avrebbe vinto e sarebbe diventata la Rosa di Tralee* un giorno Avrebbe sposato un milionario un giorno

Nel frattempo lei doveva stare attenta Stava attento anche lui Teneva gli occhi aperti dopo la scuola nel caso qualche ragazzo cercasse di attaccare bottone con lei Smammavano appena accostava con il furgone e prima che aprisse la portiera per

* The Rose of Tralee è un festival annuale nel corso del quale una ragazza viene incoronata Rosa di Tralee. Il nome viene dal titolo di una ballata irlandese del diciannovesimo secolo dedicata a una donna, Mary, detta Rose of Tralee per via della sua bellezza [*N. d. T.*].

gridare State alla larga da lei bastardi Toglietevela dalla testa Siete indegni di un simile cavallo di razza E lo stesso valeva per i fratelli che da quando lei aveva cominciato ad avere un accenno di seno la prendevano sempre in giro La chiamavano Tette Vieni qui Tette Cercavano di metterci le mani di palparle Le tiravano via l'asciugamano quando usciva dalla doccia finché papà piombava su di loro con un appendiabiti di ferro o il tacco della scarpa

Lei niente invece Lei restava immacolata Una bellezza immacolata come la principessa di una favola Si pettinava i capelli dorati e sognava il giorno in cui il suo principe azzurro sarebbe venuto a prenderla

Mamma diceva che era vanitosa

A forza di guardarti allo specchio vedrai apparire il Diavolo Qucsto le diceva

Anche lei era stata bella un tempo e Imelda era stata la sua bambola Prima l'agghindava con grembiuli e vestiti e berretti perché le donne l'ammirassero quando salivano i gradini della chiesa Ma ora mamma era malata e non andava a messa né in nessun altro posto Non si agghindava piú né agghindava piú lei Se ne stava a letto e gridava ai fratelli dabbasso di portarle su la cena Malgrado fosse malata era enorme Una montagna di grasso semiaffondata nel letto ma parlava con una vocina acuta come fosse una bambina intrappolata in un corpo che pareva un biancomangiare

Dopo il parto Rose aveva detto che Imelda sarebbe stata l'ultima E cosí fu Cercò di avere altri bambini ma non riuscí mai a rimanere incinta Le si è sfasciata la fessa sentí dire Imelda da papà a Nat O'Neill La scarogna non ha fine Sí La fessa era rotta e il cuore di papà non era messo meglio Se le faceva male era per il dolore diceva dei figli che non avrebbe mai avuto

Mamma pensò di dare la colpa a Imelda Pensava che Imelda le avesse fatto qualcosa mentre la portava in grembo Per assicurarsi che dopo di lei nessun altro sarebbe venuto al mondo Progettava di prendere il posto di mamma prima ancora di nascere

Ti leggo come un libro aperto diceva mamma Puoi infinocchiare tuo padre Non me

Diceva che era una piaga La teneva sempre d'occhio Ogni volta che Imelda era di sotto sola con suo padre a guardare un filmato sul divano presto o tardi si sentiva il gemito del letto al piano di sopra e il tonfo dei piedi sul pavimento Cinque minuti e mamma compariva sulla porta Cosí a corto di fiato da non riuscire a parlare Si limitava a fissarla come un enorme fantasma carnoso finché papà non si voltava gridando di smetterla di spuntare a quel modo come uno spiffero d'aria fredda al che mamma si girava senza replicare e arrancava su per le scale per tornare nel suo letto che scricchiolava e gemeva come il coperchio di una bara che si chiude Conosco il tuo gioco le diceva quando Imelda saliva a portarle il tè Parlerò con le suore e ti farò rinchiudere per un secolo

Non pensarci diceva papà Fa cosí perché è malata

Ma Imelda non ne era tanto convinta E se mamma aveva capito qualcosa che a lui sfuggiva? E se davvero c'era qualcosa di sbagliato in lei? Qualcosa che invogliava le persone a fare cose sbagliate? Che le attirava come una calamita inducendole a correrle dietro quando lei tornava a casa da scuola Ad afferrarla quando gli passava davanti facendo le scale? Che induceva il Diavolo ad agitarsi nelle profondità dello specchio?

Non le restava che cercare di fare del suo meglio e comportarsi bene E lei si comportava bene si diceva Non era infatti immacolata? Mentre i suoi fratelli avevano gli occhi neri o le labbra spaccate e la mamma se ne stava addirittura a letto a guardare la televisione con la borsa del ghiaccio lei era immacolata e questo dimostrava l'esistenza di un bagliore speciale che Imelda percepiva dentro di sé E sarebbe rimasta immacolata giurava Perché nonostante papà avesse dei piani per il suo cavallo di razza la verità era che lei non aveva alcun desiderio di essere anche solo sfiorata da chicchessia

Poi un giorno si presentarono degli uomini a casa

Lei era sul divano con Lar a guardare *Neighbours* quando da fuori arrivò lo stridio delle gomme del furgone In quello stesso momento JohnJoe irruppe dalla porta e gridò Sono due! voleva dire i furgoni Il secondo aveva proseguito per una cinquantina di metri per bloccare la strada ma lei lo avrebbe scoperto solo piú tardi Ora guardava lo Hiace davanti a casa da cui scesero tre tipi Uno con una mazzetta uno con un cric uno con una roncola

Un attimo dopo apparvero altri due e si unirono al gruppo Un rossiccio con una mazza da baseball e uno con gli occhi a palla armato di qualcosa che lei non riuscí a vedere Risalirono di corsa il vialetto sparendo dal suo campo visivo per avventarsi sulla porta e cercare di abbatterla

Ma avevano sbagliato porta Era quella della povera Noeleen la loro vicina il che non faceva di loro dei geni perché anche un cretino avrebbe saputo individuare la casa giusta Il giardino di Noeleen brulicava di gnomi e pozzi dei desideri e rose rampicanti e piccoli arbusti in vaso mentre nel loro c'erano una Datsun poggiata su dei ceppi e pezzi su pezzi di ricambio sparsi nell'erba e un divano squarciato la cui imbottitura era stata mangiata dal pony di Lar e poi un ammasso di capanni fatiscenti

Ma Imelda pensò che forse cercavano proprio Noeleen Che forse si era lamentata di loro con il comune come si era lamentata di Butch E si voltò verso i ragazzi per dirglielo ma poi vide Lar guardare alle proprie spalle a bocca aperta e quando anche lei si girò vide JohnJoe correre nel giardino sul retro e scavalcare il muro Poi guardò Lar e Lar guardò lei

Scappa disse Lar

Fuori Noeleen strillava che aveva chiamato le guardie e gli uomini dovevano essersi resi conto dello sbaglio perché ora attraverso il vetro satinato della porta d'ingresso Imelda vide apparire una figura

Vattene corri disse Lar spingendola su per le scale perché doveva aver pensato che sua sorella non ce la potesse fare a scalvare il muro sul retro ma lei non aveva comunque intenzione di lasciarlo solo

Chi è? gridò mamma dalla stanza da letto Chi c'è?

Lei non rispose Sentí battere sulla porta di sotto e Lar che apriva e diceva che papà non era in casa Non c'è nessuno a parte me disse

L'uomo non dovette credergli perché la casa si riempí di un rumore sordo di passi Delle voci d'uomini prima ammassati nel corridoio poi in soggiorno e in cucina

Che succede disse mamma drizzandosi sul letto Anche lei stava guardando *Neighbours* alla tele Chi c'è in casa? Dov'è papà?

Shh le bisbigliò Imelda dal pianerottolo Smettila di parlare!

Ma mamma non si azzittí Al contrario Sono una donna malata! esclamò Tutto questo trambusto non mi fa bene! Imelda la ignorò e corse in camera sua dove si infilò sotto il letto Attraverso le assi del pavimento sentiva il chiasso al piano terra grida che andavano e venivano e cose che cadevano quindi un calpestio su per le scale e un momento dopo piú vicina a lei la voce di mamma che diceva in tono piú basso Chi siete?

Imelda trattenne il respiro ma non udí alcuna risposta e dopo qualche secondo cacciò fuori il fiato

Poi la porta si dischiuse lentamente Da sotto il letto vide un paio di stivali infangati Poi delle mani pelose Poi due occhi neri da lupo

Bene dissero gli occhi da lupo Questa sí che è una bella sorpresa

Di sotto gli uomini stavano mettendo la casa a soqquadro Svuotarono le credenze tirarono via i cuscini dal divano ribaltarono il divano Se state cercando soldi non ce ne sono! strillò mamma dalla sua camera ma non le prestarono attenzione finché Imelda non apparve sulle scale A quel punto tutti si fermarono e alzarono lo sguardo

Uno aveva strappato il telefono dal muro Uno aveva la tele tra le braccia Lar era in mezzo a loro e agitava le mani Se ne stavano impalati là con gli occhi puntati su di lei

Guardate cos'ho trovato disse l'uomo lupesco alle spalle di Imelda

Disposti in cerchio ai piedi delle scale gli uomini le sorrisero come se lei fosse il biglietto vincente della lotteria Quello allampanato aveva l'età di Golly Il rossiccio quella di Christy piú o meno Quello con la roncola all'incirca gli anni di JohnJoe Occhi a palla quelli di Lar

Il lupo era piú grande La trascinò per i capelli Le diede una spinta da dietro e lei cominciò a scendere le scale Forse possiamo sistemarla in un altro modo 'sta storia disse il lupo

Mentre scendeva Imelda si girò quando incrociò gli occhi scuri di quella testa di rapa di Lar Gli uomini o ragazzi che fossero si fecero da parte come davanti a un'ospite d'onore che viene scortata a un ballo Che succede? gridò ancora mamma dal letto ma nessuno le rispose Tutti i presenti seguirono Imelda e il lupo in cucina

C'erano dei piatti sul tavolo con salsicce mangiucchiate e tazze di tè ormai freddo Alla radio Larry Gogan mandava i Boyzone a *The Golden Hour* come se tutto fosse normale e lei cercò di aggrapparsi con la mente a quelle cose normali senza prestare attenzione al resto

Lasciati guardare L'uomo lupo le girò intorno studiandola bene Siamo diventate un bel bocconcino eh? disse alla fine

Vedendo che lei restava in silenzio la scosse per un braccio e ripeté Eh?

Non lo so disse lei

È cosí disse lui Tuo padre aveva ragione su di te La fissava con occhi che sembravano velati da una patina viscida come denti non lavati Non erano tanto gli occhi in sé quanto il loro sguardo Dov'è tuo padre? disse il lupo

Lei non replicò perché ignorava la risposta

Se n'è andato mollandovi qui? disse lui Imelda sentí il suo alito sul viso Alla radio era giunto il minuto del quiz con le surreali risposte di Gogan mentre da sopra arrivavano le grida di mamma e dal corridoio la voce di Lar che cercava di darsi un tono da adulto dicendo Insomma ragazzi non possiamo risolverla in modo ragionevole? e da fuori il tintinnio persistente del vetro rotto della finestra di Noeleen e i motori accesi dei due furgoni Rumori che si impilavano uno sull'altro come un cumulo di spazzatura sonora anche se nella sua mente il silenzio restava intatto e inviolato come lei

E in quel silenzio l'uomo lupo si avvicinò

Non hai niente da dirmi?

Non rispose Respirò dal naso cercando di reprimere la paura perché sapeva che avrebbe soltanto peggiorato la situazione ma non riuscí a fermarla La paura Divampò da lei come il vapore da un cavallo in una mattina gelida e aveva ragione serví soltanto a peggiorare la situazione a infiammare l'uomo lupo e gli altri La paura o qualunque cosa si agitasse dentro di lei era la calamita la malvagità Lo sentiva Sebbene non si muovessero sentiva quanto erano attratti da lei Sentí qualcosa farsi breccia dentro ognuno di loro e nelle loro mani la roncola la mazza da baseball il cric la mazzetta e un coltello Stanley di cui si accorgeva solo ora ma che la spaventava piú del resto Un coltello Stanley nella mano del ragazzo con gli occhi a palla e la felpa Superdry che non aveva ancora detto una parola e che le dava i brividi malgrado fosse giugno e facesse un caldo opprimente anche perché erano tutti ammassati in quel buco di cucina Il quiz alla radio proseguiva Il Gesú della riproduzione appesa al muro teneva i suoi dolenti occhi abbassati indicando il cuore e mentre la paura divampava da lei e l'attrazione della calamita che aveva in corpo si palesava nello scintillio di tutti quegli occhi pensieri terribili le passavano per la mente Pensò alle ragazze delle riviste con la fessa rossissima per quanto era stata toccata e alla fessa sfasciata di mamma e alla commissione della Rosa di Tralee che di certo avrebbe voluto esaminarla e al coltello che fremeva nella mano del ragazzo con gli occhi a palla che all'improvviso le fece pensare che non soltanto avrebbero fatto di lei quel che volevano ma che dopo sarebbe rimasta segnata per sempre quale punizione per le tante ore trascorse a fantasticare davanti allo specchio E nella sua paura provò a imporsi di sorridere all'uomo lupo per compiacerlo Ottenne però l'effetto opposto Lui si rabbuiò e torcendo la bocca le disse Tu devi pensare di essere un dono di Dio

Dal piano di sopra mamma cominciò a strillare come se avessero preso lei anziché Imelda al che l'uomo lupo si girò e urlò a sua volta Qualcuno si occupi di quella bestiaccia che mi sta sfondando le orecchie poi alzando ancora di piú la voce Lasciami il tempo di finire con lei che ti do un buon motivo per ululare vecchia baldracca Quindi uno di loro esce dalla cucina per salire da mamma mentre l'uomo lupo passa il braccio sul tavolo spazzando via quel che c'è sopra piatti lattine bottiglie un carburatore e il rumore che fanno quelle cose schiantandosi in terra è come un'esplosione nella testa di Imelda No! grida Lar e sferra un colpo al tipo rossiccio che dopo essersi limitato a sbattere le palpebre come se di botte alla testa ne prendesse una decina al giorno stende Lar sul pavimento con uno schiaffo Solleva la mazza sopra di sé ma l'uomo lupo dice No lasciamo che veda E a quel punto un grido arriva non si sa da dove e una mano le serra la bocca e Imelda capisce che è da lei che viene il grido La mano sa di grasso Nella sua testa il grido continua Si mescola con il borbottio dei furgoni i vetri che ancora cadono dalla finestra rotta mamma che batte sulla porta della camera al piano di sopra E la mano le torce la testa piegandola all'indietro mentre altre mani le afferrano le braccia e la trascinano sul tavolo e altre mani ancora le tengono le caviglie spingendole in basso e lei pensa al bianco degli occhi spiritati dei cavalli di papà trascinati sul furgone con le funi e l'uomo lupo si avvicina e spingendo le dita tra le sue cosce le dice Quando avremo finito nessuno ti degnerà piú di uno sguardo e contorcendo la faccia come se alla fine il Diavolo fosse davvero uscito dallo specchio le allarga le gamba e poi

E poi la porta sul retro si apre ed entra Rose

L'uomo lupo si blocca con le mani sulle cosce di Imelda e insieme agli altri si gira e rimane a fissare Rose che con la sua andatura a papera e sbuffi vari va nell'ingresso ad appendere il soprabito Torna in cucina passando accanto al tavolo su cui tengono bloccata Imelda e va al bancone dove molla due borse di plastica a righe e comincia a svuotarle Piante ed erbe aromatiche di qualche tipo Le posa una a una sullo scolapiatti Solo dopo aver svuotato le buste si volta e guarda gli uomini Chi abbiamo qui? dice e strizza gli occhi per metterli a fuoco I Finlay o sbaglio? Francis Bernard William Patrick John

Gli uomini non dicono niente

Va meglio la caviglia di tua madre? chiede Rose Sono due settimane che non la vedo

Il tipo allampanato sta per dire qualcosa ma l'uomo lupo lo interrompe

Ti saremmo grati se ci lasciassi soli Rose dice Abbiamo delle cose da fare qui

Rose non replica Canticchia tra sé e intanto prende una tazza dallo scolapiatti e le dà una sciacquata per poi prendere un'altra tazza Il resto della banda se ne sta dietro l'uomo lupo con un'aria confusa L'energia che li caricava fino a un momento prima si è dispersa anche se non hanno mollato la presa sui polsi e le caviglie di Imelda

Non abbiamo niente contro di te Rose dice l'uomo lupo Siamo qui per Paddy Joe che ci ha fregato mille zucche Vedendo che lei insiste a non rispondere aggiunge spazientito Portatela fuori di qui

Prima che qualcuno di loro muova un dito però Rose si mette a riempire il bollitore e senza voltarsi dice È vostro il cane che abbaia in strada?

I ragazzi si guardano tra loro Non abbiamo nessun cane con noi dice infine quello allampanato

È molto strano però dice Rose perché entrando ho visto un cane nero seduto in strada che abbaiava a pieni polmoni come se stesse chiamando qualcuno

Segue un momento di silenzio durante il quale riflettono sulla cosa Perché sí per qualche ragione i motori dei furgoni hanno smesso di brontolare e anche i vetri hanno smesso di far rumore come tutto il resto la mamma la radio Ma proprio mentre Imelda si rende conto di quel silenzio assoluto irrompe un nuovo rumore Un cane che abbaia Un suono efferato come chiodi battuti con un martello piú volte per essere piantati nella pietra

A un cenno dell'uomo lupo il rossiccio lascia andare la caviglia di Imelda che di lí a poco sente aprire la porta d'ingresso. E per un attimo l'abbaiare del cane si fa piú forte che mai Sembra scuotere l'intera casa Poi la porta viene richiusa e il rossiccio torna in cucina È pallido Dice qualcosa che Imelda non capisce Uno dopo l'altro i ragazzi vanno in corridoio e alla fine anche l'uomo lupo le toglie le mani di dosso e segue i compagni Trascorso qualche secondo Imelda si tira su a sedere sul tavolo Non sa se scendere o cos'altro fare Si riassetta la gonna e aspetta

Rose ha messo il bollitore sul fuoco e aperto la credenza Sa dove si trova il tè in ogni cucina nel raggio di quindici chilometri ha detto una volta mamma

Gli uomini tornano in cucina Hanno un'aria turbata Non è nostro dice quello allampanato

Rose versa l'acqua nelle tazze Be' sta cercando uno di voi ragazzi dice

È vostro? chiede l'allampanato a Imelda che scuote la testa Non hanno cani da quando Noeleen ha scritto al comune e papà ha dovuto portare Butch nel capanno

È un cane nero? chiede Imelda

Gli uomini non rispondono È solo uno stronzissimo cane! grida l'uomo lupo come se avesse perso le staffe Nessuno aggiunge altro Come Imelda forse stanno pensando alle storie che hanno sentito Tipo quella del cane nero visto nei pressi del lago il giorno prima che i Gallagher ci cadessero dentro perché il ghiaccio si era rotto O il cane nero che ha visto Harriet Maguire quando era malata di cancro anche se era stata Rose a vederlo per prima e quando l'ha detto a Harriet lei ha sorriso ed erano mesi che non sorrideva E poi il cane nero che una notte è apparso sotto la finestra dei Cawley e il mattino dopo Mary-Jo Cawley si è svegliata e ha trovato quella volpe della figlia fredda e stecchita nel suo letto

Gli uomini sanno come lo sa Imelda che Rose non è solo una guaritrice ma vede le cose Osserva i disegni delle foglie di tè o il volo degli uccelli o la brina nel pozzo e vede quel che accadrà E a volte quel che vede è la morte

Ma la vede soltanto o vedendola fa sí che accada? È una bella domanda

È quel che Lar ha detto di aver visto quando è andato in corridoio I cinque della banda si erano ammassati intorno alla porta aperta che dava sulla strada a guardare Niente

Si sentiva abbaiare però disse lei

No niente disse lui Non là fuori Si sentiva però Lo vedevano e lo sentivano Era questo il punto

Ma con Lar era impossibile capire Gli piaceva raccontare storie e tuttavia qualcosa era successo di sicuro nel corridoio e doveva essere per questo che una volta tornati in cucina i ragazzi erano rimasti in silenzio con mazze falcetti e coltelli a penzolare al loro fianco come si fossero dimenticati di averli in mano

È meglio che andiate ragazzi disse Rose con gentilezza La porta sul retro era misteriosamente aperta adesso e come se aspettassero soltanto che qualcuno dicesse loro cosa fare i ragazzi si voltarono e uscirono in fila forse scavalcarono il muro per evitare il cane o forse fecero il giro della casa per poi passare dal giardino di Noeleen Imelda non lo capí Ma quando guardò fuori il furgone davanti a casa era sparito e neanche dell'altro c'era piú traccia Rose le mise una tazza di tè nelle mani dopodiché prese le piante che aveva portato e salí da mamma

Imelda non sapeva che fare adesso Quando andò in bagno vide che sull'interno delle cosce c'erano i segni lasciati dalle dita ma a parte questo si sentiva bene Lar aveva un grosso bozzo nel punto in cui lo aveva colpito il rossiccio Forse comincerai a dire cose sensate adesso disse Imelda

Quando venne la polizia Rose raccontò che era gente di fuori e Noeleen la vicina disse lo stesso Paddy Joe manderà qualcuno a ripararti la finestra le disse Rose prima di andarsene

Fu il ragazzo allampanato a morire sei mesi dopo Venne pugnalato a un polmone con un cacciavite a Gort davanti a un magazzino

Deve aver saputo che stavano venendo disse Lar dopo che Rose se ne fu andata Ci vuole un'ora a piedi da casa sua fino alla nostra Deve essere uscita prima che i furgoni arrivassero qui

Non stava venendo a trovare mamma? disse Imelda Siamo stati fortunati e basta

Ma Lar scuoteva il capo e nemmeno Imelda ci credeva

Era l'imbrunire e stavano in giardino JohnJoe era tornato poi era andato a prendere delle patatine per tutti

È un peccato che non ci fosse papà disse Lar Avrebbe insegnato un paio di cosette a quei tipi

E i fratelli anche Non JohnJoe che sarebbe scappato come al solito ma Golly e Christy Te l'immagini? disse Lar Quelli che entrano e si trovano davanti papà e Golly e Christy? Sarebbe stato un massacro

Già disse Imelda e poi Dove pensi che fossero?

Chi? disse Lar

Papà disse lei E i ragazzi

Lar ci pensò Saranno andati da qualche parte per un lavoro disse

A quelle parole del fratello lei capí che sarebbe stato lo stesso Quando lo verrà a sapere papà andrà fuori di testa disse È vero disse Lar Se quei tipi non sono scemi capiranno che è meglio se lasciano la città

Ma era stato papà ad andarsene venne poi a scoprire Imelda Se n'era andato in Inghilterra con Golly e Christy Non si fece rivedere per settimane e in quel periodo successe qualcos'altro Rose tornò da loro e le disse di fare le valigie perché sarebbe andata a stare da lei

Imelda si stupí Mamma lo sa?

Mamma lo sa disse Rose Mamma aveva bisogno di una stanza tutta per sé adesso e si sarebbe trasferita in quella di Imelda dopo che Imelda se ne fosse andata

E i ragazzi? chiese Imelda E lui? disse indicando Lar che si era addormentato vestito sul divano

Sa badare a sé stesso disse Rose Come anche gli altri

Allora Imelda mise le sue cose nella borsa e uscí con Rose Fuori l'aspettava un uomo che lei non aveva mai visto prima e che dopo quella volta non vide mai piú e la sola cosa che avrebbe ricordato di lui era l'auto con i sedili che andavano su e giú spingendo un bottone e con la quale le portò al cottage di Rose

Ovviamente c'era già stata quando era malata Era un piccolo cottage che pareva uscito da un racconto con i bucaneve a gennaio e le giunchiglie in primavera e un angolo di terra per le verdure e un altro per le erbe che servivano per pozioni e incantesimi C'erano un serbatoio per l'acqua piovana e un pollaio e un barattolo di marmellata pieno d'acqua e vespe morte annegate e un piccolo terreno dietro casa con una mucca che veniva fino al cancello e ti leccava il viso C'erano un Gesú Bambino di Praga sul davanzale e un'ala di corvo inchiodata alla porta d'ingresso

Il cottage era isolato e lontano da tutto ma Imelda non aveva mai avuto paura in quella casa Rose la sistemò nella camera in cui aveva vissuto un suo inquilino Le disse che era un insegnante ma sotto il letto Imelda trovò una valigia piena di pezzi di vecchi telefoni o almeno questo sembravano La mostrò a Rose che disse di lasciarla dov'era nel caso in cui lui fosse tornato Dov'è adesso? le chiese e Rose disse che era andato in Inghilterra Ci sei mai stata in Inghilterra? chiese Imelda Lei non c'era mai stata e se la figurava non come un luogo ma come una specie di nebbia grigia in cui la gente spariva a volte per non tornare mai piú Rose si limitò a dirle che la smettesse di parlare e pensasse a tagliare le carote

Rose era una guaritrice Ogni madre della contea andava da lei quando il figlio aveva una colica o la febbre non scendeva Era anche un'indovina Conosceva i segreti della gente Si presentavano persone a tutte le ore con malattie o domande o solo per parlare Molte la chiamavano zia Anche mamma la chiamava cosí ma se Rose fosse davvero la zia di qualcuno Imelda lo ignorava Aveva occhi grigi e capelli grigi ed era impossibile immaginarsela giovane Era piú verosimile pensare che facesse cataplasmi o imponesse le mani sui moribondi da un centinaio di anni

Ovviamente appena tornò da dove era stato papà venne a cercarla Accostò davanti al cottage e dopo essere sceso dal furgone bussò forte alla porta e sebbene non fosse poi tanto che non lo vedeva Imelda restò colpita da quanto era enorme Era grande e rosso e con la pelle scottata dal sole Riempiva il vano della porta enorme com'era Disse a Rose che gli aveva rapito la figlia e che la voleva indietro

Ma Rose rimase calma e senza togliere il braccio dalla porta disse gelida che la madre della ragazza le aveva dato il permesso di portarla via da casa dove non era al sicuro

Non al sicuro? disse papà In che senso non al sicuro?

Rose si limitò a guardarlo Non fece parola di quel che era successo con i Finlay

Chi cucinerà adesso? disse papà

E cosí da allora in poi Imelda visse da Rose

Non fu sempre facile Rose era severa Non la chiudeva mai in camera ma si assicurava che andasse a scuola che facesse i compiti che andasse a letto alle dieci e mezza La tele prendeva soltanto Rté e se non veniva nessuno a farsi predire il futuro o leggere le carte se ne stavano spesso sedute ad ascoltare il fischio del vento tra i buchi del tetto

Spesso Imelda si chiedeva se fosse stata davvero sua madre a volere che Rose la tenesse con sé Faceva fatica a crederlo perché mamma si schierava regolarmente con papà Ma forse sapeva che le restava poco da vivere e questo aveva cambiato il suo punto di vista O forse era Rose a sapere che non le restava molto e aveva deciso per mamma e lei si era soltanto adeguata

Quando mamma morí Rose non consentí che Imelda andasse alla veglia Al funerale papà aveva la faccia rossa e cadente come un sacchetto di carne macinata e JohnJoe entrò in chiesa con gli occhiali da sole Lar le disse che nessuno di loro aveva dormito e che papà aveva urtato un dissuasore mentre parcheggiava il furgone in paese Dopo averla seppellita rientrarono tutti a casa Papà si mise a bere e cominciò ad arrabbiarsi con Rose Le disse che era ora che Imelda tornasse a stare da loro Se ne fregava di quel che aveva promesso a mamma Una casa ha bisogno di una donna disse Vedremo disse Rose Ma quando furono al cottage scosse il capo e disse a Imelda Quale donna ha bisogno di una casa come quella?

Tuttavia lei cominciò a tornarci piú spesso Ogni volta era peggio Le cose erano sparse ovunque come se i Finlay fossero venuti di nuovo e stavolta per restare Papà sedeva in mezzo a quel casino e basta Dal giorno del funerale usciva a stento Non si muoveva dal divano nemmeno per andare alla sala scommesse Se ne stava a bere davanti alla tele a guardare e riguardare il filmino del matrimonio Siediti siediti diceva a Imelda vedendola entrare Guarda guarda diceva proprio come quando guardavano i suoi combattimenti Solo che adesso guardavano lui e mamma arrivare in chiesa o baciarsi davanti all'altare o ballare insieme al ricevimento Mamma vista da lontano mentre chiacchierava con le amiche Che si controllava il trucco Che si girava e da sopra la spalla sorrideva a chi la stava inquadrando La mia Molly diceva papà con le lacrime che gli scendevano sulle guance La mia Molly e poi Catorcio della malora quando sullo schermo appariva una sequenza di righe bianche Lurido rottame LAR! mentre il videoregistratore gemeva e sputava il nastro e il fratello di Imelda accorreva per cercare di farlo ripartire

Capí che papà lo picchiava Aveva segni su tutto il viso Anche Golly e Christy li avevano malgrado fossero ormai abbastanza grandi da stendere il padre al tappeto senza problemi se avessero voluto Solo lei riusciva a calmarlo Era per questo che seguitava a tornare Alla fine se la prese anche con lei

Stavano seduti a guardare il filmino e lei senza pensare disse quant'era bella mamma Perché lo era davvero Lo si vedeva nonostante il pulviscolo elettronico e le righe bianche Non era una novità peraltro Lo diceva ogni volta che guardavano il filmino e papà non si era mai infastidito Perché mai avrebbe dovuto infastidirsi del resto? Stavolta però nel momento in cui quelle parole le uscirono dalla bocca lo sentí irrigidirsi e avvertí un tonfo al cuore

Si chinò con una specie di sibilo Prese il telecomando mise in pausa il filmino Poi si voltò e la guardò e disse Be' è ovvio che era bella Da chi pensi di aver preso? Da un sasso?

Non c'era niente che potesse dire in risposta a parole di quel genere Ma suo padre se ne aspettava comunque una e la fissava con occhi gialli e sporgenti Alla fine si voltò disgustato Raccolse il telecomando Fece ripartire il filmino ma solo per un secondo perché lo rimise subito in pausa

Hai un bel coraggio disse e lei arrossí anche se non capiva cosa intendeva Per un altro lungo momento suo padre fissò lo schermo il volto pietrificato di mamma mormorando tra sé come se a un tratto stesse scoprendo qualcosa che era rimasto nascosto per anni

Imelda sapeva che suo padre si comportava cosí per via del dolore Proprio come sua madre diceva le cose che diceva perché era malata Ma era comunque preoccupata Per questo aveva continuato a venire Per dimostrargli che era brava e non una vanitosa Ma non funzionava Piú lei si dava da fare piú lui peggiorava Come se capisse che era tutto un trucco Hai mostrato la tua vera natura quando ti sei trasferita in quel cottage le disse Abbandonando la tua casa la tua famiglia Quale figlia può fare una roba simile? Non ti ho abbandonato disse lei Sono qui ora o no? Ma non era la stessa cosa per papà È una strega disse Quella vecchia befana Ti trasformerà in un'arpia come lei e buon per te

I fratelli lo evitavano andando a sollevare pesi nel capanno Dicevano sempre che avrebbero levato le tende o che l'avrebbero ucciso Un giorno lanciò addosso a Lar una padella che stava sul fuoco e gli bruciò il braccio destro fino al gomito con il grasso bollente Un giorno lei arrivò e trovò il televisore rovesciato sul pavimento con il videoregistratore conficcato nello schermo rotto

Rose proibí a Imelda di andare a casa Non è sicuro le disse Glielo disse anche Lar Non venire Non è piú lui La sera quando andava a letto le tornavano alla mente cose che aveva dimenticato fossero successe Gente che correva su e giú per le scale in piena notte Luci che lampeggiavano in giardino Le tornò in mente di aver giocato con la sua bambola sul pavimento di una stanza strana Intorno a lei c'erano i suoi fratelli In piedi o seduti su un letto Una donna che parlava nell'orecchio di mamma tenendole una mano sulla spalla Mentre dal piano di sotto arrivava un boato I muri che tremavano come se qualcuno stesse cercando di abbatterli

No non era sicuro Eppure continuava ad andarci Chi altri gli era rimasto ora che mamma non c'era piú e inoltre sapeva che non le avrebbe mai fatto del male Sapeva che in fondo all'anima lui sapeva che lei era ancora la sua principessa immacolata

Poi un giorno Lar la chiamò e le disse di venire a casa Che succede? chiese Imelda Era allarmata perché di solito suo fratello passava per dirle di non venire mentre stavolta era passato per dirle l'opposto Ma Lar non volle aggiungere altro

Trovò un silenzio di tomba quando arrivò Dove sono? si chiese Se ne sono andati disse Lar Andati? ripeté lei Andati dove? Ma lui non lo sapeva Era tornato dalla spesa e aveva trovato la casa vuota Il furgone era sparito e non c'erano panni appesi al filo del bucato Pensi che siano usciti per un lavoro? gli chiese Non lo so disse Lar alzando le spalle e con le mani nelle tasche

C'era qualcosa che non andava in lui Che ti succede? gli chiese Niente disse lui Ma un grosso sorriso gli allargò la faccia Per un attimo venne sfiorata dal pensiero che potesse averli uccisi nel sonno e che gli altri giacessero di sopra con la testa aperta in due ma no non era da Lar

Cosa c'è? chiese ancora però lui continuò a sghignazzare senza dirle niente finché lei non si arrabbiò e girò i tacchi per tornare da Rose ma giunta al cancello lui la chiamò Guarda disse

Tirò fuori la mano dalla tasca e le mostrò una mazzetta di banconote violacee grande quanto un mattone

Dove li hai presi? gli chiese e lui alzò le spalle e ridacchiò di nuovo e poi quando vide che lei stava per dare di matto indicò il capanno Là dentro disse

Nel capanno? disse lei Sei entrato là dentro? Fece per andarci ma lui le afferrò il braccio

Voglio vederlo disse Non sono mai stata là dentro Era il capanno in cui papà aveva portato Butch quella volta Ma Lar scosse il capo e senza piú ridacchiare Cosa c'è là dentro? gli chiese ma lui

non aveva intenzione di rispondere Lei guardò di nuovo la mano del fratello con la mazzetta di banconote Quanti sono? chiese
Tremilatrecentoventi sterline disse lui
Lo fissò come se la stesse prendendo in giro ma il denaro era lí nella sua mano Quante? disse lei e quella fu l'unica parola che le riuscí di pronunciare per un minuto Pensava a tutte le volte che non avevano avuto niente da mangiare A tutte le volte che erano rimasti a tremare nei loro letti perché gli avevano tolto il riscaldamento Alle scarpe piene di buchi al tetto pieno di buchi al furgone mezzo arrugginito e con la retromarcia rotta A mamma che si ammalava e non andava dal dottore perché non avevano i soldi per pagarlo
Cosa ci facciamo? disse Lar
Rimettili dov'erano disse lei Le girava la testa La vista di quei soldi la faceva star male
Dov'erano? disse lui
Lo scoprirà disse lei Non c'era bisogno di aggiungere cosa avrebbe fatto
Ha lasciato la porta del capanno aperta disse Lar Chiunque potrebbe essere entrato a prenderli
Non faceva differenza Ti porterà nel capanno come ha fatto con il povero Butch disse lei Rimettili dov'erano Per favore Lar Potrebbe tornare da un momento all'altro
Va bene va bene disse lui Ma prima sfilò qualche banconota dalla mazzetta Concediamoci almeno una bella serata disse

Comprarono dei gelati alla stazione di servizio e poi si incamminarono verso il paese La serata era ancora calda L'asfalto morbido sotto le loro scarpe Lar continuava a tirar fuori il denaro di tasca Lo guardava e rideva Il viso gli si illuminava come se avesse sniffato Arrivati in paese non riuscirono a decidere se andare da McDonald's o da Burger King cosí andarono da entrambi Dopo si presero un pacchetto di John Player e una fiaschetta di vodka e andarono a sedersi in riva al fiume passandosi e ripassandosi la bottiglia Il sole stava tramontando e il suo riflesso sul fiume sembrava un falò e osservare i moscerini danzare nella luce fiammeggiante sospesa sull'acqua fece sentire Imelda al centro di un incantesimo come quell'uomo che trovava una porta nel fianco della collina O forse era il semplice fatto di essere all'aperto e libera Perché quando mai le era capitato di trovarsi fuori casa con dei soldi a disposizione e senza essere controllata a vista dal padre o dai fratelli?

Forse non torneranno mai disse Lar Lei rise perché tornavano sempre

Immagina però disse Lar Immagina di non rivederlo piú Si voltò per guardarla negli occhi chiedendole di immaginarlo davvero e a lei accelerò il battito perché sapeva cosa stava per dire suo fratello

E se ce li prendessimo?

Prendessimo cosa? disse lei anche se non aveva bisogno di chiederlo

Potremmo scappare disse lui Potremmo prenderli e andarcene da qui

Le martellava il cuore Di che parli? disse lei Andarcene? Andarcene dove?

In Inghilterra disse Lar

Lei lo guardò negli occhi Stava sorridendo ma sul suo viso c'era anche altro e a lei non sfuggí cosa aveva in mente

Non oseresti mai gli disse

Sí se tu venissi con me disse lui

Ci inseguirebbe disse lei Ci ucciderebbe

Ucciderebbe me disse Lar Te non lo so

Lui si portò la bottiglia alle labbra Gli occhi di Imelda caddero sul braccio che il grasso gli aveva bruciato L'Inghilterra è grande disse Molto piú grande di qui Potremmo andare a Londra Cambiare nome

Le vennero subito delle idee Crystal Scott Megan St James Ivy qualcosa Le era sempre piaciuto quel nome Ivy Guardò il fiume ormai invisibile nell'oscurità e immaginò lei e Lar dileguarsi come l'acqua e vivere sempre cosí Lui e lei liberi senza nessuno di cui aver paura E si sentiva inebriata come se i milkshake e le sigarette e la vodka le fossero saliti tutti insieme e tutto a un tratto Potevano farcela! La porta non era chiusa a chiave dovevano solo entrare Ma poi vide un abisso aprirsi davanti a lei come un enorme sbadiglio e Londra simile a un fiume oscuro I nomi danzavano come moscerini in un vortice di granelli e sparivano Ho bisogno di pensare disse

Va bene disse lui Solo dobbiamo sbrigarci Assicurarci un vantaggio

Sí disse lei

E se te ne vai disse lui potresti non vederlo mai piú

Giusto disse lei All'improvviso si era stufata di parlarne Allora disse andiamo da qualche parte o no? Al *Paparazzi* tipo? E fu lí che andarono ponendo di fatto fine al progetto londinese

Non era mai stata al *Paparazzi* prima Ne aveva soltanto sentito parlare dalle ragazze a scuola Lo chiamavano Pap C'era un mucchio di gente e si moriva di caldo e se resistevi a quello ci pensava il puzzo di deodorante Lynx a stenderti L'alcol aveva scatenato in lei una danza interiore e il suo unico obiettivo era quello di restare su di giri Si presero due JagerBomb e se li scolarono poi Lar trovò un portafoglio con dentro cinquanta sacchi e si presero altri JagerBomb quindi andarono a ballare La pista era strapiena Imelda dovette spingere farsi largo tra i corpi Le ragazze del paese si erano spalmate tanto di quell'abbronzante da macchiarti i vestiti se solo le sfioravi mentre i ragazzi avevano tutti la camicia infilata nei pantaloni chino perché non ti lasciavano entrare in maglietta Alcuni erano svegli ma altri avevano lo sguardo allucinato dei bifolchi calati da villaggi sperduti Posti in cui papà avrebbe tirato dritto con il furgone senza pensare di fermarsi Non puoi vendere niente a 'sta gente diceva e per lui era il piú grande degli insulti

Gli occhi di Lar erano puntati sulle ragazze del paese con le tette prominenti e il sudore che colava perché quel posto era un forno Misero una canzone che Imelda conosceva *Wonderwall* Si levò un'acclamazione generale Lei chiuse gli occhi e le sembrò di cadere all'indietro nella musica sempre piú forte che le veniva incontro e quando riaprí gli occhi vide nella massa che ballava ora illuminata ora al buio un corpo immobile come una statua Era un ragazzo Se ne stava fermo lí e la guardava Non alla maniera allocchita dei bifolchi e dei ragazzi coi pantaloni chino Piú come se lei fosse un rompicapo che doveva risolvere

Era bello come il cavaliere di un libro di fiabe

Imelda guardò alla sua sinistra poi alla sua destra Non c'erano papà Nessun fratello Solo Lar con la sua faccia di grassone sfigato in jeans bianchi Niente per fermare il ragazzo che intanto aveva cominciato a muoversi verso di lei

Sembrava che il muro di corpi si fosse aperto in due per consentirgli di avanzare Le teste si girarono per seguirlo Perfino nella luce intermittente e innaturale del Pap i suoi occhi erano limpidi e azzurri come laghetti di montagna e nel guardarli lei ebbe la sensazione che il mondo intorno svanisse nel nulla come se si fosse trasformato in vapore

Cosa ci fa una ragazza come te in questo bordello? disse lui

Eh? disse Imelda senza capire perché per lei il *Paparazzi* era tipo Buckingham Palace e gli Mtv Awards messi insieme

Lui sorrise le chiese come si chiamava e lei gli disse Rachel Rice-Parkinson disse che era inglese e che viveva a Londra Non aveva idea del perché avesse mentito Lui replicò con un sorrisetto come se non le credesse Aveva un'alta opinione di sé E per lei fu un'impresa parlare Continuava a pensare all'eventualità che papà apparisse da un momento all'altro E non poteva fare a meno di notare che le ragazze del paese gli facevano gli occhi dolci Lo guardavano allo stesso modo in cui i ragazzi guardavano lei però in effetti i ragazzi guardavano anche lui adesso e mentre loro parlavano venivano continuamente interrotti da qualcuno che voleva dirgli qualcosa o offrirgli una pinta

Sei una specie di pop star? disse lei

Le spiegò che la settimana prima aveva segnato un gol decisivo

Oh disse lei Nessuno a casa loro seguiva il calcio gaelico Il padre guardava solo le corse dei cavalli alla tele

Non è importante disse lui anche se a lei non sfuggí quanto gli piacesse che gli altri la pensassero in modo diverso

Sei splendida le disse Immagino te lo dicano tutti Dal tono che usò sembrava quasi fosse il suo tratto meno interessante Lei lo fissò pensando che se i suoi fratelli fossero stati lí in quel momento lui si sarebbe ritrovato steso a terra calpestato da tre paia di stivali misura 43 anziché fare risolini ma poi la baciò Con molta delicatezza e lei non pensò piú a niente Si era dissolta anche lei trasformata in vapore mescolata all'effetto fumo del ghiaccio secco mentre il suo corpo precipitava nel caos del peccato

Poi apparí Lar La strattonò per il braccio Aveva gli occhi di fuori Dobbiamo andare disse I buttafuori lo cercavano perché aveva preso quel portafoglio

Lei si staccò dal ragazzo Aspetta disse lui Dammi il tuo numero ma non c'era piú tempo ormai Due energumeni con una giacca imbottita si stavano facendo strada tra la folla Ti prego disse il ragazzo in tono disperato Era molto romantico Lar la tirò via Vieni alla partita! disse il ragazzo mentre loro si allontanavano Ne gioco una la prossima settimana Verrai vero? Ok ok disse lei da sopra la spalla Promesso? urlò lui ma loro stavano già correndo a zigzag come topi nei tunnel di corpi sudati per poi fuggire nella notte

Non disse niente di lui a Rose ma si chiese comunque se non lo sapesse già Il giorno della partita era ancora in dubbio se andare o non andare Anche mentre si truccava dibatteva tra sé malgrado sapesse fin dall'inizio che ci sarebbe andata

La partita si giocava nel paese vicino Non voleva andare da sola per cui Lar disse che l'avrebbe accompagnata e avrebbero preso l'autobus insieme Ma il tempo passava e Lar non si vedeva e quando lo chiamò lui non rispose

Forse ce l'aveva con lei per aver mandato all'aria il piano pensò perché Lar ne parlava ancora Di trasferirsi in Inghilterra Se davvero abbiamo intenzione di partire dobbiamo darci una mossa le aveva detto

Aveva ragione e lei lo sapeva Papà poteva tornare da un giorno all'altro Ma aveva promesso a quel ragazzo che sarebbe andata alla sua partita Non possiamo aspettare fino alla partita? disse Quale ragazzo? Quello con cui ti sei sbaciucchiata al Pap?

Non mi ci sono sbaciucchiata Non ho sbaciucchiato nessuno disse lei Aspettiamo solo fino a sabato Poi verrò con te

E se dopo sabato ci sarà un'altra partita? disse Lar La sua voce era bassa e dolente Lei ripensò alle cicatrici sul braccio del fratello

Dopo sabato disse lei Quella partita e basta Promesso Ed era sincera anche se in verità dopo aver conosciuto quel ragazzo aveva pensato molto poco all'Inghilterra o a come ci sarebbero andati o cosa avrebbero fatto

Ma sabato era arrivato e di Lar nessuna traccia e se lei non fosse uscita subito avrebbe perso l'autobus Finí di truccarsi quindi si guardò allo specchio e si struccò poi andò al cancello per vedere se c'era Lar ma ancora niente cosí rientrò in casa a truccarsi di nuovo e infine decise di avviarsi da sola alla fermata dell'autobus Pensando al ragazzo Immaginando le cose che gli avrebbe detto Amore devo andarmene da qui e tu non puoi venire con me Si stava gustando la tristezza della scena quando sentí arrivare una specie di brivido un'ombra poi si rese conto che era qualcosa di piú di un rumore Capí cos'era e chi era mentre l'ombra rallentava per affiancarla E il finestrino si abbassava

Dove vai conciata come una sgualdrina? disse papà

Teneva il braccio poggiato sul finestrino abbassato Aveva un tatuaggio nuovo Il viso di una donna Probabilmente mamma pensò Imelda Dietro suo padre uno due tre fratelli che la fissavano Oh disse lei cercando di sembrare contenta di vederlo Niente messaggiavo soltanto

Sali disse papà Ti do uno strappo

Il furgone era buio Puzzava di umidità anche se c'era il sole da giorni Salendo vide Lar nel retro Se ne stava seduto al buio a guardarsi le mani Nessuno parlava La portiera sbatté Dov'è che vai? chiese papà

Doveva dirglielo Non aveva molte scelte O mentiva e si rassegnava a non vedere piú quel ragazzo meraviglioso o diceva la verità e apriva la porta all'ignoto

Stava andando a una partita di calcio disse Guardò dritto davanti a sé per evitare gli occhi del padre

Una partita di calcio? disse lui Che c'entri tu con una partita di calcio?

Si chiese se non lo sapesse già Se Lar non gli avesse raccontato tutto per dispetto o per salvarsi la pelle Che differenza faceva comunque? Tutto rovinato Il ragazzo il piano tutto Lar aveva ragione Sarebbero dovuti partire quel giorno con i soldi in tasca

C'è un mio amico che gioca disse lei Gli ho detto che sarei andata a vederlo

Calò il silenzio Sentí su di sé gli occhi dei fratelli scintillavano come sciacalli in una foresta

Ma papà disse soltanto Una partita eh? Andiamoci tutti allora Perché no?

Il campo era piccolo e puzzava di piscio Ma la gente era tanta e faceva rumore Cantavano canzoni e lanciavano grida Una folla turbolenta ma in modo bonario Indossavano tutti sciarpe e magliette Alcuni si erano avvolti intorno alla testa un nastro con i colori della squadra e c'erano ragazze che si erano dipinte le guance con quegli stessi colori e non stavano male in effetti pensò Imelda Bisognava pagare per entrare e quando papà lo scoprí rimandò i fratelli nel furgone

Le squadre scesero in campo e Imelda ebbe un sussulto al cuore quando vide il ragazzo Si domandò se la stava cercando tra la folla con lo sguardo ma non staccò gli occhi dal pallone per tutta la partita Lei arrossí comunque ogni volta che lui si avvicinava al punto in cui si trovavano loro e quando il pubblico lo incitava Al sentire gridare il nome del ragazzo il suo cuore si riempiva di orgoglio malgrado non sapesse quel che stava succedendo

Neanche papà ne aveva idea Non smetteva di fare domande E mo chi è quello? Perché quel tipo sta fischiando? Ma che era un gol? Notò però il suo ragazzo Dio santo è un fulmine quello disse È lui disse lei Il mio amico Si chiama Frank Cristo se è veloce disse papà A quel punto portò le mani ai lati della bocca e gridò Forza Frank! Intorno a loro tutti gridavano la stessa cosa Forza Frank! Anche lei gridò Frank era già arrivato in fondo al campo E con che grazia con che velocità È il figlio di Maurice Barnes diceva la gente

Dopo il fischio finale rimase a bordo campo risucchiato da una baraonda di persone Il pubblico si stava spostando verso il cancello Imelda disse al padre che doveva andare in bagno e che si sarebbero visti fuori Quindi scese a bordo campo anche lei e aspettò il suo momento

Avevano vinto la partita Un'orda di tifosi voleva parlare con lui e stringergli la mano C'erano anche ragazze ma nessuna che avresti degnato di una seconda occhiata Lui era in mezzo Coperto di fango Senza fiato Rideva Gli occhi luminosissimi Accanto a lui le fan sembravano pallide ed esili nonostante le labbra carnose e i capelli gonfi e i segni di rossetto sulle guance Proprio come quella sera nel locale quando ogni cosa intorno a lui si era trasformata in vapore Ma lí alla luce del giorno lui era una persona reale e lei capí di aver commesso uno sbaglio quando aveva fatto quella promessa a Lar perché non se ne sarebbe mai andata ora che lo aveva rivisto

Ma c'era tanta di quella gente ammassata intorno a Frank che Imelda cominciò a pensare chi era lei per parlare a una persona cosí? Lei che viveva in un cottage con un bagno all'aperto Lui non l'aveva ancora vista Un'altra volta pensò e chinò il capo e scivolò via

Il suo unico desiderio era andare a casa a piangere nella sua stanza per un po' ma papà aveva deciso che voleva una pinta Stanno andando da *Coady* disse Lei replicò che era stanca Lo implorò di portarla a casa ma lui disse che si sarebbero trattenuti per un giro soltanto per cui non le restò che andare pregando Dio che *Coady* non fosse tra i posti da cui era stato bandito perché a volte papà se ne dimenticava ma i barman avevano una memoria di ferro

Il pub era affollato di gente con le sciarpe e le maglie delle squadre Papà spedí Lar a prendere da bere e loro rimasero insieme riuniti in un piccolo cerchio Papà diceva la sua sulla partita a pieni polmoni Urlava cosí forte che malgrado la ressa che c'era nel pub la gente continuava a guardare nella loro direzione e lei si vergognava Come poteva un uomo non capire niente fino a quel punto e non smettere comunque di parlare? Le faceva male la testa Si rese allora conto di quel che in cuor suo già sapeva Che era impossibile Non avrebbe mai funzionato Non ci sarebbe stata nessuna altra volta Non avrebbe mai piú rivisto quel ragazzo

Poi una mano le afferrò il braccio e lei si voltò ed era lui

E come quella sera al Pap tutto si dissolse I suoi occhi erano come stelle Stelle nella folla Era come se ci fossero soltanto loro due Sei qui disse lui Sei venuta

Pensavo te ne fossi andata disse Ti ho vista dopo la partita Ti ho anche chiamata Non mi hai sentito?

Ah sí no disse lei Ora che ci pensava qualcuno aveva chiamato Rachel Si era dimenticata di chiamarsi cosí Arrossí rise Rise anche lui Era perfetto

Poi le sembrò di udire una voce proveniente da un luogo lontano Era la voce di papà Mi sembra di averti già visto disse scrutando dall'alto il ragazzo Non sei il tipo che era in campo oggi?

Il ragazzo lo guardò turbato Soltanto ora vedeva le facce esagitate da cui era circondato I fratelli con le loro bocche imbottite di patatine Lei avrebbe voluto sprofondare nel terreno Ma mantenne il controllo Sono io disse lui Frank disse ancora e tese la mano

Bella partita disse papà Avrei voluto scommettere un po' di schei Ma mi trovo meglio con le corse dei cavalli

Lo sport dei re disse Frank e papà apprezzò tanto che iniziò a parlargli della Gold Cup

Imelda non lo aveva mai visto cosí Di solito se un maschio di qualsiasi genere si avvicinava a lei superando il raggio dei tre metri papà si rimboccava le maniche pronto a mettergli le mani addosso Ma era come se pensasse che Frank fosse lí per lui e non per lei Neanche per un attimo si chiese perché mai quell'eccellente atleta quel giovane prodigio dello sport nonché beniamino locale dovesse pendere dalle sue labbra e offrirgli pinte di birra Frank aveva quel dono Lo avrebbe capito col tempo Parlava con chiunque Che fosse un duca o un derelitto E quando ci parlava dava l'impressione che non ci fossero altre persone al mondo Un dono sí Ma anche una maledizione perché tutta quella gente era convinta di vantare un diritto su di lui Imelda però ancora non lo sapeva e mentre li ascoltava avrebbe cominciato a pensare che Frank fosse venuto da loro proprio per parlare con papà se lui non le avesse lanciato frequenti sguardi di nascosto con occhi che la scuotevano dentro e a forza di sorridere lui e sorridere lei Imelda capí

Ma poi la folla si aprí e apparve un uomo

Sembrava uscito dal *Padrino* Una testa di capelli lisci e argentati Un cappotto enorme che avrebbe potuto contenere due o tre persone Una cravatta rosa Un fazzoletto a pois che spuntava dal taschino Qualcuno che aveva fatto i soldi e voleva che si sapesse Viene da loro e li fissa come se avesse beccato i domestici a bere il suo sherry Al che la parlantina di papà si spegne in un attimo e cala il silenzio

Ciao papà dice Frank

Papà che ovviamente era Maurice sul momento non replica Si limita a guardare la sconcertante galleria di filibustieri composta da Imelda e la sua famiglia con un chiaro pensiero in testa In nome di Dio cosa ci fa questa marmaglia con mio figlio? Poi sbuffa e dice a Frank Sbrigati che tra poco ceniamo

Un attimo dice papà e tende una mano per trattenerlo Beva qualcosa con noi prima

Maurice abbassa lo sguardo sulla mano di papà poggiata sulla lana del costoso cappotto Se gli avessero spruzzato in faccia del gas tossico la sua espressione non sarebbe stata altrettanto disgustata Nel frattempo Frank sogghigna tra sé come se stesse assistendo a uno spettacolo di sublime comicità e in quel momento la scena si rivela a Imelda per quella che è

Nessuno in quel periodo l'avrebbe definita scaltra o scafata o niente di simile Mai e poi mai Eppure in quel pub mentre se ne stava lí a osservare padre e figlio una voce nella sua testa le disse Datti una mossa ragazza Questo è un uomo che sa condurre le danze Devi portarlo dalla tua parte

Quella voce le risuonò chiara nella testa come i rintocchi di una campana prima ancora che lei sapesse chi era quella persona Non sapeva niente di lui all'epoca Ma capiva fin troppo bene che era un uomo che si era fatto da sé Un uomo in ascesa che di certo non avrebbe mai permesso a una come Imelda Caffrey di trascinare in basso il buon nome della famiglia Suo figlio poteva anche trovare romantico o divertente mescolarsi con dei furfanti ma lui no nossignore E semmai ci fosse stato da combattere avrebbe vinto lui

Fuori le nuvole si erano diradate I raggi inclinati del sole filtravano dalla vetrina rivelando la folla che cominciava a disperdersi Maurice si stava spazientendo Basta disse bruscamente Andiamo E lei capí che era pronto a trascinare fuori il ragazzo a costo di tirarlo per le orecchie e che tutto sarebbe finito lí

Al che entrò in scena dove cadeva il sole

Si alzò dallo sgabello e andò dal padre Cominciò ad aggiustargli il colletto della camicia Si lamentò con lui Ma papà ti sei abbottonato male Come se fosse qualcosa che faceva tutti i giorni Ignorando l'altro uomo l'altro padre Pur sapendo che lui non ignorava lei Che la guardava senza farsi vedere Che la mangiava con gli occhi Mentre il sole le si impigliava nei capelli indorandoli Mentre lei si muoveva nella luce che arrivava dalla vetrina striata di polvere Poi si voltò e gli sorrise alzando gli occhi al cielo E Maurice ne restò conquistato Era un donnaiolo Un intenditore Imelda scoprí di sapere anche quello

Allora dice lui con tutt'altro tono di voce Chi abbiamo qui?

È mia figlia Imelda dice papà La luce dei miei occhi Il ritratto sputato di sua madre che abbiamo sepolto in primavera

Maurice le prese la mano Incantato disse Un orologio d'oro si stagliava sul polso peloso come uno scintillante occhio meccanico Lui la osservò Credo che abbiamo ancora tempo per un sorso veloce

Sí lo capirono all'istante entrambi Malgrado lei e Frank di fatto non si conoscessero capirono che se volevano darsi una possibilità dovevano far contenti i loro padri E agirono di conseguenza Frank sedusse papà e altrettanto fece Imelda con Maurice Entrambi consapevoli che questo li avrebbe legati l'uno all'altra Ma andava bene cosí Malgrado di fatto non si conoscessero Volevano essere legati

E da quel momento in poi Frank si prese cura di papà e lei di Maurice Non ci volle molto Dopodiché furono liberi di innamorarsi

E fu vero amore Non ci fu mai il minimo dubbio al riguardo Anche se Imelda non provò la sensazione di cadere da una scogliera come si era sempre aspettata Non fu come precipitare nel vuoto Si sentiva piú come una foglia che scendeva al suolo alternando cerchi nell'aria e calate in picchiata Erano sempre felici Era questa la sensazione Pura e semplice Quando stavano insieme erano felici e da quel primo giorno rimasero sempre insieme A bere da *Coady* o da *Finnegan* o al *Banister* Imelda riusciva a stargli dietro birra dopo birra Reggere l'alcol era la sola cosa buona che aveva preso da papà E se non si ubriacavano a forza di pinte si inebriavano l'una dell'altro Baciandosi in un'auto parcheggiata su un sentiero che si perdeva nel bosco Passeggiando per il centro commerciale e mangiando patatine Ogni giorno era un turbinio una vertigine di risate e baci Lui la portava in spalla Lei provava a tagliargli i capelli Non facevano che ridere e ridere Sembrava un incantesimo eppure era reale

Da un incontro fugace al *Paparazzi* lui e lei insieme Il ragazzo ricco e la ragazza venuta dal buco del culo del mondo Sembrava impossibile Fu tutto facilissimo

Dopo quella prima volta fecero del loro meglio per tenere separati Maurice e papà Capitava però che i due si incontrassero comunque in occasione di una partita di calcio e allora a lei balzava il cuore in gola nel timore che papà cominciasse a straparlare per esempio dei suoi trascorsi di allevatore di cavalli ovvero degli sventurati ronzini che portava a casa col furgone dopo averli prelevati da suo cugino nel Lincolnshire Oppure del suo *interesse per le auto d'epoca* vale a dire la Datsun che se ne stava poggiata sui ceppi da tempo immemore in attesa dei pezzi di ricambio Maurice aveva però immancabilmente un appuntamento a cena o qualcosa di simile per cui papà non riusciva mai a tirarla per le lunghe E sebbene dicesse sempre che dovevano vedersi e Maurice le chiedesse sempre di *suo padre* come si trattasse di un presidente o un monsignore non si vedevano mai In realtà Maurice non voleva incontrare papà e papà non era cosí fesso da agitare le acque

Perché il milionario dei suoi sogni era infine arrivato

Il padre di Frank aveva una concessionaria in centro con tanto di nome sull'insegna Maurice Barnes Motors e in qualsiasi giorno della settimana lo si vedeva nello showroom con i gemelli d'oro ai polsi e i capelli d'argento pettinati all'indietro intento a parlare con un cliente come un re che rivolga la parola a un contadino Anche Frank lavorava lí al reparto vendite Facevano soldi a palate diceva La gente moriva dalla voglia di comprare un'auto nuova sicché bastava che alzassero la serranda al mattino e arrivata l'ora di pranzo metà delle vetture esposte era già venduta Giravano tanti di quei soldi diceva che le auto sembravano uscire da sole dal salone

Frank prendeva sempre in giro il padre per i suoi modi ma anche a lui piaceva esibire i soldi Indossava sempre jeans firmati scarpe firmate occhiali da sole firmati Un maglione di Tommy Hilfiger comprato da Shaws con sotto una bella camicia Aveva un piccolo telefono che portava infilato nella tasca Se non lo conoscevi ti veniva voglia di dargli un pugno sul muso Al lavoro indossava giacca e cravatta e pareva un agente dell'Fbi uscito da un telefilm Anche lui parlava con i clienti Non sembravano far altro che parlare alla gente in quel salone È questo il lavoro diceva lui

Lei non sapeva che pensare ma dovevano essere bravi a parlare lui e Maurice perché vivevano nella casa piú grande che avesse mai visto Non aveva un numero ma solo un nome Goldenhill In passato era appartenuta a un conte o un lord o qualcosa del genere Dietro c'erano un prato e un grande bosco come quelli delle favole

L'interno non aveva fine Maurice le fece fare il giro delle stanze un giorno Ovunque guardasse c'era qualcosa Oggetti che luccicavano oggetti di porcellana tavolini su cui posare quegli oggetti Ninnoli e soprammobili e cornici Un ritratto di famiglia Una volpe impagliata Divani e poltrone e ottomane con teli e coperte e cuscini Cumuli di oggetti disparati che le ricordavano i capanni di papà malgrado fosse un'associazione sbagliata perché lí ogni cosa era il top di gamma Inoltre non avevano un esemplare di ogni oggetto ma vagonate sparse per casa o impilate su armadietti o credenze o in una delle stanze al piano di sopra Tante ottomane Tante Air Max Tante racchette da tennis alcune ancora con l'etichetta e il prezzo Se ti piaceva il vino rosso ti veniva mostrata una bottiglia vecchia di sessant'anni Se ti piacevano i cartoni avevano ogni sorta di film su videocassetta e una foto incorniciata sulla parete con i ragazzi che stringevano la mano a Topolino a Disneyland E tutto questo prima di imbatterti in orologi e braccialetti e collane perché avevano anche quelli Imelda osservava tutto a occhi sgranati anche se spesso non aveva idea di cosa stesse guardando

Non male per un ragazzo di Piggery Lane disse Maurice Era una delle sue battute preferite Indicava i suoi trofei e con un'alzata di spalle diceva Accettabile per un ragazzo di Piggery Lane

A Peggy non piaceva che lo dicesse Lei non era di Piggery Lane

Ma bisognava dargliene atto Era proprio grazie ai suoi discorsi altisonanti e alla spavalderia se ce l'aveva fatta Veniva dal nulla eppure aveva messo su quel po' po' di roba Non se ne era stato con le mani in mano a lamentarsi della cattiva sorte

Aveva saputo vedere la sua occasione e coglierla al momento giusto Un'attitudine che Imelda rispettava

Maurice le piaceva Capiva perché certa gente non lo sopportasse ma loro si intendevano sempre Imelda sapeva che lui pensava che lei stesse cercando di accalappiare il figlio e sapeva che lui sapeva che lei sapeva Ma con un uomo del genere sapere faceva parte del gioco e lei giocava fingendo che stesse cercando di conquistare lui e lui lei Che personaggio che è Maurice! diceva quando lui faceva una battuta Oppure Maurice Barnes lei è davvero tremendo! dandogli uno schiaffetto alla mano quando lui la teneva troppo a lungo sulla sua Altre volte tipo quando Frank doveva andare a un ricevimento della Gaa o un altro evento importante Imelda lo guardava negli occhi e diceva Lei Maurice non ci andrà però vero? Oppure se erano al ristorante Maurice cosa vuol dire questa parola? E la indicava nel menu foderato di pelle con gli occhi sgranati e spersi che lui fissava deliziato come uno spilorcio fissa il suo tesoro Langoustine cara diceva Maurice radioso con la faccia illuminata da quella di lei La langoustine è un tipo di aragosta

Dove aveva imparato a comportarsi cosí? Come faceva a sapere quel che lui voleva sentirle dire? Maurice era un uomo di mondo mentre lei era sempre stata muta L'unica femmina in una casa di cavernicoli che scoreggiavano e si prendevano a pugni A volte temeva di saperlo il perché Pensava a quel che mamma diceva di lei Ho capito chi sei veramente Ma niente di tutto ciò aveva alcuna importanza Tranne il fatto che piaceva a Maurice Quello aveva una grandissima importanza Perché che lei gli piacesse era evidente Qualunque opinione si fosse fatto di lei

Peggy era diversa

Peggy era complicata Parlare con lei era come una partita a scacchi Frank aveva insegnato a Imelda la dama e ora si trovava a giocare a scacchi con lei e aveva pertanto capito che Maurice era la dama Il nero contro il bianco L'uomo contro la donna Uno scontro rapido che si combatteva per puro divertimento Mentre Peggy era gli scacchi Un gioco che Imelda non conosceva perché chi mai voleva giocarci?

Era stata Peggy a invitarla a casa la prima volta Stavano insieme da un paio di mesi lei e Frank e quando lui le disse dell'invito lei reagí come se avesse ingoiato un blocco di ghiaccio E perché? gli chiese Quella reazione lo fece ridere Vuole conoscerti tutto qui Che c'è di strano?

Passò la settimana insonne Chiese a Rose se avesse una pozione o potesse fare un incantesimo Per la madre di Frank Rose si limitò a stringere le labbra A onor del vero Imelda non sapeva se Rose fosse poi tanto entusiasta che lei si vedesse con Frank

Magari non ci sarebbe andata proprio pensò Con una scusa qualsiasi Che era malata o era malato suo padre Ma già allora lei era a conoscenza delle innumerevoli ragazze che Frank aveva frequentato e dimenticato Al pub lo avvicinavano con aria timida e mortificata anche se era stato lui a scaricarle Le dispiaceva per loro ma contemporaneamente era determinata a non fare la stessa fine E loro non erano mai state invitate a Goldenhill per cena

Peggy era andata alla partita di calcio quella prima volta Di fatto non andava mai alle partite di Frank La agitavano le spiegò Frank Le mettevano addosso un malessere fisico Imelda trovò la cosa di estremo fascino Fu cosí che il loro primo incontro avvenne in casa

Aveva i capelli grigi malgrado non fosse anziana Se ne stava in silenzio e in disparte se non proprio nascosta

A cena fu perlopiú Maurice a condurre la conversazione Parlò a Imelda dei suoi successi e dei posti in cui era stato mentre Frank si abboffava e suo fratello Dickie sospirava e tirava su col naso e Imelda seguitava a ridere cercando di non far cadere nulla Ma poi come uno squalo Peggy riemerse dagli abissi con un balzo

Allora quali sono i tuoi piani Imelda?

Presa nelle fauci dello squalo Imelda si limitò a ripetere Piani? e restare poi a bocca aperta

Ora che hai finito la scuola che intendi fare?

Ah sí certo disse lei annuendo nella speranza che potesse bastare Ma Peggy rimase in attesa a fissarla con la sua testa da uccello e un sorriso da fata madrina mentre Imelda diventava sempre piú rossa

Mamma non farle il terzo grado! intervenne Frank ridendo Come fosse tutto uno scherzo

Voglio solo conoscerla protestò Peggy Se pensa di andare al college Se ha in mente una carriera Mi interessa sapere come immagina il suo futuro Come lo vedi mia cara?

Piani per il futuro sí In quella casa adoravano parlare di cosa avrebbero fatto Dove sarebbero andati La settimana dopo il mese dopo a Natale Gli alberghi migliori le spiagge migliori i ristoranti migliori Parlare parlare Piani su piani come oggetti da ammassare nelle scatole che finivano poi nella stanza degli ospiti E nell'ascoltarli realizzò che era questo a renderli diversi Perché a casa sua non si facevano piani di nessun tipo Non si pensava al futuro La vita ti veniva addosso come membri di una banda usciti da un furgone

Dal corridoio arrivava il ticchettio dell'orologio del nonno Il ritmo lento di un tamburo Lei osservò gli altri negli occhi uno a uno e pensò *Chi siete? Cosa ci faccio qui?*

Alla fine intervenne Maurice dicendo Imelda vive il momento vero tesoro? E non riesco a farmi venire in mente un piano migliore per lei

E la baciò sulla testa per poi alzarsi E ora il dessert! disse

Cosí stavano le cose Aveva bisogno di piacere a Maurice non soltanto perché era Maurice ma per tenere a distanza Peggy Maurice non le aveva mai chiesto niente del suo passato né dei suoi piani né altro Sapeva che la sua disapprovazione sarebbe servita soltanto a incoraggiare Frank Inoltre gli piaceva flirtare con lei per cui aveva deciso di lasciare che Frank se la spassasse

Ma Peggy sapeva bene che c'era in ballo molto di piú che spassarsela Non smetteva di guardarla con sospetto E ovviamente che a Maurice piacesse Imelda non faceva che aumentare l'ostilità di Peggy

A Frank sfuggiva tutto Le domande le battutine State attenti eh? quando Imelda salí in macchina con lui al volante per riaccompagnarla a casa Mettete le cinture di sicurezza voglio dire Queste strade sono molto insidiose

Insidiose sí Una cosí bella casa Cosí calda e accogliente Il buon cibo l'ospitalità Andarci la intimoriva sempre Come andarsene le dava sempre sollievo

Ma forse aveva capito anche lui La prima volta che la riaccompagnò a casa lei lo mise in guardia Non è come la vostra sappilo Con tutte quelle torrette e il resto

Al che lui rise e disse Grazie al cielo

Lei non voleva che Frank entrasse Bastava il pensiero che lui vedesse casa sua anche solo da fuori a darle i brividi Ma papà aveva cominciato ad assillarla Ci tieni nascosti da lui? Ti vergogni di noi?

Frank non faceva caso a niente Gli piaceva stare lí Seduto in cucina con papà e i fratelli ad aprire una lattina Diceva che gli ricordava gli spacci illegali di alcolici sulle colline dove andava a bere ogni tanto E quelle visite piacevano anche a papà ovviamente perché Frank si presentava sempre con una macchina nuova presa dal salone Arrivava con un rombo di motore e i vicini che sbirciavano dalle finestre E papà usciva sul vialetto e gli andava incontro col fiato corto dandosi un tono e attaccava a parlare a voce alta di specifiche e alberi a camme e poi senza abbassare minimamente la voce diceva Vieni Frank entra! E andavano a sedersi al tavolo con i fratelli che si univano a loro come se quella fosse una cucina normale di una casa normale e raccontavano storie di goliardate e di curiosi personaggi che avevano conosciuto come se fossero gente normale finché lei si ritrovava a guardarli come si era ritrovata a guardare i genitori di Frank a Goldenhill pensando le stesse cose Chi siete? Dove sono?

I tuoi fratelli sono dei personaggi diceva Frank dopo Fantastici proprio

Solo Lar non partecipava Mentre loro se ne stavano seduti a bere lui si aggirava facendo qualcosa Preparava panini o metteva in ordine o cose cosí

Dopo la prima partita quando papà era riapparso da poco lei gli aveva detto di partire da solo Di prendere i soldi prima che papà si accorgesse che il capanno non era chiuso e di andarsene a Londra o dove voleva Ma sapeva che non se ne sarebbe mai andato senza di lei E infatti non se ne andò E da allora si parlarono poco o niente

Ma a cambiare di piú fu papà che dopo la morte di mamma era sprofondato in un baratro ma che adesso era piú in forma che mai E tutto grazie a Frank! Non riusciva a fare a meno di lui Il semplice pensare a lui lo rendeva felice Sedeva in silenzio sulla sua poltrona e poi di botto se ne usciva con una roba tipo Sai cosa? Quel Frank è un vero signore dopodiché tornava ai suoi pensieri Sorridendo tra sé E andava a farsi di nuovo la barba A darsi una sistemata nel caso Frank facesse una capatina

Non era soltanto per i soldi o la possibilità di cavarne qualcosa Per come la vedeva lui avevano un legame Erano atleti

Atleti Sí A lei non era mai passato per la mente Ma papà fremeva perché Frank sapesse tutto Gli faceva lunghi racconti sui suoi combattimenti Sulla pressione Su quando si era a un passo dall'arrendersi Tu sai com'è Frank diceva Lo so fin troppo bene Mr Caffrey diceva Frank

Per cui quando Frank veniva a prenderla con un'auto costosa con la targa della concessionaria non faceva una piega I piccioncini diceva e ridacchiava Lo stesso uomo che teneva un piede di porco nel furgone da mostrare a chiunque pensasse di accompagnarla a casa I ragazzi vogliono una cosa sola diceva

Be' forse ai soldi ci pensava ed era per questo che la lasciava andare con lui o forse pensava che un signore come Frank fosse troppo puro anche solo per sognarsi una cosa del genere Se cosí era pensava male perché quel ragazzo non conosceva limiti

Gli piaceva andare al lago con lei e la grande A6 La sua preferita perché una volta ribaltati i sedili era come stare su un letto a due piazze vicino all'acqua Lei sapeva che quando si presentava con la A6 lui aveva quell'obiettivo in testa nonostante lei gli avesse detto che si sarebbe giocato una carta migliore se fosse venuto a prenderla con la TT pur essendo un'auto meno comoda

Sí nella TT vicino all'acqua con il sole al tramonto negli occhi di Frank e la mano nei capelli di Frank e la testa di Frank sul cuore Allora diventava piú difficile Ogni fibra del suo essere voleva concedersi a lui Il suo ragazzo il suo amore

Ma non smetteva di ripensare a quel che diceva mamma Al male che si portava dentro Se si fosse lasciata toccare sarebbe venuto fuori

Presto diceva lei

Va bene diceva lui Abbiamo un sacco di tempo

Sí il tempo il futuro Il mondo per lui era un palazzo di meraviglie Ogni angolo era uno scrigno di avventure e tesori Che aspettavano soltanto di essere scoperti

Lavorava al garage ma non pensava di restarci Non voglio sentire il fiato di mio padre sul collo per il resto della vita diceva Aveva preparato un business plan con il suo amico Dolly Una specie di Fantacalcio che si poteva giocare al computer Lei non ci aveva capito un accidente ma Frank era convinto che avrebbero sbancato

Dolly era l'uomo dei numeri Un genio diceva Frank Era lui quello pratico di computer Lei non avrebbe mai capito perché si chiamasse Dolly Portava un cappello di lana tutto l'anno e l'unica volta che se l'era tolto lei aveva visto spuntare i capelli dalla testa a ciuffi come il pelo di un cane con la rogna Non aveva l'aria di una persona gentile e neppure di un genio Ma Frank era cosí Vedeva del buono in chiunque

Lei non capiva però perché volesse mollare il garage visto quanto guadagnava Maurice non resterà lí in eterno no? diceva Andrà in pensione prima o poi I soldi li ha fatti dico bene?

Però Maurice voleva che fosse il fratello di Frank a subentrare nel momento in cui lui si sarebbe fatto da parte Era già tutto sistemato Ora Dickie era a casa per le vacanze ma in ottobre sarebbe tornato a Dublino per studiare Economia aziendale e prepararsi a prendere in mano l'attività

E non ci sarà posto per te? chiese lei Quando l'avrà presa in mano?

Un posto l'avrebbe anche avuto ma non di primo piano e Frank non voleva sottostare agli ordini di nessuno

Non che ce l'avesse con Dickie Era stato Maurice a decidere non loro Frank idolatrava suo fratello Non faceva che parlare di lui Di quanto fosse intelligente La persona piú brillante del mondo anche se lei non era tanto convinta dopo che Frank le aveva detto che Dolly era un genio Uno che una volta si era dato fuoco con un bong Magari Dickie non era un caso altrettanto disperato ma non le aveva fatto una grande impressione quando lo aveva visto a casa di Frank Aveva due anni piú del fratello ma era il minore a sembrare un uomo di mondo mentre Dickie apriva a stento bocca Se ne stava quasi sempre col muso immerso in un libro Non andava mai alle partite di Frank perché aveva un problema alle orecchie e a quanto pareva il rumore della folla gli dava fastidio

Vuoi dire che sta male quando sente la gente fare il tifo per te? domandò lei ma Frank non pareva trovarci niente di strano E alla fine non erano affari suoi Ogni famiglia ha le sue follie e non ci si deve immischiare E poi vai a sapere come si erano messi d'accordo Frank Maurice e Dickie Non era l'autosalone il problema in fin dei conti Né lo erano papà o Peggy E non lo era nemmeno lei

Il problema era il calcio

Tutti dicevano che da anni il paese non aveva una squadra cosí forte come quella di Frank

Avevano vinto otto partite di fila Una striscia positiva con numeri da record E malgrado la gente dicesse che era troppo presto per parlarne non faceva che parlare del campionato nazionale

Imelda non sapeva distinguere un pallone da una pallina da golf e fino a quel momento non aveva mai immaginato che un'intera cittadina potesse essere tanto ossessionata da un gruppo di ragazzi che giocavano a calcio Ovunque andassi sentivi praticamente la stessa conversazione Il ginocchio di Joe Pincopallo avrebbe retto? Seanie Comesichiama meritava un'altra chance come titolare? C'era qualche probabilità che accedessero al turno successivo?

Era come una febbre che portava alla follia e infatti lei aveva pensato che fossero tutti dei mentecatti finché non se l'era beccata anche lei quella febbre e come gli altri si era messa a fare le ore piccole discettando di legamenti crociati e media punti a partita*

Ogni fine settimana si giocava un incontro e lei e papà prendevano il furgone e andavano in paese fino allo stadio che stava ancora in piedi per miracolo o altrove in strutture messe ancora peggio e simili al cortile dell'ora d'aria di una prigione dimenti-

* Il calcio gaelico è uno sport a metà tra il calcio «tradizionale» e il rugby. Si gioca con un normale pallone e se si segna un gol si ottengono tre punti. Se invece il pallone finisce sopra la traversa se ne ottiene uno [*N. d. T.*].

cata da Dio piú che a un campo di calcio gaelico Le regole erano troppo noiose da spiegare ma lei ci mise poco a capire A farsi un'idea su squadre e allenatori e partite proprio come se n'era fatta una sulle langoustine e i cappotti di cashmere A piazzarsi a bordo campo e gridare fino a perdere la voce

La gente diceva che Frank aveva talento

Parlavano della sua *tenuta atletica* e delle sua *maestria tecnica* Dei suoi *lanci calibrati* e del suo *fisico perfetto* Quel che volevano dire era che correva veloce Impossibile da fermare Quando calciava il pallone andava dove voleva lui Si liberava dei suoi marcatori come niente fosse Era una gioia guardarlo giocare diceva la gente e aveva ragione Una gioia vedere il paese alzarsi ed entusiasmarsi per quel ragazzo Il suo ragazzo Quei vecchi musoni dolenti esplodere di sorrisi Sí quando lui era sul campo da gioco tutto era perfetto

Il problema era che la partita non finiva con il fischio dell'arbitro Tutti avevano un'opinione da comunicargli Tutti volevano offrirgli una pinta o stringergli la mano Al pub In strada Lo avvicinavano si ammassavano intorno a lui

Tutti volevano un pezzetto di Frank La loro parte di magia

Fu una sorpresa per lei ritrovarsi a interpretare un ruolo secondario Era la bella bambolina Questa era la verità I ragazzi si mettevano in fila e balbettavano e arrossivano per Frank non per lei mentre le ragazze be' loro le auguravano di schiattare Fosse stato solo per lei non avrebbe rappresentato un gran problema Ma per Frank era dura Parlare di continuo Bere di continuo Per quanto gli piacesse parlare e anche bere era un peso Tutto quell'affetto Tutte quelle pacche sulle spalle

Un tempo a nessuna di queste persone interessava conoscermi le disse una volta Non aggiunse spiegazioni e lei non riuscí a capire dove volesse arrivare Aveva bisogno di quelle pacche sulle spalle o guardava oltre o pensava entrambe le cose insieme? Ma per la prima volta si rese conto che malgrado avesse tutti in simpatia e fosse simpatico a tutti era solo Forse era per questo che loro due andavano tanto d'accordo concluse pensando al fatto che neanche lei aveva mai avuto amiche A scuola le altre ragazze o erano gelose di lei e la guardavano dall'alto in basso o avevano paura della sua famiglia

Capiva che il massimo della felicità per Frank era quando stavano da soli lui e lei e imparò a cogliere il momento in cui lui non ne poteva piú dei suoi fan e a trovare un modo di trascinarlo via

C'erano persone da cui non poteva scappare però

Perché hai scaricato sulla mediana quando avevi spazio per puntare la porta? Perché hai cercato il gol quando avevi due compagni liberi al centro? Perché hai lasciato salire la loro difesa per tutto il secondo tempo? Sí avevano tutti una loro opinione Ma Maurice aveva un'opinione ventiquattro ore al giorno Frank doveva sorbirsele sul lavoro E anche a casa Ce n'era sempre una che fosse sulla tattica o i metodi di allenamento Ti stanno facendo lavorare sul tiro spero Immagino ti abbiano detto che devi lavorare su addominali e schiena

Frank non rispondeva mai se non con un cenno del capo o un mormorio guardandosi attorno in cerca di qualcosa con cui distrarsi La sola volta in cui lei lo aveva visto prendere un libro era stato perché Maurice si era messo a parlare di allenamenti

Lo so Frank pensa che io ci vada pesante con lui le disse Maurice Voglio solo che sfrutti al meglio le sue opportunità Lui crede che la sua vita sarà piena di momenti come questo Non è cosí

Non prendiamoci in giro Frank è un ragazzo fantastico disse Ma è un perditempo Un bel calcio nel culo non gli farebbe male

E in effetti era vero Frank si rivelava spesso un campione di pigrizia Quante volte non era andato ad allenare i pulcini per restare invece steso a letto a smaltire una sbornia? Anche quando era lui a doversi allenare arrivava tardi o saltava l'intera sessione Sapeva di poterla sfangare perché era il giocatore migliore Forse Maurice aveva ragione e un bel calcio in culo gli avrebbe fatto bene Ma quando diceva di volere soltanto che Frank *eccellesse* non era sincero nell'usare il suo verbo preferito perché in effetti era Maurice ad andare matto per le esultanze e le vittorie I bicchieri alzati I clacson che strombazzavano in strada Era a lui che importava chi fosse l'uomo partita o se il direttore sportivo della contea fosse tra il pubblico Quando la gente diceva Quello è il figlio di Maurice Barnes lui gonfiava il petto Come se la velocità e i tiri e il fisico perfetto di Frank fossero un prolungamento della sua persona Come l'enorme cappotto e l'enorme automobile e l'enorme casa con la sala per la colazione e il *bosco di rovere* e il pianoforte che nessuno suonava

E allora? diceva lei quando Frank si lamentava È tuo padre È fiero di te È piú che normale

Lui replicava che non erano affari suoi Oppure imprecava o cambiava argomento

Ma una volta le disse Se è cosí fiero di me perché non mi affida il garage

Il garage disse lei Che c'entra il garage adesso?

C'entrava invece C'entrava eccome

La concessionaria era lo sponsor del club C'era il nome di Maurice su ogni maglietta Quando Frank *eccelleva* sul campo di gioco faceva pubblicità all'azienda La stessa azienda che secondo Maurice non era in grado di gestire perché non abbastanza in gamba Perché Frank era l'atleta e Dickie la mente

Lei cercò di togliergli quelle idee dalla testa Che gliene importava di Maurice? Non giocava forse per sé? Per la squadra? Perché Frank viveva per il calcio Perché non era mai cosí felice come quando scendeva in campo Ma piú Maurice gli dava il tormento piú lui aveva la sensazione di giocare soltanto per compiacere suo padre E non voleva compiacere suo padre

La squadra stava andando bene adesso Meglio di quanto fosse mai andata Avevano battuto a mani basse la Clonabree la favorita della contea Si erano sbarazzati dell'Oolagh con un punteggio record Frank era al cuore di ogni vittoria Anche se ormai gli avversari avevano preso le misure Avevano capito i suoi trucchi e le sue mosse Ma lui ne inventava di nuovi Nuovi trucchi e nuove mosse Sorpassava gli avversari veloce come il vento e come aveva sempre fatto e la squadra navigò nella sua scia arrivando alla finale della contea con il St Fursey dove lui segnò un gol ma avrebbe potuto segnarne anche due o tre

Non erano mai stati campioni della contea prima di allora La squadra sfilò salutando la gente dal pianale scoperto di un camion C'era tutto il paese accalcato in Main Street che faceva casino e urlava Gesú ragazzi giocheremo al Croke Park Ma non lui

Frank l'aveva fatta sembrare una cosa da niente ma lei sapeva che non era cosí Si era sobbarcato tutto quel peso pur essendo il piú giovane della squadra L'oziare il cazzeggiare il saltare gli allenamenti non erano che un modo di nascondere quanto era stata dura Adesso che erano arrivati alle provinciali non poteva nasconderlo piú Quando le persone lo avvicinavano per attaccare con le loro teorie lui tagliava corto Vedremo diceva Faremo del nostro meglio E spariva

Ma da Maurice non poteva scappare

Il campionato provinciale diceva a cena È arrivato il grande momento

Finora è stata una passeggiata diceva Ma ora vi troverete davanti una squadra vera che sa il fatto suo

Imelda faceva del suo meglio per cambiare argomento Che caldo atroce eh? diceva oppure Peggy sono begonie quelle cose blu? Solo che non funzionava

La crème de la crème I migliori della loro contea diceva Sí questa partita separerà gli uomini dai ragazzi

E in risposta Frank non diceva una parola Fissava il suo piatto e rimescolava il purè di patate

Con l'avvicinarsi del gran giorno cominciò a comportarsi in modo strano Se ne stava chiuso in sé stesso Lei non poteva dirgli nulla nel timore che le staccasse la testa a morsi Se per esempio gli diceva di non preoccuparsi che il Ballyray era soltanto un'accozzaglia di sbruffoni lui si voltava e cominciava a darle addosso dicendole che il Ballyray era con tutta probabilità il miglior club d'Irlanda al momento Meglio preparato Piú forte tecnicamente E cosí via agitando il dito come fosse un vigile che le faceva una multa

D'altra parte se gli diceva che una sconfitta non sarebbe poi stata questa gran tragedia perché almeno avrebbero avuto un po' di tempo per loro due lui la prendeva male comunque Cristo Imelda stai cercando di demotivarmi? esclamava alzando le mani in aria

Smise di andare da *Coady* Pranzava nell'officina del garage e se lei voleva vederlo doveva andare lí oppure a casa sua Era un'esigenza che lei capiva Il bisogno dei suoi spazi Ma poi smise di andare anche agli allenamenti Spariva per ore Dove andasse era un mistero per lei Le aveva comprato un telefono come il suo ma non rispondeva mai quando lei lo chiamava Era in un altro mondo e lei cominciò a chiedersi se non ci fosse sotto qualcosa di piú che il calcio Pensò che si vedesse di nascosto con un'altra Una di quelle ragazze svagate che ronzavano al pub e gli facevano il filo Era stanca ma aveva anche il cuore spezzato Si era talmente preoccupata di Maurice e Peggy da non aver mai pensato che potesse saltar fuori un problema tra loro due Non sapeva che fare Non poteva chiederlo a lui Cosí provò a chiederlo a Rose Non mi desidera piú? Ha un'altra?

Ma se Rose avesse saputo qualcosa non le avrebbe detto niente Non mi immischio in queste storie le avrebbe detto Lo venne a sapere da Dolly invece

Imelda si era completamente dimenticata della presunta impresa di Dolly e Frank Non lo vedeva da mesi Ma alla fine riapparve per dirle che poche settimane prima aveva conosciuto un ragazzo di Sligo che vendeva un fracco di hashish Era l'affare del secolo le disse Era andato da Frank e ne avevano comprato un chilo insieme con l'idea di venderlo e investire i soldi nella loro impresa Solo che invece di venderlo se l'erano fumato loro

Le pelle di Dolly veniva via a chiazze Quando le raccontò quella storia lei sentí il bisogno di dargli uno schiaffo ma rimase calma

C'era un vecchio capanno nel bosco dietro casa di Frank disse Dolly Era lí che tenevano l'hashish In un buco nel pavimento Ci andavano insieme a fumare Ma poi Frank aveva preso ad andarci da solo Comincio a preoccuparmi per lui disse Per questo sono venuto da te

Be' grazie mille disse lei pur sapendo che a preoccupare Dolly era soprattutto l'eventualità che non fosse rimasto niente per lui Il peggiore dei falsi amici questo era Ma almeno ora sapeva che fine aveva fatto Frank e perché era tanto lunatico Di solito non fumava se no cadeva in depressione Ma evidentemente non voleva piú andare al pub e sorbirsi lezioni di tattica da uno stuolo di sapientoni

C'era un bosco enorme alle spalle di Goldenhill a suo tempo proprietà del lord o vai sapere di quale altro signore del luogo Maurice se ne faceva un vanto Gli piaceva aggirarsi da quelle parti Indicare quegli «alberi illustri» con il bastone

Il capanno era proprio al centro del bosco Un fatiscente riparo di pietra Di fatto poco piú di una rovina Frank ce l'aveva portata una volta Per un picnic le aveva detto e lei aveva capito bene cosa intendesse con picnic Qui? gli aveva detto Sei matto? Era uno strano e mesto tugurio con buchi nei muri e un pavimento sporco Freddo e buio anche con il sole Alcuni posti sono cosí Sempre con un'ombra addosso

Al pensiero di Frank seduto lí da solo per ore e ore si sentiva male Ma sapeva che se fosse andata a stanarlo si sarebbe arreso e basta Stressami anche tu avrebbe detto Proprio quello che gli mancava

Poi pensò di nuovo a Rose

Rose poteva dirglielo pensò Rose sapeva vedere nel futuro Come sarebbe andata la partita Se avrebbero vinto o perso Sapere cosa lo aspettava gli avrebbe alleggerito la mente

Un incontro complicato da combinare Frank e Rose non si prendevano Forse lei era intimidita dalle sue auto veloci e i Ray-Ban o forse era al corrente delle battute che faceva sul suo conto La chiamava la Zingara Quando Frank passava da loro Rose non fiatava e guardava da un'altra parte Andava fuori nel capanno col tetto d'erba e lasciava raffreddare il suo tè Il che metteva a sua volta in imbarazzo Frank che di solito parlava con chiunque Poliziotti delinquenti infermiere suore Perfino con gli idioti che si aggrappavano al bancone di *Coady* Con Rose invece gli cascava la lingua Si impacciava Finché non aveva smesso del tutto di entrare nel cottage Quando passava a prendere Imelda restava in macchina e dava un colpo di clacson

Perciò lei si rivolse a Rose pur sapendo che avrebbe cercato di sottrarsi e fu proprio cosí che andò Ma Imelda non mollò la presa

A Frank non rivelò nulla del suo piano Gli disse soltanto che Rose aveva bisogno di spostare un cassettone Anche in quell'occasione avanzò mille scuse Sono incasinatissimo le disse ma lei sapeva per certo che avrebbe passato l'intera giornata nel capanno

Alla fine venne però e spostò il cassettone a destra e a manca Quella parte andò liscia tutto sommato Poi mentre si avviavano verso la porta lei disse quel che doveva dire come se fosse un'idea che le era venuta in quel momento

Visto che sei qui Frank disse Perché non chiedi a Rose della partita?

Rose era dietro di loro e muoveva oggetti fingendo di non ascoltare

Chiedere a lei? disse lui Chiederle cosa?

Chiederle se vincerete Come andrà disse lei Chiediglielo dài Solo per ridere

Frank la guardò con l'aria di chi pensava che non ci fosse niente da ridere ma lei insisté E dài su visto che sei qui

Non mi dirà niente ribatté lui Ma poi si arrese Va bene va bene

Lei lo spinse al tavolo poi chiamò Rose e le chiese se gli leggeva la mano Rose si rifiutò malgrado in precedenza le avesse detto sí Imelda dovette allora afferrarla per le spalle e condurla al tavolo e finalmente i due si trovarono seduti uno di fronte all'altra

Alla tele Ronan Collins stava estraendo le palline coi numeri dalla ruota della lotteria Al che Frank disse Lascia perdere la partita Perché non ci dà i numeri della prossima settimana Rose?

Rose finse di non sentire tenendo gli occhi incollati al televisore

Zitto Dàlle la mano disse Imelda

Lui distese il braccio sul tavolo Rose fece una smorfia prese la mano la girò guardò il palmo

Temo di essermi fatto quelle vesciche dandomi a pratiche onanistiche disse lui Ma la colpa è di sua nipote

Per amor di Dio Frank disse Imelda Piantala Non sei divertente

Sto solo scherzando

Be' smettila di scherzare Chiedile qualcosa

Tipo? disse Frank

La partita idiota Chiedile se vincerete

Allora? disse Frank a Rose

È a te che devi chiederlo

Frank alzò gli occhi al soffitto ma poi fece un respiro profondo Per un attimo prevalse il silenzio con lui immobile sulla sedia e la sua mano in quella della vecchia Poi accadde qualcos'altro Voglio chiederle disse La sua voce era diversa adesso Del futuro C'è soltanto una cosa che voglio sapere davvero

E a Imelda cominciò a ballare il cuore

Frank si protese sul tavolo e disse Incontrerò l'uomo nero?

Con un sospiro Rose lasciò andare la mano di Frank Si alzò dal tavolo e uscí impettita Non fa che scherzare! Imelda provò a trattenerla Rose! Poi si voltò verso Frank Perché fai il coglione? disse Serví soltanto a farlo ridere di piú Lei imprecò uscí dalla porta della cucina Rose era in giardino a spargere chicchi sul selciato Scherzava disse Imelda È nervoso per via della partita

Co-co-co-cò Co-co-co-cò disse Rose alle galline senza alzare lo sguardo

Hai visto niente? chiese lei Vinceranno? Torna dentro

Ma Rose non sembrava intenzionata a risponderle né a guardarla negli occhi

Cristo pensò lei Rientrò in cucina pestando i piedi Si può sapere cos'hai? disse a Frank

Scusa disse lui Ma ho da fare Perché mi hai trascinato qui quando sai che non credo in queste sciocchezze

Non sono sciocchezze disse lei

Sul serio credi che tua zia possa prevedere il futuro? disse Frank Guarda dove vive Sembra di stare nell'Ottocento

Potevi comunque chiederglielo Che ti costava?

Imelda Lui si sfregò la faccia Mi aspetta una partita L'incontro piú importante che abbia mai giocato Non ho tempo per questa roba

Ah giusto sei troppo impegnato a prepararti per l'incontro disse lei A startene nel bosco a farti cannoni come un vagabondo

Lo aveva colto nel vivo Non pensava che lei lo sapesse

Se sei tanto preoccupato per l'incontro perché non ti alleni?

Avrebbe dovuto fermarsi lí Se si fosse fermata lí forse tutto avrebbe ancora potuto rimettersi a posto Ma a un tratto aveva troppa rabbia in corpo Ce l'hai un minimo di interesse per come andranno le cose? disse O vuoi solo ciondolare in paese per il resto della tua vita bevendo e diventando un rottame?

Da dove ti vengono certe idee? disse lui

Dal fatto che ti conosco disse lei Tuo padre ha ragione Sei un perditempo Non fai che perdere tempo e sprecare la tua vita

Lui si alzò dal tavolo talmente di scatto che la sedia si ribaltò Be' di certo non voglio perderne qui disse

Bene allora vattene affanculo per la tua strada disse lei Lo seguí fuori della porta e gli lanciò dietro il telefono quello che le aveva comprato Sbatté sull'auto mentre lui si sedeva al volante per mettere in moto e andarsene con uno stridio di gomme

Lei tornò in casa nella cucina di Rose La lotteria non era ancora finita anche se a lei pareva che fossero passati anni Si sedette al tavolo con la testa che le girava come la Ruota della fortuna Cos'era successo? Perché avevano litigato? Era stato tutto cosí veloce da non avere alcun senso

Ma ovviamente lo aveva Ovviamente lei sapeva il perché Voleva conoscere il futuro Era questo il suo piano no? Il suo piano segreto Rose non voleva leggere la sua mano ma avrebbe letto quella di Frank Le sarebbe bastato posare gli occhi su quel palmo e avrebbe visto tutto E a quel punto anche Imelda avrebbe visto Conosciuto la verità Se si sarebbero sposati Se lui sarebbe stato suo per sempre

Perché lo amava Anche lui la amava Imelda non aveva dubbi su questo Quanto erano stati felici! Girando insieme per il paese andando a bere da *Coady* baciandosi in macchina vicino al lago Ma se per lui era la storia della sua vita questo lei non lo sapeva

E in fondo all'anima temeva che l'avrebbe lasciata al suo destino la loro storia Che l'avrebbe lasciata appassire Perché non pensava a niente Oppure perché voleva dimostrare di essere proprio la persona che Maurice descriveva Un pigrone festaiolo buono a nulla Viveva quella storia solo per far sapere a suo padre che nulla di quel che gli aveva detto era servito a cambiare il suo atteggiamento Ma che posto occupava lei in tutto ciò? Era questo che si chiedeva in cuor suo

E per questo aveva escogitato quel piano a suo avviso ingegnoso Indurre uno zotico che giocava nella Gaa a farsi leggere la mano E ora lo zotico se n'era andato

Tornò fuori per recuperare il telefono e lo trovò schiacciato nel terreno Frank doveva esserci passato sopra con la macchina mentre se ne andava

Non avrebbe dovuto dirgli di Maurice Ora Frank sapeva che parlavano di lui alle sue spalle

Passò il resto della giornata e la serata nel cottage a guardare la tele con Rose Sembrava di essere lontane da tutto come se la fine del mondo fosse arrivata senza che loro ne sapessero nulla

Poi venne JohnJoe e disse di aver visto Frank in paese che beveva con altri ragazzi

Chi erano? domandò lei ma JohnJoe non li conosceva Si era fermato e aveva bevuto una pinta con lui Ti ha parlato di me? chiese Imelda Perché disse allora JohnJoe come se gli fosse appena venuto in mente Perché stava lí a bere? Non ha una partita domenica?

In seguito sarebbero circolate molte altre storie di quel tenore Storie che volevano Frank Barnes in questo o in quel pub a scolarsi birra per tre giorni due giorni un giorno prima della partita anche se lei sapeva bene che a raccontarle erano le stesse persone che gli offrivano da bere e gli sfondavano le orecchie con le loro statistiche e le loro cronache minuto per minuto invece di lasciarlo andare a casa a riposare

Se lei avesse saputo avrebbe potuto parlargli e farlo ragionare Avrebbe potuto portarlo a casa Lui l'avrebbe ascoltata se lei avesse saputo

E allora forse tutto sarebbe stato diverso Le loro vite La vita

Ma lei non sapeva Non sapeva dove lui fosse né cosa facesse né sapeva se dovesse importarle perché non sapeva se avessero solo litigato o rotto Non sapeva nemmeno se sarebbe andata alla partita o almeno cosí si diceva Finché non arrivò il gran momento e papà si presentò col furgone per urlarle dal finestrino Muovi il culo che facciamo tardi

Rose era alla finestra della cucina ad asciugare un piatto quando Imelda corse al cancello Le aveva chiesto se voleva venire ma a Rose non piacevano i grandi affollamenti Tutta quella confusione

Lungo il tragitto trovarono un traffico della malora Le strade erano bloccate e papà era nevrastenico Non faceva che suonare alle auto immobili per poi lamentarsi che aveva mal di testa SMETTILA DI SUONARE IL CLACSON ALLORA gli gridava lei ma lui non sentiva Imelda era nel pallone Aveva un brutto presentimento In un paio di occasioni fu sul punto di saltare fuori dal furgone e tornare di corsa a casa

Furono costretti a parcheggiare a quasi un chilometro dal campo di gioco e appena scesero dal furgone cominciò a piovere

Una pioggia infingarda che veniva giú col sole e pareva niente ma ti inzuppava dalla testa ai piedi Aspetta che vedo se ho un ombrello disse papà e cominciò a rovistare nel retro del furgone anche se lei sapeva che non c'erano ombrelli Cinquanta levigatrici elettriche con le prese sbagliate e le istruzioni in polacco sí Due tosaerba con l'asse posteriore mancante certo Ma qualcosa di cui una persona potesse avere un reale bisogno era una possibilità da escludere Dovette trascinarlo via dopodiché per poco non si slogò la caviglia nel tentativo di correre sulle zeppe per le strade strapiene di tifosi avversari con cappelli da cowboy in testa e pinte di birra in mano Arrivarono comunque al campo prima che la partita iniziasse Dài disse papà Facciamo un saluto a Frank

Come gli fosse venuta quell'idea lei lo ignorava Cercò di dissuaderlo Guardami disse Sono bagnata fradicia come un topo di fogna il che rispondeva al vero ma ormai papà aveva deciso cosí e lei non poteva certo dirgli che la vera ragione per cui non voleva andarci era perché non sapeva cosa aspettarsi da Frank qualora avesse pensato che avevano rotto se non che l'avrebbe presa malissimo Papà l'afferrò per la mano e la trascinò con sé Imelda aveva delle fitte tremende allo stomaco Passò tra le fidanzate dei giocatori ma senza guardarle cosí da non capire se anche loro evitavano di guardarla Intorno a lei la gente cantava gridava strepitava fischiava emetteva versi Yeee-uuuuhh! E i rumori e gli odori di hamburger patatine fritte sidro versato le piombarono addosso insieme ai colori delle maglie delle facce dell'erba e del cielo come il crollo di un enorme castello di carte Si era talmente estraniata dal contesto che sul momento non si rese neanche conto che lo steward all'imbocco non voleva farli passare se non che papà cominciò a gridargli contro

E questa era la loro situazione Papà che sbraitava come un ossesso e lei che sembrava appena uscita da un tubo di scarico quando chi è che vedono emergere dal tunnel se non Maurice agghindato come al solito? Guanti di pelle e cappottone di lana malgrado ci fossero quasi quaranta gradi

In faccia aveva un'espressione austera Sul momento non sembrò neanche vederli Tirò dritto finché papà non lo chiamò Al che lui si girò molto lentamente e li squadrò dalla testa ai piedi

E nella confusione che Imelda aveva nella testa un pensiero si impose con chiarezza e questo pensiero era il seguente Alla fine lo vediamo per l'uomo che davvero è Vediamo quel che davvero pensa di noi

Niente moine né lusinghe niente di tutto ciò Li squadrava dall'alto in basso nel vero senso della parola e perfino papà se ne accorse e si afflosciò come se gli avessero tolto il vento dalle vele Maurice li osservava come se avesse davanti a sé i colpevoli di un delitto appena commesso

È dentro? chiese lei come un'ebete solo per dire qualcosa e fare in modo che Maurice smettesse di guardarla

Sí disse Maurice con falsa gentilezza Stanno cercando di fargli smaltire la sbornia

Dopodiché si girò di nuovo e se ne andò In mezzo a tutto questo il povero steward non sapendo che fare si voltò anche lui e loro entrarono

Papà non disse una parola mentre percorrevano il tunnel che portava allo spogliatoio Era come inoltrarsi in una fogna tra la muffa e il fango e il piscio e a ogni passo Imelda sentiva il cuore abbattersi sempre piú finché arrivarono alla porta dello spogliatoio con la vernice scrostata

Allora papà bussò e aprí e cosa sentí lei?

Risate

Nient'altro che scrosci di risa Chiunque ci fosse lí dentro stava facendo tremare le pareti dello spogliatoio con le sue risate

E poi sentí Frank dire col tono pomposo e roboante di un ammiraglio Compagni ci aspetta un battesimo del fuoco Dovete dare tutto combattere fino all'ultimo respiro Io sarò al vostro fianco in spirito a bere un bicchiere di Cabernet Sauvignon del 1976

Stava imitando Maurice Poi si fermò di colpo alla vista di papà che faceva il suo ingresso e a quel punto lei sentí il rimbombo della voce di suo padre e poi i ragazzi urlare UUUUHHHH! come facevano sempre per indurre Imelda a entrare nello spogliatoio e mostrarle dal vero com'era fatto un uccello e via dicendo

Il tempo che lei trascorse ad aspettare in quel tunnel lercio e maleodorante le sembrò prima un'ora poi un giorno e infine una vita intera

Finché la porta si riaprí e lo vide

Bene disse lui

E ogni pensiero svaní dalla sua mente e gli gettò le braccia al collo

Lui la strinse forte Sembrava avessero trascorso mesi lontani l'uno dell'altra ai capi opposti del pianeta Non sapevo se saresti venuta le bisbigliò nei capelli Ti ho chiamata e non hai mai risposto

Sei passato con la macchina sopra il telefono gli spiegò e mentre parlava sentí un sorriso risalire dal cuore e allargarsi sul viso Che cazzo di idiota gli disse e lui scoppiò a ridere e chinò la testa e lei l'avvolse col braccio Lui le disse che l'amava era la prima volta che lo diceva lei lo baciò si sentí inondata d'amore stava letteralmente morendo di gioia nessuno avrebbe potuto provare una gioia cosí pura e restare in vita

Ascolta disse lui Non indovinerai mai chi ho visto mentre venivo qui l'uomo nero

Ah bene disse lei Poi si ricordò di quel che aveva detto Maurice Si scostò e lo guardò Era sbronzo? Non sembrava pensò Di sicuro non aveva dormito granché né si era rasato e poteva stenderti tanto puzzava di sigarette e alcol ma che fosse sbronzo proprio in quel momento si sentiva di escluderlo Era qualcos'altro Era pallido molto pallido e non lo si poteva guardare negli occhi per quanto brillavano come accesi da una strana elettricità Non lo aveva mai visto cosí carico anche se si comportava come se fosse tutto uno scherzo

L'allenatore si affacciò dalla porta e lo chiamò Devo andare disse Frank L'abbracciò e la baciò Ci vediamo dopo disse Se vinciamo a 'sto giro sarà una notte di baldoria

Lei si incamminò nel tunnel verso la luce e il rumore sentendosi cosí sollevata cosí felice! Le sue preoccupazioni scomparvero Era invece eccitatissima Per la partita per il futuro per il loro amore e la loro vita insieme!

Quel ragazzo non è in sé disse papà e in un attimo tutto si dileguò La felicità il sollievo sparirono e la paura riaffiorò piú tremenda che mai

Non disse né diede a vedere niente Trovò i fratelli e scese dov'erano le altre fidanzate e i familiari e fu tutta sorrisi con loro come loro lo furono con lei e mentre le squadre entravano in campo lei applaudí e gridò cosí forte che papà le diede un colpetto di gomito e le disse di risparmiare la voce per dopo C'erano tutti Il paese al completo Mancava soltanto Maurice Sentí dire da qualcuno che non era rimasto E neanche Peggy era venuta ovviamente e nemmeno Dickie Che famiglia pensò Imelda La sua sembrava quasi normale al confronto Poi l'arbitro fischiò e le grida di giubilo accompagnarono l'inizio dell'incontro

Fu subito evidente che i ragazzi di Ballyray erano di una classe diversa rispetto alle squadre che avevano incontrato fino a quel momento

Malgrado Ballyray potesse essere a stento considerato un villaggio con i suoi due pub e un'officina dove si riparavano mietitrebbie ogni anno la squadra era in lizza per la vittoria Non aveva soltanto giocatori abili e capaci di dribblare e uomini forti in grado di bloccarti Aveva anche un qualcosa in piú che cementava il gruppo Per cui anche quando le cose andavano male loro se ne fregavano e continuavano a venirti addosso come macchine Era la preparazione mentale concluse Imelda la psicologia di cui Maurice parlava in continuazione

E per la prima volta la fortuna non li aveva premiati il sorteggio aveva stabilito che l'andata dovesse giocarsi fuori casa

Ma anche se il loro destino sembrava segnato diedero comunque l'anima Lottarono punto su punto Con Frank che giocava come un indemoniato Schizzava avanti e indietro era ovunque Non perdeva un pallone Puntava gli avversari piú grossi e tosti Gli scherzi le pagliacciate la sciatteria tutto sparito Metteva in mostra soltanto la passione che Maurice gli rimproverava di non avere Ma non si lasciava trascinare Se un avversario tentava di provocarlo con una gomitata nelle costole o un colpo nell'occhio mentre l'arbitro non guardava lui non perdeva il controllo

Non lo aveva mai visto giocare cosí prima Si chiese se quel che era successo tra lui e suo padre lo avesse infiammato Stava forse rispedendo al mittente i dettami e i consigli di Maurice? Prima mi sbronzo di brutto e poi gioco la migliore partita che abbia mai giocato Pareva dicesse questo Aveva messo a segno un paio di punti nella fase iniziale e ora sullo scadere del primo tempo aveva segnato ancora pareggiando i conti per cui al fischio dell'arbitro erano ancora in partita quando invece il

Ballyray avrebbe dovuto già mettere in cassaforte il risultato Mentre sparivano nel tunnel le fidanzate si girarono e le sorrisero Imelda era raggiante e fiera e quando qualcuno alle sue spalle disse che non avrebbe potuto mantenere quel ritmo lei finse di non aver sentito e ripensando allo strano sguardo di Frank all'elettricità che aveva negli occhi si disse che era soltanto la concentrazione la passione

E durante l'intervallo furono i sostenitori rivali a cantare perché si capiva che il Ballyray si stava innervosendo e cominciava a commettere errori e non era affatto da escludere che potessero strappargli la vittoria da sotto il naso Ma non fu cosí che andò

Una volta Frank le aveva spiegato che l'intervallo tra il primo e il secondo tempo era una sorta di partita a sé e infatti quando uscirono dallo spogliatoio erano diversi A un tratto sembravano stanchi Era evidente che per giocarsela ancora non dovevano mollare di un centimetro Senza dubbio anche i giocatori del Ballyray erano stanchi Ma non lo davano a vedere Continuavano ad attaccare come acqua che scorre dai monti verso valle E punto dopo punto il loro vantaggio aumentava

Intorno a lei sugli spalti il pubblico faceva del suo meglio Dateci dentro ragazzi! gridavano Date tutto! Ma le loro voci erano scoordinate e anche i ragazzi sul rettangolo di gioco erano ormai scoordinati Commettevano errori Frank franò sul mediano del Ballyray e rimediò un cartellino e solo la fortuna evitò che venisse espulso cinque minuti dopo quando falciò le gambe dello stesso giocatore Intanto il Ballyray rimase avanti a fare punti su punti e con il tempo che volgeva allo scadere i tifosi del Ballyray danzarono sugli spalti mentre tra quelli del paese regnava il silenzio Perfino papà Perfino le ragazze stavano in silenzio

E poi indovina un po' Il Ballyray non si mangia un gol? Fu lo stesso colosso dai capelli rossi che Frank aveva steso a calciare male e spedire il pallone sui piedi di Brian Coady detto il Pinta e figlio di Patrick J Coady il gestore del pub il quale scatta dalla linea di metà campo come una lepre con un'esplosione di energia pescata Dio sa dove arrivando a tu per tu col portiere avversario che scavalca insaccando il pallone con un tiro potente come se dovesse conficcare un chiodo in una bara e ora a tre minuti dalla fine lo scarto è di un solo punto

Riprende a piovere e il sole che filtra tra le gocce d'acqua fa luccicare il campo come un vetro rotto Sono tutti in piedi Accanto a lei papà urla cosí forte che i suoi occhi sembrano dover uscire dalle orbite Le spesse vene sul collo si gonfiano come serpenti e la testa gli si imporpora e lei lo prende per il braccio perché fa fatica a guardare

E di Maurice si è perduta ogni traccia da parecchio

Ma se fosse rimasto! Oh! Se solo vedesse la faccia di Frank in questo momento! Rigata di sudore e fango e scavata da solchi profondi come un guerriero Lui dà ordini e indicazioni grida a destra e sinistra e la squadra lo segue come se fosse diventato in tutto e per tutto l'uomo che ha sempre voluto essere E intanto il Ballyray pare un esercito allo sbando Corre a destra e sinistra su e giú senza sapere cosa fare Tenete palla! grida l'allenatore da bordo campo Perché bastano pochi minuti di possesso per portare a casa il risultato e accedere alla semifinale invece di doversela rigiocare con le sicurezze minate

Ma il Ballyray è in alto mare I ragazzi non sentono le parole dell'allenatore E invece di far passare il tempo uno di loro tenta di segnare un punto dalla lunga distanza senza neanche arrivare alla linea di porta e ora Joe Daly ha di nuovo il pallone e tutto intorno a Imelda si leva un boato che non è soltanto un suono ma un'ondata di energia che sale dal basso Solleva lei e papà e tutti gli altri con una forza inaudita

E lei che aveva pensato fosse soltanto una partita sente nel suo cuore bloccato che l'intera sua vita dipende da questo momento

Il campo è d'argento nello scintillio della pioggia e cosí lucente da risultare quasi invisibile Mentre gli ultimi secondi passano lei nasconde il viso nella spalla di papà poi torna a sbirciare

Vede Ciaran O'Neill detto il Pacco passare il pallone al Pinta

Intanto l'arbitro controlla il cronometro

E il Pinta effettua un lungo lancio che taglia diagonalmente il campo e tutti si lamentano perché non c'è nessuno a ricevere in quella zona

Se non che a un tratto ecco che dal nulla sbuca Frank per ricevere il suggerimento e l'onda di prima torna a farsi sentire e a farli gridare come se con le loro voci potessero trascinare Frank in quel flusso di energia

E Frank si gira scatta I pali della porta sono a una quarantina di metri Poi trenta venti e mentre i secondi rimasti passano da venti a dieci il boato intorno a Imelda è assordante un oceano

Un punto Se riesce a segnare un punto si guadagneranno la possibilità di giocare una seconda partita sul loro campo

Tira gridano tira

Ma lui prende tempo gli ultimi secondi rimasti per avvicinarsi Non corre rischi

Finché giunto davanti ai pali alza lo sguardo per poi riabbassarlo Sono tutti col fiato sospeso quando lui piega indietro la gamba per calciare

Ma scivola

Scivola sull'erba bagnata e cade a terra

E il pallone gli rotola via dalle mani

E gli spalti vengono percorsi da una specie di fragore un'onda che si abbatte per trasformarsi in nulla

Poi il mediano del Ballyray il gigante dai capelli rossi di prima afferra il pallone e lo scaglia fuori dal campo mentre l'arbitro porta il fischietto alla bocca

Sono cose che succedono disse la gente dopo È tutta una questione di fortuna alla fine dissero Un giorno gira dalla tua e un altro no

Poteva succedere a chiunque gli dissero da *Coady* quella sera e al *Banister* la sera dopo e da *Devine* quella dopo ancora È solo una partita dissero Non farne una malattia Va' a sapere se avessi segnato magari ci asfaltavano al ritorno

Devi ragionare sul lungo periodo dissero E comunque c'è sempre la prossima stagione

La gente era gentile Ci teneva a precisare che non gliene facevano una colpa

Ma sapevano

Sapevano che era stato fuori a bere la sera prima e la sera prima ancora Non lo avevano forse visto coi loro occhi? In quel posto tutti vedevano tutto Tanto valeva farsi gli affari propri nella piazza del paese Era perciò noto a chiunque che Frank

Barnes aveva fatto le ore piccole sfondandosi di pinte e Dio sa cos'altro la sera prima di giocare la partita della vita

Ora Frank era giovane e forte e sano come un pesce e alcuni sostenevano che uno come lui potesse benissimo sgarrare la notte prima senza che questo incidesse piú di tanto sulle sue prestazioni

Ma a volte non sono forse le piccole differenze a incidere?

Un giorno senza la zavorra di una decina di pinte scolate la sera prima gli avrebbe consentito di non perdere l'equilibrio su quel rettangolo di erba bagnata? E segnare il punto? E vincere il ritorno?

Qualcuno diceva di aver sentito che aveva vomitato sul pullman mentre andavano al campo anche se poteva benissimo essere per l'agitazione

Qualcuno diceva che l'allenatore voleva sostituirlo nell'intervallo ma lui si era opposto con cosí tanto fervore che era rimasto titolare

Qualcuno diceva che aveva avuto un brutto diverbio con la ragazza la sera prima Ma pensa te diceva mettersi a litigare con lui quando sa che deve giocare una partita di quell'importanza

Il suo povero padre era in lacrime dicevano Qualcuno era vicino a lui durante la partita e lo aveva visto distrutto

Nessuno dava la colpa a nessuno né muoveva accuse Fosse stato un giorno diverso sarebbe andata in un altro modo? Solo questo si chiedeva la gente e anche Imelda

Se non avesse ideato quello stupido piano Se non avessero litigato Se invece lo avesse salutato con un bacio e lui fosse tornato a casa a farsi un sonno profondo e senza sogni e si fosse svegliato fresco come una rosa magari avrebbe conservato il controllo del piede e segnato il punto e salvato la partita e dimostrato che Maurice si sbagliava e lo avrebbero portato in trionfo per il paese come un eroe e non sarebbe finito in un bar semivuoto a ragionare sul lungo periodo

Imelda se lo chiedeva Se lo sarebbe chiesto per il resto della sua vita

Gli domandò se dava la colpa a lei Le rispose con una risata Ma figurati le disse Ma dove ti ho trovata?

Papà si schierò dalla sua ovvio Per settimane fumò dalla rabbia perché il povero Frank aveva dovuto giocare in quelle condizioni rischiando pure di rompersi l'osso del collo Quanto a Maurice Be' lo si può immaginare Aveva dimostrato che aveva ragione e niente gli dava piú godimento dello scuotere il suo regale capoccione argentato in segno di disapprovazione Dopo la partita per una settimana intera non degnò il figlio di una parola Pensa te che situazione Quei due a guardarsi nel garage senza dir niente e poi a casa Sempre cosí un giorno dopo l'altro

Tiene solo il broncio disse Frank Probabilmente aveva investito dei soldi sulla partita Se la farà passare

E se davvero se la fosse fatta passare? Se dopo la scivolata la caduta Maurice avesse teso una mano per aiutare Frank a rialzarsi? Se gli avesse detto Sei un coglione e un perditempo ma resti comunque mio figlio e ti insegnerò a essere un uomo con gli attributi Quanto avrebbe inciso? Col passare degli anni Frank non avrebbe forse ricordato quella caduta come la cosa migliore che gli fosse mai capitata? E invece no Maurice scuoteva il capo da sopra il suo chateaubriand e spediva Frank in officina a pulire le coppe dell'olio E quando i clienti cominciavano a parlare della partita lui faceva un sospiro profondo come se l'intero paese fosse stato spazzato via dopo aver perso una battaglia

E fu allora che le cose cominciarono a deragliare sul serio perché se Maurice non faceva che rimarcare la portata di quel disastro a Frank non restava che rimarcare quanto non gliene fregasse niente e fu questo a provocare la madre di tutte le sbornie Frank si era stabilito da *Coady* e beveva fino alla chiusura Imelda lo accompagnava anche se lui non glielo chiedeva e mentre gli stava dietro pinta dopo pinta si accorgeva che Frank si stava mettendo contro la gente E si accorgeva che quella stessa gente la guardava e diceva tra sé che era colpa sua se lui aveva preso una brutta piega Era lei la radice della sregolatezza che aveva condotto Frank Barnes fuori strada Una mezza matta sbucata dal paese vicino Gli aveva rovinato la vita e ora se ne stava al bancone a scolarsi pinte a spese di Frank

Ma se non avesse bevuto con lui non lo avrebbe piú visto e secondo lei era meglio stare lí dove almeno poteva cercare di tenerlo d'occhio prima che deragliasse di brutto

Il problema però era che Frank si presentava al lavoro coi postumi delle sbornie e Maurice lo rispediva a casa al che lui andava dritto al pub dando inizio a un tipico circolo vizioso in cui piú Maurice si infuriava piú stuzzicava la voglia del figlio di provocarlo il che rendeva Maurice ancora piú furioso e a volte lei pensava che quei due si sarebbero uccisi a vicenda che un giorno Frank avrebbe afferrato il padre per il bavero della giacca per scagliarlo fuori dalla vetrina dell'autosalone Invece quel che Maurice fece fu andare da Patrick Coady e altri gestori di pub del paese per dir loro che Frank aveva dei problemi e di non servirgli da bere Frank cominciò allora a frequentare pub piú loschi a volte anche di altri paesi e senza consentire a Imelda di seguirlo Quei giri di bevute potevano durare giorni mentre lei se ne stava nel cottage con Rose a guardare *Nationwide* senza sapere che ne era di lui

Sta bene le dissero i fratelli perché a volte era con loro che andava a bere Si sta rilassando tutto qua Si è allenato per una stagione intera si meriterà una pausa o no? Anche se perfino loro faticavano a tenere il suo passo Perdio dicevano A quello stronzo gli piace la coca

Quando si vedevano lui si comportava come se non avesse nessun problema Rideva di continuo Solo per dimostrare a lei e agli altri quanto poco gli importasse di quella partita anche se era chiaro che non se la toglieva dalla testa E malgrado lei sapesse la verità gli altri ci credevano E non apprezzavano

Gli davano una pacca sulla spalla dicendogli che non era colpa sua, ma questo non significava che volessero che *lui* lo pensasse Quel *liúdramán* quella schiena di vetro aveva infranto i loro sogni Volevano che gli dispiacesse Che fosse affranto Volevano che si cospargesse il capo di cenere Invece lui sbevazzava e faceva lo scemo come se avesse vinto non soltanto la partita ma anche il campionato

Lei per prima constatò la rapidità con cui in quelle settimane lui divenne una persona diversa ai loro occhi Passando da eroe a casinista Un cazzone magari anche innocuo ma comunque inaffidabile un individuo da tenere a distanza per non ritrovarsi invischiati nei suoi pasticci

Se ci avessero riflettuto un po' avrebbero capito qual era la realtà ma la gente è disposta a capire il prossimo solo fino a un certo punto e lei cominciò a chiedersi come sarebbe finita

Poi venne scaricato dalla squadra

L'allenatore un uomo di nome Peter Eglantine era una brava persona lo aveva lasciato fare Non voleva punirlo per quel che era successo Ma a forza di bere Frank non soltanto saltava gli allenamenti ma stava mettendo su peso e diventando piú lento Per non parlare di quanto faceva imbestialire i compagni di squadra che lo incolpavano per com'era andata Doveva averlo capito Come sarebbe andata a finire Forse non pensava che avrebbero scaricato il loro elemento migliore O forse voleva dimostrare a sé stesso che sarebbero rimasti al suo fianco anche se stava dando il peggio di sé E per un po' era stato cosí Ma poi un giorno uscirono le convocazioni e lui non era nemmeno in panchina

Fu un vero e proprio shock Per la prima volta si rese conto che non si trattava piú di un contrasto con Maurice ma della sua vita Passarono un paio di giorni in cui si infuriò con Peter Eglantine Lo insultò in tutti modi possibili Disse che avrebbe convinto suo padre a non sponsorizzare piú la squadra Poi si fece silenzioso molto silenzioso

Per settimane restò chiuso in casa Aveva smesso di bere Niente pub Nemmeno una lattina mentre guardava la partita alla tele Ma era ancora bandito dal garage Cosa faceva tutto il giorno? Imelda lo vedeva meno di quando usciva a ubriacarsi E quando lo vedeva era pallido e a disagio e parlava solo di come avrebbe *messo la testa a posto* e quale sarebbe stata la sua *prossima mossa*

Questo la innervosiva Se Frank stava facendo un bilancio della sua vita che posto sarebbe toccato a lei? Se si diceva che era ora di smettere di combinare casini e rigare dritto lei lo avrebbe accompagnato in quella direzione o sarebbe finita tra i casini visto che a tantissime di quelle serate scalmanate aveva preso parte anche lei?

A peggiorare la situazione suo fratello aveva avuto un incidente Un'auto lo aveva investito a Dublino ed era tornato a casa per riprendersi Era tutto un livido e aveva un taglio sulla fronte nel punto in cui era caduto Frank le disse che aveva paura di uscire Non smetteva di scoppiare in lacrime Quando Imelda andava a casa loro regnava un silenzio da chiesa e parlavano tutti sottovoce Cercavano di non ricevere visite perché a Dickie non piaceva avere estranei intorno le spiegò Frank E io sarei un'estranea? disse lei

Poi un giorno le disse che lui e Dolly stavano pensando di andare a Londra nell'anno nuovo

Erano giú al lago I campi sulla sponda opposta risplendevano di brina Erano sulla A6 ma Frank non aveva ribaltato i sedili per cui lei aveva capito che c'erano novità

Per una partita? chiese

Lui la guardò con vergogna come un bambino No stavano pensando di starci piú a lungo A Imelda girava la testa le scottava nonostante il freddo Volevano far decollare la loro impresa le stava spiegando Frank Londra era il posto per fare rete e cercare investitori

Lei aveva le lacrime agli occhi ma si ricompose Pensavo volessi rientrare in squadra disse Come farai se vai in Inghilterra?

Devo essere concreto disse lui e quando lei scoppiò a ridere perché solo lui poteva pensare che il Fantacalcio al computer di Dolly potesse essere una soluzione concreta lui replicò Imelda non posso andare avanti cosí

La brina bruciava nei campi il sole bruciava sull'acqua gli stessi uccelli di sempre disegnavano cerchi nel cielo

E io? disse lei Cercò di fermarsi ma non ci riuscí

Non sarà per sempre disse Frank Solo un anno

Un anno! ripeté lei

E ritornerò ogni due o tre settimane Non è lontano

Lei scosse la testa Un anno disse ancora con tristezza

Lui sospirò e schiacciò alcuni tasti del lettore cd malgrado non fosse acceso

Potrei venire con voi disse Imelda

Suppongo di sí disse lui schiacciando tasti Non abbiano ancora pianificato niente ma sí potresti venire con me se vuoi

In realtà non poteva Frank sapeva bene che papà non le avrebbe mai dato il permesso A meno che non si sposassero non sarebbe andata in nessun posto lui lo sapeva e lei sapeva che lui lo sapeva e comunque non era nemmeno quello il punto Il punto era che Frank a Londra non la voleva Ci fu un attimo di silenzio Mi ami ancora? gli chiese

Ma certo disse lui Lo faccio per entrambi
Lei non disse altro

E nemmeno parlò con anima viva di quella conversazione Con chi poteva parlarne? Chissà come avrebbe reagito papà se fosse venuto a saperlo Già faceva domande sul perché Frank non rispondeva alle sue telefonate Con Rose? Sí avrebbe potuto parlarne con Rose Avrebbe potuto dirle Rose mi sta mollando non so cosa fare! E Rose le avrebbe detto qualcosa di saggio tipo Lascialo andare Se ritorna è per sempre

Ma era proprio quel che lei non voleva sentire Di lasciarlo andare Perché anche se l'amava Frank era casinista Distratto Poteva anche avere intenzione di tornare ma senza poi tornare davvero Perdere il traghetto Perdere il biglietto o una cosa cosí E come poteva spiegarlo a Rose Che non si era mai trovata con lui e aveva sempre guardato con sospetto quel bel giovanotto di buona famiglia che ora voleva abbandonarla

No decise invece che avrebbe preso in mano lei la situazione

Nasceva tutto dal padre di Frank pensò L'alcol la caduta quello stupido piano di andare a Londra Nasceva tutto dal fatto che Maurice riteneva che Frank non fosse abbastanza in gamba da subentrare nell'attività di famiglia Ma se lei lo avesse convinto a ripensarci O anche solo a dire a Frank che non aveva ancora deciso lui non sarebbe stato contento di restare al garage? Di restare con lei?

E cosí una sera sapendo che Frank non era a casa indossò il suo vestito migliore e chiamò Lar per chiedergli di accompagnarla a Goldenhill

Era dicembre e si gelava Lar accostò col furgone Non lo vedeva da una settimana soltanto ma sembrava piú magro piú piccolo o che lei fosse diventata piú grande ma non era cosí Aspettò che il fratello le chiedesse perché non fosse andato Frank a prenderla ma lui non chiese niente Non aveva molto da dire in generale Lei ripensò al piano che non avevano mai attuato Non ne avevano piú parlato Fu forse per questo che gli disse del progetto di Frank di andare a Londra

Lar la guardò senza grande interesse Il modo in cui l'avrebbe guardata un tassista che non aveva voglia di parlare Con te? chiese

No disse lei Con il suo amico Hanno un'idea in testa Una roba di calcio Solo per computer Piú ne parlava piú le pareva una follia tipo qualcosa che si era inventata al momento

Lui si limitò a dire Ha intenzione di tornare?

Non lo so

Al che Lar non disse niente Riprese a guardare la strada Lei si chiese cosa stesse pensando Potevamo andarci noi Solo per lui hai cambiato idea E guarda cos'hai ottenuto

Non dirlo a papà

Lar mise la freccia Ci siamo disse

Il vialetto non le era mai sembrato cosí lungo e buio La ghirlanda natalizia appesa alla porta era un profluvio di bacche e pigne spruzzate di neve finta Aspettò che Lar facesse inversione e tornasse sulla strada Poi salí il gradino si pizzicò le guance spinse in su il seno e suonò il campanello

Ma fu Peggy ad aprire È uscito disse

Sono venuta per parlare con Maurice disse Imelda

Restò in attesa sulla porta un secondo e poi un altro mentre Peggy la osservava da capo a piedi

Non era bella Peggy non lo era mai stata Imelda lo sapeva dalle foto che c'erano in casa Ma in qualche modo riusciva a farla apparire come una scelta personale Come se la bellezza fosse una volgare ostentazione adatta soltanto a persone volgari portate a ostentare Peggy la guardò con il suo vestito di Topshop e Imelda pensò che probabilmente sapeva o intuiva perché era lí ed era contenta di constatare che Frank aveva preso le distanze da lei Il tempo che trascorsero una di fronte all'altra sui versanti opposti della soglia durò un'eternità Sentiva i morsi del freddo attraverso la stoffa leggera del vestito e pensò che Lar se n'era andato e se Peggy non l'avesse invitata a entrare avrebbe dovuto rifare a piedi e in solitudine quel lungo e buio vialetto

Ma alla fine Peggy disse Aspetta qui vado a vedere dov'è e sparí nei meandri caldi di quella casa affollata di oggetti lasciando la porta aperta affinché Imelda entrasse

Non era mai stata lí senza Frank Mentre aspettava nell'ingresso tutto sembrava guardarla L'orologio del nonno i quadri del golf club e questo le mise paura perché le cose si notano soltanto la prima e l'ultima volta Poi apparve Maurice con un maglione a dolcevita e nella mano destra gli occhiali da lettura come li chiamava lui

Mi chiedevo se potevamo scambiare due parole veloci disse lei come se si fosse esercitata In privato

Ma certo certo disse lui e dopo averle indicato la strada per il suo studio andò a sprofondare in una grossa poltrona di pelle osservandola come un giudice in attesa di valutare la sua esibizione nella Rosa di Tralee

Si era già preparata il discorso gli avrebbe detto Maurice so che tu e Frank non siete andati sempre d'accordo Frank non è sempre stato un bravo figlio come Dickie che si dedica allo studio e si fa onore Ma se gli date una possibilità sono certa che cambierà e si comporterà bene Non c'è bisogno che vada a Londra

Ma che fosse per come l'aveva trattata Peggy o per qualche altra ragione appena aprí bocca dimenticò tutto e scoppiò in lacrime Oh Maurice singhiozzò Non so cosa fare

Chi lo sa? Forse l'aiutò piú di qualsiasi discorso Forse dentro di lei lo sapeva o magari era qualcosa dentro di lei a saperlo Di certo attirò l'attenzione di Maurice che balzò dalla poltrona e l'abbracciò in un modo che non aveva niente di viscido ma facendola sentire al sicuro un modo paterno immaginò lei E le carezzò con gentilezza la schiena finché i singhiozzi non si placarono

Poi la allontanò da sé e la guardò negli occhi Che succede? chiese

Non ebbe il coraggio di nominare il garage Si limitò a parlargli dell'Inghilterra Di Dolly Del loro progetto Dalla sua reazione dedusse che Maurice non ne era al corrente Sospirò e basta

Maurice disse Frank è sempre stato un ragazzo determinato e testardo Si comporta come se nulla avesse importanza Con molta leggerezza Ma nasconde una volontà d'acciaio E guai a chi osa mettersi sulla sua strada

Di solito sono anch'io cosí disse ancora Anche se non per mia volontà questo sembra essere il mio ruolo A Frank piace assegnarmi la parte dell'orco disse Ma la persona contro cui combatte è sempre sé stesso

Non c'è molto che un padre possa fare disse Alla fine bisogna lasciare che un figlio impari da sé la lezione

Nel parlare disegnava cerchi nell'aria con gli occhiali da lettura come se stesse dirigendo un'orchestra mentre Imelda lo guardava sbattendo le palpebre e chiedendosi cosa volesse dire

Non era mai stata nello studio prima di allora Era ancor piú pieno di roba del resto della casa Era pressoché impossibile muoversi senza urtare una caraffa o un pallone da rugby firmato L'odore di pelle e legno brunito era piú forte e intenso che nelle altre stanze come se quella fosse la fonte da cui si spargeva ovunque E mentre lui proseguiva lei pensò di nuovo Dove sono finita? Che posto è questo e dai recessi del passato le tornò alla mente la storia del viaggiatore che si addormenta sul fianco della collina per svegliarsi in una sala meravigliosa piena di fanciulle dai capelli dorati e principi e tesori e banchetti che vedrà sparire il mattino dopo per ritrovarsi sul fianco della collina con soltanto gli abiti sulla schiena per fare ritorno a casa solo e scoprire che sono passati cent'anni e tutte le persone che lui conosceva sono morte

Era questo che l'aspettava? pensò Una vita che si sbriciola all'addiaccio con Frank lontano oltre un mare impraticabile

Come se lui non le fosse mai venuto incontro sulla pista da ballo del *Paparazzi* ma si fosse limitato a sorriderle per poi svanire nel fumo artificiale un centinaio di anni addietro

Maurice le mise una mano sulla spalla Gli parlerò disse La stava congedando ma la mano rimase dov'era Lei lo guardò Era bella quando piangeva in un modo in cui non tutte le persone belle lo sono In passato era stato un conforto per lei come quando papà aveva venduto il suo cavallo Per settimane aveva versato fiumi di lacrime poi si era vista allo specchio e la bellezza del suo viso rigato dal pianto l'aveva distratta Come una principessa in una favola

Sí bella con i capelli d'oro il viso rigato dal pianto Imelda fissò Maurice Un premio che lui voleva tenere nella sua amabile collina Con la mano poggiata sulla spalla di Imelda restò lí senza dir niente a immergersi in quello splendore

E poi Peggy apparve sulla porta

Se ne andò sollevata e con l'animo piú leggero ma anche inquieto come se avesse fatto qualcosa di sbagliato

E in seguito nelle lunghe ore di solitudine coniugale nella casa costruita da poco con Cass nella pancia si sarebbe chiesta se fosse stato quello il momento in cui tutto era cambiato Era stato quello il vero momento alla fin fine? Non quello in cui Frank era scivolato sull'erba bagnata Non quello in cui Maurice si era rifiutato di aiutarlo a rialzarsi ma quel momento lí Il suo momento Se lei non fosse mai andata da Maurice con le lacrime agli occhi a fare il suo discorso Frank sarebbe stato ancora vivo in Inghilterra?

Questi erano i suoi pensieri sul nuovo divano nella nuova casa in quelle ore di solitudine

Ma quei pensieri sarebbero arrivati in seguito Lí per lí come per magia ogni problema pareva svanito Tutto andò meglio e quasi da un momento all'altro

Pochi giorni dopo che lei era andata a parlarci Maurice riportò Frank a lavorare in garage Imelda non sapeva se fosse per via di quel che lei aveva detto o solo perché c'era la fila fuori Il periodo da Natale alla fine di gennaio era una bolgia con i clienti che si presentavano in massa per assicurarsi un'auto con l'immatricolazione dell'anno nuovo Dal trascorrere intere giornate a non far niente a parte rimuginare nel capanno Frank si ritrovò di colpo a fare turni di dieci e anche dodici ore per sei giorni alla settimana

Ed era felice Il fatto è che a Frank piaceva vendere auto Gli piaceva quasi quanto giocare a calcio Quando la gente entrava nello showroom sapeva cosa dire Non come Maurice che ricorreva a trucchi e giochetti mentali appresi da un libro Entrava in sintonia con il cliente Se c'era qualcosa di buono in una persona lui la scovava Individui stupidi e meschini prendevano vita come una pianta secca cui viene data dell'acqua I clienti adoravano Frank Adoravano farlo felice Se ne andavano al volante della loro auto nuova con sorrisi enormi sulle labbra

Fu il migliore trimestre della attività Frank le disse di aver guadagnato abbastanza da versare un deposito per una casa Quando si vedevano era al contempo euforico e sfinito ma la tristezza dell'autunno era scomparsa Suo fratello era infine tornato da

Dublino e quando lei si ripresentò a Goldenhill Frank e Maurice andavano di nuovo d'amore e d'accordo Frank stava facendo tanti di quei soldi che Maurice gli aveva perdonato ogni peccato

Quanto a Dolly e ai loro piani Imelda non gli chiese mai niente e Frank non ne fece piú parola Sembrava essersene dimenticato come ci si dimentica di una malattia una volta che è alle spalle

Era anche tornato ad allenarsi con la squadra Peter Eglantine lo aveva chiamato Gli aveva chiesto di tornare Frank si era rimesso in forma tenendosi lontano dall'alcol il che non era facile quando uscivano Perché a lei non piaceva bere se non beveva anche lui Mentre per lui non cambiava niente Era sempre l'anima della festa Parlava a cascata e beveva soltanto acqua minerale Era cosí all'epoca Pieno di energia

Litigavano soltanto per una cosa Andare dai parenti di Imelda Era buffo perché prima gli piaceva andarci Adesso si lamentava invece Diceva che non aveva tempo tra il lavoro e gli allenamenti È un viaggio arrivare laggiú Lei pensava fosse perché aveva smesso di bere Prima quando andavano lui si faceva sempre qualche lattina Ora niente Doveva sembrargli una gabbia di matti Ma papà la chiamava di continuo Alla fine non seppe piú che scuse trovare

Perché era ormai molto tempo che non si vedevano Frank gli portò un regalo Un videoregistratore nuovo per guardare i suoi vecchi combattimenti Papà era entusiasta Dopo averlo collegato Frank dovette sedersi insieme a lui come succedeva a lei quando era bambina

I combattimenti lo scioccarono Fino a quel momento papà gli era apparso come il ritratto delle buone maniere che metteva in scena per lui e Maurice Ora gli si apriva uno squarcio sulla realtà di quell'uomo Quello che loro conoscevano L'uomo che prendeva a pugni dei perfetti sconosciuti in un parcheggio Che pestava uno a terra fino a rompergli la mandibola Frank impallidí Non disse una parola Papà non si accorse di niente Guarda quello che mi sta venendo addosso disse per poi balzare in piedi battere le mani gridare Prendilo prendilo prendilo prendilo

Avrà avuto qualche dolorino il giorno dopo secondo te? disse papà mentre sullo schermo del televisore si alzava vittorioso lasciando steso sull'asfalto un corpo malconcio

Ma non era pericoloso? fu tutto quel che Frank riuscí a dire Cioè non c'era il rischio di un danno cerebrale?

Ah! Aspetta di vedere quello con l'ispanico disse papà e cominciò a rovistare tra le cassette

Frank restò in silenzio al ritorno poi quando furono in prossimità del paese disse Tuo padre è un vero personaggio

E non hai visto niente replicò lei

Ha smesso vero? Di fare a botte

Se non lo provocano

Doveva aver desiderato che l'idea di presentarsi con quel videoregistratore non gli fosse mai venuta perché ora quando gli facevano visita papà metteva sempre una cassetta Il che toglieva a Frank ogni voglia di andare laggiú Solo che adesso era cosí intimorito che non si azzardava a dirgli di no

A lei veniva da ridere al pensiero che papà potesse torcere un solo capello a Frank Lo adorava piú di quanto adorasse lei in pratica

Ma quello era il solo problema il resto filava alla perfezione Andarono a Dublino per uno spettacolo Dormirono in un albergo e uscirono a farsi una pinta con il fratello di Frank Ora lui si fermava da Rose piú che in passato Aveva cominciato a portarle cose da mangiare anche se lei non glielo chiedeva né si sognava di ringraziarlo Il tempo che avevano a disposizione lo trascorrevano però soprattutto a passeggiare insieme sulle colline O intorno al lago rabbuffati dal vento gelido che arrivava dall'acqua Erano felici Lei era felice in un modo nuovo rispetto a prima Non parlavano del futuro e lei non pensava al giorno del loro matrimonio Sapeva che tutto sarebbe venuto da sé Non c'era bisogno di forzare niente E non aveva nessuna percezione che qualcosa procedesse per il verso sbagliato finché un giorno lui le mandò un messaggio per dirle che doveva andarsene

Dove sarebbe andato Perché Quanto a lungo sarebbe stato via non lo diceva Diceva solo che doveva andarsene Nient'altro

Il che la mandò in bestia perché dovevano andare a un ventunesimo al *Burke's Hotel* quella sera ma se ne dimenticò all'arrivo di un secondo messaggio che diceva

Qualunque cosa accada voglio che tu sappia che ti amerò per sempre

Non andò alla festa Restò seduta al tavolo con il telefono accanto a sé nel caso squillasse ma lui non la chiamò Né rispose alla chiamate che gli fece lei o ai messaggi che gli scrisse Aveva un dolore allo stomaco *Qualunque cosa accada voglio che tu sappia che ti amerò per sempre* Cosa voleva dire? Dove era andato? Cosa mai poteva accadere da indurla a pensare che lui non l'amasse?

Distesa a letto fissava il soffitto con la terribile sensazione che non lo avrebbe piú rivisto Quindi si svegliò al rumore di un'auto che si avvicinava per fermarsi nel giardino con una frenata cosí brusca da far schizzare la ghiaia contro la finestra E poi lui che scendeva da una spider che per la fretta era finita su un cespuglio di campanule

Lei corse alla porta che lui però aveva già cominciato a martellare con il pugno e l'urgenza di uno che prenderà il mare a minuti e deve dire addio

Imelda aprí la porta in preda al panico

Ciao disse lui

Ciao disse lei Sembrava avesse bevuto Era cereo non rasato e aveva uno sguardo da pazzo ma l'alito non puzzava di alcol Che fine avevi fatto? gli chiese Dove sei stato? Il messaggio Pensavo Non sapevo disse e la voce le venne meno Ah sí scusa disse lui e le spiegò che era dovuto andare a Dublino per vedere suo fratello Per cosa? chiese lei pensando ci fosse in ballo il garage Dovevo chiedergli se voleva farmi da testimone disse lui

Lei lo guardò inebetita Non capiva Malgrado si fosse immaginata quel momento Ma poi lui le prese i polsi e li tenne come si fa con un mazzo di fiori Ascolta disse Mi è venuta un'idea folle disse Ci fidanziamo?

Sí nelle lunghe ore che seguirono avrebbe pensato anche a questo al fatto che avesse detto ci fidanziamo non sposiamoci ma non adesso Adesso c'era soltanto gioia Rose! gridò Rose hai sentito? e Rose uscí dalla sua camera in vestaglia sbattendo le palpebre e strinse il polso di Frank nella mano proprio come lui aveva stretto quelli di Imelda nella sua Rose aveva le lacrime agli occhi Era la prima volta che Imelda la vedeva cosí Che Dio e i santi e tutti gli angeli ti proteggano disse e piú tardi quella sera gli diede qualcosa una Medaglia dell'Immacolata da mettere al collo Era il suo regalo di fidanzamento per Frank

La fase successiva fu pura follia All'astinenza dall'alcol giunta ormai al termine seguí una settimana di consistenti bevute quando papà e i fratelli trascinarono Frank a festeggiare Dio sa dove Poi una riunione in tono minore a Goldenhill dove bevvero uno champagne tra i migliori a detta di Maurice e con Peggy che sorrideva in silenzio a Imelda come per dire Be' scaccomatto mia cara Poi da *Coady* dove Frank pagò da bere a tutti Era in gran forma la migliore da prima della partita E tutti erano contenti per lui Per entrambi C'era Peter Eglantine l'allenatore C'erano i compagni di squadra O'Neill il Pacco Dec Dunne detto il Girella il Pinta ovviamente Mickey Sullivan detto Swamp Thing Le ragazze l'abbracciavano e la baciavano e non per finta a quanto sembrava Era una di loro ormai anche se erano senz'altro dispiaciute da come guardavano Frank le sue braccia il suo sorriso il suo bel volto

E che spasso che era Alle sue battute e canzoncine l'intero pub si piegava in due dal ridere

E anche lei rideva Era piú innamorata che mai perché Frank era piú lui che mai Piú spontaneo che mai Sembrava sul punto di ridurre il mondo in cenere con il suo ardore

La fine delle feste non fu che l'inizio di un'altra festa la loro Erano innamorati Potevano dirselo adesso Era folle quanto si amavano Ogni giorno si riversava in quello dopo Ogni colore era accesissimo Tutto era intenso e veloce Sempre sulla cresta di un'onda

Frank aveva questa spider blu notte d'importazione che aveva preso dal parco auto Sfrecciavano sulla N7 e lui si girava per protendersi verso di lei e baciarla Attento gridava Imelda ma poi rideva e lo baciava Pazzo scimunito

Oppure reclinava i sedili giú al lago al tramonto e ficcava la faccia tra le sue cosce La tua barba mi pizzica! gemeva lei Non c'è spazio! Lui non la stava a sentire e un attimo dopo lei era con le gambe divaricate e piegate all'indietro fin sopra la testa in pratica e lo tirava per le orecchie torcendole come fossero a sventola e lo spingeva lí come se dovesse tenercelo per sempre Gli uccelli schizzavano via dagli alberi quando lei gridava e per poco non rompeva il tettuccio dell'auto con un calcio

Immagina la nostra prima notte di nozze

Hai davvero intenzione di farmi aspettare ancora diceva lui sorridendo Lasciamelo fare adesso

Non voglio *lasciartelo* fare Voglio che lo *vogliamo* entrambi e allora lo faremo

Ma anche se quelle semplici parole le toglievano il fiato lo voleva dentro di sé Pensava di impazzire E poi quell'auto Era immorale permettere a una cosa del genere di circolare per le strade Immaginava il giorno del loro matrimonio Andare con quell'auto dalla chiesa alla festa Accosta qui Non ce la faccio ad aspettare Abbassa i sedili Scopami in macchina Girare con quell'auto era come essere scopata che era poi la sensazione che le dava ogni cosa all'epoca un ribollio folle di emozioni

Eppure non sembrava già allora che lui stesse svanendo?

Nonostante le follie il sesso l'alcol la baldoria La luce di quei momenti

Visitare la chiesa progettare la luna di miele dare un'occhiata a una casetta in paese tutta quella felicità

Non sembrava forse di guardare la tele senza volume?

E per quanto loro si sforzassero il volume non si alzava

Era solo l'alcol si diceva lei L'alcol e la coca Dopo il matrimonio ci disintossicheremo

O forse era che non riusciva a crederci Che lo avrebbe sposato che tutto avrebbe funzionato alla perfezione

Era come un sogno o meglio l'opposto di un sogno in cui il sogno è realtà ma tu non ci credi

Non era per questo che si era rivolta a Rose? Anche se a lei aveva detto che era solo per divertimento

Erano nel cottage Frank ci veniva ancora piú spesso da quando erano fidanzati Lui e Rose andavano piú d'accordo adesso Lei si fidava di lui o almeno lui pensava che lei si fidasse Era una fredda e luminosa giornata di primavera Erano appena tornati da qualche posto o in procinto di andarci e se ne stavano lí a ridere con un tazza di tè Tutto era esilarante allora Intanto Rose sbucciava patate nel lavello E fu quello il momento in cui glielo chiese

Scherzi vero? disse Rose alludendo a quel che era successo l'ultima volta

Ma l'ultima volta non l'hai letta! disse Imelda Andiamo Rose Fallo per noi

Una cosa veloce disse Frank Per divertimento Le darà l'assillo altrimenti

Rose sospirò Imelda capí che non voleva Sapeva che non avrebbe dovuto chiederglielo Ma Rose la stava facendo arrabbiare Ce l'aveva messa tutta perché fosse in fibrillazione per il matrimonio Cosa ti metterai Rose? le diceva Bisogna che andiamo in paese uno di questi giorni e diamo un'occhiata ai vestiti Ma Rose diceva solo bah e si girava dall'altra parte E Imelda sentiva montare la rabbia Voleva che parlasse del matrimonio Voleva che pronunciasse parole come «sposa» «chiesa» «anello» e «matrimonio» appunto Voleva che Rose ci credesse per poterci credere anche lei Seriamente disse La leggi a tutti tranne che a noi

Dicci solo che tempo farà propose Frank

Sí approvò Imelda Dicci se ci sarà il sole Rose Dicci se avremo una giornata di sole per il matrimonio Non ti chiederò altro promesso

Al che Rose sbuffò e andò a sedersi e versò le foglie di tè in una ciotola e le guardò con la fronte increspata

Frank fece l'occhiolino a Imelda erano entrambi eccitati

Fuori il vento si agitava in giardino Imelda sentí il secchio di latta rovesciarsi

Non vedo niente si lamentò Rose Aspetta che spengo la luce allora disse Imelda

Non è la luce disse Rose Chinò ancora di piú il capo e strizzò gli occhi Imelda non l'aveva mai vista fare una sceneggiata simile

Vedo nebbia disse

D'estate? disse

Rose fece un gesto con la mano libera Questo era tutto quel che vedeva disse Poi sospirò e agitò di nuovo la ciotola e borbottò

Vedo una balla di fieno disse

Una balla di fieno? ripeté Imelda

Vedo una balla di fieno in un campo disse e poi Sta bruciando

Basta che non bruci nel *Burke's Hotel* disse Frank

Smettila gli disse Imelda frustrata Aveva visto Rose predire il futuro tante volte e non era mai capitato che le si dovessero cavare le parole di bocca E il matrimonio Rose? disse Non vedi niente sul matrimonio?

Rose si chinò sulla tazza tenendola con entrambe le mani e ammutolí e anche loro ammutolirono

L'orologio sulla parete ticchettava Le galline chiocciavano in giardino La candela elettrica illuminava da sotto l'immagine del Nostro Salvatore Tutto era com'era sempre

Poi a un tratto si percepí qualcosa nella stanza insieme a loro

Sopra il tavolo o dietro Qualcosa a cui Imelda non era in grado di dare un nome e che forse non era nemmeno una cosa che si potesse vedere o toccare ma che comunque lei percepiva E intorno a loro si era levato il vento anche se niente si muoveva né si sentiva alcun rumore A parte le galline e i corvi fuori e il borbottio delle patate sul fuoco

Vedo il sole disse Rose

Una giornata di sole disse Frank e dalla sua voce lei capí che anche lui percepiva quella presenza Basta cosí È quel che volevamo sapere

Ma c'era dell'altro E poi Rose? disse lei Cosa vedi?

E Rose ammutolí di nuovo

Vedo un fantasma disse Al matrimonio Vedo un fantasma

Il vento invisibile e inudibile soffiava intorno a loro Il qualcosa che non era una cosa premeva urlava loro in faccia ma non c'era che silenzio silenzio silenzio

Poi Frank scoppiò in una risata fragorosa e disse Vorrà mica cenare il fantasma?

Imelda non rise Era furiosa Sbatté il palmo sul tavolo e si alzò e disse a Rose Sei una vecchia crudele e cattiva

Rose la fissò impotente come si fosse appena svegliata

Calmati calmati dài disse Frank

È cosí disse Imelda

Lascia perdere disse Frank Non fa niente

Lei prese il cappotto e uscí pestando i piedi per andare a sedersi in macchina ribollendo di rabbia finché Frank non la raggiunse Perché fa cosí? disse lei

Ha detto solo quello che ha visto Non è cosí che funziona? chiese Frank Non sembrava granché turbato

Non l'ho mai sentita dire niente del genere disse Imelda È dal fidanzamento che è odiosa e ora 'sti cazzo di fantasmi

Be' pensa disse lui Pensa a cosa significa per lei Sono certo che è felice per te e tutto Ma stai per andartene Sta per perderti

Non le importa nulla replicò Imelda Non è una sentimentale o robe del genere

Lui si strinse nelle spalle Le persone possono riservare sorprese disse Sta invecchiando È da sola Non ha nessun altro che si prenda cura di lei

Era vero perché Rose non aveva figli né aveva mai avuto un uomo per via dei suoi incantesimi e del linguaggio oscuro nessuno la voleva Be' ci farà l'abitudine disse Imelda Può starsene seduta accanto al camino tutta sola perché io non torno e andò avanti finché Frank non le tappò letteralmente la bocca Perché sei tanto arrabbiata? Era solo per divertimento lo avevi detto anche tu

Frank rideva e tutto quel che era successo intorno al tavolo la presenza che si era intromessa il fantasma al matrimonio cominciò a svanire

Doveva solo dire che ci sarebbe stato il sole disse lei Le avevo chiesto quello e basta

Siete una piú matta dell'altra disse Frank e mise in moto per andare a Dublino dove comprò degli stivali da cowboy e lei una cintura che costava duecento euro «tanto per» e un cappello per Rose per fare ammenda

E tutto tornò a procedere nel migliore dei modi finché tre settimane dopo Imelda si svegliò nel suo letto in preda a un terrore che non riusciva a spiegarsi Non il solito terrore che le veniva con la coca no era come se qualcosa si fosse impossessato di lei o si fosse conficcato nel suo corpo come se dentro il suo scheletro ci fosse lo scheletro gelato di qualcun altro che raspava come un matto nel tentativo di uscire mentre lei poteva muoversi a stento In quello stato di panico allungò una mano verso il telefono e chiamò Frank nel caso fosse sveglio e non avendo risposta uscí in giardino per vedere se era lí

E vide la nebbia

Si levava come un muro intorno a lei e divenne piú fitta con l'impallidire del cielo L'avvinghiava con matasse gelide

L'avvolgeva come un vestito Un vestito da sposa che si stendeva in ogni direzione per coprire il mondo intero

E lei rimase lí a piedi nudi e la fissò

E Rose uscí dal cottage e si piazzò al suo fianco sul vialetto

E aspettarono entrambe che quella nebbia grigia inghiottisse ogni cosa intorno a loro

E poi in casa il telefono cominciò a squillare

A volte le balle di fieno prendono fuoco da sole Se si taglia il fieno quando è troppo bagnato o troppo verde È per via della fermentazione Può succedere a distanza di mesi È una cosa che aveva imparato Una cosa che qualcuno doveva averle detto in quei giorni terribili

Sul momento quando vide le fiamme il contadino pensò che fosse una balla di fieno che bruciava Ecco perché non è uscito le dissero Perché non ha chiesto aiuto? Pensava che fosse una balla di fieno e che la pioggia avrebbe spento il fuoco

Era comunque troppo tardi per aiutarlo le dissero È morto sul colpo

Non ha sofferto le dissero Consolati con questo

La strada ghiacciata probabilmente dissero quel tratto è micidiale

Non facevano che parlare e parlare per riempire il vuoto incolmabile di quelle ore

Ti dico una cosa

Gli piaceva passarle le mani nei capelli

Li aveva ricci all'epoca e li portava intrecciati

Raperonzolo Raperonzolo sciogli i capelli diceva

E lei se li scioglieva e i capelli cadevano su di lui e intorno al suo viso creando una piccola caverna che aveva per soffitto il viso di lei e per pavimento quello di Frank lei il cielo e lui la terra sotto

Frank sul sedile posteriore in riva al lago con la felpa arrotolata a fargli da cuscino e lei che lo guardava dall'alto negli occhi e lui che dal basso guardava negli occhi lei e sussurrava

Ciao

Ciao le diceva

E lei replicava in un sussurro

Come se si fossero appena conosciuti il cielo e la terra

Come se un estraneo fosse sbucato dal nulla per dirti ciao e tu lo guardassi negli occhi vedendovi il vero amore l'amore eterno Niente di piú semplice

Ciao gli sussurrava lei

Ciao

E pensava di bruciare e ridursi in cenere per amor suo

Ma fu lui a prendere fuoco a bruciare nella sua auto in un campo sotto la pioggia

E ora lui le giaceva davanti in una bara nel soggiorno gli occhi chiusi senza sussurrare nemmeno una parola con il vestito che avrebbe indossato al matrimonio

E mentre sfilavano accanto alla bara tutti sapevano tutti pensavano Deve essere quel vestito lí pensavano

Anche se lei non indossava il suo abito da sposa Era appeso nell'armadio era fatto di nebbia Era rimasta seduta sul letto a fissare l'anta aperta dell'armadio in attesa

In attesa di cosa?

In attesa che l'abito sollevasse le maniche per liberarsi dalla gruccia e uscire dall'armadio Danzare in quella stanzetta tra le braccia invisibili di Frank In attesa di risvegliarsi e ritrovarsi di nuovo con lui in procinto di andare al loro matrimonio e vivere felici e contenti

Ma niente di tutto questo successe niente niente

Ci furono soltanto l'abito vuoto le ore infinite la sua faccia da diavolo in lacrime nello specchio fintanto che non arrivò un'auto a prenderla

Indossava ancora il cappotto di Rose sopra il pigiama con cui era uscita in giardino A casa di Frank qualcuno la prese da parte e le diede un abito nero Doveva essere Peggy Chi altri sennò?

La veglia tra i candelieri d'oro i ragazzi della squadra tutti e venti schierati Peter Eglantine Patrick J. Coady gli insegnanti il preside Phil il capomeccanico Le vecchie del circondario al completo che recitavano il rosario Papà che si batteva il petto e piangeva a dirotto per suo figlio Mio figlio cosí lo chiamava e lei spersa in quel manicomio pieno di estranei che seguitavano a venire da lei non sapendo niente se non che era la fidanzata del paese vicino per cui ritenevano di doverle dire qualcosa sulla strada ghiacciata le balle di fieno la sofferenza L'impresa funebre ha fatto un bel lavoro vero? le disse una donna Quasi non si vede piú quel che gli è capitato e intanto lei si versava del whisky Un bicchiere dopo l'altro finché non dovette andar fuori a vomitare incespicando e cadendo nel buio rigettando l'anima sulle calendule di Peggy incapace di rialzarsi non avendone comunque alcuna intenzione restando lí a quattro zampe a ululare come un cane desiderando solo di morire finché non arrivò qualcuno che la cinse con un braccio le scostò i capelli da Raperonzolo per aiutarla a rialzarsi Era Dickie

Dickie il fratello che la guardava sbattendo le palpebre con quella faccia bonaria e rotonda che sembrava al contempo cosí stupida e cosí intelligente

Faceva pensare a una luna devastata un nulla bianco e pastoso

Mi dispiace tanto disse Mi dispiace tanto

Lei si voltò verso di lui e pianse pianse a non finire

Fu il solo che non le disse niente l'abbracciò e basta

Se lo sarebbe ricordato per sempre

Pianse per chissà quanto tempo si staccò da lui vide che aveva lasciato una macchia di vomito sul bavero di quel poveretto che aveva perso il fratello

Non fa niente disse lui e sorrise

Lei arretrò di un passo lo guardò negli occhi vide frammenti di Frank in quegli occhi

Restò a casa loro quella notte non perché lo avesse deciso ma solo perché non se ne andò Dormí nel letto di Frank con le foto di loro due a osservarla dall'alto Dormí con indosso il vestito nero aveva vomitato pure su quello e il mattino dopo Peggy cercò di pulirlo Poi arrivò la macchina L'autista portava un berretto Non dissero una parola durante il viaggio Lei avrebbe voluto che restassero su quella macchina senza scenderne mai Nel parcheggio vicino alla chiesa si era radunata una massa di persone con lo sguardo allocchito e una studiata espressione di cordoglio sul viso

La bara ora chiusa aspettava all'altare tra le file di banchi lucidi

Pensò che le gambe avrebbero ceduto Rose le strinse la mano

Sopra la bara avevano steso la sua maglia da calcio e poggiato il suo binocolo In seguito Dickie le spiegò che quando era giovane Frank andava matto per la natura Esplorava sempre boschi e monti e al rientro diceva Ho visto una martora Ho visto un falco

Avrebbero potuto posarci anche il suo cuore e seppellirlo insieme a lui

Il cuore e i capelli in cui lui amava passare le mani gli occhi in cui lui si perdeva la bocca che baciava le orecchie piene delle sue parole i polmoni che respiravano il suo odore la figa in cui lei non gli aveva mai concesso di entrare le budella perché no Seppellite tutto seppellite tutto cosa importava? Che se ne faceva senza di lui?

Il prete disse la Messa le persone tirarono su col naso se lo soffiarono Imelda sentiva la testa pulsare il sole picchiare attraverso i santi di vetro Maurice si alzò e fece un discorso Nella fila dietro di lei papà scosse la testa e singhiozzò e proruppe in un lamento una specie di rutto Frank! Perché? Un muscolo della guancia di Peggy si contrasse

Quattro ragazzi della squadra aiutarono a portare la bara Il Pinta Bunner Il Pacco John Gurry detto il Lord con le facce bianche per la sbornia non smaltita imbalsamati nei loro vestiti come giovanotti che vanno in tribunale dopo una rissa davanti alla friggitoria Nel parcheggio della chiesa gironzolavano diverse persone Si accodarono per stringere la mano ai familiari e anche a lei Quegli estranei con le loro facce compite e premurose si avvicinavano per presentare le condoglianze *A stóirín* dicevano Mia cara disse il sindaco Oh povera stella dicevano le ragazze con il mascara che colava mentre erano in fila per abbracciarla Tra loro dicevano Poverina non ha piú nulla ormai Nulla

Dove andrai? le chiese una donna Che farai? Lei non aveva risposte Era passato un centinaio di anni Si era svegliata in un campo all'alba Con tanta voglia di fare Ma era tutto finito

In casa diede una mano girando col vassoio dei panini e quando alla fine la gente se ne andò lei tornò nella camera di Frank Sentí bussare mentre raccoglieva le sue cose Era Dickie

Dormivano entrambi in quella stanza quando erano piccoli le disse Avevamo un letto a castello disse È cosí che attaccava le stelle E indicò il soffitto

Era un Dickie diverso da quello che aveva conosciuto fino a quel momento Piú tenero piú gentile Non andava a nascondersi nella sua stanza Forse lo aveva imparato al college pensò lei

Volevo solo prendere delle stupidaggini che avevo lasciato qui gli spiegò Imelda nel caso lui pensasse che stesse curiosando

Non te ne starai mica andando disse lui

Immagino sia meglio che vada disse lei È tardi e nel medesimo istante lui disse È tardi

Dickie le fece un sorriso dolce La giornata gli aveva scavato dei solchi nel viso simili a quelli delle poltrone di pelle di Maurice Puoi anche restare per stanotte disse

Devo lasciarvi in pace disse lei Te e la famiglia

Fai parte della famiglia disse Dickie

I tuoi genitori però disse lei vorranno restare soli

Non penso se ne accorgeranno a essere onesto disse lui

Cosí restò quella notte e anche il giorno dopo e quello dopo ancora Dickie aveva ragione non se ne accorse nessuno A volte si imbatteva in Maurice immobile come un fantasma nel corridoio e quasi fosse parte di un gioco lui riprendeva vita Cominciava a raccontarle storie su Frank Mai per una ragione che fosse una se non quella di pronunciare il suo nome Una volta Frank aveva dei problemi con il computer al lavoro Dio sa se la tecnologia non era mai stata il suo forte per cui chiamava Gareth Flynn in paese e Gareth gli diceva Frank ti sei beccato un Trojan

Oppure vagando nel giardino trovava Peggy con i guanti verdi infilati e le ginocchiere ma nemmeno lei si muoveva si limitava a fissare le aiuole La pelle tesa sul volto raggrinzita ai lati La luce sembrava già trapassarla come un velo

Non dormivano Non mangiavano Le tante cene portate dai vicini finivano in frigo Imelda aveva la sensazione di aver attraversato uno specchio in cui la sfrenata festa di fidanzamento continuava ma al contrario Sott'acqua Le giornate precipitavano insonni una sull'altra Vuote in un silenzio fragoroso Nemmeno lei si accorgeva della propria presenza Non si accorgeva dei giorni e del mondo che sparivano una sparizione talmente calma e tacita da non sembrare una follia

Nemmeno Dickie se n'era andato Diceva di continuo che

sarebbe tornato al college e Imelda pensava che a quel punto se ne sarebbe andata anche lei ma alla fine lui non se ne andò e cosí non se ne andò nemmeno lei

Lui era l'unico rimasto un po' ancorato al mondo Quando veniva qualche amico di famiglia o conoscente era lui a parlarci Andava fuori a portare un cappotto e una sciarpa a Peggy Preparava le uova strapazzate e le portava alla bocca di Maurice con un cucchiaio A volte quando lei era distesa a letto lui bussava alla porta entrava e si sedeva al suo fianco

Parlavano poco o niente non ne avevano bisogno Lei sentiva la perdita riecheggiare in lui Il buco che lui aveva nell'anima era una risposta al suo Lui doveva avere intuito quel che stava per accadere Anche se Peggy era ancora arzilla Anche se Maurice dirigeva ancora il garage Lui doveva essere consapevole che non sarebbe mai tornato a Dublino e che la sua vita era lí

A volte andavano a fare una passeggiata e Dickie le raccontava storie di quando lui e Frank erano bambini Delle corse in quello stesso bosco con un asciugamano fissato sulle spalle con spille da balia per sembrare dei Jedi

O le parlava di cose che sapeva cose che aveva imparato Degli alberi che comunicavano sottoterra servendosi di sostanze chimiche ma non di cosa si dicevano Della foresta che un centinaio di anni prima era molto piú grande Parte di un'enorme proprietà che il lord usava per andare a caccia Finché nel millenovecento e rotti la grande dimora in cui il lord viveva era stata bruciata dai fittavoli e i cavalli uccisi nelle loro stalle

Il purosangue disse lei senza pensare

In che senso? disse lui Lei si limitò a sorridere Scusa disse ancora lui Non volevo turbarti

Non era turbata Ogni cosa le arrivava come un'eco lontana Avrebbe potuto dirle che era Jack lo Squartatore e lei avrebbe annuito e basta

A volte di notte si sentiva incredibilmente eccitata Allora si aggirava per casa piena di voglia e fantasticava di incontrare Maurice in cucina anche lui insonne e quando lei sollevava la vestaglia lui la voltava senza dire una parola e le piegava le braccia dietro la schiena per scoparla in silenzio contro l'isola schiacciandole le tette sul quarzo gelido del piano di lavoro Si era fissata su questa follia che Maurice potesse metterla incinta cosí lei avrebbe potuto avere un altro Frank Farsene uno tutto suo

Oppure immaginava di rovistare nelle credenze in cerca di fiammiferi con cui dar fuoco alla casa

Spesso sognava che il letto era l'auto La vedeva sbandare sull'erba del campo e lei e Frank rotolavano nell'abitacolo che diventava una bara con lui riverso dentro e lei fuori che non poteva raggiungerlo Frank non la lasciava entrare anche se lei bruciava anche se non smetteva di gridare

Poi Dickie si affacciava alla porta

Ho avuto un altro incubo? chiedeva Imelda

Non c'è problema diceva lui Non dormivo

Ti va di restare un po'?

Certo

E lui si sedeva ai piedi del letto al buio finché non pensava che lei si fosse addormentata

Era cosí triste Lo si percepiva benissimo standogli accanto Emanava tristezza come se fosse calore Non potevi non sentirla Se sapevi cos'era

Ogni giorno era uguale Non andavano mai da nessuna parte Poteva essere passata una settimana O forse un mese o anche di piú Era come se il mondo fosse svanito per cui quando una volta Lar accostò col furgone e le chiese di tornare con lui Imelda poté dire in tutta onestà Tornare dove?

Le disse che papà voleva vederla Era in uno stato pietoso spiegò Lar Vieni almeno a parlargli

Cosí tornò a casa con il fratello anche perché doveva prendere un po' di cose che erano in camera sua ed era vero la faccia di papà era viola Il mento era coperto da una barba sporca Non si cambiava da chissà quanto e puzzava Era l'odore della sua infanzia di un vita intera una vita del cazzo

Se ne stava sul divano a guardare un programma di cucina Come preparare un addensante per le salse Non si mosse né le rivolse la parola quando lei entrò poi Imelda andò in camera sua a prendere le cose per cui era venuta e lui apparve sulla porta con la pancia che faceva capolino da sotto la camicia

È ora che torni a casa disse

Lei gli dava le spalle e rovistava in un cassetto Tirò fuori mutande calze e cosí via anche se quelle cose sembravano appartenere a un'altra ragazza di tanto tanto tempo addietro

È ora che torni a casa e te ne vai da lí disse di nuovo Casa tua è questa

Lei non replicò Era un top che cercava in modo particolare

Hai dei doveri disse papà

Lo disse con quel suo tono Il tono cupo e ammonitore che quando erano bambini li induceva a scappare appena lo sentivano perché voleva dire che aveva perso una scommessa o un lavoro o che una delle tante parti della sua vita di cui loro non sapevano niente aveva preso una brutta piega e adesso lui aveva bisogno dei figli per cominciare una discussione Una discussione che avrebbero perso

Ho dei doveri anche lí disse lei con calma

No disse lui Non hai piú niente da fare lí Hai avuto la tua carta da giocare Non ha senso restare sulla porta della cucina in attesa degli avanzi

Sí eccole di nuovo La condanna la rabbia Il purosangue era caduto La corsa era perduta Il suo milionario andato

Trovò il top Lo tirò fuori scuotendolo

È solo una questione di tempo Prima o poi ti cacceranno disse papà

Era il top che indossava al Pap la sera in cui aveva conosciuto Frank Non lo aveva piú messo né lavato da allora Che odore sentiva quando lo portava al naso? Fumo finto Jägerbomb Bronzer Trecento uomini che sapevano di Lynx Era l'odore di quando ci si innamora

Cristo disse papà Gli venne meno la voce Lei si girò stupita a guardarlo Aveva il pugno serrato Lo stava battendo con delicatezza sullo stipite della porta Aveva le lacrime agli occhi Lo hai allontanato Come hai potuto?

Allontanato? ripeté lei come se non riuscisse a ricordare Forse era cosí

Papà aveva le guance bagnate adesso e la faccia corrucciata da bambino piccolo Tua madre lo diceva sempre che non c'era amore in te disse Solo un'imitazione di amore quel poco di apparenza che serve per attirare un corpo

Ti difendevo Che idiota che ero perché poi quando tua madre è morta ho capito che aveva ragione lei Quale figlia affettuosa lascerebbe la famiglia nel momento del dolore per andare a vivere con una strega

E avrai senz'altro mostrato quello stesso cuore di pietra anche al povero Frank

Che riposi in pace Pensavo potesse cambiarti Ma lo hai allontanato

Lo amavo disse lei e poi con voce implorante Papà!

Ma papà aveva nascosto la faccia nelle mani e la sua pancia tremava per i singhiozzi

Allontanato Sí quella notte sognò di essere lei al volante dell'auto intatta mentre tutt'intorno Frank bruciava

Si svegliò che bruciava anche lei Con il corpo che gridava per Frank cui si era negato quando lui era ancora vivo Bruciava anche lei per distruggere quel corpo per rovinarlo per punirlo per quel suo tira e molla Per ridurlo in polvere cosí da essere infine vuota e niente e libera

Era insopportabile Esserci ancora Essere ancora viva

La porta si aprí Il letto si avvallò quando Dickie si sedette Lei scostò le lenzuola Lui si distese accanto a lei Le parlò mentre lei era voltata dall'altra parte

Frank lo faceva spesso Venire a dormire nel mio letto voglio dire Ognuno aveva già la sua stanza Ma se aveva un incubo e si impauriva veniva a dormire nella mia

Non riesco a immaginarmi Frank che ha paura disse lei

Eravamo ancora abbastanza piccoli disse Dickie Pensava ci fosse un mostro nell'armadio

E il mostro non lo inseguiva perché c'eri tu?

Immagino che sia inutile cercare un senso disse lui Ero pur sempre il fratello piú grande

Lei se lo dimenticava a volte Dickie gli era sempre sembrato il piú piccolo ma ora lo vedeva per quello che era Ora che non aveva piú un fratello

La massa grigio-verde delle stelle baluginava nel buio

Ti parlava mai di me?

Ma certo

Cosa diceva

Usi il Lynx?

È questo vecchio top Cosa ti diceva di me?

Diceva che eri bella Che ti amava

Ti diceva mai che ero fredda con lui? Pensava mai che non lo amassi?

Lui sobbalzò come se la domanda lo avesse colto di sorpresa poi rimase in silenzio e lei se lo immaginò che pensava con lo sguardo fisso nel buio sopra di lui Imelda si girò nel letto e anche se non lo vedeva capí che la stava guardando negli occhi o nel punto in cui avrebbero dovuto esserci gli occhi

Ti amava Imelda Eri la sola donna che avesse mai amato

Era felice con te disse Sarebbe stato felice di passare il resto della vita con te

Girò la testa per tornare a guardare il soffitto e disse Stai bene?

Era felice? Triste? Non ne aveva idea Riuscí solo a mormorare Stringimi E lui la prese tra le braccia e lei non dovette piú chiedersi che sentimenti provasse Tremò nel buio e il tremore si trasmise al corpo di Dickie e la tristezza che lui emanava entrò in lei

Le sue lacrime le lacrime di Dickie

La sua bocca la bocca di Dickie

Il mattino dopo provò un tale orrore che non poté guardarsi né tanto meno guardare lui Ma piú tardi quello stesso giorno lo fecero di nuovo

Poi per un po' non riuscirono a fermarsi Passavano tutto il giorno insieme in camera di Frank nel suo letto Curioso però quando era ancora vivo lei non ci veniva quasi mai ora stavano sempre lí con Maurice nel suo studio a pochi metri di distanza o Peggy fuori in giardino

Al mattino lei alzava sí e no la testa Dickie andava con suo padre al garage e lei rimaneva a letto l'intera giornata O si ritrovava in cucina senza sapere come ci fosse finita O in giardino a piedi nudi sull'erba

Devi andartene le disse Peggy Non ti fa bene stare qui

Le sembrava sempre un po' piú piccola ogni volta che la vedeva Dissolta dalla luce dalla pioggia Le dita bianco-giallastre tra i germogli verdi

Ci sono troppi ricordi qui disse Peggy Troppo difficile per te restare

Me ne andrei se potessi rispose lei

Non da casa Dal paese

O forse anche da casa

La luce la attraversava Stava morendo In silenzio un pezzettino alla volta perché nessuno si accorgesse della sua scomparsa

Mise la mano su quella di Imelda Sei giovane Puoi rifarti una vita

Sí disse Imelda Lo sapeva anche lei Doveva andarsene Voleva andarsene Si riprometteva di farlo appena Dickie fosse tornato al college Il garage aveva ripreso l'attività Non ci sarebbe voluto molto

Poi una notte lui le disse che Maurice gli aveva chiesto di subentrare

Subentrare? disse lei

Maurice non ce la faceva piú spiegò Dickie Non ce la faceva a stare in quell'ufficio con il cappotto di Frank ancora appeso alla porta Non ce la faceva piú a stare nell'officina in cui avevano passato tante ore insieme

Circondato da auto tutto il giorno dopo quello che era successo

Non avrebbe mai dovuto tornarci disse Dovevo capirlo da me

E tu? disse lei

Era previsto da sempre che sarei subentrato disse Dickie Subentrerò prima tutto qua

Potrebbe andare peggio le disse Era seduto sul letto Il letto di Frank Continueremo a vederci almeno

Le sorrise con quel suo faccione rotondo da bambino Lei si alzò di scatto Corse in bagno lo raggiunse appena in tempo

Al cottage Rose le diede una tisana di finocchio e rosa canina Le bastò un'occhiata per capire che cosa aveva

Un bambino disse

Cosa? Dove? Imelda cominciò a guardarsi intorno a guardare per terra in cerca di un bambino dimenticato da qualcuno Poi le si squarciarono le nubi La verità le salí alla bocca come un rigurgito amaro e Balzò in piedi un'altra volta e corse fuori

Un bambino Be' se non era quella la classica ciliegina sulla torta

Cosa poteva fare se non riderci sopra e infatti scoppiò a ridere nel gabinetto esterno rise anche quando tornò in cucina e andò a sedersi sotto l'immagine del Nostro Salvatore

È di Frank? disse Rose

Imelda scosse la testa L'anziana donna non chiese altro la guardò e basta nel modo in cui guardava le lettere della banca come se avesse rinunciato a capire

Non tornò a Goldenhill

Per un giorno e una notte non aprí bocca rimase distesa a letto nella sua vecchia stanza sentendo il suo corpo cospirare contro di lei e pensando a Frank A quanto dovesse sentirsi tradito Abbastanza da rialzarsi dalla tomba e accusarla Col suo viso bianco rigato di lacrime *Perché?*

Il mattino dopo si alzò e raggiunse Rose fuori e le disse cosa voleva fare

Nel periodo trascorso al cottage Imelda aveva scoperto che Rose non soltanto prediceva il futuro e curava le slogature

Venivano delle ragazze a volte E non solo ragazze ma anche donne Donne adulte Mogli Madri Dalla sua stanza Imelda le sentiva piangere Rose metteva il bollitore sul fuoco Prendeva una scatola da sotto il lavandino

Ma questo era tutto quel che sapeva perché a quel punto Rose la chiamava Le metteva dei soldi in mano e le veniva in mente che le serviva con urgenza qualcosa che bisognava prendere in paese Va' ora fa' la brava diceva anche se pioveva Imelda vedeva la scatola sul tavolo sentiva un odore strano e pungente nell'aria e andava

Mentre si avviava alla porta stava attenta a non guardare la ragazza la moglie la donna che tirava su col naso in un angolo I suoi occhi cadevano invece sempre sul Nostro Salvatore Sul cuore rosso che brillava fuori dal corpo E immagini orribili le balenavano nella mente Storie cosí malvagie e terrificanti che non potevano essere vere Storie sulle conseguenze di non essere immacolate

Ma al suo ritorno tutto era tranquillo Il fuoco acceso La tele pure Dalla sua cornice il Nostro Salvatore con il suo sguardo sereno osservava ancora la candela elettrica che ronzava sotto di lui La ragazza o la donna se n'era andata E sembrava che non fosse mai venuta Come se Rose avesse fatto sparire lei anziché il bambino

Una volta presa la sua decisione non si sentí in colpa O forse sí ma quel senso di colpa era comunque mescolato a molti altri sentimenti negativi

Rose non voleva farlo Esitava proprio come quando le aveva predetto il futuro Dovresti sapere che c'è il rischio disse Se mai in futuro

A Imelda non importava Le disse che se non lo avesse fatto lei sarebbe andata in Inghilterra L'avrebbe fatto lí e non sarebbe piú tornata

Rose scosse la testa Oh bambina mia disse Aveva un'aria vecchia ora vecchia e fragile

Imelda si sentiva forte però Forte e cattiva Doveva essere la sua vera natura pensò quella che mamma aveva visto nascosta dentro di lei

Quando? disse Rose

Adesso

La mia creatura disse Rose scuotendo ancora la testa E andò a mettere il bollitore sul fuoco

Chissà se l'avrebbe fatto davvero Forse il bollitore era soltanto per il tè La vita all'epoca era come camminare su un sentiero di trottole Un passo ti fa girare da una parte e quello dopo ti fa girare in un'altra direzione Ogni momento era il momento in cui tutto cambiava

Bussarono alla porta Imelda gridò a Rose di non aprire però lei lo aveva già fatto ed era lui

Entrò in casa ma all'inizio non parlò Rimase a guardare il vuoto tastando l'aria come un cieco

Non rispondi al telefono disse infine

Lei non disse niente Quanto aveva pregato di non rivederlo mai piú

Non sapevo dov'eri disse Ho dovuto chiedere il tuo indirizzo in paese Per fortuna tua zia è una celebrità a quanto pare

A quel punto si ricordò di Rose e si voltò per presentarsi Dickie Ci siamo visti al ah

Rose annuí e sorrise dopodiché gli sgusciò accanto per uscire dalla porta ancora aperta e andare dalle sue galline Dickie tornò a guardare Imelda Sembrava angosciato Sei sparita disse Te ne sei andata e basta Per sempre? Non hai intenzione di tornare? Cos'è successo?

Non avrebbe dovuto dirglielo Se fosse rimasta in silenzio se ne sarebbe andato Solo che c'era un tono accusatorio nella sua voce come se lui avesse il diritto di sapere e questo la fece arrabbiare

Sono incinta disse

Lui prese una sedia e ci si lasciò cadere sopra

Dio mio disse e poi piú niente per qualche secondo Fissava la candela sul tavolo conficcata in una vecchia bottiglia di Guinness Extra

Deve essere uno shock scoprire che hai fatto qualcosa di concreto nel mondo reale quando fino a quel momento l'intera tua vita ha ruotato intorno ai libri

Tranquillo disse lei Lo eliminerò

Lui trasalí Odiava fare del male anche a una mosca Le aveva detto che una volta si era sentito male nel versare la candeggina nel water perché gli dispiaceva per i batteri È per questo gli rinfacciò lei Lui rimase sulla sedia a fissare la candela le labbra serrate con forza poi si alzò di schianto

Devo andare disse Ho bisogno di pensare Torno piú tardi

E uscí tutto accigliato

Andato via lui Rose rientrò dal giardino e Imelda cercò di convincerla a farlo subito ma lei non voleva Non prima che lui fosse tornato ed entrambe avessero ascoltato cosa aveva da dire

Non c'era niente che potesse dire le spiegò Imelda ma Rose non volle sentir ragioni Sapeva ovviamente aveva già visto quel che sarebbe accaduto

Quando Dickie tornò infatti il suo umore era cambiato Era cambiato lui Era scosso dall'agitazione Si sedette sulla stessa sedia di prima Prese un respiro profondo

Ho una proposta da farti Fu cosí che esordí E si trattava proprio di quel tipo di proposta anche se lei non lo capí subito

Può suonare strana di primo acchito disse È strana Ma la vita è strana! Quel che abbiamo passato Chi mai lo avrebbe immaginato?

Eppure hai visto mai che da questa tragedia non possa venire qualcosa di buono?

Nessuno potrà prendere il posto di Frank disse Vale per te come vale per me Non sto parlando di prendere il suo posto Ma questo non significa che tu debba restare sola Continuare a soffrire Non pensi che lui vorrebbe che qualcuno si prendesse cura di te? Non pensi che viste le circostanze è questo che lui vorrebbe? Che tu stia con qualcuno che ti capisce?

E poi il bambino cioè non che adesso voglia mettermi a parlare di segni ma non sembra forse un segno? Che sia successo per una ragione? Perché noi siamo fatti per stare insieme?

La guardava con una meraviglia gentile sorridendo come uno scienziato che avesse appena descritto la sua miracolosa nuova invenzione che cambierà la vita di tutti per sempre Ma lei non lo seguiva Si limitava a fissarlo Le girava la testa come in quei sogni in cui ruzzolava nel vuoto con la terra e il cielo che le sfrecciavano davanti per un attimo in un vortice continuo

Lui allungò la mano sul tavolo Gliela posò sul braccio

Parlo di matrimonio disse Ti sto chiedendo di sposarmi

L'auto si schiantò al suolo e prese fuoco

Imelda si alzò dal tavolo e indietreggiò barcollando Vide il sorriso di lui svanire La sua faccia scurirsi gli occhi spalancarsi per la tensione Poi sentí sé stessa cominciare a piangere a dirotto

Non devi decidere adesso! gridò lui andandole incontro Imelda!

Lei piangeva come una bambina con le lacrime che cadevano sul linoleum intorno ai suoi piedi e le riempivano gli occhi trasformando la stanza in un acquario

Imelda Lui era al suo fianco adesso Ascoltami Quel che sto dicendo è solo che se tu vuoi che mi prenda cura di te io lo farò

Non l'ho ancora detto perché pensavo che non fosse quello che volevi sentire aggiunse Ma io ti amo

La situazione è strana ma l'amore è reale e io non ho bisogno che tu dica che mi ami Lascia solo che mi prenda cura di te

Dickie la strinse a sé La guardò negli occhi La faccia gentile bianca e rotonda sembrava una luna

Imelda si staccò da lui corse nel gabinetto esterno dove cadde in ginocchio a piangere e vomitare Come se lui fosse morto un'altra volta

Quando uscí dal gabinetto non tornò in casa ma andò al cancello Da una parte c'era il fiume dall'altra l'Inghilterra Vattene pensò Scegli Di qua o di là non importa Non ce la faccio piú

Allungò una mano per sollevare il chiavistello ma prima di uscire si guardò indietro

Nel rettangolo della finestra vide Dickie seduto al tavolo Aveva il capo chino e Rose gli stava posando una tazza davanti E a un tratto le tornò in mente una cosa La cosa di prima Il giorno in cui Rose aveva letto per lui le foglie di tè Il futuro Eccolo di nuovo lí il futuro

Al matrimonio

Non è quel che Frank avrebbe voluto?

Cioè non che adesso voglia mettermi a parlare di segni ma

Vedo il sole

Arrivò su di lei Le piombò addosso con una furia tale che dovette abbracciare il pilastro del cancello Tenersi aggrappata per non affondare nel terreno

Poi quando si sentí pronta tornò in casa

Da quel momento la sua unica preoccupazione fu che qualcuno potesse fermarli Che qualcuno volesse ostacolare i loro piani Ma chi poteva volerlo? Se ci fosse stato con la testa Maurice avrebbe potuto intromettersi ma si trovava in fondo a un tale abisso di dolore e sensi di colpa da non essere in grado di fare granché Quanto alla povera Peggy aveva perso qualunque voglia di lottare Quando glielo dissero lei si voltò dall'altra parte ma al tempo stesso tese le mani verso di loro Come se il viso non volesse vedere quel che facevano le mani Stringere le loro con le ultime forze che le erano rimaste

Senza dubbio pensava che Imelda lo avesse stregato che gli avesse fatto perdere la testa con le sue moine Era l'unica spiegazione Malgrado avesse un cervello Dickie era troppo stupido per sfuggire al suo fascino

Sapeva che questo diceva la gente in paese Che lei aveva rivelato la sua vera natura Che non avesse mai amato Frank era un fatto evidente adesso Sposare il fratello con il suo cadavere ancora caldo nella fossa Dickie lo si poteva perdonare Era vulnerabile perché distrutto dal dolore poverino e lei si era fatta sotto scuotendo i riccioli biondi Cacciatrice di dote era la cosa piú carina che si potesse dire di lei E molta gente era piú che contenta di dire ben di peggio

A lei non importava Ogni giorno la avvicinava a quel giorno e solo questo contava Era scritto nel destino Lo aveva visto lei stessa Chi poteva fermare il destino adesso? Chi poteva fermarla?

E tuo padre? disse Dickie

Cosa? disse lei

Tuo padre Non dovrei parlarci prima?

Imelda lo guardò soltanto

Non per chiedergli la tua mano non in quel senso lí disse Dickie Piú per cortesia Vista la situazione dovremmo discuterne con lui prima disse

Lei non disse niente Non aveva parlato con papà né aveva mai pensato di parlargli Non gli rivolgeva la parola dal giorno di quella visita Meno lui sapeva meglio era se non altro finché non si fosse concluso tutto

Ma Dickie che aveva detto sí al matrimonio in chiesa e a tante altre cose su quella non cedeva per cui alla fine lei dovette arrendersi Chissà Magari dopo ciò che era successo gli avrebbe fatto piacere che il suo purosangue stesse comunque per tagliare il traguardo Se no una volta visto in che casa vivevano Dickie non sarebbe piú voluto tornarci Per cui si misero in macchina per andare a parlare con papà

Durante il viaggio Dickie iniziò a blaterare di costruire una culla

Una culla ripeté lei

Per il bambino disse lui Ah sí sí disse lei

Tuo padre potrebbe darci qualche consiglio È bravo nei lavori manuali no?

La guardò Lei lo guardò a sua volta ma non disse niente

Si rese conto che per lui papà era una persona normale tipo un falegname o comunque uno che faceva qualcosa del genere Malgrado vivesse in un piccolo villaggio pieno di asini e fumo di torba

Frank lo chiamava la Discarica Il suo nomignolo per papà era invece Pattume McPiediporco

Imelda se lo immaginò scoppiare a ridere al pensiero della

culla che avrebbe costruito papà Con copertoni d'auto Oppure con uno dei vecchi materassi accatastati dietro casa

Dickie aveva preso l'auto di Peggy La strada era libera ma lui si manteneva sotto il limite di velocità Non si era mai inoltrato in quella zona prima malgrado non fosse poi cosí lontana dall'altro garage quello nuovo

Piú si avvicinavano a destinazione piú lui si faceva silenzioso

Qui a sinistra disse lei Dickie girò a sinistra

Il comune aveva fatto ridipingere il muro di quel terreno e qualcuno con la vernice spray ci aveva «scritto DONIE CULLEN È TORNATO ATTENTI» e qualcun altro «VIA GLI INFAMI A MORTE GLI INFAMI» e qualcun altro ancora «TORI SI TROMBA ANTO»

Se la ricordava Tori una bambina che giocava con la sua bambola

È quella disse

Quella? chiese Dickie speranzoso indicando la casa di Noeleen con gli gnomi Lei si limitò a ridere

Immaginò la sua reazione alla vista dei pezzi di motore che arrugginivano L'auto che se ne stava poggiata sui ceppi da prima che lei nascesse Un sacco con vecchi vestiti che si rovesciavano sull'erba Sette bombole del gas gialle che papà doveva aver rubato chissà dove

Quella disse poi a Dickie e lo vide trasalire E a un tratto non le venne piú da ridere A un tratto la vedeva anche lei La bruttezza di quella casa in mezzo ai rifiuti Al che si voltò per dirgli Senti Lasciamo perdere Non è come pensi Andiamocene da qui finché siamo ancora in tempo

Ma la porta si aprí ed ecco stagliarsi papà in canottiera con una barretta di Mars in una mano e una lattina di Harp nell'altra Uscí per vedere chi c'era nell'auto e quando individuò la figlia venne al cancello

Papà non era contento che lo avessero disturbato lei lo capí al volo Ma li fece comunque entrare li invitò a sedersi al tavolo incrinato aprí un'altra lattina la posò davanti a Dickie

Grazie ma devo guidare disse Dickie Papà lo fissò come se avesse due teste

Calò il silenzio Dickie la guardava in attesa che aprisse bocca ma lei non sapeva che dire Si stava chiedendo come le fosse venuto in mente che potesse essere una buona idea

Dickie si schiarí la gola Dunque Mr Caffrey le cose stanno cosí disse e papà divenne scuro in viso perché le sole persone che lo chiamavano Mr Caffrey erano o guardie o dei servizi sociali

Arrivarono anche i fratelli che andarono ad appoggiarsi al bancone mentre Dickie continuava il suo discorso Lo fissavano a braccia conserte JohnJoe Golly tornato dall'Inghilterra Christy Lar che sembrava piú magro e piú cattivo

Dickie deglutí ma andò avanti

Quel che è successo è stata una tragedia disse Eppure hai visto mai che non possa venirne qualcosa di buono?

Ma che sta dicendo? chiese papà voltandosi verso Imelda mentre Dickie proseguiva il suo discorso Parla arabo per me

È Dickie papà disse lei Lo hai conosciuto alla veglia di Frank

Nessuno potrà prendere il posto di Frank disse Dickie Lo so meglio di chiunque altro Sembrerà strano ma è la vita a essere strana

Papà lo guardava con gli occhi di fuori Non capiva un accidente Lei diede un calcio a Dickie da sotto il tavolo perché lui chiudesse il becco e la portasse fuori da lí finché erano ancora in tempo ma lui niente andò avanti La verità è che amo sua figlia

E questo papà lo capí

Tu cosa? Papà si levò dalla sedia Posò le mani sul tavolo Mentre i fratelli si protesero in avanti sciogliendo le braccia Che hai combinato? E in un attimo aveva preso Dickie per la gola e sollevato l'altra mano per dargli un pugno mentre nello stesso istante i fratelli lo circondavano e lei sentí le proprie grida rintronarle le orecchie come echi di tutte le volte che si era verificata una scena simile Con il ragazzo che l'aveva accompagnata a casa Con l'ubriaco davanti alla sala scommesse Con il nero che aveva suonato alla porta per proporle un cambio di fornitore dell'energia elettrica e tariffe vantaggiosissime

Basta urlò Basta È il fratello di Frank

Papà si impietrí La sua faccia si rilassò

Non glielo hai detto? chiese Dickie con la voce stridula e ridotta a un filo

Detto cosa? chiese a sua volta papà E poi ancora Detto cosa?!

Al che esitando lei disse
Ci sposiamo disse
Molto lentamente papà abbassò il pugno Fissò Dickie Poi si voltò verso di lei e la fissò con una faccia di smarrimento totale
Lei si alzò Andiamo mormorò a Dickie
Per un attimo lui non si mosse Guardò solo a bocca aperta prima lei poi suo padre e i fratelli inerme come un cervo che osserva un branco di lupi avvicinarsi Infine riuscí a trovare la forza di alzarsi Di districarsi dalla sedia
Lo so che sembra strano disse ancora
Papà e i fratelli non dissero niente né mossero un dito mentre lei andava alla porta Era come se fossero diventati statue Ma quando portò Dickie fuori da lí e si incamminò insieme a lui verso il cancello senza guardarsi indietro per vedere che tutti loro erano ora immobili sui gradini di ingresso capí comunque che erano pronti a passare all'azione Pronti a scattare come una freccia da un arco teso
Perciò camminarono con molta calma e a passo lento lungo il vialetto di cemento fino al cancello oltre l'auto sui ceppi e il cane sul sedile che sollevò la testa per osservarla andare via
Dickie procedeva al suo fianco rigido e a schiena dritta come un soldatino Aveva il respiro strano una specie di sibilo
Mentre varcavano il cancello lui le disse Dovremmo chiedere a tuo padre se vuole leggere qualcosa al matrimonio
Lei gli rispose senza guardarlo Andiamocene da qui Cristo santo
E una volta saliti in macchina e per quella che sembrò un'eternità Dickie fece retromarcia e sterzò per immettersi sulla strada
Intanto papà e i fratelli osservavano senza parlare dai gradini d'ingresso

Per un lungo lasso di tempo restarono in silenzio Con la faccia bianca di un cadavere Dickie si teneva aggrappato al volante come se fosse sul punto di crollare Una volta usciti da Belfinin in un tratto tranquillo fermò l'auto sul ciglio della strada
Disse Non è andata tanto bene
Non preoccuparti di lui disse Imelda Fa cosí con tutti
Sembrava *sorpreso* disse Dickie Come se non sapesse

Non sapeva che stiamo per sposarci disse e si girò verso di lei la guardò a occhi spalancati

Lei lo guardò a sua volta Non sapeva che dire

Dickie continuava a osservarla in un modo in cui non l'aveva mai fatto come se lei fosse una persona e non un ideale sacro una santa nella vetrata di una chiesa

È una follia? disse Stiamo per fare qualcosa di folle?

Lei sentí la gola pulsare di paura

Ci hai ripensato? disse

Lui tornò a guardare il volante immobile nelle sue mani La sua faccia era bianca e appiccicaticcia Non dormivano insieme da quando lei se n'era andata da Goldenhill

Non sto dicendo questo

Ma forse dovremmo rimandare di un paio di mesi Dare alle persone la possibilità di abituarsi all'idea Non c'è motivo di affrettare

La paura le salí alla testa le afferrò la mente gridò NO NO

Si limitò però a dirgli con grande serenità Ma c'è il bambino

Tornò a guardare la strada Se papà venisse a saperlo disse

La faccia di Dickie divenne verdastra *Era* una follia Gli si erano squarciate le nubi Stava per sposarsi con una ragazza che conosceva a malapena e per fare un figlio con lei Era una pazzia pura pazzia E ora stava per cancellare tutto

Imelda sapeva di dover dire qualcosa Tutto dipendeva da lui Per lui quello era un vero matrimonio

Allungò la mano la posò sulla sua che era sulla leva del cambio È solo troppo protettivo disse Gli parlerò io

Non preoccuparti tesoro disse ancora

Lui parve confortato Rimise in moto la macchina almeno

Non avrebbe dovuto lasciarlo andare da loro Non era il tipo di persona che poteva piacere a papà Sarebbe stato meglio che papà non avesse saputo niente fino a cose fatte Meglio per tutti

Ma era troppo tardi

Quella sera il furgone accostò davanti al cottage Lei osservò da dietro le tende la portiera aprirsi ma era Lar

Non entrò Rimase a fumare in giardino con le galline che beccavano intorno ai suoi piedi Non farlo le disse

Che ha detto? chiese lei Ha detto che andrà a cercare Dickie? Ha detto che gli farà del male?

Lar scosse la testa Ce l'ha con te disse

E lei capí allora che non ci sarebbero stati problemi Perché in tutti quegli anni papà non le aveva torto un capello Era la sua bellezza immacolata E qualunque cosa succedesse lui non avrebbe mai permesso che le venisse fatto del male

Non può impedirlo disse senza giri di parole e mentre lo diceva capí che era vero Non poteva Nessuno poteva Lo aveva visto Rose Per lei era già successo Agli altri non restava che aspettare

Verrai? chiese a Lar

Lar non rispose Spense la sigaretta poi disse che doveva andare Lei si chiese se lo avrebbe rivisto

Disse a Dickie che papà aveva chiamato per scusarsi e non vedeva l'ora che arrivasse il gran giorno

Bene disse Dickie Non vogliamo vecchie ruggini al matrimonio

Quella fu l'ultima volta che sentí papà fino alle nozze ma in prossimità della data Peggy la invitò a passare da loro per un tè Una cosa tra noi donne disse

Imelda si mise il vestito buono ma Peggy la accolse con un vecchio cardigan e dopo averle servito un tè in fretta e furia la portò in giardino dove si aggirò tra le aiuole dicendole il nome di ogni pianta e di cosa aveva bisogno Questa è un flogo Questa un elleboro Questa ama soltanto il compost ericaceo e intanto un merlo saltellava sul terreno

Sul momento a Imelda sembrò tutto assurdo All'aria in mezzo ai colori accesi dei fiori e il canto degli uccelli Peggy non sembrava malata Solo lenta e invecchiata Quando morí a Imelda tornò in mente quel giorno e si rese conto che le stava chiedendo di prendersi cura di loro Dei suoi fiori una volta che se ne fosse andata

Queste peonie disse Peggy non sono fiorite per anni disse Stavo per estirparle e guardale ora

Imelda le guardò Enormi fiori di un bianco rosato Non parevano neanche fiori ma piuttosto un'illusione ottica realizzata da un mago con ghiaccio colorato e carta velina

È la prova disse Peggy che a ogni cosa serve il suo tempo

Poi chinandosi come se volesse mostrare a Imelda un altro fiore sul bordo dell'aiuola disse Quando Dickie era piccolo il suo piú grande desiderio era diventare come suo fratello

Anche se Frank era il minore Dickie lo idolatrava

No si corresse Non lo idolatrava In effetti non sono neanche sicura che gli stesse tanto simpatico Ma Frank stava simpatico a tutti e questo era quel che Dickie voleva per sé Voleva essere il ragazzo che piaceva a tutti Ma era molto intelligente e molto complicato e non puoi pensare di piacere a tutti se sei una persona intelligente e complicata Non è cosí che gira il mondo E ha finito per intristirsi

Si spostò lungo l'aiuola a passi lenti e strascicati tenendosi al braccio di Imelda A scuola ha provato a giocare a calcio disse Oh Signore mio fu un disastro È stata una liberazione per me quando è andato al college e ha cominciato a prendere una sua strada

Non avrei mai voluto vederlo tornare disse Gestire un garage Dickie Impossibile immaginare qualcosa di piú assurdo

Eppure siamo a questo punto disse

Si fermò guardò Imelda negli occhi Capisci Dickie vuole ancora essere il ragazzo che piace a tutti Vuole essere l'eroe locale come lo era suo fratello L'uomo che risolve tutto Il salvatore Ma non è quel tipo di persona E temo che finirà per rendere sé stesso e chi gli è vicino molto infelice

Guarda questo disse e nel chinarsi strinse tra le dita un gambo verde Un acanto noi lo chiamiamo anche sedere d'orso È bello ma se lo lasci fare ti mangia il giardino

Ancora accovacciata la guardò dal basso e di traverso

So quel che dice la gente di te aggiunse E so che non è vero

So che amavi Frank So quanto è stata dura per te in questi mesi Forse io sono l'unica a saperlo

Tutti noi abbiamo fatto quel che dovevamo per andare avanti E credo che questo spieghi in modo chiaro la tua relazione con Dickie

Mi chiedo solo che tipo di vita vedi per voi due

Imelda non aveva una risposta

Peggy si alzò in piedi Le mancò un po' il fiato nel farlo Si voltò per guardare in faccia Imelda Era piú bassa di lei ormai e quasi spariva nel suo vecchio giaccone impermeabile da giardinaggio Non c'è alcun bisogno di scapicollarsi disse a bassa voce Potete aspettare Vivere insieme I tempi sono cambiati Nessuno vi giudicherà Non dopo quello che avete passato

Prese la mano di Imelda nella sua la massaggiò sul dorso con le dita Datevi il tempo di conoscervi Poi deciderete cosa volete fare Non lasciare che sia una data sul calendario a scegliere per il resto della tua vita È un consiglio sensato no?

Imelda annuí

Gli dico di rimandare allora? chiese Peggy con delicatezza Dico a Dickie di chiamare la chiesa e spiegare che volete rimandare?

Il vento faceva *ssshhhhhhhh* Gli uccelli nella mangiatoia facevano *cip-cip*

Peggy le disegnava dei cerchi sul dorso della mano

Imelda la guardò negli occhi Erano di un azzurro grigiastro intelligenti complicati come gli occhi di Dickie come due scacchiere E per un attimo solo per un attimo pensò E se niente di tutto ciò fosse vero? E se lui non venisse? E il matrimonio fosse soltanto un matrimonio e io dopo una donna sposata con un bambino come tante altre?

Ma non fu che un attimo Poi con un gesto garbato ritrasse la mano

Peggy non parlava non si muoveva fissava soltanto un punto in mezzo ai fiori ma alla fine disse È il caso che rientriamo

Era cominciato a piovere non se n'era resa conto

Peggy si girò per incamminarsi verso la casa grigia precedendola come un fantasma con la luce primaverile che sembrava portarla via

Le dispiaceva Era dispiaciuta Ma come spiegarlo a Peggy quando non sapeva nemmeno spiegarlo a sé stessa Quando non osava nemmeno pensarlo se non nell'angolo piú riposto del suo cuore?

No doveva restare in silenzio per un altro po' Fintanto che quel giorno non fosse arrivato

Il giorno arrivò e lei stentava a crederci Saltò giú dal letto corse alla finestra ed eccola lí Una giornata di sole *Sí il sole vedo il sole*

E splendé tutta la mattina Il sole splendé ovunque Sulle damigelle che si agitavano nel cottage di Rose Su papà che si era lasciato il passato alle spalle per presentarsi in giardino con un'auto per portarla in chiesa

Splendé sull'auto ferma nella corsia d'emergenza Sul contadino che dal trattore chiedeva qual era il problema Su papà che gli diceva che era un'ape Non era forse un'ape quella che le si era infilata sotto il velo? Anche quello si dissolveva in un bianco nulla col sole che bruciava attraverso il velo per cui non rimaneva che la luce una luce che le sembrava di guardare senza alcun filtro

Guardò il sole per tutto il tragitto Nel caso sparisse dal cielo

Finché eccola lí Il momento era giunto lei era in cima ai gradini della chiesa e respirava a fatica Da dietro il velo passava in rassegna i presenti ignorando tutti cercando soltanto lui Lui

Ma non vide alcun segno della sua presenza

Non era sul portone della chiesa né ai cancelli tra i curiosi anche se non era lí che si aspettava di vederlo

Le chiese non facevano per lui in effetti piú probabile che fosse in albergo

Andarono dritti lí Saltarono le foto Cercò tra le facce di chi era fuori sul prato E all'interno nella sala da ballo Con l'occhio che pulsava sotto il velo al punto che pensò potesse esplodere

Guardò e riguardò i presenti Cosí concentrata a trovare il suo volto che a malapena riconosceva le facce di chi si fermava a parlarle Joe Daly Antoinette Corrigan Billy Farley a malapena udiva le parole che zampillavano dalle loro bocche Guardava e riguardava guardava e riguardava Finché arrivò l'ora della cena e dovette sedersi Non mangi niente? Non alzi il velo? le disse Dickie nell'orecchio Poi cominciarono i discorsi e lui dovette zittirsi

Parole Ognuno di loro Maurice Dolly il testimone lo stesso Dickie pronunciò il suo nome con le lacrime agli occhi Il caro amico L'amato figlio Il fratello unico Il suo nome passò sopra le loro teste come un uccello veloce che svolazza in aria non visto per andare a posarsi nell'ombra di una grondaia e lei pensò Servirà a richiamarlo? Verrà adesso? Guardò Rose dall'altra parte del tavolo che si limitò ad annuire e sorridere mostrando gli spazi vuoti tra i denti come per dire Pazienza

Ma non ce la faceva ad aspettare ancora Ogni volta che coglieva un tremolio in un angolo lontano lei si staccava dalla sedia Ma era soltanto una zia che tornava dal bagno o un cameriere che portava via i piatti o qualcuno che accendeva una sigaretta o il riflesso di una posata o niente solo niente

Si disse Aspetta Sapeva che lui c'era sempre stato lo sentiva Aveva cercato di raggiungerla Di parlarle

E quello era il momento Il matrimonio L'unione magica Le trasformazioni operate da Dio Lui che si fa uomo L'acqua che diventa vino Due che diventano uno La ragazza che diventa donna La vedova che diventa sposa La vita perduta e ora ritrovata

Eppure le ore passavano e di lui nessun segno E adesso il testimone alzava il bicchiere per il brindisi finale Agli sposi disse e tutti si alzarono con i loro bicchieri E il suo cuore si mise a battere all'impazzata non per la gioia stavolta per la paura

Doveva venire! Rose lo aveva visto! Lo aveva detto mesi prima Un fantasma Al matrimonio vedo un fantasma Lui era scoppiato a ridere era vivo Allora non aveva alcun senso Ma adesso era chiaro Un fantasma al matrimonio Chi altri poteva essere?

Eppure dentro di lei il panico montava E mentre i presenti brindavano e l'applauso scemava nelle sue orecchie come una scarica di mitragliatrice lei guardò in alto e in basso a destra e sinistra e ripensò a tutte le notti in cui lui non era apparso

A quando si era inginocchiata al cimitero per parlare alla terra per implorarlo Vieni

A quando era uscita dalla finestra e aveva camminato a piedi nudi fino a Naancross

A quando si era stesa sul suo letto sulle sue lenzuola Con indosso i suoi vestiti i suoi jeans la sua giacca

Alle sue bottiglie che aveva bevuto Al suo hash che si era fumata alla volta in cui aveva trovato nella sua tasca un involto di coca e ne aveva sniffata metà per strofinarsi il resto sulla fresca e spalancare poi la finestra e distendersi a gambe divaricate sul letto in attesa che lui venisse a leccarla E dire a sé stessa che era lui quando aveva sentito un formicolio

Alle grida ai pianti al battere la testa contro le piastrelle della doccia affinché lui vedesse la sua disperazione e si impietosisse si decidesse a farsi vedere Ma non si era impietosito

A tutte le volte che aveva dormito con il fratello *suo fratello* nel suo letto facendo quel che non gli aveva mai concesso di fare affinché lui si infuriasse e si facesse vedere Come poteva non farsi vedere a quel punto? Ma non si era fatto vedere

Perché era questo il momento che lui aspettava si era detta

Aspettava il giorno del matrimonio il giorno del loro matrimonio *È quel che Frank voleva* Dickie aveva detto Sí

Ma le luci si erano intanto abbassate La sala svuotata Il leader della band annunciò il primo ballo Dickie la prese per mano e la condusse sulla pista

Dov'è? gridò lei girandosi verso Rose Dov'è?

Rose la guardò a occhi sgranati e nient'altro

Lo avevi detto! Lo avevi detto! gridò da sopra le spalle col viso ancora coperto dal velo Avevi detto che sarebbe venuto!

E però no Un fantasma al matrimonio questo aveva detto Non di chi

Poi mentre metteva piede sulla pista che avevano sgombrato per i balli Imelda scorse una presenza baluginare muoversi in fondo alla sala

Bianca e senza faccia si muoveva veloce Si avvicinava Avanzava dritta verso di lei nel buio Un tremolio lucente e nebbioso che si levava sopra gli ospiti Alla fine pensò Cos'altro potrebbe essere? E allora anche il suo cuore si levò si librò cantò Si mosse verso la presenza La presenza si mosse verso di lei Finalmente pensò in un attimo di beatitudine

Finché vide anche Dickie lí al fianco dell'apparizione e realizzò

Era il suo riflesso

Lei stessa nello specchio in fondo alla sala Con il velo e una nebbia bianca di pizzo Nient'altro Poi capí

Era lei che Rose aveva visto nella sua visione Era lei il fantasma

Il residuo di un'altra vita Lo scampolo di qualcosa che non c'era piú Era lei a infestare il ricevimento

E Dickie le mise le mani sui fianchi e la band cominciò a suonare

3.

Ora io vi chiedo c'è da meravigliarsi se quella ragazza si è rivelata tanto strana?

Come sta ora? chiede Geraldine

Oh meglio dice lei Molto meglio si è ripresa alla grande Ha solo un gran bozzo Ma ci ha fatto prendere un bello spavento

Parliamo di Cassie? chiede Una Le è successo qualcosa?

Imelda non dice niente finge di essere impegnata con il retino Una Dwan sa bene cosa è successo

Si è sentita male alla cena dei Lions dice Geraldine Mentre Maurice teneva il suo discorso Svenuta di schianto

Oh dice Una

Non era niente dice Imelda Non aveva mangiato E poi c'era un gran caldo

Ah sí dice Una e restano in silenzio e per un attimo si sentono soltanto i retini che schizzano e sguazzano nell'acqua

Avrà presto i risultati degli esami vero? chiede Una

Giovedí dice Imelda

Immagino che anche quelli siano un bel pensiero

Ma Cass è intelligentissima andranno benissimo dice Roisin Sono certa che si sta agitando per niente

Comunque non capisco questa smania che hanno tutti di andare a Dublino dice Questa competizione sfrenata

Non sono mai andata al college eppure me la sono cavata senza problemi dice gettando una confezione da asporto in un sacco nero Non ci sei andata neanche tu Imelda dico bene?

Dickie ci è andato però vero? ricorda Roisin Come si era trovato a Dublino?

È stato prima che ci conoscessimo dice Imelda e abbassa il retino un'altra volta

Sono lí da ore Le ragazze del comitato di Vivambiente Sulla riva del fiume a pescare incarti di hamburger lattine di birra e una sedia a sdraio È il tramonto ma sembra mezzogiorno Tutto emana calore L'acqua fetida I sacchi neri impilati alle loro spalle Sono in tuta da lavoro tutte tranne Roisin che è vestita come al solito perché hai visto mai che incontra qualcuno Chi? chiede Geraldine Quelli che vengono a scaricare i rifiuti qua? Non si sa mai dice Roisin Magari torna il tipo della sdraio dice Geraldine Be' qualcuno c'è stato qui dice Maisie ora intenta a sbirciare in una cavità sotto un ammasso di rovi Guarda te quanti preservativi Ma la gente non ha piú un posto dove fare sesso che non sia 'sta montagna di immondizia? Dico sul serio

Vogliono continuare a parlare di Cass Dell'esame di maturità È come se premessero su un livido

Ti mancherà Imelda avverte Maisie Io te lo dico Quando il mio Timothy è andato su a Galway abbiamo pianto per settimane

Non sarà cosí con Cass dice Imelda Al piú piangerò di gioia

Questo lo credi tu insiste Maisie Ricordo bene il mio Timothy che aspettava i risultati era un Anticristo totale Non vedevamo l'ora di sbarazzarci di lui Ma quando quell'ora è arrivata siamo finiti sotto un treno

Non starle a sentire Imelda dice Geraldine Riavrai la tua vita sarà fantastico

Non lo so dice Una I miei se ne sono andati da anni e mi mancano ancora

Aspetti cosí a lungo che se ne vadano che quando arriva il momento ti senti peggio che mai È come la menopausa

Esatto dice Maisie È solo dopo che se sono andati che ti rendi conto che non torneranno mai piú

Sí la ragazza ha scelto proprio il momento giusto nel bel mezzo del discorso di Maurice Un minuto prima era un fiume di lacrime quello dopo le si rovesciano gli occhi sparendo nella testa mentre lei si ribalta all'indietro trascinando con sé la tovaglia e metà dei bicchieri

Non sapevano se avesse avuto una crisi epilettica un'emorragia cerebrale o altro Hanno dovuto portarla fuori dall'albergo in barella e in ambulanza all'ospedale della contea Imelda sedeva al suo fianco le carezzava i capelli era tutto quel che poteva fare La sirena risuonava Le luci dei computer lampeggiavano Da quanto tempo non la guardava dormire? Nel sonno sembrava una bambina Da piccola non voleva mai coricarsi Imelda poteva cullarla sino allo sfinimento ma appena la metteva nella culla ricominciava a urlare Il solo modo per farle prendere sonno era l'auto Doveva essere il rumore del motore o il movimento Era strano ma dopo quel che era successo a Frank sia lei che Dickie si erano tenuti lontano dal volante Ora erano in macchina ogni notte a girovagare per strade secondarie mezzi addormentati alle due del mattino Una fortuna che non si fossero ammazzati Magari non se ne sarebbe neanche accorta tanto era stanca Per un anno intero non si era truccata Le era capitato piú di una volta di andare a fare la spesa e rendersi conto al supermercato che si era legata i capelli con un paio di mutande La bimba in carrozzina strillava perché voleva tornare in macchina

Ora era grande quanto lo era Imelda quando aveva conosciuto Frank e tutto era cominciato L'amore della sua vita

Un lampo Quella bimbetta che non smetteva mai di urlare era adesso una donna adulta Sembrava successo in un batter d'occhio

Eppure aveva ancora l'aspetto di una bambina Come poteva lasciarla andare?

La possibilità che avesse bevuto non li sfiorò finché l'infermiera non glielo chiese Poi quando le fecero la lavanda gastrica pensarono che doveva essersi sparata almeno otto o nove bicchieri In seguito Dickie venne a sapere dal barman dell'albergo che aveva ordinato dei martini doveva essere riuscita a berli senza che nessuno la vedesse Dio solo sapeva perché Del resto nessuno sapeva perché Cass facesse una certa cosa

Poteva andare molto peggio disse il dottore Ne avrà per qualche giorno Ma non è in pericolo

Vista la situazione consigliamo comunque una valutazione psicologica disse Siamo inclini a considerarlo un episodio di autolesionismo Cassandra ha mai abusato di alcol in passato?

Non risposero Non si guardarono Accennarono un'alzata di spalle Di solito sta bene disse Imelda alla fine

Capisco È stata sotto stress di recente?

Sta aspettando i risultati dell'esame di maturità disse Dickie

Ah fece il dottore con quel tono tipico dei medici Dando loro un'occhiata come per capire se il problema fosse uno dei due o entrambi

Rimase Dickie in ospedale Consentí a Imelda di tornare a casa con Maurice Soltanto quando salí in macchina lei si rese conto del motivo di tanta galanteria Lasciava a lei l'incombenza di spiegare a suo padre cosa era successo Perché Cass gli aveva rovinato il grande giorno Perché che lo avesse rovinato era fuori discussione

Pensò di inventarsi qualcosa ma sapeva che la verità sarebbe venuta a galla prima o poi Meglio che venisse a saperla da lei pensò Quindi gli parlò subito mentre tornavano Aveva bevuto disse È da un po' che beve

Cassandra? disse Maurice Sembrava piú allibito che se si fosse trattato di un'emorragia La sua bambina Sembrava cosí innocente Ah

Non credevo fosse il tipo

È per via di quel maledetto esame disse lei

Ah sí disse lui Questi ragazzi sono sotto pressione Mi ricordo bene Dickie a quell'età Frank non tanto Era un po' piú abituato alla pressione

Per i soggetti piú intelligenti è piú dura disse ancora Subiscono il peso delle aspettative Ma se la caverà benissimo non ho alcun dubbio

In effetti Maurice temo che non sia solo per questo disse Imelda E gli spiegò che come lui sapeva Cassandra moriva dalla voglia di andare al college a Dublino solo che negli ultimi mesi temeva che non avessero abbastanza soldi per via della situazione in cui si trovava il garage «Situazione» Fu quella la parola che usò E osservò la faccia di Maurice mentre glielo diceva per vedere come reagiva ma la sua faccia non cambiò espressione Era come se non sapesse niente della situazione e non volesse saperne niente ora che lei glielo aveva detto Ma dietro quell'indifferenza stava di certo facendo i suoi calcoli e definendo un piano

Sí tutto considerato era meglio che fosse stata lei a dirglielo e non Dickie che avrebbe solo fatto confusione Trasformato il problema in una conversazione su strategie di vendita o auto elettriche o qualcos'altro che Maurice avrebbe potuto ignorare A volte era il peggior nemico di sé stesso Ma con lei Maurice faceva sempre di tutto per dimostrarsi un gran gentiluomo

Non me n'ero reso conto disse

Scusami Maurice disse lei Non ha senso trascinarti in questo casino Cass se la caverà benissimo Può prendere una borsa di studio Ci inventeremo qualcosa Tu hai la partita di golf a cui pensare

Avrei preferito che me ne parlassi prima disse lui con un tono quasi offeso

Non volevo farti stare in pensiero disse Imelda

Sí era meglio aver fatto cosí Lei e Cass Damigelle in difficoltà Lasciare Dickie fuori dalla faccenda Alla fine bastò quello Dopo mesi e mesi di ansie e preoccupazioni Il mattino seguente le arrivò un messaggio in cui Maurice diceva di aver cancellato il volo e preso una stanza in albergo Si sarebbe rimboccato le maniche per aiutarli a risolvere la situazione

Gli chiese se non preferiva stare da loro ma lui disse che non voleva essere di peso con Cass che non stava bene E lei gliene fu grata perché sarebbe stato un ospite difficile L'ultima volta si era portato le sue uova sode avvolte in una pellicola trasparente e quattro lattine di zuppa Campbell in caso di emergenza come se avesse paura di morire di fame in quella casa

Aspettò che Dickie tornasse dall'ospedale per dargli la notizia Lui non disse granché Si limitò ad annuire Come se fosse un'altra stranezza della moglie e non l'ultima chance che avevano per restare a galla Il che la fece arrabbiare Anche se doveva ammettere che avrebbe preferito che Maurice avesse solo staccato un assegno Invece di fare tutte quelle chiacchiere *Aiutarli rimboccarsi le maniche escogitare un piano* Che voleva dire esattamente?

Va bene cosí concluse Qualunque cosa faccia cioè Staremo meglio di adesso no? Siamo fuori pericolo

Ovviamente Dickie era d'accordo È un'ottima notizia La notte in ospedale lo aveva stremato Tutto qua

Quanto a Cass che era tornata a casa con lui era contentissima Se ne stava seduta a letto come un'imperatrice Servita e riverita da tutti I suoi amici facevano la fila per vederla Elaine Rowan il fidanzato o ex fidanzato Sarah Jane com'era Hinchy Svariate compagne di classe che si presentavano con biglietti d'auguri e fiori di campo Facevano grandi sceneggiate come se fosse sopravvissuta a un naufragio e non avesse solo sbattuto la testa contro la gamba di una sedia perché si era presa una ciucca Il dramma È musica per quelle ragazze

Non una punta di rammarico va da sé per aver rovinato la cena a Maurice e imbarazzato la famiglia di fronte al paese intero Imelda aveva invece la netta impressione che Cass fosse convinta che la colpa era dei genitori Sua e di Dickie Come se fossero stati loro a versarle quei martini in gola A stento rivolgeva loro la parola E quando Dickie le diede la notizia che nonno si era offerto di dare una mano per le spese del college lei gli disse che non aveva intenzione di iscriversi

Davvero?

Pensa di essere andata male alla maturità disse Dickie con aria molto contrita

Male? Ma perché mai dovrebbe essere andata male? disse Imelda Ha sempre preso bei voti

A meno che non fosse andata male di proposito pensò Ma nemmeno Cass avrebbe fatto una cosa del genere O sí?

Dickie sospirò soltanto poi si infilò gli stivali da lavoro Poco dopo il furgone di Victor McHugh apparve in giardino e lei vide i due uomini sparire con passo pesante nel bosco Quasi le dispiaceva per lui Per anni padre e figlia erano stati pappa e ciccia con i loro libri e le passeggiate in mezzo alla natura e le petizioni online Ora Dickie stava assaporando quel che aveva dovuto sopportare lei dal giorno in cui Cass era venuta al mondo facendosi strada nel suo ventre a forza di gomitate

Il comitato di Vivambiente ha faticato parecchio a lavorare quest'anno Con l'alluvione che ha fatto il giro dei notiziari nazionali Altro che panni sporchi Parliamo di puro liquame che scorre a fiumi in bella vista per le strade Inoltre la storia del massacro incombe ancora su di loro L'uomo che ha ammazzato la famiglia È successo nel paese vicino ma i giornali di Dublino sbagliano sempre e dicono che è successo qua

Geraldine ha conosciuto il vicino al corso di marmellate

La casa è ancora lí dice Immagina dover viverci accanto I suoi bambini hanno avuto gli incubi per due anni buoni

Che tipo era? chiede Maisie

Oh normalissimo dice Geraldine Sembrava a posto Portava i figli a calcio Mai un problema e poi Capito come

Dio solo sa che gli passa per la testa dice Maisie Agli uomini

Ho presente dice Roisin Strappargli due parole di bocca a Martin era come cavare sangue da una rapa Fino al giorno in cui si è girato verso di me e ha annunciato che non mi amava piú

Con Derek uguale dice Maisie Un ciocco di legno salvo quando c'è la Premier League Allora dà sfogo a tutte le sue emozioni Lui e Sky Sport L'amore del secolo

Sono su un lato della stazione ferroviaria a sfregare graffiti con vecchi spazzolini da denti

Che roba scrive la gente dice Una fissando il muro Via i negri W l'Ira Cosa pensano di ottenere?

Ci sono anche un sacco di gay in cerca di sesso Mettono i loro numeri di telefono ma va' a sapere se sono offerte sincere o persone in vena di scherzi

Ma ti pare che ci sono tutti 'sti gay in paese? dice Maisie Anche contando i criptogay?

Chiamali e sta' a vedere dice Roisin Chiedigli se gli va bene una donna etero

Non può andare cosí male dice Geraldine

Eccome dice Roisin Anche peggio

Non sei sulle app?

Ho ogni genere di app e non noto nessuna differenza dice Roisin

Devi sbagliare qualcosa dice Una

È passato tanto di quel tempo dice Roisin con tristezza Per un anno mezzo Martin non mi ha degnata di uno sguardo e non c'è stato verso di attirare la sua attenzione

Mio marito lo stesso dice Geraldine Per questo mi sono trovata l'uomo del mistero

Io sono messa peggio dice Maisie Ha sempre voglia di farlo e mi sta addosso di contino

Peggio? dice Geraldine

Maisie fa un lungo respiro col naso Prova a starci tu al posto mio dice

E tu? Lo fai ancora? chiede Geraldine

Chi io? dice Imelda

Chi io? le fa il verso Geraldine con una risata

Ogni tanto dice Imelda È sempre molto

Cerca di pensare a una parola diversa da carino ma non gliene vengono

Carino dice

Anche carino va bene dice Geraldine

A me carino sarebbe andato benissimo dice Roisin Senza esitazione

Non ho molta voglia ultimamente aggiunge Imelda Nessuno di noi ne ha Sposati con figli – l'antiafrodisiaco perfetto dice Geraldine Avrei tanto voluto che qualcuno me lo avesse spiegato mentre stavo sborsando duemila euro per un abito da sposa

La notte prima che escano i risultati sogna di sentire un dolore Cass che torna a sgomitare dentro di lei

Non riuscendo a riprendere sonno scende di sotto Dickie è già lí Lei accende la radio Ne parlano ovunque Non si scappa

Sessantamila studenti saranno molto in ansia questa mattina

Per gli studenti di tutta la nazione l'attesa è giunta al termine

Poi ecco Cass Inattesa Vestita di nero Dice che vuole andare a vedere i risultati dell'esame prima che escano online

Anche se so che sono andata male dice

Oh dice Dickie con falso calore come se non avesse sentito l'ultima frase Certo perché no?

E se anche fosse andata male? pensa lei quando se ne vanno Mica è una tragedia Poi sul telefono trova i messaggi delle ragazze di Vivambiente che le fanno gli auguri e pensa di nuovo a quelle parole Andata male Immagina quando dovrà dirlo alle amiche Ah sí sono usciti i risultati è andata male Poi quando lo dirà a Maurice e intuirà i suoi pensieri È stata lei a rovinare Cass È stata lei a mandare in pappa il cervello di Dickie Che senso ha aiutare queste persone Il primo giorno del resto della tua vita pensa poi lei e ha una visione di Cass nel futuro grassa e slavata con un top comprato in un outlet e un trucco esagerato intenta a raschiare gratta e vinci nello spiazzo della stazione di servizio mentre quegli zingari dei suoi bambini picchiano sul plexiglas con delle monetine per provocare il tipo dietro il bancone O a stirare camicie mentre un idiota con due braccia che sembrano due culacci di manzo guarda la tele Con una macchina poggiata su ciocchi di legno in giardino e un cane addormentato sul cofano

Poi eccoli tornare È come un turbine improvviso Cass che ride e urla Felice come Imelda non l'ha mai vista Ce l'abbiamo fatta! esclama e l'abbraccia

Sí! dice Imelda e intanto cerca il telefono per dare la notizia alle ragazze Aspetta noi chi? dice

Io ed Elaine dice Cass e comincia a snocciolare i voti ma sono i suoi o di Elaine? Imelda lancia un'occhiata confusa a Dickie che le allunga una stampata con il nome di Cass in alto e poi i suoi voti tutte A e B

Fantastico! dice Imelda Dunque siete passate

Alla grande aggiunge Dickie

Abbiamo preso gli stessi voti in pratica dice Cass

E come è andata Sarah Jane Hinchy? chiede Imelda Al che Cass alza gli occhi al soffitto Perché mai me lo chiedi? dice lei

Sí no giusto dice Imelda

È tipo chiedermi com'è andata una persona a caso un'estranea dice Cass Intanto da dietro Dickie fa l'occhiolino a Imelda Sí giusto hai ragione dice lei mentre digita «Ce l'ha fatta!!!!!!» e trae conforto dalle notifiche di congratulazioni che arrivano in risposta mentre Cass continua a lamentarsi perché ha nominato Sarah Jane Hinchy

Cos'è 'sto casino? chiede PJ entrando anche se il semplice fatto che lo chieda rivela che conosce la risposta E quando Dickie glielo spiega lui sembra contento ma un tantino imbarazzato come lo è in effetti anche quando è lui a prendere bei voti Non sembri molto sorpreso! dice Cass con una risata a cui si uniscono prima PJ e poi Dickie e Imelda Un po' di sollievo era ora Da quanto tempo quel maledetto esame incombeva su di loro come una mannaia? È finita Cass è passata Loro sono passati L'intera famiglia Ce l'hanno fatta insieme

Devo proprio andarmene da qui dice Cass

Decidono allora di festeggiare andando a pranzo in paese e Maurice li raggiunge dall'albergo e si mette a scherzare assaggiando quel che sta bevendo Cass per accertarsi che sia Coca e non qualcos'altro e si siedono fuori sulla terrazza di Genevieve e quando i vicini passano di lí Dickie dà loro la buona notizia e Cass gli chiede di smetterla di dirlo a tutti e Imelda prova una sorta di stanca felicità come se fossero persone normali

Poi Dickie torna al garage e Cass va da Elaine e Maurice pesca un pezzo da cinque dalla tasca a manda PJ in piazza a comprarsi un gelato anche se ha appena mangiato una fetta di torta e a quel punto restano soli Lei e Maurice

Lei torna a dirgli che è un gesto incredibile da parte sua volerli aiutare con il trasferimento di Cass a Dublino e che gli sono molto grati

Sí dice lui e poi Non ringraziarmi ti prego

E Imelda torna a scusarsi per la cena rovinata e anche in questo caso Maurice si dimostra molto cortese e dice che in tutta franchezza è stato contento di andarsene da lí

Lei si abbandona sullo schienale della sedia e mentre si gode il tepore pensa che con Vivambiente potrebbero appendere dei cestini ai lampioni di quella strada e piú in generale al fatto che è sempre preoccupata per qualcosa Poi pigramente dice Ora tornerai in Portogallo immagino

Be' in effetti dice Maurice proprio di questo vorrei parlare con te

E la guarda e malgrado il sole splenda ancora lei ha come l'impressione che sia calata un'ombra per cui si raddrizza e dice Ah sí?

Come sai era mia intenzione ripartire il giorno dopo la cena dice Maurice Ma questa settimana extra è stata un'ottima opportunità per farmi un quadro

Del garage? dice lei

Del garage conferma lui E dopo essermi guardato intorno e aver parlato con Phil e qualcun altro credo sia saggio che mi trattenga ancora un po' finché l'attività non sarà tornata sul binario giusto

Ah dice lei e poi Credi che sia necessario?

Sí dice lui e per qualche secondo è tutto quello che dice Guarda la sua tazza Cerca con gli occhi il cameriere e gli fa segno di portare un altro caffè Prima di tornare a voltarsi verso di lei

In realtà sapevo che Dickie aveva qualche problema dice Ma non immaginavo che l'attività fosse andata in malora

Non direi che è andata in malora obietta lei La recessione è stata un incubo da queste parti Maurice un incubo assoluto Ha colpito tutto il paese

Ma lui liquida l'osservazione con un gesto della mano come se stesse scacciando una vespa che ha puntato la sua torta La recessione è passata dice

Si toglie gli occhiali da sole si strofina le palpebre osserva qualcosa che è rimasto su un polpastrello Non mi sento sicuro all'idea che Dickie riprenda le redini dell'attività dice È questo il punto Non posso firmare un assegno in bianco e andarmene come niente fosse Non se non sono convinto che Dickie abbia in mano la situazione

Ma ce l'ha dice lei O meglio ce l'avrà Deve solo superare questa fase di stallo

Maurice scuote piano la testa Vorrei crederti dice Vorrei davvero Ma non è quel che ho sentito

Sentito da chi?

Sentito da chiunque dice lui Anche quando cammino per i fatti miei le persone vengono da me per parlare dei problemi che hanno avuto

Tipo quali?

Be' visto che me lo chiedi Le persone vengono a dirmi che hanno lasciato l'auto per un controllo un cambio dell'olio una freccia che non funziona o che so io e che quando sono andati a riprenderla si sono ritrovati con una macchina che faceva un rumore

Un rumore dice lei

Sí un rumore E alcuni se la sono tenuta cosí Alcuni hanno riportato l'auto e il problema è sparito Ma qualcuno è andato altrove Da Joe Mulcahy o da Forrest e hanno scoperto che non c'era piú il convertitore catalitico nel motore È quell'arnese dietro lo scarico che converte i gas tossici

So cos'è un convertitore catalitico Vuoi dire che qualcuno se l'è preso? Che lo ha tolto dalle auto?

Contiene metalli preziosi dice Maurice Platino Palladio Rodio sai cos'è? È il metallo piú costoso Un'oncia costa ventimila euro Se metti insieme abbastanza convertitori puoi farci un po' di soldi

La guarda socchiudendo gli occhi dalla parte opposta del tavolo Il nome di Ryszard Brankowski ti dice qualcosa? Lavora in officina

Lei sobbalza sulla sedia Poi con il tono piú fiero possibile replica Non mi interessa quel che fanno i meccanici

Allora ti dirò che se ne stanno interessando i Gardaí* ribatte lui

Questa volta lei non può nascondere il turbamento Fa per portare la tazza alla bocca ma le trema la mano per cui la posa e si guarda intorno in cerca di PJ

Tu pensi che questo Ryszard abbia preso i convertitori?

Non so cosa pensare risponde Maurice Né da quanto vada avanti questa storia Le auto danneggiate potrebbero essere decine Persone che non si sono accorte di niente O che non hanno voluto dir niente perché sapevano che Dickie navigava in cattive acque

Dall'altro lato della strada Georgie Moran grida Guarda chi c'è! Ciao Maurice!

Ah eh ciao Georgie Maurice lo saluta anche con la mano

È uno dei tanti sussurra a Imelda anche se il semaforo è scattato e Georgie ha proseguito Si è presentato da me ieri a brutto muso per via di quel che a quanto pare avremmo fatto alla vecchia Nissan di sua moglie! Gli ho dato centosessanta euro di tasca mia solo per togliermelo di torno Neanche l'intera macchina vale tanto È un catorcio Forse non ce l'aveva nemmeno un convertitore catalitico Ma questo non gli impedisce di andare in giro a sparlare con chiunque incontra

* Riferimento agli agenti della Garda Síochána, la polizia nazionale della Repubblica d'Irlanda [*N. d. T.*].

Questa attività si basa sulle relazioni Se ti fai una brutta nomea ci vogliono anni per riacquistare credibilità Insomma avrai capito perché non mi va tanto di lasciare a Dickie il timone

Ora è Imelda a non sapere cosa pensare Lancia un'occhiata in fondo alla strada dove Georgie è in attesa sulle strisce pedonali Enormi orecchie che la luce del sole colora di rosa Anche le orecchie della moglie sono enormi ricorda E hanno un figlio È amico di PJ e ha una capoccia che pare un deltaplano

La polizia se ne sta occupando? si decide a chiedere

Stanno addosso a questo tipo Pensano faccia parte di un giro piú grosso in Inghilterra Questo Ryszard voglio dire

Ma è un meccanico dice Imelda È Phil che si occupa di quel reparto

Phil mi ha detto che si è lamentato di Ryszard con Dickie dice Maurice E Dickie non ha fatto niente

Phil si lamenta di tutti comincia a obiettare Imelda ma Maurice alza la voce imponendosi su di lei È successo sotto gli occhi di Dickie È questo il punto Imelda Stessa storia della cena Se tua figlia sviene perché è ubriaca…

Cass? Perché mai suo…

Perché è il capofamiglia! È il capitano della nave e se la nave si arena Se sua figlia si sbronza e stramazza di fronte ai pezzi da novanta del paese Cristo Non mi sono mai sentito tanto umiliato

Il cameriere arriva con il caffè Maurice si zittisce Porta le mani alla testa Si massaggia il cuoio capelluto con le sue grosse dita

Bene scopriamo le carte eh? pensa Imelda Ma dice invece Non crederai mica che sia coinvolto anche lui vero? Dickie? Non crederai che ci sia lui dietro la sparizione di questi convertitori?

Maurice sospira Gira la mano e osserva il granato del suo grosso anello come se potesse scorgervi la propria faccia Non avrei dovuto affidargli l'attività dice Dickie non ha nessuna capacità di giudizio Quando qualcuno entrava Frank ci metteva trenta secondi a inquadrarlo Dickie capisce solo quello che c'è scritto nei libri

Imelda aspetta che Maurice abbia finito e doma intanto la rabbia Quindi pensi di restare per tenere d'occhio la situazione dice cercando di attenuare il tono gelido della sua voce

Non voglio vedere quel posto andare in malora dice lui Non posso permettermelo Ho perso tutto il resto con la crisi I risparmi I soldi della casa Mi è rimasto soltanto quello Quindi sí resterò a sorvegliarlo finché non sarò contento di come vanno le cose

Torna a guardare l'anello C'è qualcosa che non vuole dirle

Ma non posso farlo da solo Non con l'età che ho Per cui ho parlato con un imprenditore della zona che si è offerto di salire a bordo per rimettere in sesto l'attività

Un imprenditore della zona? ripete lei Sente il calore risalire il suo corpo Accumularsi nella sua testa Chi è questo imprenditore?

Un uomo del posto dice Maurice Lo conosci Michael Comerford

Big Mike esclama lei Stai scherzando? È un imbroglione fatto e finito!

Maurice la guarda con pazienza dall'altro capo del tavolo Nel modo in cui un dottore potrebbe guardare una bimba che non vuole prendere la medicina Dickie continuerà... comincia

È solo un imbroglione nient'altro! Ha debiti con chiunque nella contea! Il capitano della nave! Ma se ha combinato disastri con le case i mangimi e ogni cosa che ha toccato! Se non avesse intestato tutto alla moglie sarebbe in carcere! La stessa moglie che ha tradito con quella disgraziata della domestica!

Maurice abbassa gli occhi La gente li sta osservando adesso Li osserva dagli altri tavoli dalla strada La gente! 'Sto paese del menga è pieno di gente!

E Dickie? chiede Imelda

Dickie continuerà a fare la sua parte dice Maurice Non sto pensando di rimuoverlo È una soluzione temporanea È ancora il benvenuto e può venire quando...

Benvenuto? dice lei Il calore riprende a turbinare nella sua testa È il benvenuto e può venire?

Sto solo proponendo che faccia un passo indietro per un po' dice Maurice In tutta franchezza penso che sarà felice di...

Chi sarà felice? PJ è riapparso con un Twister dal lato opposto della tela che funge da parete divisoria

Tutti noi lo saremo dice Maurice tornando a sfoggiare il suo sorriso da nonno Tutti noi

Torna a casa fumando di rabbia per tutto il viaggio Ecco qual è lo spessore di Maurice Barnes Ma si capisce Del resto è cosí che si va avanti negli affari Fotti le persone care e le rimpiazzi con un truffatore Fotti tuo figlio che ha rinunciato ai suoi sogni per gestire quello schifo di garage Quel figlio che ora poteva essere a Dubai a fare l'architetto o l'ingegnere a costruire grattacieli se solo Maurice non gli avesse accollato l'azienda Proprio come aveva accollato loro la casa che dovranno pagare per il resto della vita Non gli ha lasciato che fardelli Il grande benefattore!

Pura ripicca Di questo si tratta Pura ripicca per quel che è successo alla cena Ma ti pare ammissibile? dice a Dickie aspettandosi di vederlo andare su tutte le furie

Ma Dickie è già al corrente

Ne abbiamo parlato un paio di giorni fa dice Papà è passato al garage

Imelda è senza parole Lo sapeva! E sono andati al ristorante insieme Entrambi a sorridere tutto il tempo! Dunque pensi di accettare come niente fosse dice Accettare che lui ti licenzi Tuo padre

Non mi ha licenziato replica Dickie slacciandosi le scarpe buone Vuole solo prendere in mano l'attività per un paio di settimane È una procedura standard se vuoi fare un esame approfondito

Ma non sarà lui a prenderla in mano Porta dentro quel disgraziato di Big Mike!

Dickie alza le spalle È una mossa sensata mettere una faccia nuova quando sei in cerca di investitori dice

Una mossa sensata? ripete lei Tuo padre che ti sbatte fuori per rimpiazzarti con Big Mike? Ti punisce dopo che in tutti questi anni non ha mosso un dito per aiutarci?

Lui non replica Si toglie le scarpe si infila gli stivali

Dickie?

L'hai voluto tu dice lui È stata tua l'idea di trascinar dentro mio padre

Non dare la colpa a me adesso Non era questo che volevo

Be' se non è un'idea di nessuno allora non è colpa di nessuno Scusa ma cosa vuoi che dica?

Vuole che dica Sono arrabbiato Imelda! Sono furioso! Dopo tutto quello che ho fatto per mandare avanti il garage Dopo tutto quello che vi ho fatto passare!

Oppure Cristo Imelda è un colpo al mio orgoglio non si discute ma a essere davvero onesti il garage mi stava uccidendo Forse è proprio quel che mi ci voleva Fare un passo indietro e pensare a cosa mi aspetto dal futuro Specie adesso che i figli stanno diventando grandi

Ma non c'è niente di tutto questo in lui Non sembra arrabbiato né particolarmente turbato dal vedersi sottrarre la sua attività Lei lo osserva mentre è chino sugli stivali Incrocia i lacci e li infila nei gancetti di metallo Non la guarda

E la storia dei convertitori catalitici?

Dickie si rimette la giacca Farfuglia che è la prima volta che ne sente parlare Che se avevano un problema avrebbe preferito che venissero da lui invece che andare a parlare con Maurice alle sue spalle

Esita prima di chiederglielo ma poi E 'sto Ryszard? Che mi dici di lui?

Ryszard? replica lui vago

Maurice dice che le guardie lo stanno cercando È lui ad aver preso i convertitori? È questo che pensano?

Non so cosa pensano dice lui Se li ha presi lui comunque ha levato le tende da un pezzo

Lei fece un'altra pausa poi Chi era?

Chi era chi?

Quello che stanno cercando Te lo ricordi Che tipo era?

Lui pensa Un tipo alto dice Che poi vai a ricordare se era davvero alto E polacco forse Non lo so Imelda C'era un andirivieni continuo E avevamo tanta di quella roba da fare allora con l'alluvione

Giusto dice lei

Sarà tornato in Polonia Specie se le guardie lo stanno cercando

Sí dice lei

Davvero non ricordo dice lui

Lei ricorda però

Le ragazze non facevano che parlare di lui Roisin aveva portato la macchina in officina e lo aveva visto e poi c'era andata Geraldine con la sua anche se era tutto a posto solo per dare un'occhiata

Il giudizio era stato unanime Da perderci la testa

Imelda chiedigli se fa pronto intervento

Digli che ho bisogno di un servizio completo

Digli di portare il lubrificante

Non sapeva di chi parlassero Anche in tempi migliori si era sempre tenuta alla larga dall'officina Un antro per trogloditi pieno di giovanotti vogliosi che sbirciavano e ciccioni attempati come Phil

Finché un giorno non molto dopo l'alluvione la spia del carburante aveva cominciato a lampeggiare e lei aveva deciso di portare la Camry dai meccanici

L'officina era uno stanzone buio simile a un fienile che non vedeva mai la luce del sole Ogni volta che ci metteva piede Imelda aveva la sensazione di avere interrotto qualcosa C'era sempre una strana quiete invece che il rumore di martelli e saldature che ci si aspetterebbe da un posto del genere per cui lei si ritrovava in quel silenzio improvviso a gridare C'è nessuno? come in un film dell'orrore finché i meccanici sbucavano dall'ombra come insetti

E andò cosí anche quel giorno Vennero fuori tutti Ma non lui Non apparve subito Se ne restò nell'ombra come se sapesse che con il tempo lo avrebbe visto Come se sapesse che i suoi occhi l'avrebbero cercato senza neanche rendersene conto

Fu Phil il primo con cui parlò Minuto e grassoccio Phil pareva un Teletubby anziano non fosse che parlare con un Teletubby avrebbe dato maggiore soddisfazione Imelda gli spiegò qual era il problema e lui cominciò con il solito Potrebbe essere questo Potrebbe essere quello finché lei non ci mise un taglio e disse È senz'altro questo

Va bene disse Phil alzando le mani come se lei fosse una stramba megera che gli aveva chiesto di trasformare l'auto in una biga romana e chiamò Ryszard gridando Vieni a sistemare 'sta Camry

E il ragazzo uscí da sotto il vecchio pick-up di Murt Fegan spingendo sulle ruote del carrello sottovettura e mentre si avvicinava sorrideva tra sé perché sapeva che lei lo aveva già adocchiato e sapeva che lei sapeva che lui lo sapeva Perché era ovvio prima ancora che lui venisse allo scoperto che quello era il ragazzo di cui parlavano le ragazze

Da bambina aveva un gatto Si chiamava Ballerino Be' probabilmente non era quello il nome non essendo il suo gatto Ma un'estate cominciò a venire nel loro giardino e lei lo chiamò cosí Aveva un pelo nero fantastico Cosí nero che sembrava un buco nell'universo Un fantastico buco nero a forma di gatto con luminosi occhi verdi

Quel ragazzo era uguale Aveva capelli cosí neri che niente avrebbe potuto essere piú nero e occhi anch'essi neri e un corpo flessuosissimo fasciato da una maglietta nera pure quella che la fece ripensare a Ballerino e alla sua andatura avanzava di soppiatto lungo lo stretto muro che separava il loro giardino da quello dei vicini pieno di gnomi per entrare dalla finestra con un balzo e venire a trovarla nel suo letto e fare le fusa prima di salire su di lei e tendere le zampe e cominciare a massaggiarle il seno punzecchiandolo con le unghie attraverso il cotone della maglietta senza smettere di fare le fusa un *ron ron* incessante come se dicesse Sí sí e lei non lo fermava neanche se faceva male perché le piaceva il rumore delle fusa e sentire quel ronzio sulla pancia e le piaceva che lui adorasse affondare le unghie nelle sue tette appena spuntate e che le facevano già male per conto loro ma era proprio quel dolore aggiunto al dolore a piacerle

Ecco che tipo d'uomo era quel ragazzo Si muoveva proprio come un gatto Sembrava volerti far male ma solo un po' e tu non lo avresti fermato perché ti piaceva come traeva godimento dal dolore Frank era un po' cosí anche lui ma solo un po' Nero ma non cosí nero e bello ma non bello quanto quell'uomo per cui Imelda avrebbe perso la testa se fosse stata ancora una ragazza

Ma non era una ragazza e sapeva bene che un individuo tanto bello ha occhi per una persona soltanto Sé stesso Specie se è un uomo Per cui gli diede un'occhiata veloce e per niente amichevole come per dire Conosco i tuoi trucchi e il sorriso del meccanico si allargò perché ovviamente è quel che fanno tutte Le donne con il cuore in subbuglio Le mamme con il passeggino e gli occhiali da sole I jeans firmati macchiati di purè di carote

Non si preoccupa signora disse Parlava con un accento perlopiú polacco ma in cui si percepiva un pizzico di Dublino e forse anche di Londra Ci occupiamo noi di risolvere questo problema

Aveva tatuaggi su tutte le braccia il che di solito non le avrebbe fatto né caldo né freddo ma nel suo caso avvolgevano le dure curve dei muscoli in un modo che ipnotizzava Un tanfo di grasso e metallo appestava l'aria Un odore caldo anche se in effetti non faceva per niente caldo e quando lui tese la mano lei pensò che volesse stringere la sua Poi realizzò e arrossí e gli diede la chiave

Non si preoccupa disse ancora lui ma aggiunse che erano parecchio impegnati per via dell'alluvione per cui ci sarebbe voluto qualche giorno

Era sbalordita Gradirei che desse un'occhiata ora disse e poi Sono la moglie del capo La moglie di Dickie

Be' se lei si aspettava un trattamento speciale o una riverenza aveva sbagliato indirizzo Il meccanico polacco si limitò a sorridere come se la richiesta lo avesse divertito I suoi occhi erano piú verdi di quanto le fossero parsi all'inizio e punteggiati d'oro

Non sapevo che Dickie aveva una moglie tanto bella disse

Se le avesse dato uno schiaffo le sarebbe sembrato meno strano Non poteva credere lo avesse detto davvero Lo guardò come per chiedere Cosa?

Ma ancora una volta lui si limitò a un sorriso Un sorriso luminoso e innocente perché capisse che non parlava sul serio Cosí funzionava con gli uomini come lui Era tutto un gioco e tu stavi al gioco senza fargli capire che per te non era piú un gioco anche se lui ovviamente lo capiva lo stesso

Ho motivo di rispetto in piú per Dickie disse Come ha trovato una donna come lei?

Credo di non aver sentito bene disse Imelda scandendo le parole in modo significativo

Lui smise di sorridere e alzò le mani Scusi Non voglio mancare il rispetto disse In Paese mio è educazione dire a una donna quando è bella Qui forse no

Mi lascia che prendo la sua macchina Ci lavoro subito e scusi disse ancora

Mentre parlavano e senza che lei se ne accorgesse lui aveva chissà come già piazzato la Camry sugli elevatori Ora stava premendo un pulsante e l'auto si levò in aria fino a restare sospesa sopra di loro Era strano vederla separata dal suolo Inerme con il lato inferiore esposto

Come si chiama? le chiese lui per poi affrettarsi a spiegare Cosí metto nome nel registro

Glielo disse Lui rise Un breve ringhio di sorpresa Cosa c'è di tanto divertente? gli chiese

Niente disse lui sorridendo tra sé

Quel che avrebbe dovuto dire a quel punto era Torno a riprenderla alle cinque in punto Faccia in modo che sia pronta

Ma non lo disse Quel ragazzo esercitava un'attrazione Come un vortice o una risacca che ti risucchiava senza che potessi opporti Mi spieghi disse

Lui scosse la testa tristemente È una cosa assurda disse

Me la dica L'odore d'olio le aveva impregnato le narici Era un odore salato carnale

Il suo nome disse lui

Il mio nome gli fece eco lei

Il suo nome Ci ho tatuato sul mio… come dite voi? Sul mio… E si indicò il sedere

Lei diede un'occhiata all'orologio e prese le sue borse intenzionata ad andarsene davvero stavolta

Sul serio disse lui Non si arrabbia È la moglie del capo So che non dovevo dirlo Ma è vero cento percento Il suo nome… ci ho tatuato sul mio… sul mio culo

Stava ridendo Ma poi smise di ridere e la guardò negli occhi e lei capí che si trattava di un trucco che usava di continuo e tuttavia una parte di lei sembrava vedere ancora una porta aperta da cui filtrava qualcosa di magico Come pensavi sarebbe stato ritrovarti adulta sposata amata quando eri una ragazzina chiusa in uno stanzino in un giorno d'estate con le zampe di un gatto che ti massaggiavano il petto?

Faccio vedere venga Era tornato a scherzare Venga e guarda prometto E se non è vero allora mi dài licenziamento Ok? Dica a suo marito Mi può dare licenziamento anche oggi E io vado Senza discussione

E se era vero? Aveva lasciato in sospeso quella parte Tese di nuovo la mano e stavolta lei la prese Si lasciò condurre Solo per divertirmi un po' disse tra sé anche se in un angolo della sua mente si agitava un pensiero E se poi è vero? Se ce l'ha sul serio?

Uscirono dall'officina passando accanto alle meste carcasse delle auto Il ragazzo non smetteva di parlare Un flusso costante di chiacchiere teso a distrarla Poi arrivarono allo stambugio esterno in cui d'inverno i meccanici andavano a fumare Il ragazzo aprí la porta Lei guardò dietro di sé ma non c'era nessuno e a quel punto lo seguí all'interno

Il puzzo di cicche e cenere era cosí forte da stenderti Alla parete erano appesi il calendario della Premier League della stagione passata e le foto di alcune ragazze in topless ritagliate da una rivista C'era a malapena lo spazio per loro due lí dentro pensò lei ma lui continuava a parlare e ridere come se stessero facendo un gioco Poi chiuse la porta

Sei molto bella disse

Vediamo questo tatuaggio ribatté lei secca come se non avesse tutto il giorno a disposizione anche se dentro di sé pensava a parole come «fato» o «destino» e il suo cuore batteva forte perché malgrado avesse avuto delle tentazioni come tutte e nonostante le ragazze l'accusassero sempre per scherzo di concedersi delle scappatelle lei non era mai stata infedele Perché era sbagliato oltre che un peccato ma anche perché in realtà non aveva mai sentito un particolare bisogno Pensava che non sarebbe mai stato com'era con Frank ma siccome nemmeno con lui era stato come voleva preferiva non aprire quella porta che aveva tenuto chiusa per lui C'era però qualcosa in quel ragazzo che non ammetteva obiezioni e a cui potevi solo arrenderti Ma se ciò che aveva detto era vero cosa poteva essere se non un segno?

Quindi lo osservò girarsi e slacciare le cinghie della salopette e tirarle giú per poi infilare i pollici nei pantaloni e abbassarli contorcendosi in un modo che lei trovò molto femminile fino a rivelare

IL TUO NOME

tatuato sul culo Le prime due parole su una chiappa e la terza sull'altra in grossi caratteri neri e appuntiti

Le sorrise da sopra la spalla Ora tocca a te disse Lei era senza parole Per un attimo poté soltanto fissare quello spettacolo non poteva certo cavarsi gli occhi Poi sbatté le palpebre e senza tanti complimenti uscí I meccanici che prima non si sapeva dove fossero erano ovviamente riapparsi in officina e si fermarono a guardarla venir fuori in tutta fretta dallo stambugio cercando di mantenere un'espressione composta mentre il ragazzo usciva dietro di lei tirandosi su i pantaloni e chiamandola con il suo nome vale a dire Imelda e non Il Suo Nome ma lei non si voltò né guardò a destra o a sinistra pensò soltanto a lasciare l'officina il piú in fretta possibile e dirigersi in strada con un gran rumore di tacchi e le guance ancora in fiamme pregando di non incontrare nessuno e chiedendosi in nome di Dio come le fosse venuto in mente di lasciarsi trascinare in quel bugigattolo Come

Era cosí disperata? Lei che da giovane veniva chiusa dal padre nella sua stanza perché stesse lontana dagli uomini Era diventata anche lei una delle tante casalinghe con cui provarci? Una delle tante sceme disposte a diventare carne da macello per un meccanico arrapato e i suoi giochetti?

Presa dalla rabbia sul momento aveva pensato di dirlo a Dickie Ma poi aveva immaginato le domande Cos'è che ha fatto esattamente? Insolente come? Che cos'ha detto davvero? E poi avrebbe attaccato con il diritto del lavoro e il bisogno di presentare una denuncia dettagliata se non voleva esporsi a sua volta a un'azione legale ecc. ecc.

Per cui non disse niente e per molto tempo si guardò dal rimettere piede nel garage Quel ragazzo Ryszard non lo vide piú Aveva sentito da qualche parte che se n'era andato ma non ricorda chi glielo avesse detto

Le viene in mente ora che se avesse raccontato a Dickie quel che era successo Se avesse insistito che lo licenziasse come voleva lei forse il casino dei convertitori catalitici non ci sarebbe mai stato e forse Big Mike non avrebbe rimpiazzato Dickie Perciò se è vero che è arrabbiata con Maurice e con Dickie è anche vero che è ancora piú arrabbiata con sé stessa E il giorno dopo quando Dickie non va al lavoro ma parte invece per il bosco insieme a Victor McHugh alle prime ore del mattino lei non si lamenta perché in fin dei conti è colpa sua

Signore del cielo solo immaginare di farsi tatuare sul culo una roba del genere Gli uomini Vai a capirli

Lo stesso giorno in cui escono i risultati dell'esame di maturità Cass comincia a preparare le valigie

Dallo starsene stesa a letto perché apparentemente troppo depressa per mangiare di colpo Cass si mette a tirar giú roba dalla soffitta e a svuotare l'armadio E tutto questo prima ancora di avere ottenuto un posto al college

Scatole e valigie cominciano a impilarsi in corridoio Ricordano a Imelda il sogno che faceva di continuo L'alluvione che si riversava in casa Portandosi via tutto Si è sfiancata a recuperare zaini scavando nella montagna di oggetti ammucchiati nella dépendance A rovistare negli stipetti in cerca di quello che Cass chiama il suo top preferito anche se non lo mette da quattro anni

Legge sul blog di Clara Langan che questo è un momento di transizione È importante essere di supporto «Spesso il solo modo in cui i figli riescono a dirti che hanno bisogno di te è respingerti» Ma non è facile

Non vorrai mica portarti tutte quelle scarpe? chiede

Mamma te l'ho già detto Se sono nella pila è roba che mi porto

Ma questi sono scarponi da sci dice Imelda Dubito che andrai a sciare al Trinity College Non si trova su una pista da sci per quel che ricordo

Cass che sta portando una catasta di tisane le lascia cadere per terra Ma è tutto uno scherzo per te? La mia vita è solo uno scherzo?

Cosa? dice Imelda

Cass però si è già dileguata per l'indignazione

Ogni volta che scambiano due parole finisce cosí È come essere tornate agli anni peggiori dell'adolescenza Come se fosse determinata a non essere felice finché non se ne sarà andata Dickie ha rinunciato a parlare con lei Si limita a levarsi dai piedi Se ne va con Victor nel bosco a fare Dio sa cosa Porta con loro anche PJ il che vuol dire che è lei a doversela vedere con Cass tutto il giorno Darle una mano mentre lei smantella la sua stanza Ascoltarla ripetere le sue lamentose litanie Portarla da Elaine e andarla a riprendere almeno una volta al giorno se non due e sentirsi dire proprio da lei che sta usufruendo di un passaggio quanto sia dannosa l'auto per l'ambiente

Perché non ci vai in bici se sei tanto preoccupata? dice Imelda

Fa troppo caldo per pedalare replica Cass con Ovvio no? come sottotesto

Nella Camry fa ancora piú caldo anche con l'aria condizionata al massimo La vecchia Touareg aveva il tettuccio apribile che era una manna dal cielo con un tempo del genere La Camry è una ghiacciaia d'inverno e una fornace ambulante d'estate

Non capisco perché tu debba vedere Elaine ogni giorno che Dio manda in Terra dice Imelda Andrete a vivere insieme Vi stuferete una dell'altra prima ancora di partire

Non potrei mai stufarmi di Elaine dice Cass

Imelda ha gli occhiali da sole per cui può alzare gli occhi al cielo senza problemi Elaine Comerford Si è rivelata una bella troietta C'è poco da stupirsi visto il padre balordo che si ritrova Vorrà dire che i pervertiti di Dublino se la lavoreranno per bene Probabilmente finirà in fondo a un fiume

Quando ti mandano notizie dal college? chiede

Te l'ho detto Tra due settimane risponde Cass

Sai non è che dovete per forza fare lo stesso corso dice Imelda Libri o come si chiama

Libri ripete Cass sarcastica

Va bene Letteratura allora Il punto è che non devi farlo solo perché lo fa Elaine

Sono io che voglio farlo dice Cass Ce l'ho in mente da anni

I finestrini della Camry sono abbassati ma per qualche ragione serve soltanto a rendere piú caldo l'abitacolo Imelda sente le dita appiccarsi al volante Non so quanto si vada lontano leggendo qualche poesia dice

Mamma! Cass si porta le mani alle orecchie Ti prego piantala di rompere!

Ma non sto rompendo Dico solo Che farai dopo? Come troverai lavoro? Sono queste le cose a cui devi pensare

Tu non hai mai avuto un lavoro ribatte Cass Forse non sei tu la persona piú adatta a farmi certe domande

Be' quando sente quelle parole per poco Imelda non finisce

con l'auto nel fosso di fianco alla strada Ma prima che possa aprire bocca Cass aggiunge Sei felice per me almeno?

Ovvio che sono felice per te dice Imelda con un mezzo grido

Ne sei certa? chiede ancora Cass Perché parli come se non volessi per niente che vada al college

Sono felice per te insiste Imelda Ma piú lo dice meno sembra sincera

Oh è solo eccitata dicono le ragazze È giovane! Andarsene in una grande città con la sua migliore amica! Pensa che avventura!

Giusto sí dice Imelda

Quante opportunità hanno adesso! dicono le ragazze Può andare ovunque Fare qualunque cosa È meraviglioso!

Oh sí è fantastico dice Imelda

È solo che un po' di riconoscenza non dispiacerebbe tutto qua dice

Sono certa che per tua madre è stata altrettanto dura quando avevi tu quell'età dice Una

Mia madre era morta quando io avevo quell'età dice Imelda

Geraldine ride Be' abituati Imelda È il suo momento Meglio che ti fai da parte e sii grata per le briciole di affetto che ti vengono date Questa è la vita di una quarantenne Essere odiata dai figli è solo la punta dell'iceberg

Non sono ancora una quarantenne obietta Imelda con orrore e poi È cosí brutto?

È peggio dice Geraldine Diventa tutto una merda

Compreso il tuo aspetto dice Maisie Il corpo si trasforma in cellulite Cominci ad avere fastidi e dolori da tutte le parti Pensi di continuo che hai il cancro

I genitori invecchiano dice Roisin Poi si ammalano Poi muoiono

Il matrimonio va in fumo aggiunge Maisie Lui conosce una tipa piú giovane o comincia a sbattersi la segretaria

O sparisce nel capanno o al circolo del golf o si fa prendere da un hobby assurdo dice Roisin avvilita Martin ha scoperto lo Scarabeo online Preferisce giocare a Scarabeo con uno sconosciuto dell'Arizona piuttosto che fare l'amore con sua moglie Mi dispiace ma è cosí

Colm ha cercato di convincere Josephine Toomey a fare uno scambio dice Geraldine

Uno scambio di cosa? chiede Imelda

Ah che povera innocente la nostra Imelda dice Geraldine con una risata A che pensava Dio quando ti ha dato un corpo cosí?

Se pensi che i quaranta siano uno schifo dice Una ripeto aspetta che ti colpisca la menopausa Un giorno ti svegli e non sai piú in che corpo sei

Tutti motivi in piú per non rimproverare alle ragazze la loro libertà dice Roisin Non è che l'inizio Dovremmo essere felici per loro Abbiamo avuto il nostro momento Dico bene?

E tutte rispondono Sí sí perché quale madre invidierebbe mai la nuova vita della propria figlia?

Le Balenciaga sono ancora in offerta Ne è rimasto soltanto un paio del suo numero Lo stanno osservando in trentatre Tutte in fibrillazione come indica una fiamma Sa che non dovrebbe comprarle Non ha intenzione di comprarle Ma le mette nel carrello per vedere quanto costa la spedizione e lei è cosí cogliona che potrebbe anche comprarle pensa solo che proprio in quel momento suona il campanello e quando scende per andare ad aprire chi ti trova alla porta se non Big Mike Comerford?

Ohi Imelda dice Big Mike Dice Ohi come un cowboy e quel che lei dovrebbe fare è ovviamente sbattergli la porta in faccia ma è talmente sorpresa che lo sciacallo al comando dell'azienda si sia presentato a casa sua che resta solo a bocca aperta mentre lui se ne sta lí raggiante con i pollici agganciati ai jeans e il suo capoccione inclinato all'indietro come se stesse valutando il suo regno per poi dire C'è il capo?

Chi? dice Imelda

Volevo dire Dickie risponde lui

Il capo! Chi crede di prendere in giro? No dice Non c'è

Sai dove potrebbe essere? si informa Big Mike

No non lo so dice lei poi aggiunge E non ha lasciato niente per te quindi vattene pure per la tua strada

Non fare cosí Imelda

Ti sei preso il suo lavoro Ti sei preso la sua attività Ti sei ingraziato suo padre Suppongo che adesso punterai alla casa

Ah Imelda La guarda con una faccia dolente Non è cosí dice

Ti auguro una buona giornata Mike

No ascolta insiste lui e blocca la porta con il piede Voglio essere chiaro È stato Maurice a venire da me Maurice a chiedermi di dare una mano e ho detto sí solo perché non voglio vedere un'attività con quaranta e passa anni alle spalle andare in rovina

Sono certa che sia questo il motivo dice lei È uno sforzo enorme non alzare la mano per fargli saltare quei dannati Ray-Ban dalla folta chioma su cui stanno appollaiati

È la verità dice Big Mike Non mi interessa prendere il posto di Dickie Ho abbastanza lavoro per conto mio Ma il garage sta fallendo Potrà non farti piacere sentirlo ma è cosí Per sopravvivere ha bisogno di cambiamenti importanti Considero Dickie un amico e per questo ho accettato di dare una mano e sempre per questo sono venuto qui oggi a spiegare la situazione

La sua rabbia si placa un po' Ma solo per un attimo Poi vede l'auto parcheggiata nel vialetto alle sue spalle È la vecchia Touareg! La sua amata Volkswagen Touareg che Dickie ha venduto a Big Mike perché potesse regalarla alla sua amante!

Non te ne lasci scappare una vero? dice Non perdi mai occasione per girare il coltello nella piaga

Ah sí dice Big Mike buttando un occhio all'auto Volevo appunto parlartene Non la sto usando al momento per cui pensavo che potevi riprendertela Il bollo è pagato e pure l'assicurazione

Imelda si limita a guardarlo

Un uccellino mi ha detto che hai ancora un debole per quella macchina aggiunge Consideralo un prestito a lungo termine Visto che ora siamo soci in affari per cosí dire E le fa il suo sorrisone da scemo compiaciuto di sé

E insomma lei deve tenersi al telaio della porta per non saltargli addosso Cerca di comprarla con la sua auto! Dopo che Joan gli avrà senz'altro detto di sbarazzarsene! Non ho bisogno della tua carità Mike Comerford! urla Via di qui! E vacci a puttane con quella dannata macchina!

Big Mike non sa che pensare Perché carità? dice

Ecco perché! replica lei dandogli un pugno sul braccio Big Mike arretra lentamente massaggiandosi il punto colpito mentre lei esce e avanza verso di lui Tutti in paese sanno che razza d'uomo sei! Potrai avere incantato Maurice ma non mi fai fessa a me! E ora sparisci!

Ma Dickie... comincia a dire per poi pensarci meglio e tornare alla Touareg

Il giorno dopo però il campanello non suona di nuovo? E stavolta è Larry il fioraio con un mazzo di fiori enorme per lei

Deve esserci uno sbaglio dice Imelda

Lui controlla il biglietto Nessuno sbaglio dice

Ma io non ho ordinato niente dice lei Larry si fa una risata e risale sul furgone

Li manda Dickie? Non è il loro anniversario né il suo compleanno né il giorno della mamma Forse vorrà chiedermi scusa pensa Scusa per tutto Ma Dickie non prenderebbe mai un mazzo come questo È enorme Il piú grande che abbia mai visto

Indugia sulla porta Si gira e chiama Dickie? E poi: Cass? E poi: PJ? Dopodiché porta i fiori dentro e li mette in un vaso e mette il vaso sul tavolo della cucina infine si siede e guarda i fiori e soltanto dopo essersi calmata fa mente locale e prende la busta annidata nel mazzo e tira fuori il biglietto

«Cara Imelda, – dice il biglietto scritto a mano con una penna blu, – spero tu voglia accettare questi fiori in segno di scusa per il mio comportamento di ieri. Ti prego di credermi che quando ti ho offerto di usare la Touareg non avevo alcuna intenzione di ferirti o offenderti. Pensavo soltanto che potesse servirti visto che io non la uso piú. Posso capire che alla luce della situazione attuale con Maurice che mi chiede di prestare una consulenza temporanea alla Maurice Barnes Motors, la mia offerta sia risultata inopportuna e priva di tatto. Sono sinceramente rammaricato, Imelda. Se solo sapessi quanto ti rispetto Imelda. Spero davvero che tu voglia accettare queste scuse visto che tra pochissimo le nostre figlie andranno a vivere insieme a Dublino!! E spero perciò che potremo lasciarci questo incidente alle spalle.

Cordialmente, Michael Comerford ("Big Mike")»

Be'

Chi l'avrebbe mai detto?

Che bel biglietto sincero e premuroso E che tocco di classe mandare dei fiori Non me lo sarei mai aspettato da lui La gente riesce a sorprenderti a volte

Lo piega e lo rimette nella busta e mette la busta nella borsa e torna a occuparsi di quel che deve fare

Poco piú tardi le arriva un messaggio

«Hai ricevuto i fiori??»

È suo Si è dimenticata di avergli dato il numero alla cena di Maurice Se ne sta lí a guardare il messaggio «Hai ricevuto i fiori??»

Non capisce il senso Vuole solo controllare che siano arrivati? O sta fingendo di controllare perché si aspetta che lei dica grazie? Spera di no perché se uno ti manda dei fiori per chiederti scusa non fa che rovinare il gesto se poi si fa vivo per essere ringraziato

Gli risponde «Sí»

La notifica di un nuovo messaggio è quasi istantanea «Mi perdoni?»

Osserva accigliata lo schermo Lo ha perdonato quando le sono arrivati i fiori ma ora ha la sensazione che le stia facendo pressioni Ecco questo sembra il Big Mike che lei conosce «Vedremo» scrive

«Pensi che possiamo vederci un giorno o l'altro e parlare un po'?»

Quando legge quelle parole si sente arrossire e osserva la poltrona dove va a sedersi Dickie per guardare il telegiornale Ma mancano ancora parecchie ore al telegiornale Torna a leggere il messaggio Parlare? Parlare di cosa? Della Touareg? Non è stata chiara?

Decide di non rispondere adesso Aspetterò fino a domani per poi dire Oh non mi ero resa conto di non averti risposto

Lascia il telefono di sopra in modo da evitare distrazioni e cercare di riconcentrarsi su quel che stava facendo

Ma quel che stava facendo era guardare il telefono E la domanda cui non ha risposto la tormenta La punzecchia Come pure il pensiero di altri messaggi di altre persone che potrebbero accumularsi senza che lei li legga Finché non risale in camera afferra il telefono e scrive «Ti perdono sí. E non parliamone piú»

«Sono contento :)» scrive lui

Tiene il telefono in mano Aspetta nel caso ci sia dell'altro ma non c'è altro Bene pensa Posa il telefono determinata stavolta a non guardarlo piú Ma quello si mette a ronzare mentre lei è ancora nella stanza per cui lo prende di nuovo e con una fretta tale che le sfugge di mano e cade a terra IMELDA NON PERDERE QUESTA OCCASIONE Ma è solo il negozio online che le ricorda le scarpe da ginnastica Balenciaga rimaste in attesa nel suo carrello E al posto del panico di un momento prima prova delusione Anche confusione perché è rimasta delusa ma prima che possa darsi una risposta arriva un nuovo messaggio da lui

«Ti andrebbe di vederci prima che le ragazze vadano a Dublino + prendiamo accordi + ci sono carte che devi firmare»

Lei osserva le parole sullo schermo Hanno un tono pragmatico Alla fine ha capito l'antifona pensa Sono sulla stessa lunghezza d'onda adesso Gli risponde con lo stesso tono «Ok discutiamone»

Ma le sembra freddino per cui lo cancella e scrive «Va bene» ma lo cancella subito per scrive solo Sí dopodiché cancella e torna al Va bene di prima

«Facciamo domani?» La sua risposta è immediata Le risale l'irritazione e scrive perciò «Domani no. Sono impegnata» anche se in realtà non lo è

«Dopodomani?» Ancora una volta la replica arriva subito Inizia a sentirsi perseguitata Sente la porta di sotto aprirsi Passi sul pavimento Perché assilla lei? Non può parlare con Dickie? Ci sei? dice una voce da giú Mamma? Sono di sopra grida Posa il telefono Si affretta a uscire Torna indietro e di corsa riscrive «Va bene»

Wow che bei fiori dice Cass entrando

Ah sí replica Imelda assente

Da dove arrivano?

Oh niente dal giardino dice

Dal giardino? Cass se ne sta impalata accanto al frigo aperto e fissa i fiori Li hai raccolti in giardino?

Hmm dice Imelda

Non ricordo di aver visto fiori come quelli in giardino dice Cass Il nostro giardino?

È quel che ho detto mi pare sbotta Imelda e poi Gesú Giuseppe e Maria Cassie quante volte ti ho detto di non lasciare il frigo aperto? Vuoi che vada tutto a male?

Esatto perché tanto è quel che succederà dice Cass e se ne va scocciata afferrando prima un Gatorade

Avrebbe dovuto dirle la verità ma sa che non l'avrebbe ascoltata fino in fondo *Perché* Big Mike manda dei fiori? Di *cosa* doveva scusarsi? Dio santo quella ragazza non le ha rivolto la parola per una settimana e a un tratto si metterebbe a fare il tenente Colombo su un mazzo di fiori

Accende la tv in vista del telegiornale per Dickie già scocciata al pensiero degli stivali infangati Ma è PJ a entrare dalla porta scorrevole Wow che bei fiori dice

Hmm Ah quelli dice lei

Da dove arrivano?

Ah li ha mandati un'amica dice

Per cosa? chiede lui

Che vuol dire per cosa? Li ha mandati La gente si manda sempre dei fiori

Ah fa lui

Zitto ora dice lei Voglio guardare il telegiornale

C'è stato un terremoto non ha capito bene dove La gente viene estratta dalle macerie bianca di polvere come se la terra partorisse bambini antichi È stato gentile da parte di Mike mandare i fiori pensa Un bel gesto Era in torto e lo ha ammesso subito Va ammirato

Dickie non si vede ancora Imelda dà un'occhiata al bouquet chiedendosi se sia il caso di spostarlo Non che ci sia niente fuori del normale in una persona che manda dei fiori È solo che non ha voglia di rivangare la storia della Touareg con il marito

Ma proprio quando si alza per spostarli Dickie entra in casa passa accanto ai fiori e si lascia cadere sulla poltrona davanti alla tele Qualunque cosa abbia combinato in giro è coperto di fango Coperto dalla testa ai piedi e senza riuscire a trattenersi lei dice Dickie per l'amor di Dio ti dispiacerebbe cambiarti prima di sederti su divani e poltrone? E senza aprire bocca lui si alza e lascia la stanza e lei si pente ma è Dickie a essere in colpa E se mai scrivessero un libro sul loro matrimonio è cosí che andrebbe intitolato

Il meteo dissemina grandi soli arancioni su tutta l'Irlanda Lo scroscio della doccia al piano di sopra sembra un raid aereo Il suono di una notifica annuncia un messaggio di Cass sul suo telefono «DOV'È IL MIO ZAINO DI FJÄLLRÄVEN L'HAI VENDUTO????» Zolle di fango sparse sul pavimento Penso mi sia tornato il piede dell'atleta dice PJ saltellando col piede in mano

Ma sul tavolo i fiori scintillano sereni in uno sfolgorio di rosso oro e azzurro

Gli ha detto che poteva passare da lui perché era probabilissimo che dovesse comunque portare Cass da Elaine ma si è vista rispondere che se per lei era uguale meglio la fattoria lui aspettava delle consegne e altre cose C'è un piccolo ufficio dove possiamo parlare ha detto Ah perfetto ha accettato lei maledicendosi anche se intanto diceva Ti va bene a mezzogiorno? Ah perfetto

Ma poi quel mattino si fa prendere dalle pulizie Strofina casa da cima a fondo A quattro zampe con la spazzola dura Le case è un attimo che diventano luride Comunque sia perde la nozione del tempo e quando infine guarda l'orologio è troppo tardi per una doccia anche se puzza di detersivi Pazienza Big Mike se ne farà una ragione pensa Gli manda un messaggio per dirgli che arriva in leggero ritardo dopodiché si infila al volo una gonna e una camicetta e si lega i capelli in una coda si dà una passata veloce di rosso acceso sulle labbra in contrasto con la camicetta poi si guarda allo specchio e si toglie il rossetto strofinandosi la bocca

Esco! grida a Cass Nelle orecchie la sua voce le risuona alta e con un che di musicale Nessuna risposta da Cass Per cui va di sopra bussa alla porta si affaccia nella stanza Vado a fare delle commissioni dice Un salto al supermercato e dal macellaio e devo anche passare da Big Mike per firmare dei moduli

Non devi raccontarmi OGNI SINGOLO DETTAGLIO della tua vita La voce di Cass arriva da sotto il piumone

Le mucche si inginocchiano spossate nell'erba secca dei prati Bart Creaghan se ne sta su una sedia a sdraio con indosso solo un paio di pantaloni corti davanti al suo negozio Non attirerà molti clienti conciato a quel modo pensa Imelda mentre gli fa ciao con la mano La Camry è un forno Mette la ventola al massimo su freddo nella speranza di scacciare l'odore di Cillit Bang

La fattoria di Mike è piú avanti sull'altra riva del lago dove manca qualsiasi punto di riferimento a parte un segnale con scritto «Strada privata» e infatti Imelda finisce per perdere tempo girando a vuoto nonostante il navigatore satellitare La luce picchia sul parabrezza Ha la camicetta zuppa di sudore farsi una doccia non sarebbe servito a niente Prova a chiamare ma Mike non risponde al che si incazza a tal punto con lui per averla trascinata laggiú che quando finalmente appare il cartello che indica la svolta è tentata per un attimo di tornare a casa lo stesso

L'auto procede a scossoni su un lungo e tortuoso sentiero di fango seccato dal sole che conduce a un cerchio di granai e stalle e fienili al cui centro si trovano Big Mike e un giovanotto accanto a un camioncino con il pianale carico di sacchi di mangime Entrambi fissano prima un foglio in mano al giovane poi il pianale Sono cosí presi dal loro pezzo di carta e dai sacchi che Imelda resta in macchina cinque minuti buoni prima che Mike la noti e comunque solo dopo che lei ha dato un colpo di clacson perché l'uomo alla guida del camioncino sta facendo retromarcia e rischia di finirle addosso

Mike corre da lei e poggia il braccio sul finestrino abbassato Eccoti dice Ne ho ancora per un minuto Aspettami dentro se vuoi indicando uno dei granai

Sto bene qui dice lei

Lui però se ne prende quindici di minuti prima per parlare con il giovanotto del camioncino poi con un altro che sbuca da un granaio alla guida di un escavatore Hitachi Intanto Imelda è bloccata nell'auto che diventa sempre piú calda piú calda piú calda

Alla fine torna da lei ma senza scusarsi Ci siamo dice

Le apre la portiera e gira i tacchi Lei lo segue all'interno di un granaio con cataste di sacchi di mangime e gli odori pesanti tipici di una fattoria Merda di vacca e diesel Sulla parete di fondo c'è un ufficio prefabbricato che poggia su blocchi di cemento

Le ricorda l'area fumatori dell'officina il baracchino in cui l'ha portata il ragazzo polacco e per un attimo ringrazia che ci sia tanto caldo perché ha la faccia già rossa e cosí non deve preoccuparsi se arrossisce anche per l'imbarazzo Non è pazzesco come le stesse cose si ripresentino di continuo solo in forma diversa?

All'interno dell'ufficio una scrivania e uno schedario Siediti lí Imelda dice Mike indicando una sedia con un cuscino strappato Inforca un paio di occhiali e dal disordine della scrivania pesca un fascio di carte tenute insieme da un fermaglio gigante e comincia a parlare di depositi e garanzie e bollette mostrandole i punti in cui lei deve firmare

Molto bene dice lei e Ah sí e È qui che devo firmare? Poi mentre lei china il capo e appone la sua firma e poi un'altra e un'altra ancora cala un momento di silenzio in cui il suo corpo si ricopre di una patina umida nell'aria densa di calore di questa scatola infuocata e un animale bela chissà dove e gocce di sudore spingono con insistenza per imperlarle la pelle

Se ne stanno andando di casa Non ci si crede vero? Mi fa sentire Non finisce la frase

Vecchio dice lei

Stavo per dire orgoglioso dice lui con una risata Ma anche quello suppongo Di certo ti fa capire che il tempo passa

Mike si abbandona sulla sedia Mette le mani dietro la testa Voglio dire che quando hai dei figli ti rendi conto che il tempo passa perché li vedi crescere Eppure i giorni si susseguono e hai l'impressione che debba durare in eterno Poi succede una cosa come questa e realizzi che il tempo se n'è andato Che loro se ne sono andati Il tempo che hai trascorso con loro Momenti belli o momenti brutti non importa È tutto finito E per tutto quello che volevi fare per tutto quello che ancora progettavi è troppo tardi

Imelda sente qualcosa nella sua voce Leva lo sguardo dalle firme Lui le fa un mezzo sorriso

Non darmi retta dice È fantastico che vadano Una grande conquista Dio se sono fiero delle nostre ragazze Di Elaine e anche di Cassandra Sono proprio in gamba Il futuro è loro dico bene?

Sulla sua maglietta nera una bottiglia di birra suona il banjo Mike si asciuga gli occhi

Lei finisce di firmare posa le carte torna a guardare lui Ha riacquistato la sua aria pragmatica

Ascolta dice Mi dispiace per l'auto Non volevo insinuare nulla

Non c'è problema dice lei

Pensavo che la rivolessi tutto qua dice Ma l'ho messa in vendita su Internet

Oh molto bene dice Imelda e cala di nuovo il silenzio con lei che vorrebbe Mike morto per averla trascinata quaggiú in questo caldo per firmare dei contratti che avrebbe potuto benissimo lasciarle a casa

Bene dice poiché sembra che abbiano fatto quel che c'era da fare È tutto?

Big Mike non risponde Abbassa invece gli occhi sulle proprie mani posate sulla scrivania e dice So che non hai una grande opinione di me Imelda

Lei fa per obiettare ma lui la interrompe Lo so Me lo hai detto l'altro giorno Almeno sei stata onesta Lo apprezzo Molta gente me lo dice solo alle spalle

È il lato peggiore di questo schifo di storia la gente che spettegola dice Io me la sono cercata ma Joan ed Elaine no Scuote la testa Certe volte in questo paese ti senti come intrappolato in una rete

Lei non commenta anche se le capita di pensare la stessa cosa

Lui fa un respiro profondo arriccia le labbra per cacciare fuori l'aria

Non pretendo di essere assolto per quello che ho fatto Imelda Non cerco scuse Voglio bene a Joan e so di avere sbagliato

Non devi spiegarti con me Mike

È vero dice lui Ma tra il garage e le figlie toccherà vederci un bel po' e non voglio che tu pensi male di me O se pensi male di me voglio che tu lo faccia per i motivi giusti

Comunque il terapista dice che fa bene dare voce ai propri sentimenti aggiunge con quel suo sorriso stanco e accennato Se avessi parlato di piú dei miei sentimenti forse non avrei combinato quel casino con Joan

La sua grande testa rosa luccica e le pesanti spalle si alzano e abbassano Se prima aveva paura che ci provasse con lei ora Imelda teme che possa avere una specie di crisi

L'amavo Imelda E le voglio ancora bene Ma il fatto è che la scintilla si è spenta Non giustifica quel che ho fatto ma è comunque una spiegazione

La guarda dall'altro lato della scrivania So che potrà sembrarti assurdo dice Tu e Dickie siete sempre stati una coppia solida Chiunque può vedere quanto vi amate Sarà difficile per te capire fino a che punto ci si può sentire soli in un matrimonio

Gli brillano gli occhi e Imelda che aveva cominciato ad alzarsi si rimette a sedere

Questo non mi assolve ripete Ho fatto del male a Joan Ho fatto del male a Elaine e sí ho fatto del male anche ad Augustina per colpa del mio egoismo e non me lo perdonerò mai E la solitudine non è una scusante ma di questo si è trattato anche se non me rendevo conto

Ammutolisce Sopra il suo orecchio fa capolino un calendario del campionato nazionale di aratura Mike si stringe nelle spalle solleva le mani La guarda negli occhi come per dire E questo è quanto

Al che Imelda si alza Devo andare dice

Imelda dice lui

Devo andare ripete lei e si gira verso la porta del bugigattolo

Aspetta dice Scusa Non avrei dovuto scaricarti tutta questa roba addosso

Ma lei schizza fuori e scende le scalette per poi correre correre correre finché non arriva all'auto dopodiché se ne va a una velocità tale che per poco non si schianta contro l'escavatore e l'uomo ai comandi

Nello specchietto vede Mike uscire di corsa e fermarsi di colpo sulla porta del granaio

Ma un attimo dopo lei ha imboccato la curva e lui sparisce dietro una macchia di alberi

È una benedizione che le strade di questa parte del mondo abbiano tante curve e tornanti Non devi mai allontanarti troppo per sparire

Tornata a casa chiama Cass mentre sale di sopra ma non riceve risposta neanche quando bussa alla sua porta Per cui le fa uno squillo Ci sei? dice

Ovvio che ci sono dice Cass

Sei a casa voglio dire

Sono a casa di Elaine

Ah dice Imelda Sta per chiedere se torna per pranzo ma Cass non gliene dà il tempo Mamma sono impegnata adesso Ti chiamo dopo Ok? Ciao

Ok ciao replica lei ma Cass ha già attaccato Chiama Dickie Ah no stiamo a posto cosí le dice Non hai fame dice lei Posso prepararvi un panino Grazie amore sei gentile ma mi sono portato qualcosa Ah fa lei Anche per PJ? Sí dice lui E pure per Victor? Sí dice lui Ah dice lei Va bene allora Ci vediamo per cena allora

Chiude la chiamata Fissa per un attimo il telefono nella sua mano

Mentre intorno a lei la casa linda e pinta dopo l'intensa opera di pulizia si allarga nella luce estiva bianca e scintillante come i ghiacciai dell'Artico che si vedono nei documentari in cui arranca un orso polare un puntino bianco su uno sfondo bianco Stanno morendo tutti gli orsi le ha spiegato PJ Morendo di fame

Sarà difficile per te capire quanto ci si può sentire soli in un matrimonio

Quando ti senti cosí non importa se sei seduta o in piedi Se vieni o se vai Se vivi o muori Tutto sparirà nel silenzio una minuscola particella bianca su uno sfondo bianco Che rimbalza da una parete all'altra come un'eco di te stessa

Big Mike Per tutto quel tempo Chi l'avrebbe mai immaginato pensa Chi mai

Suonano alla porta

Le batte forte il cuore Di punto in bianco batte come se quei colpi dovessero trapassarle il petto

E mentre si incammina verso il corridoio stenta a restare in piedi tanto quei rintocchi la fanno ondeggiare a destra e sinistra

Deglutisce Cammina Pensa Fa' che non sia lui Fa' che non sia lui

È lui? È lui

Apre la porta

Che bei fiori dice Maurice Da dove arrivano?

Non risponde si concentra sul tè Dalla cucina percepisce che la sta squadrando con i suoi occhi di falco Ti va qualcosa per pranzo Maurice? dice da sopra la spalla Ho dei pomodori ciliegino fantastici Ti preparo un'insalata?

No grazie dice lui Ho mangiato in albergo Poi viene a sedersi al tavolo della cucina e aggiunge Imelda temo che non sia una visita di cortesia

No?

No scuote il capo Temo di dover discutere qualcosa con te Qualcosa di molto serio

Oh? dice lei con un sorriso impietrito

Sí dice Ricorderai che ho chiesto a Michael Comerford di salire a bordo per la ristrutturazione

Certo dice Dentro è diventata di ghiaccio Non può sapere Come potrebbe sapere? Non c'è niente da sapere Non è successo niente

Insomma Mike ha scoperto qualcosa dice Maurice

I convertitori?

No dice Maurice No siamo ben oltre qualche convertitore rubato

Sospira si schiarisce la gola si tampona le labbra con il fazzoletto

Sembra ci sia un buco nei conti dice

Un buco? ripete lei

Sí

Non capisco Che genere di buco?

Be' è abbastanza semplice C'è un ammanco Una grossa somma di denaro non è presente nel bilancio della società

Le fa questo bel regalo e ammutolisce

E dov'è finita? chiede poi lei

È quello che vogliamo scoprire dice Maurice

Nonostante la confusione che l'annebbia Imelda è consapevole che lui la sta guardando Che osserva i suoi movimenti

Non potrebbe essere dice per poi fermarsi Quel tipo di cui parlavi? Il polacco?

Maurice scuote la testa A parte me la sola persona che ha accesso ai conti è Dickie

Lei si volta verso di lui Un canovaccio in mano Cosa stai cercando di dirmi Maurice?

Non sto cercando di dire niente Imelda Sto semplicemente chiedendo se sai qualcosa che possa far luce sulla questione

No non posso fare nessuna luce sulla questione Se non dire che qualcuno in banca o altrove deve aver commesso un errore

Nessun errore dice Maurice

Scusami ma è chiaro che c'è Perché Dickie se stai insinuando che è stato lui Dickie è un sacco di cose ma non un imbroglione Per l'amor del cielo Dickie non supera neanche i limiti di velocità In una giornata di sole su una strada deserta e senza un'anima in giro fa gli ottanta all'ora non uno di piú Ti fa ammattire

Mmm dice Maurice Ma è stato sotto pressione o sbaglio? Un'enorme pressione

Siamo a questo punto allora? Ha già risolto il mistero Nell'istante in cui se ne rende conto Imelda si sente ribollire il sangue Ora ascoltami Maurice Ti siamo molti grati dell'aiuto che ci hai dato con Cass e dei soldi e cosí via e so bene che Dickie ha combinato un bel po' di pasticci ma se credi di poter venire qui in casa mia e accusare mio marito di essere un ladro

No no non intendevo questo dice Maurice agitando le mani come se Imelda avesse appena calpestato le sue pluripremiate begonie Intendevo solo

Fa una pausa si stringe il naso tra l'indice e il pollice In questo momento con la sua splendida camicia bianca e la cravatta di seta e gli anelli i capelli d'argento pettinati all'indietro sembra vecchio Un uomo fragile e anziano

È possibile che abbia avuto una specie di crollo nervoso? dice

Abbiamo avuto tutti un crollo nervoso Maurice sbotta lei Mentre tu giocavi a golf in Portogallo quel garage ha subito un tracollo spaventoso e infinito Se è un buco che cerchi quello è il buco in cui abbiamo riversato la nostra vita di merda

Sí dice lui Ma la mia domanda è potrebbe essere che la tensione lo abbia spinto verso comportamenti estremi Diciamo gioco d'azzardo?

Gioco d'azzardo?

O qualcos'altro dice lui con un'aria che adesso è di disperazione Ti sto chiedendo se non hai notato niente Ti ha detto niente? Dickie?

Sí dice Maurice scrutandola con aria interrogativa Sei sua moglie in fin dei conti

Lei lo guarda a sua volta senza rispondere

Comunque sia pensaci dice Forse ti verrà in mente qualcosa O forse lui si lascerà sfuggire qualcosa Se lo fai parlare È ovvio che sarebbe preferibile risolvere il problema tra di noi

Ti accompagno dice lei

Sí dice Maurice Si alza dal tavolo abbassa le mani in cerca dei bottoni del blazer Ma non indossa nessun blazer Si guarda le mani stupito Questo caldo dice

È qualcos'altro dice lei

Lo accompagna alla porta Lui si ferma sulla soglia Teniamo questa faccenda tra di noi per adesso dice Non ha senso allarmarlo Può esserci una spiegazione semplicissima Un errore come hai detto tu

Si volta per andarsene Poi si gira ancora verso di lei con un'urgenza improvvisa Dov'è? dice per poi rispondere alla sua stessa domanda È nel bosco?

Sí dice lei È tutta la settimana che stanno lí lui e PJ insieme a Victor McHugh

Maurice fa per dire qualcosa che però gli muore in bocca Perché? chiede

Lei alza le spalle Si prepara al futuro dice

Anche dopo che Maurice se n'è andato la sua domanda le risuona ancora nelle orecchie Come zampette che raschiano il terreno Cos'hai notato Cos'ha detto Con te dovrà pur parlare Sei sua moglie in fin dei conti

No no no Maurice Tu non capisci Dickie non dice niente Non parla Se ti dice qualcosa lo fa solo perché tu smetta di chiedere

Un tempo pensava che fosse perché lei era stupida Perché non era andata al Trinity College ecco il motivo per cui non capiva Dickie Non come Frank che era invece per lei un libro aperto Se aveva palpeggiato la cameriera Se aveva scommesso due centoni sull'Arsenal e avevano perso Capiva tutto Capiva sempre tutto

Ma Dickie no Dickie che pure sembra tanto semplice e diretto Fargli una domanda è come entrare in una galleria degli specchi Perché sei tornato cosí tardi? Con chi sei stato? Dove sei stato fino adesso? Be' sai è andata cosí e se ne va

Sí no Frank era una partita a dama Dickie è come gli scacchi Gli scacchi nella nebbia e al buio

Ma una certezza Imelda ce l'ha Ci sono cose che lui non farebbe mai Non ruberebbe non esiste Non commetterebbe un reato Non è nella sua natura

E tuttavia i piccoli artigli scavano Scavano e scavano nella sua mente e non smettono di scavare

E poi sente qualcosa esplodere

Il rumore riempie il cielo Forte come un tuono Ma non è un tuono E nel medesimo istante in cui si chiede cosa sia si ritrova a uscire dalla porta di servizio per correre in direzione del bosco Corre nei campi verso il bosco Quando raggiunge il fronte degli alberi lo sente di nuovo Un boato enorme Come se il cielo si fosse squarciato Il rumore si infrange su di lei come un'onda che la scaraventa all'indietro lasciandole un ronzio nelle orecchie PJ grida ma non riesce a sentire neanche la sua voce e allora si tuffa nel bosco senza sapere dove sta andando con i tronchi che sembrano gettarsi sulla sua strada La luce frantuma la foresta in un caleidoscopio di schegge verde-oro E nella sua testa quelle due parole «crollo» «nervoso» Finché all'improvviso si ritrova a barcollare sull'orlo di un abisso oscuro

Una buca Una buca scavata nel terreno in fondo alla quale c'è suo figlio

Ciao mamma dice

Imelda si lascia cadere sul ceppo di un albero Ride si asciuga il sudore dalla faccia piange un po' si schiarisce la gola

Ehilà dice

Cosa ci fai qui?

Ero venuta a vedere cosa stavate combinando dice È una buca enorme

Diventerà un pozzo dice lui Per quando ci sono delle alluvioni e manca l'acqua

Come possono esserci alluvioni senz'acqua? dice

Non lo so è quel che dice papà

Amore esci da lí un attimo ti va? dice lei e PJ sistema un secchio al contrario e ci sale sopra aggrappandosi con le sue dita bianche al bordo nero per tirarsi fuori

Sono nella radura che circonda il vecchio capanno Il vecchio capanno di Frank Sono anni che lei non ci va Da quando i suoi figli hanno cominciato a crescere Sembra un cantiere Una parete è stata abbattuta e il pavimento scavato All'esterno impilati su un pallet ci sono tubi rotoli di cavi lastre grigie di un qualcosa che potrebbe essere materiale isolante protetto da una pellicola di plastica

Che ne pensi? chiede PJ con orgoglio

Vi siete dati un bel da fare dice lei

PJ comincia a entrare nei dettagli Le tempistiche per la realizzazione del Bunker come lo chiama lui Laggiú andrà la latrina Ci saranno un generatore sotterraneo una dispensa Serre di polietilene Indica e spiega Con modi da adulto Fantastico dice lei a ripetizione Fantastico È tutto talmente strano e simile a un sogno che si dimentica la ragione per cui è venuta qua finché dagli alberi non sbuca Dickie

In un contesto simile è un'altra persona Con una vecchia camicia a quadri sfilacciata e gli stivali da lavoro incrostati di fango Non ha l'aria di un uomo che potrebbe aver commesso un reato No Colto cosí ignaro di essere osservato sembra un altro Una persona felice pensa lei con una stretta al cuore

Poi appare una seconda figura Una massa verde e informe al posto della faccia Imelda arretra impaurita Ma è solo Victor si rende conto Victor McHugh che indossa una specie di rete il che è una benedizione per tutti

Ma guarda le dice Dickie Sorpreso ma non dispiaciuto come se salutasse una persona venuta a trovarlo da una vita precedente

Che succede qui? chiede lei

Ti piace? replica Dickie girandosi per contemplare i lavori Siamo ancora agli inizi ma facciamo progressi Specie da quando abbiamo un aiuto E scompiglia i capelli a PJ che a quanto pare è contento anche lui

Ma che roba è? chiede lei Cos'è?

Be' è un rifugio Immagino lo si possa chiamare cosí dice Dickie

Nel caso ci fosse un'emergenza dice PJ E avessimo bisogno di nasconderci

Nasconderci ripete lei

Esatto se va via la corrente per esempio o se ci fosse una guerra O un attacco nucleare

Imelda guarda male Dickie

Be' probabilmente non ci sarà mai bisogno di usarlo per quella ragione dice Dickie È piú un eremo nel bosco Sai un posto dove i bambini possono venire per stare all'aria aperta in mezzo alla natura

Ho pensato spesso che era un peccato lasciar marcire il capanno dice E abbiamo imparato qualche nuovo trucchetto E poi ci stiamo divertendo che è la cosa piú importante dico bene?

Sí! esclama PJ agitando il berretto e facendo un salto di giubilo Tre uomini nella foresta impegnati a costruire un rifugio antiatomico Sembrano cosí contenti e in pace col mondo che comincia a sentirsi lei la persona in colpa per essere venuta a rovinare tutto Quando vede quel che Victor porta in spalla

Ho sentito uno sparo dice lei

Ah sí dice Dickie Visto che siamo qui dice

È un'iniziativa dell'Unione Europea dice Victor McHugh

Forse è tutto un sogno Che iniziativa? chiede Imelda

Gli scoiattoli dice Dickie Gli scoiattoli grigi Abbattimento selettivo

Dieci euro a esemplare dice Victor

Imelda guarda prima uno poi l'altro Sparate agli scoiattoli?

Solo a quelli grigi dice Dickie

Sono una specie invasiva spiega Victor

Sei tu la specie invasiva Victor McHugh gli risponde lei a brutto muso Sto parlando con mio marito se non ti dispiace Poi si rivolge Dickie

E PJ? dice Che state facendo? Vi mettete a sparare coi fucili in presenza di un bambino?

E Dickie comincia con le spiegazioni Victor ha una licenza di caccia per cui non c'è nessun pericolo e tra l'altro sparano solo in alto senza contare i benefici per il bosco perché gli scoiattoli grigi mangiano le querce ecc. Fatti e ancora fatti Sa sempre tutto lui ma non sa o non gli interessa che un altro siede al suo posto nel suo ufficio Non sa che suo padre lo considera il sospettato numero uno degli ammanchi nel bilancio della società Cristo santo ma non ti rendi conto?

Si trattiene PJ la sta guardando

Tu sei un idiota Dickie Barnes dice Tu sei un maledetto idiota

È una parente della nostra ospite? chiede la ragazza alla reception È nuova Ogni volta che viene in questo posto la ragazza cambia e a lei tocca spiegare da capo Non sono una parente dice Non ha parenti Sono quella che paga Mio marito paga cioè

La ragazza alla reception controlla sul computer Fa una smorfia Sono indietro con la retta Mi ripete il nome?

E via di questo passo Si comportano sempre come se fossero dei guardiani Tipo Fort Knox Si farebbero ammazzare prima di consentire a qualcuno di molestare i loro preziosi «ospiti» Poi una volta entrata vedi che li trattano come scatole in un magazzino Li spostano di qua li spostano di là li mettono dove fa comodo a loro

Alla fine un'infermiera appare dalle doppie porte È venuta per vedere Maura? chiede

Di solito è con gli altri nella zona giorno come la chiamano loro Ma somiglia piú a un'aula scolastica un vecchia aula scolastica senza insegnante c'è solo un televisore Con una trentina di ospiti incollati allo schermo Oggi però Imelda viene portata subito nella sua stanza O almeno l'infermiera dice che quella è la sua stanza anche se non è la stanza dell'ultima volta e non c'è niente di suo all'interno Nemmeno la guida dei programmi tv Ma c'è lei accanto alla finestra per cui deve essere davvero la sua stanza anche se non si capisce perché l'abbiano messa su una sedia a rotelle

Bella domanda dice l'infermiera È in grado di camminare ma è testarda Vero Maura?

Si chiama Rose dice Imelda Forse sarebbe meno testarda se le chiamaste con il nome giusto

Diventano cosí quando cominciano a non starci piú con la testa dice l'infermiera È piuttosto comune

Lo dice come niente fosse Davanti a lei Imelda è scioccata Guarda Rose che contrae le labbra e si volta verso la finestra

Perché l'hanno abbandonata in questo posto Non le piace Non le è mai piaciuto

Sono fuori se avete bisogno di me dice l'infermiera contenta come una pasqua

Imelda sospira Si siede ai piedi del letto Dice quel che dice sempre Che le dispiace di non essere venuta per tanto tempo Che è stata tanto impegnata

Rose non replica Fuori ci sono alberi e uno scorcio del parcheggio Storni appollaiati lungo il muro di cinta

Non crederai mai cos'è successo dice Imelda Maurice è tornato E i Lions hanno dato una grossa cena per lui E indovina dove? Al *Burke's Hotel* Nella stessa sala dove abbiamo festeggiato il matrimonio C'è mancato poco che mi venisse un colpo

Starsene seduta lí e basta tutto quel tempo dice Per quanto Quale altro posto avrebbero potuto scegliere?

Non sa neanche lei cos'abbia voluto intendere Si sente in imbarazzo perché si potrebbe dire lo stesso di Rose Giunge le mani in grembo Rose devo chiederti una cosa

Si gira un attimo per controllare che la porta sia chiusa

Riguarda Dickie Sono preoccupata per lui

Dickie dice Rose

Esatto Penso che possa aver fatto qualcosa In realtà non lo so ma Maurice pensa cosí

Rose la scruta È vecchia da sempre o almeno cosí l'ha sempre vista lei ma adesso! La faccia non è quasi piú una faccia È una massa di rughe simile a una pagina spiegazzata rimasta appallottolata per chissà quanto tempo Anche se gli occhi con cui la scruta sono affilati come sempre Penetra le cose con quegli occhi arrivando al cuore della tua anima

Non è tutto ammette Imelda Fa un respiro profondo si guarda le mani Ti ricordi di Mike Comerford? Big Mike?

Rose socchiude gli occhi Big Mike?

Sí è un contadino del paese Contadino e imprenditore ma è Fa una pausa Quel che voglio sapere Tu pensi che ci si può fidare di lui? dice e poi scorata Cioè Non so nemmeno se lo conosci Per cui forse non ha nessun senso che te lo chieda È solo che ne stanno succedendo talmente tante in questo periodo che non riesco a pensare con lucidità e non so con chi altri parlare a parte te e scusa se non sono venuta prima ma se c'è qualcosa che tu vedi se puoi fare luce in qualsiasi modo su questa storia perché a me sembra di andare fuori di testa

Rose china il capo e lo scuote Borbotta tra sé assorta nei pensieri

Poi rialza il capo Guarda Imelda negli occhi

Sei nuova? dice

Cosa?

Nuova sei nuova qui?

No sono io Rose Imelda La figlia di Paddy Joe Imelda

Ah fa Rose Imelda la figlia di Paddy Joe

Esatto Ascolta Rose ho bisogno di un tuo consiglio

L'altra ragazza era filippina dice Rose

No insiste Imelda Sono io Rose Imelda la moglie di Dickie te lo ricordi Dickie?

Dickie è morto dice Rose È morto in un bosco

No quello era Frank dice Imelda Frank suo fratello

Frank e Imelda devono sposarsi dice Rose

Cambiamo argomento dice Imelda cercando di non perdere la pazienza

Al matrimonio dice Rose

Basta dice Imelda

Vedo il sole E vedo

Ti prego basta

Ci sarà un fantasma dice Rose Vedo il sole e vedo

Ti prego Rose ti prego! esclama lei

La vecchia si gira verso la finestra Ha il davanti della vestaglia sporco di cibo Ha i calzini arrotolati attorno alle caviglie Non sa chi sia Imelda Né sa chi siano Dickie Cass PJ Maurice Mike Sono semplici nomi che rimbalzano come palline colorate nel tamburo della lotteria

Che stupida a pensare che avrebbe funzionato Ogni volta che viene a trovarla sta peggio Dopo la visita dell'anno scorso Imelda è rimasta nel parcheggio per un'ora con Cass che cercava di consolarla Va bene così mamma È contenta È un bel posto Non potrebbe stare a casa in quelle condizioni

Sapeva che sarebbe accaduto? si domanda Imelda Lo aveva previsto a suo tempo? Che sarebbe finita con macchie di cibo sulla vestaglia circondata da presagi di un passato lontano segni senza alcun significato

Insopportabile Che cosa insopportabile è la vita

La sta guardando dalla sedia a rotelle

Gli occhi grigi e inespressivi si posano su di lei come monete la mascella raggrinzita è immobile

Tua figlia non è venuta con te questa volta dice

No dice Imelda

Se ne sta andando dice Rose

Sí dice Imelda A Dublino Al college La prossima settimana

È dura dice Rose È una brava ragazza

Sí dice Imelda o almeno ci prova Rose si alza dalla sedia e arranca fino all'armadietto accanto al letto da cui tira fuori un fazzoletto di carta che passa a Imelda

Glielo passa e rimane lí al suo fianco carezzandole la mano con la sua che sembra fatta di giunchi legati insieme come la croce di Santa Brigida che stava subito sopra la sua porta quando aveva ancora una porta E con un bisbiglio che è come il soffio del vento tra i giunchi le dice Tornerà Tornerà da te

Poi si acciglia Sbatte le palpebre un paio di volte come non ci vedesse bene No dice Non deve tornare E le ossa di giunco afferrano la mano di Imelda Gliela stringono cosí forte che Imelda grida anche se piú che altro per paura che le dita vecchie e rinsecchite di Rose si rompano Ma Rose stringe ancora di piú la presa e alza la voce Non deve tornare Non deve! Piú e piú volte finché l'infermiera che evidentemente ha sentito appare sulla porta Come andiamo?

Alla grande dice Imelda con un filo di voce mentre Rose le tiene ancora la mano Ha la bocca aperta e gli occhi sgranati e fissi su Imelda come se stesse annegando

Mrs Brennan dice l'infermiera È l'ora del riposino E con gentile fermezza gira Rose prendendola per le spalle E mentre la aiuta a coricarsi e comincia a sistemare i cuscini e la coperta Imelda si ritrova spinta fuori dalla stanza Non deliberatamente Ma come effetto di un processo naturale Rieccola nel corridoio con lo scintillante pavimento blu

La lingua delle giraffe è blu le ha detto PJ una volta

La porta è chiusa adesso Attraverso la finestrella con la rete metallica vede Rose parlare con insistenza Profezie che erano destinate a lei Risposte a domande che lei non ha mai fatto Riversate nelle orecchie dell'infermiera che annuisce senza ascoltare mentre rifà il letto

Dickie ha preso quei soldi? Big Mike è un bugiardo? Cos'è successo a papà? Come si toglie una maledizione?

Siamo persone cattive? Ho sbagliato?

Cosa ne sarà di noi?

La radura

1.

Perché le persone tirano sempre in ballo api e uccelli quando alludono ai rapporti sessuali?, disse il ragazzo.

Dickie indugiò un attimo, confuso – ma era confuso fin dal momento in cui era arrivato. Dici a me?, chiese.

Se per loro è un eufemismo, proseguí il ragazzo, è chiaro che non sanno molto di uccelli né di api. Sono specie dai rituali di accoppiamento alquanto barocchi. Ma forse con quell'espressione si vuole intendere proprio questo, che la natura non è quasi mai naturale. Tu che ne pensi? Quando le persone parlano di api e uccelli alludono all'orgiastico?

Gli studenti se ne andavano ciondolando sul selciato intiepidito da un sole inusuale per quel periodo dell'anno. Sarebbe stato cosí facile unirsi a loro! Dire che aveva un appuntamento, correre via – o non dire niente addirittura, limitarsi a un semplice cenno del capo e proseguire per la sua strada.

Ma non sapeva cosa fosse corretto fare. Era una settimana che non lo sapeva; si sentiva sempre sul punto di commettere un passo falso tremendo, anche quando l'azione era in tutto e per tutto limpida e innocua, tipo consegnare il soprabito al guardaroba o, come un attimo prima, camminare in piazza. Le cose semplici lo confondevano; le conversazioni erano insondabili. Per cominciare, ogni singolo aspetto della vita al Trinity aveva un nome in codice dal suono arcaico. Il Buttery era il bar, la Lecky era la biblioteca, il Michaelmas era il primo trimestre dell'anno accademico ovvero quello in corso, visto che adesso era ottobre, mentre lui in quanto matricola era un Junior Freshman – tutto ciò lo aveva capito, ma innumerevoli altri riferimenti gli restavano oscuri (l'House 6? il Gmb? la 1937? i Durns?), per cui comprendeva soltanto una porzione minuscola di quel che gli veniva detto. Peggio ancora, anche quando gli sembrava di capire si ritrovava comunque in alto mare, perché l'uso locale prevedeva che si dicesse l'opposto di quel che in effetti si intendeva aspettandosi che tutti gli altri fossero ugualmente in grado di discernere. L'ironia era la lingua franca dell'università; il che rendeva impossibile capire se una persona era seria o si stava prendendo gioco di te.

Il ragazzo che gli aveva parlato, per esempio. Dickie non aveva idea se il linguaggio assurdo e i modi strampalati fossero una posa o riflettessero la sua vera natura; nel primo caso, se volesse risultare divertente – e segnalare cosí che la sua natura era l'esatto opposto – o se invece pensasse di fare colpo sugli altri; nel secondo caso (o se pensava di fare colpo), se andasse considerato un fenomeno da baraccone o facesse in effetti colpo, e quindi anche Dickie dovesse dimostrarsi colpito.

Troppo complicato capirlo al volo; avrebbe dovuto tirare dritto; ma la domanda e lo sguardo interrogativo del ragazzo lo avevano impietrito, come un marinaio sconfitto e bloccato dalla punta della spada di uno spavaldo bucaniere.

Le api, per cominciare, disse il ragazzo, liberandolo almeno dall'obbligo di rispondere. I riti di accoppiamento delle api da miele sono un caso emblematico. La regina vergine – è abbastanza barocca questa immagine secondo te? – la regina vergine prende il volo seguita da migliaia di fuchi che cercano di fare sesso con lei. Migliaia! Ma soltanto una decina o giú di lí riesce a ingropparsela davvero. Ognuno di questi dieci o poco piú si accoppia con lei una decina di volte – e tutto questo avviene in volo, tra parentesi – e quando alla fine il fuco si stacca scarica anche le sue viscere. Hanno un pene spinato che perciò si strappa dal corpo quando si ritraggono dalla regina. E non è certo questo che i nostri genitori avevano in mente quando ci hanno raccontato la storia delle api e degli uccelli, vero? Perdiana, se la sentissimo da bambini, rimarremmo traumatizzati a vita! Nessuno farebbe piú sesso! La specie si estinguerebbe! Come in Giappone!

Il ragazzo era di una bruttezza considerevole. Aveva capelli del colore e della consistenza di un vecchio orsacchiotto di Dickie – una sorta di beige che pareva concepito per non vedere mai la luce del sole – e guance rossastre e sopracciglia smorte dominate da un enorme paio di occhiali con la montatura di tartaruga. Gli occhi erano grandi e blu cobalto; anche il naso era grosso, a patata, e sporgeva su un paio di labbra con l'arco di Cupido pronunciato e oltremodo rosse e definite, tanto da sembrare imbellettate. Labbra che altri avrebbero probabilmente trovato belle, considerò Dickie, ma nel suo viso quel frammento di perfezione non faceva che esaltare il senso di caos complessivo.

Labbra che avevano ripreso a muoversi. Quanto agli uccelli, stavano dicendo.

Una ragazza si era fermata al banchetto successivo per parlare con altri due studenti seduti dietro una scrivania improvvisata: ci fu un breve scambio di battute, la ragazza diede una sterlina ai ragazzi, aggiunse il suo nome a un foglio pieno di firme, poi proseguí per la sua strada. Avevano tutti un'aria soddisfatta. Perché non erano stati loro ad attaccare bottone, invece di quello strano individuo? Cosa voleva da lui? Sullo striscione sopra la sua testa, in caratteri augusti e un tantino antiquati, era scritto «The Historical Society». A Dickie piaceva la Storia; ma quand'anche non gli fosse piaciuta, sarebbe stato contento di farne parte, fosse solo per sfuggire alle grinfie di quel ragazzo, che però non sembrava avere alcuna intenzione di proporgli l'iscrizione.

Il fatto è che la stragrande maggioranza degli uccelli maschi non ha un pene, stava dicendo. Tocca alle femmine estrarre lo sperma dal maschio. I maschi possono soltanto esibire il piumaggio e sperare di far colpo. Molti di loro non trombano mai, non una volta in tutta la vita. Ma gli uccelli che hanno il pene, proseguí, spesso sono superdotati. C'è un'anatra in Argentina con un cazzo che in erezione è *piú lungo* del suo *corpo*. Te lo immagini? Eppure nessuno dice mai «dotato come un'anatra». Perché, me lo sai dire?

Dickie aprí la bocca e la richiuse. Dai suoi piedi il caldo aveva risalito il corpo per ammassarsi nella testa, con la conseguenza che a un tratto lui provava una veemente insofferenza per quel ragazzo, che a sua volta sembrava vedere in lui soltanto un pubblico con il quale provare i suoi sofismi.

«Sofismi» – ecco una parola che avrebbe potuto metterlo a tacere, se solo Dickie avesse trovato il coraggio di usarla. «Basta sofismi! Mi hai stancato con i tuoi sofismi!» Gli avrebbe dimostrato con chi aveva a che fare! Gli avrebbe dimostrato che lui non era uno dei tanti ottusi bifolchi arrivati dalla campagna per fare Ingegneria e che andavano a lezione dalle nove alle cinque nell'estrema periferia del campus e vivevano in camere subaffittate per tornare a casa ogni fine settimana con le mutande sporche in una federa perché la mamma gliele lavasse. No! Dickie studiava Economia e commercio, il che voleva dire passare le giornate con ragazze di Dublino uscite dalle scuole pubbliche che si pavoneggiavano nell'Arts Block vestite di cashmere (il giorno prima una di loro gli aveva chiesto, all'apparenza in tutta serietà ma vai a sapere, come aveva *condotto* l'estate).

Per quanto, la ragione per cui Economia e commercio dovesse essere inclusa tra le arti a Dickie sfuggiva, a meno che non fosse un'altra delle deliberate perversioni del Trinity College; il fatto era che lui viveva davvero in una camera in subaffitto e aveva tutte le intenzioni di tornare a casa quel fine settimana con i panni sporchi. Aveva sentito persone ridere del suo accento, nelle poche occasioni in cui aveva aperto bocca; aveva notato le occhiate sprezzanti alle sue scarpe (Dubarry) e ai suoi jeans (Wrangler) – che erano costosi ma nondimeno sbagliati, a quanto pareva – o forse erano anche giusti, ma indosso a lui non facevano che renderlo ancor piú intrinsecamente, fondamentalmente sbagliato?

Era stato stupido da parte sua dare per scontato che sarebbe riuscito a integrarsi in quel posto solo perché non si era integrato dalle sue parti. Come aveva potuto illudersi, se non proprio per via dell'ingenuità da provinciale da cui si riteneva immune? Il momentaneo impeto di ribellione si affievolí; la vergogna gli pulsò nelle guance; in quell'attimo un formicolio si fece sentire sul bordo di una narice e lui realizzò con penoso sconforto che il brufolo estirpato al mattino era ricomparso per vendicarsi.

Il ragazzo lo fissava, in attesa di una risposta alla domanda che lui, impegnato a macerare nell'imbarazzo, non aveva sentito.

Scusa?, disse.

Cosa sei tu?, disse il ragazzo. Un'ape o un uccello? Gli fece un sorriso particolarmente disgustoso che rivelava, attraverso la bocca socchiusa, due schiere di denti gialli e storti. Dickie provò un sussulto di superiorità: la sua dentatura perfetta era stata una conquista impegnativa, il risultato di tre anni di apparecchi che conferiva alla situazione ortodontica del suo interlocutore il carattere di un fallimento morale; ma poi gli venne il tetro pensiero che avere denti storti fosse in tutta probabilità un segno ulteriore di snobistica eleganza, mentre i denti dritti al contrario ti collocavano nel novero della volgarità borghese. Oppresso dalla prospettiva di vivere quattro anni cosí, oltre che dalla domanda del ragazzo, Dickie replicò: Cosa c'entra?

Scusa?, disse il ragazzo divertito.

Non è la Historical Society questa?, disse lui con voce stridula, indicando lo striscione del banchetto che il ragazzo sembrava presidiare. Cosa c'entra questa roba con la Storia?

La Storia, ripeté il ragazzo in tono beffardo. Indicò con un movimento della mano la grandeur elisabettiana da cui erano circondati. La Storia non è che un paio di mutande. Le togli e cosa ci trovi?

Dickie non aveva una risposta a quella domanda. Il ragazzo lo fissò con i suoi occhi ingigantiti dalle lenti spessi e una punta di allegra malizia. La natura, disse, dando lui stesso la risposta alla propria domanda. Nient'altro che la natura. Fece un sorrisino con quelle sue labbra di una perfezione ripugnante e per concludere aggiunse: Che è un'autentica sporcacciona.

2.

La buca è larga un metro abbondante e profonda quasi quanto un uomo. Scavano a turno – anche PJ in un primo momento, ma arrivati a una certa profondità Victor glielo impedisce: se le pareti cedessero, resterebbe sepolto. All'inizio il terreno era molle e chiaro, di una consistenza quasi sabbiosa a parte qualche radice e poco altro. Ora è scuro e denso e appiccicoso e si attacca alla vanga. È Dickie a scavare oppure Victor; PJ se ne sta in attesa sull'orlo della buca pronto a ricevere il secchio e svuotarlo.

L'accesso all'acqua è il primo requisito dell'autosufficienza, il piú cruciale. Secondo la «Regola del tre», un corpo può sopravvivere tre settimane senza cibo, tre giorni senz'acqua, tre minuti senza ossigeno. In condizioni normali, l'ossigeno non dovrebbe rappresentare un problema. Il cibo lo si può immagazzinare o andare a cercare. Ma l'acqua: quella è la parte tosta.

Le linee guida prevedono un gallone al giorno a persona, dice Victor, e solo per bere e pulirsi. Un gallone sono circa quattro litri, per cui la scorta di due settimane per una famiglia di tre…

Quattro, dice Dickie.

Ma Cass, dice PJ. Cass non ci sarà.

Dickie lo zittisce, fa cenno a Victor di continuare. Per una famiglia di quattro persone sono necessari duecento litri d'acqua, suppergiú, dice. E solo per due settimane. Chi può dire se le cose torneranno a funzionare dopo due settimane?

E in caso di alluvione?, chiede Dickie. Pensavo che il problema fosse la troppa acqua.

Il problema saranno gli eventi estremi, dice Victor.

Eventi estremi di ogni genere. Siccità seguite da alluvioni. Le prime aggraveranno l'impatto delle seconde perché il terreno sarà troppo duro per assorbire la pioggia. Per cui ci sarà acqua ovunque, ma non da bere, perché le alluvioni sovraccaricheranno il sistema fognario al punto che le acque reflue traboccheranno nella rete dell'acqua potabile. Se verrà a mancare la corrente, le pompe e gli impianti di depurazione smetteranno di funzionare.

No, dice ancora. La sola risposta seria è un pozzo.

È stata un'idea di Victor scavare il pozzo a mano. Per una questione di costi. Ma anche per ragioni logistiche: con il suo furgone Victor può arrivare molto vicino alla radura, mentre per un camion carico di attrezzature sarebbe ben altra storia.

E comunque non vogliono attirare l'attenzione… per cui, dice. Quello è il terzo motivo, il piú importante. Piú macchinari di scavo e perforazione noleggi, piú si capisce cosa stai facendo. Poco importa che a capirlo sia solo l'impiegato della ditta che noleggia i macchinari, l'impiegato lo dice al capo, il capo lo dice a un amico e in un attimo una caterva di persone viene a sapere che nella foresta qualcuno sta scavando un pozzo profondo quindici metri nel caso in cui le cose si mettessero male. Ti ritroverai circondato di gente, sicuro come la morte. Tanto vale che mandi inviti scritti a mano, dice.

Circondato di gente: per Victor è un'eventualità assimilabile al peggiore degli scenari. Dickie non obietta. È felice di contenere i costi – non hanno mica in programma di andarci a vivere, in fin dei conti – e scavare il pozzo a mano gli sembra peraltro piú in sintonia con lo spirito dell'impresa. Il senso è appunto quello di cavarsela senza macchine e tecnologia, fare qualcosa per sé stessi.

E tuttavia… scavare un pozzo sembra una sciocchezza, ma ci vuole un tempo infinito e non è per niente facile! Ci si dimentica di quanto è resistente la terra, di quanto è compatta questa materia su cui camminiamo. Inoltre i mesi di siccità hanno seccato e indurito il terreno, e il caldo è spietato. A fine giornata Dickie si ritrova sempre con i muscoli cosí indolenziti che a stento riesce a muoversi; spesso si addormenta prima che faccia buio e quando si sveglia – di solito allo spuntare del sole – gli sembra di essere paralizzato. Se ne sta disteso lí, nel grigio dell'alba, ad ascoltare gli uccelli e sorridere per il dolore, con PJ ancora addormentato accanto a lui.

Nella dépendance trova un fornello da campo e un bollitore Kelly, e poi sacchi a pelo, materassini gonfiabili e altre attrezzature mai usate; in effetti non si ricordava nemmeno di averle comprate. Da quel momento si preparano da mangiare sul posto: il che evita l'imbarazzo di lasciare solo Victor, che Imelda ha detto in modo esplicito di non voler vedere, figurarsi preparargli la cena. C'è anche una tenda, ma non l'hanno mai usata. Di notte si raggomitolano fianco a fianco nei sacchi a pelo; sopra di loro, nella cornice nera e appuntita delle cime degli alberi, un imbrunire infinito, un azzurro scuro e magico punteggiato dallo scintillio di ghiaccio di una manciata di stelle. Sembra di essere alla fine del mondo, ai margini dell'universo.

Come fa la siccità a provocare un'alluvione?, sussurra PJ. Perché tutto quello che succede fa succedere una cosa ancora peggiore?

Non badargli, dice Dickie. È solo quel che racconta ai clienti perché spendano di piú.

Seduto su un tronco pochi metri piú in là, Victor è una sagoma scura salvo la faccia illuminata di azzurro dallo schermo del portatile. È cosí che gli piace rilassarsi la sera – pulendo il fucile mentre guarda i survivalisti americani che propongono un tour dei loro bunker, mostrano l'attrezzatura, declamano teorie complottiste. A volte le loro voci si insinuano nel sonno di Dickie e lui si ritrova a sognare George Soros, tronchesi e offerte su Amazon Prime.

Imelda pensa che PJ non dovrebbe essere lí. Tutti i giorni in giro a scavare nel fango con te e quell'altro squinternato, dice. Non va bene. Dovrebbe giocare con i suoi amici.

PJ non vuole giocare con i suoi amici, replica Dickie. Vuole stare con noi. Gli piace. E impara delle cose.

Tipo? A sparare a dei cazzo di scoiattoli? E poi che altro, fabbricare bombe artigianali?

L'arte della cura e della conoscenza dei boschi, dice Dickie. Forse non sa bene cosa significa, ma ha un suono piacevole e gratificante. Comunque sia, aggiunge nel tono piú innocente possibile, non ti sta tra i piedi.

È tornato a casa solo per prendere il nastro adesivo telato; è emerso dal capanno mentre lei scendeva dall'auto e sobbalzava per lo spavento, afferrandosi il petto, quasi si fosse già dimenticata che lui vive lí.

Come si sta comportando la Touareg?, dice Dickie, carezzando il cofano. L'ha tenuta bene?

Ah, dice lei agitando la mano con fare distaccato.

Big Mike le ha ridato l'auto con la formula del prestito a lungo termine: un'offerta di pace. Gentile da parte sua, commenta Dickie. L'hai sempre adorata.

Lei sospira, punta la chiave elettronica verso la macchina. La serratura obbedisce chiudendosi con uno scatto. Che senso ha questa storia di giocare agli indiani e i cowboy, Dickie? Andrà avanti ancora per molto?

È per divertirsi un po', dice lui. A basso costo. Una specie di prova per l'attività di Victor.

Al suono di quel nome lei fa una smorfia.

Tanto fra poco PJ tornerà a scuola, dice lui. Lasciamo che stia all'aria aperta finché può.

Lei serra con forza le labbra, resta in silenzio per un paio di secondi. Poi dice: Ti ha cercato Maurice.

Ah, fa lui, e poi: È stato qui?

Dice che dovevi andare da lui ma non ti sei fatto vedere.

Ah, sí. Ma non avevamo fissato un vero appuntamento. Ti ha detto che cosa voleva?

Imelda alza le spalle, fissandosi la punta delle scarpe.

Probabilmente non riesce a trovare un file o una cosa cosí, dice lui. È ridicolo. Mi demansiona ma si aspetta che gli obbedisca a bacchetta. Non ti ha detto che cosa voleva?

Lei solleva i suoi occhi verdi su di lui e lo guarda.

Ridicolo, dice ancora Dickie.

Tornato nella radura trova Victor al sole, è seduto sul tronco a fumare una sigaretta arrotolata a mano e bere un tè. Gli piace lasciare la bustina nella tazza; arrivata l'ora di cena, ce ne saranno quattro o cinque lí dentro, accumulate nel corso della giornata.

Dov'è il ragazzo?

Victor indica gli alberi con un cenno del capo. Dickie tende le orecchie e lo sente, sta sparando colpi immaginari di fucile. Va a sedersi anche lui sul tronco. Per qualche secondo cala il silenzio. Tutto bene?, chiede Victor.

Dickie si volta. Victor lo fissa, gli occhi strabici che puntano in due direzioni diverse ai lati del viso. Per qualche ragione, ha sempre trovato che quel suo modo di non guardarti abbia un effetto curioso, piú personale, come se generasse un'attenzione piú intensa di uno sguardo diretto, una sorta di spazio santificato.

Oh, al solito, dice. Ride in maniera assente. Ti giuro, se anche ti trasferissi quaggiú per sempre, qualcuno verrebbe comunque a cercarti per parlare.

Victor manda giú una rumorosa sorsata di tè, torna a rivolgere la faccia al sole. Vai a stare piú lontano allora, dice.

Capisce le preoccupazioni di Imelda. Come scapolo, nessuno potrebbe mai accusare Victor di essere il miglior partito del paese. Ha un collo che è un'accozzaglia di tatuaggi, è strabico, si interrompe a metà di ogni frase per sputare. Ha opinioni eccentriche. Fuma sigarette senza filtro ma non beve l'acqua del rubinetto per via del fluoro. Tiene il telefono avvolto in un foglio di alluminio quando non lo usa, la batteria la infila in un'altra tasca dopo averla riposta in una bustina di plastica con la zip. Ha le gambe arcuate e un'andatura sbilenca, quasi che la metà inferiore del corpo fosse rigida come un blocco di ghiaccio. Quand'era piccolo, gli altri bambini chiedevano se fosse un troll.

Laggiú però tutte quelle stranezze sembrano sparire. Laggiú perde l'aspetto goffo e informe di quando è in mezzo alla gente civilizzata; le gambe arcuate e le spalle curve si adattano in maniera perfetta al suo lavoro, scava buche, ne esce con un salto, ci rientra con un altro salto, solleva sacchi dal furgone. Dietro quegli occhi indecifrabili si nasconde un bagaglio infinito di saggezza pratica: come usare un compressore d'aria, come rivestire di lamiera un tetto, come filtrare l'acqua con una calza di nylon. Sa scuoiare e cucinare uno scoiattolo in un'ora; in una sola mattina, scava una latrina e installa un'antenna per amplificare il segnale wi-fi.

Ma non è solo un maestro del fai da te. Agli occhi di Dickie e PJ, è anche una specie di mago o quasi, in contatto profondo con forze ancestrali. Durante la prima giornata di scavi, Dickie si è chiesto se la radura fosse davvero il posto adatto per quel tentativo. Il terreno non è troppo secco?

C'è acqua ovunque, ha detto Victor. Perfino nel deserto del Sahara, se scavi abbastanza la trovi.

Sí, ha detto lui. Ma intendevo scavando a mano... a un certo punto ci dovremo fermare...

La frase gli è morta in gola. Victor si era voltato per rovistare nella scatola degli attrezzi. Ne ha estratto qualcosa che sembrava una coppia di grucce di fil di ferro, ha afferrato i ganci di entrambe per distenderli, poi li ha ripiegati a *l*. Ha allungato le grucce a Dickie e gli ha chiesto di impugnare l'estremità corta di ciascuna.

Sul serio?, ha detto lui.

Questo sistema è stato usato per migliaia di anni, ha detto Victor. Se ci fosse un'app cosí su 'sti cazzo di telefoni la gente ci andrebbe a nozze. Ha guardato PJ. Scusa, ha detto.

Con riluttanza Dickie ha aperto le mani. Non stringere troppo, ha detto Victor. Una presa ferma ma delicata. Ha disteso le dita di Dickie, le ha ripiegate intorno alle grucce, una per mano, poi gli ha sistemato le braccia in modo che fossero ben tese davanti a lui. Le mani di Victor erano di un rosso acceso, come se fossero rimaste a bollire e poi messe al sole ad asciugare.

Ora cammina, ha detto.

Dickie lo ha guardato con aria interrogativa. Victor è rimasto in attesa. Dickie ha ceduto. Tendendo le braccia davanti a sé, con le estremità lunghe delle grucce che puntavano in avanti, si è messo a camminare a passi lenti ma decisi sul terreno della radura.

L'acqua è dappertutto, ha ripetuto Victor. E in continuo movimento, alla ricerca del mare.

Era mattino presto ma il sole picchiava. Victor era a torso nudo, il mantello rosso delle scottature gli copriva collo e spalle. PJ osservava dubbioso dal tronco; Dickie ha fatto un mezzo sorriso, come per dire che, se era uno scherzo, lui stava al gioco.

Ognuno di questi alberi l'ha trovata, ha detto Victor. Ha indicato gli enormi aceri da cui erano circondati. Hanno scavato con le radici fino a trovare la falda. Per noi umani non è diverso. Basta avere radici nella terra per comunicare con lei. La terra vuole che tu sopravviva.

Dickie sperava che la smettesse di parlare e intanto procedeva verso est, verso la luce, accaldatissimo, mezzo accecato dal sole. Lo scherzo mostrava la corda, l'idea che ci fosse acqua ovunque nelle vicinanze gli sembrava ancora piú assurda...

E poi le due bacchette si sono messe a oscillare, come i battenti di una porta che si aprono all'unisono. Dickie si è fermato, ha fissato incredulo le sue mani. Da parallele che erano, le bacchette disegnavano ora un'unica linea.

PJ si è alzato dal tronco con un balzo, esclamando: Santo... Lo hanno fatto da sole? Voglio provare. Lo hanno fatto da sole?

Dickie non ha detto niente. Ha continuato a guardare a bocca aperta le bacchette, allineate con una corrente invisibile.

È lí che dobbiamo scavare, ha detto Victor andando a prendere le vanghe.

PJ ne parla ancora a distanza di giorni. La sera, quando hanno finito di lavorare, va a sedersi sull'orlo della buca e ne guarda con trepidazione il fondo. Quando pensi che spunterà l'acqua?

Secondo Victor non ci vorrà molto.

Prima che ricomincia la scuola?

Puoi sempre venire qui dopo essere tornato a casa, dice Dickie. E aver fatto i compiti. E nel fine settimana, si capisce.

PJ non replica. È difficile credere che l'autunno sia alle porte, fa ancora abbastanza caldo da potersi sdraiare sotto le stelle. Dickie intreccia le mani dietro la testa. Saremo altre persone allora, dice. Capaci di vivere quaggiú o quasi.

Vivere?

Be', sai cosa intendo.

Sopra di loro la luna scintilla come la lama di una spada. PJ si rigira piú volte nel sacco a pelo – un animale che si accoccola nel suo nido.

Quando io e tuo zio Frank venivamo qui, il nostro sogno era di avere una base come questa, dice Dickie. D'estate passavamo giornate intere a esplorare. Ma alla fine restavamo a corto d'acqua e dovevamo tornare e una volta a casa ci spedivano a letto.

Con un pozzo, in pratica non hai nessun bisogno di tornare, dice. Alza lo sguardo verso il cielo buio e infinito.

Immagina, dice.

Ma suo figlio si è addormentato.

La sera prima che parta Cass fanno una cena di addio a casa. Dopo una lunga discussione, Dickie le versa del vino da accompagnare al pasto. Non è un'alcolista, spiega a Imelda. Non le succede niente.

Ma Cass non vuole vino. Mangia a malapena quel che lui ha cucinato. È come se fosse decisa a portare con sé il meno possibile da casa, come se volesse che niente la appesantisca.

Maurice è silenzioso, non è da lui. Rimugina sopra la sua insalata, riemerge dai pensieri a intermittenza e solo per darsi importanza facendo domande alla nipote. E studierete i romanzi di Joyce in questo corso di letteratura? Ho sempre apprezzato l'opera di Joyce. È la prima volta che Dickie vede suo padre da quando gli ha chiesto di «prendersi una pausa dal lavoro», come ha detto lui. Che si senta a disagio per aver messo in castigo il figlio? Imbarazzato lui, Maurice Barnes, che non si vergogna mai di niente, che si delizia di qualsiasi parola o azione scaturisca dal suo personaggio? O c'è dell'altro?

Dopo cena si ritrovano in cucina a sistemare i piatti nella lavastoviglie. È tardi, soltanto la luce della cappa è accesa; in quella luce scura, Dickie coglie il respiro del padre, lo sente inalare l'aria dalle narici, gonfiare il torace come fa sempre prima di cominciare un discorso. Ma non comincia nessun discorso; alla fine è Dickie a rompere il silenzio.

Come vanno le cose?, dice, riferendosi al garage. Le avete raddrizzate?

Oh, siamo all'inizio, solo all'inizio, dice suo padre, raschiando avanzi di broccoli da un piatto per gettarli nella spazzatura. Ma ce la faremo.

Come se la cava Big Mike?, insiste lui.

Si deve ancora ambientare, dice suo padre, sempre senza guardarlo. Però è molto capace.

Comunque, se vuoi che venga a dare una mano, dice Dickie.

Oh, gentile da parte tua, dice suo padre in tono neutro.

C'è un po' di casino, non posso negarlo, dice Dickie. Ho dovuto fare a meno di Gerard per cui mi sono dovuto occupare io della contabilità, oltre che di tutto il resto. Se avete bisogno che vi spieghi qualcosa, non hai che da chiedere. Cosí evitiamo che Big Mike non sappia dove sbattere la testa.

No, davvero, dice suo padre. Ma è gentile da parte tua.

Sembra sincero e anche piú rilassato, per certi versi. Quando avresti tempo, nel caso?

Be', ne ho parecchio di tempo adesso, dice Dickie, con un lieve giro di coltello nella piaga. Potrei fare un salto anche domani.

Domani deve accompagnare Cass a Dublino, gli ricorda suo padre.

Certo, che stupido. Si morde le nocche. Allora diciamo che ti faccio uno squillo dopodomani? E vediamo come sei messo?

Va bene, va bene, dice suo padre.

Lascia stare, ci penso io, dice Dickie.

Va bene, dice ancora suo padre e lascia la pila di piatti sul bancone. Poco dopo appare sul patio, con un sigaro in bocca. Dickie lo vede dalla cucina: sta osservando il cielo notturno, conta le stelle come potrebbe fare uno spilorcio con i suoi centesimi.

Dickie non vedeva l'ora di portarla in macchina a Dublino – loro due soli a raccontarsi storie, le cose buffe che faceva lei da bambina, i suoi ricordi del college.

Ma quando arriva il gran giorno lei gli annuncia che non vuole essere accompagnata.

Andrà con Elaine; è tutto sistemato, dice. Lui si guarda bene dal mostrarle che si sente ferito. Indica invece la piccola montagna di valigie, dispositivi elettronici e peluche ai piedi delle scale. Tutta quella roba non ci starà mai in un'auto sola, dice. Non se deve starci anche la roba di Elaine.

Ci porta suo padre con il Suv, dice lei, come se questo chiudesse la questione. Ma Dickie non ha intenzione di cedere, si strofina il mento e scuote la testa guardando accigliato la catasta di cose, finché lei non alza le braccia.

In macchina, da Kilcomery a Chalkstown, sua figlia non stacca gli occhi dal telefono. Se lui non ci fosse sarebbe lo stesso; se lei fosse su un taxi, su un pullman sarebbe lo stesso.

Quando il segnale radio cade, lui comincia a parlarle del Bunker, tanto per dire qualcosa.

Perché lo chiami cosí?, chiede lei.

Non sa bene. Forse l'ho sentito chiamare cosí da PJ, dice. Lo usa come base per un gioco. Anche tu andavi a giocarci da piccola o ricordo male?

È stato un milione di anni fa, dice lei.

Be', comunque sia, secondo Victor se installano dei panelli solari sul tetto e un altro po' nella radura, sarebbe autonomo dal punto di vista energetico. Con un sistema di raccolta dell'acqua piovana per irrigare i terreni rialzati avrebbero anche da mangiare. Poi c'è la bioedilizia, le case ecologiche come le chiamano...

Lei fa un sospiro e abbandona per un attimo il telefono e guarda fuori del finestrino. Poi si volta verso di lui e fissandolo negli occhi dice, Quando torni al garage il padre di Elaine sarà il tuo capo?

Sono arrivati a un punto, lui e sua figlia, in cui lei è contenta in sua compagnia solo se sente di averlo umiliato. Fare qualcosa per lei, darle delle cose, «esserci» per lei – tutto questo non serve piú. È soltanto quando pensa di avere smascherato un punto debole del padre che si sente appagata: una prova della sua obsolescenza, la scoperta di un dettaglio imbarazzante del suo passato, qualunque cosa possa essere usata come munizione in quella che lei sembra percepire come una guerra permanente tra di loro. Che la guerra sia combattuta a senso unico, non importa. Cass non vuole accettare un cessate il fuoco e neppure avviare trattative; il solo modo in cui gli consente di relazionarsi è lasciarsi annientare di continuo.

Si arrabbiava con lui anche in passato. Quando era molto piccola, la rabbia era la sua modalità prevalente.

Aveva un costume da pirata e si rifiutava di indossare qualsiasi altra cosa, perfino un costume di ricambio identico che avevano comprato per la disperazione; correva come un'ossessa per casa – la prima casa, a Glenteelin – agitando la sciabola da abbordaggio e vomitando rabbia. Per un po' era stata Imelda a farne le spese, ma poi Cass aveva cominciato a prendersela con lui. Ogni volta che il padre scendeva le scale lei gridava: Tu no!

Tu no! e gli si avventava contro per spingerlo a tornare di sopra. Per mesi, quello era stato l'inizio di ogni giornata.

Prima di diventare padre, Dickie si immaginava che crescere un figlio fosse una versione piú impegnativa dell'avere un animale domestico. Un bambino, pensava, era una creatura essenzialmente passiva, un recipiente da riempire con il tuo amore. Quella era almeno l'impressione che se ne ricavava dalla tv. I bambini stavano zitti, dormivano; andavi in camera loro, li guardavi con gli occhi colmi di affetto, rimboccavi le coperte mentre dormivano.

Ma nella vita, aveva poi scoperto, essere genitore era come... anzi era e basta... convivere con una persona. Una persona nuova, con opinioni decise, gusti decisi, cambi di umore arbitrari, tutti rivolti contro di te. Eri tu la creatura passiva: occuparsi di un figlio era perlopiú un'opera di sopportazione, di resistenza alle incessanti e violente tempeste di un volere privo di filtri e mediazioni.

Ora sono di nuovo in guerra. Il garage, i litigi, l'ansia infinita degli ultimi due anni: le ragioni per essere arrabbiati non mancano. Tutto quel che lui può fare è accettare questa rabbia nella speranza che alla fine passi; come in un vecchio film della serie *Rocky* in cui Sylvester Stallone vince perché l'altro pugile si stanca di picchiarlo. Ma che fare, adesso che loro due non stanno nemmeno sullo stesso ring? Adesso che lei non è piú lí a picchiarlo?

Le ragazze hanno affittato un piccolo cottage in una strada senza alberi, non lontano dal fiume. Elaine è già sul posto; saluta Cass con un gridolino mentre Dickie scarica i bagagli. Cass lo avrebbe lasciato qui, in strada, ma Elaine lo invita a entrare. Ha il portamento di chi, dal giorno alla notte, per un decreto o una rivoluzione, si ritrova in una posizione che ha sempre pensato di meritare. Una bella casetta, le dice. Avete scelto bene.

Grazie Dickie, dice Elaine con calore, per chiarire che il suo parere non le interessa.

Lui porta i bagagli di sopra. La stanza è pulita e luminosa, le tende si gonfiano delicatamente.

Be', dice. Spero che sarai felice qui.

Sí, dice Cass. Infila le mani in tasca. Grazie, dice.

Una nuova vita, dice lui. Dio sa quanto è stata dura in questi ultimi anni. Ma ce l'hai fatta. Ce l'abbiamo fatta.

Lei lo guarda con distacco, le mani ancora in tasca. Tu pensi che basti un tocco di bacchetta magica perché tutto sparisca, dice.

Allora, questa è Front Square, dice. L'ha convinta a pranzare in città prima che lui torni a casa; lungo il tragitto hanno fatto tappa al Trinity perché lui potesse vedere la sua alma mater, il teatro della nuova vita di sua figlia. Si fermano ai margini della piazza, all'ombra dell'arco che dalla strada conduce all'interno.

Anche in un giorno normale, ricorda, passare sotto l'arco dava sempre la sensazione di varcare un portale – come uscire da una città per entrare in un'altra che sorgeva al centro di quella appena lasciata, un luogo di puro passato. Tuttavia guardandola adesso ha come la sensazione che non sia trascorso neppure un giorno da allora, come se la sua vita fosse ancora lí e proseguisse restando in qualche modo intoccata dagli anni, in un presente che persiste in eterno. Si mette le mani sui fianchi. Bene, bene, dice.

Cass solleva il telefono, si fa un selfie. Nella Settimana delle matricole la piazza è il luogo in cui i circoli installano i loro banchetti, le spiega. I circoli che organizzano dibattiti, la Phil e la Hist, e poi gli altri. Kayak, fantascienza, c'è di tutto. È un momento fantastico, c'è un gran fermento. Cioè, presumo sia ancora cosí.

Cos'è quello? Cass indica la torre cabalistica che si trova sul lato opposto del selciato.

Lo chiamano il Campanile e in effetti questo è, una torre campanaria. Ai suoi tempi girava voce che se ci passavi sotto durante il primo anno non avresti superato gli esami.

No, quello dietro, dice lei. Quell'edificio rosso. Dickie si rende conto che sua figlia non sta fissando la torre, ma ciò che si staglia piú in là. La Rubrics, dice, sentendo la propria voce affievolirsi, come se qualcuno avesse abbassato il volume.

Cos'è?, chiede lei.

Niente, solo stanze.

Stanze?

Sí. Stanze. Appartamenti. Ci abitano gli studenti.

È lí che abitavi quando eri qui?

Sí, dice lui.

Possiamo dare un'occhiata?

Non c'è molto da vedere. Non ti faranno entrare, mi sa.

Ma Cass si è già messa in marcia alla volta della schiera di case di mattoni rossi. Lui le corre dietro. Qual era la tua?, chiede sua figlia.

Fammi vedere, dice, fingendo di non essere tanto sicuro. Quella, penso.

Lei sale i gradini, fissa la porta, il campanello consumato con una miriade di pulsanti. Non ci credo che hai vissuto qui, dice, posando la mano su un mattone rosso ruggine; e lui ha la sensazione che non sia un'iperbole: che a Cass risulti davvero inconcepibile che ci sia stato un tempo in cui lui era giovane, ciò che è lei adesso: o che non abbia mai elaborato una simile possibilità fino a questo momento.

È passato tanto tempo, dice Dickie senza un vero motivo.

Com'era?, chiede lei.

Lui ride. Piuttosto squallido, diciamo. Non all'altezza dei vostri standard, credo. Lei continua a fissare l'edificio, dal campanello sale con gli occhi verso le finestre e Dickie si sente diviso: da un lato non vorrebbe parlarne, ma al tempo stesso è contento di avere infine l'attenzione di sua figlia. Che lei voglia sentirlo raccontare qualcosa. Si pensava che fosse infestata, dice.

Lei lo guarda. Davvero?

Sono serissimo. Lo considerano l'edificio piú infestato d'Irlanda. Sulla soglia, aveva sentito quelle parole proprio mentre stava entrando. Con il cielo autunnale, la borsa piena di libri. *In che stanza sei? Io al secondo piano*.

Non ho mai visto un fantasma, dice. Su, diamo un'occhiata alla Long Room.

Comincia ad avviarsi, ma lei resta ancora un momento lí, in cima ai gradini, come in attesa che la porta si apra.

La Old Library è piena di turisti con i cappelli da pescatore e le shopping bag con lo stemma del college. Il passato in vendita. Conduce Cass a fare un rapido giro tra le teche di vetro con i cimeli. Quando tornano all'aria aperta, sente di avere recuperato la compostezza.

È il caso di mangiare qualcosa, dice. Vediamo se mi ricordo un posto dove andare.

Non c'è bisogno che ti ricordi niente, dice Cass, mostrandogli il telefono. Ci sono tipo cinquecento locali nei paraggi.

Ce n'è uno carino nel mercato di George's Street o almeno c'era, dice lui. Vediamo se c'è ancora. Lei alza gli occhi al cielo, ma alla fine attraversano in senso inverso la piazza. Quando stanno per arrivare al Front Arch, lei dice: Non pensavo che gli studenti potessero prendere una stanza nel campus. Elaine lo ha chiesto.

Al secondo anno puoi fare un esame apposta, dice lui. E se lo passi con buoni voti, ti dànno una stanza in affitto fino al termine degli studi.

Lei lo guarda di sbieco. Dovevi essere in gamba.

Be'..., fa lui con una contrita alzata di spalle. Sta per dilungarsi quando vede l'espressione della figlia. Non vuole sentirlo parlare del suo passato qui. Questo posto è un nuovo inizio per lei, la sua nuova vita: a cosa le serve sapere che lui c'è già stato e se l'è cavata bene per finire comunque dove è finito e come è finito?

È tutto diverso adesso, ne sono sicuro, dice lui, e poi, piú in generale, Ti divertirai un mondo qui. La grande città, il trambusto, è imbattibile. Le dà un colpetto di gomito, sorride. Il nostro paese ti sembrerà uno sputo quando tornerai. Mentre parla si ricorda anche se troppo tardi quanto odiava che la gente a casa gli dicesse cose del genere.

Sembrava uno sputo a te?

Be', insomma, è pur sempre casa in fin dei conti, dice Dickie in tono un po' tronfio. Spero che anche tu la penserai sempre cosí.

Saresti tornato? Se zio Frank non fosse morto?

Preso alla sprovvista, si volta a guardarla. Sapevo fin dall'inizio che sarei stato io a subentrare nell'attività, dice. È sempre stato quello il piano.

Lei lo osserva impassibile; piú che guardarlo lo sorveglia, alla maniera di un gatto.

Se non fossi tornato, tu non saresti mai nata, dice lui.

Messa cosí sembra che sia andata bene a tutti, dice Cass.

Si sono lasciati alle spalle il Front Gate per tornare nel mondo reale. Dickie riporta volutamente l'attenzione sul presente. Allora, dice. Credo che George's Street sia da questa parte...

La mano di sua figlia lo afferra di scatto per tirarlo via dal bordo del marciapiede mentre una moto sfreccia rombando accanto a loro.

Ah sí, dice lui. È un incrocio un tantino insidioso, dice.

Cass lo fissa a bocca semiaperta; non gli leva gli occhi di dosso e per un attimo lui si ricorda del modo in cui lo scrutava da piccola – lo sguardo implacabile che gli esplorava l'intera faccia, centimetro per centimetro, incamerando informazioni. Lei annuisce con un lieve movimento del capo. È qui che hai avuto l'incidente, dice. Il tuo primo giorno di college, è successo qui.

Lui non replica, se ne resta lí e basta, a un tratto esausto. Cass serra le labbra. Le ombre che lui può aver portato con i suoi ricordi sono state disperse del tutto dall'evocazione del famoso incidente. La giornata è salva; lei lo ha umiliato di nuovo.

Scatta il verde per i pedoni e lui osserva sua figlia attraversare con passo deciso, compiaciuta del suo trionfo e in silenziosa comunione con il telefono. È un individuo autonomo in una strada di città. Non puoi impedirmi di essere orgoglioso di te, pensa. Poi scende dal marciapiede – guardando con attenzione a destra e a sinistra – e la segue in Dame Street.

Cosa pensi stia facendo Cass in questo momento?, chiede a PJ. Lei ha detto che avrebbe chiamato, ma Dickie non si aspettava che lo facesse davvero e non lo ha fatto.

Controlla la sua pagina Facebook, dice il figlio, senza staccare gli occhi dal telefono. Al termine di ogni giornata PJ fa un video dei loro progressi e lo pubblica sul suo canale YouTube. Dickie prende il telefono, si aggira per la radura finché trova un po' di campo. Ecco cosa sarà per lui la paternità d'ora in avanti, pensa: essere uno dei tanti consumatori anonimi del brand di sua figlia. Si collega, si trova davanti una bacheca piena di selfie delle due amiche che disfano i bagagli, si scambiano i vestiti, preparano la cena insieme nella nuova casa. In ogni foto

Cass sorride o ride. Sembra tutta un'altra persona; la persona che vuole essere, immagina lui.

Poi apre il proprio album, le foto che ha scattato lui al Trinity: vede Cass sui gradini della casa di mattoni rossi infestata dai fantasmi, sotto l'orologio del college, sul luogo del suo incidente. In quelle immagini rivede la ragazza che lui conosce – torva, tenebrosa, un concentrato frenetico di energia e rinunce. Si chiede se quella versione di Cass sparirà del tutto adesso, rimpiazzata dalla ragazza sempre sorridente di Facebook; se in un giorno non cosí lontano lui guarderà questa foto e gli verrà da pensare: *È stato un milione di anni fa.*

Papà? Sei sveglio?

Una tenebra blu pervade la radura insieme al russare di Victor e all'odore di candeggina.

Sí, bello, sono sveglio.

Papà. Il bisbiglio ha una tonalità dura e metallica. La candeggina serve a sanificare il pozzo. Oltre la radura, la luna è sparita, la notte ha inghiottito ogni cosa. Papà, chi ha piegato le bacchette?

Le bacchette?

Quando stavi cercando la falda con le grucce di ferro, chi le ha piegate?

Ci stai ancora pensando?

Sí. Sei stato tu? O chi?

Distingue il profilo del ragazzo, la sua sagoma scura in realtà, ma la voce sembra scaturire dagli alberi, calargli nell'orecchio come una scimmia nera dal pelo morbido. Il che non vuol dire che il corpo al suo fianco non sia reale, anche se lo percepisce come una sorta di costruzione mentale. Be', è stata l'acqua, dice. L'acqua sottoterra.

Davvero?

Sono rimasto sorpreso quanto te.

PJ si ammutolisce, ci pensa su.

Papà?

È piú tardi ancora adesso. Tutto è nero, i margini della radura non si distinguono piú.

Non si sente piú russare o meglio quel rumore è scomparso, come se qualcuno o qualcosa avesse portato via chi lo produceva.

Che c'è?

Ci sono fantasmi qui?

Fantasmi?

Qui nella foresta, ce ne sono? Di fantasmi? Ci sono creature malvagie qui?

Gli alberi premono nel buio, si avvicinano, e attraverso gli alberi il buio si insinua per poi rintanarsi, dentro e fuori, come il respiro di una bestia enorme e priva di contorni che si avvicina furtiva anche lei, che si acquatta in silenzio per muovere il suo assedio alla piccola radura, alla piccola palizzata che lui non finirà mai... a un tratto, con un lampo, capisce che non la finirà mai, anche se non sa come né perché.

No, dice, nella notte insonne. No, non ci sono creature malvagie. No, non ci sono fantasmi.

3.

Non era stato un incidente. E non era nemmeno il suo primo giorno al college. Era un *junior sophister*, cominciava il suo terzo anno di studi; e non solo, era anche un borsista. La primavera precedente, mentre i suoi compagni di corso si sbaciucchiavano da *Peg Woffington* e dormivano per smaltire le sbronze, Dickie si era segregato in biblioteca a preparare gli esami per la borsa di studio, poi superati. Il premio consisteva in un appartamento nel campus ovvero in «Stanze» tutte per sé, per dirla con il gergo del Trinity. La maiuscola era di gran lunga il loro lato migliore. La realtà o meglio la Realtà delle Stanze era uno squallido appartamento con mobili che puzzavano di muffa e una rivoltante moquette verde alla quale, a giudicare dalle bruciature, un precedente inquilino aveva tentato di dare fuoco. E tuttavia, dopo aver penato per due anni in mezzo ai bong e i sospensori di altri ragazzi, Dickie non vedeva l'ora di avere un posto esclusivamente suo.

Vuol dire che non tornerai piú a casa il fine settimana?, gli chiese sua madre quando lui le diede la notizia.

Certo che no, disse lui. In effetti, non era piú obbligato ad andarsene ogni fine settimana, come quando divideva stanze in subaffitto. Ma i pochi ragazzi con cui aveva stretto amicizia tornavano comunque a casa subito dopo l'ultima lezione del venerdí. Era improbabile che se ne andasse in giro da solo per la città per il semplice motivo che adesso aveva delle Stanze. Erano piú un simbolo, spiegò a sua madre, un segno distintivo. Comunque ci sarebbe andato a vivere solo in ottobre; doveva passare un'estate intera prima.

Mentre era al college ricordava il paese in modo diverso da come in effetti era. Gli veniva nostalgia per le cose piú ridicole – gli mancavano la lavanderia a gettoni e la sala giochi, gli venivano gli occhi lucidi al pensiero di certe persone che conosceva, malgrado sapesse che quelle persone non lo sopportavano. Le feste amplificavano l'illusione. A maggio, quando parlò con sua madre, non stava nella pelle all'idea di trascorrere quattro mesi interi a casa!

Poi a giugno tornò e l'illusione evaporò appena scese dalla corriera. Come aveva potuto cascarci? Aveva sempre odiato l'estate in quel posto: l'imperativo di stare all'aria aperta, essere fisicamente attivi; le giornate e le serate infinite, con le loro impalpabili e mai mantenute promesse di amore, di valore. Stavolta il padre aveva atteso il suo ritorno preparandogli – cosí si era espresso, come se gli stesse facendo un favore – un po' di cosette da fare, il che voleva dire che Dickie avrebbe passato le otto settimane successive a dividersi tra massacranti lavori manuali – per esempio togliere di mezzo trecento scatole di mangime per polli andato a male che ingombravano il cortile della nuova concessionaria in via di apertura nel paese vicino – e monotoni inserimenti di dati in ufficio, che non aveva l'aria condizionata e lo esponeva inoltre non solo all'ascolto delle teorie psicologiche che Maurice aveva elaborato per vendere auto, ma anche al rischio che gli venisse chiesto di dare una mano in officina, dove i meccanici lo prendevano in giro alle spalle e Phil lo guardava sempre male perché era il figlio del capo.

Le serate erano perfino peggio. Da *Coady* o *Devine*, a fronteggiare disarticolate conversazioni con gli ex compagni di classe, che gli davano il bentornato a casa con commenti ambigui: Stai prendendo l'accento di lassú, dicevano, oppure: Ma guardalo com'è bello agghindato, ci si veste cosí a Dublino? Oppure il classico: Il nostro paesino dovrà sembrarti uno sputo adesso. Alcuni ne sapevano abbastanza del Trinity da prenderlo in giro – ah certo, la santissima Trinità – ma nessuno voleva davvero parlare di quel che Dickie faceva al college; nessuno sapeva del suo esame per la borsa di studio né gli importava che gli avessero assegnato delle Stanze. Anche per i bene intenzionati, quelli che cercavano di essere gentili, era una fatica immane trovare qualcosa di cui parlare con lui; tentavano con questo o quell'argomento, come se provassero delle chiavi in una serratura. Poi o ammettevano la sconfitta e si allontanavano; o si illuminavano in volto e cominciavano a parlargli di Frank.

Frank, sí: a un tratto Dickie si rendeva conto che la cosa fondamentale di cui perdeva memoria al college, cadendo negli incantesimi della nostalgia, era che la gente del posto adorava suo fratello.

I due ragazzi erano sempre stati molto diversi. A sette anni, quando gli chiedevano cosa volesse fare da grande, la risposta di Dickie era invariabile: Il prete. E lo pensava davvero. Aveva imparato la messa a memoria e la recitava tra sé (sebbene non a voce alta, perché era quasi certo che fosse peccato); passava ore inginocchiato accanto al letto, facendo lunghe conversazioni telepatiche con Dio, il quale gli parlava nella sua mente con una voce da basso, sonora, una specie di Darth Vader buono, e, con un linguaggio biblico consono al suo ruolo, lo incoraggiava a ulteriori atti di santità: ONORA IL PADRE E LA MADRE E ANCHE GLI INSEGNANTI. Si era comprato un rosario con i suoi risparmi e si alzava presto per ripetere Avemarie prima di andare a scuola, stringendo i grani tra le dita e immaginando la grazia accumularsi e crescere nel petto, luminosa come un laser.

Quando chiedevano a Frank cosa volesse fare da grande, lui diceva: Il criminale, e tutti ridevano.

Dickie si sentiva oscurato dal fratello. Frank era il preferito di papà; Frank era il preferito di chiunque, madre a parte, che ovviamente preferiva lui solo per pietà, per cui non contava. Non che il motivo fosse un mistero. Frank era carino e al contempo maschio, con un volto aperto e solare, il naso all'insú, le lentiggini, i denti sporgenti. Sprizzava energia da tutti i pori: «Impossibile stargli dietro!» dicevano le madri tra loro in preda piú all'adorazione che all'esasperazione. Si metteva di continuo nei guai: rompeva finestre con il pallone, cadeva dagli alberi di mele, lanciava petardi contro la porta di casa di Mrs Ogle. Quando cominciarono a confessarsi in chiesa, Dickie, che non aveva peccati propri di cui pentirsi, compilava liste con quelli di Frank, per ricordare cosa dire al prete. Ma al prete non importava – a nessuno sembrava importare se Frank faceva qualcosa di sbagliato. Si limitavano a scrollare la testa dicendo: «È fatto cosí. Frank è un vero maschio!»

«E anche Dickie è molto buono», aggiungevano a volte in un secondo momento per poi carezzargli la testa; allora Dickie digrignava i dentini e capiva di avere peccato, in fin dei conti, perché Frank lo aveva attirato nel grave peccato dell'invidia, il che lo induceva a digrignare i denti ancora di piú.

Essere buoni, scoprí, non era una buona cosa. Nessuno ti voleva bene perché eri buono, tranne Dio, c'era da presumere, e anche su quello cominciava ad avere i suoi dubbi. A scuola, mentre Frank si distingueva sul campo di calcio, Dickie veniva ingabbiato negli armadietti, rinchiuso nei bagni, smutandato, picchiato, trascinato fra le ortiche, rotolato nel fango. Non fosse stato per Frank se la sarebbe vista cento volte peggio. Frank piaceva a tutti e tutti volevano piacere a lui; anche se lui era contento di prendere a pugni ragazzi molto piú grandi, una sua apparizione spesso bastava a scoraggiare chiunque. Anzi, non c'era sempre bisogno che si facesse vedere. In piú di un'occasione, mentre se ne stava a terra con la testa pronta a entrare in contatto con uno stivale, Dickie aveva sentito qualcuno fare presente al proprietario dello stivale: Ma non è il fratello di Frank? Al che si fermavano per conferire tra loro, dopodiché si allontanavano lasciandolo steso nel fango.

Venire salvato dal fratello minore non fece che abbassare ulteriormente le sue quotazioni e alla fine suo padre dovette rendersene conto, perché si mise in testa di insegnargli a combattere o, come diceva lui, «a farsi valere». Malgrado ne fosse passata di acqua sotto i ponti, a Dickie si accapponava ancora la pelle al pensiero: avrebbe preferito cento volte finire con la testa infilata nella tazza del water piuttosto che rivivere quell'esperienza. Quanti anni aveva compiuto, dieci o undici? Ricordava che era estate: niente compiti a casa in cui rifugiarsi, solo serate con infinite ore di luce, perciò dopo che papà era tornato dal lavoro e aveva cenato restava molto tempo per la lezione. In giardino le azalee erano in fiore, tutt'intorno i moscerini luccicavano come granelli dorati di elettricità statica. Andiamo, diceva suo padre. Vediamo che sai fare. Dickie non sapeva fare nulla, ovviamente; suo padre schivava con facilità i suoi attacchi poco convinti e lo puniva con uno schiaffo sulla guancia. In realtà era soltanto un buffetto, lo sfiorava appena:

eppure Dickie accusava il colpo come se fosse un fulmine caduto dal cielo. Si sentiva attonito, violato nell'intimo; quasi che gli fosse stata strappata un'armatura che non sapeva di avere. Stava ancora barcollando, quando un secondo schiaffo si posava sull'altra guancia. E via di questo passo, con suo padre che gli danzava intorno come Muhammad Ali, mentre lui tentava affondi e oscillava e prendeva a pugni l'aria, là dove non c'era nessuno, fino a sfiancarsi e incespicare con papà che saltellava a destra e a manca, assestandogli leggeri tocchi su entrambe le guance ormai bagnate di lacrime: «Le lacrime non fermano un bullo!» – un altro tocchetto, e un altro.

Già allora Dickie aveva capito cosa suo padre stava cercando di fare. Voleva spingerlo oltre le lacrime, a un punto in cui la rabbia lo avrebbe indotto a dimenticarsi di sé – dimenticare la goffaggine, la codardia – per attingere una rabbia selvaggia da una vena nascosta dentro di lui. Ma Dickie non attingeva, non ne era capace: sapeva soltanto muoversi a casaccio, sbracciarsi, in un odioso balletto di fallimenti. E non restava mai a corto di lacrime: piangeva, piangeva senza interruzione, fino a diventare un essere molliccio e rivoltante, tanto che suo padre non poteva piú dissimulare l'orrore. Cristo, Dickie, diceva. Cristo, giovanotto. E Dickie, davanti al suo disgusto, piangeva di piú, finché sua madre – era ora! Dov'era sparita? – correva fuori di casa e chiedeva a Madre che cosa pensava di fare.

Senza aspettare una risposta, la madre riportava in casa il figlio sbraitando e, dopo avergli asciugato le lacrime, lo abbracciava e confortava, poi lo conduceva nella stanza dei giochi, dove Frank se ne stava beato a guardare *Supercar*, e dava a entrambi un sacchettino di monete di cioccolato. E dopo che lei se n'era andata, Frank diceva, non sollecitato da nessuno, che Dickie poteva avere anche il suo, di sacchettino, se voleva; e lui, che ancora si muoveva a scatti e aveva conati di vomito e tremava, accettava in silenzio le monete di cioccolato del fratello e se le mangiava, sempre in silenzio, e fissava l'auto parlante della tv e sognava di andarsene nel deserto alla guida di quella macchina, con Frank che rimpiccioliva rapidamente alle sue spalle fino a diventare un uomo formica, poi un puntino, poi il niente assoluto.

Frank adorava Dickie, era questo il bello. Era probabilmente l'unica persona al mondo che lo ammirava; avrebbe fatto qualsiasi cosa per lui. Si era perfino offerto di combattere con papà al posto suo. Non era giusto costringere Dickie, diceva. Alcuni sono combattenti. Altri sono bravi in altre cose. Dickie lo venne a sapere in seguito dal padre, che ne era rimasto estasiato. «Vedi che fratello che hai», gli disse.

Che ingiustizia! Chiunque avrebbe avuto un animo gentile se fosse stato bello, bravo negli sport e la gente avesse applaudito ogni suo gesto! Ogni gesto di Frank veniva visto alla luce dell'immagine che la gente aveva di lui: un ragazzo semplice e coraggioso che a volte passava il segno per pura esuberanza.

Ci fu un breve periodo di respiro. Frank giocava a calcio da quando aveva cominciato a camminare, in pratica – un talento naturale, cosí dicevano tutti. Ma durante l'adolescenza la natura lo tradí. I compagni di squadra, raggiunta la pubertà, erano cresciuti; Frank no. Per un po' riuscí a compensare in altri modi, ma alla fine poco importò che fosse abile e veloce: non era piú in grado di competere. Le ripercussioni di quel brutto colpo si sarebbero fatte sentire per tutta la sua vita. I suoi voti, peraltro mai stati brillanti, ebbero un netto calo. Cominciò a bere insieme ad altri sbandati in un pub aperto ai minorenni del paese e, quando suo padre gli impedí di andarci, si spostò nel bosco a fumare hashish nel vecchio capanno con il suo amico Dolly, un caso disperato che aveva raggiunto un solo traguardo fino a quel momento: aver cominciato a perdere i capelli a sedici anni.

Coincidenza appagante, quel tracollo arrivò proprio nel momento migliore di Dickie, gli ottimi risultati alla maturità messi in risalto anche dal giornale locale («Il giovane Barnes si distingue su tutti»). Che bella sensazione, venire elogiato dal padre, essere portato a esempio da seguire per il fratello ribelle; prendere Frank da parte, prima di andarsene nella grande città, e dirgli, con lo stesso tono equilibrato che Frank aveva tanto spesso usato con lui, che tutto si sarebbe sistemato. Dickie partí per il college con la convinzione che una nuova stagione fosse cominciata.

Ma la nuova stagione si rivelò molto simile alla precedente. Al Trinity si scoprí altrettanto inviso, con la differenza che lí lo chiamavano bifolco e pecoraio anziché cervellone e protestante. E presto gli arrivarono notizie allarmanti da casa: gli ormoni di Frank si erano risvegliati dal loro lungo letargo e avevano innescato una crescita tardiva e stupefacente. Stupefacente: quante volte Dickie aveva dovuto sentire quell'aggettivo?

Tornato in paese al termine del secondo anno, Dickie trovò un fratello cresciuto di quindici centimetri in diciotto mesi; lo sovrastava ed era la stella della squadra locale, che a detta di tutti in quella stagione era la migliore di sempre. Dickie scelse di non andare alle partite; non fece nessuna differenza. La sua vita in paese sembrava piú che mai una comparsata nello show di Frank: soffocante e nociva.

Quando infine arrivò il momento di trasferirsi nelle sue Stanze per cominciare il terzo anno di università, pensò di avere superato davvero e per sempre la nostalgia di casa. La solitudine della città non lo spaventava piú; al contrario. Decise che da allora in avanti avrebbe agito in maniera diversa. Il primo fine settimana del trimestre autunnale tornò a casa come al solito. Era il compleanno di sua madre. Il fine settimana dopo, però, e senza pensarci troppo, restò in città.

Alle otto e mezza di quel venerdí sera – proprio all'ora in cui scendeva di solito dalla corriera nella piazza del paese dopo l'estenuante ingorgo del fine settimana – se ne stava seduto alla scrivania nelle sue Stanze, a leggere. Dal vicino Campanile arrivarono i rintocchi. Posò il libro. La finestra era semiaperta; una brezza si insinuò nella piccola stanza per fare un giretto esplorativo, come un cane sul chi vive che annusa l'ambiente.

L'aria era soffusa di una strana energia. Era autunno, ma sembrava primavera. E Dickie scoprí di sentire anche lui una strana e inconsueta vitalità, una sorta di maliziosa contentezza. Si domandò per un attimo da dove venisse, poi realizzò. Per la prima volta gli era venuto in mente che lí nessuno poteva vederlo. Nessuno sapeva chi fosse o cosa stesse facendo. Trasse una gratificazione immensa da quel pensiero. Si abbandonò contro lo schienale della sedia e respirò a pieni polmoni. Poi si alzò, si mise la giacca e uscí.

Attraversò la piazza, passò sotto il Front Arch e una volta varcati i cancelli di ferro dell'università si ritrovò nel brusio della città al crepuscolo. Aspettò che scattasse il verde per i pedoni – l'incrocio di College Green era insidioso – poi proseguí a passo deciso, lasciandosi alle spalle il negozio di sigari e la libreria e il kebabbaro. Intorno a lui, una folla di estranei che ridevano e parlavano mentre se ne andavano per i fatti loro lungo la strada congestionata. Quattro corsie di traffico, come un fiume che procedeva a strappi e colpi di clacson; in alto una pallida luna sospesa in un cielo azzurro; e una voce nella testa che gli parlava mentre lui camminava: *Sei libero, sei libero, sei libero*.

Si era fermato in George's Street per guardare la vetrina di una libreria di seconda mano – era chiusa adesso, ma riusciva a distinguere i titoli sulla parete di lato – quando si sentí afferrare il braccio in modo brusco, da dietro. Si girò, spaventato, per trovarsi davanti un sorriso tanto familiare quanto odioso.

Cerchi un vestito da sposo scontato?

Dickie era troppo stupefatto per pensare a una risposta sagace. Willie gli lasciò andare il braccio. Unisciti a noi, disse, ci spariamo una pinta, disse.

Oh, fece Dickie. C'erano due ragazzi con lui: uno lo aveva visto alla Hist, l'altro era uno sconosciuto, aveva il pizzetto e indossava uno stravagante gilè color mora.

Andiamo, andiamo, disse Willie. Non puoi passare il venerdí sera davanti a un negozio chiuso.

Va bene, disse Dickie, ma poi: Un momento… qui?

Il gruppetto si era fermato di nuovo pochi metri dopo, in fondo alla strada, davanti a un pub con le porte viola e una scritta in caratteri dorati sulla vetrata, «The Butterfly».

Perché no?, disse Willie.

Dickie fissò dubbioso la porta presidiata da un buttafuori con le braccia conserte, una gomma da masticare in bocca e lo sguardo fisso con vigore sul nulla. Dall'interno arrivavano risate e altri rumori gioiosi. Va bene, ripeté con un'alzata di spalle. Mentre entravano, però, una mano gli bloccò la strada. Stasera solo clienti abituali, ragazzi, disse il buttafuori.

Willie sfoderò il suo fascino. Oh, che cazzo, disse. Veniamo qui ogni sera, non rompere.

E fece per superare il buttafuori, che sebbene preso alla sprovvista ebbe la presenza di spirito di indicare Dickie e dire: Lui non l'ho mai visto.

Dickie arretrò all'istante e cominciò a insistere che entrassero senza di lui. Ma Willie aveva già drizzato la schiena per far valere la sua altezza (di per sé non cosí imponente) e stava informando con rabbia il buttafuori che lui, Dickie, era un suo cugino norvegese affetto da una rara malattia al cervello, forse terminale, ed era venuto in Irlanda perché aveva sentito parlare della famosa ospitalità irlandese. E mi tocca farti notare che ci stai mettendo in serio imbarazzo, disse. Si voltò verso Dickie e si lanciò in una nenia di suoni dal vago sapore scandinavo. Quindi lo guardò, in attesa. Dopo qualche secondo, Dickie emise anche lui qualche debole suono dello stesso tenore. Accigliandosi, Willie tornò a rivolgersi al buttafuori. Dice che questa esperienza non farà bene al suo cervello malato, lo rimproverò.

Il buttafuori distolse lo sguardo e, masticando la gomma, tolse la mano. I ragazzi entrarono. Con il cuore a mille, Dickie si osservò intorno, sentendosi come un contrabbandiere che aveva oltrepassato di nascosto un confine con il camion. Si trovava in un locale qualsiasi, almeno all'apparenza, con le stesse panchette pacchiane dei pub delle sue parti, decorati con gli stessi pannelli di legno. Del resto cosa si aspettava? Ragazzi in pantaloncini coi lustrini che cavalcavano cigni? Catamiti impomatati che palpeggiavano motociclisti fasciati di cuoio tra fumi di ghiaccio secco e arcobaleni?

No. C'erano invece uomini, soltanto uomini: alcuni giovani, altri anziani, alcuni belli, altri no, alcuni appariscenti, altri – i piú – ordinari, che chiacchieravano amabilmente davanti a pinte di Guinness. La debolissima fitta di delusione svaní subito, travolta da un'ondata di sollievo. Era un mondo in cui se la poteva cavare. Si girò verso Willie e indicò il bancone con un cenno del capo. Questo giro tocca a me. Cosa prendi?

Oh, Cristo, vorrai mica restare qua sotto?, disse Willie. A Jurassic Park? Andiamo di sopra.

Dickie non aveva fatto caso alle scale, in un angolo sul lato opposto del locale. Era da lí che veniva il rumore. Con un tuffo al cuore seguí Willie tra i tonfi assordanti della techno e un miasma di fumo, sudore, sigarette e altri odori indeterminabili.

Aveva notato spesso quel ragazzo, Willie, in quei primi due anni. Tutti notavano Willie; voleva essere notato, in un modo che Dickie trovava strano per una persona tanto singolare e brutta. Passeggiava di continuo in Front Square o parlava per ore sulla rampa dell'Arts Block – sembrava che non avesse mai lezione. Ma il palcoscenico principale delle sue esibizioni era la Historical Society, conosciuta come la Hist, uno dei due venerabili circoli di discussione dell'università (l'altra era la Philosophical Society, a tutti nota come la Phil). Quei circoli erano il territorio prediletto di un certa tipologia di studenti e i primi tempi Dickie se ne era tenuto alla larga; gli bastava vedere come si pavoneggiavano nelle normali attività quotidiane e non sentiva il bisogno di cercare ulteriori occasioni di contatto. Spesso però invitavano ospiti molto prestigiosi a parlare e una sera di inizio primavera Dickie era andato a sentire un politico di cui aveva letto qualcosa. Era rimasto anche per il dibattito – impossibile venir via – e da allora gli incontri settimanali della Hist divennero per lui un piacere proibito. Proibito perché il suo istinto ci aveva visto giusto: la Hist pullulava di riccastri linguacciuti, come li chiamava suo padre (li chiamava anche anglofili, culattoni e fichetti, scarti di Oxford; in quanto ardente repubblicano, Maurice aveva forti riserve sul fatto che Dickie frequentasse il Trinity, o almeno pensava di *dover* avere forti riserve). Eppure partecipare alle discussioni del mercoledí sera in un edificio gotico enorme, grigio, lo... stregava, e non era esagerata come parola.

Era lí, distillato nel suo lato formale sotto l'alto soffitto della sala, che il college gli appariva come se l'era immaginato. I ragazzi indossavano lo smoking, le ragazze (poche) vestiti da sera. Erano tutti oratori straordinari: sofisticati, flemmatici, passavano senza sforzo da un sunto cristallino di interi scaffali di informazioni alle argute invettive e alle battute, che fioccavano incessanti. Erano tutti cosí colti, cosí eleganti eppure cosí indifferenti alla loro cultura, alla loro eleganza; le lievi note di empietà che si accompagnavano all'accento delle scuole pubbliche e quella derisione feroce e pervasiva eccitavano Dickie, rallegrato dalla certezza che un simile spettacolo sarebbe risultato incomprensibile, nient'altro che incomprensibile, alla gente del suo paese.

E di tutti quei giovani prodigiosi, Willie era il piú prodigioso. Il piú colto, il piú divertente. Parlava con una voce melodiosa che ricordava i rintocchi di una campana, una voce al contempo sonora e gentile, autoironica, proprio come i suoi discorsi – tempestati di citazioni, allusioni, aforismi latini – erano per certi versi tanto eruditi quanto timidi, per cui la loro forza e brillantezza ti colpiva solo per gradi; era come bere un bicchiere di vino a piccoli sorsi, molto lentamente. In quello scenario, anche il suo aspetto sgradevole appariva in una luce nuova; gli conferiva un portamento aristocratico, serietà e autorità, come se la bellezza fosse al di sotto di lui, al pari di altri inutili orpelli.

L'argomento di quella sera, la sua prima sera, era stato *Che in questa Casa c'è bisogno di bambini*. Il precedente oratore, un ragazzo indiano, aveva parlato con grande eloquenza e passione della crescita economica del suo Paese, dove anche nelle baraccopoli piú povere l'arrivo di un bambino rappresentava un segno di speranza, tanto che Dickie, molto toccato, aveva pensato che di certo quella fosse l'argomentazione vincente e la parola definitiva sulla questione.

Poi si alzò Willie.

Si prese un bel po' di tempo per schiarirsi la gola, sfogliando gli appunti con un'aria disorientata, come se non si aspettasse di dover parlare. Quando infine prese la parola, lo fece con un tono colloquiale, da improvvisazione, almeno all'inizio. Evocò un certo Malthus e parlò di una trappola malthusiana; poi disse che non si trattava tanto di una trappola quanto di un miraggio e che lo stesso Malthus era l'uomo di paglia dei conservatori religiosi (Sí!, pensò Dickie, ma pensò anche: Chi era Malthus? Cos'era un uomo di paglia?) I suoi onorevoli amici, disse Willie, con un gesto che abbracciava la sponda opposta, avevano detto a piú riprese che avere figli era un diritto fondamentale. Ma la nozione di diritto era soltanto una favola che i ricchi si raccontavano per dormire in pace nelle loro enormi dimore Tudor (al che, per ragioni ignote a Dickie, scoppiarono tutti a ridere). I poveri hanno i loro diritti!, incalzò Willie con beffarda amarezza. Non hanno una casa, ma hanno diritti! Non hanno niente da mangiare, ma hanno diritti! Potete dormire in pace, perché i poveri, nello loro baraccopoli, hanno diritti sanciti dalla legge!

La sua voce fremeva di rabbia. I presenti applaudirono. Ma poi lui si fece sobrio, assorto. I diritti purtroppo – come si dice degli stessi bambini – ci vengono concessi solo in prestito. Appena si rivelano scomodi per chi detiene il potere, basta un attimo perché questi diritti vengano revocati. E cosí è nell'Hants*! disse, suscitando una nuova risata enigmatica. Altrove, per esempio nelle baraccopoli indiane che il mio dotto amico – indicando ancora con un gesto il lato opposto della sala – ha tanto a fondo esplorato, quei diritti possono essere considerati l'ennesimo miraggio…

A queste parole il ragazzo gridò dalla sponda opposta che in tutta evidenza Willie doveva essersi intrattenuto troppo a lungo nel deserto, visti i numerosi miraggi che aveva. Willie replicò che non avrebbe voluto parlarne, ma il ragionamento del suo onorevole amico gli aveva ricordato il deserto, perché aveva vagheggiato, forse in un'allucinazione, di trovarsi in un bar ben fornito di birra e tappi per le orecchie. L'indiano rispose che gli sembrava alquanto improbabile che l'oratore potesse avere dei figli, a prescindere dai diritti; giacché tutti sapevano che genere di bar preferiva l'oratore e, già che erano in argomento, cosa gli piaceva tappare, frecciata che scatenò i fischi e i buuu del pubblico. Willie aspettò imperturbato che si ristabilisse una relativa calma per poi ribattere che l'interesse del suo onorevole amico per il benessere dei bambini delle baraccopoli indiane era facile da comprendere, dal momento che una immediata disponibilità di bambini quale forza lavoro era indispensabile per le fabbriche di suo padre a Bangalore, le quali fabbriche erano a loro volta – mentre tornavano a levarsi grida e buuu – indispensabili per pagare la dimora Tudor del suo onorevole amico al momento in costruzione, come avevano appreso dall'ultimo

* Abbreviazione di Hampshire [*N. d. T.*].

numero di «Tatler», accanto alla dimora del padre a Brockenhurst, nell'Hants – Hants!, esclamò e poi ancora, come una sorta di grido di battaglia: Hants! – e a quel punto la sala piombò nell'anarchia, con il moderatore che batteva il martelletto e gridava: Ordine! Ordine! con un sorriso enorme sulla bocca, mentre l'onorevole amico puntava il dito contro Willie e farfugliava quelle che in tutta probabilità erano minacce, inudibili però nel chiasso, e Willie sfruttava intanto la pausa per concedersi aggraziatissimi sorsi d'acqua dal suo bicchiere...

Dickie – che aveva compreso poco o niente di quanto era stato detto – applaudí deliziato: si sentiva come da bambino al circo, quando guardava il mangiatore di fuoco, il lanciatore di coltelli, la ragazza in piedi su un pony, meravigliandosi che si potesse essere tanto bravi. Sí, quella insomma era la vita, in tutto il suo teatro, la sua crudeltà.

Al ricevimento che seguí al dibattito Dickie strinse tra le dita un bicchiere di vino bianco prodotto, a quanto pareva, da uno dei membri del circolo e il cui sapore ricordava la soda caustica. Nelle vicinanze, il ragazzo indiano teneva banco a una piccola folla, fingendo nonchalance, come se essere passato per idiota facesse parte di un suo piano. Un tipo con l'accento inglese andò da Dickie senza alcun motivo e cominciò a parlargli dei Liberal Democratici. Poi, con un'audacia che lo sorprese, lui si scusò con il suo interlocutore e si protese a toccare il braccio di Willie, che era appena passato accanto a loro.

Volevo soltanto dirti, cominciò, balbettando come se l'inattesa sicurezza di prima fosse scomparsa d'incanto, volevo solo dirti complimenti. Il ragazzo lo fissò con i suoi occhi azzurri che sembravano rari insetti iridescenti sotto vetro. La sua intelligenza era concentrata tutta in quello sguardo; uno sguardo che intimidiva e che però eccitava Dickie, come lo eccitava che l'intelligenza potesse fargli un simile effetto.

Il ragazzo accettò il complimento con un cenno distratto del capo e fece per proseguire.

Ci siamo già visti, disse Dickie d'impulso. In Front Square. Mi hai parlato delle vespe.

Delle *vespe*? Il ragazzo lo guardò perplesso.

O delle api, forse, si corresse lui. Delle api, sí.

Api?, ripeté il ragazzo, con lo stesso tono incredulo.

Sí, dei loro, ehm, rituali di accoppiamento, precisò Dickie abbattuto.

Ah sí, ora ricordo, disse il ragazzo. Ma era chiaro che non ricordava affatto; era chiaro che non aveva idea di chi avesse davanti. Di certo sembrava pensare che non ci fosse piú nulla da dire. Arrivò uno con il quale cominciò a parlare senza presentargli Dickie, che si diresse furtivo alla porta e poi fuori, ad aspettare il suo autobus al freddo.

Sapeva che c'era un aspetto di Willie che gli sfuggiva, qualcosa che lo riguardava ma non era la sua intelligenza. Aveva sentito le frecciate degli altri ragazzi, naturalmente, però non riusciva a trovare un collegamento. Dalle sue parti, tutti davano del frocio a tutti. Se ti cadeva la matita a scuola, se mangiavi i biscotti sbagliati, eri un frocio. Dickie si sentiva dare del frocio da quando aveva dieci anni, ma nessuno credeva che lui o chicchessia in città fosse davvero un frocio. Nella sua mente l'esistenza degli omosessuali aveva lo stesso ruolo marginale dei gruppi musicali nei video di Mtv: non dubitava che fossero veri, in senso ontologico, ma era sicuro che il loro mondo e il suo non si sarebbero mai incontrati, mai.

Non ricordava il momento esatto in cui aveva scoperto che Willie era… gay, un gay; forse non c'era stato un momento esatto, forse quella consapevolezza era penetrata grazie a una specie di osmosi culturale. Appena lo aveva capito, gli era sembrato ovvio; Willie era molto aperto al riguardo, anche se Dickie non sapeva con chi lo facesse, sempre che lo facesse con qualcuno. Era talmente brutto da rendere difficile concepire che esistesse chi era abbastanza attratto da lui da andarci a letto, per non parlare dell'impossibilità di immaginarsi un uomo che amava un uomo.

Dopo quella scoperta, si ritrovò a pensare a Willie in maniera diversa. Non in modo negativo; non era schifato da lui. Provava invece una sorta di pietà, come se si trattasse di una debolezza rovinosa. Lui stesso aveva sovente vissuto la sua intelligenza come un peso, in paese. Il che rendeva Willie meno inquietante, tanto che Dickie poteva perfino immaginare la nascita di un'amicizia tra loro. Mentre continuava ad andare ai dibattiti, mentre osservava Willie perorare cause, immaginava di intervenire con un commento geniale e di vedere Willie che si girava verso di lui compiaciuto e sorpreso. Non interveniva, ovviamente. Per Willie lui rimaneva solo uno dei tanti secchioni anonimi che, tra i banchi, aspettavano di venire abbagliati dalla sua arguzia.

Ma poi alla fine del secondo anno ottenne la borsa di studio, le Stanze, e una mattina d'autunno, poco dopo l'inizio del terzo anno, mentre lui era fuori a frugare nelle tasche in cerca delle chiavi, la porta del palazzo si aprí e apparve Willie. Ah, sei tu, disse.

Sí, disse Dickie in tono patetico. A dispetto della loro amicizia immaginaria, scoprí che l'intelligenza di Willie aveva ancora un effetto raggelante sulla sua, facendolo sembrare piú scialbo di quanto fosse in realtà.

Vivi qui?, chiese Willie, puntando il pollice dietro di sé e poi, prima che Dickie potesse rispondere con nonchalance: Sí… tu pure?, aggiunse, Una topaia, vero?

Sopra di loro si stendeva uno di quei perfetti cieli autunnali che abbellivano la città solo di rado, un brillante azzurro argento senza nuvole contro il quale le chiome rosse e dorate degli alberi emanavano un bagliore che pareva scaturire dall'interno; tutt'intorno, le foglie cadute giravano in tondo sopra i ciottoli con volute repentine, come debuttanti che roteavano tra le braccia maliziose del vento.

In che stanza sei? Io al secondo piano.

Dickie disse che stava all'ultimo piano e Willie replicò che era proprio quella la stanza infestata. Dico sul serio, aggiunse. Saprai che questo viene considerato l'edificio piú infestato d'Irlanda.

Dickie disse che non aveva notato niente di insolito, anche se mentre parlava si ricordò delle bruciature sul tappeto. Forse per allontanare i fantasmi? O un sabba delle streghe? Magari molto piccolo?

Be', se mai dovessi avere paura a tarda notte, sentiti libero di scendere da me, disse Willie.

Hai una scorta di crocifissi?, disse lui.

No, ma ho un letto a due piazze, disse Willie.

Dickie farfugliò, scoppiando poi in un risata, per mostrare che aveva capito la battuta, che non era un puritano. Sapeva che non c'erano sensi riposti, rientrava soltanto nel genere di osservazioni oltraggiose in cui Willie era specializzato. Sorrise e salí i gradini che conducevano alla porta, dicendo, mentre entrava, che l'avrebbe tenuto a mente.

Il piano superiore del *Butterfly* era diverso da quello inferiore; molto diverso. Dickie si fece strada lungo una pista da ballo popolata di uomini che per la maggior parte si erano tolti la camicia, mettendo in mostra toraci abbronzati, muscolosi, senza peli, e una pelle umida che strusciò contro di lui al suo passaggio. Le pareti erano nere. L'aria era impregnata di sostanze chimiche, scossa da una lussuriosa musica elettronica sovrastata dalla voce di una cantante che ripeteva: *Ass! Ass! Give me ass!* Dickie tenne gli occhi fissi sulla nuca di Willie finché non arrivarono a un tavolo. Accanto a loro, due uomini si stavano baciando con vigore; Dickie ne vedeva le lingue lottare come lumache color carne; poi un occhio si aprí e uno degli uomini cominciò a fissarlo – lui si affrettò a girarsi sulla sedia. *I want to fist you in the ass!* Serata tranquilla, osservò Willie.

L'altro ragazzo della Hist e lo sconosciuto con il gilè riapparvero con quattro pinte di Guinness; si sedettero e partí una conversazione che Dickie colse soltanto per brandelli e che pareva vertere su alcuni loro conoscenti che si erano beccati la sifilide. Mentre beveva la sua pinta Dickie cominciò a rilassarsi. Anche quel posto era una specie di circo, pensò, un circo caotico in cui i numeri venivano eseguiti tutti insieme. Ognuno partecipava allo spettacolo e si impegnava al massimo per impressionare gli altri. Che lui non fosse chiamato a esibirsi lo faceva sentire escluso, ma al tempo stesso gli conferiva una strana forza e, ancora una volta, lo induceva a dispiacersi un po' per gli habitué che saltellavano nel locale, persone piú vituperate di quanto lo fosse lui. Decise di prendere la serata come un esercizio antropologico e iniziò a guardarsi intorno con un'espressione accuratamente neutrale. C'erano anche donne, si rese conto; quel tipo di donne che sembrano uomini. C'erano inoltre uomini vestiti da donne, ma non allo stesso modo: avevano forme esagerate, un trucco eccessivo, come bambole mostruose. Non capiva perché una persona volesse darsi un aspetto simile o chi potesse mai desiderare una falsità tanto spudorata. L'effetto era quello di una battuta concepita per una ristretta cerchia di persone, una battuta di quelle che tanto spesso lo avevano sconcertato nei primi mesi al Trinity: si diceva qualcosa che non si voleva dire per sottintendere quel che in effetti si voleva dire. Ma i frequentatori di quel locale, anziché limitarsi a dire qualcosa, la facevano anche, con il loro modo di vestirsi, parlare, muoversi.

Willie sembrava conoscere tutti. Un flusso costante di persone – di uomini – veniva al tavolo per parlargli; e quegli uomini trovavano sempre un attimo per chiedere a Dickie come si chiamava e come aveva conosciuto Willie e cosí via. Erano tutti simpatici in quel posto, disse a Willie.

Sí, non ci capita tanto spesso di vedere carne fresca, replicò Willie. Se giochi bene le tue carte potresti diventare il piatto del mese fino a Natale. Scoppiò a ridere, vedendo l'espressione di Dickie.

Scherzavo, disse, dandogli una pacca sulla coscia. È un posto carino per farsi una pinta sul tardi, nient'altro.

Un uomo con i capelli corti e ossigenati e un pesante mascara sugli occhi si lasciò cadere sul divanetto accanto a loro e cominciò a chiacchierare con Willie. Dickie colse l'opportunità per infilarsi la giacca. Era ora di andare. Ma prima aveva bisogno di una puntatina al bagno; era sicuro di non poter resistere fino alle Stanze.

Per raggiungerlo, doveva affrontare di nuovo la pista da ballo. Senza Willie a guidarlo, la traversata fu molto diversa. I corpi sudati gli si spalmavano addosso; venne spintonato, venne afferrato; un uomo mezzo nudo gli balzò davanti e cominciò a sbattergli il bacino contro tenendo le mani dietro la testa, mentre qualcuno gli bisbigliava nell'orecchio chissà cosa – forse non era neanche una parola, ma solo un verso umido, una specie di *ciaf ciaf*. Adesso stava vedendo la loro vera natura, pensò con tristezza. Si scrollò di dosso un braccio, riemerse dal fumo, spinse la porta e seguí la freccia fino in fondo a un corridoio, superò una rampa di scale e arrivò a un'altra porta con su scritto «Uomini».

Il tanfo fu la prima cosa che lo colpí: un pungente odore chimico che copriva come un tappeto il solito fetore dei cessi. Poi le grida – le grida di un uomo, lamentose, disperate. Venivano da uno dei cubicoli. Dickie si chiese se dovesse allertare la sicurezza: sembravano le grida di una persona che stesse subendo una violenta aggressione. Eppure molti altri uomini stazionavano davanti agli orinatoi e non prestavano la minima attenzione. Poi l'uomo che mugolava esclamò, a pieni polmoni: Scopami! Sfondami lo gnocco! E la porta del bagno sbatté ripetutamente, al che divenne fin troppo chiaro anche a Dickie cosa stava accadendo. Sentí un fiotto di vergogna erompere dentro di lui, spingere per risalire il corpo e dilagare con il suo calore nella testa; al tempo stesso provò rabbia per il fatto di vergognarsi in un posto che non conosceva vergogna! Si sforzò di pisciare alla svelta, coprendosi il sesso con le mani, fissando con ostinazione la pozza dell'orinatoio. Ebbe l'impressione che durasse un'eternità. Ringraziando il cielo finí e a quel punto indietreggiò con passo malfermo, tirò su la lampo, quindi uscí di corsa senza lavarsi le mani.

Poi, nel corridoio tra la porta del bagno e quella del bar, si fermò. Andarsene era ciò che piú voleva al mondo, ma non sopportava il pensiero di riattraversare la pista da ballo. Un'onda di repulsione si gonfiò dentro di lui. Cosa ci faceva in quel posto? Perché ci era venuto? Come aveva potuto farsi trascinare in quel turpe carnaio?

Una piccola finestra si affacciava sulla strada sottostante. Dickie schiacciò il viso contro il vetro e fissò la città con i suoi occhi velati. Quant'era bella! Quanto invidiava le persone normali che facevano serata in giro! Quanto sarebbe stato felice non appena fosse tornato in mezzo a loro! Una volta fuori, giurò a sé stesso, non ci avrebbe mai piú messo piede, non avrebbe neanche mai piú camminato sul quel lato della strada. E non avrebbe mai piú scambiato una parola con Willie Laughton, il responsabile di tutto!

Ma come uscire di lí? Come andarsene dal pub senza essere visto? E se qualcuno lo avesse riconosciuto? In un attimo, la domanda si espanse in tutto il suo orrore. E se qualcuno delle sue parti fosse passato di là mentre lui usciva? E tornato a casa lo avesse detto a suo padre? Un'eventualità cosí spaventosa da annientare il resto. Già gli sembrava di percepire il disgusto paterno – l'incomprensione, la vergogna – e capí che avrebbe preferito morire, morire nel vero senso della parola, piuttosto che affrontare una situazione del genere. E tuttavia, in quello stesso momento, gli venne di colpo in mente che, se avesse guardato ancora fuori della finestra, avrebbe visto apparire l'impossibile, suo padre. Lo avrebbe visto camminare deciso, superare come una furia il buttafuori, salire di corsa le scale e irrompere da quella porta per prendere la sua mano e farsi strada sulla pista da ballo spingendo via gli sporcaccioni e trascinando lui fuori, in salvo…

Alle spalle di Dickie la porta del bagno degli uomini si aprí e una voce disse: Era un po' troppo.

Ce l'aveva con lui? Si girò. Si trovò davanti un tipo che si grattava la testa, indossava una maglia della Gaa. Insomma, vabbè che non è bello ciò che è bello eccetera, disse. Ma… non so, *sfondami lo gnocco*?

Parlava con un forte accento che secondo Dickie doveva essere del Kerry, perché i colori della maglia erano di quella contea. Era un po' piú alto di lui e piú grande di un paio d'anni; aveva un faccione comunicativo, occhi marroni e capelli neri corti e in ordine. Dublino è cosí dappertutto, disse. Non puoi andare a pisciare un attimo senza che qualcuno ti gridi nell'orecchio a cosa serve il buco che ha tra le chiappe.

Dickie non poté fare a meno di ridere.

E tu da dove arrivi?, chiese il giovane. Lui gli disse il nome del suo paese. Lo conosco!, disse l'altro, con un sorriso di apprezzamento. Come si chiama il pub sulla piazza – *Coady*, dico bene? È un gran bel locale. Scosse un poco la testa. Ce ne corre di strada tra *Coady* e 'sto posto, bello. Va be', stammi bene.

Proseguí per la sua strada e arrivato alla porta che si apriva sulla pista da ballo si fermò un attimo e disse: Ehi, come la vedi se ce ne andiamo da qui per farci una pinta da qualche altra parte? Se non ti va, nessun problema, ma io non ne posso piú di questo posto.

Dickie sorrise e disse: Dopo un locale cosí una birra ci vuole.

Grande! Fammi solo andare a prendere la giacca. Ci vediamo fuori tra un minuto? Ah, mi chiamo Sean. Il giovane tese la mano a Dickie e dopo la stretta di rito scomparve tra la folla.

Oltre la massa di corpi scatenati e lucenti di sudore, Dickie scorse Willie che, al suo tavolo, parlava fitto. Non se la sentiva di salutarlo.

Puntò invece a testa bassa la pista da ballo, scese poi le scale e, dopo aver superato il bar che affacciava sulla porta d'ingresso e dava un'ingannevole aria di normalità al locale, uscí. Non si fermò una volta fuori, svoltò l'angolo e si allontanò con passo deciso e veloce. Proseguí per una ventina di metri e soltanto allora si fermò, davanti a un negozio di strumenti musicali.

Fingendo di osservare la merce esposta in vetrina, controllò la strada con occhiate furtive. Impossibile stabilirlo con certezza, ma pareva che nessuno lo avesse visto uscire. Fu travolto da un'onda di euforia. Era fuggito! Se fosse tornato nelle sue Stanze subito, sarebbe stato come se niente fosse accaduto. Ma Sean? Lo abbandonava cosí? Una campagnolo come lui, un altro a cui tutti davano probabilmente del pecoraio?

Pioveva, poco ma pioveva. Da sotto il tendone, guardò ancora in direzione del pub. Si sentiva esposto, troppo vicino a quelle doppie porte dal colore acceso. Si morse il labbro. E se avesse ripercorso in senso inverso la via per sbirciare all'interno e vedere se c'erano tracce di Sean? No, non ne aveva nessuna voglia. Niente da fare, doveva tornare a casa. Tipico suo, trovare finalmente un amico e perderlo nel giro di un minuto, pensò con malinconia. Ma poi, proprio mentre stava per avviarsi, vide Sean emergere dalla porta! E l'espressione del suo volto mentre cercava con lo sguardo a sinistra e poi a destra – il disorientamento, la rassegnazione – sciolsero il cuore a Dickie. Sorrise, sventolò la mano; Sean lo individuò, sorrise anche lui e lo raggiunse con una corsetta fino alla vetrina piena di violini e ukulele.

Eccoti, disse Sean.

Eccomi, disse Dickie.

Cominciarono a chiacchierare risalendo la strada. Sean parlava del suo paese natale e Dickie annuiva contento. Dopo la tortura sensoriale del *Butterfly*, la serata si era fatta fresca e incantata. Sean era un conversatore piacevole: una bella persona, irradiava schiettezza e dignità con tutto quel che diceva o faceva. Per la prima volta nella sua vita, Dickie sentí l'impellente bisogno di parlare della Gaa. Di sedersi e discutere dei Giochi gaelici davanti a una bella pinta di birra – non riusciva a immaginare niente di piú desiderabile. Anche se in effetti, disse Sean, erano abbastanza vicini al suo appartamento. Potevano andare da lui, se a Dickie stava bene; Sean aveva delle lattine in frigo.

Gli rivolse uno sguardo amichevole. Che ne dici?

Ah, rispose Dickie.

Erano davanti a un ponticello che attraversava il canale. Aveva smesso di piovere, le ultime luci del giorno stavano svanendo. I due si fermarono, si guardarono. E in quel momento Dickie imparò qualcosa. Questo fatto di *guardare qualcuno negli occhi*. È fuorviante parlarne come di una connessione. Lui guardava sempre le persone negli occhi. Ciò che è davvero importante di quei momenti è che ti ritrovi a guardare *gli* occhi di qualcuno o, per meglio dire, lo sguardo si ferma *sugli* occhi, bloccato dalla loro bellezza; e allo sguardo dell'altra persona succede lo stesso; e i due sguardi, insieme alle anime che nascondono, scivolano uno sull'altro, vorticano uno sull'altro come pattini sul ghiaccio o come mercurio sopra mercurio, tanto che ti sembra di ruotare e perdere il controllo, e ruoti ruoti come se fossi al volante di un'auto che va in aquaplaning, nonostante tu sia di fatto immobile, finché non torni a fermarti, senza nulla a indicare che sia accaduto qualcosa di rilevante, salvo forse il pallido sorriso che ti concedi.

L'appartamento di Sean non era poi cosí vicino, in realtà; si trovava a Rathmines, nei pressi del vecchio alloggio di Dickie, e l'interno del palazzo era altrettanto fatiscente. Brandelli di carta da parati, con un osceno motivo floreale di uno stile che dimostrava un centinaio di anni, penzolavano dai muri dell'androne; da una parete sporgeva un anello chiodato con sotto una candela, che in un primo momento lui scambiò per la versione gotica di un canestro da basket salvo poi rendersi conto che era invece una rappresentazione della corona di spine di Nostro Signore. Ma quando Sean aprí la porta del suo appartamento e lo condusse in casa, Dickie ebbe al contrario l'impressione di un posto spartano e pulito. Niente piú di questo però: poi Sean si girò con una specie di piroetta e dopo averlo spinto contro la porta lo baciò.

Dickie non sapeva che cosa fare. Gli venne in mente che non si era lavato la mani, al locale – era la prima cosa in assoluto che avrebbe dovuto fare. Ma era inchiodato lí e non poteva liberarsi. Sean aveva chiuso gli occhi, cosí per correttezza chiuse anche lui i suoi. Il che rese tutto piú facile. Sul piano delle mere sensazioni, il bacio non era sgradevole. La bocca di Sean sapeva di alcol ed era un po' troppo energica, ma il calore, il calore di un corpo vivente, era piacevole e cosí anche il suo aroma, di sapone e crema da barba e deodorante da supermercato; le braccia erano forti e lisce, mentre la mandibola, al contrario, era un po' ruvida per la ricrescita della barba. Nessuna di queste cose era malvagia in sé e perciò, malgrado una voce nella testa gli gridasse: *Che stai facendo?* Dickie aveva la sensazione che non ci fosse niente di sbagliato o almeno di non stare sbagliando, non del tutto. Evitò comunque di infilare le mani sotto la camicia di Sean, anche se ne aveva voglia, come pure di toccargli i muscoli o i capezzoli o, a maggior ragione, di dire stupidaggini come Ti amo; per certi versi fu un sollievo quando Sean si scostò e disse, come se niente fosse successo: Ti va una lattina?

Oh sí, grazie, disse Dickie. Mentre Sean andava a prendere da bere, lui si guardò intorno. Si trovava in una cucina con un soggiorno o meglio l'inverso, pensò, in un soggiorno con annessa una cucina. C'erano un tavolo con una panca e due sedie, poi un divano e una poltrona in condizioni ragionevoli, di fronte a un grande televisore. Sean prese dal frigo due lattine di Carlsberg e gliene lanciò una. Lui stava per chiedergli se viveva lí da solo, ma Sean, anziché sedersi sul divano, sparí oltre una porta.

Dopo un istante di esitazione, Dickie lo seguí e si ritrovò in un'altra stanza, piú scura, con le tende tirate e un odore di muffa o muschio nell'aria. C'era poco, a parte una pila di scatole e un letto sfatto e Sean, che se ne stava ai piedi di quel letto con le spalle rischiarate dalla scarsa luce che filtrava dalle tende. Mandò giú una bella sorsata di birra, poi si sbottonò la patta dei pantaloni ed estrasse il pene, che era eretto e molto grande; anche se forse cosí sembrava a Dickie solo perché non ne aveva mai visto uno dal vero, non in quelle condizioni almeno ovverosia eretto, a parte il proprio ovviamente; e Sean restò in quella posizione a fissarlo, portandosi la birra alle labbra con una mano mentre con l'altra si carezzava il pene, che somigliava, pensò Dickie con un'immagine che lui per primo trovò assurda, a un cane da guardia che tirava il guinzaglio, qualcosa di feroce e ostile tenuto a bada da qualcuno le cui intenzioni non erano chiare. Ma del resto, quali erano le *sue* intenzioni? Perché era venuto lí?

Andiamo, su, disse Sean. La sua voce fece capire a Dickie che era molto piú ubriaco di quanto non gli fosse sembrato fino a quel momento. Come aveva fatto a non rendersene conto? Stava cercando di non crollare, ma i fumi dell'alcol salivano, salivano. Faceva fatica anche soltanto a stare in piedi.

Sai una cosa, disse Dickie a bassa voce: In effetti dovrei andare. Domani ho un…

Stenditi sul letto, lo interruppe Sean, e il suo tono perentorio risvegliò in Dickie qualcosa che fino ad allora non era emerso: obbedí, si sdraiò su quelle lenzuola sporche. Spogliati e girati, disse Sean. Ancora una volta, Dickie fece quel che gli era stato chiesto; si tolse la camicia presa all'outlet, i jeans costosi anche se non proprio azzeccati, le mutande che sua madre gli aveva comprato da Dunnes.

Anche Sean si spogliò. Nudo era ancora piú bello; la nudità gli donava, mentre Dickie aveva sempre pensato al proprio corpo svestito come a una specie di oltraggio, un verme bianco che si contorce una volta che la roccia sotto cui si nasconde è stata sollevata. E tuttavia un uomo lo stava baciando, gli baciava le spalle, il collo, e il suo respiro caldo gli si abbatteva sull'orecchio alla maniera di onde, un susseguirsi di onde in un mare di desiderio. Dickie allungò il collo e girò la testa per ricambiare i baci, ma la bocca di Sean si ritrasse. Aveva fatto qualcosa di sbagliato? Ci provò di nuovo; questa volta una mano robusta lo afferrò per i capelli e gli spinse la faccia sul cuscino. Aspetta, disse Dickie. È una cosa nuova per me… poi rantolò in cerca d'aria. Un dolore lancinante gli lacerò il corpo. Morse il cuscino: non poteva fare altro; gli sembrava che una motosega gli stesse squartando le budella, mentre braccia muscolose lo tenevano bloccato e sopra e intorno a lui l'uomo sibilava e ansimava e si dimenava e spingeva, spingeva – provò a chiedergli di andarci piú piano, ma le mani gli tenevano la testa schiacciata sul cuscino – non vedeva piú niente, a malapena riusciva a respirare, sentiva solo il dolore e il corpo dell'altro che avviluppava il suo – era come essere risucchiati in una macchina, come un bambino che si infila nell'intelaiatura di una macchina e si ritrova intrappolato negli ingranaggi – eppure il suo corpo rispondeva, tremava, come se stesse subendo qualcosa che la mente a stento coglieva, e poi la macchina divenne un animale e si impennò e ruggí e con entrambe le mani gli sollevò le spalle per sbatterle di nuovo giú e schiantarsi con un fremito su di lui.

Per un po' rimasero distesi nell'oscurità. L'uomo gli avvolgeva il corpo con un braccio, ma la mano penzolava inerte. Dickie pensò che si fosse addormentato e cercò di arrestare il proprio tremito per non svegliarlo. Il dolore era tremendo e il bruciore non faceva che peggiorare man mano che lo shock si placava. Ma in quel buio fitto percepí anche un piccolo bagliore dentro di sé; e mentre Sean cominciava a russare si mise a pensare a dove avrebbero fatto colazione il mattino dopo e di cosa avrebbero parlato e poi a quando gli avrebbe mostrato le sue Stanze, il suo letto, dove sarebbe stato lui a prendere l'iniziativa, stavolta, in modo lento e gentile...

Doveva essersi addormentato, perché quando riaprí gli occhi la stanza era ancora al buio. Qualcosa frusciava al suo fianco; in quello stesso istante si rese conto di essere rimasto solo a letto. Si tirò su issandosi sui gomiti. Sean si stava vestendo nell'oscurità.

Che succede?, chiese Dickie.

Devo andare al lavoro, replicò Sean secco.

Adesso?, disse lui. Che ore sono? Sean non rispose. Si tirò su i pantaloni, poi imprecò – aveva urtato una lattina lasciata accanto al letto la sera prima, Dickie sentí il gorgoglio della birra che si riversava sulla moquette con uno sfrigolio. Si girò per alzarsi anche lui e disse: Fammi...

No, disse Sean, e quando lui si abbassò per raddrizzare la lattina: No! urlò di nuovo e con una mano spinse Dickie sul letto: dove lui, steso come un insetto, rimase a fissare Sean, che lo fissava a sua volta con occhi di fuoco.

Che guardi?, disse.

Gli occhi di Dickie si erano abituati all'oscurità ormai, ma gli ci volle comunque un po' per capire cosa stava guardando. Poi, nell'attimo in cui gli fu chiaro, capí anche di non doverlo dire. Niente, bisbigliò, abbassando la testa come se non avesse visto nulla o per dare almeno l'impressione di non aver visto il berretto con il distintivo, la camicia blu, il numero giallo sulla spallina di una tonalità piú scura. Ma era troppo tardi.

Che guardi?, disse Sean a bassa voce prima di esplodere con un grido: Non guardarmi! Smettila di guardarmi!

E gli saltò addosso prendendolo a pugni sul capo. Scusa!, si ritrovò a dire Dickie con un guaito. Scusa! Ma i pugni continuavano ad abbattersi su di lui come martelli mentre Sean lo teneva schiacciato sul letto con la sua mole immensa, proprio come la sera prima. Se solo… se solo… ruggiva. Gli aveva girato la testa in modo da colpirlo in faccia con il pugno, che però era troppo pesante per essere un pugno, sembrava piú una roccia pronta a fracassargli il cranio. Disperato, Dickie si aggrappò alle lenzuola – Sean perse la presa, si rialzò per riposizionarsi sul letto – Dickie riuscí a scivolare giú dal materasso e sul pavimento, dove trovò le mutande. Ma prima che potesse infilarsi i pantaloni Sean balzò dal letto e lo sbatté a terra per poi prenderlo a calci, calpestarlo, insultarlo nei modi piú orribili, finché lui chissà come si divincolò e uscí dalla stanza saltando sul letto per raggiungere la cucina dove si trovò davanti tre porte. Quale doveva prendere? Sentí Sean arrivare – ne provò una a caso e vide la Corona di spine e le scale, al che corse fuori ruzzolando sugli scalini o quasi, tirandosi dietro i pantaloni che si erano impigliati in una caviglia e poi, piangendo e senza piú fiato, afferrò il pomello del portone che, grazie al cielo, si aprí…

E poi si mise a correre, in mutande, senza guardarsi indietro, lungo la strada deserta nel buio pesto delle quattro del mattino, gli occhi pieni di sangue, l'eco dei passi di Sean che gli ronzavano nelle orecchie, mentre una voce beffarda nella sua testa gli diceva: *Sei libero, sei libero, sei libero*.

Non pensava che Sean lo avesse seguito; tuttavia, tornato nelle sue Stanze, chiuse la porta a chiave, per sicurezza. Si gettò sul pavimento e rimase lí per un po', a singhiozzare. Poi si riprese, fece un respiro profondo, si tastò. Non era messo tanto male; quanto meno non sembrava esserci niente di rotto. I lividi sarebbero andati via in pochi giorni, i tagli si sarebbero rimarginati. Quando andò al bagno sentí dolore, ma quello se l'aspettava. Non vedeva dall'occhio sinistro e questo lo preoccupava un po'. Ma il destro era intatto. A conti fatti, poteva andare peggio, si disse.

Cercò di capire cos'era successo, di vederla dalla parte di Sean. Di certo si era infuriato perché credeva che Dickie avrebbe tradito il suo segreto; credeva che Dickie non fosse diverso dagli «habitué» del locale ovvero che fosse sleale, privo di qualunque morale, inaffidabile. Si era trattato senz'altro di un malinteso. E poi lui era lí con Willie, dopotutto. Se solo Sean gli avesse dato modo di spiegare! Se solo avesse potuto dirgli che non era cosí! (*Ma era poi vero?*, chiese una voce dentro di lui). Acqua passata, comunque. Non aveva senso rimuginarci ancora. Meglio lasciarsela alle spalle.

Fu allora che scoprí di non avere il portafoglio.

Si guardò intorno un centinaio di volte ma non lo trovò. Doveva essergli caduto dalla tasca mentre tornava o nell'appartamento di Sean. Il panico lo attanagliò di nuovo. Nel portafoglio c'era la tessera del Trinity, con il suo nome e il numero di matricola. E se Sean se ne fosse servito per scovarlo? Magari stava setacciando il campus già adesso. Strinse forte gli occhi, cercò di visualizzare la tessera. Per quanto ricordava non c'era l'indirizzo. Ma sarebbe bastato a fermarlo? Sean era una guardia, rintracciare la gente era la sua specialità! E se avesse interrogato i docenti di Dickie, una volta scoperto quali esami aveva dato? Poi una nuova ondata di terrore si schiantò su di lui. Dickie gli aveva detto il nome del suo paese! Sarebbe stato facilissimo scovarlo lí oppure, assente lui, scovare suo padre e raccontargli quel che aveva fatto, raccontare a tutti quel che aveva fatto! Sean voleva solo bere qualcosa, ma Dickie lo aveva sedotto, raggirato! Dickie avrebbe detto qualsiasi cosa pur di essere baciato, abbracciato! Voleva fare sesso con lui, un uomo che di fatto era un estraneo, scoparselo, prenderlo in culo! Dickie Barnes di Goldenhill, Old Road! Vide Sean assaltare le strade del paese, rivoltarle come calzini. Si tirò una coperta sopra la testa, mise la testa tra le ginocchia e gridò in silenzio. Poi fece un altro respiro profondo.

Avrebbe dovuto andarsene. Forse in Inghilterra, non era lí che andava la gente? (*La gente come te*, sibilò la voce nella sua testa). Aveva uno zio laggiú, forse poteva trasferirsi in una università inglese. Sí, doveva fare cosí. Appena si fosse sentito al sicuro avrebbe cominciato a informarsi. Per adesso però l'opzione migliore era mantenere un profilo basso. Starsene in disparte, cercare di capire i movimenti di Sean; poi, una volta accertato che le acque si erano calmate, si sarebbe concentrato sulla prossima mossa. Non era poi cosí complicato. Poteva saltare le lezioni, quel giorno. Da mangiare ne aveva – cornflakes; aveva finito il latte, ma c'era l'acqua del rubinetto. I dolori avevano già iniziato a scemare. Con il sorgere del sole le cose avrebbero preso una piega migliore. Sarebbe sorto a breve, no? Non poteva essere altrimenti. Decise che avrebbe aspettato l'alba seduto accanto alla finestra a fare la guardia da una fenditura tra le tende. Ma era rischioso. Oltre al buio, c'erano parecchi cespugli nella piazza sottostante da cui era facile tenerlo d'occhio senza essere visti. Era cosí stanco che si appisolava di continuo e rinunciare alla sedia per stare in piedi non cambiò la situazione. Arrivò un ronzio da chissà dove. Un rumore fortissimo! Di certo nelle stanze al piano di sotto qualcuno aveva un generatore, o era forse qualcosa tipo la corrente elettrica nei cavi? Poteva anche essere una perlustrazione della polizia – una macchina che avevano in dotazione e con cui guardavano attraverso i muri – e lui andò a nascondersi nell'armadio, però questo ovviamente significava non stare piú di guardia! Poi, trovata la soluzione ovvero il modo di fare le due cose insieme, stare alla finestra e nell'armadio, notò un altro fenomeno: la stanza sembrava pendere o, per meglio dire, piegarsi. Di sicuro Sean non c'entrava niente, per cui non aveva di che preoccuparsi. Solo che la stanza continuava a piegarsi su di lui, abbastanza perché ne sentisse la pressione, e a respirare, non forte ma quel tanto che bastava perché lui la sentisse – la stanza che si piegava su di lui, che gli respirava addosso.

Piantala, disse.

E la stanza si ritrasse. Ma era ancora lí. E lui era ancora al suo interno. Come poteva essere al suo interno e sentirla premere su di sé? Gli tornò in mente quel che gli aveva detto Willie, che l'edificio era infestato. Ma una stanza non poteva essere un fantasma, non era mai stata una creatura vivente. A meno che... e se fosse stato lui il fantasma? Ma quando si toccò i tagli sull'occhio li sentí sanguinare: dunque era ancora vivo, non un fantasma. Forse aveva frainteso, forse non gli aveva detto che la casa era infestata dai fantasmi ma che era lei un fantasma. Forse era per questo che il precedente inquilino aveva acceso un fuoco sul pavimento, per tenere lontana la stanza. E poi perché era fredda, fredda in un modo incredibile. Era forse il caso che ne accendesse uno anche lui? Ma se avessero chiamato i vigili sarebbe venuta anche la polizia, era la procedura: le fiamme avrebbero portato Sean dritto da lui. Sarebbe dovuto restare nell'appartamento di Sean, adesso gli era chiaro. Se fosse rimasto lí e avesse accettato la sua punizione, niente di tutto questo sarebbe mai accaduto. Scappando aveva solo peggiorato le cose. E se fosse tornato indietro? si chiese. Se avesse dimostrato che gli dispiaceva – che si era già punito da sé – o cercato almeno di spiegargli il proprio sbaglio? Sí, era la linea di condotta migliore. Cominciò a vestirsi al buio. Ora che aveva preso una decisione si sentiva meglio. Il ronzio persisteva, ma quando andò in soggiorno scoprí che era il radiatore, doveva essersi acceso da solo o lo aveva acceso lui per poi dimenticarsene. Si infilò i pantaloni, sorridendo al pensiero di come li aveva portati a casa, raccolti fra le braccia. Il tessuto gli diede fastidio sulle gambe, come se si fosse scorticato la pelle. Aveva lasciato la giacca da Sean, per cui si mise un maglione in piú. Non sentiva cosí freddo adesso, ma gli venne in mente che era troppo tardi per uscire o meglio troppo presto, perché Sean era senz'altro andato al lavoro e proprio per questo lui stava uscendo, per vedere Sean. Ma forse poteva comunque tornare all'appartamento e aspettare in strada? Cominciò a spostare i mobili dalla porta – come ci erano finiti contro? – quando pensò che doveva avere un aspetto disgustoso. Decise di darsi una ripulita. Il ronzio del radiatore veniva anche dalla stanza da letto, il che era strano, e quando accese la luce e andò allo specchio...

Sean lo stava guardando! Doveva essere entrato dalla finestra! (O magari era sempre stato lí!) Dickie ebbe soltanto una frazione di secondo per cogliere l'espressione di odio assoluto su quel volto e comprendere che era troppo tardi per scusarsi e fare ammenda, dopodiché l'uomo lo tirò a sé passandogli un braccio intorno al collo e lo scagliò sul pavimento. Gli colpí la faccia con entrambe le mani e, quando lui sollevò le sue per coprirsi gli occhi, l'altro gli schiaffò l'uccello nel culo e i pugni e l'uccello e l'uccello e i pugni picchiarono, picchiarono, picchiarono sulla porta e una voce conosciuta proveniente da chissà dove disse: Ci sei?

La luce del giorno. Si alzò dal pavimento. Era sporco di sangue. Ci sei?, disse ancora la voce. Chi era? Ce l'aveva sulla punta della lingua ma non gli veniva, il che lo seccò. Trascinò via la poltrona dalla porta e premette l'occhio sullo spiraglio, ma non vide niente. Tutto bene lí dentro?, disse la voce. Sto nella stanza di sotto. Pensavo di aver sentito, ah…

All'inizio Dickie non rispose, nel caso fosse una trappola, ma poi gli venne in mente che quella persona avrebbe potuto lamentarsi con il college per il rumore e fargli perdere la stanza. Quindi aprí la porta per scusarsi.

Fuori c'era Willie. Ma certo! Come aveva potuto non pensarci? Era stato Sean a mandarlo, lavorava per Sean, era stato in combutta con lui fin dall'inizio. Ma non cambiava nulla, Dickie era pronto ad arrendersi. Alzò le mani, sorrise. Va tutto bene, disse, anche se con il ronzio distinse a fatica la propria voce.

Willie non ricambiò il sorriso. Non mosse un dito, non aprí bocca.

Guardava Dickie.

Cristo, disse alla fine.

4.

Lo scoiattolo grigio non è originario dell'Irlanda. Vi è stato introdotto piú di un secolo fa, con l'arrivo di una decina di esemplari in una cesta di vimini a Castle Forbes quale regalo di nozze del duca di Buckingham. Dopo il banchetto nuziale una figlia aprí la cesta sul prato della proprietà; gli scoiattoli saltarono fuori e si precipitarono nel bosco. Da quel momento, come una favola del colonialismo, si è diffuso in quasi tutta l'isola. Nel frattempo lo scoiattolo rosso, lo *Sciurus vulgaris*, specie autoctona, è pressoché scomparso.

Gli scoiattoli grigi sono portatori di un virus, il vaiolo degli scoiattoli. Loro sono immunizzati, ma i rossi no. Gli causa lesioni intorno alla bocca per cui non possono mangiare; nel giro di una settimana li uccide. Il solo modo per salvare gli scoiattoli rossi dall'estinzione è sterminare quelli grigi, portatori del vaiolo.

Per Victor è diventata una specie di crociata morale. All'inizio gli piaceva vagare per il bosco al tramonto con una termocamera montata sul fucile, in cerca degli *invasori*. Dopo le proteste di Imelda è passato alle trappole; va a controllarle la sera, tornando con un sacco che svuota in una vecchia ghiacciaia per la birra.

Dickie ha chiesto a Victor di porre fine all'abbattimento selettivo. A PJ non piace; in verità, non piace nemmeno a Dickie. Ma Victor non vuole saperne. Si rammarica che il ragazzo sia turbato, dice. Se smette adesso, però, vanificherà il lavoro fatto finora.

Non è rammaricato neanche un po', Dickie lo sa. Non lo ha detto in termini espliciti, ma è chiaro da un pezzo che Victor preferirebbe non avere PJ tra i piedi. Dickie non ha ben capito se è per via del pericolo o perché il ragazzo li rallenta nelle operazioni. Stenta però a credere che la sicurezza abbia mai rappresentato un problema per Victor; quanto ai ritardi, passare del tempo con suo figlio è una delle principali ragioni per cui Dickie si dedica a questo lavoro e non ha perciò alcuna fretta di portarlo a termine. Ammansisce Victor ricordandogli che PJ starà molto meno con loro quando finiranno le vacanze estive e riesce a strappargli almeno la promessa di non cuocere piú scoiattoli di fronte al figlio. Poi torna da PJ e ancora una volta gli spiega punto per punto perché l'abbattimento selettivo non è in effetti una brutta cosa.

Il ragazzo si guarda sconsolato le scarpe. Perché non possono vivere tutti insieme e basta? sbotta.

Alle cinque del pomeriggio di venerdí, l'acqua appare in fondo alla buca. Giunta sera, sono tre i secchi d'acqua che tirano fuori per ogni secchio di terra. PJ filma i due uomini, si tiene sull'orlo della buca, con l'uniforme scolastica sporca e gli occhi accesi, come se avessero scoperto un tesoro nascosto. Victor affonda la trivella per altri trenta centimetri. Dopodiché lo scavo è completato. La parte piú dura l'abbiamo alle spalle ormai, dice Victor. Siamo sulla buona strada.

Il giorno dopo va a Limerick con il pick-up a prendere dell'argilla speciale per il pozzo, lasciando a Dickie e PJ il compito di controllare le trappole per gli scoiattoli. Ha disegnato per loro una mappa con la biro sul retro del menu di un take-away, una scena medievale con terrapieni, formazioni rocciose, filari di alberi. Vi servirà anche questo, dice, porgendo un martello.

Il bosco è silente. Nessun uccello che canta, nessun ronzio, nessun fruscio tra la vegetazione bassa: gli unici segni di vita sono i loro, il respiro, il battito cardiaco, che in quel vuoto risuonano alieni e in qualche modo sacrileghi.

Non ce n'è una qui intorno?

PJ guarda la mappa. Quali sono gli aceri?

Diamo un'occhiata, dice Dickie. Si gratta la testa. Hmm.

La foresta in cui sono immersi è un mare verde smeraldo e marrone spento, si rifrange in un reticolo infinito di pergole e bosco ceduo e corridoi che fa pensare a una silenziosa galleria degli specchi vegetale. Dickie si chiede se suo figlio abbia idea di dove stanno andando o se pur sapendolo non voglia arrivarci.

Sul telefono, quattro chiamate senza risposta di suo padre. Nessun messaggio. «Dice che dovevi andare da lui».

L'ho trovata!, esclama PJ. Si fionda su un albero con una scatola di biscotti incastrata in una fenditura. Fa' attenzione, dice Dickie in modo automatico. Ma PJ si è già fermato a pochi passi dall'obiettivo, a un tratto impaurito da quel che lo aspetta.

La trappola è vuota però. E cosí anche quella dopo. Il ragazzo comincia a rilassarsi. La luce fende le verdi chiome degli alberi senza uccelli con lame sottili e accecanti, come se volesse tagliarle in due. In giapponese esiste una parola precisa per la speciale luce che si vede in un bosco, *komorebi*. Glielo ha detto PJ.

Ti spingi mai cosí lontano? Quando giochi con Nev?

Ogni tanto. Ho visto uno scoiattolo rosso una volta.

Davvero?

Sí, ho cercato di fotografarlo, ma è scappato.

Ah, sí, ricordo. Comunque, se il piano di Victor funziona, ce ne saranno molti di piú, no? Suo figlio non replica. A cosa giocate con Nev?

Niente, giochiamo. Il ragazzo avanza per diversi metri strusciando i piedi e canticchiando tra sé. Poi: Le persone non sono sempre quello che dicono di essere, vero, papà?

Dickie ha la sensazione di inciampare, anche se non sta inciampando, ha la sensazione che gli manchi il fiato, anche se non gli sta mancando. A chi si riferisce PJ? A Nev? A Victor? A lui?

Be', dice, con il tono piú paterno ed equilibrato di cui è capace. Fidarsi delle persone è importante. Quand'è possibile. Non bisogna essere naïf ovviamente, ma...

Che vuol dire «naïf»?

Naïf è una persona di cui ci si può approfittare con facilità.

Approfittare?

Sí, hai presente, quando qualcuno vuole... cioè, quando questa persona vuole che tu faccia una certa cosa... chi è secondo te a non essere chi dice di essere?

Nessuno, risponde PJ senza pensarci. Ehi, deve essere quello l'albero strano!

È cosí che Victor lo ha chiamato sulla mappa: «ALBERO STRANO». Il suo disegno mostra un triangolo nero nel tronco, simile a una porta. In realtà si tratta di un solco profondo, un'incisione che ricorda la forma di un cappello da strega con la punta storta. Una sostanza nera e sciropposa stilla dal solco colando ai piedi del tronco. C'è qualcosa di spaventoso in quella sostanza, come se stesse risucchiando il male dalle viscere della Terra. Eppure l'albero è ancora vivo, con foglie verdi sulla punta dei rami.

Ecco la trappola!, esclama PJ, fiondandosi oltre l'albero ferito per raggiungere un alto faggio con una scatola in una fenditura.

Questa volta non è vuota.

Uno scoiattolo grigio è rannicchiato in fondo alla gabbia. Se ne sta immobile come un sasso, convinto di rendersi invisibile. Le piccole sfere nere degli occhi luccicano, due puntini puri in cui si concentra la luce della foresta.

È bello cicciotto, vero, papà?

È una femmina, aspetta dei piccoli, replica Dickie, per poi pentirsene, ricordandosi a un tratto il perché di quelle trappole. Porge il sacco a PJ. Vuoi occupartene tu?

Il ragazzo non si muove, sembra rimpicciolire in modo indefinibile. Dickie sospira. Capisci perché va fatto?

PJ deglutisce. Fissa lo scoiattolo nella gabbia.

I piccoli avranno il vaiolo, il vaiolo ucciderà i piccoli degli scoiattoli rossi. Se partorisce, sarà un danno.

Ma non è colpa sua, dice PJ con voce tremante.

Cosa?

Non è colpa sua se ha il vaiolo.

No, non è colpa sua. Non è colpa di nessuno. È la natura. Ma se non uccidiamo gli scoiattoli grigi, quelli rossi moriranno. E moriranno tutti. Lo capisci? Li uccidi, se non fai niente.

Posa la gabbia all'interno del sacco, si allunga per sganciare il chiavistello. Il ragazzo si copre il viso con le mani. Ma deve capire, a volte fare ciò che è giusto comporta scelte difficili. È per questo che sono lí, perché possa imparare queste dure lezioni.

Lezioni. Per un attimo si ritrova d'estate, in giardino tra i gigli e le azalee, a sferrare pugni nel vuoto, con suo padre che saltella di fronte a lui, mai a portata di tiro per un motivo o per l'altro.

Sospira di nuovo. Sai che facciamo?, dice. Appoggia il sacco in terra e, dopo aver tirato fuori la gabbia, apre lo sportellino. Lo scoiattolo se ne resta raggomitolato in un angolo. Lui riprende la gabbia e la scuote con delicatezza. Alla fine lo scoiattolo esce con un capitombolo e schizza via con il suo fardello, il suo fardello di madre, zigzagando tra gli alberi fino a sparire.

La sera cuociono würstel sul fuoco. Victor è ancora in giro. La luna incombe su di loro come se dovesse cadere sulla radura da un momento all'altro. Papà, come si chiamano gli scoiattoli piccoli? «Cuccioli» va bene?

Non lo so, ma immagino di sí.

PJ torna a guardare il telefono. Lo sapevi – oh, questa è da vomito – che i cuccioli degli scoiattoli fanno la pipí e la cacca nella bocca della mamma e lei porta tutto fuori in modo che i predatori non fiutino la loro tana? Che schifissimo.

A un genitore spetta questo e altro, dice Dickie.

Il telefono che tiene in mano si anima. Lo schermo lampeggia con insistenza, in silenzio, «PAPÀ». Poi ridiventa nero.

La tana dello scoiattolo è fatta di ramoscelli e bastoncini, legge PJ. Con un rivestimento di muschio, corteccia, erba e foglie.

Ah sí?, fa Dickie. *Digli che te li sei giocati.*

Di solito la costruiscono tra i rami di un albero alto, ma a volte anche nella soffitta di una casa.

Digli che un meccanico si è fatto male sul lavoro e hai dovuto pagargli i danni. Digli che hai fatto importare un pezzo speciale per un cliente e l'agente accettava solo contante.

Qui dice che partoriscono solo due volte all'anno, prosegue il ragazzo. In primavera e alla fine dell'estate.

La fine dell'estate, la fine di tutto. *Digli che li hanno presi gli scoiattoli. Digli che non hai idea di cosa sia successo. È un mistero, digli, un mistero totale.*

5.

Quell'autunno – l'autunno del cosiddetto incidente – camminava nel bosco, quando ce la faceva. Di solito al mattino; a volte anche la sera. Quando era piccolo il bosco non gli piaceva granché. Era troppo grande, troppo buio, troppo intricato; non era mai certo che sarebbe riuscito a ritrovare la strada. Adesso le cose che prima lo infastidivano – la solitudine, il silenzio, l'impenetrabilità labirintica – erano diventate una benedizione. Gli piaceva che nessuno potesse vederlo, che nessuno potesse trovarlo; ogni giorno si spingeva un po' piú all'interno, calpestava le foglie rosse e dorate sparse sul terreno come gocce di fiamme cadute dal sole.

Se non era fuori a camminare stava perlopiú in camera sua. Era una pena per lui vedere la tristezza negli occhi dei genitori ogni volta che lo guardavano – una pena e una vergogna. La loro gentilezza lo faceva sentire un miserabile, riapriva una ferita di insincerità ancora fresca. Non dubitavano della sua versione, per quel che gli era dato capire: il suo aspetto era in effetti quello di una persona investita da un'auto, il tipico infortunio che, tra parentesi, loro associavano a una grande città. Anche la sua ombrosa volubilità poteva essere ragionevolmente ricondotta al trauma, ma quando si svegliava urlando in piena notte, dopo che il terrore si era placato, si chiedeva colpevolmente cosa avessero sentito.

Un giorno, stava aiutando sua madre in giardino. Una precoce gelata aveva portato il «caos», come lo aveva definito lei. In realtà non c'era molto da fare, a parte spostare le piantine dal patio alla serra, e lui era impegnato proprio in questa attività, quando si accorse che lei lo guardava dal lato opposto del prato. La luce del sole era fredda ma molto luminosa; sua madre stava risistemando le rose sulla pergola, ma ora aveva abbassato le mani, infilate nei guanti verdi, e lo osservava con occhi gelidi, come se stesse esaminando una delle sue recalcitranti peonie. Era tornato da due settimane e quello era il primo giorno in cui poteva dire in tutta onestà di sentirsi meglio. Aveva dormito un sonno profondo e continuo quella notte e al mattino si era svegliato con braccia e gambe che non sembravano piú pezzi di piombo fuso. Ma quando vide che lei lo guardava, il terrore riaffiorò con un gorgoglio, malgrado gli occhi fossero in ombra e seminascosti dalla tesa del capello. Forse se n'era accorta anche lei; in ogni caso non distolse lo sguardo. Poi a bassa voce – sua madre parlava sempre a bassa voce – disse: Tu lo sai, Dickie, che ti vorremo sempre bene, qualunque cosa accada.

Dickie dovette correre in casa e chiudersi in bagno, dove si accovacciò in terra a darsi pugni sulla testa.

Le giornate erano lunghe e solitarie e il tempo scorreva sempre con estrema lentezza. In casa regnava la calma – Dickie sospettava che i suoi genitori avessero detto agli amici di non passare. Perfino Frank si teneva a una certa distanza, il che era un'altra benedizione; malconcio com'era, trovava insopportabili la statura e la forza del fratello, la sua prestanza atletica.

La sola consolazione di quel periodo interminabile erano le conversazioni notturne con Willie. Erano cominciate con una cartolina. Il messaggio si riduceva a tre parole: «Tornato in azione?» Nella foto sul lato opposto, un uomo in posa davanti a un gregge di pecore. Per giorni Dickie aveva provato a rispondere, ma aveva la mente troppo annebbiata. Poi una sera sua madre era entrata in camera, portando il telefono. Sembrava sbigottita. È uno che ti cerca dal Vaticano, aveva bisbigliato.

Da quella volta avevano parlato ogni sera. Curioso: era dall'incidente – si era già abituato a chiamarlo anche lui cosí – che di fatto non parlava piú con nessuno. Perfino dire a sua madre cosa voleva per colazione costituiva un tormento. Eppure per qualche ragione con Willie non riusciva a fermarsi.

Non aveva novità da riferire, ovviamente. E anche se Willie continuava a insistere, lui si rifiutava di parlare di quel che era successo: non poteva parlarne senza ritrovarsi sul pavimento di quella casa. Anche se non vuoi parlarne con me, dovresti andare alla polizia, diceva Willie; è importante che venga messo a verbale. Al che Dickie si limitava a una risata. Forse ne traeva anche un piacere perverso – avere un segreto, avere qualcosa, qualcuno di cui Willie non sapeva niente; Willie che sapeva tutto, che conosceva tutti.

E invece no, si era ritrovato a parlargli del paese. Gli parlò della scuola, dove tre diversi insegnanti erano indagati per abusi sessuali su minori, e della vecchia miniera di argento sulle colline dove gli adolescenti andavano a bere. Gli parlò dell'ossessione generale per il calcio gaelico, l'isterismo con cui venivano seguite le partite piú insignificanti, anche se la squadra non vinceva un trofeo da quasi trent'anni. Gli disse che poco a poco il paese si stava svuotando, che le aziende agricole erano troppo piccole per guadagnarsi da vivere; gli disse che la gente, invece di salutarsi con un Ciao, emetteva un Eh rassegnato, per esempio, Eh, siamo alla fine, oppure Eh, spero tu sia contento, come se ogni conversazione avesse luogo all'indomani di una sconfitta catastrofica.

Si rese conto di non aver mai parlato del paese con qualcuno di fuori. Si sentiva un po' in colpa nel denigrarlo, ma soltanto un po'. Era un posto soffocante e monotono, la gente aveva una mentalità ristretta e stava col dito sempre puntato. Nel descriverlo a Willie, si chiedeva perché ne avesse tanta soggezione o si fosse preoccupato di ciò che gli altri pensavano di lui.

Willie adorava quelle storie. Rideva cosí tanto che a volte Dickie si domandava se lo compiacesse e basta. Ma le risate sembravano sincere. E le storie erano divertenti: si sentiva diverso quando le raccontava – arguto, spigliato, espansivo. Non trovava strano che qualcuno potesse trovare simpatica una persona cosí. Si immaginava Willie nell'atrio ammuffito della Casa 24, in posa chiastica al telefono a gettoni ai piedi delle scale, mettendo in mostra con i ragli delle sue risate i denti gialli e scompigliati; e Dickie desiderò, per un attimo, di essere ancora lí con il suo amico.

Sebbene fosse lui a tenere banco, Dickie fece comunque qualche scoperta. Anche Willie veniva da un paese di campagna, malgrado ci avesse vissuto solo a tratti. Era il piú giovane in famiglia, aveva dieci anni meno del suo immediato fratello maggiore; i genitori non erano stati granché entusiasti di avere un altro bambino per casa – per dirla alla loro maniera – e all'età di quattro anni lo avevano mandato in un collegio nel Sussex. I suoi erano entrambi inglesi, spiegò; si erano trasferiti nella «Repubblica» decenni prima, ma guardavano soltanto la Bbc e leggevano soltanto la stampa britannica ed evitavano, per quanto umanamente possibile, ogni contatto con la nazione in cui vivevano. Per uno strano verso, ricordavano a Dickie suo padre, il quale, sebbene fosse da sempre repubblicano e cantasse le canzoni dei ribelli e raccontasse ai figli storie sulla depravazione dei britannici, con il tempo aveva iniziato a comportarsi come fosse un barone. Di recente aveva cominciato a indossare blazer e panciotti, a pettinarsi i capelli all'indietro; amava raccontare alle persone la storia della proprietà – «la proprietà», «la terra», «la tenuta», amava pronunciare quelle parole – malgrado la casa padronale in cui i signori del posto avevano vissuto fosse stata distrutta da un incendio molto prima che lui nascesse e la casa attuale, quella che aveva in effetti comprato, fosse stata costruita sulle fondamenta della vecchia negli anni Settanta del Novecento da un trasportatore; il bosco era tutto quel che restava della proprietà originale. Eppure se ne stava sulla veranda, con indosso un Barbour ordinato a Londra, a contemplare i suoi «domini». «Niente male per un giovanotto di Piggery Lane». (Sembra un bel tipo da come lo descrivi, disse Willie. Mi piacerebbe conoscerlo. Ti odierebbe, disse Dickie. Anche la gente del paese lo avrebbe odiato: glielo fece presente quando Willie accennò alla possibilità di andare a trovarlo. Provò un piacere intimo nello spiegargli che non sarebbe stato il benvenuto lí. Ma Willie sembrava non avvertire il disprezzo di persone che non aveva mai incontrato).

A sedici anni Willie era stato espulso: per arroganza, disse in tono misterioso. Non era mai piú tornato a scuola. Aveva passato invece le sue giornate nella biblioteca locale a leggere tutto, disse, ma proprio tutto quel che avevano. Il Corano, le riviste femminili, Robert Ludlum, l'intero catalogo. Era da lí che derivavano il suo temibile arsenale di conoscenze e l'idea che la moralità fosse essenzialmente irriflessiva e guidata dall'istinto del gregge. Collezionavo anche superbi motivi a maglia, disse.

Ma com'è che non sei tornato a scuola?, chiese Dickie.

Non ci sono tornato, si limitò a dire Willie. L'impressione che dava era che i suoi genitori non avessero trovato il tempo di metterlo in un altro istituto. Lo avevano abbandonato a sé stesso e basta, senza alcun piano né un particolare interesse per il suo futuro.

Dickie lo trovava incredibile. Da quando aveva memoria, lui era destinato a unirsi a suo padre e succedergli alla guida dell'attività familiare.

E se tu non volessi?, chiese Willie.

Che vuoi dire?

E se non volessi passare il resto della tua vita a vendere auto nel paese in cui sei nato? Questo voglio dire.

Non si era mai posto quella domanda. Vendere auto aveva reso la famiglia ciò che era, aveva strappato suo padre dalla catapecchia della sua infanzia per condurlo a una vasta proprietà ai margini del paese. Maurice sapeva elencare ogni dettaglio di ogni singolo modello Volkswagen degli ultimi cinquant'anni o quasi, dal parabrezza doppio dei primissimi T2 al famigerato radiatore della Jetta del '92. Per come la vedeva lui, l'attività di famiglia e la storia della nazione erano intrecciate. Quando aveva avviato la concessionaria – raccontava ai ragazzi – guidare una Volks era una dichiarazione politica importante. Nessun inglese che si rispettasse avrebbe mai comprato una Volkswagen. Una macchina prodotta in Germania, creata dai nazisti, promossa da Hitler in persona? No: la Volkswagen era l'auto dei ribelli, l'auto dei repubblicani. E malgrado produttori e rivenditori fossero ben felici di sorvolare sulla questione nazista, lui si vedeva ancora come un fuorilegge, un insurrezionalista, impegnato a costruire il suo impero dissidente.

Dickie non aveva mai nutrito sentimenti di quel tipo per le macchine; da bambino soffriva di mal d'auto. Eppure aveva sempre pensato che dopo la laurea sarebbe tornato a casa per lavorare insieme al padre. L'idea di fare altrimenti non lo aveva mai sfiorato.

Ora, per la prima volta, si poneva la questione. Nelle sue passeggiate nel bosco cercava di immaginarsi come sarebbe stato fare qualcosa di diverso, essere una persona diversa.

Dopo la morsa di gelo che aveva devastato il giardino della madre, il suolo della foresta si era imbiancato di brina e scricchiolava sotto gli stivali opponendo una certa resistenza. Dickie sentiva male alla gamba quando vi affondava il piede e i tagli sul viso bruciavano per il freddo, ma nella luce grigia di novembre il bosco era ancora piú bello. Foglie bianche scintillavano sul terreno come lustrini caduti da un vestito; gli uccelli, come se fossero in ritardo per un appuntamento, si scambiavano richiami in cui si coglieva una nota di urgenza. Si respirava un'aria di congedo, la Natura sbaraccava per l'inverno. Il bosco sembrava troppo indaffarato per prestare attenzione a Dickie e questo gli dava un grande sollievo; anche perché era l'annuncio di un vuoto piú profondo, di un silenzio piú intenso.

Un pomeriggio, mentre era fuori in mezzo agli alberi, invece che sul garage o sul futuro si mise a riflettere su questioni piú immediate, ovvero il ritorno a Dublino. Sua madre voleva che restasse a casa fino a Capodanno. Natale non era lontano, non aveva senso tornare prima, gli aveva detto. Non aveva tutti i torti. Mancavano poche settimane alla fine del trimestre e tutti erano immersi fino al collo nelle tesine; c'era inoltre un altro fatto. Ogni volta che pensava alla città iniziava a tremare, a tremare nel vero senso della parola, e ogni ferita livido lesione sembrava peggiorare e lui in un attimo si ritrovava martoriato dal dolore. Willie sosteneva però che era importante affrontare le paure. Piú a lungo si teneva lontano, piú difficile sarebbe stato tornare. Non voleva mica rinunciare alle sue Stanze, vero? A tutto quello che aveva conquistato con tanta fatica?

Un movimento sopra la testa lo distolse dai suoi pensieri. Qualcosa lo stava guardando dall'alto di un albero. Tra le sparute foglie rimaste, vide per un attimo una pelliccia rossa e due occhi neri. Una coda arcuata con eleganza sopra il resto del corpo, come la piuma di un cappello da signora di altri tempi; l'animaletto teneva però le zampe anteriori unite in una posa servile che ricordava un prete di campagna nell'atto di salutare un parrocchiano. Dickie piegò la testa all'indietro, sebbene di pochissimo; anche lo scoiattolo piegò la sua. Aveva un'espressione sveglia e intelligente; sembrava volesse dirgli qualcosa.

Ma poi una voce gridò e la creatura sparí, senza che lui fosse riuscito a vedere dove era andata e come.

Si trovava ai margini di una radura. Suo fratello era sulla porta del vecchio capanno. Papà aveva da poco deciso che un tempo doveva essere stata una ghiacciaia, «vittoriana probabilmente»; ripeteva in giro che voleva far venire degli storici perché la esaminassero. Al momento, però, serviva piú che altro da nascondiglio per Frank, che ci andava a fumare hashish. Entra, disse. Mi sono appena fatto uno spino.

Dickie entrò, seppure di malavoglia. Frank tornò a sedersi sul pavimento sporco, poggiando la schiena al muro; Dickie andò a sistemarsi contro la parete opposta e lo osservò ravvivare la brace della canna con un tiro, sparire per qualche istante in una nuvola di fumo dall'aroma denso ed emettere un sospiro prolungato, come se avesse trovato un po' di sollievo dopo una lunga sofferenza. Per quanto, che sofferenze poteva mai patire Frank?

Poi passò la canna a Dickie, che fece un tiro sbrigativo come puro gesto di cortesia. Non gli piaceva l'hashish, lo intontiva, lo faceva diventare sdolcinato. Non gli piaceva neanche il capanno o ghiacciaia che fosse; era umido e freddo, e lui non capiva perché, in una giornata limpida e luminosa, con una splendida foresta a disposizione, suo fratello volesse starsene lí dentro.

Continuarono a passarsi lo spinello per qualche minuto, senza parlare, poi, per placare la strisciante sensazione di panico che andava montando dentro di lui, Dickie disse: La vecchia base, eh? Non pensavo ci venissi ancora.

Ah sí, disse Frank, senza guardarlo. Solo quando ho bisogno di fare ordine nella testa.

Sí, non avevano parlato molto da quando lui era tornato, ma a Dickie erano comunque giunti gli echi della recente catastrofe; Frank aveva sbagliato un punto o un gol o una cosa cosí durante una partita di calcio ed era stato estromesso dalla squadra. La questione veniva ovviamente vissuta alla stregua della fine del mondo. La consueta e allegra esuberanza di Frank aveva lasciato il posto a manifestazioni che lui doveva scambiare per disperazione: lunghe sequele di sospiri performativi, elegiache grattate ai coglioni, eccetera. Anche papà vi era coinvolto, in qualche misura; Frank aveva smesso di lavorare al garage e ogni volta che Dickie entrava in una stanza in cui c'erano loro due aveva la forte sensazione di avere interrotto una discussione. Non aveva fatto domande. Frank e papà si scontravano di continuo, erano in costante competizione. Loro pensavano che fosse perché erano molto diversi, ma in realtà succedeva perché erano uguali.

A ogni modo spiegava perché Frank si rintanasse nel capanno come un barbone – stava facendo un «riesame». Doveva aver visto qualcuno farlo in *Hollyoaks*. La vita di suo fratello gli ricordava spesso una soap opera a tinte pastello.

Frank fumò quel che restava della canna, guardò di traverso il mozzicone e lo schiacciò sul pavimento, dopodiché, senza un attimo di esitazione, estrasse le cartine e cominciò a prepararne un'altra. Immagino tornerai presto a Dublino, disse. Dickie non rispose. Era alquanto stordito, malgrado avesse cercato di non inalare. Frank leccò il bordo gommato di una Rizla e si poggiò la cartina su una coscia. Presa la busta di tabacco, poi la ripose. Pensi mai al futuro?

Il futuro?, ripeté Dickie.

Insomma, so qual è il piano. Finire il college e tornare qui per lavorare con papà. Ma se mai dovessi cambiare idea...

Gli ci volle un po' per assorbire quelle parole. Poi raddrizzò la schiena. Perché dovrei cambiare idea?

Be', che so, disse Frank. Alzò gli occhi e guardò Dickie sbattendo le palpebre, come per chiedere aiuto. Magari decidi di restare a Dublino, fare qualcos'altro, tipo. Semmai ci hai pensato.

Anche Dickie guardò il fratello. Che vuoi dire?

Non lo so, replicò Frank. Volevo solo dire che con il tuo cervello e tutto. Magari hai dei lavori diversi in mente. O magari vorrai proseguire gli studi. Invece di tornare qui. Mentre io... tu lo sai, un po' al garage ci ho lavorato, conosco le auto e tutto, per cui potrebbe avere piú senso per me, subentrare. Quando sarà il momento.

Non capiva cosa Frank stesse cercando di dire. Il piano era sempre stato che lui sarebbe tornato per subentrare nel garage, sempre. Papà aveva preso quella decisione da anni. A meno che... Te lo ha detto papà?, chiese. È una cosa che pensa papà?

No, disse Frank rattristato, scuotendo la testa. Ma tutti gli altri sí.

Dickie rilassò di nuovo la schiena per annuire tra sé. Ovvio che lo dicessero tutti. Frank era simpatico a chiunque, la persona ideale con cui scambiare due chiacchiere davanti al garage o al pub, dopo il lavoro. Restava però il fatto che Frank non aveva una mente da imprenditore. Non sapeva usare una tastiera. Era un disastro con i soldi – Dickie non teneva piú il conto delle volte che suo fratello aveva perso il bancomat. Inoltre non aveva mai manifestato nessun interesse per la gestione del garage. Non aveva mai manifestato nessun interesse duraturo per niente, a parte il calcio gaelico. Un altro dei suoi tanti capricci, nulla di piú.

È un'idea interessante, disse. Ma non sei cosí bravo come venditore. Non avrei mai pensato che volessi finire dietro una scrivania…

Non voglio essere un tuo dipendente per sempre! La voce di Frank si era alzata e acuita, poi si riabbassò. Non voglio passare la vita a fare il fratello minore.

Dickie era sgomento: non pensava che Frank la vedesse cosí. Quella scoperta gli dava un certo piacere. Non dipende da noi, però, o sbaglio?, disse con benevolenza. È una decisione di papà.

Ma se fossimo d'accordo entrambi, replicò Frank. Se andassimo da lui insieme, se gli dicessimo che abbiamo pensato a una soluzione diversa?

Dickie rimase in silenzio. Per qualche secondo Frank si concentrò sulla canna e finí di prepararla. È che sento di dover cominciare a farmi un'idea di quello che sarà il mio futuro, disse. Non dobbiamo parlarne adesso con papà. Ma almeno noi due possiamo sapere cos'è che vogliamo fare.

Ma noi non sappiamo cos'è che vogliamo fare, disse Dickie. Si alzò in piedi e aggiunse, con un punta di rimprovero, Non capisco da dove ti viene la convinzione che io voglia restare a Dublino. Dopo quello che mi è successo.

Non ne parlarono piú. Da quel momento, Dickie trattò il fratello con una diffidenza nuova. Lo infastidiva non sapere perché Frank avesse cambiato idea. Perché da un giorno all'altro voleva gestire l'attività di famiglia? Era un atto di ribellione contro il padre? Glielo aveva suggerito qualcuno?

Il vero mistero, secondo Willie, era perché Dickie si fosse impegnato a passare il resto della vita in un buco dimenticato da Dio a vendere berline a dei bifolchi.

Non ci sei mai stato qui, ribatté lui.

Cosí me ne hai parlato tu, insisté Willie. Mi hai detto che era una condanna a morte!

Non aveva nessuna intenzione di lasciar perdere; continuò a sollevare la questione ogni volta che parlavano al telefono, incalzandolo con lo stesso tono che usava ai dibattiti. È davvero quello che vuoi? Tornare qui, sgobbare altri due anni per laurearti e seppellirti poi per il resto della vita in una rivendita d'auto in provincia?

È un franchising molto redditizio, disse Dickie scontroso.

Willie esultò di gioia. Per settimane, ogni volta che Dickie gli faceva una domanda – Che ore sono? Cosa vuol dire «decostruzione»? Qual è la capitale del Chad? – la risposta fu sempre la stessa: È un franchising molto redditizio.

Willie non ne aveva idea, però: non aveva idea di chi fosse Maurice Barnes, non aveva idea di che attività si trattasse, non capiva cosa significasse essere stato scelto come successore. Alla fine, suo padre aveva riconosciuto che le sue doti erano superiori: suo padre sapeva che lui era l'uomo giusto per quel lavoro. Willie non poteva capire. I suoi genitori se ne fregavano di quel che faceva; se ne erano fregati perfino che non andasse piú scuola.

Per cui non provò a spiegare. Gli disse invece che gli mancava. Non vedo l'ora di vederti, disse. Lo disse perché cosí Willie avrebbe smesso di fare domande. Ma nel pronunciare quelle parole, si rese conto di dire il vero.

6.

Victor è tornato da Limerick. Sono nel cantiere e tirano giú sacchi dal furgone. I sacchi sono pesanti. Allineati accanto alla buca, sembrano cadaveri da gettare in una fossa comune. Cos'è questa roba?, chiede PJ, sbirciando all'interno di un sacco. È pieno di polvere azzurrina. Bentonite, un'argilla, dice Victor.

Terminate le operazioni di scavo, Victor ha preso un lungo tubo di plastica dal furgone. Ha praticato delle fessure nel terzo inferiore servendosi di una sega circolare; queste «branchie», come le ha chiamate lui, consentiranno all'acqua di fluire all'interno, senza far passare sassi e terriccio. Poi ha sistemato il tubo nella buca e colmato di ghiaia lo spazio circostante, fino alla linea di galleggiamento, a circa un metro. Il resto della buca lo riempiranno di argilla azzurra. Grazie all'umidità del terreno, l'argilla si solidificherà e sigillerà il pozzo, impedendo alle sostanze inquinanti presenti nel suolo di penetrare nell'acqua.

In un primo momento Dickie ha l'impressione che ci siano piú sacchi del necessario. Ma appena cominciano a versarla nella buca, l'argilla sembra sparire. Ripensa che non si ha mai una vera percezione di quanta terra ci sia sottoterra, sotto i nostri piedi, di quanta materia sia necessaria perché ci sia dato un suolo su cui camminare.

Alla fine, vien fuori che non ne hanno abbastanza. Victor impreca e si allontana in cerca di campo per chiamare il suo fornitore a Limerick. Dickie e PJ vanno a sedersi sul tronco. Che succederà quando arriva il resto dell'argilla?, chiede PJ.

Che avremo quasi finito, risponde Dickie. Victor vuole installare una pompa elettrica e collegarla a una cisterna. Ma ci basterà anche una pompa a mano, per adesso. Saremo comunque un bel pezzo avanti.

E anche il Bunker è quasi finito, dice PJ, senza guardare il padre.

Sí, l'essenziale perlomeno, replica Dickie.

E poi torniamo a casa, dice PJ. Tutto tornerà alla normalità.

Sí, solo che avremo un rifugio di sopravvivenza. Esita, nel tentativo di decifrare l'umore del ragazzo. Restano ancora delle piccole cose da fare, dice. Possiamo venire nei fine settimana e migliorarlo, che te ne pare? Gli dà un colpetto di gomito, in segno di complicità. Anche se immagino che tu abbia scavato tanto da averne abbastanza per il resto della vita!

PJ non apre bocca, si fissa le scarpe e nient'altro.

È un sollievo quando Victor torna con la notizia che potrebbe volerci una settimana perché il fornitore di Limerick abbia altra argilla in magazzino. Nel frattempo, lui ha un nuovo progetto in testa. Per prima cosa, riveste le pareti esterne del Bunker con una rete metallica. Poi, raccoglie rami e ramoscelli nel bosco e comincia a intrecciarli nella rete. A che serve?, chiede Dickie. A far da isolante?

A mimetizzare, dice Victor.

Mimetizzare? Dickie ride.

Foglie sui lati, dice Victor, mentre sul tetto possiamo piantare dell'erba. A quel punto la costruzione sarà invisibile.

Già mi immagino quando in paese si verrà a sapere che ho un Bunker invisibile, scherza Dickie. Diranno che sono impazzito del tutto.

Be', se lo dicono, io e te sapremo il motivo, replica Victor, voltandogli le spalle per infilare un ramo nella rete metallica.

E quale sarebbe il motivo?

Che hanno paura.

PJ guarda Dickie per una frazione di secondo prima che il padre riesca a rivolgergli un sorriso rassicurante. Chi ha paura, papà?

Victor si gira verso di loro, con i muscoli che tendono la camicia sporca di fango. Le persone non sono stupide, dice. Sanno cosa le aspetta. Ma hanno troppa paura per attivarsi. Sanno solo convincersi che non succederà niente. Vanno avanti come se fosse tutto normale. Versano altra benzina sul fuoco per dimostrare che non c'è nessun incendio. Ma arriverà un giorno in cui non potranno piú negare l'evidenza. Andranno al supermercato e troveranno gli scaffali vuoti. Accenderanno la televisione per vedere il notiziario, ma non ci sarà nessun notiziario. Niente piú corrente elettrica, niente piú Internet, niente piú acqua quando aprono il rubinetto. Tutto sparito, finito! E cosa faranno allora? Andranno a piangere dalle persone di cui ridevano. Andranno con le mani tese da chi ha avuto l'accortezza di prepararsi. Da te. Ma tu non sarai a casa. Sarai invisibile, dove non possono trovarti. Perché ti sei preparato anche per quello.

Intorno a lui e alla sue spalle si alza il vento, le cime degli alberi frusciano, fanno *frush-frush*; cala la sera, all'improvviso, una sorta di attacco a sorpresa. È cosí da una settimana, da quando l'autunno ha preso piede, la sera sembra sbocciare dall'aria con nuvole blu scuro che si espandono a vista d'occhio, di secondo in secondo, fino a impregnare tutto, l'aria, il giorno, saturando di un blu intenso ogni cosa, come l'argilla azzurra che riempie il pozzo, sommergendo i corpi, gli alberi, il furgone, le tende, per poi rinchiuderli a poco a poco al suo interno.

Stai descrivendo lo scenario peggiore, dice Dickie, consapevole di avere gli occhi di PJ su di sé. Prima che si arrivi a quel punto, si muoveranno di certo. Il governo, intendo. Mitigheranno gli effetti piú gravi.

Victor scoppia a ridere. Vedi qualcuno mitigare qualcosa? Vedi qualcuno fare un cazzo di niente?

Sí, sí, dice Dickie, indicando il figlio: non c'è bisogno che lui ascolti tutto questo. Non c'è bisogno che ci fai il quadro completo. Ci stiamo solo divertendo. Vogliamo solo un posto in cui i ragazzi e i suoi amici possano accamparsi, nient'altro.

Victor lo fissa come se fossero a un bivio. Costruire il posto che vuoi tu non è sufficiente, Dickie. Devi essere pronto a proteggerlo. La sopravvivenza è un gioco a somma zero.

Che vuol dire, papà?, bisbiglia PJ. Dickie liquida la domanda con un gesto della mano. Non devi controllare le tue trappole?, chiede a Victor in tono perentorio.

Poniamo che tra cinque anni ti trovi nella tu-sai-cosa fino al collo, dice Victor, ignorandolo. Per colpa della siccità, di un'alluvione, quello che vuoi. I raccolti vanno male, l'anno dopo vanno anche peggio. A un tratto l'Europa è devastata dalla carestia. Magari non sarà cosí che la chiameranno al telegiornale, ma di fatto è una carestia. E in Irlanda è peggio che altrove perché viviamo su una piccola isola che importa metà del cibo che consuma.

Tu sei stato saggio, però. Ne hai immagazzinato abbastanza da sfamare la tua famiglia per un anno, ringraziando Dio, e potete cavarvela. Ve ne state a casa, dandovi pacche sulla schiena, convinti che potrebbe andare peggio, quando i vicini bussano alla porta. Vuoi aiutarli. Ovvio che vuoi. Sei una brava persona, Dickie Barnes, lo sanno tutti. Ma il cibo che può sfamare la tua famiglia per un anno basta a sfamare soltanto due famiglie per sei mesi. E non è che l'inizio. Il campanello suona di nuovo. Altri vicini, altri amici. Tre famiglie, quattro. Accogli anche loro, puoi sfamare tutti per quattro mesi, per tre mesi. Ma che succede la prossima volta che suona il campanello? Quante famiglie vivono in questa zona, nel raggio di una decina di chilometri? Dieci? Venti? Un centinaio? Capisci dove voglio arrivare?

E che succederà, quando deciderai di non poter piú sfamare altre persone? Quando smetterai di aprire la porta? Cosa pensi che faranno gli affamati davanti a casa tua? Pensi che si limiteranno a girare i tacchi per tornare da dove sono venuti? Pensi che, siccome sono tuoi amici e tuoi vicini, si comporteranno in modo pacifico e rispettoso? Pensi che in Myanmar e in Sudan fosse tutto rose e fiori e circoli di Vivambiente, prima che cominciassero a spaccarsi la testa a vicenda?

Quando sei nella merda fino al collo non chiedi mica permesso. La merda è merda. Sommerge tutti allo stesso modo. E puzza sempre. A quel punto il tuo vicino non è piú il tuo vicino. Non è piú la brava persona a cui chiedere in prestito il compressore o parlare della partita. È uno che ti prende il cibo destinato ai tuoi figli. Uno in lotta con te per l'accaparramento di risorse limitate. Saranno tutti in miseria, tutti sotto pressione, faranno cose che mai avevano creduto di poter fare. E non abbiamo ancora parlato degli altri che arriveranno, gli estranei...

Basta, borbotta Dickie.

Quali altri, papà? PJ si è accoccolato addosso al padre e si aggrappa a lui come quando aveva cinque anni. Victor è un fantasma luminoso nell'oceanica foresta della notte, un lascar fosforescente che striscia fuori dal relitto del Bunker.

Niente di tutto questo è scritto nella pietra, sbotta Dickie. La voce è alta e querula. Perfino alle sue orecchie somiglia poco al tono di una persona razionale, misurata, che ha conservato un senso delle proporzioni. È soltanto un futuro ipotetico che potrebbe non verificarsi mai.

Potrebbe non verificarsi, riconosce Victor. E spero anch'io che non si verifichi. Ma in caso contrario, meglio essere pronti.

Al che, prendendo il martello, si gira e sparisce. PJ, accanto a Dickie, emette un verso strano, un rantolo, una specie di *sciò*. Dickie chiude gli occhi, li riapre. Ma non sembra fare molta differenza.

È arrabbiato con Victor per avere tenuto quello sproloquio davanti al ragazzo. Dopo la ricerca sul cambiamento climatico, Cass non ha dormito per un mese. È rimasta sveglia a compilare liste della fauna locale estinta. Dickie l'aveva sorpresa a guardarlo con gli occhi cerchiati. Siamo noi i cattivi?

PJ è diverso: ne sa piú di Cass sull'argomento – e anche di lui, verosimilmente; forse è piú bravo a separare i fatti dalle esagerazioni. Quando Victor non è nei paraggi, fa un'ottima imitazione dei survivalisti di YouTube («Vi presento ora il vostro nuovo migliore amico: il telone cerato»). Dà l'impressione di considerare le loro previsioni alla stregua di storie di fantasmi, il genere di storie che si raccontano attorno a un falò, e in un certo senso questo sono, storie di fantasmi del futuro.

Dopo la tirata di Victor, torna a raccogliere rametti da aggiungere al nuovo rivestimento del Bunker. È solo quando cala la notte che chiede, come di sfuggita: Ha ragione Victor, papà? Moriremo?

Tutti muoiono, prima o poi.

No, come dice lui. Di fame. O bruciati vivi.

No. No. Sistemeranno le cose. Prima o poi la gente capirà. Capisce sempre.

Sai che ogni anno aumentano i voli? Aumentano le persone che viaggiano in aereo, cioè.

Davvero?

L'abbiamo studiato a scuola. E aumenta anche il carbone che viene bruciato.

Dickie fa un respiro profondo. Credo che alla fine sia meglio non pensarci troppo. Voglio dire, sei responsabile soltanto di quello che fai tu.

È per questo che stiamo costruendo il Bunker?

Lo stiamo costruendo per avere un posto in cui stare tutti insieme.

Dove nessuno possa trovarci?

Shh. Va' a dormire.

Da adolescente, Dickie era ossessionato dalla fine del mondo. Attacchi nucleari, incendi, api assassine; per molto tempo ha dato per scontato che avrebbe finito i suoi giorni in un campo di internamento, infestato dal colera, a osservare da dietro un reticolo di filo spinato le rovine fumanti del mondo raso al suolo.

Suo padre gli diceva di piantarla con certe fissazioni. Un pessimista non diventerà mai un buon venditore, diceva. Un venditore crede nel futuro. Il futuro è roseo, questo è il messaggio principale da trasmettere! Nessuno sborsa venti testoni per un'auto nuova se crede che il cielo stia per cascargli sulla testa.

All'epoca, Dickie la trovava un'argomentazione insulsa. Conosceva la storia, lui, sapeva cosa aspettarsi. Ma suo padre aveva ragione; man mano che cresceva, anche lui aveva cominciato a guardare al futuro con piú leggerezza. O almeno era troppo impegnato per pensare alla devastazione globale.

Questi pensieri di distruzione si ripresentavano però a intervalli regolari. Dopo l'incidente, quando studiava ancora, si svegliava gridando, immaginando stivali che abbattevano la porta a calci. Andò avanti cosí per mesi. E quando Imelda restò incinta di Cass, fu anche peggio. Ora aveva qualcosa da perdere. Non poteva limitarsi a saltare dalla finestra e scappare. Non poteva andare in overdose o infilare la testa in un sacchetto di plastica, non poteva permettersi di distruggere sé stesso e basta. Doveva combattere, doveva provare a proteggerle, anche se sapeva che vincere era impossibile. Non si possono proteggere le persone che ami – era questa la lezione della storia, pertanto amare qualcuno voleva dire aprirsi a un livello di sofferenza di gran lunga maggiore. Diceva Ti amo a sua moglie e gli sembrava una maledizione, un invito al Fato a schiantarsi su di lei con un camion di benzina, a incendiarle la vestaglia con una scintilla partita dal camino. La vedeva gridare, contorcersi tra le fiamme sulla moquette del soggiorno, il suo povero viso in preda al terrore. E lo stesso succedeva alla bambina! Malgrado non fosse ancora nata, c'era anche lei. Dickie passava la notte ad ascoltare quelle grida nella propria testa; non riusciva a prendere sonno, se ne stava disteso a letto e singhiozzava, perché sapeva che non poteva proteggerla, non poteva proteggerla, non abbastanza almeno…

Ma prima o poi si addormentava, perché gli capitava di svegliarsi e scoprire che Imelda lo stava guardando. Vedeva il bianco dei suoi occhi spalancati nel buio, la bocca coperta dalla mano. Cosa aveva detto nel sonno?

Lei non voleva o poteva spiegarglielo; non si lasciava consolare, e non poggiava la testa sul cuscino finché lui non andava a dormire nella cameretta del bebè, come la chiamava lei, anche se all'epoca non era che una delle tante stanze vuote. Fantasie come quella, fantasie di disastri, di distruzione, dove si finiva sopraffatti dissolti, non erano insolite – cosí gli era stato detto. Per quanto strano potesse sembrare, spesso erano un tentativo di trovare sollievo.

Sollievo!, aveva riso di gusto, nello studio del medico.

Come ho detto, sembra un controsenso. Ma se ci pensi, davanti a un disastro naturale i problemi personali diventano insignificanti. La responsabilità di agire, perfino il semplice fatto di essere un individuo, non contano piú. Per alcuni è una prospettiva allettante. Da qui certe fantasie.

Ma non sto parlando di fantasie. Questa è storia, e non soltanto storia: è cronaca, la cronaca della nostra epoca.

Può darsi. Ma si tratta di eventi lontani nel tempo e nello spazio, è improbabile che ci tocchino direttamente.

Improbabile *per ora*.

Il dottore aveva alzato le spalle con condiscendenza. Lo schermo del computer mostrava i parametri vitali di Dickie. Una betoniera sobbalzava in lontananza; stavano ampliando l'ambulatorio.

Perché una persona dovrebbe volere una cosa cosí? Sentirsi... come ha detto lei.

Il dottore cambiò la posizione sulla sedia. In seguito a un trauma personale, per esempio. Qualcosa che non si è riusciti ad accettare. Prendiamo la tua situazione, ovviamente...

Con tutto il rispetto, dottore, non sono venuto qui per parlare della mia famiglia.

Ma non è possibile che, con il bambino in arrivo, alcune cose ti siano...

Non sono venuto per parlarle di questo. Preferirei restare concentrato su...

... ti siano tornate alla mente?

No. Restiamo concentrati sul problema specifico... invece di quelli personali...

Non riesco a trovare alcuna causa fisica per i sintomi che mi descrivi, Dickie. Non vedo niente qui. È per questo che propongo di dare un'occhiatina anche dietro le quinte, per cosí dire. Potrebbe essere utile. Il passato resta con noi, in moltissimi modi inaspettati. Se non ci abbiamo fatto pace, si ripresenterà di continuo.

Sta parlando di fantasmi?

Parlavo del corpo. Si ripresenterà con dolori, dolori fisici, dolori mentali. Perché hai detto fantasmi?

Niente, volevo... mi scusi, ho capito male io.

Ci pensi di frequente? A quel che è successo?

Dickie? Perché hai detto fantasmi?

7.

Era febbraio quando Frank gli annunciò che faceva un salto in città. Non è che a Dickie andava di farsi una pinta con lui?

Oh, devi portarmi con te!, esclamò Willie, battendo le mani. Dickie non aveva nessuna intenzione di portarlo e glielo disse senza mezzi termini. Ma Willie non si arrese. Frank, il bucaniere, l'eroe calcistico, il tormento dell'infanzia di Dickie, la spiegazione di tutto? Doveva conoscerlo, doveva e basta. Digli che sono tuo amico.

Cos'altro dovrei dirgli?, replicò Dickie senza emozione, gustandosi il piacere intimo della momentanea angoscia che sfarfallò sul viso di Willie.

Avevano preso l'abitudine, la cattiva abitudine, di dormire nello stesso letto, specie se erano andati a ballare, come la notte prima; ma non facevano niente e non vi era altro significato, o almeno cosí pensava Dickie, se non il fatto che non gli piaceva dormire da solo. Non aveva ancora raccontato a Willie tutto quel che era successo l'autunno precedente, ma si era lasciato sfuggire che lo riteneva in parte responsabile; era stato lui a portarlo al *Butterfly*, dopotutto, con la chiara intenzione di sedurlo. Willie negava, ma Dickie sapeva che l'amico si sentiva in colpa e lui ne approfittava per tenerlo in pugno.

Aveva bisogno di un sistema per contenerlo. Willie era scaltrissimo! Non soltanto non ci si poteva fidare di quel che diceva; era anche cosí persuasivo che in sua presenza finivi per non fidarti di te stesso. La settimana prima alla Hist, pronunciandosi contro la mozione del giorno, *Il fallimento del progresso* – ultimamente molti dibattiti avevano un sapore *fin de siècle* –, aveva incentrato il suo discorso sul racconto di una ragazza appartenente a una sperduta tribú dell'Amazzonia, che, essendosi ammalata, era stata portata dal padre in città scendendo il fiume in kayak. Erano gli anni Sessanta del Novecento e, senza una mappa, senza conoscere altre lingue oltre la sua, il genitore era riuscito comunque a trovare l'ospedale, da dove la ragazza era stata messa su un aereo, portata a New York e, dopo vari tentativi andati a vuoto, curata con successo.

Di per sé, aveva detto Willie, il progresso è questo. La medicina moderna e il trasporto aereo salvano una vita che altrimenti nessuno avrebbe salvato. Ma il progresso non si limita a impedire che accadano brutte cose. Crea anche le condizioni perché ne accadano di nuove – cose che altrimenti non sarebbero successe, cose che nessuno avrebbe neanche immaginato. La ragazza che aveva scampato la morte era poi diventata una scienziata e aveva aperto la strada alla produzione di pannelli solari fotovoltaici basata su un tipo di quarzite che la sua tribú usava da sempre per realizzare oggetti cerimoniali. Poiché non era morta, il mondo ricavava ora il dieci percento della sua energia dal sole, senza inquinare.

Chi, ascoltando quella storia – disse Willie – potrebbe sostenere ancora che il progresso ha fallito? Non è forse vero che il progresso ha bisogno del fallimento? Che il progresso è quel che gli esseri umani ricavano dal fallimento? Fallimento, cattive notizie, tempi bui: sono la sua benzina. Allo stesso modo in cui quella bambina ha trasformato la sua malattia in luce per il pianeta intero, il progresso assume il fallimento e lo converte in futuro.

Era stato un discorso brillante, perfino per gli standard di Willie. I presenti avevano le lacrime agli occhi. In seguito, Dickie sarebbe rimasto di stucco – e non era un'immagine esagerata – nell'apprendere che per via di un errore di comunicazione Willie aveva creduto di sostenere la tesi opposta fino a un'ora prima del dibattito.

Ma tutti i dati e le statistiche che aveva snocciolato?

Me li sono inventati, aveva detto Willie.

E la tribú? La ragazza che è diventata una scienziata?

Mi sono inventato anche lei.

Dickie ancora non si capacitava. Non gli tornava. Ma ti sei cosí infervorato, aveva detto. Sembrava ci credessi davvero.

Willie, disteso al suo fianco, aveva rivolto un sorriso satanico al soffitto. È cosí che si vince, aveva detto.

Si videro con Frank allo *Stag's Head*. All'epoca il pub era un avamposto della Hist: in mezzo alla fauna del Trinity, Frank, con i suoi capelli laccati, la camicia lucente e le scarpe buone, spiccava come una mosca bianca.

C'era una ragazza con lui. Dickie se la ricordava vagamente dall'estate prima; si presentava ogni tanto a Goldenhill, invitata alle insopportabili cene di famiglia. Willie era molto preso da lei. È una dea!, disse a cena terminata. E che fosse bellissima era un fatto oggettivo: bionda, con intensi occhi verdi e zigomi alti, fin troppo accentuati dal trucco. Dickie trovava che la sua bellezza fosse priva di personalità; non rivelava nulla della ragazza e lei la ostentava con un tantino di ansia, come un gioiello molto costoso preso a noleggio per la serata.

Sedeva accanto a suo fratello, con gli stivali alti alla coscia, un top coi lustrini e la sua idea campagnola di eleganza; all'inizio rimase tesa e sulle sue, come convinta che la stessero prendendo in giro, il che non era vero, almeno per il momento, perché pensavano di farlo piú tardi; e anche Frank era teso, per l'ansia evidente di mettere a suo agio la ragazza. Dopo un paio di drink però, lei si animò. Aveva un accento da far rizzare i capelli, ma era intelligente e sveglia – piú sveglia e intelligente di Frank, che provava a provocarla, ma era ovviamente e perdutamente cotto di lei. Mentre parlava, il suo viso acquistò una personalità che la rese ancor piú radiosa.

Dickie fu amichevole e prodigo di complimenti con loro, trattandoli da coppia, come se conoscesse, o non conoscesse, Imelda tanto quanto Frank. Cosa li aveva portati in città?, volle sapere. Frank gli spiegò che pensavano di andare a un concerto la sera dopo, di un gruppo che Dickie non aveva mai sentito. Avreste dovuto avvisarmi, disse, potevate stare da me. Ma no, Frank aveva riservato una stanza in un albergo «di classe» a Temple Bar. Era evidente che voleva fare colpo sulla ragazza e Dickie si rese conto che anche lui rientrava in quello sfoggio di raffinatezza. Diede loro qualche suggerimento per il brunch, con Frank che si appuntò tutto per bene, come se si scambiassero sempre dritte sui ristoranti. Anche se lei non riconoscerebbe un brunch nemmeno se le mordesse il culo, disse Frank, con una risata alquanto forzata. Abbiamo avuto una discussione in macchina perché non sapeva cos'è una melanzana.

Non ricominciare, disse la ragazza.

E quando gliel'ho spiegato, insisté Frank, non mi ha creduto. Mi ha detto che le melanzane non esistono. Spiegaglielo tu, Dickie. Dille che non sono un'invenzione.

Non sono un'invenzione, disse Dickie.

Dunque, voi due siete i famosi cervelloni?, disse lei, incrociando le braccia.

Preferiva di gran lunga Willie a Dickie. Come chiunque altro. Era una delle tante sorprese che riservava Willie: aveva l'aria di un intellettuale con la puzza al naso – e lo era, intellettuale e con la puzza al naso, e anche compiaciuto e pieno di sé – eppure sapeva parlare con tutti. E non in maniera banale o falsa o paternalistica: gli bastava qualche minuto per trovare un punto di contatto e indurre l'interlocutore a raccontargli la storia della sua vita. In due diverse occasioni, Dickie era dovuto restare in un taxi fermo sul lato di una strada perché il tassista e Willie erano in lacrime dopo che il secondo aveva strappato al primo un racconto straziante. Venne fuori che alla ragazza interessava la moda, proprio come a Willie; di lí a poco, cominciarono a parlare fitto tra loro, facendo nomi che a Dickie non dicevano nulla.

Frank osservava la ragazza, rapito. La guardava, notò Dickie, con la stessa gioia reverenziale con cui la gente del loro paese guardava lui quando si esibiva nelle sue prodezze sul campo da gioco.

Poi tornò in sé e arrossí e provò a fingere di non averla fissata. Che tipo Willie, eh? Un vero personaggio.

Un amico. Ci siamo conosciuti ai dibattiti, disse Dickie. Indicò la ragazza con un cenno del capo. State insieme da un po' voi due. Non era da Frank, che di norma tendeva a rapporti piú spensierati.

Ah, Dickie, disse Frank; sembrava sollevato, ora che aveva un motivo per tornare ad ammirarla. Non ho mai conosciuto nessuna come lei. Guardala! Praticamente una top model! Ma vive in un posto che chiamarlo buco è già troppo. Non c'è niente, neanche un negozio, solo una stazione di servizio della Texaco che viene rapinata di continuo. Suo padre è una specie di gangster, dovresti vederlo. È fissato con papà! Non fa che chiedere dove prende le giacche!

Scosse ancora la testa, anche se pareva sul punto di scoppiare in una risata, poi sospirò. Ho le palle gonfie come due meloni, Dickie. È una mezza selvaggia, ma dice che vuole conservarsi per il matrimonio. Ho sborsato duecento sterline per questo albergo e se non riesco a trombarmela stanotte, non so cosa fare. Mi toccherà sposarla, se basta. Voltò la sua faccia contenta verso Dickie. Te lo immagini che direbbero i nostri?

È questo che stai pensando?, chiese lui. Di sposarla?

Ah, no, disse Frank, poi: Be', forse. Insomma, perché no? Raddrizzò la schiena, guardò Dickie in faccia, serio. Ci ho pensato parecchio, disse. Non sono come te. Tu te ne stai in città con i tuoi nuovi amici, vai in un college elegante, conosci posti fichi. Hai una vita tua qui. Ma io, io sono un tipo casalingo. Prima, quando ero un ragazzino, pensavo di voler girare il mondo (Dickie si concesse un sorriso a quelle parole). Però, be', a me in realtà piacerebbe restare in paese per il resto dei miei giorni, mi sa. Se trovo la donna giusta.

Guardarono entrambi la ragazza. Rideva, con la testa gettata all'indietro e gli occhi serrati; Willie quasi piangeva e si prendeva a schiaffi la coscia.

Gli ingranaggi del cervello di Dickie giravano con lentezza, ma alla fine i pezzi del rompicapo cominciarono ad andare a posto, la conversazione di quel pomeriggio al capanno, l'improvviso interesse di Frank per il suo futuro. È per questo che quella volta mi hai chiesto del garage?

Frank annuí. Una sera la ragazza aveva indotto mamma a parlare e tirare fuori una scatola di foto sue e di papà in crociera. Foto di quando la Volkswagen li mandava a spese loro ai Caraibi e alle Mauritius e altri posti cosí.

Ricordo, disse Dickie. Aveva presente quelle foto: papà con i capelli impomatati e pettinati all'indietro, un cocktail in mano e un tramonto alle spalle in ogni inquadratura; mamma in costume da bagno, intenta a fumare, a dedicarsi alla sua abbronzatura. I bambini non erano invitati alle crociere; lui e Frank andavano a stare da una zia che a colazione bolliva sempre male le uova e aveva un cane che non avevano il permesso di accarezzare.

Insomma, Imelda pensava che quello fosse il massimo del glamour, disse Frank. Il massimo. Per questo mi è venuto in mente di entrare nell'attività. Ma che cazzo, non devo per forza essere io il capo. Mi basta fare il venditore. Qualunque cosa, a essere sincero. Non mi importa.

Dickie rimuginò per qualche secondo. Poi disse: Ci ho ripensato, a quella conversazione. E alla fine mi sono reso conto che forse avevi ragione.

Era davvero cosí? A poco a poco era davvero giunto alla conclusione che la sua vita poteva essere altrove? O voleva soltanto vedersi come Frank lo aveva appena descritto: il cercatore, il cosmopolita, l'avventuriero affamato di conoscenze? Non lo sapeva, però si ritrovò a dire: Non ho ancora deciso cosa voglio fare dopo gli studi. Ma hai ragione, il mondo è grande.

Ascolta, non sconvolgere i tuoi piani per me, disse Frank. Vai a sapere, probabilmente farei un casino comunque. E poi che direbbe papà?

Si convincerà, disse Dickie. Potrei parlargli. La sua voce risuonò tenera e generosa alle sue orecchie, e negli occhi di Frank si vide come di rado si era visto – un fratello maggiore, una persona solida e serena che aveva la situazione ben chiara, un uomo di cui Frank avrebbe potuto dire agli amici: Gioca a carte molto coperte, ma cazzo, credetemi sulla parola, appena lo fai parlare scopri che ha tutta la situazione sotto controllo.

La tipa di Frank è esilarante, disse Willie quella notte, mentre erano a letto. Mi ha raccontato che suo cugino è stato arrestato perché ha sbudellato un cane con un forcone. Ha detto molto fiera che ne hanno parlato al telegiornale. Ha detto anche che una zingara ha lanciato una maledizione sulla «mano buona» del fratello, che per questo è disabile.

Parla di sposarla, disse Dickie.

Io la sposerei in un nanosecondo, disse Willie.

Ah sí? E che faresti la prima notte di nozze?

Sarei all'altezza della situazione, disse Willie con sussiego. Si girò sulla schiena, levò lo sguardo al soffitto.

Quanto a tuo fratello, però, non capisco perché ne hai fatto un dramma. Mi aspettavo un fusto, un semidio guerriero alla Cuchulainn. Non che non sia simpatico, anzi. Ma è una persona normalissima.

Mentre tu sí che sei interessante, disse Dickie. Ti impastícchi tre volte alla settimana con le stesse cinquanta checche. Ti lambicchi su quale farfallino indossare per il dibattito.

Stava solo scherzando. Nella stanza di Willie, con il bagliore della stufa elettrica in un angolo, l'odiosa statua di Gaṇeśa sulla mensola del camino che Dickie aveva fatto comprare a Willie perché trovava che somigliasse al decano e i libri impilati ovunque, si sentiva forte, ovvero si sentiva leggero e sicuro di sé, libero e aperto: percepiva il futuro – quella dimensione che a lungo gli era parsa immutabile – come qualcosa di indefinito, etereo, pronto a prendere la forma che lui voleva. Si voltò, si piegò sull'amico e lo baciò sulle labbra. Willie lo guardò sorpreso; ricordava un po' il modo in cui Frank lo aveva guardato prima, con speranza mista a gratitudine; e a quel punto Willie levò la testa dal cuscino e la faccia, quella faccia orribile e prominente, ma non priva di bellezza e che Dickie avrebbe forse potuto amare, si avvicinò fino a riempire per intero il suo campo visivo. Al che lui chiuse gli occhi e si baciarono.

Fu quello il periodo migliore? Era mai stato piú felice di quanto lo fu nei mesi successivi alla prima visita di Frank? Tre mesi, una stagione dell'io, divisa tra primavera ed estate. Una stagione con il suo clima, che alternava un sole gioioso alla pioggia, una vera pioggia, che veniva giú con determinazione e ti sollevava dal dovere di uscire all'aria aperta; con la sua musica – i Daft Punk e i Backstreet Boys, Willie che cantava Jacques Brel sotto il getto della doccia; il suo cibo (Davvero non hai mai assaggiato il dim sum?); i suoi odori – popper e latex, sandalo e crema E45; i suoi sapori e i suoi dolori, le sue estasi. Circa metà di quel periodo incantato Willie lo passò a curarsi un raffreddore. Incredibile ma vero, era sempre malaticcio, sempre tormentato dai germi, tra mal di stomaco e il naso che colava. Sosteneva che quei batteri di minore entità gli impedivano di prendersi qualcosa di serio; la chiamava *mauvaise santé de fer*, la sua cattiva salute di ferro.

Willie era un profluvio di paradossi come quelli; piú Dickie lo conosceva, piú gli sembrava insondabile. Era dissoluto all'estremo, ma non saltava una messa alla cappella del Trinity. Scansava per principio qualsiasi cosa venisse definita «naturale», ma adorava la natura: coltivava una passione sconfinata per le escursioni nelle valli glaciali a sud della città. Ignorava la musica dei Nirvana perché affettata, ma portava le ghette. Era sconcertante ed eccentrico, nel parlare, nel vestire, nel modo di vedere la vita e comportarsi in società, ma quando Dickie gli chiedeva perché lui gli piacesse, diceva: Perché sei davvero strano.

Un fine settimana Willie lo portò nella casa in cui era cresciuto, un vecchio maniero in pietra nella contea di Meath invaso dai topi e fornito di una lavastoviglie rotta. I suoi genitori erano anziani e, a parte qualche faticosa conversazione sul cricket, li lasciarono in pace. C'era un vecchio nido di vespe nella camera in cui dormí Dickie e il copriletto era cosparso di carcasse impalpabili. Trascorsero gran parte del tempo a passare l'aspirapolvere.

Sapeva che Willie si aspettava che lui ricambiasse l'invito e che ci stava male a vedere che l'invito non arrivava. Ma perché avrebbe dovuto portarlo laggiú? Casa loro era Dublino. Gli sembrava che la sua vita precedente fosse quella di un altro, una persona per cui si dispiaceva e che non aveva alcuna voglia di rivedere.

Andarono al *Butterfly* un'infinità di serate. All'inizio era molto scettico, ma Willie gli garantí che non aveva nulla da temere e Dickie si fidò di lui, si fidava che non gli sarebbe capitato niente di male se ci fosse tornato con lui. Non sapeva bene da dove venisse quella fiducia; si rese conto di essersi sentito allo stesso modo con Frank, nel crescere, ma non gli era chiaro il senso di quella associazione. Dal *Butterfly* cominciò la loro esplorazione della fiorente scena underground della città. Ovunque ci si girasse, si profilavano nuovi bar, nuove serate in questo o quel locale, nel lucore opalescente di una sorta di legittima decadenza.

Dovevano prestare attenzione, ovviamente: i gay venivano aggrediti di continuo in strada. Ma noi non sembriamo finocchi, lo rassicurò Willie. Tu sembri un nerd. Io un tipo strambo. Nessuno immagina che due persone come noi facciano sesso.

Per strada, in piazza, al bar del college, perfino al *Butterfly* e all'H.A.M., si comportavano da amici, nient'altro. Limitavano i loro movimenti, si astenevano dal toccarsi; la compostezza in pubblico rendeva ancor piú incandescente il momento in cui finalmente riuscivano a essere soli – spesso dopo scuse elaborate che prendevano la forma di battute in codice.

Avere un corpo non era mai piaciuto granché a Dickie. No: lo odiava proprio, il fatto di avere un corpo. Neanche della sua faccia era entusiasta, ma la considerava un semplice preludio in chiave minore dello sfacelo totale che si nascondeva sotto i vestiti. Macilento, ossuto, pieno di peli inaspettati, il suo corpo era un compendio di brutture che faceva il paio con la sua vergogna. Era il generatore dei suoi innumerevoli pensieri e desideri vergognosi; al tempo stesso, si frapponeva con costanza, proprio perché cosí vergognoso, al trasformare in azione quei pensieri. Le sue falle erano infinite; nondimeno, nel corso degli anni, Dickie aveva investito un numero indicibile di ore a contarle. Di solito partiva dai piedi. I piedi! Con quelle dita bizzarre, quasi prensili tanto erano lunghe, la loro suscettibilità alle infezioni fungine e alla psoriasi, le grottesche chiazze di peli sulla parte superiore, i suoi piedi talmente unici e ripugnanti da azzerare da soli ogni discussione. Da lí, semmai fosse necessaria una dimostrazione ulteriore, si passava prima alle gambe, dove altri peli superflui adornavano polpacci striminziti e bianchi come ossa, poi, dopo le ginocchia bitorzolute (si capisce) e la distesa delle cosce, al contempo grasse e deboli, si arrivava al desolante pudding cadaverico del sedere. E questa era soltanto la metà inferiore, che, stendendo un velo sulla inenarrabile tragedia rappresentata dal pene, gli sembrava la migliore. Una mente umiliata da un corpo: questa in breve era la sua vita.

Ma Willie non lo vedeva cosí. Mi piacciono i tuoi piedi, diceva, e gli succhiava le dita. E le ginocchia?, chiedeva Dickie, ma Willie aveva già sepolto la testa in mezzo alle sue gambe e Dickie non poteva far altro che ridere e distendersi e lasciare che il corpo – il suo povero corpo che aveva vissuto per tanti anni legato in una cantina come un cane non amato! – si arrendesse al piacere. Era come sentire il sole sulla pelle per la prima volta, come prendere il sole, farsi scopare dal sole, scopare in ogni poro; e si chiedeva, con quel poco che restava della sua mente, perché una persona dovesse fare qualcosa di diverso dal sesso.

Dopo il piacere, a volte gli capitava di odiare Willie. Lo odiava contro la propria volontà, come se avesse bevuto una pozione: si sentiva avvizzire, trasformato in una vecchia megera, gelida e sclerotica. In quei momenti, lo odiava perché Willie lo amava e al contempo lo disprezzava perché Willie fingeva di amarlo: anche se non quanto odiava e disprezzava sé stesso.

Non era un'esclusiva del post-coito, quel livore per sé stesso; lo coglieva anche quando era da solo, lo coglieva e lo inghiottiva. Si manifestava come una sorta di lucidità. Spazzato via lo zucchero filato delle emozioni, vedeva l'atto, vedeva quel che lui era diventato, nei dettagli piú impietosi. Quella parola, «frocio», che Willie pronunciava a destra e manca, con somma disinvoltura... Perché quello era, no? Un frocio, e la frociaggine era in sostanza una mancanza di serietà, una frivolezza, perché i desideri cui si arrendevano li svuotavano, li rendevano incapaci di assumere un ruolo serio nel mondo degli uomini.

Il veleno della lucidità impiegava poco a diffondersi nella mente, toccando ogni aspetto della sua vita dublinese. Dalla falsità fluorescente del *Butterfly* alla Hist. Un tempo la considerava un luogo sacro, dove verità profonde venivano forgiate sotto la spuma in superficie. Ora vedeva che era anch'essa una messinscena, un'esibizione in cui ragazzi intelligenti cercavano di apparire migliori di quel che erano; solo che lí si ricorreva a verità, giustizia, diritti, anziché a protesi e steroidi. Ragazzi intelligenti come Willie si servivano dei fatti del mondo reale per dare l'impressione di esserne toccati, per sembrare persone serie mentre in realtà si trattava soltanto di un gioco per ottenere posti ben remunerati negli ambienti legali e nei media.

Il periodo migliore era quindi incastonato nel periodo peggiore. Dickie non poteva piú evitare ciò che era. Se ne stava disteso sul letto, intorpidito dall'odio per sé stesso, a chiedersi se si fosse già rovinato la vita, se esistesse ancora un modo per venirne fuori ed essere normale. Piú di tutto desiderava tornare indietro nel tempo e fare amicizia con un ragazzo diverso – qualcuno che fosse un amico e basta, uno con cui parlare di tennis e band sconosciute, con cui camminare in piazza alla luce del sole come ragazzi innocenti, sani, normali.

Lo disse una sera a Willie, per ferirlo. Willie chinò il capo. Non discuteva mai con Dickie quando aveva la luna storta. Poi disse: Immagino che chiunque lo vorrebbe. Essere come gli altri. Ma nessuno è come gli altri. È questa la sola cosa che abbiamo in comune.

Siamo tutti diversi, ma pensiamo tutti che gli altri siano uguali, disse. Se ce lo insegnassero a scuola, il mondo sarebbe un posto molto piú felice, credo.

Quando Willie gli parlava con tenerezza o con amore o cercava di descrivergli i suoi sentimenti, Dickie aveva l'impressione che la sua intelligenza sparisse per lasciare il posto a frasi buone per un biglietto di auguri. Non cercava rassicurazioni, lui, di certo non da Willie. Voleva tornare a casa e cancellare quegli ultimi tre anni. E poiché era impossibile, voleva essere flagellato; voleva essere punito; voleva che qualcuno *lo facesse rinsavire*, come avrebbe detto suo padre; e ripensava ancora alle serate in giardino, ai gigli e alle azalee di sua madre, alla luminosa danza di floghi e filadelfi che lo avvolgeva mentre se ne stava faccia a faccia con suo padre che gli impartiva lezioni, che lo rinsaviva finché di lui non restavano che pallide ombre in movimento sull'erba.

Rivide Sean una volta soltanto. Era un sabato pomeriggio e lui – Dickie – camminava per O'Connell Street quando si imbatté in una sorta di manifestazione davanti al General Post Office. Non grande: venti o trenta persone, un paio di striscioni. Un uomo parlava con un megafono che rendeva le sue parole incomprensibili. Mentre Dickie si faceva strada tra la folla, qualcuno si girò e gli schiaffò un volantino in mano.

Non era in uniforme; indossava un maglione Aran che lo faceva somigliare a un pescatore o all'idea di pescatore che poteva avere un turista. Seguí uno strano indugio nel momento in cui gli occhi di Sean si posarono sul volto di Dickie con uno sfarfallio delle palpebre. Dickie scoprí di non poter muoversi. Il terrore di quella notte ribollí dentro di lui, come il sintomo di una malattia che si pensa di aver superato da tempo. Ma solo per un istante; tutto si consumò in un istante; poi lui abbassò gli occhi, continuò per la sua strada.

Soltanto dopo esser rientrato nelle sue Stanze e aver chiuso a chiave la porta, si ricordò del volantino. Lo teneva ancora accartocciato nel pugno, bagnato di sudore freddo: lo lisciò sul bancone. L'immagine di un feto coperto di sangue, parzialmente smembrato. Si rivide sul pavimento della casa di Sean, qualcosa che non sarebbe mai dovuto nascere.

Ma quei momenti erano eccezioni, anomalie. Fu il periodo migliore, la stagione dell'io; per gran parte del tempo Dickie fu felice, piú felice di quanto non lo fosse mai stato. Forse fu questo a renderlo difficile da accettare. Aveva sempre pensato che la felicità facesse per altre persone, per gli sgobboni, i normali, quelli che andavano avanti per inerzia come sonnambuli, la ricompensa per il loro gretto conformismo. Gli sembrava di essere stato introdotto in una setta – un gruppo di persone che dall'esterno somigliavano a chiunque, ma che nascondevano un segreto miracoloso: erano innamorate.

E poi Frank tornò.

Fu tutto molto drammatico: arrivò nel cuore della notte, picchiando al portone. In seguito Willie disse che Frank era una di quelle drama queen in incognito che si spacciavano per persone normali ma le cui vite erano uno spettacolo operistico senza fine.

Dickie era a letto: sentí il trambusto di sotto e andò a controllare. L'anziano professore che alloggiava al pianterreno aveva aperto il portone e stava discutendo con Frank. Non ricordavo qual era la tua stanza, disse Frank a Dickie quando lo vide apparire sulle scale.

Dickie ringraziò e si scusò con il professore, quindi invitò Frank di sopra. Ancora mezzo addormentato, per poco non lo accompagnò nella stanza di Willie; si ricordò giusto in tempo di dover salire anche l'altra rampa di scale per condurre il fratello nelle sue Stanze, che in tutta evidenza non vedevano la presenza di un essere umano da un mese; aprí la finestra per mandar via l'odore di chiuso, anche se fuori cadeva una pioggia battente.

Non c'era motivo di preoccuparsi, in realtà: Frank non si

accorgeva di nulla. Dickie non lo aveva mai visto in un simile stato. Gli mancava il fiato e pareva sudare, ma era difficile stabilirlo con certezza perché era fradicio di pioggia. Continuava a vagare per la camera a testa bassa, come se stesse cercando qualcosa sul pavimento, ignorando Dickie che lo esortava a sedersi. Indossava una giacca leggera e aveva una borsa a tracolla, l'aspetto era quello di una persona in fuga. Un incubo, disse. Un incubo, ripeté, e poi: Ti dà fastidio se fumo? Si frugò nelle tasche e tirò fuori un pacchetto di Benson & Hedges. Dickie gli indicò la finestra, ma suo fratello si accese la sigaretta senza muoversi da dov'era. Infine andò a sedersi al tavolo della cucina. Sono fregato, disse.

Era talmente in ansia che strappargli di bocca qualcosa di coerente era un'impresa, ma alla fine la storia prese forma.

Riguardava la ragazza. O meglio suo padre. Si era espresso in termini ambigui ma in sostanza voleva che si sposassero.

Subito?, disse Dickie. Perché? Non sarà mica... incinta?

Frank scosse la testa, si strofinò il naso. No, disse. Non di me, almeno. Si schiacciò le labbra tra i denti. Non abbiamo mai fatto sesso, Dickie. Imelda è vergine.

Dickie era stupito, ma disse soltanto: Se è cosí, perché adesso? Perché se ne esce all'improvviso con questa storia?

Frank si coprí la faccia con le mani, emise un lamento. Hai presente lo scorso inverno, quando mi hanno estromesso dalla squadra e cercavo di capire cosa fare – ricordi il progetto di cui avevamo parlato in quel periodo? Avevo deciso di andare a Londra con Dolly. Per trovare investitori o altro. A lei non è piaciuta questa idea.

Ma non ci sei andato, disse Dickie.

No, perché papà mi ha ripreso al garage. E anche la squadra mi ha ripreso e le cose si sono sistemate. Ma Paddy Joe – il padre di Imelda – è venuto a saperlo e sta dando di matto.

Imelda ha detto a suo padre che la stavi lasciando?

Lo ha detto al fratello. E lui se ne è uscito con Paddy Joe che non ci ha visto piú perché pensa che io voglia scappare in Inghilterra.

Ma è successo mesi fa, disse Dickie.

Lo so.

E non ci sei andato.

Lo so, Dickie, lo so! Non sto dicendo che questa storia ha senso! Tu non conosci quell'uomo, è uno squilibrato del cazzo! Ha detto... ero a casa di Imelda, circondato dai suoi fratelli al completo, e lui mi ha detto: Hai inzuppato il biscotto... queste esatte parole, ci credi?

Dickie non ci credeva, non del tutto. Sembrava una storia da film western. Ma si vedeva che Frank era spaventato... e Frank non aveva mai paura di niente.

Che devo fare?, chiese suo fratello.

Non vuoi sposarla?, disse Dickie. L'ultima volta che ci siamo visti sembrava che ci stessi pensando.

Ho diciannove anni! Ho solo diciannove anni, cacchio! Non voglio sposare nessuno!

Ok, ok, calmati, disse Dickie. E ne hai parlato con papà?

Frank lasciò cadere la testa e abbandonò le mani sulle gambe. Oh, papà. Papà pensa che mi sia scavato la fossa.

Ma no, dài, non lo pensa, disse Dickie.

Sí invece, e ha pure rincarato la dose con un contorno di stronzate. Le cose che dice sempre lui. Sii uomo, comportati da uomo d'onore, tieni fede alle tue scelte, hai presente. Ma in realtà vuole punirmi. Come quando mi ha beccato con una sigaretta e mi ha fatto fumare l'intero pacchetto finché non ho vomitato.

E la punizione sarebbe sposare Imelda, disse Dickie.

Frank rimase con la testa penzoloni, ancora bagnata di pioggia. Non voglio dire questo, mormorò. È solo... è solo troppo presto! Non sono pronto!

Non potresti... Dickie non sapeva fino a che punto prendere sul serio quella storia; Frank tendeva in effetti a ingigantire le cose. Se proprio devi, non potresti intanto fidanzarti e... insomma, non c'è mica bisogno di fissare subito una data. Un fidanzamento ufficiale non basterebbe, voglio dire?

Frank scosse piano la testa. E cominciò a riparlare del padre, quest'uomo che Dickie non aveva mai incontrato. Sembrava un personaggio uscito da una fiaba, lo spaventoso gigante con la figlia incantevole, la mostruosità di lui direttamente proporzionale alla bellezza di lei. Penso che abbia ucciso delle persone,

Dickie. Ha questi video in cui pesta la gente. Ce n'è uno in cui un uomo, il suo occhio... Frank ebbe un fremito. Per poco non ha ammazzato di botte il fratello di Imelda quand'era piccolo. Le ha ammazzato la gatta, Dickie! Ha ammazzato la gatta di Imelda quando era incinta! E il cane, e un cavallo. E per lei 'sta roba è casa! Cristo, Dickie, non sai che succede lí!

Va bene, va bene, disse Dickie, sollevando ancora le mani per indurlo alla calma. Consideriamo le opzioni. Non vuoi sposarti... per adesso. Papà non vuole aiutarti. Che ci resta?

Frank si concentrò un attimo per riprendersi. Poi, raccolte le energie, a bassa voce, disse: C'è un corso di marketing. A Birmingham, due anni. Se mi iscrivo, mi salvo il culo per un po' e mi do il tempo per riflettere su cosa è meglio fare. Tra l'altro inizia la prossima settimana, sarebbe perfetto.

La prossima settimana? A quel punto Dickie capí il senso della borsa a tracolla. Vuoi dire che parti subito? Che vai in Inghilterra adesso?

Non è sicuro per me restare qua!, disse Frank, quasi lo stesse implorando. Continua a presentarsi con il furgone agli allenamenti o al garage, parcheggia e se ne sta seduto lí!

Dickie avvertí dentro di sé una nausea improvvisa, simile a una morsa di gelo. Quindi pensi di fare esattamente quello che temeva lui. È questo il tuo piano. Vuoi fare quello che avevi deciso di non fare, perché secondo lui vuoi farlo.

Oh, Cristo, ho la testa già incasinata di mio!, protestò Frank.

Giusto, disse Dickie. Cerco solo di capire il senso, nient'altro.

Be', sarebbe utile per l'attività, disse Frank. E potrei pagarmi il corso da me, ho messo da parte dei soldi. E intanto le acque potrebbero calmarsi un po'. Magari basta anche solo un anno, perché gli animi si raffreddino. Dopodiché potremmo riprendere il ritmo di prima.

Disse tutto questo in modo compassato, come se lo stesse spiegando a sé stesso o lo ripetesse a memoria in vista di un esame: ma alla fine gli si spezzò la voce e levò uno sguardo supplichevole verso il fratello: Ma non lo so! Non so se è giusto o... Tu cosa pensi, Dickie? Che dovrei fare, secondo te?

Dickie capí che era un momento cruciale: sentiva la stanza ondeggiare nel vero senso della parola, su e giú, con dolcezza, come se fosse in equilibrio su una punta, inclinandosi prima verso un futuro, poi verso l'altro.

Si alzò e andò ad accendere il bollitore. Mentre l'acqua si scaldava, prese una scatola di tè dalla credenza. Intanto pensava: *Se Frank va in Inghilterra non tornerà mai*. Dickie conosceva suo fratello: sapeva che poco o niente importava che finisse o no quel corso, che dimenticasse o no la ragazza, perché se fosse andato in Inghilterra, suo fratello sarebbe di sicuro rimasto invischiato nello stesso genere di situazioni. Avrebbe tratto in salvo un gatto da un albero e sarebbe venuto fuori che il proprietario aveva due figlie bellissime e lui si sarebbe innamorato di entrambe oppure sarebbe entrato nella squadra di calcio del posto e avrebbe conosciuto un milionario che voleva aprire un'attività a Dubai oppure si sarebbe messo nei guai con uno spacciatore locale e avrebbe assunto una falsa identità oppure sarebbe caduto da un ponte o gli sarebbe piovuta addosso un'eredità. Qualcosa sarebbe successo, era inevitabile.

E di lí a molti anni, seduto nell'ufficio della concessionaria, con indosso un gilè imbottito o una sudicia giacca a vento, avrebbe rivangato i vecchi tempi, la ragazza bella e selvaggia – Imogen? Irene? – che gli aveva rapito il cuore, anche se poi la storia non aveva funzionato. Avrebbe dato una lieve pacca al ginocchio di Dickie – il diligente Dickie, l'affidabile Dickie, nella sua poltrona da manager, che occupava da tanti di quegli anni – e gli avrebbe detto: Be', probabilmente è andata meglio cosí. Immagina in che stato si ritroverebbe questo posto, se tu fossi rimasto a Dublino e avessi preso io le redini dell'attività!

Sí, Frank non sarebbe mai tornato e alla fine ci sarebbe finito lui nella concessionaria: fu questo che vide, una specie di allucinazione, quando aprí la credenza per prendere il tè. E con altrettanta chiarezza vide che non voleva tornare alla concessionaria. Non voleva piú quella vita.

E perciò, dal lato opposto della stanza, disse: Bisogna tenere a mente che stai sposando lei, non la sua famiglia. Portò le tazze al tavolo e le posò. Insomma, il padre sarà anche un incubo, ma una volta che vi sarete sposati, probabilmente vi lascerà in pace. Non dovrai rivederlo, se non ne hai voglia.

Frank accolse quelle parole con il broncio, sconcertato. Non è che non voglio sposarla, Dickie. Ma lui vuole che la sposi subito. Ci vuole vedere marito e moglie adesso.

Be', per certi versi non c'è da stupirsi, disse Dickie senza giri di parole, versando il latte. Devi ammetterlo, non sei un campione di coerenza. Insomma, mi vieni a dire che vuoi scappartene in Inghilterra, quando l'ultima volta mi hai spiegato invece che avevi deciso di restare. Che suo padre sia preoccupato, si può capire.

Frank serrò le labbra, estrasse una sigaretta e la batté sul tavolo.

E lei, vuole sposarti, lei?

Immagino di sí, riconobbe Frank.

E se lei venisse a dirti che ti lascia perché non può aspettare che tu la sposi, come reagiresti? Anzi, mettiamola in un altro modo. E se lei non volesse sposarti? Se ti dicesse che le è piaciuto stare con te ma che non vede un futuro? Saresti contento, in quel caso?

Frank scosse lentamente la sua povera testa annebbiata. Dickie si sentí rinvigorito nello spirito. Con quanta rapidità i ragionamenti prendevano forma nella sua mente! E con quanta intelligenza la sua lingua li traduceva in parole convincenti! Sí, tutto sommato qualcosa aveva imparato nel periodo al Trinity, nelle serate trascorse alla Hist a osservare i ragazzi che duellavano nei loro abiti da sera.

Non sentirti legato all'attività se vuoi andartene, disse, come se ci avesse pensato solo in quel momento. Puoi sempre tornare al piano originale, nel caso. Sono sicuro che troverei un ruolo per te, come venditore o altro.

No, no… Non voglio, disse Frank a fatica. È solo… non pensi che sia troppo presto per accasarsi?

Dickie ponderò la cosa. Penso che la questione vera sia un'altra, disse pensieroso, portandosi un dito al mento, proprio come aveva visto fare a Willie. L'ami?

Non lo so, disse Frank. Penso di sí.

Quand'è cosí, disse Dickie.

Frank poi tornò a casa e, nelle molte settimane che seguirono, chiese a Imelda di sposarlo, lei disse di sí e insieme cominciarono a pianificare il matrimonio; e Dickie tornò per la festa di fidanzamento, dopodiché la coppia gli fece di nuovo visita a Dublino; e Frank ringraziò Dickie per i consigli e Dickie, vedendo quanto era felice suo fratello, capí che era la soluzione migliore; e lui e Willie uscirono, restarono nelle loro Stanze, si ubriacarono, discussero e, mentre l'anno accademico volgeva al termine, si prepararono per gli esami e fecero progetti per l'estate.

Ma in seguito, nei suoi ricordi, gli sembrò di essere saltato da quella conversazione con Frank – dopo aver sciacquato le tazze nel lavandino e detto al fratello che poteva dormire sul divano per quella notte – direttamente nel salotto di casa, con Willie e i suoi occhi rossi davanti a lui; non erano passati mesi e neanche giorni, ma un istante soltanto da quella conversazione a mezzanotte, come se la squallida tappezzeria delle sue Stanze fosse caduta insieme alle pareti, mentre suo fratello se ne stava ancora al tavolo a bere il tè, rivelando un mondo in cui Frank se n'era già andato ed era sepolto al cimitero e Dickie, fradicio, distrutto, annientato, in piedi nel salotto, con lo specchio ancora coperto da un panno e Willie che lo fissava con uno sguardo accusatorio, ponendogli la stessa domanda che lui aveva posto a Dickie un istante prima, una vita prima: L'ami? Le stesse parole contorte, frantumate, carbonizzate, come i rottami dell'auto che avevano recuperato nel campo fuori Naancross. Dickie l'aveva vista passare; stava in giardino con sua madre e l'aveva sentita gridare, come se una spada l'avesse trafitta; si era girato prima verso di lei, poi nella direzione in cui lei stava guardando e l'aveva vista, stava passando su un carro attrezzi, straziata, incenerita, ma ancora riconoscibile, l'auto di Frank. Sua madre era caduta a terra, si era coperta la testa con le mani, come si potrebbe fare durante un raid aereo, anche se la bomba aveva già colpito il bersaglio, la spada era già andata a segno. Era stato peggio che vedere il suo cadavere in un certo senso, anche se Dickie non avrebbe saputo spiegare perché. Non era in condizione di spiegare di nulla, era un momento di confusione totale, di cecità, come strisciare in un tubo di metallo, nel buio, mentre all'esterno qualcuno batteva le pareti con barre di ferro. E tuttavia sí, da qualche parte, in quel buio, aveva chiesto a Imelda di sposarlo. Si era innamorato di lei, erano fidanzati ormai.

E pensavi di dirmelo almeno? La voce di Willie tremava, la sua faccia prominente era pallida come la morte. Lo zaino ancora sulle spalle. Un amico di Dublino, aveva gridato Dickie a nessuno quando se l'era trovato sulla porta di casa.

Non dovresti essere qui, disse Dickie.

Quindi lo vuoi proprio fare?, disse Willie. O forse: Perché lo vuoi fare? Non c'era differenza. Dickie controllò il telefono. Aveva dei nuovi doveri adesso, mille e uno preparativi di cui occuparsi.

Ridevi di lei, disse Willie. La chiamavi Campanellino!

Dickie non voleva sentire quel che aveva fatto il suo vecchio io. Non capiresti, disse.

Io capisco invece!, urlò Willie, angosciato. Pensi che sia colpa tua, pensi che saresti dovuto morire tu al posto di tuo fratello!

Non parlare di mio fratello! La sua voce risuonò secca come uno schiocco di frusta. Willie trasalí. Lo guardò impotente con la sua faccia bianca e ferita, la bocca aperta simile a un ponfo. Era venuto per convincere Dickie, proprio come Dickie aveva convinto Frank. Ma stava perdendo il suo tempo.

Sarebbe dovuto toccare a lui, si capisce. Nessuno lo diceva – non ce n'era bisogno, era ovvio. Dickie era rimasto nella camera del fratello e aveva osservato suo padre piangere sopra la bara, le lacrime cadere sulla faccia cerea e ricomposta di Frank; lo aveva osservato sollevare le dita per posarle sulle labbra del figlio; sembrava barcollare, sempre che sia possibile barcollare stando immobili; mentre Dickie si teneva in disparte nell'ombra, con addosso il tepore e gli umori di quel che aveva fatto a Dublino, lo sentiva ancora, attaccato a lui come una pelle, la pelle del peccato. Lo zio, tornato dall'Inghilterra, era al suo fianco e scuoteva il capo, dicendo: Questa disgrazia ucciderà tuo padre. L'ucciderà.

Perché è colpa tua? Cosa c'entri tu?

Tantissimo, lui c'entrava tantissimo. Era lui il designato a rilevare il garage. Era stato sempre quello il piano. Ma lui aveva provato a scappare. Aveva cercato di spingere Frank a prendere il suo posto.

Non lo hai spinto, tu non hai spinto nessuno! Gli hai detto quello che lui voleva sentire! Volevi che fosse la persona che era! Buono! Nobile! Fedele a sé stesso, alla sua ragazza!

Solo perché gli faceva comodo. Solo per poter continuare le sue sordide attività a Dublino. Quel che stavano facendo era il male e lo sapeva. Fingeva che non fosse cosí, ma lo sapeva. *Contra naturam*, contro natura – quell'espressione scaturiva da ricordi lontani, da quando era un bambino che viveva nella santità e sapeva certe cose, anche se all'epoca ne ignorava il significato. Era un tipo di male molto preciso, molto pernicioso, perché sfilacciava, disfaceva le cose naturali che toccava. Chi era piú naturale di Frank, con i suoi sport e le sue auto, la sua bella ragazza vestita di lustrini? Dickie aveva cercato di usare la grande naturalezza del fratello per mascherare la propria perversità. Ora ogni cosa era una aggrovigliata matassa scura, come il nastro tirato via da una cassetta. Era colpa sua: che non sapesse come sarebbe andata a finire non faceva differenza.

O lo sapeva? Lo aveva previsto, in un anfratto nascosto della sua mente? Era verosimile che avesse provocato gli eventi con intenzione, in un estremo atto di perfidia ai danni del fratello che aveva sempre invidiato? La cui vita aveva sempre desiderato? Un'ipotesi troppo orribile da prendere in considerazione: eppure era rimasta annidata nella sua testa nell'infinita sequenza di notti insonni, ore e ore di un vuoto incolmabile che l'opprimeva in quella casa in lutto – praterie di insonnia, quando era l'ultima cosa che voleva, come se tutto il tempo che Frank non avrebbe vissuto gli fosse piombato addosso come una punizione. *Lo hai fatto di proposito? Lo hai fatto per distruggerlo?* Se ne stava disteso lí per ore e ore, a contorcersi mentre si sottoponeva a un interrogatorio silenzioso, finché una notte, nel delirio della stanchezza, si alzò e andò in camera di Frank. Ci andava sempre da piccolo, ogni volta che faceva un brutto sogno e aveva paura dei mostri. Soltanto quando vide che lei lo guardava dal letto si ricordò della sua presenza. Aspettò che lei gli saltasse addosso, che gli strappasse gli occhi, strillando l'accusa che gli risuonava in testa giorno e notte: *Sei stato tu!* Sperava, pregava che lei pronunciasse quelle parole.

Ma disse soltanto: Ti ho svegliato?

Non preoccuparti, disse lui. Non dormivo.

Lei si sdraiò di nuovo, gli diede le spalle. Lui andò a sedersi sul bordo del letto. Imelda singhiozzava piano sotto le coperte. Quel suono gli regalò una pace strana, come se lei stesse piangendo per entrambi. E quando alla fine lei si addormentò, Dickie rimase sveglio per entrambi, poteva essere sfinito per entrambi. Sotto le stelle verdastre del soffitto si sentiva sfinito eccome, in lutto e niente di piú. Non malvagio, non sotto accusa. La notte dopo tornò e anche quella dopo ancora, tornò ogni notte, alle due, alle tre, alle quattro del mattino, quando la sentiva gridare. Non parlavano, si sedeva vicino a lei e basta, lui con il cranio che ululava, lei che piangeva o se ne stava distesa in silenzio, con indosso lo stesso vestito non lavato che portava dal giorno del funerale. Gli sembrava di avere lasciato il mondo reale per entrare in un altro, in una foresta in cui aveva incontrato uno spirito che non aveva nulla a che fare con il giorno, con la persona con gli occhi cerchiati che incontrava in cucina, in giardino. Si sedeva, le poggiava la mano sul fianco. Nell'oscurità Imelda diventava un riflesso che gli risultava tollerabile vedere. Lei gli prendeva la mano e se la metteva sui capelli. Dickie si stendeva al suo fianco, nel letto di suo fratello, e lei gli premeva le labbra sulla fronte e a volte lui si addormentava. Erano uguali: fatti l'uno per l'altra, come la carcassa di un'auto e le rovine di un garage: lei era la sola persona di cui sopportava la vicinanza. Un terrore nuovo lo prese al pensiero che lei se ne andasse, ma era un terrore piacevole, perché non aveva senso che lei se ne andasse. Non aveva senso non baciare le lacrime sulle sue guance e baciarla poi sulla bocca. Certe riserve appartenevano a un mondo ormai passato. Non erano piú le persone di un tempo. Quando Imelda si tolse il vestito la sua bellezza si distese in frammenti intorno a lei come schegge di un vaso rotto. Mentre i pensieri di lui, la sua intelligenza, giacevano sepolti nel bosco, come provviste per un inverno che sembrava non dover tornare mai piú.

Fu allora che capí cosa doveva fare. Aveva voluto che Frank prendesse il suo posto: ora sarebbe stato lui a prendere il posto di Frank. Era il modo migliore, l'unico per espiare. Non soltanto sarebbe stato Frank – sarebbe stato anche il Frank che Frank non era. Presa quella decisione, tutto divenne facile. Quando lei gli disse che era incinta, accolse la notizia come la prova di essere sul binario giusto. Cosa c'era di piú naturale? Non gli costò niente disfarsi dei vecchi piani, del suo vecchio io. La strada gli era chiara ormai. Forse gli era chiara per la prima volta nella sua vita. Le chiese di sposarlo e lei disse di sí.

Pensi di essere nelle condizioni di prendere una decisione del genere?, disse Willie. Non capisci che è una follia? Gli mise le mani sulle spalle. I suoi occhi nuotavano dietro le spesse lenti degli occhiali. Si è schiantato in macchina, Dickie. È naturale che ti senta in colpa. Ma non è colpa tua!

Senza la minima emozione, Dickie si tolse le mani di Willie dalle spalle. Lui insisté comunque. Non è da te, disse. La persona che conosco non scaricherebbe mai qualcuno in questo modo. Non stai bene, Dickie. È tutto assurdo. Pensi di poter sottrarti alla verità? È questo che stai cercando di fare? Ti sottrarrai alla verità per il resto della tua vita?

Ma cosa ne sapeva Willie della verità? Cosa ne sapeva della famiglia, del dovere? Pensò ai genitori di Willie, all'aria di benevola indifferenza che prevaleva nel loro maniero infestato dai topi.

La sto cambiando, gli disse. Sto cambiando la verità.

È assurdo!

Ti prego, smettila di discutere, gli disse Dickie. I miei genitori hanno bisogno di me, la mia promessa sposa ha bisogno di me.

La tua promessa sposa! Willie scoppiò a ridere, con amarezza, con violenza. Ma ti senti quando parli?

In quella casa nessuno rideva da settimane, si rese conto Dickie, senza particolare amarezza.

Un orologio ticchettava sulla mensola del camino, annidato tra le foto di famiglia: Frank da bambino, da adolescente, da adulto. Quando Willie riprese a parlare abbassò la voce. È questo che hai deciso di fare?, disse. Lasciarti tutto alle spalle? Lasciare la persona che ti ama?

Dickie doveva essersi seduto a un certo punto, perché a quelle parole si alzò; anche Willie si alzò e gli prese le mani, come se fossero al cospetto di un altare. Dickie, sussurrò; non riusciva a parlare. Aveva la faccia rigata di lacrime, la sua povera orribile faccia. Dickie, gracchiò. Torna a Dublino. Portala con te, tua… moglie. Non c'è bisogno che ci tocchiamo ancora. O che parliamo, non c'è bisogno che ci diciamo niente, se tu non vuoi. Stammi solo vicino, stammi vicino.

Sí, fu triste, fu triste per Dickie vederlo ridotto cosí. Una volta svanita la forza della sua parlantina e svelato quel che c'era dietro, restava molto poco di Willie. Forse anche lui versò una lacrima, mentre se ne stava lí a guardare l'amico che piangeva. Ma nel silenzio, sentí il cuore farsi leggero, perché sapeva che era finita.

8.

Un mattino si svegliano e vedono che il tempo è cambiato. Nel corso di una notte, il calore che li ha coperti tanto a lungo si è sollevato per portarsi altrove. Al suo posto è calata una frescura in cui Dickie riconosce gli inizi dell'autunno, che, sebbene sia il preludio dell'inverno, gli è sempre sembrato il periodo dell'anno in cui il mondo si rinnova. Si incammina con PJ nello splendore della foresta morente, in un mosaico cangiante di rossi e ori, respirando un'aria che sembra scintillare di una sapiente magia. Fanno il solito giro, senza piú bisogno della mappa, liberando gli scoiattoli grigi finiti nelle trappole, quando ne trovano, e Dickie si sente stordito dalla magia della foresta, dallo scintillio dell'aria – lui, un uomo di mezza età! Padre di due figli! Al suo fianco, PJ continua a parlare di esoscheletri, di anomalie spaziali e di quale demone gli piacerebbe avere. Le foglie cadono intorno a loro, le vene di Dickie traboccano di un'energia estatica, come se fosse tornato ragazzo o lo fosse diventato per la prima volta.

Rientrati nella radura, trovano Victor che trascina nuovi sacchi di bentonite giú dal furgone. Sei tornato, dice Dickie. Sí, dice Victor. Da un'ora abbondante ormai. Continua a scaricare. È difficile decifrare la sua espressione ma sembra stia sorridendo tra sé. Come procede?, dice Dickie. Oh, bene, bene, dice Victor senza un tono particolare. Se Dio vuole, per stasera dovremmo riuscire a farlo funzionare. Ancora quel sorriso furbetto sulle labbra. Torna al furgone, solleva senza sforzo un altro sacco e lo deposita accanto a quelli che ha sistemato sotto un albero. Poi dice: È venuto a cercarti tuo padre.

L'estasi di un momento prima svanisce all'istante. Qui?, dice Dickie. È venuto qui?

L'hai mancato per poco, dice Victor. Controlla l'orologio. È passato una ventina di minuti fa.

Lo hai visto?, chiede lui. Ci hai parlato?

Oh, sí, dice Victor. Di nuovo quel sorriso elusivo, come se i guai di Dickie lo divertissero.

Dickie guarda con tristezza il Bunker, i due muri spogli e senza rete, covando l'assurdo pensiero che se avessero finito la mimetizzazione, magari suo padre non li avrebbe trovati. Che ha detto?

Victor emette un suono soffocato, un sibilo ripetuto e accompagnato da un sussultare delle spalle. Dickie ci mette un po' a realizzare che è una risata. Non ha detto molto, risponde Victor. Sibila e ansima contento ancora per qualche secondo, prima di entrare nei dettagli. Ha girato per il cantiere tenendo un discorso, dice, e a un certo punto non va a mettere il piede in quel secchio col sigillante? Indica il secchio, ora posato sul ceppo senza far male a nessuno. Poi ha dato una testata nella tenda. Victor indica anche la tenda, che, nota Dickie, è floscia e pericolante.

Oh, poverino, dice. Si è fatto male?

Le sue scarpe potrebbero star meglio, dice Victor, rosso in viso dalle risate. Erano scamosciate, dice.

Qualcosa non va, papà?, dice PJ.

No, no. Fa un debole tentativo di sorridere, poi si apparta ai margini della radura per arrancare nel sottobosco, tenendo il telefono davanti sé come se impugnasse di nuovo le bacchette da rabdomante, finché non trova un po' di campo.

Suo padre risponde al primo squillo. A che razza di gioco stai giocando?, dice. Cosa pensi di fare, obbligandomi a cercarti in quella specie di fortino del cavolo?

Dickie comincia a scusarsi, ma suo padre è un fiume in piena. Non ho tanto tempo, qui, Dickie, non ho tempo e devo inseguirti nel bosco, perché tu non hai nemmeno la cortesia di richiamarmi. Ti nascondi da me, per caso? Cristo santo, ti vedevo di piú quando ero in Portogallo che ora a casa!

La rabbia paterna crepita dal telefono e circonda Dickie come un campo di forza. Be', eccomi qua, dice lui in tono neutro. Cosa posso fare per te?

Cosa puoi fare per me?, urla la voce. Puoi venire qui e darmi spiegazioni sulla contabilità!

A quella parola, Dickie viene percorso da un brivido di gelo, come se in cielo si fosse spento il sole. Comincia a bofonchiare suoni che dovrebbero essere giustificazioni. Fogli di calcolo, aggiornamenti, bilanci trimestrali, trasferimenti di dati, si sente ripetere quelle parole, vede quelle parole levarsi a spirale nell'aria della foresta come uccelli mitici, creature impossibili.

Suo padre lo interrompe di nuovo. Non ho bisogno di chiacchiere, Dickie. Io voglio sapere perché i conti non tornano. Se ti preme uscire dalla fossa in cui sei finito, domattina fai in modo di essere alle nove in punto nel mio ufficio per spiegare a me e a Mike e al commercialista perché mancano cinquanta cazzo di testoni dai libri contabili!

Dickie sta per dire ci sarò quando la linea cade. È di nuovo solo tra le foglie verdi e il silenzio.

Digli che li ha dati a un amico per il figlio che stava morendo di leucemia. Digli che li hai investiti in una tecnologia nuova e top secret dei motori.

Mentre torna nella radura, vede il fucile di Victor appoggiato con noncuranza al tronco di una quercia. Si ferma, lo prende. Victor non lo lascia mai in giro. Non carico, comunque. E invece se ne stava poggiato lí, con due cartucce in canna. Indugia a lungo, pensando a quel che potrebbe significare.

Papà!

La voce arriva dalla radura, pressante, imperativa. Vieni, papà, sbrigati!

Posa il fucile, si affretta in direzione della voce. Arrivato nella radura, trova il ragazzo accanto al pozzo. Sta facendo su e giú con la pompa. Acqua, un'acqua d'argento, lucente come il mattino, sta sgorgando dal beccuccio. Guarda, papà!, dice PJ. Si volta verso di lui con un'espressione di pura gioia, la stessa che aveva la mattina del 25 dicembre quando credeva ancora in Babbo Natale.

Funziona? Mentre lo dice Dickie si rende conto di non aver mai creduto a questa possibilità. L'acqua che zampilla dalla pompa è già una risposta. Piú in là, Victor osserva la scena con un'aria tranquilla e soddisfatta. Funziona, dice.

Dovrebbe tornare a casa e prepararsi per domani. Ma PJ verrebbe via con lui e dopo la riunione chissà quando potranno stare di nuovo insieme nel bosco. Perciò passa la serata seduto sul tronco insieme al figlio, a bere l'acqua del pozzo da tazze di plastica mentre una luce violetta inonda la radura.

Anche se hanno raggiunto il loro obiettivo, PJ non ha intenzione di dormire sugli allori. Spiega a Dickie i pro e i contro dei diversi tipi di serbatoio e come potranno avere serre riscaldate, coltivare verdure e ricavarne abbastanza forse anche per un piccolo surplus, se Victor riesce a far funzionare pure il generatore. Mentre il figlio parla, Dickie medita sulla sua strategia. Forse è meglio negare e basta. Non so il perché di questo ammanco. Non ricordo quel prelievo. Ne sono successe cosí tante, in quel periodo, che si è creata una bella confusione. Fa' l'idiota, vai lí e comportati come uno stupido.

Suo padre gli crederà? No. Ciò che succederà dopo dipende da quanto è arrabbiato.

È convinto che non prenderà sonno ma deve essersi comunque addormentato perché si sveglia nel buio. Apre la lampo della tenda, vede le prime velature grigie dell'alba sfarfallare nell'oscurità. Meglio mettersi in marcia adesso se vuole essere puntuale. Striscia fuori dalla tenda, si infila i vestiti, si incammina nella foresta. La casa non è lontana, ma nella penombra smarrisce di continuo la strada, finendo tra rovi e arbusti. Dovrebbe esserci piú luce ma per qualche ragione è ancora buio. Comincia a sentire un po' di panico per via della situazione assurda in cui si trova, guarda l'orologio per capire quanto arriverà in ritardo. Qualcosa di scuro lo colpisce sul viso, sembra un pugno delicato o un sacco di piume caduto dal cielo. Scrutando nel sottobosco i suoi occhi vengono catturati da un luccichio – due luccichii, due sfere nere che brillano. Poi si abbassa, appena in tempo, proprio mentre una striscia grigia gli piomba addosso. Cerca di scacciarla, ma degli artigli gli raschiano le mani, sente uno stridio sotto di lui, poi altri versi piú rancorosi in mezzo ai rovi. Si allontana di corsa a testa bassa, a tentoni, le braccia alzate per proteggere la faccia dagli arbusti, senza vedere dove sta andando.

Sbuca in una radura al cui centro c'è un uomo. Se ne sta curvo con le braccia intorno alle ginocchia e... no. L'oscurità arretra un altro po' e lui capisce che non è un uomo. È lo strano albero con il solco nel tronco che ricorda il cappello di una strega. Abbassa gli occhi per vedere se continua a fuoriuscirne quella roba nera. Ma la fenditura è coperta da una specie di benda, anzi è l'intero albero che sembra avvolto nella stoffa. Qualcuno è stato qui? Ruota su sé stesso, vede solo alberi. Poi torna a scrutare la radura.

Stavolta c'è davvero un uomo. Una guardia.

Bene, dice. Non ti aspettavi di rivedermi, vero?

È una sorta di...? Dickie volta senza motivo la testa a destra e sinistra. Prova a parlare, ma non gli esce niente.

Pensavi di avere coperto le tracce, eh?, dice la guardia. Ti avevo detto che ti avrei beccato. Ti osservavamo da un po'.

Posso spiegare, dice Dickie senza fiato, pensando: *Da quanto?*

Hai preso tutto, vero?, dice la guardia.

Stavo per restituirlo!

È troppo tardi. Estrae un manganello dal fodero, nero e lucido. Scuote la testa. Mio Dio, dice. Tuo fratello.

Cosa?, replica Dickie. E capisce: rientrava tutto nella trappola per farlo venire allo scoperto, lo sapevano tutti, da anni...

Arriva un ronzio da qualche parte. Riconosci quest'uomo? La guardia si abbassa, solleva con il bastone il telo da quello che Dickie pensava fosse un albero. No!, urla lui. Il ronzio aumenta, si gonfia in uno sciame enorme, milioni di mosche che gli travolgono la faccia, ma nella nuvolaglia, nel grigio che precede l'alba vede...

Cristo, Dickie.

È tornato nel suo letto. Imelda è seduta al suo fianco, lo guarda. Bevi, dice.

Lui tende il collo a fatica, beve un sorso dal bicchiere che lei gli porge, si schianta con la testa sul cuscino. Un attimo dopo scatta di nuovo su, vomita con violenza, vomita ancora.

Cos'è successo?, sussurra appena ne è in grado.

Ecco cos'è successo, dice lei, indicando il secchio accanto al letto. Hai vomitato l'anima. Non ricordi?

Con un po' di sforzo, Dickie riavvolge il nastro della mente, finché immagini tanto fugaci quanto spaventose gli esplodono in testa come petardi. Si rivede scappare dalla tenda e nel sottobosco proprio mentre una cascata di vomito gli sgorga dalla bocca – dalla parte opposta della radura Victor, nudo, la faccia cinerea, inginocchiato sulle ortiche, emette versi raccapriccianti con la bava che gli cola dalle labbra, sembra un mostro che divora un cadavere – mentre l'acqua, l'acqua argentata e lucente, scorre dalla pompa...

PJ?, chiede con un filo di voce.

È qui, dice lei. Sta bene.

Affonda di nuovo nel cuscino, leva lo sguardo su sua moglie che lo osserva dall'alto. Riaffiora un ricordo, inaspettato: sua madre seduta proprio dove è seduta Imelda adesso che sorveglia il decorso del morbillo e aspetta di leggere il termometro. Quell'immagine gli riporta alla mente un'altra cosa. Controlla l'orologio, si rizza a sedere di scatto, tenta di girarsi per alzarsi. Imelda gli mette una mano sul petto, lo spinge giú. Aspetta un attimo, dice. Dove pensi di andare?

Devo vedere mio padre, dice.

No, no, dice lei.

Farò tardi, dice lui. Ho una riunione.

Era due giorni fa.

Lui la guarda incredulo. Due giorni?

Non ricordi?, ripete lei.

Dickie riavvolge ancora il nastro ma trova soltanto la carneficina all'accampamento.

Alle spalle di Imelda, la luce del mattino penetra dalla fenditura tra le tende, è argentata come l'acqua che sgorgava gioiosa dalla pompa. L'associazione gli rivolta lo stomaco e lo costringe a piegarsi di nuovo sul secchio. Credo ci fosse un batterio, dice, sollevando il capo. Un batterio nell'acqua.

Lei serra le labbra, si gira dall'altra parte.

Passerà presto, dice Dickie, poi una nuova ondata di crampi lo scuote, gli torce il corpo.

Imelda scrolla la testa. Non ne posso piú di 'sta storia, Dickie, dice. Non ne posso piú.

Storia archiviata, dice lui, abbiamo finito. Il bosco, intendo. Il pozzo.

Lei si asciuga gli occhi con il dorso della mano. Quando la lascia ricadere, lui la prende, la carezza con il pollice. Indossa un pigiama pulito che deve avergli messo la moglie. Era solo un passatempo per PJ, mormora. Abbassa lo sguardo sulla propria mano poggiata sulla sua. Imelda sembra sul punto di dire qualcosa, ma non la dice.

Di cosa ti voleva parlare?, chiede.

Chi?

Tuo padre.

Ah.

Ha chiamato quando ha visto che non arrivavi. Era arrabbiato.

Gli parlerò.

Davvero?

Sí, dice Dickie. Andrà tutto bene.

Voglio solo tornare alla normalità. Che Dio mi aiuti, pensavo che non l'avrei mai detto.

Gli parlerò, ripete lui.

Imelda si alza, gli chiede se vuole il portatile. No, sto bene cosí, le dice. Lei sospira, si guarda attorno. Ho sempre pensato che ci vorrebbe un televisore in questa stanza, dice con tristezza. Siamo sempre in tempo, dice lui. Il posto c'è. Potremmo metterlo sulla cassettiera.

Quella cassettiera è un pugno in un occhio, dice lei.

Forse è il caso di cambiare quegli armadi, dice lui. Cosí ti liberi della cassettiera e montiamo il televisore sulla parete.

Hmm. Lei si ferma per un attimo al centro della stanza e osserva insieme a lui lo spazio in cui potrebbero andare i nuovi armadi.

Poi, abbassando la testa, dice: È Ryszard?

Ryszard cosa?

È di lui che Maurice vuole parlarti?

Oh, mio Dio. Non lo so. Penso di no.

Dicevi il suo nome mentre deliravi.

Di Maurice?

Di Ryszard.

Davvero?

Sí.

Dickie ci pensa su. Ryszard. Ehm. Dio, non lo so. Facevo sogni molti strani.

Sí, dice lei. Ti porto un tè?

Tra un'oretta magari, dice lui. Grazie.

Imelda chiude la porta. Lui torna a distendersi sul letto, fissa il bianco del soffitto.

Digli che hai dovuto pagare il pizzo a una banda di estorsori. Digli che sei diventato tossicodipendente.

Digli... Digli...

Dickie chiude gli occhi.

9.

Ryszard: chissà se era il suo vero nome. Niente di quello che c'era sul suo curriculum si poteva verificare. Delle sue referenze, una aveva un numero sbagliato, un'altra era una carrozzeria nell'Inghilterra del nord che aveva da poco cessato l'attività. C'erano anche i riferimenti di una presunta officina in Polonia, che Dickie aveva chiamato giusto per curiosità, ma la persona che aveva risposto, chiunque fosse (un vecchio, almeno dalla voce), non parlava inglese. Ryszard, aveva detto Dickie, Ryszard, Ryszard, finché l'uomo non si era stancato di lui e aveva messo giú.

Ryszard non aveva saputo spiegare da dove veniva – il suo inglese era scarso o cosí dava a vedere – né era chiaro perché si fosse presentato lí. Chiara era invece la sua disperazione. Faccio tutto, aveva detto. Era un bravo meccanico, ma pronto a spazzare i pavimenti, nel caso. Si era offerto di lavorare a tempo pieno per una settimana gratis; dopodiché Dickie avrebbe deciso.

Anche Dickie era disperato. L'officina era la sola parte dell'attività a portare denaro. La richiesta di riparazioni era salita alle stelle; l'unico lato positivo del crollo di vendite. Suo padre diceva sempre che ci sono due tipi di meccanici, gli ergastolani e i vagabondi: era contrario all'assunzione di questi ultimi, perché davano piú problemi di quanto rendessero sul lavoro. Quel ragazzo non era certo un ergastolano. Ma erano a corto di personale e Dickie pensava di servirsene per un mese o due prima che sparisse. Cosí lo aveva assunto.

Era giovane, venticinque anni al massimo. Aveva occhi neri e lucenti e anche i capelli, ricci, erano neri e splendenti. Era un ottimo lavoratore, abile con le mani e intelligente, capace di valutare un problema e risolverlo. Aveva spesso una macchia di grasso sul labbro inferiore, perché ci posava un dito mentre rifletteva. Lavorava sodo e faceva gli straordinari. Il che rappresentava un vantaggio significativo – i meccanici piú anziani avevano moglie e famiglia, volevano tornare a casa e allo scoccare delle cinque mollavano gli attrezzi. E poi erano scontrosi, imbronciati, non parlavano mai chiaro; era sempre stata quella la cultura del garage. Suo padre diceva che non li assumeva perché fossero amici suoi. Negli ultimi tempi erano peggiorati parecchio, borbottavano tra loro ogni volta che Dickie passava in officina. Sapevano come andavano le cose, tutto il paese lo sapeva; avevano il timore, piú che fondato, di perdere presto il lavoro, arretrati o meno.

Ma Ryszard non sapeva nulla della storia recente della concessionaria, e se anche ne fosse venuto a conoscenza, sparlare non era nella sua natura. Buongiorno, capo, gridava ogni mattina quando Dickie passava, diretto in ufficio. Era spesso il primo ad arrivare; a volte Dickie beveva il suo tè in officina e lo osservava lavorare, con la tuta turchese, non ancora diventata un tutt'uno con il grigiore dell'ambiente. Ci abbiamo bella robaccia oggi, capo, diceva, scuotendo il capo. Guardi ruggine di 'sta qua, Cristo, che minchia di orrore. Pensa a lavorare, gli diceva Dickie in tono serio, ma dentro di sé era contento di sapere che in quel garage c'era una persona che non lo odiava.

Non era passato molto dalla sua assunzione, quando erano cominciate le sparizioni. Niente di che: una chiave inglese, una batteria, una torcia. Un paio di meccanici si erano lamentati perché erano spariti dei soldi dal loro portafoglio. Succede da quando c'è qui quello, diceva Phil, il capomeccanico. Sai cosa diceva sempre tuo padre, ricordava a Dickie.

Dickie lo sapeva. Anche i furti minori vanno stroncati sul nascere. Tra un meccanico e un criminale il passo è breve, quando va bene. Se non gli stai addosso, ti rubano la sedia da sotto il culo. Era questo che diceva suo padre. Ma diceva tante di quelle cose. E Dickie non ne poteva piú di starle a sentire. «Pensione» per suo padre voleva dire bazzicare l'ufficio, dare il suo parere su tutto. I tanti problemi che Dickie aveva con i meccanici derivavano in parte dal fatto che lo vedevano come un gestore provvisorio, una specie di supplente che teneva la poltrona calda in attesa che il «principale» tornasse dal suo anno sabbatico e rimettesse in sesto la baracca.

Gran parte dei pensieri di suo padre ruotava intorno al nome dei Barnes, alla presenza che aveva o no in paese. Il nome «Barnes» era sinonimo della squadra di calcio locale – in senso sia figurato sia letterale, perché era sponsorizzata dal garage. Era sinonimo di tettucci apribili; come pure degli ombrelli omaggio al golf club e di un approccio innovativo. Le auto elettriche non erano sinonimo di «Barnes». Bassi consumi di benzina non erano sinonimo di «Barnes». In effetti, molte delle innovazioni che Dickie voleva portare non erano sinonimo di «Barnes». Malgrado fosse stato il piano che aveva previsto per lui da quando era bambino, suo padre non sembrava ancora convinto che Dickie fosse la persona giusta per quel lavoro. Il problema di Dickie, diceva a chiunque lo ascoltasse – clienti, rappresentanti, meccanici –, era che non capiva la gente. Non gli piaceva spingere gli altri a fare le cose. Quel che Dickie non capiva era che la gente vuole essere spinta! La gente vuole fare cose che non dovrebbe fare! Dickie non lo capiva. Non capiva la *trasgressione*. Dickie era sempre stato un bravo ragazzo. Era sempre stato contento di seguire le regole. Non capisce perché la gente invece le odia, le regole! Nel profondo, le persone sognano di infrangere le regole! È per questo che comprano auto grosse e veloci! Anche se non andranno mai a duecentocinquanta all'ora, si dicono che un giorno potrebbero andarci! Potrebbero!

Frank lo capiva, concludeva suo padre. Quel ragazzo non ha seguito una regola che fosse una, le ha sempre evitate aggirate scavalcate!

Frank conosceva le auto, Frank conosceva la gente. Con la morte di Frank, suo padre aveva fatto un'inversione di centottanta gradi. Frank, il fannullone, lo scioperato, il vagabondo, era diventato un santo, mentre Dickie adesso era da disprezzare, come se fino a quel momento avesse condotto un'esistenza poco trasparente.

E Dickie lo aveva accettato senza fiatare, perché in fondo la pensava allo stesso modo.

Anche dopo il trasferimento in Portogallo, il vecchio ficcava il naso in tutto. Chiamava di continuo; ogni volta che tornava in Irlanda, si imbatteva «per caso» in questo o quel rappresentante sulla strada di casa. Solo dopo la recessione si era placato. Non chiedeva piú di vedere i dati di vendita. Se qualcuno gli chiedeva del garage, se ne usciva con qualche battuta bacchettona sul fatto che lui aveva posto solo le fondamenta e spettava alla nuova generazione tirar su la casa.

Cosí, quando Phil ha mosso le sue accuse a Ryszard, per Dickie è stata soprattutto un'opportunità per ignorare la saggezza del padre e indulgere alla tolleranza. Ha detto a Phil di tenerlo d'occhio per il momento. Siamo a corto di personale, ha aggiunto. Concediamogli il beneficio del dubbio.

Quindi Nuala Eglantine, che era venuta in officina per la biella dello sterzo allentata, ha riportato la sua Fiesta poco dopo averla ritirata per via di un «brontolio», poi ricondotto alla mancanza del convertitore catalitico. È stato lo stesso Phil a fare la scoperta, ma non ha detto niente a Dickie finché altre due auto sono tornate al garage con lo stesso problema, un paio di settimane dopo essere state in riparazione.

Cos'è successo?, ha chiesto Dickie.

Phil ha un paio di baffi flosci e argentati che gli conferisce una ingannevole aria assonnata. Lavora al garage dal giorno della sua apertura. Forse proprio per questo Dickie lo ha sempre trovato il dipendente piú scontroso, vuoi perché non gli è mai piaciuto prendere ordini dal figlio di Maurice, vuoi perché rimprovera a Maurice di essersi ritirato in Portogallo mentre lui è ancora incastrato in questo posto.

Sono tutte auto su cui ha messo le mani il tuo amico polacco, ha detto.

Aveva portato con sé il registro; l'ha spinto sul tavolo. Dickie l'ha preso per sfogliarlo, sentendo la pressione degli occhi assonnati di Phil.

Dunque sei certo che sia stato lui?, ha detto Dickie. Non sarà stato… qualcuno che cercava di metterlo nei guai? Agli altri meccanici quel ragazzo non piaceva e lui ne era al corrente; non piaceva perché era straniero, perché era giovane e bello e non passava inosservato alle clienti, perché pensavano che Dickie lo favorisse.

Phil è rimasto impassibile, come se non avesse sentito.

Cosa pensi che dovremmo fare?

Phil ha incrociato le braccia di fronte a lui. Sei tu che lo hai assunto, ha detto. Per cui penso che spetti a te decidere.

Dickie ha capito. Era sempre Phil ad assumere i meccanici; ma Ryszard si era presentato da Dickie, con il suo dubbio curriculum, e Dickie lo aveva preso, una scelta che Phil aveva aggiunto alla sua lunga lista di rancori.

Cosí ha congedato Phil e passato il resto della giornata a valutare la situazione. Ryszard era ancora in officina quando lui ha lasciato l'ufficio per andare a casa e il meccanico lo ha salutato come suo solito: Ciao capo, a domattina!

Dickie non ha risposto. Da dietro i ponti sollevatori, ha visto che il ragazzo lo guardava con la stessa espressione di PJ quando arrivava la pagella. Era cosí giovane! Giovane e solo in una terra straniera, abbastanza sciocco e disperato, forse, per commettere un crimine con la quasi certezza di essere beccato. Forse aveva sentito che l'attività era con l'acqua alla gola e aveva individuato un modo per mettersi in tasca un po' di contante in piú in vista della catastrofe.

Dickie detestava licenziare qualcuno. Chiunque fosse, gli dispiaceva per lui, per essersi dimostrato il tipo di persona capace di fare ciò che aveva fatto. In questo caso, l'ovvietà del furto, la facilità con cui era stato scoperto, non indicavano forse una sostanziale ingenuità del ragazzo? Non dimostravano che la sua natura era opposta a un'indole criminale?

Ha deciso che avrebbe parlato al ragazzo il giorno seguente per sentire cosa aveva da dire. Se avesse ammesso, forse poteva comunque tenerlo in officina. Se invece Dickie avesse pensato che mentiva, gli avrebbe dato il benservito. Avevano smaltito gran parte del lavoro arretrato ormai.

Prima che potesse parlarci, però, è arrivato un nuovo reclamo. Da Alistair Healy, stavolta: si è presentato al garage prima dell'apertura, battendo sul vetro con il palmo della mano.

Sempre la stessa storia. Healy aveva lasciato l'auto per un controllo in vista della revisione e, quando era andato alla motorizzazione per fare il test, gli avevano detto che mancava il convertitore.

Alistair Healy ha un negozio su Main Street che vende paccottiglia per turisti: magliette, bodhrán fatti in Cina, barbe da lepricano che spuntano dalle pareti come funghi. Sua moglie, una thailandese conosciuta in circostanze misteriose, è scappata sul finire dell'anno scorso; da allora Healy ha dato sfogo alla sua vena vendicativa.

Dickie non lo conosce bene, ma ha sempre pensato che il loro rapporto, costituito perlopiú da cenni del capo scambiati per strada, fosse cordiale. Quel giorno, però, era furioso. Neanche fosse stato Dickie in persona a prendere il convertitore dell'auto. Vi date arie da gran signori, voialtri Barnes, ma non siete che una manica di ladri, ha gridato Healy. Tu e tutta la tua famiglia!

È il genere di cose che la gente dice a Dickie ormai. Probabilmente l'aspetto peggiore della lenta agonia in cui si sta spegnendo l'attività di famiglia è proprio scoprire quanti in paese ne gioiscano – in quanti, per tutti questi anni, abbiano odiato i Barnes in silenzio.

Dickie non pensava che Alistair sarebbe andato dalle guardie. Aveva con loro un cattivo rapporto da quando lo avevano beccato a bruciare rifiuti sul suo terreno. Eppure lui ha dovuto offrirgli un trattamento antiruggine gratuito per toglierselo di torno.

Quando lo ha portato in ufficio il ragazzo ha negato tutto, si capisce. Mentre Dickie parlava, sentendo risuonare le parole del padre nella propria voce – la linea di condotta verso i comportamenti criminali è tolleranza zero e via dicendo – il giovane è rimasto seduto senza ascoltare, le labbra rosse imbronciate, gli occhi neri puntati sulle scarpe. E quando gli è stato chiesto se aveva niente da aggiungere in sua difesa, ha detto soltanto: La macchina di quello è catorcio.

Dickie ha giunto le mani. Sapeva di doverlo licenziare. Ma ha scoperto di non esserne in grado. Forse per via del tono che aveva usato Alistair Healy, l'astio nella sua voce, quel dito puntato. O forse perché il ragazzo se ne stava afflosciato sulla sedia, gli occhi pieni di risentimento verso sé stesso, come se quello non fosse che l'ultimo passo falso di una lunga lista, l'ultimo calcolo sbagliato. Ha sospirato per poi dirgli che era l'ultimo avvertimento.

Dickie non aveva ancora finito di parlare che Ryszard è balzato dalla sedia, raggiante. Si è profuso in ringraziamenti e ha giurato sulla vita sua e quella di mille altre persone che da lí in avanti (sebbene non avesse mai ammesso di aver fatto niente di male) sarebbe stato un dipendente esemplare. Io faccio tutto per lei, capo, tutto.

Sí, sí, ha detto Dickie, alzandosi dalla scrivania per aprire la porta, per metà contento di quella reazione e per metà convinto di avere preso la decisione sbagliata. Ryszard ha fatto per andarsene, ma arrivato sulla soglia si è girato. Ha allungato il braccio per stringergli la mano. Dico serio, ha detto. Faccio tutto.

Dickie era troppo sorpreso per rispondere. Se ne è rimasto lí, mentre Ryszard lo fissava con quegli occhi scuri che avevano un che di strano e liquido, parevano pozzanghere prese in un lento gorgo. Poi, con un sorriso benevolo, il ragazzo gli ha dato un'ultima stretta di mano e, fischiettando, se n'è andato. Dickie si è ritirato dietro il computer e ha finto di guardare lo schermo. Aveva la testa piena di muri che crollavano e travi che bruciavano, una casa in preda alle fiamme.

Dickie aveva fatto il bravo per tantissimo tempo.

Non era stato poi cosí difficile, una volta presa la decisione. Con la morte di Frank, tutto era ricaduto sulle sue spalle. Suo padre era travolto dal dolore, sua madre malata terminale. Chi altri poteva stare al timone? E cosí era nato il Dickie affidabile – il Dickie deciso, il Dickie capace, il Dickie che non perdeva la calma; mentre il suo precedente io, l'io del college, con le sue nevrosi e i suoi desideri, il suo rigoglio promiscuo e proibito, era stato relegato dietro le quinte, a languire e patire nell'oblio.

I primi anni li aveva passati aspettandosi di continuo che lo beccassero. Era ancora terrorizzato al pensiero che un giorno Sean sarebbe apparso in Main Street; ogni volta che vedeva un'auto delle guardie, gli venivano le palpitazioni. Ma nessuno avanzava dubbi su di lui. Nessuno sembrava ricordarsi del vecchio Dickie. La gente del paese lo prendeva per come lo conosceva: un facoltoso imprenditore locale, sposato con una bella donna, con una giovane famiglia a cui pensare. E quello era, ricordava a sé stesso; quello era.

Non gli veniva difficile essere quel nuovo uomo: mai avrebbe immaginato, da giovane, che sarebbe stato cosí facile. Ah, certo, se si scendeva nei particolari era tosta. Gestire un'impresa era tosto. Tirar su una famiglia era tosto. Quando i figli erano piccoli si stancava al punto che a volte gli capitava di addormentarsi in piedi. Ma adesso era in grado di camminare e fare tanto altro nel sonno, cosa che mai avrebbe creduto possibile in passato. Si rendeva conto che il mondo era fatto per quel tipo di vita. Il mondo era una macchina progettata per sostentare e perpetuare quel tipo di vita: la vita adulta, la vita normale. Non era come al college, quando ogni singolo momento era costellato di possibilità, alternative, estranei e confusione. Tutto era lineare, tutto aveva senso, il futuro si profilava davanti a lui come un binario ferroviario che, attimo dopo attimo, giorno dopo giorno, lo portava a destinazione senza che lui dovesse fare alcunché.

A stupirlo era stata la felicità che quella vita gli dava. Ballare le canzoni di Shakira con Cass e le sue Barbie. Impilare sassi su un ceppo insieme alla figlia, ridere quando la torre crollava. Sedersi con lei nell'autosalone, fare un «picnic» nella nuova Passat, nella nuova Jetta, leggere i libri di *My Little Pony* presi in biblioteca, mangiare gli Oreo, guardare il paese fuori della vetrina. Non camminava nel sonno, in quei momenti. Ogni piacere che la civilizzazione aveva da offrire sembrava di colpo misero, paragonato a sedere nell'abitacolo di un'auto ferma con sua figlia senza andare in nessun posto. Poi era nato PJ e la felicità non aveva fatto che aumentare. Da dove veniva? Da una falda acquifera dentro di lui, rimasta invisibile fino a quel momento ma a cui i bambini avevano saputo attingere. Leggere di nuovo *Le avventure di Spotty*, leggere *Dov'è il mio dinosauro?* Nel bosco adesso, nonostante i cacciatori, si aggiravano due specie di scoiattoli, una rossa, l'altra grigia.

E Imelda? Era felice? Dickie si chiedeva spesso che vita avrebbe avuto senza di lui – se avrebbe lasciato il paese dopo la morte di Frank, se lui non l'avesse «salvata». Forse sarebbe andata a Dublino, avrebbe fatto la modella per un po', si sarebbe sposata con un uomo dell'alta società: un principe del foro, uno chef della televisione, un imprenditore con un elicottero che le avrebbe aperto una piccola boutique in un quartiere chic, a Ranelagh magari, dove poter bere il tè chai e guardare Instagram. Piú probabile, però, che sarebbe finita con un casanova da strapazzo, prodigo di regali all'inizio, barbaro appena i soldi avessero cominciato a scarseggiare. Un ubriacone che menava pugni la domenica quando i postumi della sbronza si facevano sentire. I figli chiusi a chiave in bagno per sicurezza. Ufficiali giudiziari, ordini restrittivi. Non era tagliata per la vita di tutti i giorni. All'epoca del loro fidanzamento, non aveva mai avuto un conto in banca. E quando lui gliene aveva aperto uno, lei non si fidava. Andava al bancomat ogni due o tre giorni a prelevare contante che lui trovava arrotolato sotto il divano o nascosto sotto il lavandino in un involto di nastro adesivo.

Lo amava? E lui la amava? Quando provava a ripensare alla prima volta che erano stati insieme scopriva che il ricordo era coperto dalle nuvole rumorose del trauma. Rivedeva soltanto loro due avvinghiati, in lacrime. Era quello l'amore? Gli sembrava che senza di lei sarebbe morto. Poi Imelda era rimasta incinta e prendersi cura di lei lo aveva fatto sentire meglio – assolto. Quando erano usciti dalla chiesa, il giorno del loro matrimonio, era stato come un nuovo inizio per lui. Ma per lei? Dopo quel giorno lei non aveva piú visto suo padre e nemmeno i suoi fratelli. Pareva essersi allontanata anche da Rose, che pure le era stata tanto vicina.

Quei primi anni erano stati i piú difficili. La cultura di Imelda era minima. Credeva che la Terra girasse intorno all'equatore, che gli ebrei nascessero con un dito in piú. Pregava una pletora di santi e diverse iterazioni della Vergine Maria – Nostra Signora di Lourdes, Nostra Signora di Fatima, Nostra Signora del Perpetuo Soccorso – a seconda delle richieste. Anche gli angeli, che svolazzavano dentro e fuori del nostro universo, venivano corteggiati con certi cristalli che era possibile ordinare per posta. In parole povere: lui si sentiva spesso solo. Ma questo non faceva che rafforzare il suo senso del dovere. Cos'è l'amore, solo dovere, assoluzione?

Ma la desiderava anche. La sua bellezza non era di questo mondo, trovarsi in sua presenza equivaleva a entrare in una favola, anche quando lei passava lo straccio o asciugava i piatti. Andare a letto con Willie era stato come esplorare un paese proibito, addentrarsi in un territorio proibito che avevano violato insieme. Quando andava a letto con Imelda, il territorio era lei. Vedeva sé stesso, mentre la toccava, sbarcare furtivo da un mare nero su una spiaggia notturna, su una terra in tutto e per tutto estranea che lo aspettava impassibile.

Avevano comprato Goldenhill da suo padre: complicate ragioni fiscali rendevano piú sensato procedere in quel modo. Lei non avrebbe voluto tornarci, ma si era lasciata convincere. Si era allontanata dagli angeli, dalla religione, cominciando a interessarsi all'arredamento. All'uscita della scuola aveva fatto amicizia con altre madri e si era reinventata come moglie benestante. Le madri avevano tutte dieci anni piú di lei e facevano del materialismo una sorta di lingua privata, sfoggiavano i propri acquisti tra loro come in una danza delle api.

Spendeva i soldi in maniera compulsiva, con furia. Era come se non credesse del tutto nella loro esistenza e dovesse provare a sé stessa che erano reali – il che aveva quale conseguenza il timore che finissero, per cui doveva spenderne altri per accertarsi che non fossero finiti. Erano ricchi adesso, ma sembrava incapace di accettare che la sua vita era quella. La ricchezza era per lei un travestimento che andava rinnovato di continuo.

A lui non importava. Gli piaceva darle ciò che lei voleva. In cambio Imelda gli forniva un'infinità di nuovi bisogni. Era un modo di comunicare che appagava entrambi e che non richiedeva una particolare vicinanza. Ogni momento critico prendeva la forma di qualcosa da comprare. Spendere era diventato il carburante che alimentava l'illusione, la grande macchina che li portava via dal passato.

A volte Dickie si svegliava di soprassalto per ritrovarsi a guardare la sua vita dall'esterno, come se andasse sulla pagina Facebook di un amico perduto da tempo, anni condensati in una serie di immagini tanto banali quanto incomprensibili. Ma perfino in quei momenti di vertiginosa riemersione, quando osservava sé stesso chiedendosi chi fosse… importava qualcosa? I ragazzi che sniffavano WD-40 e si facevano canne sui monti, le ragazze che vedeva svenire ogni fine settimana al *Paparazzi* ora gli parlavano con la massima serietà del capanno da ristrutturare o del colore giusto per una stanza esposta a nord. Non era forse quella la vita adulta?

In tutti quegli anni non era mai scivolato né inciampato. La stessa forza che all'età di otto anni lo teneva inginocchiato davanti al letto a recitare il rosario ogni sera, ora lo teneva sul binario giusto, lo faceva restare un padre di famiglia e teneva il vecchio e perverso Dickie, se esisteva ancora, relegato in un anfratto cosí nascosto che la sua voce era ormai diventata inudibile.

C'era dell'ironia in questo, perché il vecchio Dickie avrebbe visto quel che stava arrivando. Il vecchio Dickie era sempre pronto agli schianti rovinosi. Il nuovo Dickie no. Credeva nel futuro, per lui era qualcosa che avrebbe giocato sempre in suo favore, una serie di miglioramenti progressivi che gli erano dovuti per una sorta di automatismo, come gli aggiornamenti di un sistema operativo.

La crisi lo colse alla sprovvista. All'inizio pensò comunque di poter farvi fronte. Avevano dei risparmi – il garage aveva portato tanti di quei soldi che era impossibile spenderli tutti. Per un po', tra pignoramenti e chiusure, salvarono le apparenze con coraggio: vacanze, dispositivi elettronici, discussioni convinte sull'installazione di una sauna in casa. Imelda andava a Dublino e al ritorno gli elencava contenta gli affari che si potevano fare quell'anno con i saldi.

La crisi si rivelò tenace. Il secondo anno fu anche peggio del primo. Ogni giorno era un susseguirsi di attacchi, erosioni minime, che li divoravano a piccoli bocconi. Una gita scolastica, una bolletta della luce, un tubo che si rompeva. Le rate di un tavolo che avevano comprato sei mesi addietro. All'epoca era d'accordo con Imelda. Un bel tavolo serve, è il cuore della casa.

Al lavoro le vendite erano crollate. Dickie le provò tutte per risollevarle: sconti, servizi aggiuntivi, garanzie prolungate, offerte speciali del valore di migliaia di euro. Niente di tutto questo cambiò la situazione. Si ripeteva che le cose dovevano migliorare per forza. Ma non migliorarono. Divenne impossibile nasconderlo ancora in famiglia. Tagliarono le spese. Sembrò bastare, almeno per un po'. Ma per mesi le cose continuarono a peggiorare, poi per anni. Imelda mise in vendita i suoi gioielli. Cercò di imparare su Internet a rammendare i calzini. Dickie trovò brutte copie accartocciate di lettere di presentazione scritte da Imelda per trovare lavoro, erano quasi indecifrabili nonostante il correttore ortografico. Avrebbe voluto darle una mano ma sapeva che l'avrebbe messa in imbarazzo, mentre lui si vergognava di averla costretta in quella situazione. E comunque, non c'era lavoro.

I ragazzi cominciarono a soffrire. Di punto in bianco PJ ebbe degli attacchi di asma. Cass non vedeva piú le amiche. Poi iniziò a bere in paese, in pub di merda. Imelda gli disse di chiedere un prestito al padre. Devi, disse. Era arrabbiata – ovvio che lo fosse. Aveva passato l'infanzia a dire ai creditori che papà non era in casa. Dickie doveva salvarla da una situazione del genere. Quella era la chiave di tutto per lui, essere ricchi, essere intelligenti, conoscere, anticipare eventi come quelli. Ora la scialuppa stava affondando, la carrozza era tornata zucca. Presto l'atmosfera in casa divenne talmente tossica che la sola idea di tornarci era intollerabile. Lavorava perciò fino a tardi. Anche se era tossico pure quello, senza dubbio. Era un inferno, l'attività, la barca che affondava... un inferno. L'intero settore era in disfacimento, il cavallo sicuro su cui aveva puntato era scoppiato, rivelandosi un brocco.

Si ritrovò a desiderare che la Maurice Barnes Motors fallisse. Solo per farla finita una volta per tutte. Dichiarare bancarotta, mettersi a consegnare pizze a domicilio. Gente che lui conosceva avrebbe aperto la porta, stando attenta a non tradire alcuna emozione quando avesse visto chi era. Chiedendosi se dargli o no la mancia. Oppure emigrare con la famiglia in Inghilterra, in America, in Australia. Migliaia di altre persone se n'erano già andate. La strada che portava in paese era piena di cartelli «Vendesi», piccoli fattorie che non ce la facevano piú a stare in piedi.

Ma non riusciva mai a staccare la spina. Scoprí che potevano andare avanti per qualche settimana se si impegnava davvero, se ce la metteva tutta. E questo fece. Implorò la banca di ristrutturare il debito. Implorò i fornitori di riprendersi il parco auto, di cambiare le condizioni. Implorò la casa madre di pagare in anticipo le macchine dell'anno successivo, con uno sconto suicida. Si mise in cerca di fusioni, potenziali compratori, accordi che quasi mai si chiudevano. Per anni! Anni seduto alla scrivania in giacca e cravatta, senza muoversi dalla sedia, a fissare il telefono che non squillava. I venditori nel piazzale cercavano di tenersi fuori dal suo campo visivo. Pulivano le auto di continuo. Andavano in ansia ogni volta che lui usciva dall'ufficio, per paura che il momento fosse infine arrivato e lui battesse le mani per chiamarli a raccolta e annunciare che l'azienda era morta e dovevano cercarsi un altro lavoro. Per cui non usciva dall'ufficio. Se ne stava lí con il condizionatore spento d'estate, il riscaldamento spento d'inverno, risparmiando qualche spicciolo.

Soltanto la sera trovava un po' di pace – quando il turno finiva e tutti erano andati a casa e lui poteva starsene con la luce spenta e lasciare che il tramonto calasse su di lui.

Solo al buio si chiedeva se avesse preso la strada sbagliata.

Quella sera, però, pensava a tutt'altro. Quella sera pensava a Ryszard, alla scarica elettrica che aveva sentito nello stringere la mano a quel ragazzo. Fuori, il buio scendeva come una pioggia tenue e silenziosa, mentre sul computer il salvaschermo si espandeva e ritraeva con languide mutazioni. Ha lasciato che gli occhi si chiudessero, ha lasciato andare la fantasia, ragazzi con occhi neri e lucenti capelli bagnati anch'essi neri.

Poi, con un sussulto, ha alzato lo sguardo. Phil era sulla porta. Ah, ha detto Dickie, arrossendo, come se Phil sapesse quel che gli passava per la mente. Il vecchio è rimasto impassibile. Sto andando casa, ha detto.

Va bene, ha detto Dickie. Di solito Phil non sentiva il bisogno di informarlo.

Lui è ancora qui, ha detto il meccanico.

Lui chi, Phil?, ha detto Dickie, anche se lo sapeva.

Phil ha alzato gli occhi al cielo. Il tuo amico. Il polacco. Sta finendo di montare gli ammortizzatori sul camper di Delaney. Cosí dice lui almeno. Lo mando a casa?

Senza guardarlo, catturato da un documento sulla scrivania, Dickie ha detto: Hmm? No, no, Phil. Mi trattengo un altro po'. Lo caccio io se non se ne va.

Phil si è schiarito la gola contrariato per poi andarsene. Dickie ha ascoltato i suo passi pesanti scemare nel nulla, rimpiazzati da un silenzio roboante. È rimasto immobile alla scrivania, il tempo stesso sembrava sfrigolare e scoppiettare, opporsi al compassato succedersi degli attimi...

Tutto fatto, capo, ha detto il ragazzo.

La voce era calma; il braccio muscoloso alzato, appoggiato al telaio della porta. Dickie ha sentito nelle orecchie il battito del cuore, del respiro, il ticchettio dell'orologio, di una lentezza infinita. Il ragazzo lo ha guardato per un attimo dal lato opposto della scrivania con una strana luce negli occhi, a un tempo penetrante e docile, come un cacciatore sul punto di arrendersi alla sua preda. Ah, oh, ha detto Dickie. Molto bene, ottimo.

Posso fare altro per lei, stasera?, ha detto il ragazzo.

Ha guardato Dickie negli occhi, lo ha fissato. E Dickie si è reso conto che poteva avverarsi, la sua fantasia – che poteva accadere, che stava per accadere – e che non doveva far altro che alzarsi e andare da lui. L'aria ha vibrato, il tempo, lo spazio si sono allungati e hanno atteso, sospesi...

La sua famiglia lo guardava da una foto incorniciata, in cui apparivano com'erano anni addietro al mercatino di Natale. E all'improvviso quella scarica elettrica lo ha abbandonato. No, no, ha detto. Puoi andare a casa.

Ryszard sembrava sorpreso. È sicuro?

Dickie ha avvertito una tale pesantezza addosso che ha pensato di sprofondare sotto terra. Sicuro, ha detto. E poi: Va' a casa adesso.

E il ragazzo ha girato i tacchi senza una parola di piú. Le sue dita hanno lasciato impronte nere come l'inchiostro sullo stipite bianco.

Rimasto da solo, Dickie non si è sentito virtuoso né nobilitato e neppure sollevato. Al contrario, il peso che lo schiacciava sembrava solo crescere. A che scopo rinunciare al peccato, essere buoni? Avrebbe reso la sua famiglia piú felice di vederlo quando fosse tornato a casa? Avrebbe migliorato o reso piú facile la loro situazione, anche in minima parte? Era un bene, restare fedeli a un'illusione?

Si è sentito svuotato, esausto, come se il carburante interiore che lo aveva sostenuto fino a quel momento si fosse esaurito. Fuori, il cielo era ormai completamente nero. Ha abbassato la testa sulla scrivania senza piú muoverla da lí. Se avesse avuto una pistola, quello era il momento in cui se la sarebbe infilata in bocca. Ma proprio mentre lo pensava, ha capito che non era vero. Lui era il posato Dickie, l'affidabile Dickie: non c'era scampo.

Ha sollevato la testa, preso la giacca dall'appendiabiti. Si è voltato verso il computer, ha rimosso il salvaschermo, ha cominciato a chiudere i file.

E poi, nella casella della posta in arrivo, ha visto una mail di Willie.

In tutti quegli anni, Dickie non lo aveva mai cercato – mai una chiamata, mai un messaggio, non aveva nemmeno mai googlato il suo nome. Avrebbe voluto, ci era arrivato vicinissimo centomila volte. Era passato tanto di quel tempo, si diceva, che male poteva fare?

Ma non ci aveva provato mai, perché sapeva che sarebbe stato insopportabile. Sarebbe stato insopportabile, nel vero senso della parola, anche sbirciare per un solo attimo nel suo presente, nella vita che Dickie avrebbe potuto vivere insieme a lui. Meglio restare all'oscuro, non sapere se era vivo o morto.

A volte aveva immaginato – e spesso sognato – che Willie gli scrivesse; però sapeva che non sarebbe mai successo. Non dopo il modo in cui si erano separati. Willie era stato molto chiaro. Se cambi idea sarà troppo tardi, voglio che tu lo sappia, gli aveva detto. Poi si era incamminato sul viale d'accesso senza voltarsi indietro. Con il suo zainetto in spalla, le sue scarpe costose fuori moda. La sua figura esile stagliata sullo sfondo degli alberi, con dietro il vasto cielo della campagna. Un ragazzo come Dickie, uno smidollato. Andato per sempre, per sempre.

Eppure eccolo lí, nella casella della posta in arrivo di Dickie, il suo nome in neretto, l'oggetto della mail «Ciao».

Dickie ha fatto un respiro profondo ma incerto, quasi un rantolo. Ha posato la mano sul mouse e aperto il messaggio.

«Ciao, – cominciava. – Perdonami se ti scrivo cosí, di punto in bianco. Volevo metterti al corrente di quel che sto facendo negli ultimi tempi e chiederti un aiuto. Può darsi tu abbia saputo che sono in corsa per il Seanad. La campagna è in pieno svolgimento – ti mando qualche foto! – e siamo fiduciosi. Però...»

Dickie ha letto un altro paio di righe prima di rendersi conto che Willie non aveva scritto a lui. Era una mail circolare, un comunicato di massa. Dovevano avere pescato il suo indirizzo da una petizione – Cass gliene inoltrava a bizzeffe. Ha sentito il cuore affondare, il peso della disperazione tornare. Ma solo per un attimo. Poi ha riso e letto il resto.

Willie era un avvocato. Viveva ancora a Dublino e si era impegnato in diverse cause ambientali e sociali: alloggi, inquinamento dell'aria, acqua, diritti Lgbt. Una foto inserita nel testo lo mostrava in toga davanti alle Four Courts. Aveva perso tutti i capelli e non portava piú gli occhiali: tanto la faccia quanto il corpo erano piú larghi, sfioravano la pinguedine. Se gli fosse passato accanto per strada non l'avrebbe riconosciuto, ma gli occhi, l'intelligenza impertinente e maliziosa dello sguardo, erano uguali a come li ricordava. E adesso era in corsa per una carica politica.

Dopo lo shock iniziale e la successiva delusione, Dickie ha scoperto di essere contento di avere notizie del suo amico. In mezzo a tanta oscurità, gli sembrava una bella cosa, un raggio di luce. Poiché il destino gli aveva regalato questa apertura, ha pensato che non fosse un peccato di invadenza andare un po' piú a fondo. Ora poteva sopportarlo.

Ha cliccato sul link in calce alla mail e si è ritrovato a guardare il sito della campagna di Willie. C'erano interviste con i mezzi di informazione, con blog e vlog e riviste sconosciute di tiratura limitata; c'erano contributi per vari forum che risalivano anche a un decennio prima, su una vasta gamma di argomenti: conservazione, dossi stradali, glifosato, matrimonio egualitario. C'erano fotografie, centinaia di foto, Willie con i colleghi, la famiglia, gli amici, Willie in campagna elettorale, in vacanza, mentre faceva colazione. Al Gay Pride, vestito nei colori dell'arcobaleno. Al *Butterfly*, con un cappello da Babbo Natale, mentre recitava la parte dell'uomo sconvolto accanto a una drag queen che gli stampava un bacio sulla guancia – era gay dichiarato e fiero di esserlo, stando al suo profilo Twitter.

Indagando ancora, Dickie ha scoperto molto altro sulla sua vita. Viveva in una casa georgiana ampiamente ristrutturata, nel settore nord del centro cittadino. Gli piaceva fare colazione in un piccolo caffè italiano dietro l'angolo. Aveva una cantina e ogni tanto recensiva vini per una rivista. Ospitava incontri mensili con scrittori e artisti. Correva nel parco d'estate, lungo il mare d'inverno.

Era solo.

C'erano facce che ricorrevano nelle foto, anche se nessuna a lungo. Un uomo corpulento era la presenza piú costante, un tipo torvo e ben piantato, ma dopo un po' Dickie si è chiesto se non fosse una sorta di guardia del corpo. Inoltre, in una recente intervista il giornalista chiedeva se ci fosse qualcuno di speciale nella sua vita. E Willie diceva soltanto: No. La foto che accompagnava l'articolo lo mostrava nel suo soggiorno: non il grandioso salotto di rappresentanza, ma quello piú piccolo e intimo che lui chiamava il suo «cantuccio». Sulla mensola del camino c'era la statua di Gaṇeśa che avevano comprato in Francis Street insieme.

Non che volesse dire niente. Dickie non vi ha attribuito un significato particolare. Gli ha solo riportato alla mente quei tempi. Lo ha solo indotto a pensare che era molto strano non essersi mai visti nel corso degli anni. Chiamare, rivedersi – la gente lo faceva di continuo, chiamava e si rivedeva. Lui era in tutta probabilità la sola persona del passato di Willie che non si era fatta sentire! A un tratto quel silenzio gli è sembrato assurdo. Non era escluso che Willie avesse aspettato che lui si facesse vivo. Forse era stato perfino lui a spedirgli quella mail, spacciandola per spam, nella speranza di una risposta!

In preda a un'ondata di euforia, Dickie ha cominciato a scrivergli, dicendo che buffo era stato vederlo comparire nella cartella della posta in arrivo, e che era stata una follia non parlarsi per tutto quel tempo. Le parole fluivano con facilità; era facile essere giulivi, spensierati, parlare con sincerità e con il cuore, sapendo bene che non avrebbe mai cliccato su Invia.

Non si è richiuso in un silenzio totale, però. Nei giorni dopo ha aperto un falso profilo Twitter e seguito Willie, mettendo cuori ai suoi tweet e rispondendo ogni tanto con una frase banale. Quando Willie ha risposto a una di quelle frasi – nessuna parola, solo una faccina sorridente – si è sentito travolto dalla gioia.

A quel punto ha desiderato venire allo scoperto. Invece, da quello e altri falsi profili, ha cominciato a mandargli messaggi. All'inizio soltanto estrosi, ma poi sempre piú espliciti sul piano sessuale, quel che gli sarebbe piaciuto fargli e cosí via – ricordava cosa piaceva fare e farsi fare a Willie. Ha spedito foto di quello che avrebbe dovuto essere il suo cazzo, anche se in realtà erano piselli presi a caso su Internet. Poi una sera in cui si è trattenuto fino a tardi in ufficio, gli ha spedito una foto proprio del suo cazzo, scattata nel cesso del personale. Appena la foto è partita dal suo telefono, ha iniziato a consumarlo il terrore delle terribili ripercussioni di quel gesto. Rinserrato in fretta l'uccello, ha chiuso la lampo dei pantaloni; poi è rimasto sulla porta con lo sguardo perso nel vuoto, è arrossito come una prugna – o almeno questa è stata la sua sensazione –, assumendo un colorito fallico, grottesco. Ha chiuso gli occhi, aggrappandosi a entrambi gli stipiti. Cosa stava facendo? Cosa stava facendo della sua vita? Chi sei?, ha bisbigliato.

Aprendo gli occhi, ha visto Phil di fronte a lui, in tuta e con un'espressione stupita. Sono io, ha detto. Phil.

Oh, ha detto Dickie. Ah sí, certo.

Basta cosí, ha pensato. Stava rovinando ancora una volta la sua vita? Ha cancellato i falsi profili, deciso a non contattare piú Willie. Il passato era il passato.

Non molto tempo dopo è venuto a sapere di un convegno a Dublino. Si trattava in parte di un incontro sulla crisi, gli ha spiegato il rappresentante, ma soprattutto di un'occasione per offrire ai venditori un po' di sollievo. Erano previsti i discorsi di vari pezzi grossi. Poi cena, drink e divertimento fino alle ore piccole. I produttori avrebbero coperto ogni spesa, albergo incluso. Porti la sua signora, gli ha detto il rappresentante.

Un'offerta generosa, è stato il commento di Dickie.

È il minimo che possono fare, ha detto il rappresentante. Ai tempi di suo padre, una notte in albergo a Dublino non era che l'antipasto. Erano altri tempi, ma ce la siamo goduta, per Dio.

Non aveva alcun senso prenderlo come un segno del destino. Dublino era a un paio d'ore soltanto di macchina, poteva andarci quando voleva. Eppure gli è apparso come una congiunzione astrale. La mail spedita «per sbaglio» e ora questa possibilità? Era chiaro che lui e Willie dovevano rivedersi, anche se lui non sapeva a quale scopo.

Niente inganni stavolta, ha deciso. Avrebbe detto a Willie della mail, gli avrebbe detto che stava venendo a Dublino, gli avrebbe chiesto se aveva voglia di incontrarlo. Ha cominciato a scrivere una lettera. Senza trattenersi. Ha parlato della tragedia in cui era rimasta inghiottita la sua famiglia. Del fatto che Willie non aveva mai capito cosa era stato per lui. Che anche lui era morto – perché era cosí che si sentiva. Che per questo se n'era andato senza lasciare un biglietto, per questo non aveva risposto al telefono per un mese. Non poteva, per dirla come andava detta. Il dolore per la perdita di Frank, la perdita di Willie, la perdita di sé stesso era troppo grande perché potesse esprimerlo a parole – e questo era quanto.

Ha messo per iscritto tutto, tutto quel che avrebbe dovuto dire tanti di quegli anni prima. È stato sincero al massimo. Ma ancora una volta, arrivato il momento, non è riuscito a spedirla. Una lettera non avrebbe funzionato. Willie avrebbe visto il suo nome e stracciato la busta. Aveva una sola possibilità. Vederlo di persona. E avrebbe dovuto essere furbo oltretutto, attirarlo in qualche modo in un luogo chiuso. Una volta insieme in una stanza… allora sí che avrebbe potuto parlare con sincerità.

Per prima cosa si è inventato un'altra identità online. Stavolta un trentenne brasiliano di nome David Silva. Al contrario dei precedenti alias, Silva era reale. Era di San Paolo, ma viveva a Barcellona, dove lavorava come designer. Le foto del suo profilo social mostravano un uomo con barba e capelli scuri e occhi che sembravano al contempo caldi e severi. Era attivo online a fasi alterne, e sempre in spagnolo o portoghese.

Ha creato poi un indirizzo mail con il nome di David Silva e scritto a Willie, dicendogli, dopo essersi presentato in poche righe, che stava per venire a Dublino ed era interessato all'architettura georgiana. Sapeva che Willie era un esperto: aveva qualche suggerimento da dargli?

È passata un'ora, poi un'altra ora e un'altra ancora. Dickie non riusciva a mangiare, non riusciva a smettere di guardare il telefono. Una parte di lui sperava che Willie non rispondesse.

Poi, proprio mentre arrivava a casa per cena, il suono di una notifica.

Questa volta era un vero messaggio – proprio per lui, o meglio per David Silva. La risposta era breve ma generosa. Non si considerava un esperto, diceva Willie, ma aveva le sue preferenze, che elencava con tanto di link. Gli diceva di dare uno sguardo anche alla Marsh Library. Buon viaggio!

La mossa successiva era cruciale. Aveva stabilito un contatto, adesso era essenziale mantenerlo. Dickie aveva formulato una domanda sulle strategie conservative a Dublino che soltanto un architetto poteva porre o qualcuno che avesse un interesse professionale in quel campo e passava molto tempo sui forum e Wiki. La tentazione era di spedirla subito, ma si è imposto di rimandare a dopo cena, con i figli nelle loro camere.

Anche stavolta ha dovuto aspettare per ricevere risposta. Era cosí teso che nel frattempo si è scolato una bottiglia di gin senza neanche sentirla. Alla fine però è arrivata. Anche stavolta, la risposta era breve, ma aperta; si chiudeva con una domanda sulla legislazione a Barcellona, la città di Silva.

Mancavano due settimane al convegno. Dickie ha dormito poco o niente in quel periodo. Ogni elemento della vita sembrava a un tratto incerto all'inverosimile: aveva la sensazione di giocare una grande partita a scacchi metafisica, con pezzi invisibili. Ha mantenuto la corrispondenza con Willie. Gli ha spiegato che la sua città di origine si trovava in effetti in Brasile; ha detto che faceva parte di un gruppo di tutela del paesaggio che sperava di ottenere cambiamenti simili a quelli che Willie aveva conseguito a Dublino. Ha lavorato sodo per far sembrare le sue mail spontanee, come se le avesse scritte di fretta in pochi minuti prendendosi una pausa dal lavoro. Gli piaceva essere David Silva, piú degli altri alias: gli piaceva elaborare errori caratteristici nella sua sintassi, la sua predilezione per le frasi brevi, terse e senza verbi, cosparse di maiuscole. Immaginò Willie googlare David Silva, vedere il suo volto bello e sorridente di uomo latino.

A volte, non spesso, aveva l'impressione di svegliarsi e osservare dall'alto quel che stava facendo, come in un sogno intricato e indecifrabile. Sicuro che non ci fosse un modo piú facile per attirare Willie in una stanza? Scoprire i suoi impegni, andare a uno degli eventi in programma, fingere di imbattersi in lui per caso? Ma sapeva che non avrebbe funzionato, non avrebbe portato a niente. Doveva essere un vero incontro; le circostanze dovevano essere quelle giuste. Inoltre, il semplice ordire trame gli dava un certo piacere. Era divertente usare il cervello per fini diversi dal vendere macchine; era divertente flirtare, dopo tutto quel tempo, risultare interessante, diventare una persona desiderabile.

I giorni passavano in uno strano miscuglio di tensione ed euforia. Nel frattempo la sua vita, la sua vera vita, pareva arretrare in un entroterra ombroso al di là del telefono. Ha deciso di dedicarsi alla corrispondenza soltanto al lavoro, tuttavia anche quando tornava a casa i figli diventavano trasparenti in qualche modo. Si tratteneva fino a tardi in ufficio il piú delle sere, ma non ha rivisto Ryszard. Dopo che lo aveva rifiutato, il ragazzo era rimasto in officina. Era diventato trasparente anche lui.

Si erano scambiati non piú di una manciata di mail in un paio di settimane. Eppure erano arrivati al punto in cui sarebbe stato abbastanza naturale che David Silva chiedesse a Willie se gli andava di vedersi per un caffè o un drink, durante il suo breve soggiorno in città. Ciò nonostante Dickie non si decideva a fare quel passo. Mentre l'ora fatidica si avvicinava ha cominciato a riflettere piú in profondità sul momento in cui si sarebbero trovati faccia a faccia – quando lui avrebbe smesso di essere David Silva per rivelare la sua vera identità. Che avrebbe detto Willie? Che avrebbe detto, che avrebbe fatto, quando alzando lo sguardo si fosse trovato Dickie davanti? Avrebbe riso? Si sarebbe ammutolito? Avrebbe girato i tacchi per andarsene? E in quest'ultimo caso, cosa avrebbe fatto Dickie? Gli sarebbe corso dietro per afferrargli una spalla e dire: Ascoltami, per favore? Volevo solo scusarmi, avrebbe detto. Lo so, lo so, è troppo tardi. Eppure voglio farlo. E Willie avrebbe guardato in terra, sbattendo le palpebre, poi avrebbe teso le braccia verso di lui e si sarebbero stretti l'uno all'altro. Aveva lo stesso odore, dopo tutti quegli anni. Oppure sarebbe stato ad ascoltare, bianco in viso, per poi dire con voce piatta: Bene, ora ti sei scusato, e proseguire per la sua strada. O forse Willie non sarebbe stato né conciliante né ostile, e il loro incontro sarebbe stato all'insegna di educazione e imbarazzo perché non avevano niente da dirsi, e a un certo punto Willie gli avrebbe gentilmente detto di andarsene, che era meglio.

E se si fosse arrabbiato? Se avesse capito che Dickie lo aveva attirato in quell'incontro con l'inganno avrebbe potuto arrabbiarsi, magari sarebbe diventato violento! Se lo avesse colpito, ha deciso Dickie, lui non si sarebbe difeso. Immaginava Willie sferrare un pugno, in una stanza di albergo anonima ma alla moda, e poi, subito dopo, come si fosse risvegliato da un incantesimo per essere colto dall'orrore, si sarebbe gettato sul letto a consolare il corpo che aveva picchiato, gridando: Ti amo, non ho mai smesso di amarti!

Erano questi gli esiti possibili, o forse ne esistevano altri; non c'era modo di saperlo.

E poi è venuto a piovere.

Al principio sembrava soltanto un forte sgrullone – era stagione. La pioggia non defluiva. Ristagnava in strada, come una ressa di tifosi che vaga senza meta dopo una partita di calcio. Nel giro di qualche ora si sono formati laghi e lagune nella piazza del paese. Nel pomeriggio le auto sono state abbandonate nell'acqua, che adesso arrivava alle ginocchia. Dickie è tornato a casa presto, ha passato la serata a guardare fuori della finestra, immaginando enormi precipitazioni calare sul bosco, al di là del suo viso riflesso sul vetro.

Puoi anche scordarti di andare a Dublino, se continua cosí, ha detto Imelda.

Era proprio quello che stava pensando, ma sentirlo dire da lei lo ha mandato in bestia. Perché?, è sbottato.

Come pensi di arrivarci con questo tempo?, ha detto lei indicando la finestra con un cenno del capo. Probabilmente cancelleranno il convegno.

Sapeva che mai come adesso doveva mantenere la calma, non destare sospetti. Ma non ci è riuscito. Perché mai dovrebbero cancellarlo?, ha detto, sentendo la sua voce alzarsi. Non c'è nessuna alluvione a Dublino. Pensi che chiudano l'intera nazione perché qui piove? Pensi che questo buco di merda sia il centro del mondo?

Imelda non ha replicato, si è limitata a lasciare la stanza, come se non fosse degno di lei abbassarsi al livello del marito – come se quello non fosse anche il suo, di livello, come se non lo avesse inventato lei, quel livello, come se non se lo fosse scavato con i suoi artigli, quel buco, nel corso di vent'anni di merda!

Il mattino dopo – il giorno del convegno – il fiume aveva sfondato gli argini. Metà delle strade erano impraticabili. Le scuole sono rimaste chiuse e anche il garage, i figli bighellonavano per casa. PJ ha chiesto a Dickie se voleva guardare un film – non voleva. Cass fluttuava in una nube di fumo stantio e alcol, come un fantasma derelitto. Non sai cosa fare?, le ha chiesto lui con falsa cordialità. E se studiassi un po' in vista della maturità, ci hai pensato?

Tutti che gli ronzavano intorno! Si sentiva sorvegliato. Si è ritirato nello studio, ha controllato il telefono. Tre giorni prima, David Silva aveva infine chiesto a Willie se gli andava di vedersi mentre lui era Dublino. Willie aveva replicato: Bella idea, sentiamoci prima che arrivi. Una risposta positiva, no? Non vincolante ma nemmeno un rifiuto. Dopodiché Dickie non gli aveva piú scritto, si era trattenuto. Non voleva sembrare troppo impaziente; inoltre non gli piaceva farlo da casa. Aveva pianificato di mandargli una mail mentre era per strada, in solitudine, con il tempo che gli serviva per pensare a cosa scrivere. Ma adesso – con quella pioggia battente – una simile precauzione non appariva piú necessaria. Perché aspettare? Che differenza faceva il posto da cui veniva spedito un messaggio? L'appuntamento era stato piú o meno concordato, perché non definirlo?

«Che ne dici di vederci al mio albergo? – ha scritto. Verso le otto?»

Appena premuto Invio si è reso conto di avere esagerato. Ne ha spedito subito un altro: «Per un drink». Ma quel secondo messaggio non faceva che sottolineare l'ambiguità del primo. Cazzo! Stava rovinando tutto! Ha camminato su e giú per casa come una tigre, tornando sempre alla scrivania, dove il telefono giaceva inerte, come una minuscola pietra nera sulla tomba di un lillipuziano. Niente, niente, niente. Che cazzo avrà pensato?

Ehi, papà?

Sto facendo una cosa, piccolo.

Sentiva lo sguardo di PJ su di sé. In effetti, se ne stava impalato lí a fissare il telefono.

Ha chiuso l'app, ha spento il telefono. Che c'è?

Potresti spiegarmi un'altra volta come si fanno le equazioni?

Dickie ha emesso un sospiro profondo. Certo, ha detto.

All'ora di partire per Dublino, il paese era già sui notiziari; la televisione mostrava immagini riprese da un elicottero, l'acqua fangosa che mulinava nelle strade. A domani!, ha gridato con una voce monotona. La famiglia lo ha guardato come se fosse uscito di senno.

È arrivato a Dublino senza ricordare niente del viaggio. La casa, la famiglia, sembravano già un'altra vita. E l'albergo, il convegno, costituivano invece una specie di purgatorio, uno strano spazio interstiziale tra un mondo e l'altro, popolato di figure periferiche del passato, il genere di conoscenze marginali che sbucano nei sogni: rappresentanti, altri concessionari d'auto, oscuri personaggi aziendali che aveva visto l'ultima volta a una festa di Natale tre anni prima o forse otto, se non venti. Alcuni di costoro erano al suo matrimonio, altri erano figli di persone che erano venute al suo matrimonio. Tutti gli chiedevano di suo padre, gli raccontavano cose divertenti che suo padre aveva detto o fatto in occasioni come quella.

Dopo un'ora di chiacchiere, qualcuno è salito sul podio e ha cominciato a parlare. Senza farsi vedere, Dickie ha controllato il telefono. Si era detto di restare calmo. Se non succedeva ora, sarebbe successo un'altra volta. Tuttavia sentiva che la volta *doveva* essere questa. Per il semplice fatto che non poteva continuare a essere la persona che era, no, neanche per un solo giorno di piú.

Il discorso è terminato, hanno servito da bere e Dickie si è ritrovato a fare le stesse conversazioni di prima con persone diverse – uomini diversi, le donne erano pressoché assenti. Ha cominciato a percepire un forte senso di claustrofobia. L'evento acquistava contorni sempre piú irrilevanti e privi di significato, e tuttavia al tempo stesso ineludibili, come se fosse una prigione concepita apposta per lui, una prigione fatta di tartine e prosecco gratis, e ogni scambio di battute con un amabile commerciante d'auto dalla faccia rossa lo inchiodava di nuovo alla persona che era – come se essersi spinto cosí lontano, cosí vicino a riprendersi la sua vita, servisse solo a rendergli evidente, solo a fargli capire, che riaverla era impossibile. Il profugo che attraversa il deserto e poi l'oceano, e che arriva al confine solo per trovarsi davanti un muro alto a perdita d'occhio. Si è scusato, è andato in bagno, ha fissato lo schermo del telefono come se bastasse a far apparire una risposta. Desiderava soltanto dirglielo! Ma conosceva Willie, lo conosceva ancora; sapeva che quella non era la tattica giusta.

Basta lavorare, finalmente!, ha scritto David Silva. Se sei libero mi farebbe piacere offrirti una birra per ringraziarti dei consigli.

Ha inviato e aspettato. È rimasto lí nel cubicolo vai a sapere per quanto. Fuori della porta, dagli orinatoi arrivava il rumore periodico degli sciacquoni, una serie di sputacchi sibilanti che facevano pensare ai rintocchi di un orologio sconsacrato. Ha immaginato Willie rimuginare sul messaggio in un luogo lontano, intuire che qualcosa non tornava, decidere per il no.

Poi è arrivata la risposta. «Ciao David scusa ma non ce la faccio a venire al tuo albergo. Mi vedo con alcuni amici in *questo pub* – non credo di trattenermi a lungo ma sarebbe bello se riuscissi a fare un salto».

Il link era quello del *Butterfly*.

L'albergo si trovava nei Docklands, a un chilometro e mezzo dal pub, ma Dickie si sentiva a disagio all'idea di prendere un taxi: troppo veloce, troppo decisivo. Si è avviato a piedi, immaginando punto per punto, mentre camminava, quel che avrebbe detto. Era pronto a supplicare, a umiliarsi. Ha pensato di dire a Willie tutto quel che aveva scritto nella lettera non spedita. Ma ora nella sua testa sembravano parole vuote, egoiste. O forse solo folli. *Sono morto, sono morto anch'io.*

Non eri poi cosí morto, se ti sei trovato una moglie, diceva Willie nella sua immaginazione.

L'ho fatto per amore, diceva Dickie. Alzava le spalle con ingenuità. Ho fatto tutto per amore. Forse ho sbagliato.

Le persone dicono sempre che fanno certe cose per amore, diceva Willie. Si servono dell'amore per giustificare i crimini peggiori del mondo.

Ti amavo, diceva Dickie. Willie non replicava.

Ha camminato lungo il fiume e sopra un ponte. Attraverso un accesso secondario, il percorso lo ha condotto nell'area del Trinity. Ovunque c'erano edifici nuovi, frutto di progetti ottusi – deliberati atti di modernità che facevano a cazzotti con l'aura carica di passato che copriva e teneva sospesa l'intera università come un broccato di puro tempo. Mentre procedeva lungo il sentiero che fiancheggiava il campo da cricket, i volti che affioravano dall'oscurità sembravano uguali a quelli che aveva conosciuto lui ai suoi tempi, come se non se ne fossero mai andati e fossero rimasti lí, per sempre giovani.

Passando davanti all'edificio dove avevano vissuto, lui nelle sue Stanze e Willie nelle Stanze sotto le sue, e poi insieme nelle loro Stanze, ebbe la strana sensazione che se avesse suonato alla porta avrebbe trovato entrambi, lui e Willie, ancora lí, immutati. Si rivide uscire quella sera di ottobre di vent'anni prima, un ragazzo pieno di vigore che andava incontro al suo destino; e mentre proseguiva sull'acciottolato che scintillava di pioggia, lui e il ragazzo che era stato sembravano fondersi l'uno nell'altro; e l'urgenza, la vitalità che aveva sentito quella sera sono riemerse, rinnovate, nel corpo e nell'anima. Ha pensato allora che quella forza apparteneva alla città, un pungolo rinvigorente che gli arrivava dal selciato, dai negozi, le insegne e i lampioni; si è reso conto che era la giovinezza, la sensazione della possibilità e l'esaltante incompiutezza che la definiscono. La giovinezza era tornata dal passato per spingerlo ad andare avanti, a superare il Front Gate, attraversare il College Green e imboccare Dame Street, fino all'incrocio con George's Street.

Poi si è fermato. Ha svoltato l'angolo, ha scorto le porte del pub, ancora di un violetto decadente, sul lato opposto della strada. Ma il coraggio lo aveva abbandonato.

Si è ricordato anche di questo, dell'ondata di nausea che sempre lo coglieva a quel punto. Sera dopo sera, aveva fatto su e giú davanti al pub, cercando di trovare il coraggio per entrare. Forse non lo avrebbe mai trovato, se Willie non si fosse imbattuto in lui e non lo avesse portato di peso in quella baraonda.

Ora, però, Willie non era lí a spingerlo nel locale e Dickie si sentiva debole e macilento, confuso e smarrito proprio come quella volta. Era come se la fiducia che aveva forse conquistato in quegli anni, la sicurezza in sé stesso o il sentirsi uomo, si fossero a un tratto dileguati nella brezza, come una corazza fatta di soffioni.

È rimasto davanti al negozio di musica – era un ristorante adesso – e si è ripreso. Poco piú giú, le persone, uomini e donne, entravano e uscivano dal pub. Chiacchieravano, ridevano, passeggiavano verso l'ingresso, salutavano l'uomo sulla porta con una parola o un bacio; non c'era niente di furtivo, nessuno si guardava intorno, nessuno aveva paura di essere riconosciuto o aggredito. Nessuno si vergognava. Una specie di utopia. Ecco il mondo di adesso: lo aveva visto al telefono: tutto era permesso, tutti erano pronti a qualsiasi esperienza, sempre. Era ciò che avrebbe fatto anche lui, se avesse scelto quella strada? Si sarebbe aperto a qualsiasi esperienza? Ha ripensato a un'osservazione che una volta Willie aveva fatto sul suo conto – che gli piaceva essere desiderato, preferiva essere desiderato piuttosto che scopare davvero. Appena stabilito che qualcuno lo voleva, aveva detto Willie, Dickie era appagato. Sei come una donna in questo, diceva.

Il ricordo di quell'intuizione lo ha fatto sorridere, ha risvegliato in lui il desiderio della mente che l'aveva avuta. E come un soffione portato via dalla brezza, si è ritrovato a entrare nel locale.

Ha provato un momento di euforia, seguito da un'esplosione di intenso imbarazzo. Ha puntato dritto al bar, si è aggrappato al legno curvo del bancone, con il chiasso delle voci e il martellio del suo cuore nelle orecchie. Il barman si è avvicinato. Eccomi da te, Dickie, ha detto con un sorriso sornione. Lui è rimasto impietrito. Come? Il barman è scoppiato a ridere, ha indicato il suo petto. Con un gemito, lui si è reso conto di portare ancora il badge del convegno con il suo nome. È arrossito parecchio, ha ordinato un drink, si è tolto il badge.

Gli è stata servita la birra. Ha rivolto la schiena al bar e osservato il locale. Quella parte del pub veniva chiamata Jurassic Park ai suoi tempi, ma si è accorto che gli uomini presenti erano quasi tutti piú giovani di lui. Erano anche ben piantati, piú forti e muscolosi di allora; oppure erano piú magri, eterei, con l'eyeliner e acconciature a effetto, ciglia lunghe e mani dalla gestualità delicata. Erano uomini che non dovevano fingere di essere altro quando uscivano dal bar, che non dovevano preoccuparsi di reinserirsi nella normalità. Era quella la normalità.

Non ha visto Willie da nessuna parte. Ha preso il telefono, ma non c'erano messaggi. Cass e PJ lo guardavano dalla schermata di blocco: si è affrettato a mettere via il telefono.

Si è allontanato dal bar per addentrarsi nella sala, studiando le facce nel modo piú neutro possibile, senza implicazioni sessuali, come un turista che assimilava i dettagli locali anziché uno che stava cercando di rimorchiare. Quasi nessuno sembrava accorgersi di lui, ma Dickie sapeva che lo avevano squadrato nel momento stesso in cui aveva varcato l'ingresso. Ha risentito in sé la natura gerarchica di quel luogo, dove ognuno veniva allocato in una nicchia ben precisa. All'epoca, con Willie, non gli dava noia, perché la loro era la nicchia migliore. Erano giovani, desiderati da tutti. Quella in cui si trovava adesso era diversa, una nicchia evidente a chiunque: un papà venuto dalla campagna a passare la serata. Uomini cosí ne venivano anche allora; li individuavi a un chilometro di distanza, rannicchiati in un angolo del bancone, curvi sulla loro copia dell'«Evening Herald» in preda a un palese terrore. Alla fine, di solito trovavano qualcuno con cui svignarsela; c'era a chi piaceva la loro aria furtiva e colpevole, anche perché si sapeva che quegli uomini, seppure inetti sul piano sessuale, erano sempre grati e pagavano sempre da bere.

Tenendo la sua pinta un po' sollevata di fronte a sé, come una lampada, si è insinuato nella selva di corpi. Un uomo con l'ombretto argentato gli ha chiesto se volesse vedere i suoi quadri. Prima che Dickie potesse rispondere quello ha tirato fuori il telefono, gli ha mostrato una serie di ritratti grotteschi di personaggi famosi: Tom Hanks, Kanye West, piú o meno riconoscibili. La sequela di dipinti sembrava non finire mai; trascorso un minuto, Dickie si è scusato nel modo piú gentile possibile. Pensi di essere troppo bello per me?, ha detto con durezza il pittore. Ti sei guardato allo specchio di recente?

Dickie se ne è liberato a fatica. Si è chiesto se Willie fosse al piano di sopra. Un po' intristito, si è fatto strada verso le scale, da dove arrivavano luci lampeggianti e il crepitio della techno. A un tratto si sentiva sfinito da quella fauna esaltata, dall'egocentrismo dilagante, ma ormai si era spinto fin lí. Ha fatto un respiro profondo, si è preparato alla pista da ballo.

E poi lo ha visto. Al pianoterra, in un angolo che aveva già perlustrato con lo sguardo un attimo prima. Grazie alle foto, Dickie sapeva che aspetto aveva adesso; tuttavia nessuna foto avrebbe potuto prepararlo al vederlo dal vivo. Niente avrebbe potuto prepararlo.

Stava parlando con un uomo – un ragazzo, in realtà. La sua testa pelata scintillava e la sua maglietta metteva in mostra un torso possente. Sí, era cambiato. Dickie non lo aveva mai visto in maglietta, per non parlare dei muscoli. E però il modo in cui agitava le mani mentre parlava, il modo in cui la sua bocca, quelle labbra perfette, si muovevano, la sua vitalità, l'intelligenza maliziosa, la spropositata sicurezza di sé, la gentilezza e l'allegria, visibili anche a metri di distanza – tutto corrispondeva a quel che aveva conosciuto vent'anni prima. Tutto quel che aveva conosciuto e amato. Mentre lo guardava, ha avvertito una sensazione profonda di calore e pace, qualcosa che non aveva mai provato prima. Era come vedere una persona tornata in vita; era come vedere (sí, diciamolo!) Frank, come se non se ne fosse mai andato, come se quella orrenda ferita di tutta un'esistenza fosse stata un semplice malinteso.

Per un lungo istante, Dickie se ne è stato lí, a guardarlo con devozione – parola per nulla esagerata –, avvolto in quella beatitudine. Poi Willie ha alzato gli occhi. Quanto è accaduto dopo è stato cosí rapido e confuso da non avere quasi un senso, ma di questo Dickie era sicuro: Willie lo aveva guardato, lo aveva visto. Poi nello stesso istante, o cosí è sembrato a Dickie, due mani forti sono calate sulle sue spalle, lo hanno afferrato, girato con uno strattone e spinto verso il bar con una rapidità tale che lui ha avuto appena il tempo di cogliere per un breve attimo le facce sbigottite che aveva intorno. Quindi lo hanno scaraventato fuori, in strada. Spiacente, amico, gli ha detto una voce nell'orecchio. Solo frequentatori abituali.

La porta viola si è chiusa. Dickie si è ritrovato da solo sul selciato, piegato in due come se avesse ricevuto un colpo basso, a sforzarsi di mettere insieme i pensieri. Cos'era successo? Perché lo avevano buttato fuori? Si è rialzato in piedi, è andato incespicando fino alla vetrina di un negozio chiuso, è rimasto lí a ripassare nella mente il momento prima di essere afferrato, quella frazione di secondo in cui gli occhi di Willie erano entrati in contatto con i suoi. Lo aveva visto, lo aveva riconosciuto, Dickie ne era certo. Forse lo stava addirittura aspettando. Che avesse capito tutto fin dall'inizio? Ma poi?

Si è girato per dare un'occhiata all'angolo della strada. Sulla porta del pub, il buttafuori rideva con una coppia di ragazzi che sfoggiavano ali da fata. Dickie ha tirato fuori il telefono, ha scritto un messaggio a Willie: «Vieni fuori per favore». Non si aspettava una risposta e non ne è arrivata nessuna. Ha aspettato per cinque minuti, osservando la porta. Poi si è voltato e se ne è andato.

Solo dopo, quando tutto era ormai perduto, si è reso conto di quanto avesse investito su quel momento. Per anni, per decenni, ci aveva sperato, aveva sognato il loro ricongiungimento, nutrendosi a piccole dosi di un mondo che non poteva esistere. Se quella sera non fosse andato lí, avrebbe portato con sé quel sogno per il resto dei suoi giorni. Adesso era finita.

Camminava senza meta. Negli occhi indifferenti degli estranei che incrociava vedeva sé stesso come doveva averlo visto Willie – uno spettro emerso da quella sera di pioggia, in cerca del tempo che aveva perduto. Una creatura triste, di una miseria sconfinata: un papà venuto dalla campagna.

Si è ritrovato in albergo, senza sapere come. L'idea di tornare alla festa, vedere i commercianti, era intollerabile. Perfino restare in camera era troppo. Ha preparato la borsa, se n'è andato senza fare il check-out.

Soltanto in macchina la portata di quel che era appena successo e di quel che non era successo si è abbattuta su di lui. Le stelle sciamavano davanti ai suoi occhi, strappate dalle loro costellazioni, le luci della città andavano alla deriva, slegate dagli ormeggi dei lampioni. Dolori lancinanti gli trafiggevano il petto. Ha accostato, è rimasto fermo qualche secondo a recuperare il fiato, a stringersi il torace. Ha rivisto piú volte gli occhi di Willie posarsi su di lui e allontanarsi. Ha rimesso in moto, gli mancava ancora il fiato e ha guidato con una mano sul volante e l'altra premuta sul cuore. Sull'autostrada si è piazzato nella corsia di sorpasso e ha corso contro il cielo nero che si rimestava sopra di lui, aspettando il momento in cui la morte gli avrebbe strappato di mano il volante spingendolo contro un muro perché morisse tra le fiamme proprio come Frank.

Si era dimenticato dell'alluvione. Aveva smesso di piovere per adesso, ma le strade erano ancora allagate e puzzavano di fogna. Ha arrancato in un labirinto di deviazioni, è passato davanti ad abitazioni vuote e auto abbandonate. Si è reso conto di non poter andare a casa: non aveva la forza per le spiegazioni che avrebbe dovuto dare e non sapeva cosa avrebbe potuto fare, con quella spirale di rabbia che gli si infilava nel cervello come un cavatappi. Perché non ci aveva pensato prima? Si è maledetto, ha maledetto il paese silenzioso e umido. Poi ha abbattuto un paio di cartelli di emergenza mentre avanzava e ha accelerato verso la piazza.

Il garage era al buio. Ha pensato che avrebbe potuto dormire in ufficio e andare a casa l'indomani, come se fosse appena tornato dall'albergo. È sceso dalla macchina, è finito con un piede in una pozzanghera fino alla caviglia. Ha bestemmiato, ha sciaguattato fino alla porta, è entrato. Una volta nel suo ufficio, si è tolto i calzini, ha aperto l'armadio dove teneva un cambio di vestiti. Poi ha udito un suono, qualcosa che cadeva.

È uscito dall'ufficio, è andato in officina. Ha visto Ryszard, in fondo alla stanza. Aveva in mano una chiave inglese e lo guardava, gli occhi erano nero pece, anche le labbra sembravano nere, con le luci spente. Il meccanico ha guardato Dickie, Dickie ha guardato lui. L'aria pareva vibrare, come se ogni atomo fosse in fermento. Da qualche parte si è aperto un cancello, Dickie si trovava in uno stato di alterazione indefinibile. Ha fatto per parlare, non gli è venuto niente da dire. Ryszard lo fissava in silenzio nel buio, e quando Dickie ha distolto gli occhi ha sentito che il meccanico lo stava ancora fissando, ha sentito quello sguardo sospeso bruciare nell'aria, nello spazio che li separava. Non si staccava da lui, lo teneva inchiodato, per cui quando Dickie si è voltato per andarsene, non è stato lui ad andarsene per davvero ma soltanto la sua immagine esteriore. La sua immagine esteriore, priva del minimo peso, che si allontanava per uscire, una mera illusione.

È tornato in ufficio, ha acceso la lampada della scrivania. Ha preso i calzini di ricambio dall'ultimo cassetto, se li è infilati. Gli sembrava di essere una marionetta, il personaggio di una pantomima. Niente di tutto ciò era reale. È andato all'armadio, ha preso i pantaloni. Si è sbottonato quelli che aveva indosso e li ha abbassati.

Ryszard era sulla porta adesso. Aveva ancora in mano la chiave inglese. La sua faccia era priva di espressione, immobile. Dickie ha pensato senza particolare emozione che avrebbe potuto ucciderlo. Aveva una gamba fuori e l'altra dentro i pantaloni bagnati. Si sono guardati negli occhi, l'aria ronzava, il ponte impalpabile che li collegava si è contratto all'improvviso, tirandoli l'uno verso l'altro. Non hanno parlato. La mano di Ryszard era sul suo uccello, che era duro, durissimo! La bocca di Ryszard era sulla sua. Si sono strappati di dosso i vestiti. Dickie ha passato la lingua sul torace del ragazzo, assaporando il sudore e il grasso e le particelle di metallo abraso. È stato come una sorsata di acqua contaminata dopo un mese nel deserto. Nel deserto, nel calore, nella sabbia, un santo rinnegato che vagava tra alberi rachitici! Per favore, ha detto la voce di Ryszard con un gemito nell'orecchio di Dickie. Lui lo ha preso per le spalle e lo ha girato. Il ragazzo ha divaricato le gambe piantando i piedi in terra, si è aggrappato ai lati della scrivania e Dickie si è ritratto per un istante: sulle sue natiche nude erano tatuate, a lettere maiuscole, le parole «IL TUO NOME». Non capiva: i caratteri gotici conferivano alla scritta un che di sinistro, come se fosse una specie di avvertimento. Poi Ryszard ha emesso un altro gemito, mugolato e dimenato il culo, e Dickie, arrendendosi al momento, ha afferrato le chiappe tatuate e lo ha sfondato. Sí! Lo ha sfondato! Senza vasellina, senza preservativo, senza le remore di vent'anni prima, senza puntare gli occhi altrove, senza guidare niente con una mano timorosa – no, lo ha sfondato con abbandono, crogiolandosi nel corpo del ragazzo, godendosela a pieno! E si è osservato nell'atto, ha osservato sé stesso amare con abbandono, da un piccolo e solitario bunker dentro di sé. Dai suoi occhi traboccavano lacrime che cadevano sulla schiena del ragazzo, e lui ha ripensato alle lacrime di suo padre che cadevano sul viso di Frank steso nella bara. Ma non ha smesso di spingere, anzi ha spinto piú forte che mai, finché il ragazzo ha gridato e lui è venuto, con una tale violenza che ha pensato di avere le convulsioni; piacere e dolore erano indistinguibili, un'onda immane e potente che gli ha travolto il cervello e lo ha sommerso, portandolo al collasso. Dickie si è accasciato sulla scrivania. Dopo un po' Ryszard si è liberato da sotto di lui, lo ha cinto con un braccio e gli ha chiesto perché era triste.

Per nessun motivo, ha detto Dickie.

Si è accorto a quel punto che Ryszard stringeva ancora la chiave inglese, vai a capire perché. È tornato a chiedersi se il ragazzo avesse intenzione di ucciderlo per svaligiare il garage o si stesse solo divertendo. Non lo spaventava fare quei pensieri. Uccidere e scopare avevano comunque un che di vertiginoso, rappresentavano un picco, una frenesia sul filo del rasoio, in bilico nella volta oscura della notte. Come se tutto stesse accadendo a mezz'aria, staccato dal resto, distante da ogni altra parte della sua vita e al tempo stesso dotato del potenziale per annientarla. Di lí a pochissimo si è eccitato di nuovo e ha spinto il ragazzo in ginocchio.

Dopodiché è tornato a casa. Al risveglio ha detto a Imelda che aveva delle pratiche da sbrigare in tempi brevi e perciò era tornato prima da Dublino.

Da quella volta si è scopato Ryszard tutte le sere. Senza prendere accordi di nessun tipo, senza parlare né darsi alcuna spiegazione su quanto stavano facendo. Spesso non si dicevano neanche ciao. Questo semplice fatto, la decadenza implicita nel loro modo di agire, lo stordiva di lussuria. Al tempo stesso conferiva a ciò che stavano facendo, da soli, nel paese deserto e sommerso, una dimensione surreale che gli dava la sensazione di essere in qualche modo al riparo dalle conseguenze. E perché mai avrebbero dovuto essercene? Perché non avrebbe dovuto essere soltanto piacere? Era questo che il ragazzo voleva, era a questo che il ragazzo serviva. Prendimi, ordinava, e Dickie lo prendeva. Si è ingozzato, si è riempito di sesso. Si è abbandonato a un circolo vizioso di desiderio che alimentava la voglia anche quando la saziava, spingendolo a volere di piú, a desiderare di piú. Si è immerso fino al collo nella bellezza di Ryszard, nella sua giovinezza, nella sua grande abbondanza carnale. Eppure anche mentre gemeva e spingeva e si incitava, sotto il rumore dell'incandescente filatoio del desiderio e della gratificazione, era sempre consapevole di una mancanza; c'era sempre un momento in cui nel profondo di sé diceva: Non è questo che vuoi.

E pensava o almeno supponeva che non sarebbe stato punito perché il suo piacere era incompleto.

Il ragazzo dormiva nell'officina – era per questo che aveva sorpreso Dickie, quella prima notte. Doveva arrangiarsi cosí finché non fosse stato pagato, ha detto, perché non aveva i soldi per un affitto. Aveva preso le chiavi di Phil e se n'era fatto una copia; ha mostrato a Dickie l'angolo in cui, sotto gli armadietti pensili, si era ricavato una specie di nido. Dove aveva dormito prima di cominciare a lavorare al garage? Dove era stato, prima di arrivare in paese? Da dove veniva? Ma ogni volta che gli chiedeva qualcosa, Ryszard diventava schivo. È per questo che mi porti qui, per parlare di ricette della mia nonna?, diceva, carezzando l'uccello di Dickie fino a farlo vibrare.

Aveva ragione: non era amore, era lussuria. Doveva essere una cosa sordida. Perché farla passare per ciò che non era? Perché fingere che non gli piacesse la sporcizia, la natura effimera di quel rapporto, la transazione che la sorreggeva? Che stessero usando l'uno il corpo dell'altro non faceva forse parte dell'eccitazione?

A Ryszard non importava di Dickie. Forse non gli importava nemmeno di sé stesso. Trattava il suo corpo come un prodotto usa e getta, un giocattolo che non gli dispiaceva si danneggiasse. Era sempre pronto a scopare, a qualsiasi ora, le scopate erano sempre rumorose, turpi e orgiastiche. Una volta lo avevano fatto nella nicchia e per poco non erano stati sorpresi da Phil, tornato a prendere gli occhiali da lettura (l'acqua dell'alluvione si era ritirata e la vita in paese era ripresa. Dickie se n'era a malapena accorto). Stavano perlopiú in ufficio: anche questo faceva parte della fantasia. Dickie era il capo, dopotutto. E poi suo padre non era morto, Dickie non poteva scoparsi il ragazzo su una vera tomba, per cui doveva adattarsi (sí, anche questo pensiero lo sconvolgeva: quella relazione – che parola ridicola – aveva aperto una botola in lui da cui uscivano immagini oscure di ogni sorta, svolazzando come pipistrelli).

Nessuno li aveva scoperti; nessuno, ne era abbastanza certo, aveva sospetti. Del resto, nascondeva le cose da una vita. Anzi, l'impostura lo rendeva piú attento a casa, piú concentrato sul ruolo che doveva recitare in quel momento, tanto da convincerlo che, in fin dei conti, la sua infedeltà fosse un bene per tutti.

No, era Ryszard a rappresentare un problema. Solo inezie al principio. Pisciate che si trasformavano in pause sigaretta. Lavori sciatti, impertinenza. Mancanza di puntualità – praticamente incomprensibile, visto che il ragazzo era in officina fino a poco prima dell'apertura. Si divertiva a provocare Phil. Una volta lo ha fatto cosí arrabbiare che il capomeccanico si è tolto il berretto e lo ha gettato in terra, una roba che Dickie aveva visto fare solo nei cartoni animati. Quando Phil è venuto a lamentarsi, Dickie gli ha detto che non potevano permettersi di licenziarlo. Dopo l'alluvione, avevano scoperto che un sacco di gente si era messa in testa che la propria auto dovesse essere a tenuta stagna. Ora in officina si era formata una lunga e lucrosa lista di lavori arretrati per cortocircuiti agli impianti elettrici e freni rovinati.

Dickie ha detto che avrebbe parlato al ragazzo. Ha seguito Phil di sotto. E ha visto Ryszard, in posa come una ballerina, una mano sui fianchi protesi, un sorriso beffardo sulle labbra perfette e incurvate. Inviolabile. Lo giuro su Dio!, ha esclamato Phil. O lui o me! Alle sue spalle, Ryszard ha fatto l'occhiolino a Dickie, ha spinto la lingua all'interno della guancia. E Dickie ha sentito una morsa gelida alla bocca dello stomaco.

Ha portato Ryszard nel suo ufficio. Il ragazzo ha messo la mano sulla sua. Dickie l'ha scostato. Dobbiamo stare attenti, gli ha detto. Il ragazzo ha reagito con una smorfia imbronciata, come se non capisse qual era il punto. Hai vergogna di me?, ha detto. Certo che no, ha replicato Dickie in tono rassicurante, sebbene sapesse che Ryszard non aveva nessun bisogno di essere rassicurato, si comportava cosí solo per vedere fin dove si sarebbe spinto lui. Sei stufato di me allora, ha detto il ragazzo, rimettendo il broncio.

L'eccitazione iniziale era svanita in effetti, prima di quanto si sarebbe aspettato. Forse vuol dire che sono un padre di famiglia dopotutto, pensava. Forse quel che aveva identificato come il suo «vero io», la strada che non aveva preso, non era che il residuo di una fase giovanile. Malgrado facessero ancora sesso, si sentiva preso da un'ansia nuova, anche mentre era impegnato nell'atto. Piú spingeva, piú si vedeva affondare in un pantano dal quale, a un certo punto, sarebbe stato impossibile uscire. Le grida di Ryszard, sonore e a squarciagola come sempre, sembravano avere acquisito una certa teatralità, come se il ragazzo si stesse prendendo gioco di lui, dell'idea che fosse Dickie a provocare quelle grida: o forse era stato sempre cosí e soltanto ora lui se ne accorgeva.

Sono ricominciate le sparizioni. Un portafoglio, un orologio, degli attrezzi. Oggetti che i clienti avevano lasciato nelle loro auto, un navigatore satellitare, la pettorina di un cane, una pashmina. Il ventilatore elettrico che stava nell'ufficio di Dickie. Il quale ci ha discusso di nuovo. Ryszard è caduto dal pero. Devi piantarla, gli ha detto lui, cercando di darsi un tono autorevole, non supplichevole.

Poi si è presentato Brian Coady, il proprietario del pub. Aveva lasciato l'auto perché sentiva battere il motore. Ora il motore non batteva ma in compenso faceva un casino della madonna. Non era un esperto, ma secondo lui il convertitore catalitico aveva un problema.

A quelle parole, Dickie ha finto indignazione, ma nell'intimo era sollevato. L'ansia della relazione aveva schiacciato il piacere; ora lui cercava soltanto una via di uscita e Ryszard non poteva certo aspettarsi che lui lo coprisse ancora. Forse per questo lo aveva fatto.

Ha convocato in ufficio il ragazzo, che è entrato a passi lenti, irradiando un'aria distratta e minacciosa, losca, come un animale su due gambe, una tigre con cappello e panciotto. Dickie ha chiuso la porta, poi, assumendo un'espressione serissima, gli ha detto senza tanti preamboli che non aveva scelta se non mandarlo via.

Ryszard si è dimostrato alquanto arrendevole. Dickie si era preparato a una veemente dichiarazione di innocenza, che invece non c'è stata. Quella stoica accettazione ha indotto Dickie a concludere che aveva avuto ragione a pensare al furto del convertitore come a una deliberata provocazione, concepita per porre fine alla loro storia. Ha sentito perfino sprigionarsi in lui un'ondata del vecchio calore – «vecchio», anche se la relazione era durata meno di un mese – perché era stato quel bel ragazzo a levargli Willie dalla testa. Si è allungato sopra la scrivania, ha stretto la mano di Ryszard. Io ci sarò sempre per te, ha detto. Semmai torni in paese, fammelo sapere.

Quelle parole non hanno avuto l'effetto che lui pensava. Il ragazzo pareva sconcertato. Tornare?, ha chiesto. Da dove?

Be', ha detto Dickie lentamente. Dovrai lasciare il paese, si capisce.

Il ragazzo era sorpreso adesso, come se quella eventualità non gli avesse mai sfiorato il cervello.

Per quanto gli sembrasse assurdo, Dickie ha cominciato a spiegare. Non puoi restare qui. La polizia si metterà sulle tue tracce, è solo questione di tempo.

Polizia non fa paura per me, Dickie, ha detto il ragazzo, come per rassicurarlo, poi ha aggiunto: Non quanto fa paura per te.

Perché dovrebbe farmi paura?, ha detto Dickie, mantenendo un tono di voce neutro, mentre un blocco di ghiaccio, un gelido rigurgito di terrore, saliva piano piano dentro di lui. Non ho fatto niente di male.

Allora perché hai paura?, ha detto Ryszard. Gli ha sorriso, quasi fossero due amici che discutevano di una sciocchezza. Dickie non ha ricambiato il sorriso: ha ridotto i suoi movimenti al minimo, ha cercato di mantenere la mente concentrata; era come disinnescare una bomba.

Se non hai un lavoro qui in paese, ha detto sempre con lentezza, non hai motivo di restare.

E con suo sollievo, Ryszard ha scavallato le gambe e annuito. Hai ragione, ha detto. Ti farò una lettera di raccomandazione, ha detto Dickie. Se cerchi lavoro altrove. Per qualche istante

Ryszard non ha replicato, ha annuito soltanto. Ma Dickie, ha detto poi, andare via da paese, stabilire da altra parte, senza che ho un lavoro, non è niente facile. Non puoi mandarme via cosí e basta!

Avrai un mese intero di paga, ha detto Dickie. Il ragazzo ha inclinato la testa da un lato, con un sorriso. Ora capiva – che idiota. Ma certo, ovvio, ha detto Dickie. Ha aperto il portafoglio, ha tirato fuori quello che aveva; è andato allo schedario dove teneva nascosta una riserva di contanti. Quasi ottocento euro, in totale. Ha fatto scivolare il denaro verso il lato opposto del tavolo.

Ma Ryszard non lo ha preso. Ha serrato le labbra, come un insegnante il cui allievo migliore ha dato una risposta sbagliata. Con gentilezza gli ha fatto presente che non era abbastanza. Quanti ne mancano?, ha chiesto Dickie. Il ghiaccio era salito fino alla scatola cranica, congelandogli la mascella, i denti, le cavità sinusali.

Ryszard ha pronunciato una cifra che superava di molte volte la somma sul tavolo. Dickie è scoppiato a ridere. Non ho tutti quei soldi, ha detto. Ryszard ha annuito ancora, stoico. Non è facile per me lasciare questo posto, Dickie, ha detto. Non è facile per me lasciare te.

Lo so, ha detto lui, senza piú ridere.

Mi sono dato a te. Mai ero stato con uomo prima.

Sí, ha detto Dickie. Non era in grado di stabilire quanto stesse recitando e quanto fosse sincero o, meglio, quanta parte di quella recita fosse disposto a ingoiare. Sapeva di avanzare verso una trappola, ma non aveva idea di dove fosse nascosta. Il cielo poteva essere una trappola, con la pallida luna diurna sospesa sullo spiazzo antistante il garage.

Guarda, Dickie, ha detto Ryszard. Ha posato il telefono sul tavolo, lo ha spinto verso di lui. Dickie lo ha preso e ha guardato.

Lui – o qualcuno – aveva registrato tutto, fin dalla prima notte. Le immagini erano riprese dall'alto, come da una macchina nascosta vicino al soffitto. Come apparivano piccoli e insignificanti i loro incontri segreti, com'erano squallidi e distorti in quella luce, con quella risoluzione, da quell'angolazione, sul minuscolo schermo del telefono. Perché?, ha mormorato Dickie, anche se la risposta era già piuttosto chiara. Ryszard ha sorriso di nuovo dall'altro lato del tavolo, con quel suo sorriso luminoso e scuro, gli occhi neri come ali di corvo. Cosí ricordo te, Dickie.

Gli ha dato una settimana per trovare il denaro. Dickie ha passato i primi giorni sul divano, a guardare il golf in televisione. Ha detto a Imelda che aveva l'influenza. Dentro di sé elaborava piani e contropiani a ripetizione. Ha immaginato di affrontare Ryszard, si sarebbe rifiutato di dargli anche un solo centesimo e che ci facesse pure quello che voleva con i suoi video. Ha immaginato di lottare con lui, di rapirlo, di picchiarlo. Ha immaginato di andare alla polizia e dire che lo ricattavano. Ha immaginato di confessare tutto a suo padre e implorare un prestito. Ha immaginato di trasferirsi dall'oggi al domani con la famiglia in un'altra nazione, sotto un altro nome. Ha immaginato di suicidarsi, impiccandosi, con un veleno, con un'overdose, con i gas di scarico. Ha immaginato di scappare da solo, farsi una vita nuova, mandare soldi in forma anonima a Imelda ogni mese; scrivere, in seguito, lettere a mano ai figli, senza mittente. «Siete stati la mia gioia, la mia piú grande conquista». Ha ripassato questi e altri assurdi scenari, ben sapendo che facevano soltanto da sfondo all'unica conclusione possibile: sottrarre il denaro dai bilanci societari e liquidare Ryszard.

Non è stato complicato predisporre il prelievo; anzi, era talmente facile e logico, al confronto di tante opzioni piú barocche, da persuadere Dickie che si trattava, in effetti, di una spesa aziendale, l'acquisto di un prodotto per la soluzione di un problema. Venerdí, tornato al lavoro, ha portato il ragazzo nel suo ufficio. Senza dire una parola, ha spinto la busta sulla scrivania. Ryszard l'ha presa e infilata nella tasca interna della giacca. Sei una brava persona, Dickie, ha detto. E poi se n'è andato.

Non c'era motivo perché qualcuno dovesse scoprire l'ammanco. Molto verosimilmente l'attività sarebbe presto fallita; e se anche non fosse fallita, era Dickie stesso a tenere i libri contabili da un anno, ovvero da quando non avevano piú un commercialista, e nessun altro li apriva. Da quando era cominciata la recessione, suo padre aveva tirato i remi in barca. Dickie ha concluso che quelle perdite non fossero sinonimi di «Barnes».

10.

Continua a vomitare anche molto dopo aver espulso l'acqua del pozzo che gli era rimasta in corpo. Alla fine lo stomaco si placa, ma lui è comunque senza forze, debole come un bambino. Si sente svuotato, ma non solo; è anche a pezzi, ammaccato, come se una forza elementare, enorme e sfrenata lo avesse castigato. La natura lo ha scacciato, lo ha rispedito a casa.

Imelda gli porta un tè e da mangiare appena il suo stomaco è in grado di trattenerlo, gli terge la fronte. Poi entra PJ per mostrargli le foto del Bunker, che ha raccolto in uno slideshow: lo guardano espandersi e consolidarsi come se si costruisse da solo. Per qualche ragione l'acqua non ha avuto alcun effetto sul figlio; Imelda ha chiamato il dottore, che però le ha detto di non portarlo da lui, non ce n'era bisogno. Ora PJ vuole sapere quando possono tornare al cantiere.

Guardando fuori della finestra Dickie vede i vestiti che indossava nel bosco agitarsi al vento, insieme a quello che deve essere il lenzuolo su cui ha dormito la notte prima. Ci sono colori luminosissimi in giardino, nel bosco, nella campagna che si stende all'orizzonte; e anche i volti di sua moglie e suo figlio gli giungono con una pienezza e una definizione che non ha mai notato in precedenza. Tutto sembra luminoso ma distante, come se si allontanasse nel tempo mentre lui resta fermo dov'è. Deve essere cosí che ci si sente in punto di morte, pensa; il mondo rimane intorno a te, come un amante che non vuole separarsi e ferirti, anche se in spirito se n'è già andato, portandosi via il senso di quel che avete condiviso. In realtà il mondo si sta già trasformando in un futuro di cui non farai mai parte; ma soltanto in punto di morte ti rendi conto che si è semplicemente trasformato e tu con lui, per tutta la tua vita; e che quella è di fatto la vita, anche se tu lo hai capito solo ora, alla fine dei giochi.

Chiama suo padre, lascia un messaggio per scusarsi di non essere andato all'appuntamento e dire che sarà da lui domattina. Nessuna risposta.

Il giorno dopo, anche se gambe e braccia sembrano ancora fatte d'acqua, si alza dal letto e si veste. Imelda gli chiede se vuole la colazione. Gli chiede se vuole che l'accompagni in paese. Non c'è bisogno, le dice lui. Faccio presto.

Ha preso la sua decisione. O forse è l'essere stato male ad averla presa per lui. Comunque sia, l'idea di mentire ancora, di fingere ancora, è troppo stancante da sopportare. Ha intenzione di dire la verità.

La luce del sole sul vialetto è forte, pressoché impossibile da affrontare. Gli trema la mano al momento di aprire la portiera dell'auto. Mentre si avvicina al garage, sente il panico divampare, il terrore di un animale che teme di morire. 'Giorno, Dickie!, dice il postino. 'Giorno, Dickie!, dice il fruttivendolo, dicono Paddy Last e Doris Cannon. 'Giorno, replica lui. Gli sembra che la luce lo attraversi. Gli sembra di essere sulla buona strada per diventare un nulla assoluto. Spinge la porta per entrare. Alla buon'ora, dice Emer Gilhooley. Be', dice Dickie. Sono venuto solo per scambiare due parole con lui.

La verità, dunque. Padre, ecco tuo figlio.

Ma suo padre non c'è. Non ci sono nemmeno il tecnico informatico né il commercialista. Trova soltanto Big Mike, rannicchiato dietro la scrivania come un ragno appostato in un angolo della tela che ha tessuto.

Guarda chi si vede, dice Big Mike.

Ehi Mike, dice Dickie. Si guarda intorno, l'ufficio sembra rimasto lo stesso a prima vista, eppure la sua sostanza è stata alterata in un modo inesplicabile.

Cosa posso fare per te, Dickie?, dice Big Mike.

Sono venuto soltanto per scambiare due parole con lui.

Se ti riferisci a tuo padre, mi dispiace informarti che hai fatto un viaggio a vuoto.

È in giro?, chiede Dickie. Posso ripassare piú tardi.

È in volo per il Portogallo, dice Big Mike. È partito stamattina.

Per il Portogallo? A Dickie sembra di essere ripiombato nel delirio della febbre.

Da quanto ho capito, c'era un po' di fermento nel suo golf club, dice Big Mike. Qualcuno ha fatto un'offerta per acquistarlo. Hanno fissato una riunione per discuterne.

Ti ha detto quando torna?

No, risponde Big Mike. Non mi ha dato l'impressione che avesse in programma di tornare, non a breve comunque.

Ah, fa Dickie. E ti ha parlato... di me?

Be', Dickie, mi ha parlato parecchio di te, dice Big Mike. Si allunga sulla poltrona, ruota la sua massa corpulenta un po' a sinistra, un po' a destra. A essere franchi, dopo che non ti sei presentato alla riunione di martedí, ne ha dette un bel po' sul tuo conto.

Stavo male, dice Dickie.

Lo so, dice Big Mike. Il fatto è che aveva convocato il commercialista e l'esperto di computer per esaminare le discrepanze nei libri contabili, sai com'è. E insomma, quando non sei venuto per lui è stato un po' uno schiaffo in faccia.

Era arrabbiato?

Non voglio mentirti, Dickie. Si è parlato di denunce e polizia.

Polizia?

Non ci hai parlato?

Non rispondeva al telefono, dice Dickie con un filo di voce.

Big Mike annuisce, come se fosse tutt'altro che stupito. Per come la vede lui, ti ha offerto un salvagente e tu glielo hai gettato in faccia.

Un salvagente?

Il suo piano era di riprenderti a bordo, era questo il senso della riunione. Venivi qui, spiegavi i casini nei conti e tornavi al comando della baracca, questo pensava.

Non l'avevo capito, dice Dickie lentamente.

È quello che tutti vogliono, dice Mike, e sorride.

Senti – dà dei colpetti alle carte ai suoi lati –, non starci a pensare piú di tanto. Ci parlo io con lui, gli spiego che sei pronto a discutere di tutto, chiamiamo di nuovo il commercialista e chiunque serva e capiamo una volta per tutte che fine hanno fatto 'sti soldi. Appena chiarite le cose, ti rimetti al timone. E io me ne torno alla mia fattoria.

Guarda con aria raggiante Dickie, sul fronte opposto della scrivania.

Fantastico, dice lui a denti stretti.

Big Mike lo osserva ancora per un istante. Poi aggiunge: Sempre che tu non preferisca lasciare le cose come stanno, ovvio.

Lasciarle come?

Lasciarle cosí, come stanno, dice Big Mike.

Non sono sicuro di seguirti, dice Dickie.

Be', ti spiego come la vedo, comincia Big Mike. Tuo padre si è intestardito su queste discrepanze, questo buco come lo chiama lui. Personalmente, però, mi chiedo che senso abbia rivangare il passato. Ogni grossa azienda ha qualche scheletro nell'armadio. Fa parte del gioco. Ci sono problemi che sarebbe fatica sprecata risolvere. Io e te potremmo anche arrivare alla stessa conclusione, e cioè che certi pasticci è meglio lasciarli dove sono. Nel passato.

E poi cosa succederebbe? Se io e te arrivassimo alla stessa conclusione?

In quel caso, Dickie, come professionista, direi a tuo padre che non vale la pena farsi il sangue cattivo. Che dovremmo concentrarci sul rimettere in sesto l'attività. Credo che con un'opera di convincimento tuo padre capirà che è la cosa piú sensata.

Big Mike lo osserva con benevolenza. Rigira una penna tra le dita.

E poi?, dice Dickie.

Niente, andremo avanti come concordato. Conserverai un ruolo, seppure non operativo. E prenderai sempre il tuo stipendio.

E tu?

Io resto come amministratore delegato.

Il blu ardesia dei suoi occhi è indecifrabile. Posa la penna, giunge di nuovo le mani.

Resterai in pianta stabile, cioè, dice Dickie.

Esatto. Ma se questa opzione non ti andasse giú lo capirei, Dickie. Vorrà dire che rinunceremo e richiameremo qui tuo padre e tutti e tre ci metteremo di buzzo buono per scoprire che fine hanno fatto quei soldi. Vai a sapere, magari la spiegazione si rivelerà piú semplice del previsto, una volta che tu avrai chiarito le cose.

Al tempo stesso... Mike ruota di nuovo sulla poltrona, lancia un'occhiata al soffitto. Io e te, Dickie, ci conosciamo da una vita, e credo di averti inquadrato abbastanza bene. Ricordo quando eri su a Dublino, al Trinity College, con il fior fiore della società. Mi chiedo che vita avresti fatto, se non fossi stato costretto a tornare qui. Magari questa è una di quelle situazioni in cui ci ferma a chiedersi: Dunque, aspetta un attimo, rivoglio davvero questo posto? O è una di quelle situazioni in cui si chiude una porta e si apre un portone?

Dickie non replica in alcun modo.

Big Mike poggia i gomiti sulla scrivania, si sporge in avanti con fare confidenziale. Sarò franco con te, Dickie, ho bisogno di questo lavoro come di un dito in un occhio. Avevo già parecchio da fare senza imbarcarmi in un'impresa di queste dimensioni. Ma se davvero posso rendermi utile a tuo padre e fare un favore anche a te, sarà un piacere mettermi a disposizione.

Molto nobile da parte tua, Mike.

L'altro si dondola all'indietro, sorride con aria nostalgica. Ho sempre ammirato la tua famiglia, Dickie. I Barnes. Ricordo la prima volta che ti ho visto, ci credi? Maurice vi aveva accompagnato a scuola con quella sua berlina stupenda, rossa, grande quanto una cannoniera, piú o meno. Tu e Frank siete scesi dalla macchina, come principi in visita nelle colonie. Eravate diversi, un diverso tipo di persone, mi era chiaro già allora. Settimane bianche, crociere, vestiti comprati a New York. Perfino dopo quello che è successo a Frank, pace all'anima sua. Per quanto fosse orribile, quando vi ho visti uscire dalla chiesa, tutti in nero, sono rimasto incantato. Avevate stile, capisci? Allora mi sono detto: Ha qualcosa di speciale, questa famiglia. Guarda questa gente, Mike, prestaci attenzione. È cosí che devi essere.

11.

Agli occhi del mondo è un disastro, ovvio. Vedersi cacciati dall'azienda di famiglia – perdere il lavoro per cui ci si è preparati dall'infanzia! Non sa come dirlo a Imelda. Eppure, mentre rimette piede in strada, a Dickie viene da fare i salti di gioia. Suo padre se n'è andato. I soldi mancanti resteranno un mistero irrisolto nel libro mastro custodito nella memoria di un computer. E anche i *suoi* segreti resteranno sepolti nel passato.

Il sole gli illumina il viso; il vento si alza, sembra passargli attraverso, come se lui fosse un albero con un'infinità di foglie che frusciano. Il paese – questo noioso paesino, con i cestini appesi ai lampioni e le fioriere alle finestre, la cappella dell'Immacolata e un susseguirsi di pub – risplende di una luminosa innocenza, come la pioggia. Stava per perderlo, pensa. Stava per perdere tutto. Ha cercato di riaccendere i suoi sogni e per poco non ha dato fuoco all'intera casa. Comunque ora basta. Nessun gioco varrebbe questa candela.

Si allontana dal garage senza meta, pensando a come diventare un marito migliore, un padre migliore, un uomo migliore. Per cominciare, porterà la famiglia in vacanza. Può usare gli ultimi risparmi che gli sono rimasti, scovare una destinazione cui nemmeno Cass sarà in grado di resistere. Un posto eco-friendly, un fattoria in Italia dove è possibile accarezzare i lama e raccogliere l'uva. E poi, al ritorno, rifletterà sul lavoro, cercherà di capire cosa fare dopo. Magari potrebbe ripartire dal garage, tentare una scalata. O sennò qualcosa di nuovo? I contatti li ha, la reputazione anche. Provare con il leasing? O mollare in toto il settore auto?

Ma tutto ciò riguarda il futuro. Oggi dovrebbe festeggiare.

D'impulso si ferma alla panetteria di Toomey, osserva i dolci sotto il vetro del bancone. Individua una sontuosa torta

Vittoria, ma probabilmente Imelda resterebbe piú impressionata da qualcosa al cioccolato. Già la sente chiedergli sospettosa: Cosa festeggiamo? E lui le dirà: Mollo il garage. Lei darà di matto. Ma alla fine ne sarà contenta, lo sa.

Sceglie la torta. Nora Toomey la prende da sotto il vetro tra sospiri e sbuffi e grugniti, come se stesse sollevando una trave d'acciaio. Dickie non ha mai capito come si possa passare l'intera giornata in pasticceria ed essere comunque cosí infelici. La sua torta viene messa in una scatola, che l'anziana donna comincia a chiudere con dei nastri di carta. Per via dei tanti ed elaborati strati cremosi, l'operazione si rivela lenta e laboriosa. Mentre lui se ne sta lí a dondolare sui tacchi, il campanello sopra la porta tintinna gioioso, inducendo Nora Toomey a una smorfia. Entra Victor e chiede un breakfast roll. Devo servire questo signore prima, gli dice Nora, indicando Dickie come se non lo avesse mai visto in vita sua. Fai con calma, dice Victor.

Lei riprende il suo lavoro, al rallentatore. Victor si schiarisce la gola, struscia i piedi. Dickie è confuso. Chissà perché, ma non ha previsto un posto per Victor nella sua nuova vita. Per un attimo rivolge un sorriso assente al vuoto. Alla fine si gira verso di lui. Che si dice, Victor?

Bene, cazzo. Bene, dice Victor. Quella merda mi ha quasi ammazzato.

Nora lo guarda in cagnesco da dietro il bancone. Dickie si sforza di dare un senso a quelle parole.

E. coli, dice Victor.

Scusa?, dice Dickie.

Nell'acqua, dice Victor. Ho passato gli ultimi tre giorni sul cesso. Ho cagato l'anima.

Da dietro il bancone Nora sbuffa. Chiedo scusa, dice Victor.

Con l'ennesima smorfia, Nora porge la scatola a Dickie. Lui paga, si chiede come potrà sganciarsi senza prolungare la conversazione, poi nota che Victor ha il suo fucile sotto braccio. Ho dovuto portare il furgone in officina, dice Victor stizzito. Ho mandato a puttane le sospensioni uscendo dal bosco.

Il ricordo gli piomba addosso come un missile scud: Victor alla guida del furgone, nella foresta, che urta gli alberi, sobbalza sul terreno sconnesso, peggiorando in misura esponenziale il tumulto in corso nelle budella di Dickie, finché...

Ah, dice Dickie.

L'ho mollato ai tuoi ragazzi, dice Victor. Ci vorrà un paio di giorni. Paga il breakfast roll, poi si gira verso la porta. Pensavo di vedere anche te in garage, dice ancora, con un tono che a Dickie sembra tagliente. Che lo stesse cercando?

Escono, si trattengono per un attimo sul marciapiede. Dickie non ha una gran voglia di continuare la conversazione, che può solo portare allo stato del Bunker, ma si sente almeno in parte responsabile del furgone. Ti servirà un passaggio allora, dice. Sí, dice Victor. Andiamo, dice Dickie.

Si avviano in silenzio verso l'auto di Dickie e sempre in silenzio iniziano il viaggio.

Scusa se non ti ho chiamato, dice Dickie alla fine. Dovevo risolvere un po' di cose.

Victor mastica impassibile il suo panino, senza staccare gli occhi dalla strada, come se sapesse cosa sta per dire e si rifiutasse di offrirgli un motivo per non dirla.

Infine Dickie sputa il rospo. Riguardo al Bunker, dice. Ci ho pensato.

Victor scuote la testa. Non decollerà, Dickie.

Cosa non decollerà?, chiede Dickie, sorpreso. Il Bunker, vuoi dire?

Già, dice Victor cupo. Guarda fuori del finestrino, dà un altro morso al breakfast roll.

Perché no?, dice Dickie, con la sensazione che farebbe meglio a non chiederlo. Per via dell'acqua?

L'acqua è solo l'inizio, dice Victor. Ancora una volta non chiarisce. Dickie è infastidito. Ma evita di farsi trascinare in quel ginepraio. Lascia la strada nuova, si addentra nella torbiera. I campi sono marroni e mangiati fino alle stoppie: sparute pecore spelacchiate fissano l'auto con occhi che somigliano a quelli di Victor.

Non importa, dice. Tanto ho deciso di non andare avanti con i lavori. Fa un pausa, cerca di cogliere un segno nella masticazione di Victor. Mi sono appena visto con Big Mike, prosegue. Per parlare della concessionaria. Lascio la carica di amministratore per il momento, quindi... quindi...

Le parole gli muoiono in gola. Voleva dire che per questo motivo non avrà piú tempo da dedicare al Bunker. Ma non ricorda come collegare le due cose in modo logico. Per cui comincerò una nuova attività, annuncia. Devo ancora definire i dettagli, ma è su questo che mi dovrò concentrare.

Giusto, dice Victor.

Ti sembrerà poco sensato, continua Dickie, dopo tutto quello che abbiamo detto sul, ehm, sul futuro…

Ci siamo, è qui, dice Victor di colpo, al che Dickie sterza bruscamente facendo stridere le gomme. Si inerpicano su un sentiero per fermarsi davanti a un minuscolo cottage. È macchiato di umidità e potrebbe essere scambiato per un rudere non fosse per le otto o nove telecamere a circuito chiuso installate sul muro e puntate in ogni direzione possibile, la strada, gli alberi, il cielo. Un'antenna televisiva giace triste e sola sul terreno, come a simboleggiare qualcosa. Le finestre sono coperte da teli neri.

Per un attimo rimangono seduti in silenzio. Il calore all'interno dell'abitacolo aumenta, anche con i finestrini aperti.

Questa è casa tua, vero?, dice Dickie. Oh, ah, dice Victor. Il silenzio si riprende la scena.

Ti pagherò il lavoro che hai fatto, ovvio, dice Dickie. Si volta verso Victor con un sorriso disperato. Ho apprezzato l'impegno che ci ha messo, davvero.

Victor non parla, non si muove, continua solo a masticare il suo panino maleodorante, gli occhi vitrei e inumani fissi sull'orizzonte. Dovrò recuperare la mia attrezzatura, dice alla fine.

Giusto… giusto… certo, dice Dickie. Quando vuoi.

È un bel po' di roba, dice Victor. Non riavrò il furgone prima di martedí, aggiunge.

Vuoi fare un salto a prenderla adesso?, propone Dickie. Victor alza le spalle, mastica. Ma poi dice: Non mi piace pensare che resti lí, abbandonata nel bosco.

Bene, dice Dickie, rimettendo in moto. È l'ultima volta, considera tra sé.

Dopodiché, storia chiusa.

Decide di passare prima a casa per mettere la torta in frigo. Altrimenti resterà in macchina per delle ore, mentre loro recuperano l'attrezzatura di Victor. Spera di entrare e uscire senza essere visto, ma appena imbocca il vialetto PJ esce per salutarlo.

Fa' il bravo, infila questa in frigo, dice Dickie, porgendogli la scatola con la torta.

Cos'è? Una torta?

Una torta, sí.

Perché una torta?

Perché sí, dice Dickie. Muoviti su, che vado di fretta.

PJ si incammina, ma poi si volta. C'è Victor con te in macchina? State tornando al Bunker?

Andiamo solo a prendere un po' di cose.

Posso darvi una mano?, dice PJ.

Restiamo solo un minuto, replica Dickie, ma poi si arrende. Oh, Cristo, va bene, dacci una mano. Prima però metti via la torta. E non dire niente a tua madre.

PJ entra in casa con la torta. Dickie risale in macchina e si avviano verso la proprietà infestata dai fantasmi.

Mentre parcheggiano e si immergono di nuovo nel bosco incontaminato, l'umore di Dickie si solleva. Chiazze di luce verde li circondano. Si gira verso Victor, che arranca risoluto tra le felci, e gli chiede, in tono quasi scherzoso, perché non creda piú nel progetto del Bunker.

Questa, per cominciare, dice Victor. Batte il piede. Questa cazzo di strada.

Strada?, dice Dickie. È solo un sentiero. A essere generosi. Lascialo una settimana al suo destino e verrà coperto dalle erbacce.

Strada, sentiero, chiamalo come ti pare, qualcuno è passato di qui e qualcuno ci ripasserà, dice Victor. È un sito troppo esposto.

È in mezzo al bosco, insiste Dickie.

È troppo esposto, ripete Victor. Non mi è mai piaciuto, e se ho scavato qui un pozzo è stato solo perché era comodo, ce n'era mezzo già fatto. E guarda dove ci ha portato, aggiunge.

Problema superato, immagino, commenta Dickie.

Arrivano nella radura. PJ, venuto a piedi da casa, li ha anticipati e sta controllando le sue piantine, per vedere se sono cresciute. Victor non lo saluta. Tira su un cavo, lo riavvolge nella bobina. Poi va al pozzo e comincia a svitare la pompa a mano. Ogni sua azione sembra rivolta a Dickie.

Che hai intenzione di fare?, chiede lui. Sbaracchiamo?

È quel che stiamo facendo, no?

E se non sbaraccassimo? Se andassimo avanti?

Ripartiamo da zero, dice Victor. Piú in là. Si raddrizza, scandaglia con lo sguardo il fronte impassibile degli alberi. Lassú, magari. Indica una fitta schiera di aceri gialli, con ulteriori aceri dietro. Troviamo un'altra falda. Scaviamo un altro pozzo. Senza lasciare tracce. Stavolta nessuno saprà dove sei.

Mi sa che quella non è manco piú terra nostra, dice Dickie. Victor alza le spalle.

Dickie scruta gli aceri. Piú in là, pensa. Per un solo ma inebriante secondo, si sente trasportato nella foresta, l'attraversa passando di albero in albero, come uno spirito.

Vuoi ricominciare tutto da capo?, chiede PJ.

Fai silenzio un attimo, dice Dickie.

Potresti lasciarlo qua, riprende Victor, carezzando il pozzo come se fosse un bravo cane. Ma per depistare. E magari mettere anche un filo d'inciampo sulla strada che arriva qui. O sulla porta. In ogni caso, da lassú hai una buona visuale. Traccia con il dito un arco che va dal Bunker agli aceri. Chiunque sconfini lo vedrai e sarà completamente esposto.

Chi sarà esposto?, chiede PJ. Esposto a cosa?

Smettila di interrompere, gli dice Dickie.

Si potrebbe scavare un tunnel, anche, prosegue Victor, fissando la collina.

Ma non hai voluto usare i camion, gli ricorda Dickie. Servirà un escavatore, come minino.

Quando c'è la volontà, un modo si trova, dice Victor. Potresti costruirne uno piú grande, in quel caso.

Potremmo installare una gabbia di Faraday? Ricorda che Victor ha accennato a questa possibilità a suo tempo. Se avessimo spazio?

Cos'è una gabbia di Faraday?, chiede PJ.

Per uno Iem? dice Victor.

Cos'è uno Iem?

PJ, dice Dickie.

Un impulso elettromagnetico, dice Victor. Prodotto da una bomba nucleare che esplode a mezz'aria.

Perché una bomba nucleare dovrebbe esplodere a mezz'aria...

Cristo, PJ!

Cominciamo a costruire un nuovo bunker?

Tu non cominci proprio niente, dice Dickie. Devi pensare ai compiti, tu. Il ragazzo fa il muso lungo. Dickie guarda Victor. Victor guarda Dickie. Poi il telefono di Dickie comincia a suonare. È Imelda. Risponde ma non c'è campo. Gli arrivano soltanto frammenti di piagnistei, fonemi di proteste incorporati nelle scariche di elettricità statica. Mette giú, ma lei richiama e accade la stessa cosa. Cazzo, dice, poi lancia un'occhiata a PJ per capire se ha sentito, e ovviamente è cosí. Faccio una corsa a casa per scambiare due parole con tua madre, dice. Le spiego dove siamo.

Vengo anch'io, dice PJ.

No, resta, dice Dickie.

Ma non c'è niente da fare...

Resta, insiste. Voi due aspettatemi qui, ci metto solo un minuto.

Non vuole perdersi in una discussione a vuoto con Imelda, ma l'esito è proprio questo, ovviamente. Lei gli chiede cos'è venuto fuori dall'incontro. Lui non dice niente – ormai si è quasi dimenticato com'è andata. Il che suscita nuove domande. Perché Maurice ha fatto tante storie per vederlo, se non era niente? Gli ha detto quando potrà riprendere a lavorare? Dickie si vede perciò costretto a spiegarle che in effetti suo padre non c'era, che è partito al mattino.

Partito? Senza nemmeno salutare? È sconvolta e questo prima ancora che lui le dica che non tornerà al garage nel prossimo futuro. In che senso, nel prossimo futuro? Nel senso di mai, risponde Dickie, perdendo la calma. Mai.

Al che lei scoppia a piangere. Dickie si sente morire dentro. La cinge con il braccio, farfuglia poche e vaghe parole di conforto. Vorrebbe che gli credesse, capisse che questa è una vittoria, non una sconfitta, che il futuro non è buio e spaventoso come le appare adesso ma pieno di luce e possibilità. Comincia ad avvertire la frustrazione di vedersi spinto di nuovo nella solita scatola dove non può andare avanti che a forza di omissioni e mezze verità. Alla fine si stacca da lei, le dice che deve tornare da Victor. Victor?, ripete Imelda, con gli occhi che diventano due fessure. Prova a spiegarle che Victor è lí perché stanno chiudendo il cantiere, anzi sbaraccano proprio, ma lei non intende ascoltarlo, continua a rimproverarlo con ferocia e non ci vuole molto perché lui, in quella cucina linda e pulita, animato dal proposito di ricominciare da capo e dal giuramento di essere un uomo migliore, si ritrovi a urlare e rispondere per le rime, finché nel mezzo della foga lei si interrompe, si raggela. Dov'è PJ?, chiede.

L'ho lasciato lí, dice.

Da solo?

Con Victor, dice.

Dopodiché non c'è piú modo di ragionare. Imelda grida, lancia cose – lancia anche la bellissima torta al cioccolato! Questa è sua moglie in sostanza, cerchi di farla felice e lei si aggrappa all'unico e piccolo dettaglio che non le garba per immolare tutto il resto. Dickie comincia a ripulire il casino, ma lei lo scaccia, gli dice di andare a cercare suo figlio e portarlo via da quello scherzo della natura.

Ripercorre il prato pestando i piedi, con il buon umore ormai rovinato, il proposito di ricominciare da capo allo sbando, deciso a fare una ramanzina a PJ perché ha lasciato la torta sul piano della cucina. È allora che giunge al suo orecchio. Una voce, una voce tenue che gli dà un consiglio. Piú in là, gli dice.

Piú in là, pensa lui, e nella sua mente vede stagliarsi la schiera di aceri gialli.

Imelda sbagliava a preoccuparsi. La foresta è silente e tranquilla. Arriva nella radura e trova Victor e PJ accovacciati uno di fianco all'altro, lavorano insieme a qualcosa. PJ gli volge le spalle; Victor gli parla con voce ferma e chiara. Gli dà istruzioni. Avvicinandosi, Dickie vede qualcosa scintillare nella mano di suo figlio, mentre sopra la spalla del ragazzo coglie per un attimo una sagoma. PJ gira la testa e leva lo sguardo sul padre. Dickie fa un balzo indietro. La faccia di suo figlio è bianca come l'alabastro, stremata dall'orrore. Sul telo di fronte a lui Dickie vede una carcassa minuscola. Il cordino viscido delle interiora fuoriesce dall'addome; due globi neri brillano in direzione di Dickie, lucenti nella loro agonia.

Sto mostrando al giovanotto come si sventra uno scoiattolo, spiega Victor.

I suoi occhi vuoti sono rivolti agli alberi alle spalle di Dickie. Il coltello insanguinato scintilla nella sua mano. Ora basta, dice lui. Tende una mano al ragazzo. Va tutto bene, dice. PJ fissa Dickie, è di un pallore cadaverico, come se fosse sul punto di svenire. Si rialza lentamente, ma non prende la sua mano. Continua invece a guardarlo o a guardare oltre, con la stessa espressione indecifrabile: disgusto, orrore, qualcos'altro anche – incredulità? Consapevolezza? Poi, con la schiena dritta e le mani scostate dai fianchi, lascia la radura per incamminarsi verso casa.

Dickie lo segue con lo sguardo finché non sparisce. Poi, dietro di lui, sente Victor dire: Ho caricato la macchina, se vuoi riaccompagnarmi.

E Dickie, con gli occhi sempre puntati dove ora non ci sono che alberi, chiede: Cosa intendevi quando hai detto di andare piú in là?

L'età della solitudine

1.

Cass.

L'insegnante ha piercing ovunque e si firma jj, due *j* minuscole. Mentre jj tiene una lezione di Introduzione al romanzo per gli studenti del primo anno e parla di complicità, Elaine è accanto a te e aggiorna il suo Instagram sul MacBook. Anche lei ha un piercing ormai, un anello al naso che si piega su un lato quando è ubriaca assumendo l'aspetto di una grossa caccola di metallo.

Primo anno, perché devono sempre sottolinearlo? È paternalistico, dice Elaine. E perché solo studenti? E non anche studentesse? O meglio ancora studenti e studente?

E quando ci chiamano matricole?, dici tu. E se fossimo matricolate anziché matricole? Studente matricolate del primo anno.

Parlo sul serio, ribatte Elaine.

Lo so, dici tu.

Dalla pedana jj dice: Dobbiamo chiederci, il linguaggio è razzista?

Fanno un happy hour alla yogurteria, dice Elaine.

Fuori il cielo è color peltro, il vento afferra i capelli di Elaine e li fa turbinare, tanto che per un attimo la tua amica prende le sembianze di Medusa, una bellissima Medusa con una selva di serpenti dorati in testa. Ride, si scosta le ciocche dal viso. Che tempo assurdo!, dice. Tu imbocchi la galleria che porta in strada ma lei esita. Vediamo se le altre vogliono venire, dice.

Mangiate alla yogurteria e/o al noodle bar thailandese all'angolo quasi ogni giorno, perché il fornello che avete a casa non funziona. Neanche la lavastoviglie funziona. La lavatrice ha funzionato per un breve periodo, poi basta. La stufa in cucina emana un forte odore di capelli bruciati ma non un calore degno di tal nome; a volte le stanze sono cosí gelide da far pensare che siano infestate dai fantasmi, perché un freddo simile è innaturale. Come sarà in inverno?, ti chiedi.

Sai che in realtà manco me ne accorgo?, dice Elaine, anche se indossa ancora cappotto e paraorecchie. Tanto, considera, non ci siamo quasi mai.

È vero: ci sono tante di quelle feste e di quei «balli» in queste prime settimane che di rado tornate a casa prima delle tre del mattino. I giorni e le notti si confondono in un turbinio insonne costellato di estranei e vino a sbafo. La ragazze girano con frangette e braccialetti e vestiti vintage, i ragazzi si scambiano meme e teorie complottiste e parlano di software musicali. Quanta soggezione proveresti se venissi qui da sola, se dovessi contare sempre e soltanto su te stessa. Ma non sei sola; sei con Elaine. La prima cosa che ha fatto il primo giorno è stato indicare il Front Arch, che è in effetti un piccolo arco posto all'interno di un grande arco, per dirti che pareva una vulva.

Girovagate in Front Square tra gli stand della Settimana delle matricole e lanciate sorrisi enigmatici ai promotori che si contendono la vostra attenzione. Siete nuove, siete richieste. Il mondo è un giardino di fiori che girano il viso verso di voi. Vi iscrivete alla Literature Society, alla Sci-fi Society, alla Japanese Culture Appreciation Society, alla DU Players Drama Society e andate agli eventi inaugurali – o anche no, se vi capita di imbattervi in un gruppo di persone lungo la strada e cambiare piani sul momento e andare altrove. Incontrate qualche compagno di corso e vi immergete in conversazioni sovreccitate e mozzafiato che frullano in aria come il vapore all'aroma di ciliegia che esala dalle sigarette elettroniche. Alla terza sera vi salutate come amici di vecchia data: Kit di Londra, Sophie di Vienna, Zack del New Mexico. Occhio a con chi parli le prime settimane, dice Elaine. Se no per il resto dell'anno ti ritrovi incollata addosso una studente tedesca di Teologia, una coi peli sotto le ascelle, tipo. Ma finora è convinta che stiate parlando con le persone giuste.

Non dici da dove vieni. Chissà, forse Elaine si inventerebbe una balla se tu non fossi presente. Ma quando qualcuno chiede come vi siete conosciute, lei ti prende la mano e agitandola dice: Cass è mia amica da sempre. E ti carezza i capelli. Non è bellissima?, chiede con una punta di sfida, e tutti si girano sorpresi a guardarti.

A volte però non uscite. Una nottata la passate a guardare un'intera stagione di *Friends*, acciambellate sotto il piumone per stare al caldo. Un'altra volta ritinteggiate insieme il bagno con una vernice trovata sotto le scale. La vernice è rosa acceso. Ho come l'impressione di essere in un intestino, dice Elaine.

Una sera per divertirvi vi iscrivete a un'app di incontri per guardare fenomeni da baraccone, come li chiama lei, e passate quattro ore di strazio esilarante a scorrere i profili di almeno un centinaio di ragazzi disponibili.

Guarda i bicipiti di 'sto tipo quanto sono grossi! Wow, è super fiero.

Che schifo, quel cappello.

Stupratore.

Pagliaccio.

Serial killer.

Un altro stupratore.

Il suo cane mi piace, però.

Ovvio che ti piace. Usa il cane proprio per distrarti dal fatto che è uno stupratore.

Sfigato.

Gnomo da giardino che ha preso vita e adesso lavora nella finanza.

Questo è vestito di rosa in tutte le foto, si mimetizzerebbe benissimo nel nostro bagno.

Oh, Cristo, questo è l'uomo piú terrificante che abbia mai visto, sul serio.

«Lavoro in proprio con un furgone», fantastico, perfetto per smaltire un cadavere.

«Ho un trapano».

«Ho un alibi».

Il cane è carino, però. Con lui ci uscirei proprio, col cane cioè.
Anch'io, dovrebbero fare un'app per cani disponibili.
È come un pigiama party infinito. È come quelle notti in cui stavate sveglie a mandarvi messaggi, solo che vi parlate di persona. Senti i polpastrelli bruciare a contatto con la vaschetta di gelato. Quando pensi che questa è la tua vita adesso il cuore comincia a batterti nel petto come se fossi sulle montagne russe.

Ti dice cose di sé che tu non avevi mai saputo. Per esempio, quando aveva tredici anni, ha sviluppato un'ossessione per i peli del corpo. Ogni mattina si alzava un'ora prima dei genitori per depilarsi le braccia. È andata avanti cosí per mesi, finché un giorno ha impostato male il microonde e si è bruciata con la ceretta, ustione di secondo grado. Guarda, dice, e ti mostra la cicatrice. Com'è possibile che tu non l'abbia mai notata? Un'altra ustione di secondo grado se l'è procurata passando quattordici ore in giardino senza niente addosso a parte il burro di karité. È stato per colpa tua, dice. Ti avevo vista in chiesa, eri appena tornata dalla Dordogna e avevi un'abbronzatura fantastica su tutto il corpo. Io?, dici tu. Ancora non ci conoscevamo, dice lei. Tu sei sconvolta. Non ricordi nemmeno di esserci andata, in Dordogna. Non ricordi il periodo prima che vi conosceste.

Quando suo padre beveva, dice lei, spesso picchiava sua madre. Litigavano perché lei pensava che lui la tradisse. Certe volte lui usciva. Altre... *pum!*
Tu non sai che dire. Mi è sempre sembrato gentile, le dici. Cioè... con me è sempre stato gentile.
Probabilmente voleva scoparti, dice Elaine, e allunga la mano per prendere il telecomando.

Alcune ragazze venute dalla provincia tornano a casa nei fine settimana per «stare lontane dalla frenesia cittadina». Voi concordate sul fatto che è un atteggiamento del tutto sbagliato. Avete passato una vita a cercare di scappare dal vostro paese. E ora dovreste tornarci ogni venerdí per usare l'asciugabiancheria?
E comunque, non si sta cosí male in città. E anche se si stes-

se male, dice Elaine, sempre meglio questa frenesia che una zona di guerra.

I suoi genitori stanno litigando; Elaine pensa che suo padre possa avere una nuova relazione.

Il tradimento è una cosa normale, dici. Mio padre ha mollato il lavoro per trasformare il Bunker in una specie di rifugio per survivalisti.

Che bunker? Il nostro Bunker?, dice Elaine.

Sí, dici.

Che cazzo, dice lei.

Le mostri le foto che ti ha mandato PJ. A sentire lui, nel caso di un'apocalisse la famiglia avrà un posto dove stare, spieghi.

Assurdo, dice Elaine.

A me non importa se ci sarà un'apocalisse, le dici. Non voglio tornarci, in quel posto.

La luce della città è di un azzurro pallido, argenteo – la luce del mare. Casa vostra si trova sotto una traiettoria di volo e nell'aria risuona un rombo basso e costante, sembra un'esplosione al rallentatore. La strada è fiancheggiata soltanto da cottage uguali al vostro, e lo stesso vale per la strada dopo e anche per la strada ancora dopo e quella dopo ancora. Non ci sono alberi. Un mattino tu trovi una foglia sulla porta di casa e allora guardi prima in alto, poi in fondo alla strada per capire da dove è arrivata.

A me non mi mancano i miei, dici. Ma quanto deve essere stato strano per uno tipo mio padre? Non era mai stato a Dublino prima, non conosceva nessuno qui. Non aveva nemmeno un telefono! Si sarà sentito come catapultato nello spazio!

Te lo immagini, giovane e solo in queste strade senza alberi, con una gran voglia di essere a casa. Forse è cosí che ha avuto l'incidente – sognava a occhi aperti di entrare da *Crossan* a prendere il latte, senza rendersi conto del traffico mentre metteva il piede giú dal marciapiede.

Mentre venivate a Dublino ha parlato tutto il tempo del passato, di che personcina perfetta tu fossi prima di diventare cattiva. Si è comportato come se negli ultimi due anni non fosse successo niente, come se tu fossi passata di punto in bianco dal discutere in cucina della tua ricerca sul cambiamento climatico a dove ti trovi adesso, alla tua nuova vita al Trinity. A sentir tuo padre sembra che tutto questo sia merito suo, ma tu sai per certo che è il nonno a pagare l'affitto.

In sostanza mi ha detto che non avrebbe mai voluto avere dei figli, spieghi a Elaine. Ha detto che non c'era piú niente per me a casa, ma con una sfilza di parole.

Probabilmente è ancora arrabbiato perché sei svenuta a quella cena, dice Elaine. Come se il fatto che sua figlia beve non c'entrasse niente con lui.

Ti piace sentire Elaine dire che è stato tuo padre a rovinare tutto, che quanto c'è di sbagliato in te è solo colpa sua. Quando lui chiama tu non rispondi, gli mandi un messaggio dopo dicendogli che eri incasinata.

Ci sono duecento persone che studiano Letteratura. Ma al momento ne hai conosciute a malapena un quarto.

C'è una ragazza di nome Chan che si passa di continuo sui denti il piercing che ha alla lingua, facendo un suono tipo serpente a sonagli.

C'è un ragazzo di nome Darl privo di tratti caratteriali degni di nota, ma che lavora comunque a una raccolta di saggi autobiografici.

C'è una persona di nome Kit che non si definisce né ragazzo né ragazza e ti chiama Castaneda, per via dei tuoi capelli castani e «perché sei una viaggiatrice dell'aldilà».

I ragazzi di oggi sono condizionati dai tanti porno che hanno visto, dice una ragazza di nome Kady al tuo seminario sul femminismo. O hanno il terrore delle donne vere o ci considerano una specie di simulatore porno con cui possono fare tutta la roba che hanno guardato online. Elaine è d'accordo. Non ne posso piú degli uomini, dice. Non ho mai subito un abuso personalmente, sono solo stufa del maschio nel suo complesso. Ma in altri frangenti, quando siete solo voi due, dice: Ti ci vedi a *leccare una vagina*?

C'è un ragazzo, Caleb, che si è tatuato la frase ANCH'IO SONO IN GUERRA e lavora part-time da *Hella Beans*, un caffè vegano. Caleb si inventa le cose e poi le «riporta» su Twitter. Per esempio, dice di conoscere un tipo che lavora al *Westin Hotel*, il quale gli ha raccontato che i senzatetto prenotano stanze in cui passano la notte dopo aver finito di chiedere l'elemosina. Fanno tanti di quei soldi che dormono solo in alberghi da quattro stelle in su. Alcuni prendono l'aereo per venire a Dublino dall'Inghilterra, dove hanno casa in zone benestanti.

Perché lo fai?, chiede Elaine.

Perché poi tutti i razzisti che stanno online cominciano a ritwittare, dice Caleb. Dopodiché puoi star certo che rincareranno la dose. Dà un'occhiata al telefono e ride. La gente è di una stupidità abissale, dice. Aggiorna il feed. Ecco, guardate.

Una sera Imelda chiama per farti sapere che alla fine Sarah Jane Hinchy è stata accettata al Mit.

Che cosa vuol dire?, chiede.

Un'altra volta chiama per informarti che la tua vecchia insegnante d'inglese, Miss Ogle, è in ospedale. Pare abbia avuto un incidente d'auto ma ne sia uscita indenne, per cui ha acceso una candela in camera per ringraziare la Madonna di averla salvata, le tende hanno preso fuoco e la casa è andata distrutta.

Elaine ascolta questi tuoi bollettini senza reagire. Quando le chiedi se pensa che dovreste andare a trovare l'insegnante in ospedale, lei dice: In tutta franchezza, sarei felice di non sentir piú parlare delle persone di quel posto.

Tranne me, giusto?, dici scherzando. Elaine non risponde.

Tranne me, giusto?
Tranne me, giusto?
Tranne me, giusto?

Ma il giorno dopo racconta la storia agli altri. Eravamo ossessionatissime da lei, dice. Se ne usciva con frasi e parolone, ricordi, Cass?

Mellifluo, dici. *Memorioso. Dovizia. Voi ragazze siete il futuro!*

Oh, mio Dio, dice Elaine, con una risata. Poi un periodo non è venuta perché stava male e come supplente è arrivata una poeta, come diceva lei, una poeta super figa. Io e Cass eravamo presissime da lei, partite proprio. Vero, Cass?

Tu non dici niente: senti però il calore salire alle guance, alle orecchie.

Eravamo ragazzine, non avevamo la minima idea di quel che ci stava succedendo, dice Elaine. Di botto abbiamo deciso che dovevamo diventare poete anche noi. Io mi sarei buttata dentro un vulcano per lei, dice. Poi, con una sobrietà improvvisa, aggiunge: Ma lei preferiva Cass.

Non è vero, protesti. Perché lo pensi? Perché mi ha premiato per quella stupida poesia?

Era evidente, dice Elaine. L'avevano capito tutte.

Io non l'avevo capito, dici.

Tu non ti accorgi mai quando piaci a qualcuno, dice Elaine. E per un attimo sembra fissarti negli occhi con un'intensità tale che il college e i vostri amici spariscono: come se ti avesse infilzata con la punta di una lancia.

Scrivi poesie?, ti chiede Kit.

No, dici.

L'app di incontri è piena di codici e simboli.

Un unicorno è una ragazza aperta a incontri con coppie.

Eticamente non-monogamo vuol dire che hai già una relazione ma non è tradimento.

143 vuol dire Ti amo.

Cosplay latex cishet sirena di larghe vedute poliamore senza legami bear ricci WAKAH.

Come fanno le persone a sapere tutte queste cose di sé stesse? Come fanno a sapere cosa gli piace, voglio dire?

Elaine sembra confusa dalla domanda. Perché non dovresti saperlo?, dice. Perché non dovresti sapere cosa ti piace?

Mettiamo che tu non abbia mai visto una persona ustionata. Come fai a sapere se ti piacciono gli ustionati? E mettiamo invece che un giorno ne vedi uno e ti ecciti, dopodiché non fai che guardarti intorno in cerca di ustionati con cui uscire?

Sí, dice Elaine, e poi: È un cattivo esempio.

Essere moderni è anche questo, dice. Cioè, non è che devi accettare per forza quel che la società ti propone e tanti saluti. Puoi scegliere. Provare cose diverse.

Giusto, dici.

Il mondo moderno è questo, ripete lei.

Immagini una persona moderna: sfrontata e senza paura, esplora lo sconfinato deposito notturno del desiderio e, tra scaffali e pile di merce che arrivano al soffitto, sceglie il pacchetto che è solo ed esclusivamente te.

Il professor Davis indossa un abito formale e i suoi capelli somigliano allo zucchero filato di un tempo. Dovrebbe parlarvi di *La regina delle fate*, ma ha dedicato invece due intere lezioni alla punteggiatura corretta. La generazione moderna sembra convinta, dice guardandovi dalla pedana con gli occhi sgranati e un'aria sardonica, che l'incoerenza sia una virtú. E che ogni forma di chiarezza sia una sorta di fascismo. Dice *fassismo*, in realtà. Non c'è da stupirsi che siate tanto confusi, aggiunge con tristezza. Darl lo chiama Grammar Nazi. Tu azzardi per scherzo che abbia una relazione segreta con jj, una relazione sadomaso in cui si legano a turno gridandosi porcherie con lo schwa.

Caleb pensa che il professor Davis non abbia tutti i torti. Perché dovremmo inventarci le nostre regole di grammatica? Pensa se lo facessero tutti. Sarebbe il caos.

In cinese non esistono differenze di genere e neppure i pronomi, dice Kit. Eppure laggiú se la cavano bene lo stesso, a quanto pare.

Poniamo però che di punto in bianco io non voglia piú essere oggettivato quando la gente parla di me, dice Caleb. Per cui non permetto che dicano *tu* o *te* parlando di me. O *lui*. Solo *Caleb* o *io*.

E perché mai dovrebbe essere questo gran problema per te?, dice Elaine.

Scusa, mi stai oggettivando, replica Caleb. Il modo corretto di formulare questa tua osservazione è: E perché mai dovrebbe essere questo gran problema per io?

Quello è un idiota totale, dice Melissa quando Caleb se ne va alle prove della band.

Attizza, però, dice Sophie.

Sei fortunata, ha detto papà mentre andavate a Dublino, la vostra generazione non deve nascondere certe cose come la mia.

Quali cose?, hai chiesto. Ma tuo padre non ti ha sentito, apparentemente.

Devo dirti una cosa, dice lei la sera al bar. Ti fissa seria con quei suoi occhi verdi. Roba grossa.

Il tuo cuore comincia a picchiare come di certo i cuori non dovrebbero fare. Ah sí?, dici.

Fa un respiro profondo. Sto cambiando il mio profilo, dice. Da ragazzi, a ragazzi e ragazze.

Ti osserva elaborare la novità, ti osservi anche tu mentre elabori la novità sbigottita, l'intero corpo che vibra come un diapason che ha appena urtato contro l'universo.

Oh, wow, dici.

Volevo fossi la prima a saperlo, dice. Perché sei la mia migliore amica e sono certa che capirai.

Sí, dici o almeno ci provi, a dirlo, perché quella semplice parolina si schianta in fondo alla gola. Un sorriso ti risale dal profondo, dagli occhi ti colano lacrime e ora i tuoi battiti cardiaci sono cosí veloci che si confondono tra loro, come se il cuore fosse un colibrí le cui ali sfarfallano sfregando l'interno della cassa toracica. Grande, dici, è davvero fantastico.

E poi al momento di uscire dal bar lei ti prende per mano e correte insieme nella piazza illuminata dalla luna, fluttuate sui ciottoli come ninfe, belle ed eteree. Dopo nel tuo diario scrivi «nottilucente gibbosa» e «Lei», creature fiabesche simili a quelle che, secondo Rose, infestano la terra, anche se il nome fa pensare a una Ragazza magica e onnipresente che percepisci accanto a te, la pelle lunare, il corpo notturno punteggiato di stelle.

Al mattino ti svegli presto e osservi l'alba insediarsi intorno a te. La immagini come la corda di un arco mentre tu sei una freccia, sul punto di essere scoccata nella luce sempre piú intensa, finché non ti alzi dal letto con un balzo. Oggi è il gran giorno! Basta perdere tempo! Deve essere oggi! Ti infili i leggings con una determinazione incontenibile, esci a cercarla per rivelarle i tuoi veri sentimenti.

Prostituta.
Cappello.
Quel cappello è folle. Sembra un'antenna parabolica.
Un cane – non posso credere che anche le ragazze rimorchiano con 'sti cani di merda.
Trash.
Sí! Cristo, mettiti qualcosa addosso!
Lei pure. Quante tette!
Ha due tette incredibili. Però non penso siano vere.
Non penso che *lei* sia vera. Comincio a chiedermi chi sia vero qui sopra.
Quelli con cui nessuno vuole uscire sono veri.
Ti alzi per vedere se il gelato si è scongelato. Dopo il gelato glielo dirai. Dal divano la senti urlare: Non ci credo, c'è anche quel Caleb qui sopra.
Nella foto ha un'acconciatura afro arcobaleno e occhiali alla Groucho Marx. I suoi hobby sono l'ideazione di suicidi e le bocce. Che coglione, dice Elaine, e poi: Penso di limonarci giusto per incasinargli un po' la testa.

Al lancio della rivista della Poetry Society il vino viene servito in bicchieri di plastica. Caleb dice che sa di benzina. Sí, conferma Elaine, la benzina di un tempo, quando era ancora col piombo. Non ti perdi niente, dice, e ti carezza la mano.

Una ragazza legge dalla pedana una poesia ispirata da «una storia con un uomo piú anziano che ho poi scoperto essere violenta».

Da un tavolo alla sua destra i vassoi di liquidi splendenti ti lanciano richiami, sembra un coro, un coro dei tuoi migliori amici che ti cantano melodie bellissime e non capiscono perché tu non vada da loro.

Io ero un fiore, dice la ragazza. Tu eri un botanico. Io ero un'ora. Tu eri un orologiaio.

Cristo, dice Caleb.

Dovresti scrivere qualcosa cosí, Cass, dice Elaine. Scommetto che te lo stampano.

Stampano qualunque cosa, dice Caleb.
Accanto a te le dita di lei si intrecciano con quelle di lui.

Ci sono giornate che è come se non esistessero, anche con te presente. Gli edifici sono di cartapesta, le persone sono comparse, ti sembra di essere intrappolata in un episodio filler. Lanci del caffè in faccia a qualcuno, agiti le tette davanti al docente, ti butti sotto una macchina – domani sarà tutto dimenticato. Ma sul momento la giornata è infinita, come traversare il deserto strisciando.

Anche se non vorresti rivederli mai piú, a volte è piú forte di te, pensi a casa, immagini cosa stanno facendo i tuoi in quel momento. Vedi mamma urlare a papà di venire a cambiarle il canale della tele perché si è appena passata lo smalto sulle unghie e non può prendere il telecomando né vuol vedere il documentario sul genocidio che papà sta registrando. Di sopra, PJ gioca a *Space Nazis* a tutto volume o costruisce una biosfera con il Lego. Piú in là, nel buio, il fruscio e il silenzio degli alberi, di quei cazzo di alberi.

Una sera mentre esci dalla biblioteca ricevi una chiamata di Elaine. Non è che stai tornando a casa proprio adesso, vero?, ti chiede. È senza dubbio una domanda tendenziosa, ma non riesci a capirne il motivo. Poi ti spiega che sta preparando la cena per Caleb. È il nostro anniversario, stiamo insieme da due settimane, dice.
Oh, dici.
Ovviamente non ti sto dicendo di non venire a casa!, precisa. Ma se potessi concederci un po' di privacy per un paio di ore, tipo.
No, certo, dici.
Scusa, te l'ho detto all'ultimo minuto, lo so.
No no, figurati, dici. Due settimane!
Sí, dice lei.
Hai sentito una fitta di dolore, all'allusione che tu sia una intrusa nella loro privacy. Ti chiedi anche come Elaine possa preparare una cena, visto che non funziona niente in quella casa. Ma

non le dirai nulla, perché tu sei quella che capisce sempre. Ma cosa farai adesso, Cass? Stanca e senza un posto dove andare?

La risposta è di una semplicità sorprendente. Da quando sei al college non hai bevuto un goccio d'alcol. Lo hai promesso a Elaine dopo che sei stramazzata alla cena del nonno. Ma lo hai promesso solo per farla contenta, vero? Non perché pensavi che fosse necessario. E comunque lei non è qui con te adesso, dunque che importa?

È scesa la notte, le facce illuminate dai telefoni ondeggiano nel buio sorvolando i ciottoli scivolosi e bagnati di pioggia in Front Square; se stringi gli occhi sembrano fuochi fatui – una comunità di fuochi fatui che si portano a vicenda verso uno stadio di ulteriore confusione e ulteriori errori. Riapri gli occhi e vedi un paio di persone procedere nella stessa direzione e tu corri per raggiungerli. Stanno andando alla Hist, però, non al bar. Si parla del cambiamento climatico. Vieni con noi!, dicono.

Tuo padre ti raccontava sempre dei dibattiti che si tenevano nei vari circoli del Trinity e di quanto si divertiva. Forse è per questo che non vi siete iscritte a nessuna delle società di dibattito durante la Settimana delle matricole. Se mai dovessimo arrivare a un punto in cui non abbiamo niente di meglio da fare che andare a un cazzo di dibattito, allora tanto vale mollare il college, ha detto Elaine. Ma ora segui gli altri in una grandiosa sala che pare uscita dal *Signore degli anelli*. Su un palco, un gruppo di studenti con dei veri smoking e un'aria super compiaciuta. Si è riunita una gran folla; non trovate tre posti vicini, per cui dici agli amici che li cercherai dopo. Non importa, non sono tuoi amici in effetti. Chi è davvero tuo amico, del resto? Ti imponi di tacere, di fartene una ragione, pensa solo a sederti e a lasciar passare altre due ore senza bere. Per allora, quando tornerai a casa, forse Elaine e Caleb saranno andati a letto. Dovrai comunque sentirli fare sesso anche se per qualche strana ragione non ti sembra una prospettiva negativa quanto il dover conversare con loro.

Tutti parlano e ridono intorno a te. Tiri fuori il telefono e scorri lo schermo. Senza volerlo pensi a tuo padre, provi a figurartelo seduto su questa stessa panca in abito da sera. Ma non visualizzi niente: è impossibile immaginare quella parte della sua vita.

L'oratore è un politico, ha una pelata lucida e occhiali con lenti spesse. Lo seguivi durante il tuo periodo ambientalista, ma non lo avevi mai visto dal vero prima d'ora. Fruga tra le sue carte per un po', quindi leva lo sguardo. È bello tornare qui, dice. Quando ero al college prendevo spesso la parola ai dibattiti della Hist. Ho imparato un sacco su come irritare la gente.

Ridono tutti e anche tu ti ritrovi a sorridere. La bocca di quell'uomo è strana ma bella.

Sono qui per parlarvi del cambiamento climatico, dice, un'altra cosa che irrita tantissimo le persone. Ci irrita perché ci fa sentire in colpa. Ci induce a pensare che tutto quello che facciamo sia sbagliato. E questo è un vero problema. Se c'è una cosa che ho scoperto nel mio percorso di attivista è che incolpare la gente è il modo peggiore per motivarla. Spingi qualcuno a vergognarsi fin nel midollo, gli spieghi che la sua stessa esistenza è nemica della vita e che il contributo migliore che può dare al pianeta è morire, dopodiché gli chiedi se è disposto a fare una donazione.

Tutti ridono di nuovo.

Il cambiamento climatico resta dunque un curioso fenomeno di cui siamo tutti consapevoli, ma che al contempo siamo decisi a non prendere in considerazione. Conosciamo ciò che di terribile sta accadendo al mondo, al nostro mondo. Conosciamo le statistiche, e sono terrificanti: ogni singolo giorno viene abbattuta un'area boschiva grande quanto la città di New York, il settantasette percento degli insetti sono estinti, per dieci anni consecutivi si sono registrati nuovi massimi storici nelle temperature. Siamo al corrente dei miliardi di piante e animali già uccisi dall'inquinamento e dalla distruzione del loro habitat, siamo al corrente dell'innalzamento dei mari, dello scioglimento dei ghiacci, della desertificazione. Sappiamo tutto. Eppure continuiamo a non fare nulla per impedirlo, perché le cause, le azioni che stanno peggiorando la situazione – costruire edifici, andare in macchina, prendere aerei, mangiare carne, comprare roba, *avere figli*! – sono le azioni che ci rendono ciò che siamo. Abbiamo quindi la sensazione di trovarci davanti a un dilemma insolubile: se non vogliamo essere uccisi dal cambiamento climatico, dobbiamo smettere di essere noi stessi. È comprensibile che la gente non protesti in massa nelle strade. Il pensiero di combattere il cambiamento climatico ci sembra per certi versi peggiore della prospettiva di venirne uccisi. O, per metterla in altri termini, il pensiero di non essere noi stessi è piú difficile da accettare del pensiero di essere morti.

Come possiamo accettare questa idea? Stasera proverò a dimostrarvi che la strada che porta a una soluzione risiede in un ripensamento radicale di ciò che intendiamo con «noi». E lo farò proprio osservando da vicino le cose che paiono definire la nostra identità. E sono proprio queste due parole il nocciolo della questione. «Cose» e «identità». In che relazione sono le «cose» con la nostra «identità»? Come può una cosa definire un'identità? Prima di avere queste cose, non avevamo un'identità? Quando siete nati, nell'attimo in cui siete venuti al mondo, senza iPhone, senza auto né Nike né Adidas, anzi senza scarpe da ginnastica di alcun tipo, i vostri genitori hanno forse pensato che foste incompleti? Di ritrovarsi con un bambino difettoso? No. Hanno pensato che eravate perfetti. Eravate nudi dalla testa ai piedi e senza nemmeno il dono della parola, e tuttavia i vostri genitori hanno pensato che foste l'acme della bellezza e della perfezione.

Ma non è questa l'idea che abbiamo di noi stessi, vero? Non è questa l'idea di noi stessi che siamo incoraggiati a coltivare. Ci viene al contrario insegnato a pensare a noi stessi come sbagliati, inadeguati, incompleti. Diversi in un modo che ci appare ripugnante, inaccettabile. Ci viene insegnato che se non nascondiamo questa diversità, siamo destinati alla solitudine. A non essere amati. E cosí impariamo a coprire noi stessi con prodotti, etichette, maschere di questo o quel tipo. Vestiti, merci, squadre sportive, sistemi di credenze, opinioni politiche, nazionalismo – cose esterne a noi che usiamo per rappresentare la nostra identità. Io sono il tipo marxista, io sono il tipo con l'orologio costoso, io sono il tipo che viene da *qui* e non da *lí*. Ecco quali sono i vostri pensieri, quando mi osservate. Resto comunque diverso da voi, ma in modo comprensibile, categorizzabile.

Quando ero uno studente di questo istituto, vent'anni or sono, ero un maestro in simili occultamenti. Non lo avreste mai pensato parlando con me. Ero uscito allo scoperto, cosa non comune allora. La gente pensava che fossi coraggioso e in un certo senso era vero, verissimo. In quel periodo era normale picchiare i gay o gli uomini che sembravano gay o venivano sospettati di essere gay, era all'ordine del giorno. Nonostante ciò avevo costruito il mio coraggio sulle fondamenta della paura. Perché a spaventarmi davvero non era che gli altri capissero che ero gay. Avevo paura che capissero chi ero. Che potessero odiarmi in quanto gay – o caprone della Trinity o protestante o qualunque altra cosa – era comunque meglio, molto meglio che arrivassero al mio vero io, a quella persona che trovavo ripugnante, vergognosa, impossibile da amare. La mia sessualità era insomma uno strumento per sviare l'attenzione.

E per molto tempo ha funzionato, la facciata è servita allo scopo. Ero bravissimo a dibattere. Ero conosciuto e amato, o almeno conosciuto, in tutto il campus, ero un punto fermo della scena gay. Destinato a una lucrosa carriera nelle aule di tribunale, mi sarei arricchito facendo rumore e l'iconoclasta. Mi ero già prefigurato tutto. Cosa ha rovinato il quadretto? No, non i reati d'odio, non il pregiudizio, ma l'opposto. Ebbene sí. Mi sono innamorato.

Mi sono innamorato di un uomo, un altro studente del Trinity, e non è andata bene. Per un mucchio di ragioni. Inutile entrare nei dettagli. Eravamo giovani, non era comunque il caso di farne un dramma. Non in quella fase della vita, giusto? Non è questo che ci viene sempre detto? Ma fu un dramma e ne uscii distrutto. Mollai il college, ero... be', immaginate il posto peggiore in cui può trovarsi una persona: quel posto ero io.

L'oratore smette di parlare, china la testa. La luce la fa brillare nell'oscurità. Il silenzio in sala è totale. Non so spiegarvi quanto è strano ritrovarmi qui, dice nel riprendere la parola. Il passato è cosí, vero? Credi di essertelo lasciato alle spalle, poi un giorno entri in una stanza e lo trovi lí ad aspettarti.

Il fatto è che, al termine di quella relazione, mi sembrava di non avere piú nulla. Guardavo la mia vita e non vi scorgevo niente in cui credere. I miei dibattiti, persuadere le persone su questioni che non mi interessavano, la mia immagine pubblica, il finocchio festaiolo con quattordici paia di Louboutin, i giochi, le maschere, l'illusorio castello che mi ero costruito con grande cura... tutto questo non funzionava piú. Non serviva a farmi superare quella perdita. Mi sono reso conto che per continuare a vivere – per restare in vita anche un solo giorno di piú – dovevo lasciare entrare il mondo. Dovevo essere parte di qualcosa di reale, e per riuscirci dovevo lasciarmi vedere per quello che ero. Il pensiero mi atterriva, perché mi atterriva la mia vera identità. Era come venire allo scoperto di nuovo, solo che adesso era un milione di volte piú dura. Ma non avevo scelta.

Mi sono unito a un gruppo di escursionisti. Mi era sempre piaciuta la natura, ma avevo custodito quella passione come un segreto. Il solo pensiero di essere visto con un parka indosso mi faceva orrore! Cominciai tuttavia ad andare in giro con quel gruppo ogni domenica. Anche in settimana, di quando in quando. Erano perlopiú pensionati, e sarebbe stato comunque inutile cercare di impressionarli con la mia prontezza di spirito perché metà di loro portava apparecchi acustici. Ma starsene lí, sui monti Wicklow, era... sublime. Nient'altro che io e il mondo, sentire che il mondo era buono e che le persone erano buone. Per farla breve, quello è stato il momento in cui ho cominciato a interessarmi all'ambiente, alla campagna e anche alla città, a come possiamo preservare tutto questo. È stato allora che ho cominciato a capire quanto sono enormi e terrificanti i problemi che abbiamo di fronte.

A costo di sembrare narcisista, trovo che il punto a cui siamo arrivati con il cambiamento climatico non sia tanto diverso dal punto a cui ero arrivato io dopo quella brutta rottura. Questo per dire che ci troviamo in un momento in cui o apportiamo un cambiamento serio al nostro stile di vita o distruggiamo noi stessi. La scienza non è ambigua. Se non guardiamo in faccia la realtà, non ce la caveremo. E per affrontare la realtà dobbiamo per prima cosa mettere da parte tutte queste invenzioni, questi camuffamenti che abbiamo accumulato con tanta diligenza. Dobbiamo gettare la maschera.

E questo è difficile, dopo aver passato una vita a nascondersi, è difficile sul piano esistenziale, ve lo posso assicurare. Ma una volta fatto il primo passo, il mondo apparirà trasformato. Una volta che getti la maschera, tutte le altre maschere diventano trasparenti e ti accorgi che, sotto le peculiarità e le stramberie individuali, siamo tutti uguali. Siamo uguali nella diversità, nello star male per la nostra diversità. O, per metterla in altri termini, siamo espressioni diverse di una vulnerabilità e di bisogni uguali per tutti. È questo che ci unisce. E quando lo avremo riconosciuto, quando ci vedremo come una comunità di differenze, quelle stesse differenze non ci definiranno piú. Sarà allora che potremo cominciare a lavorare insieme e cambiare le cose.

Potrà sembrare un'astrusità da hippy. La triste verità è che proprio adesso, nel peggior momento possibile, siamo sommersi da nuovi modi di nasconderci. Voglio essere chiaro. Stare insieme, sentirci uniti e solidali è cruciale, se vogliamo contrastare un fenomeno globale come il cambiamento climatico. Suonare il vostro tamburino chiedendo agli altri di guardare la vostra maschera, che sia uno status symbol del consumismo, l'orientamento sessuale, la razza, un credo religioso o qualunque altra cosa, non servirà a niente. Le divisioni non serviranno a niente. Magari attirerete un po' di attenzione sul vostro sottogruppo, magari otterrete qualche piccola concessione. Ma non farete altro che spostare sedie a sdraio su una nave da crociera che affonda, le sdraio della diversità. All'apocalisse globale non interessa la vostra identità politica o chi pregate o da quale parte del confine vivete. Cis, trans, neri, bianchi, scienziati, artisti, giocatori di basket, preti – questo martello colpirà tutti, ogni genere di persona, ogni fede e colore. E questo è un altro fatto che ci unisce. Viviamo tutti in questa scheggia temporale in cui l'umanità è chiamata a decidere se estinguersi o no. Come diceva il poeta: «Dobbiamo amarci l'un l'altro o morire». E io so, per amara esperienza, che non si può amare se si indossa una maschera.

Quindi, come primo passo fondamentale nella lotta contro il cambiamento climatico, vi invito ad avere un contatto con il vostro vicino. In segno della nostra identità comune di esseri umani che vivono in un'epoca diversa da tutte quelle che ci hanno preceduto; in segno del nostro essere qui, in questo luogo e in questo momento, chiedo a ciascuno di voi di girarsi verso destra e poggiare una mano sul braccio sinistro del vostro vicino. Un piccolo avvertimento, qualora non vi piacesse toccare o essere toccati da un'altra persona. Fatelo con delicatezza, potreste trovarlo fin troppo piacevole... Sí, proprio cosí, non dovete dir nulla, solo girarvi alla vostra destra...

Dài uno sguardo alla sala, che si è ora riempita di fruscii. Senti una mano poggiarsi con delicatezza sul tuo avambraccio sinistro, mentre tu poggi la tua sulla manica sinistra di un piumino verde scuro: poi, con tua sorpresa, la mano destra di chi indossa il piumino si posa sulla tua. Sollevi lo sguardo per fargli presente che si è sbagliato e ti imbatti in due occhi blu che ti osservano.

I suoi occhi sono blu, come anche i capelli: cadono fin quasi sulle spalle in onde oleose blu scuro, ti fanno pensare alla cameriera di una mensa per sirene. È pallida, con un colorito poco sano e una fioritura di acne su un lato del mento.

Ha poggiato la mano sulla tua «perché sono in fondo alla fila, non ho un vicino di posto alla mia destra», ti spiega con un accento tedesco. Viene da Dortmund, è qua grazie al programma Erasmus e studia Teologia, vuole diventare prete. *È esattamente la persona su cui Elaine ti ha messo in guardia*: è per questo che ti sei fermata a parlare con lei al termine del dibattito.

Ora siete fuori, sedute sui gradini di pietra di un altro edificio maestoso il cui scopo ti è ignoto. Merle – cosí si chiama – esprime le sue opinioni sulle cose piú varie con un candore palesemente non-irlandese. A tratti questo suo candore è incantevole, per esempio quando osserva che il chiaro di luna sul selciato è bellissimo – una considerazione, osservi con una punta di tristezza, che nessuna delle persone che conosci, inclusa te stessa, farebbe mai ad alta voce. In altri momenti è irritante invece, per esempio quando dice che l'ha stupita vederti alla conferenza, perché «quando ti vedo in aula magna, sei sempre con la "gente giusta"». Fa anche il gesto delle virgolette con le dita, proprio come un prete. Ma te ne stai sempre in disparte, riflette, conciliante. Quindi infila la mano nello zaino, facendovi sparire il braccio fino alla spalla. Vuoi una mela?, dice. Tu la prendi e perdoni Merle in silenzio per i suoi commenti, perché una che non ha idea di quanto sia da sfigate portarsi una mela nello zaino non va temuta ma compatita. Anche lo zaino è da sfigata. Non l'avevi mai notata a lezione.

Le persone possono stupirti, dici tra un boccone e l'altro.

Sí, dice lei, e poi: Piangevi alla conferenza.

Sí, dici tu. Mi ha ricordato mio padre.

Tuo padre è morto?

No, dici tu. Non in quel senso.

Lei ti guarda perplessa. Poi dice: Credo di non aver capito.

No, volevo solo dire che quella roba ci ha intrippato parecchio per un po'. Lui è ancora preso.

Che roba? Il nostro pianeta, vuoi dire?

Be', sí, il pianeta, il clima, quella roba lí. Mi ha fatto pensare a lui. Tutto qua. Per cambiare argomento, le chiedi perché è venuta in Irlanda e lei ti dice che ha letto il diario di Heinrich Böll sul periodo in cui aveva vissuto sulla costa occidentale. È un libro molto conosciuto in Germania, dice. Tante persone vengono qui per questo motivo. Ma l'Irlanda è molto diversa da come Böll la descriveva. C'è un sacco di inquinamento, un casino di traffico, cibo spazzatura ovunque.

Tu alzi le spalle, anche se questa osservazione ti infastidisce.

Ma sembra che alle persone non importi, dice lei.

Gli importa invece, ribatti. Solo che non vogliono darlo a vedere.

E perché dovrebbero nascondere che gli importa?

Non lo so, dici. Forse per il motivo di cui si è parlato alla conferenza. Perché hanno paura. Vogliono apparire normali.

Perché, l'inquinamento è normale?, dice lei. Gli ingorghi sono normali? O...?

Forse perché hanno paura che se fanno vedere di tenere a una certa cosa, quella cosa gli venga tolta, sbotti. Forse perché questo è un Paese in cui per secoli la gente si è vista portar via le cose a cui teneva.

Ah, fa lei.

Non siamo in Germania, cazzo, ok?

Ok, dice lei a bassa voce.

E comunque è cosí in città, dice. Se vai nel posto da cui vengo io, troverai un sacco di verde. Il giardino dietro casa mia è una foresta. È bellissimo.

Un corteo di nuvole sfila davanti alla luna. Un rumoroso gruppetto di persone con cappelli da strega attraversa la piazza. Stai tremando. La ragazza accanto a te si schiarisce la gola. L'hai spaventata a morte, sta per alzarsi e scappare.

Invece dice: Ti va una birra da qualche parte?

Si può essere attratti da qualcuno che non è attraente? Anche con il cappotto indosso, si capisce che è grassoccia, emana un odore non proprio gradevole anche se leggero. Eppure, nel guardare i suoi occhi puntati su di te, ti vengono in mente parole di un solo tipo, parole tipo «micia».

Ok, dici. Vi alzate. Lei si sta guardando intorno per capire dove gettare il torsolo della mela quando il tuo telefono suona.

Solo un secondo, dici.

Non faccio che mettermi in gioco! Io mi metto in gioco con tutta me stessa e poi ci resto male. Sempre cosí, è un continuo. Contorce il viso in una smorfia e scoppia di nuovo in lacrime. Perché sono cosí idiota?, singhiozza. Cos'ho che non va?

Shh. Le lisci i capelli, i suoi capelli dorati. Lei si asciuga gli occhi e si accoccola contro di te. Perché fa cosí freddo?, sussurra. Fa sempre cosí freddo qui?

Nelle due settimane trascorse insieme, Caleb ed Elaine non hanno mai parlato di vedersi con altre persone. Elaine era convinta che fossero una coppia, loro due soltanto. Ma a quanto pare per Caleb era il contrario. Nel bel mezzo della cena d'anniversario, è emerso che durante la loro storia lui aveva fatto sesso anche con una ragazza del corso di Fisica. Ha detto a Elaine che non ne era sicuro, ma pensava che lei fosse disposta a una cosa a tre.

Sei arrivata subito. Merle si è avvilita: ha abbassato la testa, i capelli lisci e sporchi le sono caduti sul viso. Hai detto che l'avresti chiamata, ma era evidente che non ti credeva. L'hai mollata lí con la mela in mano. È stato un piacere conoscerti, hai detto andandotene.

Del resto è vero, è stato un piacere: ti è sembrato, nel parlare con lei, che un velo venisse sollevato, che stesse iniziando qualcosa. Ma poi, in taxi verso casa, mentre ti prendeva l'ansia, ha prevalso la strana sensazione di un evento imminente. E quando sei entrata e hai trovato Elaine schiantata sul divano e l'hai girata e lei ti ha guardata, rossa e gonfia in viso, con le lacrime che le scendevano in opposte direzioni verso le orecchie, per un attimo hai creduto di rivedere il baluginio di un velo che veniva sollevato e hai sentito ancora un tremolio di eccitazione per qualcosa agli inizi.

Ne ho le palle piene dei ragazzi!, esclama lei, con una mezza risata stavolta.

Sono incapaci di amare, dice.

Ha poggiato la testa sulle tue cosce, rovesciandoti addosso i suoi capelli dorati. Alza la mano come se fosse un fiore che spunta dalla terra e allarga i petali per accarezzarti. Grazie di essere tornata, dice piano.

Non c'è problema, rispondi. Non facevo niente di che. Lei annuisce; ti sfiora la guancia con le dita, come se fossi tu a piangere. I suoi occhi brillano come stelle. Sei la mia amica del cuore, sussurra.

Per un attimo rimanete entrambe in silenzio, vi accarezzate le guance, vi asciugate lacrime inesistenti. Lei ti guarda negli occhi, niente vi separa, lei è lí, tu sei lí, e sotto il tuo sguardo la presenza di Elaine acquista consistenza, intensità, come se un velo fosse stato sollevato per porla al tuo cospetto, e malgrado resti immobile sembra comunque aprirsi, diventare fluorescente, e le sue labbra liquide si aprono e la sua bocca liquida dischiusa sembra chiamare a sé la tua, il suo pollice ti accarezza la guancia, il tuo pollice la accarezza vicino a quella bocca liquida e rosso sangue e la sua testa è sulle tue gambe e tra le tue gambe c'è un mare, un mare in equilibrio su un punto, e semmai quel punto dovesse muoversi, semmai venisse toccato anche per un breve attimo, traboccherebbe e inonderebbe il mondo intero.

Muovi i fianchi, un movimento appena accennato, per dirle che basta un tocco, uno soltanto

il mare in bilico su quel punto è pronto a sommergere di arcobaleni il mondo

basta un tocco per liberarlo, non deve far altro

non serve altro

un semplice tocco.

Dickie.

Diventi pura presenza. Sei sparso tra gli alberi, nel suolo, nell'aria, nell'acqua. Ti svegli ogni mattina in una radura rugiadosa, tra foglie scintillanti, felci e cespugli che ancora crescono e germogliano con vigore: tutto cambia di continuo, eppure ti senti fuori dal tempo, svincolato dalle sue costrizioni, vivi l'attimo, un unico grande attimo, verde e lussureggiante. La terra sembra rinnovarsi di giorno in giorno, e tu con lei.

Capisci che quanto hai intuito sul marciapiede davanti all'autosalone non era che l'inizio. Solo qui tra gli alberi, il terzo o quarto giorno, se non il quinto (ci metti poco a perdere la nozione del tempo), ti rendi conto della verità. Non devi piú tornare al garage, ricominciare dal basso per riconquistare la fiducia di tuo padre. Quella vita è alle spalle. Una storia finita, e adesso che hai pagato il debito l'oscurità di quegli anni si è dissolta. E la persona che rimane, l'uomo nel bosco, sei tu.

Il primo compito di questa nuova vita è trovare un nuovo sito: vagare per la zona, sondare il terreno, estirpare le erbacce e il sottobosco per svelare la topografia segreta della foresta, i pendii e le cavità nascoste. Lavorate fianco a fianco, a torso nudo; il sole che filtra tra alberi e nuvole vi scotta la pelle. Alla fine, Victor individua un punto. A te sembra un punto come un altro, finché lui non ti mostra la differenza: offre una buona visuale del Bunker e del sentiero, ma è al riparo dalla vista di entrambi. Te ne stai lí a guardare, ma non capisci come sia possibile. Una specie di magia, pensi; un incantesimo che se ne stava in attesa lí, sul terreno.

La Tana: è cosí che chiamate questa nuova struttura. La parte piú grande sarà sotterranea, con finestre o botole che si aprono poco sopra il livello del suolo, come la postazione di un birdwatcher – ma proprio e soprattutto come una tana, un rifugio dove potersi sentire nella pelle di un animale selvatico. Il Bunker era limitato nel suo sviluppo dalle pareti preesistenti, che non volevi toccare. Qui puoi avere lo spazio che vuoi, basta togliere terra. Il piano è quello di scavare una buca rettangolare abbastanza grande da accogliere un container. Ricoprire il tutto, lasciare che il sottobosco ricresca, nessuno lo troverà mai.

Quello che ti colpisce di Victor è che riesce a vedere cose che agli altri sfuggono. Forse è per via dello strano orientamento dei suoi occhi: anziché guardare, sfilano accanto alle cose o le oltrepassano. Victor vede strade dove ci sono soltanto rovi e sottobosco, vede colline dove la terra sembra piatta, vede acqua dove a te sembra ci sia solo terra secca. Guarda il solco fangoso e profondo mezzo metro che avete scavato tra le erbacce e vi scorge una fortezza e, al suo interno, te e la tua famiglia. Quando si mette all'opera, è come se stesse dando una mano di vernice a qualcosa che è già lí, anche se ancora invisibile.

Al mattino accompagni PJ a scuola. Piú tardi devi venire a dare un'occhiata alla buca, dici. Va alla grande, liscio come l'olio.

Tuo figlio non stacca gli occhi dal telefono.

C'è molto piú spazio, dici. Avrai una stanza tutta per te. E anche Cass. Dovresti venire a dare un'occhiata.

Non risponde neanche stavolta. Arrivati davanti al cancello della scuola però dice: Forse è meglio se domani mi accompagna la mamma.

Ti manca averlo tra i piedi al cantiere. D'altra parte, il lavoro procede piú spedito senza di lui, senza la preoccupazione che caschi o si arrampichi o finisca chissà dove. È anche piú facile parlare. L'Assedio di Leningrado, il Grande balzo in avanti, la Grande carestia che si è abbattuta su questo Paese, su questa terra. Gente che scoperchia tombe per mangiare i cadaveri. Immagina ora un intero pianeta in quelle condizioni, dice Victor. Miliardi di persone che rischiano di morire di fame e che farebbero di tutto per sopravvivere. Al confronto, l'Olocausto sembrerebbe una cazzatina, una settimana della moda.

Voialtri, non si sa perché, trovate queste storie stranamente consolatorie, se non addirittura confortevoli, come se foste sdraiati in un letto caldo ad ascoltare la pioggia. Per voi è come se la merda avesse già colpito il ventilatore, l'inondazione, la carestia sono già in atto a prescindere dalle dimensioni che assumeranno. Il mondo esterno è già finito e la disperazione vi avvolge come una coperta.

La sera, finito di mangiare, andate quasi sempre nella foresta. Un altro vantaggio dell'assenza di PJ è che potete riprendere l'abbattimento selettivo degli scoiattoli. Victor ha dotato il suo fucile di un silenziatore e di un mirino termico, in modo che Imelda non senta gli spari e voi possiate andare a caccia dopo il tramonto.

Ti passa il fucile perché tu dia un'occhiata: vedi le bestiole risplendere nell'oscurità come sgargianti chiazze di vita arancioni-rosa-gialle. All'inizio quella vista ti inquieta. Sono cosí luminose, cosí piccole nel buio infinito che vi circonda.

Soltanto in un secondo momento ti viene in mente che cacciare di notte comporta uno svantaggio non da poco. E se quelle chiazze non fossero scoiattoli grigi? Se fossero scoiattoli rossi? Come si fa a saperlo?

Non ce ne sono, di rossi, dice Victor.

All'inizio fai la spola tra casa e il cantiere un paio di volte al giorno, per prendere questa o quella cosa o per fare il pieno di acqua potabile. Ma dopo che Victor ha completato le riparazioni e il pozzo funziona, le tue visite diventano piú irregolari. A dirla tutta, di lí a pochissimo uscire dalla foresta ed entrare in casa è per te bizzarro, diventa un po' come giocare a un videogame. Osservi le pareti e i mobili passarti davanti, osservi le tue mani sospese nel vuoto allungarsi verso le credenze per afferrare oggetti che poi seguono le mani nei loro spostamenti aerei. Quando PJ o Imelda appaiono, ti disorientano con la stessa luminosità improvvisa degli scoiattoli nel mirino termico. Ugualmente, tornando nel bosco avverti la strana discordanza di quando eri ragazzo e i movimenti, i colori, gli stimoli sensoriali del videogame restavano impressi come vestigi nella realtà anche dopo che avevi spento il computer. Ma dura pochi minuti soltanto, poi te ne dimentichi.

Victor ha igienizzato i tubi, per cui l'acqua del pozzo è sicura adesso. Se non altro piú sicura di quella che esce dal rubinetto di casa, dice. Se ha un sapore diverso, è perché non è piena di fluoruro e delle altre schifezze che ci mette dentro il governo. Di certo, non ti sei mai sentito meglio. Anche se, malgrado questo fantastico stato di benessere, ti capita anche di sentirti stordito, confuso, febbricitante. Ti succede da quando hai bevuto l'acqua contaminata. Una sensazione singolare... non sai spiegarlo bene... come se qualcosa (o qualcuno) vivesse dentro di te.

Quando vai dal ferramenta le persone non ti riconoscono, ti evitano. È la barba, ti spiega Gertie McDowell, agitando la mano davanti al proprio viso. E non solo la barba, ma... come dire... tutto l'insieme.

Dopo, seduto nel furgone in Main Street, guardi la gente che passa. Rhona Gaffney che sculetta con una borsa della spesa piena di quiche surgelate. Antony O'Connor, fermo al semaforo, che si gratta le palle.

Guardali, dice Victor. C'è qualcuno tra loro che abbia qualcosa da offrire? Qualcuno che non faccia altro che prosciugare le nostre risorse?

Sono come neonati, dice, neonati che piangono per il biberon.

Non sono persone cattive, dici tu.

Victor ti osserva, i suoi occhi si spostano con ironia dal cruscotto alla tua destra ai torbidi abissi del furgone alla tua sinistra. Pensi che questa gente creda in qualcosa? Pensi che ci sia un solo principio a cui non rinuncerebbero all'istante pur di ridurre di dieci minuti il tempo che ci mettono ad andare ogni giorno al lavoro?

Indica un punto fuori del finestrino. Prendi quel posto, dice.

Accanto al furgone incombe il muro del convento abbandonato. Cesti di fiori dai colori accesi pendono a intervalli regolari dalle sue pietre scure.

Pensa a quante donne sono state rinchiuse lí dentro, da ragazzine fino a schiattarci, dice. E tutto questo nel centro del paese, senza che nessuno fiatasse.

Succedeva una volta, dici. I tempi sono cambiati.

I tempi cambiano, dice Victor. E poi tornano com'erano prima.

La gente sa come vanno le cose, aggiunge. È capace di tutto, la gente.

Forse ogni epoca ha le sue atrocità. Forse ogni società è complice di cose orribili che vengono alla luce soltanto in un secondo momento, con la gente che fa finta di niente, come se fosse all'oscuro. E quando i figli chiedono spiegazioni, gli raccontiamo che nessuno voleva fare del male a nessuno.

Sui muri da cui si affacciano sulla via le vetrine dei negozi, della macelleria Fegan, di Extreme Internet e dell'antiquario Wickham, si scorgono ancora i segni di dove è arrivata l'acqua nei giorni dell'alluvione. Un evento che si verifica una volta ogni cent'anni, hanno detto in quei giorni. Poi è arrivata la siccità, e anche quella era cent'anni che non si verificava. Forse questo è il futuro: non una catastrofe ben definita, ma una serie di «anomalie», ogni volta piú lunghe, con fasi intermedie chiamate vita normale sempre piú lontane l'una dall'altra, finché un giorno ci si renderà conto che questa è ormai la vita normale – le inondazioni, gli scaffali vuoti, il lume di candela, le reti satellitari in tilt, le strade impraticabili, i liquami nel salotto, le scuole chiuse, i luoghi di lavoro chiusi, perché lavorare non ha piú senso ormai. Vendere automobili, vendere vacanze nei golf club, vendere applicazioni per farsi consegnare il caffè alla scrivania, tutto questo è sparito, come sono sparite le tante persone invisibili che non hai mai visto ma con cui parlavi al telefono o twittavi o scambiavi mail o messaggi ogni giorno: non esiste piú niente. Ora passi le giornate a fare su e giú sullo stesso fazzoletto di terra, quel fazzoletto sotto assedio che sta sprofondando ed è casa tua…

E la prospettiva ti riempie di una certa gioia.

Il mondo, il mondo destinato a crollare, crollerà. La tossicità di cui eravate anche voi parte e in cui coinvolgevate il prossimo, sparirà. Voi quattro verrete *de-mondanizzati*: niente piú scuole, niente piú notizie, niente piú Internet: soltanto la realtà immediata delle quattro pareti intorno a voi, il cielo sopra le vostre teste, il cibo cresciuto nel terreno da voi coltivato.

E se a quel punto Cass dovesse chiederti: Cos'hai fatto, quando hai sentito gli allarmi?, tu risponderai: Ho costruito questo.

Una sera, al video di un uomo che mostra come coltivare micro-ortaggi fa seguito quello di un uomo che parla di codici nascosti nei social media e il cui scopo è trasformare i bambini in trans, infine è il turno del video di un uomo che parla di telefoni. Le persone pensano che il telefono sia il loro migliore amico, dice. Be', sapete una cosa?

Il giorno dopo Victor va in città e torna con due walkie-talkie. Perfetti per comunicare a brevi distanze, dice. Se le reti satellitari dovessero andare in tilt, questi funzioneranno comunque.

Buona idea, dici. Visto anche dove ci troviamo. Già adesso è un'impresa avere campo qui.

Victor ha in mano il suo telefono chiuso nella bustina di plastica con la zip. È da molto tempo che volevo farlo, dice. Lo poggia su un blocco di legno per poi colpirlo con un martello. È lo stesso martello che ha usato per gli scoiattoli. Riprende a dare martellate, un colpo dietro l'altro. Infine, solleva la bustina in aria. È piena di vetro e plastica in frantumi. Provate a spiarmi adesso, dice con voce trionfante.

Ti porge il martello. Oh, fai tu.

Non te ne pentirai.

Sí, dici. Capisci bene che sarebbe una mossa sensata. Ti domandi però: E se uno dei ragazzi volesse chiamarmi?

Non chiameranno, dice Victor.

Fa spallucce, prende una livella a bolla. Sta a te, dice e si allontana tra i cespugli. Tu estrai il telefono dalla tasca, lo poggi sul tronco e lo guardi. Pensi agli scoiattoli, al sacco, al martello. Non è un essere vivente, ti dici. Non è la tua famiglia. Non stai troncando i contatti. Il contrario, semmai. Quante migliaia di ore avete sprecato a fissare uno schermo? A consumare illusioni?

Sollevi il martello sopra la testa solo per capire cosa si prova. È esaltante, inebriante. La pura e semplice follia del gesto ti spinge a deciderti. Sistemi per bene il telefono sul ceppo in modo che se ne stia in attesa lí, al tuo cospetto, come in un sacrificio. Lo farai? In un impeto di euforia, pensi che potresti anche… che potresti farlo davvero.

Ma poi il telefono si mette a suonare.

Se davvero hai intenzione di distruggerlo, dovresti distruggerlo e basta ovviamente, che suoni o no. Ma non è questo che fai.

Non riconosci il numero. Prendi il telefono. Pronto?

Pronto, capo, dice la voce. Quanto tempo.

Imelda.

I giunchi lungo la riva del lago alti quanto te Il sentiero pieno di fiori di biancospino Il prato alle spalle del convento in rovina dove le taccole si appollaiano in fila su quell'albero solitario

I luoghi di un tempo sono rimasti com'erano Immutati Sembra che aspettassero il tuo ritorno Il pensiero ti fa girare la testa come l'aumentare degli anni Onde che si infrangono sempre piú alte contro un argine marino

Poggia la mano sulla tua Che ne pensi? dice La sua voce è bassa e gentile

Ci venivo spesso dici

E non hai mai pensato di tornarci vero? E ora eccoti qui

Vi vedete all'ora di pranzo quando PJ è a scuola

Se Dickie te lo chiede ma non succede mai gli dici che vai a fare un giro in macchina Non ti sembra una vera bugia in fondo è quello che fai Ti dirigi verso le colline il bosco la riva del lago in attesa del momento in cui da un incrocio o una piazzola di sosta vedi apparire nello specchietto retrovisore l'auto di Mike Le luci che lampeggiano per dirti Ciao

Dopodiché ti segue su strade tortuose e secondarie che non percorri da anni Senza sapere dove stai andando hai la sensazione di cucire il filo della tua persona al verde delle colline Il cuore fa le capriole i pensieri girano girano

Finché non arrivi in una valle o in cima a una collina nel coro accecante del sole Gli déi dell'amore Che lampeggiano per dirvi Ciao

E in quella luce rallentate entrambi fino a fermarvi

La prima volta hai solo parlato Di Dickie per giunta come se volessi dimostrare l'innocenza delle tue intenzioni

Sono preoccupata per lui hai detto Si comporta in modo strano hai detto Mike ha alzato le sopracciglia come se non se ne fosse accorto come se tutto il paese non ne stesse parlando

È per via del garage hai detto È la sua vita e da quando lo hanno tolto di mezzo non sa piú cosa fare ovvio

Potrebbe fare un sacco di cose ha detto lui Un uomo intelligente come Dickie

Oh sí dice di voler fare questo o quello ma è in alto mare non c'è dubbio Il garage non era soltanto un lavoro per lui Ha rinunciato a tutto per quel posto

Hmm ha detto lui accigliandosi tamburellando le dita sulla testa

Eravate seduti fianco a fianco nella sua auto e guardavate il lago

Non gli puoi trovare un lavoro? hai detto Qualcosa da fare al garage?

Al che Mike ha sospirato Mi piacerebbe Imelda credimi Il fatto è che non sono io a comandare Sono soltanto una specie di custode È Maurice che decide e purtroppo Maurice non è ben disposto verso Dickie al momento

Nemmeno verso di me Non adesso

No Mike ha scosso la testa No Imelda non è vero Non ce l'ha con te Sei solo una spettatrice Dickie se l'è cercata

Ti ha preso un colpo nel sentirlo esprimersi in quei termini È cosí grave? hai detto e lui ha fatto una smorfia

Sarò onesto ha detto Non è una bella situazione Ma ascolta Imelda ti prometto una cosa Finché ci sarò io non verrai abbandonata a te stessa Finché ci sarò io al garage non dovrai preoccuparti e nemmeno Dickie

Grazie Mike Lo apprezzo molto hai detto e hai aperto la portiera per tornare alla tua auto come se quella fosse la sola ragione per cui volevi vederlo Hai avviato il motore ma solo per spegnerlo di nuovo e scendere dall'auto e tornare da lui e piegarti sul finestrino

Com'è che sei tanto buono con noi? hai detto solo per vedere cosa avrebbe risposto

È rimasto in silenzio per un bel po'

Abbiamo passato dei brutti momenti quando ero ragazzo ha detto E i Barnes sono stati molto generosi con noi Non l'ho mai dimenticato ha aggiunto Ho giurato che un giorno li avrei ricambiati

Sí È cresciuto con le pezze al sedere proprio come te Suo padre era un ubriacone Ci picchiava con i grani del rosario racconta E ti assicuro che non importava a nessuno Né al diavolo né alla Madonna

A volte il rosario si spezzava e noi quattro dovevamo strisciare sul pavimento per raccogliere i grani il piú in fretta possibile Con nostro padre che ci urlava contro e intanto cercava di prenderci a calci o calpestarci Una scena comica in un certo senso dice Ma nei suoi occhi c'è solo tristezza

Non si può biasimarlo dice Nelle sue condizioni chi non avrebbe cercato rifugio nella bottiglia? Lavorare a giornata come bracciante Castrare maiali o svuotare una fossa biologica Cristo È cosí che un uomo immagina la sua vita? E senza mai abbastanza soldi per darci da mangiare

Siete ai margini di un bosco giallo Gli uccelli cantano Il mondo sembra traboccare di ricchezze

Intrappolati in un tugurio a Piggery Lane dice Io e mia sorella bevevamo fango A volte riempivamo d'acqua una brocca e ci mescolavamo del fango per poi berla tanto eravamo affamati Pensavamo fosse ricco di vitamine Mi stupisco che non siamo morti di tifo dice Mike e ride Però vieni poi a sapere che sua sorella è morta davvero anche se anni dopo e non di tifo bensí di leucemia

Tu dici soltanto Piggery Lane Anche Maurice è cresciuto lí

Sí dice lui Ma ne è venuto fuori

Ne sei venuto fuori pure tu dici

Ti guarda con quei suoi occhi grigio-azzurri Sorride A volte mi chiedo se sia davvero cosí dice

C'è stato un inverno in cui siamo rimasti senza niente da mangiare dice Ma proprio niente per giorni e giorni Ride ancora A ripensarci adesso sembra impossibile Un altro Paese tipo eppure è vero Mio padre era sparito e allora mamma ci ha mandato a bussare a casa della gente a chiedere latte o bustine di tè o qualunque altra cosa potessero darci Non la dimenticherò mai Il suo sguardo si perde nella luminosità delle foglie Quella vergogna

Sí No Non l'hai dimenticata nemmeno tu Andare in giro a mendicare I pianti nel furgone Qualche lacrima non ha mai fatto male a nessuno pensava papà I lividi erano troppi però I lividi spaventavano la gente Potevano cominciare a fare domande o chiamare le guardie

Tu e Lar vi inoltravate in strade in cui non eravate stati mai prima mentre papà e i ragazzi restavano in attesa sul furgone dietro l'angolo Se vi chiedono di entrare entrate diceva papà Se entrate vi dovranno dare qualcosa

I cancelli degli estranei Le case degli estranei Il chiasso dei televisori degli estranei dietro le tendine Alzarsi in punta di piedi per suonare il campanello Sentire il cuore in gola per la paura senza comunque essere neanche sfiorata dal pensiero di rinunciare perché niente era piú spaventoso del pensiero di tornare al furgone a mani vuote Quanti anni aveva allora papà? Non tanti Non quanti ne hai tu adesso almeno Ma per te era come se i mostri delle favole si fossero concentrati tutti in un'unica orrenda creatura che fosse un lupo un diavolo un troll una strega un castello infestato un mare una montagna

A volte però tuo padre diventava anche il gigante buffo e paffuto che ti lasciava saltare sulla sua pancia Dovevi solo scoprire cosa lo rendeva felice

Cosí suonavi il campanello

La gente di quelle case dice Mike e scuote la testa Di sicuro non se la passavano bene neanche loro a ripensarci adesso ma Cristo quanto ti facevano sentire piccolo

Sí la gente la gente l'ombra delle loro facce che faceva fremere la tenda del soggiorno o incombeva su di te per una frazione di secondo prima che sbattessero la porta

Le grida che arrivavano da dentro casa Non aprire sono zingari Cani che abbaiavano Sassi che volavano Uomini dall'aria truce che ti dicevano di non farti piú vedere

O ti invitavano a entrare

Ti toccavano il braccio Ti accarezzavano i capelli Ma quanto siamo graziose Entra e leggimi la mano Ho un armadietto pieno di belle cosine Tuo fratello può aspettare fuori

Non vi davano altro che scarti Latte andato a male Avanzi Sacchi neri con vestiti che non andavano bene a nessuno di voi Un tostapane rotto Una macchina telecomandata con l'antenna rotta Forse puoi farci qualcosa

Nel retro del furgone papà si metteva a frugare tra la roba urlando come se un toro lo avesse incornato Sulla via di casa gettava tutto fuori dal finestrino sporgendo la testa per gridare bestemmie alle macchine dietro che suonavano il clacson

Ricordo distintamente di aver percorso il vialetto che porta alla casa dei Barnes dice Mike Erano gentili Ogni volta che suonavamo alla loro porta Maurice si assicurava che ricevessimo qualcosa Dickie era in classe con me ovvio

Serra gli occhi con forza

Avrei preferito morire Imelda questa è la verità Avevo sette anni e ricordo che dicevo a me stesso che avrei preferito morire all'istante piuttosto che suonare quel campanello

Abbassa lo sguardo come se cercasse di ricomporsi e quando lo rialza è tornato a sorridere

Rispetto ad allora oggi siamo in un ventre di vacca dice Nonostante gli alti e bassi

Ma quando hai vissuto certe esperienze aggiunge Non hai mai la sensazione di essertele lasciate alle spalle davvero

Si gira guardandoti dritto negli occhi E tu? dice

Gli racconti cose che non hai mai raccontato a nessuno

Sei un profluvio di storie come se una diga avesse ceduto dentro di te Per lui è lo stesso In qualche modo le acque dei vostri racconti confluiscono poi in un unico fiume

Ti dici che siccome Mike sta aiutando Dickie non c'è niente di male ma non ci credi

Ti dici che non è lui a far spiccare il volo al tuo cuore ma i merli i nontiscordardimé il loglio che plana sul vecchio muro di pietra

Un deodorante al profumo di pino penzola dallo specchietto retrovisore Una medaglia di San Cristoforo è attaccata al cruscotto

Dopo ve ne andate per strade diverse ognuno con la propria auto

E Dickie?

Scopri che è uno sforzo immane essere gentile con lui tanto che un giorno ti esce il sangue dal naso Appena ti trovi a dover parlare con tuo marito per piú di cinque minuti pensi che se non gli dài un pugno finirai per urlare

Come se fosse lui a tradire Non la capisci Questa rabbia

Vedo che si sta facendo crescere la barba dice Geraldine Un nuovo look Come potremmo chiamarlo? Paleo-boscaiolo?

Non ne hai idea Non lo guardi neanche Entra in casa come uno yeti sceso dalle montagne e cerca di fare conversazione Devi venire a vedere cosa abbiamo costruito dice oppure Dobbiamo andare a trovare Cass a Dublino uno di questi giorni Ha lo stesso odore di Victor e le mani sporche come se avesse scavato una fossa *Un lavoro sporco* pensi per associazione Un'onda di terrore monta dentro di te e devi fare appello a tutte le tue forze per sorridere come le mamme delle pubblicità e dire Vado in cucina a controllare il forno

Dovresti essere preoccupata per lui ma non c'è spazio nella tua testa Il tuo cervello è come una torre Jenga altissima Un tocco anche minimo e viene giú tutto

A volte vai davvero a fare un giro in macchina da sola, come se in questo modo gli altri giri non sembrassero chissà quale bugia

Potresti guidare la Touareg in eterno e restare fresca come una rosa Ti dirigi verso i margini del paese per inoltrarti nella campagna tra le colline gialle che si innalzano fino a incontrare l'azzurro del cielo Scorgi le querce sul crinale All'incrocio ti imbatti in un pub con le imposte chiuse e un'insegna annerita della Guinness Time La campagna ricambia il tuo sguardo come uno specchio vuoto

Era inverno l'ultima volta che sei stata qui Cass era una bambina Borbottava tra sé in una tutina da neve sul sedile posteriore Volevi vedere se lo avevano fatto davvero e sí lo avevano fatto davvero Lo hai capito all'istante senza nemmeno doverti fermare

Dal colore dell'immondizia in giardino Hai capito che se n'erano andati prima ancora di vedere l'avviso schiaffato sulla porta

Oggi l'immondizia è sparita insieme alla carcassa dell'auto i materassi e tutto il resto. Il vialetto è stato asfaltato i capannoni demoliti i muri esterni dipinti di bianco Penseresti di aver sbagliato casa se gli gnomi di Noeleen non fossero ancora schierati nel giardino accanto

Un uomo in canottiera e con due meloni al posto dei bicipiti esce dalla casa Si direbbe un forestiero Feroce Lancia occhiate torve a destra e sinistra Poi dietro di lui appare una bambina che danza e sul volto dell'uomo prende forma un sorriso

È bionda Non è curioso? Sei tentata di scendere dall'auto per dirle che anche tu un tempo eri una bambina bionda e vivevi in quella stessa casa E che quando sei cresciuta hai sposato un principe e adesso vivi in un castello con cavalli e uccelli azzurri

Il cottage ha avuto un altro destino Dalle finestre spuntano erbacce I rami hanno perforato il tetto Povera Rose Vivrebbe ancora lí se potesse Ascolterebbe la radio con una sigaretta tra le labbra in mezzo ai denti di leone e i topi

Raggiungi il bivio per Naancross Resti lí ad aspettare Un altro incrocio deserto nel ticchettio del sole

Poi fai inversione e torni da dove sei venuta

Amo Joan dice L'amerò sempre Ma viene da un mondo diverso dal mio

Chi non ha vissuto certe cose non potrà mai capirle dici Se non hai mai visto tuo padre picchiare tua madre con uno sturalavandini è impossibile che tu capisca

Mi piace la bella vita le comodità dice Come a chiunque altro forse anche di piú ma di fatto non significano chissà che per me Schiocca le dita Non è per questo che pregavo quando mi nascondevo in camera mia Quando correvo in strada nudo come un verme per scappare da lui Non è questo che sognavo Dio mi è testimone Se avessi avuto allora i soldi che ho adesso la ricchezza le comodità avrei detto a mio padre Prendi tutto È roba tua Solo ti prego

Ti prego
Affonda il viso tra le mani Un uomo adulto
Tu gli sollevi la testa e premi le labbra sulle sue Le tue lacrime scorrono sulle sue guance Appoggi la testa alla sua I tuoi capelli vi avvolgono entrambi calando come un sipario Ciao dici Ciao

Cass.

Il giorno giusto è oggi! Basta cazzeggiare! È cosí che ha inizio ogni mattina. È uno schema consolidato ormai. Ti svegli dicendoti che *deve essere* oggi, che oggi lo farai *di sicuro*; dopodiché passi le sedici ore successive a cercare il coraggio che non hai.

Se potessi saltare direttamente a fine giornata e renderti conto che non è andata, non sarebbe poi cosí male. E invece no, ti tocca vivere ogni singolo momento, una successione di vertiginosi strapiombi verso cui ti precipiti per arretrare all'ultimo istante. Un continuo su e giú, uno spossante flusso di emozioni chiuso a doppia mandata dentro di te, come trovarsi sulle montagne russe in una prigione.

Elaine non sospetta niente? Quella sera sul divano hai pensato che qualcosa fosse sul punto di scattare e quando rivisiti quel momento nella tua mente – e lo fai ventimila volte al giorno – pensi ancora, anzi sei pressoché certa, di non esserti sbagliata. Ma allora perché non ti ha piú mandato alcun segnale? Aspetta che sia tu a farti avanti? Ti sta punendo perché non hai mosso un dito? Non le interessi piú? O è tutto nella tua testa?

Se c'è davvero qualcosa, di sicuro non avrai un'occasione migliore. Da quando ha rotto con Caleb, ha smesso di uscire e cancellato le app di incontri dal telefono. A lezione, si siede in prima fila con te, gli occhiali da lettura inforcati e un'espressione sprezzante. A casa, la sera, se ne sta al tuo fianco e guarda WhatsApp con un ponderoso libro sull'identità aperto di fronte. Il tuo compito è quello di dirle che il suo nuovo stile di vita ti ha colpito tantissimo e di viziarla con il gelato. Ha già messo su qualche chilo, il che costituisce un richiamo erotico insostenibile.

Per il momento è tutta per te, ma devi agire con rapidità prima che altri appaiano all'orizzonte. Se solo potessi capire! Se solo ti desse un segno qualsiasi!

Ma nulla acquista chiarezza e il tuo lato codardo ti dice che aprirti comporta il rischio di perdere quel che già hai: nascondi i tuoi sentimenti, è vero, ma condividete comunque una vita e forse questo è il massimo in cui puoi sperare. Non smuovere le acque, ti dice la codarda che è in te, e non c'è motivo per cui tu non debba andare avanti cosí finché non avrete terminato gli studi.

Con il passare delle settimane, qualcosa cambia. Cambi tu. Scopri che lei ti irrita, ti esaspera, ti rende aggressiva. Dettagli che prima a malapena notavi cominciano a farti infuriare. Il cibo dimenticato nel frigo, i piatti lasciati ad ammuffire nel lavello. Quel lamentarsi senza sosta del padre, della sua disonestà, della sua violenza, per poi vedersi con lui in paese e farsi comprare un paio di orecchini. Il fervore con cui fa sue certe cause di Twitter (il regime militare egiziano, i non-messicani che portano il sombrero) per poi dimenticarsene il giorno dopo. Quant'è strana. A volte ti chiedi se ci sia almeno *una* cosa che non faccia per piacere a questa o quella persona, a questo o quell'ambiente. Compra i libri che vanno di moda e se li porta in giro finché non li abbandona senza averli mai aperti. Ti chiede se il suo maglione non sia troppo non-non-binario. Un mattino alle sette te la trovi in cucina a mangiare carote con lo sguardo fisso e vacuo sul portatile, mentre una ragazza con una ball gag in bocca viene scopata da due uomini contemporaneamente.

Sei preoccupata. Che tu sia disgustata da te stessa non è una novità. Ci sei abituata, non è un problema. Ma a quanto pare il disgusto si espande all'esterno per inglobare anche Elaine. Ora, quando lei racconta agli altri di essere allergica alle noccioline, tu la interrompi per dire che l'hai vista mangiare tonnellate di noccioline e gongoli appena lei si mette a balbettare e fare marcia indietro, sostenendo che l'allergia va e viene. Le chiedi di piantarla di dire alla gente che sei un'ex alcolista, cazzo. Litighi con lei, la contraddici, la maltratti, anche quando la tua voce interiore ti dice: *Fermati! Stai rovinando tutto!*

La tossicità del tuo rapporto con Elaine contamina in breve tempo ogni altra cosa. Una sera vi trovate in un pub con un gruppo di amici. Il volume della musica è alto, le voci dei cantanti ritoccate al computer fanno pensare a succhi di frutta industriali, a zucchero mascherato da frutta, a qualcosa di adulterato spacciato per salutare. Gli occhiali da lettura sempre inforcati, Elaine è immersa in una fitta conversazione con un ragazzo al distributore delle sigarette. Tu sei seduta su una panchetta a bere un cocktail che ti è costato diciotto euro. La ragazza accanto a te parla del cambiamento climatico. In particolare, sta dicendo che nei prossimi anni intende viaggiare tanto, vedere quanti piú posti possibile, perché presto o tardi i voli a lungo raggio verranno proibiti.

Dici alla ragazza che è la cosa piú stupida, egoista e mostruosa che tu abbia mai sentito. È come affermare di voler andare a caccia di elefanti perché un giorno si estingueranno, le dici.

Non sto parlando di andare a caccia di elefanti, dice la ragazza. Sto parlando di vedere il mondo. Ho una vita sola. Voglio vedere tutto quello che posso.

Cosí lo uccidi, il mondo, dici. Lo uccidi perché non vuoi annoiarti.

Che problemi ha la tua amica, dice la ragazza a Elaine quando lei torna.

Anche la città diventa tossica. I soli animali che vedi in giro sono i piccioni e quelli che vengono investiti dalle auto. Una mattina, mentre vai al college, ti imbatti in un gruppo di scolari. Prima di toccare gli alberi, dice l'insegnante che li ha accompagnati al parco, infiliamo i guanti di gomma.

Una sera, in taxi, l'autista ti dice di aver saputo per certo che i profughi, come li chiamano, alloggiano al *Westbury Hotel*.

A lezione discutete di poesie famose. Le poesie sono piene di cigni, ginestre, rovi, leopardi, fiori di sambuco, montagne, frutteti, chiari di luna, lupi, usignoli, fiori di ciliegio, querce di palude, ninfee, api. Anche quelle nuove di zecca pullulano di natura. Come se i poeti non vivessero nello stesso mondo in cui vivi tu.

Alzi la mano e chiedi se non è grottesco che i poeti continuino a scrivere di natura e non scrivano mai che lo spazio della natura si sta riducendo. A leggere queste poesie, viene da pensare che il mondo sia ancora zeppo di natura, come lo è sempre stato, anche se negli ultimi quarant'anni tantissimi animali e i loro ecosistemi sono stati spazzati via. Com'è possibile che i poeti non se ne siano accorti? Com'è possibile che non si siano accorti di quanto abbiamo distrutto? Non sono loro che piú di chiunque altro dovrebbero accorgersi delle cose?

Mi guardo attorno e vedo soltanto un mondo in rovina. Se le poesie dicessero la verità dovrebbero muoversi in un gigantesco cimitero o in una immane discarica. Il solo posto in cui si trova un po' di natura sono le poesie, è una stronzata totale. Perfino le persone sensibili sono delle contaballe, dici.

No, non dici niente invece, te ne stai seduta in silenzio come al solito.

Cominci a saltare le lezioni e ad andartene in giro. Non sei in cerca di cose che ti rendano triste/arrabbiata/furente, ma è questo che trovi. Prendi appunti sul telefono perché non vedano in te una ragazza con velleità letterarie, ma solo una persona incollata a uno schermo, come tutti.

Vai a comprare una risma di fogli per il raccoglitore ad anelli e il tuo sguardo viene catturato da una rivista che ti è familiare. Ti chiedi se a papà sia arrivato questo numero: te lo immagini poggiato sul tavolino accanto alla porta d'ingresso, avvolto nel cellophane con l'etichetta «D BARNES», oppure sul bracciolo della poltrona o sull'isola in cucina, confuso in una montagna di riviste e giornali che mamma minaccia sempre di gettare in blocco.

La sfogli, cominci a leggere un articolo sulle specie scomparse. Viene citato uno scienziato convinto che l'epoca attuale non andrebbe chiamata, come molti fanno, Antropocene, ovvero l'Èra degli umani; Eremocene sarebbe una definizione senz'altro migliore per quest'epoca di estinzioni su larga scala.

Mentre leggi, vieni colpita da qualcosa – un odore intenso, rancido, come di carne lasciata a marcire. Ti volti e capisci che l'odore viene da una persona, un uomo. Indossa un cappotto di pelle nera che arriva fin quasi al pavimento e, sotto il cappotto, un paio di pantaloni, anch'essi di pelle nera, e una maglietta dello stesso colore o forse una canottiera che mette in mostra una pelle bianca, sudaticcia, intirizzita e un pentacolo rovesciato. Calza stivali neri da combattimento e guanti neri senza dita che sembrano però guanti d'arme borchiati sul dorso. I capelli sono lunghi, ondulati, neri anche se è chiaro che sono tinti, inoltre gli coprono soltanto la parte posteriore della testa, per cui il cocuzzolo del cranio è calvo. Forse è una parrucca. L'uomo è vecchio. E proprio mentre ti stai dicendo che non è un crimine puzzare o andarsene in giro per la città con vestiti di pelle maleodoranti, neanche se sei vecchio, ti accorgi di cosa sta facendo. È nella sezione dei giornalini per ragazzi, coloratissimi e popolati di animali antropomorfi che sprizzano felicità. Scruta le varie testate e sceglie metodicamente un numero per ciascuna, un «PAW Patrol», un «CBeebies», un libro degli *Octonauti*, un *Dora l'esploratrice*, aggiungendoli al fascio di riviste che ha già selezionato e tiene premute sul petto con la stella a cinque punte.

Forse deve andare a trovare qualcuno all'ospedale dei bambini.

Forse aspetta che il suo esercito di nipotini e nipotine lo vada a trovare.

Torni a casa, ti siedi sul water e piangi.

Dobbiamo parlare, dice Elaine.

Ti fermi, sbigottita, sulla porta. È seduta sul divano, con gli occhiali da lettura poggiati sul naso. Dà dei colpetti sul cuscino perché ti sieda anche tu.

Non possiamo andare avanti cosí, dice.

Cosí come?, dici, con aria innocente.

Cosí, dice lei. Indica l'aria sopra di voi, intorno a voi. In questa *atmosfera tetra*.

Io non la trovo tetra, dici.

So che la rottura con Caleb mi ha traumatizzata, dice. E pensavo di avere intristito anche te. Ma sento di essermi lasciata quella storia alle spalle ormai. Sono pronta ad andare avanti. Mentre tu sembri ancora depressa. Anche se non hai rotto con nessuno.

Io depressa?, dici. Non sono depressa. Perché lo pensi?

Lei ti guarda con freddezza. Esali tetraggine come un gas cupo e invisibile. A volte mi sembra che tu non ti sia resa davvero conto di essere a Dublino, dice.

Sul serio?, dici.

Parli un sacco del passato, dice lei. Parli di casa, dei tuoi.

Ne parlo per criticarli, dici. Parlo delle cose che non mi piacciono.

Ho l'impressione che tu non faccia che guardare al passato, dice Elaine. A volte mi chiedo se è per questo che non conosci gente nuova, perché stai con me.

Guardo al futuro invece, dici tu, cercando di scegliere con cura le parole mentre nella tua testa si leva un'enorme nube di paura a forma di fungo. È che quando guardo al futuro tu non ci sei. Probabilmente stando con te mi viene da guardare al passato, per abitudine. Ma posso sempre smettere. Non è un problema. Non hai che da farmelo notare quando lo faccio, cosí smetto.

Un altro sguardo diffidente di Elaine, amplificato dagli occhiali di lettura. Non voglio che tu sia infelice, dice.

Io non sono infelice, dici. Sapevo invece che lo eri tu dopo aver rotto con Caleb. Perciò me ne stavo zitta, per solidarietà. Ma se ti sei lasciata quella storia alle spalle, io sono pronta a divertirmi!

Sul serio?, dice Elaine, guardandoti di sbieco.

Assolutamente, dici annuendo. Al cento percento.

Ok, dice lei. Se è cosí dobbiamo architettare qualcosa di grosso. Un reset completo, insomma. Pensavo, forse dovremmo fare una festa, per esempio.

Qui?, chiedi.

Sí, dice lei. Un'inaugurazione della casa, tipo.

Wow, dici. L'esercito degli idioti atteggioni che conoscete riunito in una grande bolgia di ipocrisia a casa vostra. Senza possibilità di fuga.

Che idea grandiosa, dici.

Fantastico, esclama lei, battendo le mani. Pensavo, magari questo fine settimana? Venerdí sera, tipo?

Ti chiedi se Elaine non abbia pianificato questa conversazione per prevenire un tuo no. Ma tanto non puoi farci niente ormai.

Perfetto, dici: Venerdí sera.

Dickie.

Silenzio. Il telefono giace senza vita nella tua mano. Ma forse sei tu quello senza vita, forse te ne stai qui immobile come una roccia da mille anni. In primavera le fanciulle ti hanno messo al collo ghirlande fiorite, la pioggia ha scavato in te tratti quasi umani, la forma degli occhi, un naso, una bocca che non parla.

Sei stato un idiota a pensare che fosse scomparso. Non scompare piú niente ormai. Tutto lascia una traccia, tutto quel che fai aleggia su di te, si gonfia senza posa fino a diventare una nuvola di veleno invisibile che succhia la vita dall'aria che respiri. La tua storia.

Victor è al lavoro, immerso nella buca fino alla vita. Sta in canottiera come se fosse ancora piena estate, anche se gli insetti sono sempre meno e il freddo del primo mattino lambisce il giorno, aggrappandosi come un velo alla terra smossa. Senza aprire bocca, raccogli la pala e ti metti a scavare al suo fianco.

Il martello, dice dopo un po'.

Ah sí, sí, dici tu. Non mi è servito, alla fine.

Oh, ah, dice lui con indifferenza.

Sí, proprio mentre stavo per iniziare, ha suonato il telefono. Strano, perché avevi detto che non chiama mai nessuno.

Victor grugnisce, scava. Poi, a denti stretti: Erano i ragazzi?

No, solo uno che conosco. È un po' a corto di soldi.

Vuole un prestito, eh?

Piú o meno.

Un amico, hai detto?

Un amico, sí. O almeno lo eravamo, amici. Gli ho spiegato qual è la situazione al garage. Gli ho detto che nemmeno io sono particolarmente in grana.

Come l'ha presa?

Non benissimo, ammetti. Si è un po'... un po'...

Victor fa una pausa, si soffia il naso, si appoggia al manico della pala. Ti ha messo sotto torchio, eh?

No, no, non volevo dire questo.

Victor non replica. Resta appoggiato alla pala tra i cumuli di terra e ti guarda.

Magari domani faccio un salto in banca, dici, vedo se riesco a negoziare qualcosa. Non voglio lasciarlo nei guai.

Prendi la pala e ricominci a scavare, fingendo di non accorgerti che Victor continua a fissarti. Sono sicuro che si sistema tutto, dici.

Gli hai detto la verità: non disponi piú di somme del genere. Puoi minacciarmi quanto vuoi, gli hai detto. Sono finiti quei tempi. Non c'è altro da aggiungere.

Hai fino al week-end, ha detto lui.

Non mi stai a sentire. Non posso darti i soldi che vuoi! Non posso proprio!

Sí che puoi.

E come? Dove li prendo? Dimmelo tu.

Non è un problema mio, Dickie.

È un problema tuo invece! Devi trovarti qualcun altro.

Non devo trovare nessuno. Senti tu a me, Dickie. Venerdí sera.

È troppo presto!

Venerdí mattina richiamo e ti dico dove ci vediamo. Dopo che mi dài soldi, distruggo i video, promesso.

Me l'avevi promesso anche l'altra volta. È quello che mi avevi detto l'altra volta, parola per parola.

Mi dispiace, Dickie. La mia ragazza è incinta. Sai cosa significa.

Chi mi dice che la chiuderemo qui? Chi mi dice che stavolta li distruggerai davvero?

Ma lui ha ripetuto soltanto: Venerdí sera.

Torni a casa al mattino. Trovi PJ in cucina.

Ah, oh! Niente scuola oggi? Un pensiero ti assale insieme a un'ondata di panico. Non è mica sabato oggi, vero?

Formazione insegnanti, risponde laconico il ragazzo. Si siede al tavolo, smanetta col telefono. Davanti a lui c'è una scodella vuota di corn flakes; l'impressione è che sia lí da un po'.

Non metti i piatti in lavastoviglie?

Senza dire una parola, il ragazzo si alza e mette la scodella sul piatto e la tazza nella scodella e porta il tutto alla lavastoviglie con una mano, cosí da continuare a scrivere sul telefono con l'altra.

Cosa fai? Chatti con un amico?

Il ragazzo annuisce senza guardarlo.

Parlare è troppo faticoso per te?

PJ alza gli occhi al soffitto. *Sí-chatto-con-un-amico*, dice messo alle strette.

Meno male che ci sei tu che sai sempre tutto, cazzo.

Il ragazzo si blocca, sgrana gli occhi. Non avresti dovuto dirlo. Cristo, hai la capacità di scatenare conflitti dal nulla! Come se non ci fossero già abbastanza problemi al mondo! Ehi, dici cambiando tono, sto per andare in paese, vieni con me?

Lui non risponde. Alza gli occhi e ti osserva, cerca di capire cosa vuoi che ti risponda.

Potremmo andare a prendere un gelato, vedere se il negozio ha dei videogiochi nuovi.

Ok, dice con indifferenza e torna a guardare il telefono.

Bene, dici. Facciamo tra dieci minuti, ok? Tua madre è nei paraggi?

Penso che sia di là, dice, indicando il soggiorno.

Non vai di là, ma al piano di sopra, in camera, a cercare un vestito. Ma lei è proprio lí, in accappatoio, sul letto, sul piumone. Oh, dici, scusa, come se avessi sbagliato stanza.

Lei non dice nulla. Deve essere addormentata. Prendi il vestito dall'armadio e vai in bagno, lo appendi alla gruccia per dargli una lisciata. Ti giri verso la doccia, ma non sei ancora entrato che il telefono suona. «Guarda, Dickie, siamo famosi!» Il link ti porta a un sito porno. Un quadrato nero al centro con sopra scritto: «Il mio amante irlandese me lo fa diventare duro». Togli il vapore acqueo dallo schermo, premi Play.

Il filmato sembra deflagrarti in testa senza che tu lo veda davvero. È come se ti avessero catapultato per tredici secondi nel futuro. Per cui ti tocca guardarlo di nuovo. E stavolta lo vedi.

Un uomo in camicia, con i pantaloni raccolti in una pozza di stoffa intorno alle caviglie, e un altro uomo di fronte a lui piegato su una scrivania. L'uomo sulla scrivania grida oscenità e incita l'altro. L'altro uomo non dice nulla, per cui non è possibile vedere i loro volti. Da *questa* angolazione; in *questo* filmato. Un avvertimento. È già stato visto ottantotto volte.

Nello specchio, il vapore ha offuscato il tuo riflesso. Spalanchi la bocca, cerchi di riprendere fiato, come un pesce. Poi esci dal bagno e barcolli giú per le scale. Soltanto quando metti piede fuori ti rendi conto di non avere le scarpe. Ti giri e rientri in casa.

Le scarpe sono sotto il letto. Ti inginocchi per recuperarle e di colpo ti ritrovi a guardare Imelda negli occhi. È truccata, con mascara, ombretto sfumato, rossetto rosso vivo. Il verde potente dell'iride compensa la flaccidità del corpo. Sembra che sia stata rapita da un ballo, drogata e scaricata qui. Ti guarda con occhi vitrei – anzi no, non guarda te, ma oltre te.

Prendo solo le scarpe, ti senti dire; o meglio, percepisci la bocca che si muove, la lingua che spinge contro il palato.

L'ha visto? Ha visto il filmato? Impossibile, vero? Non può averlo visto, no?

Ti siedi ai piedi del letto dandole le spalle e infili le scarpe, poi esci dalla stanza.

Ti ritrovi in macchina. Il motore è già acceso. Senti una voce arrivare da dietro. Papà? Un ragazzo è sulla porta di casa. Vengo con te, giusto?

Gli hai chiesto se voleva venire? E perché mai?

Sí, certo, sali.

Il ragazzo si siede accanto a te e parla di videogiochi. Non riesci a sentire le tue dita sul volante. Una macchina arriva dalla direzione opposta e, mentre la vedi avvicinarsi, cominci a sudare. È una Passat blu, la macchina di Aidan Balfe. Gliel'hai venduta tu, col tettuccio apribile incluso nel prezzo. Alzi la mano mentre gli passi accanto.

Lui non risponde al saluto. Ti fissa con i suoi occhi sporgenti. Ottantotto visualizzazioni, pensi. Il ragazzo non si accorge di nulla. Cos'è questa roba?, chiede indicando il pavimento dell'auto.

Niente, una cosa a cui lavorava Victor.

Rimane in silenzio per qualche secondo, poi dice: Papà?

Sí, figliolo?

Ti ha chiesto qualcosa ma per qualche strana ragione quando ti volti lui non è sul sedile del passeggero, o meglio non riesci a vederlo, nonostante senta ancora la sua voce. Non vuoi allarmarlo, per cui sorridi e annuisci come se non ci fosse niente che non va.

Parcheggi nella piazza del paese. Devi ancora trattenerti dall'accostare di fronte al garage. Mentre scendi dall'auto, la signora Borrodale ti passa davanti trafelata. Buongiorno Dickie, dice. Il modo in cui lo dice ti sembra strano, come se stesse nascondendo qualcosa. Dall'altra parte della strada, un ragazzo con due orecchie mostruose, tanto sono enormi, ti sta fissando. Chini il capo, inspiri dal naso finché il cuore non si calma.

Papà?

Cielo, oggi non ci sto proprio, eh? Sorridi a tuo figlio, che ricambia anche se con disagio.

Devo fare un salto da Gerry, in banca, dici. Perché intanto non vai al negozio di videogiochi? Ti raggiungo tra un minuto.

Tornato in macchina, controlli il tuo aspetto nello specchietto. Il vestito non è nuovo ma fa ancora la sua figura. Un buon vestito si ripaga da solo, diceva sempre tuo padre. Fai un respiro profondo. Lo showroom è sul lato opposto della strada. Un giovanotto allampanato se ne sta tra i veicoli scintillanti e guarda il telefono. Chi è? È nuovo? Big Mike sta assumendo venditori?

Non pensarci adesso. Concentrati sull'obiettivo. Venerdí sera. Quando gli consegnerai i soldi, toglierà il video. Forse puoi convincerlo a toglierlo non appena ti sarai procurato il denaro. Dopodiché archivierai questa storia. Il tempo che intercorre tra l'entrare in banca e il procurarsi il denaro è cosí breve che di fatto è già archiviata. Su col morale! Stai procedendo col piede giusto

....

....

ti ritrovi di nuovo in piazza. Cavi del telefono, nuvole grigie, angoli, sagome di cavalli sull'insegna del centro scommesse. PJ che ti prende per mano, che ti guarda spaventato. E non solo lui, sul marciapiede si sono fermati tutti e ti fissano – ti scrutano con un certo orrore, come se fossi appena spuntato da una crisalide. È cosí? Controlli… no, sei ancora in giacca e cravatta. Un po' di polvere sulla gamba dei pantaloni, la spazzoli. È tutto a posto, dici agitando la mano. Sono solo inciampato. Tutto bene. Ti rialzi, sali in macchina. Anche PJ sale. Non abbiamo preso il gioco, dici. Il ragazzo ti guarda e basta.

PJ.

Ecco un pensiero che hai fatto ultimamente: quando qualcosa torna, molto spesso torna in modo diverso, come se avesse un che di strano o sbagliato.

L'esempio migliore è ovviamente *Pet Sematary*, che tu hai visto una volta nella sala bowling con Zargham sul telefono del fratello di Zargham e dove il gatto che viene investito e sepolto dalla famiglia in quell'inquietante cimitero torna come per magia dal mondo dei morti, solo che a quel punto è malvagio e attacca tutti ma per qualche motivo la famiglia non capisce l'antifona, cosí quando la figlia muore viene sepolta anche lei in quel cimitero con esiti di fatto ancora peggiori che con il gatto. La morale del film è che si può riavere indietro un certa cosa ma questo comporta un bel po' di problemi, per cui tutto considerato è forse preferibile che quella certa cosa rimanga dov'è. Coi fantasmi la situazione è simile, perché malgrado nessuno chieda davvero ai fantasmi di tornare, visto che tornano e basta, il punto è che si comportano in modo cosí assurdo, dopo che sono tornati, che è impossibile immaginare com'erano un tempo, esseri umani come noi. Si potrebbe dire lo stesso anche del petrolio, anzi, sei arrivato a questa conclusione proprio perché nell'ora di Geografia ti sei messo a riflettere sul petrolio: si è formato da minuscole creature marine che avevano già centocinquanta milioni di anni, dal plancton che sguazzava negli oceani durante il Giurassico, per cui in un certo senso è da un enorme *Pet Sematary* che l'uomo ha estratto il petrolio dicendosi: *Fantastico, 'sta roba risolve tutti i miei problemi*, salvo poi rendersi conto che oh, aspetta un attimo, in realtà questa sostanza miracolosa sta distruggendo l'intero pianeta, un disastro che ovviamente il plancton delle origini non avrebbe mai combinato se qualcuno non avesse deciso di riportarlo in vita.

Il grande interrogativo è perciò quanto debba allontanarsi da noi una certa cosa perché riportarla indietro non sia piú una buona idea.

Qualcuno potrebbe obiettare che a costituire un vero problema è specificamente il ritorno dei morti. Perché la morte, si sa, con i suoi effetti a lungo termine è un processo piuttosto serio di cui non ci si può liberare come niente fosse. Di recente hai però constatato che anche altre cose, quando sono tornate dal luogo in cui erano sparite, erano in tutto e per tutto cambiate, malgrado non fossero mai morte nel vero senso del termine. Per esempio: quando Cian Conlon ha perso il suo coniglio Oisin nella grande tempesta e Fiach O'Connor lo ha trovato qualche giorno dopo nella barca del padre, nella darsena, e ha capito all'istante che si trattava di Oisin grazie ai manifesti di Cian Conlon, sebbene sembrasse uguale a prima, forse solo un tantino piú magro, si comportava come un coniglio molto diverso. Si rannicchiava in un angolo della gabbia, fissava la gente in un modo a dir poco bislacco e aveva sviluppato un sibilo minaccioso simile a quello di un serpente. Finché Cian Conlon non ha posto l'inevitabile domanda sul suo canale YouTube: È davvero lo stesso coniglio?

Perché se la risposta razionale è, come dice il padre di Cian Conlon: Certo che sí, basta discutere di quel coniglio di merda, e sebbene Cian Conlon si sia detto abbastanza sicuro che il coniglio non sia morto e poi tornato in vita, resta il fatto che, da quando tu gli hai parlato di *Pet Sematary*, il fratello di Cian Conlon ha paura e si rifiuta di entrare in cucina dopo l'ora di andare a letto, perché è lí che si trova la gabbia di Oisin e secondo lui il coniglio non è piú lo stesso.

E tu ti chiedi se questo valga anche per un essere umano, tipo una persona, poniamo, che sia andata da qualche parte o magari nemmeno andata via chissà dove ma, poniamo, soltanto in un posto vicino e gli sia capitato comunque qualcosa per cui ora è diversa: quanto dovrebbe essere diversa, questa persona, perché riportarla indietro diventi una pessima idea? Le cose vanno davvero per conto loro e non si può far nulla per fermarle, e se si fa qualcosa si peggiora soltanto la situazione? O vale la pena rischiare? A volte? Se ancora riesci a scorgere la persona che conoscevi e pensi di essere forse ancora in tempo, se solo sapessi cosa fare o cosa dire?

Una persona di cui ti interessa l'opinione su questo argomento è Zargham. Ricordi che quando avete visto insieme *Pet Sematary* nella sala da bowling, Zargham se n'è uscito con riflessioni interessanti sul film, come quella di assemblare *di proposito* un esercito del male composto da gatti o altre creature. Zargham potrebbe dirti su due piedi se il piano che hai in mente può funzionare e, in caso contrario, aiutarti a escogitarne uno nuovo.

Ma anche Zargham è diverso ora, è tornato diverso. Dal rientro a scuola dopo le vacanze estive, non parla piú delle cose di cui parlava prima (pistole Nerf, *Roblox*, come costruire una mech suit) e, se ci provi, ti guarda in modo strano e se ne va infuriato. Ora ha dei lacci fluorescenti alle scarpe e cerca di convincere la gente a chiamarlo Tyler, e a te ne sfugge il motivo, perché Zargham è un nome fantastico, anche tu vorresti un nome che inizia per *z*, e gli hai fatto notare piú di una volta che il suo punteggio a Scarabeo è altissimo o lo sarebbe, se i nomi propri fossero ammessi a Scarabeo. Ma lui non ci sente da quell'orecchio o almeno non vuole sentire te. Frequenta invece Dave Okinwale e Pete Barron, anche loro appassionati di lacci fluorescenti, e tu stesso devi ammettere che sono piuttosto fighi.

Per questo ora te ne stai seduto da solo su una panchina nel cortile della scuola a guardare un gabbiano che becca una confezione vuota di patatine, mentre cerchi di capire se il tuo sia un buon piano, sempre che lo si possa definire un piano.

Ma non sei solo in realtà, perché quando levi lo sguardo verso l'orologio della scuola per vedere quanto manca alla fine della ricreazione, ti ritrovi davanti agli occhi Julian Webb con un sorrisino stampato sulla faccia appuntita.

Cos'ha tuo padre?, chiede Julian Webb.

Hmm?, fai tu. Negli ultimi tempi sei diventato molto bravo in questo genere di versi. Hmm? Papà chi? Questo nome mi ricorda qualcosa, fammi dare un'occhiata al mio archivio…

È venuto nel nostro negozio, dice Julian Webb. Cristo quanto puzzava. E contorce in una smorfia la sua faccia ossuta.

Ah sí, fai tu. Sta lavorando a un progetto nella foresta...

Gli è partita la testa, dice Nev, che si è materializzato come un mostriciattolo accanto a Julian. È andato.

Lasci correre, sai che Nev è ancora arrabbiato perché si voleva trombare tua sorella.

Stava con quel nano, dice Julian Webb, con un brillio negli occhi e una contorsione della mandibola che lo fa sembrare una mantide religiosa.

Ah sí, si occupa dei lavori, dici tu, come se questa fosse una conversazione normale e non una marcia che porta dritto alla trappola della mantide religiosa. Non è un nano, è solo che non sta dritto.

Julian sorride e dice qualcosa che non capisci, ma dietro di lui Nev emette un sibilo, una risatina che ti fa balzare dalla panchina.

Ti rendi subito conto di non essere un buon lottatore. Le mosse che hai visto in *Avengers* e ripetuto con tanta diligenza in giardino, per qualche motivo non sembrano funzionare nella vita reale. In un attimo o poco piú ti ritrovi bloccato da un braccio intorno al collo e investito da una scarica di pugni. Poi arriva Mr Kennedy che grida: Ragazzi, ragazzi! E vi separa. Vi impone di stringervi la mano. La campanella suona, la ricreazione è finita. Quando l'insegnante si allontana, Julian ti dice: Finirai in manicomio, come quello sciroccato di tuo padre.

Imelda.

E tu da dove spunti? dice Maisie Eri sparita
Troppo impegnata a fare salti di gioia dice Geraldine
E guarda che belle guance rosa dice Roisin
Deve essere questo nuovo yogurt probiotico dici tu
Non è lo yogurt dice Geraldine Lo so io cos'è
Resti di pietra
Con Cass fuori di casa sei tornata a vivere aggiunge Geraldine Te l'avevo detto

Ti siedi Bojangles è pieno di gente Non saresti dovuta venire pensi

Stavamo solo parlando di Big Mike ti spiega Roisin

Alla fine Joan ne ha avuto abbastanza dice Una Ho sentito che è andata da sua sorella Dieci sacchi che non torna

Era ora dice Roisin Lui la cornifica e lei ancora lí a preparargli la colazione tutte le mattine

Perché adesso? chiede Maisie La domestica non era acqua passata? Non si è ravveduto?

Infedele una volta infedele in eterno sentenzia Roisin

Allora è davvero nei guai dice Geraldine Lo lascerà in mutande anzi nudo come mamma l'ha fatto

Oh quello dice Una Non ci metterà molto a trovare un'altra da prendere per il culo

Ormai il suo stile è noto dice Roisin Chi è tanto scema da cascarci con uno cosí?

Forse ti sorprenderà dice Maisie Ma le sceme non mancano mai

E nessuno è piú scemo di un vecchia scema dice Geraldine

Non capisco Vuoi fermarti? È cosí?

No dici tu Ti manca quasi il fiato a pronunciare questa parola

Allora perché no? dice lui Cosa c'è di male se due persone che si piacciono vogliono stare insieme?

L'unico con cui tu sia mai stata è Dickie ma non glielo dici Dici solo che vuoi farlo nel modo giusto Non vuoi che la prima volta sia in una macchina in mezzo a un campo

Un albergo dice lui Lontano da qui Nella contea vicina Tu non dici niente Un albergo ti sembra persino peggio di una macchina anche se non sai perché O che te ne pare di questa soluzione? dice lui e attacca a parlare di una casa che ha ai margini del bosco nel complesso ancora in costruzione Non credi alle tue orecchie Non è finita al cento percento dice Ma c'è l'elettricità Qualche mobile È la casa da mostrare a potenziali compratori dice mentre una sensazione di freddo e bagnato si diffonde in te come se stessi affondando in uno stagno Sei solo la prossima da prendere per il culo La scema

Odio quella vecchia foresta gli dici E comunque è il posto in cui Dickie sta costruendo non sai bene cosa Lasciamo perdere per ora Quindi allunghi una mano verso la portiera per tornare alla tua auto

Aspetta dice Mike Emette un sospiro Pensi che non abbia intenzioni serie? È per questo?

No non è per questo dici tu

Non so se posso farlo dici Non so se posso stare con qualcuno e poi andare a casa e stendermi a letto accanto a Dickie Non sono come te dici

Mike ci pensa su e poi dice Be' se Dickie se ne sta andando nel bosco è molto verosimile che non dovrai piú stenderti accanto a lui

Non è questo che intendevi Come fa a non capirlo? Devo andare dici Ne parliamo un'altra volta

Aspetta Imelda Allunga di nuovo la mano per fermarti

Joan lascia il paese per un po' dice Sua sorella non sta bene Si trasferisce qualche tempo da lei

Perché non passi da me una sera di queste? dice Ti cucino qualcosa Quello che vuoi

Puoi rimanere per un'ora o per tutta la notte Possiamo stare insieme o no come preferisci Puoi portare anche Dickie Giocheremo a Scarabeo Se è questo che vuoi è quel che faremo

Corvi nel campo di grano nero giallo blu

Ti poggia la mano sul braccio e con dolcezza ti dice Voglio che tu faccia parte della mia vita Imelda Nel modo che tu ritieni piú giusto Con i tuoi tempi Voglio solo starti vicino

Che ne pensi? dice

Resti in silenzio per un attimo senza guardarlo Non posso lasciare PJ da solo

Non può occuparsi Dickie di lui? dice Mike

Ora lo guardi in faccia invece Ah giusto dici Gli spiego che deve restare a casa per badare al figlio mentre io vado con un altro

Mike si ritrae Be' sono certo che a PJ non dispiacerebbe passare una notte da solo Quanti anni ha adesso? Dodici?

Tu distogli di nuovo lo sguardo Non dirmi come gestire la mia vita familiare

Lo senti sospirare dietro di te Va bene dice Comunque hai ragione È ora di tornare

Non lo senti per il resto della giornata Di solito la sera tardi ti manda un messaggio per dirti che ti pensa o darti il bacio della buonanotte con una *x* Stasera niente Ti dici che è meglio cosí ma continui a prendere il telefono anche quando è ormai notte fonda Per controllare Perché a volte i messaggi arrivano in ritardo Ma no

È buffo ma ti sei abituata in un lampo sei arrivata prestissimo a fare affidamento su qualche parola gentile Su una singola lettera perfino Senza ti senti perduta

Meglio cosí ti dici meglio cosí

La mattina dopo prepari la colazione per PJ e lui ti chiede se può dormire da Zargham venerdí

La radio blatera di tasse o forse di traffico Te ne stai lí di spalle a tuo figlio a preparare il porridge

Senti i suoi occhi su di te È come se il mondo intero fosse riunito lí dietro in attesa di una tua risposta Continui a mescolare Hmm? dici

Posso dormire da Zargham?

Pensavo che non andaste piú d'accordo

Abbiamo parlato e ora siamo di nuovo amici

Non ha cambiato nome?

No era solo una cosa temporanea Ora stiamo facendo insieme una ricerca sui crostacei Dobbiamo finirla questo week-end

Hmm dici ancora in tono inespressivo

Sono innamorato di te Imelda

Senza staccare lo sguardo dal porridge Devo accompagnarti?

No viene sua madre a prenderci dopo la scuola

Quindi ci sarà anche lei in casa Starete coi suoi genitori

Certo mamma ovvio

Il mondo riunito dietro di te sopra di te In equilibrio sulla punta di uno spillo

Fammici pensare dici

Non è mai troppo tardi per vivere un nuovo inizio dice Clara Langan Non si è mai troppo vecchi per l'amore

La stilista e attrice aveva trentasette anni quando ha incontrato l'anziano ristoratore Brian Boles due anni dopo il divorzio da Richie Nagle suo amore d'infanzia perché aveva una storia con la sua wellness coach

È stato difficile per me riprendermi e fidarmi ancora di qualcuno conferma la bella donna Parla in modo aperto della fine straziante del suo matrimonio

Ma ora con Brian la vita è tornata a sorridermi

Non sono la persona che esce con un uomo diverso ogni sera dice Pensavo che non avrei mai piú provato certi sentimenti Ma con Brian è come se il suo amore avesse risvegliato l'amore che c'era in me Ha riacceso la passione che pensavo di aver perso Ride Mi sembra di avere di nuovo diciotto anni

A Naancross si vede ancora il punto in cui erano appesi i fiori

Dopo l'incidente qualcuno aveva legato un mazzo di fiori al palo del telefono Ti mandavano al manicomio quei fiori Ogni volta che venivi qui li trovavi sempre piú appassiti finché sono morti Erano diventati neri Avresti voluto toglierli ma erano troppo in alto Chiunque li avesse legati lassú doveva essere venuto con una scala

Sul palo del telefono è rimasta una traccia Non i fiori ovviamente ma il nastro di plastica con cui erano legati È solo grazie al nastro che riesci a individuare il punto

Ci venivi sempre Nelle settimane successive alla sua morte Uscivi dalla finestra della stanza di Frank e camminavi Dio sa per quanti chilometri A volte nel cuore della notte Dickie non se n'è mai accorto Strisciavi nel sottobosco tentacolare Avanzavi a quattro zampe tastando il terreno scuro

Posso aiutarla?

Un uomo è uscito dal container blu che funge da ufficio Se ne sta lí a guardarti con le mani sui fianchi

Ah dici tu alzandoti in piedi Pensavo di aver perso qualcosa qui nient'altro

Gli sorridi radiosa Fai scintillare la tua bellezza Perché non ti scopi anche lui Imelda? Nel suo container? Perché non ti scopi tutti?

L'uomo si toglie il cappello dalla fronte e si gratta la testa È giovane sui vent'anni con la barba Vuole noleggiare una bici? chiede

Oh no dici tu Davo solo un'occhiata

Quella risposta sembra sconcertarlo La dà anche lui un'occhiata Al parcheggio vuoto intorno a sé Alla rastrelliera per le mountain bike

Qui è morta una persona tempo fa spieghi L'amore della mia vita Ci venivo spesso a cercare il suo fantasma Ero solo una ragazza all'epoca poi ho sposato suo fratello Eravamo malati di dolore tutti e due Ci scoppiava la testa dal dolore È un brav'uomo mio marito Eravamo felici o comunque andavamo d'accordo Poi qualcosa è cambiato

No

Ci viveva un mio amico qui È questo che dici C'era ancora un campo all'epoca

Lui ti guarda in modo strano e tu ti rendi conto che la spiegazione non gli torna

È stato molto tempo fa dici

Indichi la rastrelliera per le biciclette C'è movimento? chiedi

Non abbastanza dice lui

È una bella giornata comunque

Dicono che verrà a piovere dice l'uomo

Ah sí?

Lui annuisce compassato Siete tornati su un terreno neutro alla fine Ne farà parecchia dicono Venerdí sera

Ah dici

Mi sa che vado dici

Buon viaggio dice lui

Resta lí in attesa mentre tu risali in macchina

Metti in moto Osservi assorta l'asfalto quando fai retromarcia

Tanto non hai mai trovato nulla in questo posto Probabilmente il vetro si è fuso quando l'auto è bruciata E anche il sangue che tu immaginavi penetrato nel terreno per dare nutrimento all'erba e agli alberi deve essere evaporato all'istante

Ma il nastro di plastica sarà ancora legato a quel palo quando tu sarai morta e sepolta Non è quel che i ragazzi ti dicono sempre? Dopo che l'hai usata anche una sola volta la plastica continuerà a persistere per mille anni Il tempo non opera come pensi tu

Verrà il tuo turno Ma non ti spiegano però che non avrai altro che questo un turno un momento Tutto esplode Tu non sei che sensazioni La tua vita ha inizio Pensi che sarà sempre cosí Poi anche quel momento passa

Il momento passa ma tu sei bloccata nel guscio di un tempo Nella vita scurita dalle cose che hai fatto I resti della ragazza quella ragazza che eri e che non c'è piú

Non ti spiegano come dare un senso a tutto questo E come potrebbero del resto?

Percorri un breve tratto di strada e accosti di nuovo

Prendi il telefono e mandi un messaggio a Mike: «Venerdí sera x»

Cass.

Mentre cammini per Dame Street si scorge ancora un bagliore in fondo al cielo che va oscurandosi. La città si rianima dopo che gli impiegati sono andati a casa: si è formata una coda davanti al negozio dei falafel e ce n'è anche un'altra sul lato opposto della strada, davanti al teatro, dove scolarette con i capelli verdi, minigonne a quadri e le calze traforate aspettano di vedere una band emo. Elaine è in fibrillazione. Ci credi che oggi andiamo al *Butterfly* per la prima volta? dice. Non è pazzesco? Ripete di continuo che quel locale è *leggendario*, un vera *istituzione underground*, alludendo al fatto che sarà di certo pieno di persone pronte a giudicarti, a metterti in soggezione perché indossi i vestiti sbagliati o sembri troppo cis o troppo femmina o comunque sbagliata per qualche motivo, perché è cosí che va a Dublino ogni volta che esci di casa. Sorridi, cerchi di darti un'aria entusiasta anche tu. Il telefono di Elaine è inondato di messaggi, persone che sono già lí, che stanno arrivando anche loro, che vi invidiano perché ci state andando. Siete già lí? Ci siamo quasi. Ci vediamo fra tre minuti tipo. Lei ti guarda e sorride. È cosí felice. E per un attimo lo sei anche tu.

È la terza sera di fila che uscite. È l'obiettivo che ti sei data, dimostrare a te stessa che non sei tetra. Hai seguito Elaine nei locali leggendari e in quelli nuovissimi che nessuno conosce, anche se una volta sul posto ti è apparso evidente che erano noti a un sacco di gente, e hai bevuto la tua Diet Coke e hai riso a battute che non volevi sentire e finto interesse per i ragazzi che venivano a chiacchierare con te.

Il locale in cui entri stasera è pieno di gente normale, sembra un pub qualsiasi e per una frazione di secondo ti illudi che non sarà poi cosí male. Poi senti i colpi che arrivano dal piano di sopra.

Con il cuore che affonda nel petto, ti accodi a Elaine su per le scale, ma la perdi di vista pressoché all'istante in un mare di facce.

Odio questi locali del cazzo, dice Caleb. Pieni di gente compiaciuta. Solo perché indossano gli orecchini della mamma, pensano di essere Che Guevara. Si guarda intorno con un'espressione severa. Scommetto un milione di euro che al novanta percento, quando non vengono qui a fare la loro performance di gruppo, sono al servizio di un'azienda tecnologica che non esisterebbe nemmeno senza l'evasione fiscale e i campi di lavoro cinesi.

Chan ti guarda e alza un sopracciglio. Caleb è arrabbiato perché sta cercando di fare in modo che questo nazista parli alla Hist, ma loro non lo vogliono.

Non è un nazista, protesta Caleb. Tenta solo di impedire il suicidio culturale dell'Europa. È uno schifo.

Perché sei venuto in questo posto?, gli chiedi. Se la diversità ti dà tanto fastidio?

Mi hanno detto che qui si beve mojito gratis, dice.

Ti pianta e se ne va al bar. Ho sentito che la settimana scorsa alla Hist ha parlato uno che era sul serio un nazi, dice Chan. Doveva parlare di ambiente e invece ha fatto una tirata sull'identità di genere, che secondo lui non esiste, e sui gay che in realtà fingono solo di esserlo.

La musica è un martellamento opprimente. Come può piacere una roba simile? Chan ti parla di un costume da Pokémon che sta progettando per un evento cosplay; tu tieni lo sguardo fisso sulla ressa di persone, cerchi Elaine tra quei volti felici e radiosi. *Non posso andare avanti cosí*, pensi.

Caleb torna. Ti porge un bicchiere, poi nota la tua sorpresa. Non ne volevi uno?

È un'alcolizzata in riabilitazione, idiota, gli urla Chan.

Ah, giusto, dice Caleb. Me n'ero dimenticato. Allora me lo scolo io.

Dammelo pure, non c'è problema, dici tu. A Elaine piace raccontare che ero un'alcolista.

Ti senti già meglio con un drink in mano. Kit si unisce a voi insieme a Edelle. Deve scrivere un racconto dal punto di vista maschile per il suo laboratorio di scrittura, dice Edelle e chiede come fare. Immagina una donna, inizia Kit, e poi falla diventare uomo, cosí può prendere a pugni la gente. E pensare sempre al sesso, aggiunge Chan. E stare in ansia perché il suo arnese è troppo piccolo, dici tu. Ed essere ossessionato dalla figura materna, dice Edelle. E comprare degli altoparlanti su Amazon, dici. E non dimenticarti la paura di perdere i capelli, dice Kit.

E alla fine il suo arnese fa cilecca?

Sí! È un finale classico. Fa cilecca.

E allora prende a pugni il suo arnese.

Ridi, pensi che forse sarà una bella serata, dopotutto, ma poi Elaine appare al tuo fianco. Non indovinerai mai chi c'è qui, dice. jj!

Cosa ci fa jj qui?

Chi è jj?, chiede Edelle, che studia russo.

Insegna Letteratura inglese, dice Chan. Incredibile.

Incredibile.

Incredibile è la sua falsità, dice Caleb.

Elaine cattura il tuo sguardo, ridacchia. Ho fatto una pazzia, dice. Ho detto a jj della festa, magari aveva voglia di venirci. E jj ha detto forse! Si mette a ridere di gusto.

Tu replichi con un sorriso inespressivo.

Avete in programma una festa?, dice Edelle.

Domani, dice Elaine. È su Facebook. jj farà un salto. jj viene a casa mia! Sono al settimo cielo.

Sí, è fantastico, dici. Porti il bicchiere alle labbra e bevi bevi bevi finché non hai ingoiato anche te stessa e l'intera serata.

2.

Dickie.

In tarda serata posta un altro filmato. Ce ne sono tre adesso. Quest'ultimo è un primo piano sfocato di una guancia flaccida che fa avanti e indietro su un membro spettrale. Dura otto secondi, impossibile capire che sei tu. Ma mentre te ne stai disteso nella fredda oscurità non riesci a pensare a niente se non alle persone che potrebbero comunque riconoscerti, le persone che potrebbero vedere quel filmato e che nel corso di ore di insonnia e agonia finiscono in una lista dove compare chiunque tu abbia mai conosciuto: il sindaco, il presidente della camera di commercio e quello del golf club, il parroco, il preside della scuola, la direzione della Volkswagen Irlanda, l'associazione degli ex studenti del Trinity, Nora Toomey della pasticceria, Dinny Clarke del negozio di pesca, i papà della squadra di calcio under 10, il ragazzo della stazione di servizio, le ragazze della banca, le anziane signore devote alla Vergine Maria, il macellaio, il fornaio, il candelaio. Tuo padre, tua moglie. I tuoi figli.

Cristo, i figli.

Fai di continuo sogni in cui li vedi disintegrarsi: pezzi di viso che cadono, arti che si staccano, e tu che corri intorno a loro nel disperato tentativo di raccogliere nasi, labbra, braccia e rimetterli dov'erano, in un gioco da incubo. In altri sogni assisti impotente mentre vengono sommersi da un'ondata invisibile, vedi i loro occhi sgranati, il pallore del panico malgrado non capiscano che stanno annegando.

Hai provato a chiamare Ryszard, gli hai mandato messaggi e lo hai implorato di togliere quei video. Ma lui lascia squillare, non risponde. Potrai chiederglielo domani, quando sarà lui a chiamare per dirti dove vi vedrete, ma sai già cosa dirà. Prima i soldi.

E tu i soldi non li hai.

Le hai provate tutte: una seconda ipoteca sulla casa, vendere l'auto. Ma la tua disperazione allontana la gente. Il direttore della banca sta molto attento a non distogliere gli occhi dallo schermo, batte sulla tastiera, ti dice che ha bisogno di altri documenti. I compratori si accomodano nella tua macchina, mettono in moto, ammirano la tappezzeria, poi guardano la tua faccia contorta, bianca come la neve. Anche tuo padre ti evita, non risponde ai messaggi che gli scrivi, sempre piú pressanti, sembra quasi che lui e Ryszard siano in combutta, intenzionati a darti una bella lezione da posizioni opposte.

ZZZUUAMMVRRRRRR. La motosega ruggisce, una polvere dorata vortica nell'aria.

Puoi fermarti un attimo, per favore?

Victor si ferma, se ne sta lí immobile come un automa in stand-by. O perlomeno tu presumi che sia Victor. Indossa occhiali protettivi e una mascherina, per cui in teoria potrebbe essere qualcun altro. Una pioggia soffice di segatura bianca cade sulle tue scarpe buone – sei ancora in giacca e cravatta, accovacciato in una radura della foresta.

Scusa, dici. Sto cercando di pensare. Ma non stai pensando affatto, vero? Ti stai solo sfregando e schiacciando la mascella con le dita. Le ore della giornata passano, il tempo si tende intorno a te. Ogni istante ti avvicina al momento della chiamata e allora dovrai dirgli la verità. E poi? E poi? E poi?

Victor si toglie la maschera. Hai risolto con quel tuo amico?

Sei appena stato nell'ufficio di Big Mike per vedere se era possibile inventarsi qualcosa. Un prestito, magari Big Mike poteva disporre un prestito dal conto della società.

E?

Mi ha detto… mi ha detto… Non termini la frase. Sai cosa ti ha detto Big Mike. Ma è come se non riuscissi ad afferrarlo. È davanti a te, una massa con una sua consistenza e tuttavia invisibile, come un mobile sotto un lenzuolo.

Forse è ora di spiegare al tuo amico dove deve andare, dice Victor.

Sí... Accenni una risata, gli lanci un'occhiata furtiva. Si è girato verso la sua catasta di legna.

Credo che il problema sia... il fatto è che lui...

Victor raccoglie i tronchi, li sistema sopra una catasta piú grande.

Ho fatto delle scelte in passato. Cose di cui non vado fiero. E questo mio amico, questa persona, ha in mano delle prove.

Victor è in ginocchio, alle prese con una trave. Non sembra ascoltare. Eppure è una bella sensazione dirlo a voce alta.

Foto, dici. Registrazioni.

Chiudi con un sospiro. È questo il problema, dici.

Tanto non cambia niente.

Hai un sussulto, levi lo sguardo. Scusa?

Quei tipi lí tornano sempre e comunque. Li paghi, loro spendono tutto e si ripresentano per chiederti altri soldi. Non smetterà, sicuro come la morte. Finché non ti avrà ripulito fino all'ultimo centesimo.

Si rimette la mascherina, abbassa gli occhiali. C'è solo un modo per trattare con gente cosí, dice. Tira la corda di avviamento. La lama della motosega lancia un grido per affondare di nuovo nel legno pallido e inerme.

Cass.

La mattina della festa vieni svegliata dal rumore dell'aspirapolvere. È Elaine, sta pulendo il soggiorno per la prima volta da quando vi siete trasferite. Ha già passato lo straccio sul pavimento della cucina e sparso luci colorate sulla lavatrice rotta, sulla lavastoviglie rotta, sul microonde rotto, dando alla stanza l'aspetto di una discarica magica. La aiuti a mettere nei sacchi della spazzatura l'enorme collezione di confezioni da asporto, a dare una strofinata al bagno.

Ci impiegate un po' perché ne è passato di tempo dall'ultima volta che avete pulito e perché Elaine continua a postare foto del prima e del dopo. Tuttavia, lavorare fianco a fianco con lei è una goduria sorprendente. Ti fa ripensare a quando studiavate insieme a casa vostra, in camera di Elaine, una stesa sul letto, l'altra seduta davanti al portatile che diceva: Senti questa, il cibo preferito di Harry Styles è il pane, lo stesso mio! o leggeva virgolettati motivanti dal sito di Miss Universo Irlanda.

Ah sí!, dice Elaine ridendo quando glielo ricordi.

È buffo che una cosa tanto noiosa possa essere divertente, dici. Perfino fare i compiti era uno spasso, vero, quando stavamo insieme?

Sí, dice lei. Incrocia il tuo sguardo, ti osserva in un modo che non capisci bene: presa da un fervore improvviso ti chiedi se sia il momento giusto. Dovresti dirglielo adesso? Ma è cosí bello questo momento che preferisci non rovinare l'atmosfera. Inoltre la sua attenzione è già tornata al telefono e ai feed dei social. I nostri grembiuli stanno avendo un successone, dice.

Terminate le pulizie, andate al supermercato e ammassate confezioni di birra nel carrello. Un uomo con la faccia rossa e una pancia prominente si ferma per aiutarvi. Anche il suo carrello è pieno di cartoni di birra: per dirla come va detta, in questo supermercato gran parte della gente sta comprando cartoni di birra.

Ti va bene?, dice Elaine mentre siete in coda alla cassa.

Mi va bene cosa?

Elaine non risponde. Ti giri verso di lei. Non so, dice. Che compriamo alcolici. Avere tanto alcol in casa.

Certo, dici.

Non sono mica un vera alcolista, dici.

Lei ti guarda di nuovo in modo strano.

Non lo sono, insisti.

Bevevi un sacco, dice lei. E hanno dovuto farti una lavanda gastrica.

È successo una volta, precisi.

Va bene, dice lei. Purché tu sia sincera con te stessa.

Al giorno d'oggi, nel mondo sviluppato, il piú grande pericolo per l'assetto politico è l'attenzione che le persone prestano all'ambiente in cui vivono. Ecco perché anche gli schiavi hanno accesso all'intrattenimento. Si potrebbe anzi dire che siamo pagati con l'intrattenimento. Il romanzo è stato il primo esempio di quel che sarebbe poi diventata la vasta e tentacolare industria dell'intrattenimento nel XXI secolo, una macchina pressoché infinita progettata per distrarci e indebolirci. Ci viene presentato un mondo virtuale, alimentato in tutto e per tutto dall'incenerimento del reale.

Cass? Posso dirti una parola veloce?

Ti giri disperata ma gli altri hanno già lasciato la sala del seminario.

Non preoccuparti, niente di grave, dice.

È ancora alla cattedra. I capelli hanno cambiato colore: sono rossi, anzi, cannella. Con riluttanza, fai un paio di passi verso jj.

Come forse sai, sono nel comitato di redazione del «St Botolph's», dice. È la rivista di poesia del college. Mi chiedevo se avessi qualcosa da sottoporci.

Non dici nulla. Guardi il pavimento.

Ho sentito dire che scrivi, o sbaglio?

Alzi le spalle, bofonchi qualcosa, non sai nemmeno tu cosa.

Comunque sia. Allarga le braccia. Se è cosí, ci piacerebbe leggerti. È tutto.

Tu annuisci. Ti si illumina il viso. Ti giri verso la porta.

Cass.

Ti giri di nuovo, il minimo indispensabile.

Se mai volessi parlare con qualcuno, conta su di me. E non solo. Non voglio che i miei studenti si sentano abbandonati a sé stessi.

Annuisci un'altra volta, esci di corsa dall'aula prima di diventare rosso fuoco.

Fuori dall'Arts Block, ti imbatti nella ragazza tedesca. La eviti da quella sera sulle scale, ma sei cosí presa dai tuoi pensieri che in pratica le finisci addosso sulla rampa d'ingresso. Indossa un cardigan bianco sporco e porta uno zaino sulle spalle, uno zaino diverso, enorme. Non mi hai chiamato, dice andando dritta al punto, e tu ti arrabbi all'istante perché sei già abbastanza stressata anche senza doverti sentire in colpa. Ma ti scusi ugualmente, le racconti che eri incasinata. Non c'è problema, dice lei, Merle. Ti dice che l'uomo che avete ascoltato alla Hist ha fatto causa al governo per aver accelerato il cambiamento climatico. Probabilmente non servirà a nulla, dice, ma un irlandese sostiene che anche se una candela sola fa poca luce, è sempre meglio accenderla piuttosto che non accenderne nessuna, perché poi ci si lamenterà che è troppo buio.

Ho capito bene?, dice, guardandola a un tratto con aria dubbiosa.

Al cento percento, dici. Alla luce del giorno, la sua pelle è traslucida e di un pallore inatteso, il blu dei suoi occhi è strabiliante. *Merle* significa «merlo», lo hai cercato sul dizionario. Hai voglia di invitarla alla festa, anche se ti chiedi cosa penserà Elaine di lei, del suo eco-attivismo e dei suoi leggings termici.

Stasera è fuori città però. Vado a visitare una tomba, dice. Wow, fai tu. Non c'è gara. Sí, è una tomba molto famosa, dice lei e annuisce. È molto antica, con gallerie all'interno di una collina? Tipo tomba megalitica?, dici. Sí, dice lei, illuminandosi in viso. Ti fa il nome della tomba. È nella mia contea, dici. Ci sei stata parecchie volte, con tuo padre e in gita con la scuola, anzi, ci sei stata tante di quelle volte che hai perso il conto. Dovevi dirmelo prima, avrei potuto darti qualche consiglio su dove dormire e i pub della zona. Lei ti guarda per un attimo, è evidente che sta per dirti che, se la chiamavi come promesso, avresti potuto darle quelle indicazioni. Ma per una volta riesce a tenere la bocca chiusa. Sarà bello tornare in mezzo alla natura, dice, caricandosi lo zaino sulle spalle. Be', dice, è il caso che mi metta in cammino. Non puoi fare a meno di ridere. *È il caso che mi metta in cammino*, te l'hanno insegnato in Germania? Non è un'espressione molto usata. Lei ti sorride e tu la osservi oltrepassare l'Hub e la 1937 per poi attraversare la piazza e scomparire dal tuo campo visivo.

È buffo, sembra una sfigata, ma si comporta come se non sapesse o non le importasse di essere una sfigata, il che ti fa chiedere se lo sia davvero, una sfigata. Per un attimo, una parte di te desidera andare con lei.

PJ.

Se qualcuno te lo chiedesse, risponderesti che il tuo piano procede alla grande, per ora. Dire che dormivi da Zargham è stata una trovata rischiosa, spesso la mamma vuole chiamare prima i genitori dell'amico per assicurarsi che tutto sia a posto, ma stavolta non ha quasi fatto domande. Zargham è stata un'ottima scelta perché l'accento della mamma di Zargham è cosí difficile da capire che mamma preferisce evitare di parlarle, se può. Al momento evita di parlare anche con te, per cui la verità è che probabilmente ti avrebbe dato il permesso pure se le avessi chiesto di dormire due notti fuori. Resta un piccolo interrogativo che riguarda Cass. Non ha ancora risposto a nessuno dei tuoi messaggi. Non che ti aspettassi una risposta. Lei non risponde mai ai messaggi, anzi è proprio per questo che vai fino a Dublino per parlarle. Quindi tutto bene, di fatto.

A assillarti ancora è il dubbio se davvero sia il caso di mettere in atto un piano. Se non sia sbagliato interferire, se non sia meglio non fare nulla, come se un eventuale successo del piano potesse soltanto peggiorare la situazione. La risposta piú probabile è che peggio di cosí è impossibile, ma di certo non è proprio quello che pensavano i personaggi del film quando hanno seppellito il bambino nel cimitero degli animali domestici.

Però devi fare qualcosa, non puoi non fare qualcosa.

Le ore di lezione sembrano non finire mai questa mattina. Non riesci a concentrarti, continui a trovare nuove potenziali falle nel piano. E se la corriera per Dublino si rompesse durante il viaggio e l'autista dicesse ai passeggeri che è meglio chiamare i parenti perché li vengano a prendere? O se la mamma trovasse il tuo inalatore di riserva e andasse a casa di Zargham per portartelo, convinta sia quello che usi di solito? Oppure decidesse di voler provare la cucina tradizionale iraniana e chiamasse la mamma di Zargham per farsi dare qualche ricetta?

È per questo che, sebbene tu non abbia detto niente a Zargham, ora che lo vedi camminare nel cortile della scuola con Pete Barron nell'intervallo, lo chiami: Ehi, Zargham! Zargham si ferma, trasalisce. Oh, accidenti, volevo dire Tyler, ti correggi. Scusa. Zargham sembra imbarazzato. Pete Barron ti guarda con un sorrisetto, il tipo di sorrisetto che chiede solo di essere notato e vuole indurti a immaginare cosa nasconde. Tu ignori Pete e il suo sorrisetto, ti rivolgi sparato a Zargham: Posso parlarti un attimo?

Il sorrisetto di Pete Barron si amplifica in un sogghigno, come se ti fossi appena chinato e strappato il cavallo dei pantaloni. Sto andando al videonoleggio, borbotta Zargham. Certo, dici tu. Volevo parlarti di un piano che sto, ehm, pianificando. Arrossisci, rendendoti conto di quanto suoni infantile e patetica una frase del genere, malgrado si tratti di un vero piano che prevede inganni e pericoli reali. Pete sta ridendo di gusto adesso. Magari piú tardi, quando torno, dice Zargham. Va bene, dici, e poi: Potrei venire al negozio con te.

Ma lui e Pete se ne stanno già andando. Si incontrano con Dave Okinwale e Rory Coyle al cancello della scuola.

Ti dici che comunque è molto improbabile che la mamma voglia darsi alla cucina iraniana. Soprattutto perché non c'è nessuno a casa, pensi tra te e te. Archiviata una preoccupazione, ne spunta però un'altra. Per esempio: e se Cass fosse diventata strana? Oppure tu? Se avessi tu qualcosa di strano e storto?

La corriera si ferma dieci minuti dopo l'ultima lezione davanti al negozio di patatine sul lato opposto della strada. Durante la pausa pranzo prendi tutto quello che ti serve dall'armadietto, in modo da essere pronto a partire appena suona l'ultima campanella. Ci sono sempre miriadi di ragazzi che si accalcano davanti al negozio di patatine, per cui non risulterai sospetto ai passanti.

Ma al cancello della scuola qualcuno ti prende per un braccio. Julian Webb. Non scappare, dice.

Ti giri verso di lui, sorpreso. Vedi scintillare i suoi denti bianchi e appuntiti. Cosa c'è?, dici.

È l'ora della resa dei conti, dice Julian Webb.

Della resa dei conti, gli fa eco Nev, che appare all'improvviso accanto al gomito di Julian. Dietro di loro incombe Simon Slatery, detto Sbadabang. Cosa ci fa qui?

Non ho tempo adesso, dici e fai per andartene, ma Sbadabang ti blocca la strada e Julian ti afferra di nuovo per il braccio. Non funziona cosí, dice Julian. Te ne andrai quando ti diremo che te ne puoi andare.

In strada passano delle auto. L'orologio sopra l'edicola segna le quattro meno cinque.

Devo andare, dici. Ho un appuntamento.

Avresti dovuto pensarci prima di mancarmi di rispetto, dice Julian.

E mancare di rispetto a me, dice Nev.

Tre minuti alle quattro. Devi prendere l'autobus, devi. Ma appena accenni a ripartire, Sbadabang ti tiene per lo zaino e Julian ride e dice: Corri a casa per fartelo mettere in culo da...

Ascolta, lo interrompi, non ho tempo adesso.

Julian sembra sconcertato. Mi hai sentito? Tu non vai da nessuna...

Vabbè, dici alzando la voce. Fammi quello che ti pare, ma lunedí. Potrai bullizzarmi quanto vuoi, ok? Non mi importa. Però adesso devo andare. Ciao.

Al che spingi via Sbadabang e attraversi la strada fino alla fermata della corriera.

I ragazzi ti guardano dal cancello della scuola, disorientati. Parlano tra loro prima di decidere di raggiungerti. Ma è troppo tardi, la corriera sta arrivando. Se vogliono picchiarti, devono comprare il biglietto.

Dove va?, chiede Julian costernato dal marciapiede.

Dritto all'inferno, gli dici.

Quest'autobus va a Dublino, dice l'autista.

Ah sí, giusto, è quello che intendevo, dici. Paghi il biglietto, trovi un posto e, mentre la corriera parte, mostri il dito medio a Julian e gli altri.

Imelda.

Avevi prenotato tu stessa una camera al *Beauteeze* All'ultimo minuto richiami e disdici

Avevi scelto i vestiti che pensavi di indossare Non li hai nemmeno guardati

Hai scritto un messaggio «Non ce la faccio, non ce la faccio proprio, scusami, perdonami xxxxx» Non l'hai ancora inviato

Nella grande finestra l'azzurro del cielo si illumina si scurisce si illumina Le ombre appaiono per poi tornare a dissolversi La casa è un orologio gigante e tu aspetti al suo interno paralizzata ancora in pigiama

Non deve succedere per forza Siete rimasti d'accordo cosí Un boccone veloce insieme Alla luce del sole Forse probabilmente lascerai tutto com'è Solo amici pensi

Ma poi pensi anche ai suoi occhi tristi alle sue mani calde Per la prima volta sento che qualcuno mi conosce davvero ti ha detto

Se solo potessi parlare con le ragazze! Se solo potessi dirglielo Dire Sentite ragazze le cose stanno cosí Big Mike mi ha invitato da lui per andare a letto insieme Che faccio? Vado o non vado?

Lascia perdere i discorsi su ciò che è giusto o sbagliato Di' alle tue amiche come ci si sente a essere di nuovo abbracciate a essere desiderate Spiega che il suo desiderio ha su di te l'effetto di una scarica elettrica Che illumina tutto come una casa che prima era vuota e ora risplende da cima a fondo Ma che dopo è peggio di prima perché adesso il buio sa di essere buio e il vuoto sa di essere vuoto e questa povera casa sa che nessuno la abita

Ma loro direbbero soltanto Va bene Imelda ma *tu* cos'è che vuoi?

Se solo lui chiamasse o mandasse un messaggio romantico E proprio mentre ci stai pensando arriva il suono di una notifica Un messaggio Ti lanci sul telefono ma è solo Geraldine sulla chat di Vivambiente

«Non indovinerete mai chi ho appena visto in Main Street» dice

«Chi?» chiede Maisie

«Chi???» chiede Roisin

«Guardate» dice Geraldine e posta un video che mostra una donna bionda da dietro Jeans di marca Cappotto di Penneys Passa davanti alla macelleria Young e prima ancora che Geraldine digiti una parola di piú tu capisci e senti lo stomaco gelare e stringersi in un nodo strettissimo

«E chi sarà mai? Dovremmo riconoscerla dal culo?»

Tu la riconosci ma non dici niente Ti mordi le labbra e preghi di sbagliarti

«Ve lo dico io?» A Geraldine piace fare un po' di scena

«Oh Cristo andiamo» dice Rosin

«Non è Augustina? – dice Geraldine – La vecchia tata dei Comerford o la domestica o cos'è che faceva la tipa in cui Big Mike intingeva l'arnese Quella che si pavoneggia in Main Street come una regina in visita»

«È tornata? – dice Maisie – Perché mostra ancora la sua brutta faccia da queste parti?»

«Suppongo che abbia bisogno di un nuovo lavoro» dice Roisin

«Un lavoro! – sbotta Maisie – Come no! Cercasi sfasciacoppie referenziata!»

«Ragazze vi dico solo questo Se l'avessi filmata da davanti non me l'avreste chiesto»

«È incinta???» scrivono Roisin e Maisie all'unisono

«Quinto mese Enorme che pare un tricheco»

«Pensi che Mike lo sappia?»

«Se non lo sa già verrà a saperlo presto»

«Questa è la mia sensazione perlomeno»

«Non può essere suo – dice Maisie – O sí? Mi chiedo cosa farà Joan»

«È una fortuna per Mike che lei non sia in paese» dice Roisin

«La fortuna non c'entra niente – dice Geraldine – Scommetto che ha pianificato tutto e sta per calare l'asso»

«È a caccia di soldi?»

«E per quale altro motivo dovrebbe sfilare per Main Street? Si assicura che tutti la vedano e fa capire a Mike che ha una bella grana da risolvere Dovrà mettere insieme una discreta sommetta Si è divertito ma ora è arrivato il momento di sborsare»

«Se lo merita – sentenzia Roisin – *Filleann an feall ar an bhfeallaire*»

Tutti i nodi vengono al pettine È una pugnalata al petto Sta' zitta ti esorta la tua voce interiore con enfasi ma tu scrivi lo stesso «Non è una persona cattiva ha solo commesso un errore»

«Tu sai meglio di chiunque altro Imelda che razza d'uomo è» dice Geraldine e ti si stringe il cuore «Come si è intrufolato nel vostro garage – continua – e ha preso a pesci in faccia il povero Dickie»

«Glielo ha chiesto Maurice – rispondi – E comunque è solo una cosa temporanea»

«Temporanea un corno – dice Geraldine – Mica finisce qua La prossima mossa sarà invitare Maurice alla cena di Natale Diventerà parte della famiglia Non vi libererete mai di lui Finché non avrà messo le mani su tutto quello che è vostro»

«Sempre che la tata stia al gioco» dice Maisie

«Se il prezzo è giusto ci starà eccome» garantisce Geraldine
«Io devo andare» dici e dopo aver spento il telefono affondi il viso nelle mani
Non significa nulla per me Imelda Sono state queste le sue esatte parole È stato un errore Se n'è andata e non la rivedrò mai piú
Ma adesso è tornata
Con un bambino in pancia Magari non è suo Ma altrimenti perché sarebbe tornata? E se lui la vedesse e si convincesse che non è stato affatto uno sbaglio ma quello che voleva? Una nuova famiglia Un nuovo inizio In Brasile E addio per sempre
Forse ora è con lei Forse l'ha portata nella casa nel bosco
Riaccendi il telefono Niente Dovresti chiamarlo? Mandargli un messaggio? Non su di lei ma qualcosa di sensuale «Ti penso Non vedo l'ora che sia stasera» Ma poi pensi *No* Non è forse questo il segno che aspettavi? Non è questa la prova definitiva che stai commettendo un errore? Basta È troppo Torni al tuo vecchio messaggio «Non ce la faccio» Poi il telefono squilla e tu lo accosti all'orecchio
Imelda Barnes? dice una voce femminile
Sí dici tu piano
Hmm dice la donna come se non ti credesse e poi Sua zia ha avuto un problema
Mia zia? ripeti
Sí sua zia La donna ha un accento straniero Sembra ostile Un rumore di dita che battono su una tastiera Maura Brennan?
Rose!
Pronto? dice la donna
Sono qui dici Sí è lei Sta bene?
No purtroppo ha avuto un infarto
Un infarto? Ti gira la testa Si riprenderà?
No È per questo che la chiamo Se vuole vederla è meglio che venga subito
Buona giornata aggiunge soddisfatta E riattacca
Prendi il cappotto le chiavi il tuo cuore straziato per Rose Il giorno che hai atteso con terrore per cosí tanto tempo potrebbe essere arrivato finalmente Al tempo stesso però pensi *E la cena?* Un'immagine prende poi forma nella tua mente È la ragaz-

za brasiliana con le mani di Mike sulla sua pancia rotonda nella casa nel bosco e tu pensi *Ti prego fa' che non muoia questa notte*

Dio perdonami dici ad alta voce

Dickie.

Non ha chiamato. Sono le sei passate ormai. Sei lí da ore, è uno dei pochi punti della radura con un po' di campo. Ti sei seduto alzato riseduto e cominci a chiederti se non sia stato solo uno scherzo. Sí! Era solo un brutto scherzo. Non diceva sul serio, non chiamerà mai.

Ma tu sai che chiamerà. E quando lo farà? Cosa gli dirai allora? Confesserai di non avere i soldi? Ti metterai alla sua mercé?

Victor pensa che sia una tattica sbagliata. Dice che devi agire con fermezza.

Cosa intendi?

Intendo che io e te faremo una chiacchierata con questo tipo e lo rimetteremo al suo posto.

Per un attimo ti limiti a fissarlo con occhi sgranati. Rimetterlo al suo posto?

Victor ti osserva impassibile da dietro il fumo della legna bruciata.

Devo dirgli che ho i soldi e poi andiamo insieme a parlarci e... è questo che intendi?

Victor tace.

Non voglio problemi, dici. Ne ho già fin troppi.

Qualcuno direbbe che se l'è cercata.

Ha promesso che questa è l'ultima volta, dici.

Ce n'è stata un'altra?

Non rispondi. Dici invece: Va be', non sappiamo dove vuole incontrarmi. Magari sarà in un luogo pubblico. Non possiamo arrivare allo scontro fisico.

L'idea di incontrarlo ti piace però – parlarci, ragionarci. Faccia a faccia, potrebbe rivelarsi piú disponibile e concederti altro tempo, capire la situazione, no?

Victor non commenta, se ne sta con la schiena addossata a un ceppo, a sminuzzare un ramo con il coltellino.

E se dovesse arrabbiarsi perché ti presenti senza soldi? Perché hai mentito? E se volesse punirti? Il panico ti attanaglia, nella mente un miscuglio frammentato di immagini pornografiche. Non puoi permettere che la tua famiglia le veda, non se ne parla.

Victor alza gli occhi. Nel cielo sopra le chiome degli alberi sono apparse nuvole di uno scurissimo blu. Stanotte pioverà, dice con calma.

Per tutto il giorno è rimasto seduto su quel ceppo e ha ascoltato, o non ascoltato, le tue diatribe con te stesso, manco fosse Dio importunato da un miserando israelita. Parla poco o niente – forse è questo a darti l'irrazionale convinzione che lui conosca la risposta, che sappia cosa fare, cosa succederà.

Potrei chiedergli un incontro anche se non ho i soldi? Dirgli la verità, che dobbiamo parlare?

Victor si alza. Vado a prendere un hot dog sul furgone, ne vuoi uno?

Scuoti la testa. È tutto il giorno che non mangi, la semplice possibilità di farlo ti sembra un'idea astrusa, appartenente a un passato lontano.

Nel momento stesso in cui Victor si allontana dalla radura, il telefono emette un suono. Non è una chiamata, ma un messaggio.

«consegna stasera alle 10 non prima e non dopo nel posto seguente:»

Leggi distrattamente le indicazioni. «Prendi la nuova strada che esce dal paese... seconda a destra dopo il ponte... case vuote...» Smetti di leggere, ti accigli, ricominci dall'inizio. Ma la tua confusione aumenta e basta.

«C'è un bosco... cinque minuti a piedi...»

Ti strofini gli occhi. Devi avere frainteso. Alla fine del messaggio ti manda un link con le coordinate Gps. Clicchi, osservi la mappa comporsi poco a poco sullo schermo.

Gli alberi intorno a te tremano, come se un gigante stesse cercando di strappare la foresta dalle radici.

Lo schermo mostra il punto esatto in cui ti trovi.

Un errore – devi aver sbagliato qualcosa, la mappa ti mostra soltanto la tua posizione. Cancelli le coordinate, chiudi l'app, la riapri. Ma no. Eccoti qui, accanto alla Tana, un puntino blu nella distesa verde della foresta. Poi ecco il puntino rosso acceso della consegna, cinquanta metri piú a sud. Ti orienti, anche se sai già cosa vedrai. Guardi la sagoma scura e oblunga in fondo al pendio, si distingue appena nel buio. E da dietro le foglie, la sagoma guarda te.

«un vecchio capanno di pietra con il tetto di lamiera».

Perché questa mossa? Perché ha scelto quel posto? Cosa sta cercando di dirti?

Cammini avanti e indietro nella radura. Il fuoco da campo conferisce a tutto l'insieme un'atmosfera medievale di luci e ombre in contrasto, un'incertezza drammatica e tenebrosa. Victor è seduto impassibile al centro della scena, con il fumo che sale dalle dita.

Deve far parte di un piano, dici. Una specie di trucco. Ma quale? Cos'ha in mente? Che senso ha?

Victor alza le spalle. Forse non ne ha.

Come può non averne?, dici con durezza. Con tutti i posti che ci sono nella contea ha scelto proprio il nostro Bunker senza un motivo?

La tua mente corre. Come l'ha trovato? Ti ha seguito? Ha piazzato delle telecamere anche qui?

Forse non lo sa, dice Victor.

Non lo sa?

Non sa che questo terreno è tuo. Che quello è il tuo Bunker.

Come può non saperlo? La tua voce si alza, querula, quasi isterica. Al tempo stesso, ti chiedi: *Come fa a saperlo?*

Sei mai stato qui con lui?, chiede Victor.

Scuoti la testa.

Ma vive in paese?

Sí, ci ha vissuto, rispondi esitante. Per un breve periodo. Pensi che lo abbia scoperto da solo? E che non sappia che noi siamo qui? O è una trappola?

Victor fa un tiro dalla sigaretta rollata a mano. È possibile che abbia perlustrato la zona, dice. Ha visto che stavamo lavorando qui e ha pensato di poterci mettere in difficoltà.

Osserva il mozzicone e lo getta nel fuoco. Da quello che mi hai detto, è un opportunista. Non ha un grande piano. Improvvisa.

Guarda la cosa dalla sua prospettiva, dice. Ha lasciato il paese mesi fa. Non è piú tornato da allora. Si scervella per trovare un posto appartato dove uno possa lasciare una busta piena di soldi. Poi si ricorda di questa costruzione in mezzo al bosco. Perfetto. Per cominciare, dovrebbe venire a dare un'occhiata per assicurarsi che tutto sia ancora come lo ricorda. Ma il nostro uomo non è quel tipo di persona. E commette cosí un grave errore.

Victor ti osserva. È avvolto da refoli di fumo come se fosse appena sbucato dalla terra.

Sconfina nella proprietà di uno del posto, dice, dove due cacciatori stanno braccando le specie infestanti, con fucili e regolare porto d'armi. È tardi, è buio. Si nasconde nel sottobosco.

Aspetti, come se non conoscessi la conclusione. Victor unisce le mani per poi separarle di nuovo. Un tragico incidente, dice.

Non parli – non sei in condizione di parlare. E non riesci nemmeno a distogliere l'attenzione da quello sguardo esteso, quegli occhi che puntano in opposte direzioni lasciando uno spazio di vuoto assoluto in mezzo, un terribile concentrato di oscurità in cui ti sembra di scorgere te stesso, sradicato, annullato.

Non voglio fare del male a nessuno, dici con un filo di voce.

Certo che no, dice Victor. Ma è come per gli scoiattoli. Se non fai niente, la situazione può solo peggiorare.

Non è la stessa cosa, dici. È un essere umano.

Certo, siamo tutti esseri umani, se la metti su quel piano, dice Victor.

Ti allontani di qualche passo. Magari è uno sbaglio, dici. Magari le coordinate non sono quelle. Lo chiamo.

Ma Ryszard non risponde. Al che Victor rompe il silenzio.

Non dico che sia un segno, Dickie. Ma non è per questo che sei quaggiú? Perché sapevi che prima o poi qualcuno si sarebbe fatto vivo e avrebbe cercato di fare del male alla tua famiglia. E volevi un posto in cui poterla proteggere.

L'oscurità satura il cielo come acqua che sale. Le foglie morenti tremano sui rami grigi e scheletrici. Mio Dio, sussurri a te stesso. Mio Dio.

Cass.

Non è ancora buio e la festa è già in pieno svolgimento. Vi stavate ancora preparando, ma poi Edelle ha dovuto cancellare all'ultimo minuto il laboratorio di butō e ha portato l'intera classe con sé, con il body da danza ancora indosso. C'è già cosí tanta gente in casa che per la prima volta fa quasi caldo. La musica rimbomba dagli altoparlanti, la birra comprata al supermercato è ormai quasi sparita dal frigo, un ragazzo se ne sta accovacciato sul tavolino da caffè in una posa da surfista. Una festa fantastica! È quel che dicono tutti. E lo è davvero, fantastica. Il novanta percento dei presenti non li conosci. Ma nessuno potrebbe mai dire che l'atmosfera sia tetra.

Soltanto Elaine non sembra divertirsi. È circondata dai membri del gruppo teatrale e non fa nemmeno finta di ascoltarli; ogni volta che suona il campanello, gira di scatto la testa per vedere chi sta arrivando, per poi voltarsi di nuovo delusa perché non è la persona che aspettava.

Tu sai che aspetta jj. E anche tu, dal lato opposto della stanza, sei in attesa, provando gli stessi sentimenti al contrario, come un'immagine speculare. Appena la speranza si accende nei suoi occhi, il tuo cuore sprofonda; appena la delusione torna sul suo volto, tiri un sospiro di sollievo.

I tuoi saggi propositi – essere sincera con lei, rivelarle i tuoi sentimenti, essere pronta a rinunciare a lei se è quello che vuole – sono svaniti. Chi credevi di prendere in giro? Il pensiero di lasciarla andare è insopportabile. Come lo è, di conseguenza, anche il pensiero di essere sincera. Ti sei perciò rintanata dietro una maschera e fai del tuo meglio per dare l'impressione di non essere tetra né ossessionata, bensí di divertirti alla grande, intanto ti prepari a consolarla quando lei avrà accettato che jj non verrà. Sarà ubriaca e vulnerabile; forse tornerà a piangere sulle tue gambe.

Ma se jj dovesse venire? Te ne starai disperata nello stesso angolo in cui sei ora, a guarderai Elaine farsi strada tra i corpi per salutare l'insegnante? La osserverai impotente prendere il cappotto di jj ed esclamare di gioia: Ce l'ha fatta! Per poi dire:

Venga, beva qualcosa, mentre l'accompagna in cucina? E a quel punto andrai in cucina anche tu, per startene imbronciata in disparte a guardare la tua coinquilina che assilla l'insegnante con ogni sorta di domanda, quesiti complessi e ponderati sulla letteratura e sul genere e sul patriarcato, e ascolta poi le sue risposte, splendente come una lanterna cinese, senza nemmeno accorgersi che sei rannicchiata accanto alla porta come una viscida spia, o magari chissà, magari se ne accorge invece, perché dopo che qualcosa nell'altra stanza ti ha distratta per un attimo, ti volti e scopri che non sono piú in cucina né in soggiorno e nemmeno in giardino con i fumatori, e cosí torni a controllare in soggiorno, a destra e sinistra, in un rapido quanto angoscioso giro ricognitivo, malgrado tu sappia che è troppo tardi, troppo tardi...

E anche se non venisse, credi davvero che saresti fuori dai guai? Pensaci, Cass! Se non succede stasera, succederà un'altra sera. E se non sarà jj, sarà un'altra persona. Cos'è il mondo se non un ambiguo esercito di potenziali amanti di Elaine? Devi FARE qualcosa! Devi AGIRE! Devi smetterla di essere una patetica, sgradevole codarda e darti da fare, STASERA, ADESSO!

Il ragazzo accanto a te prende una birra da una busta e nota il tuo sguardo. Ne vuoi una anche tu? Annuisci. Apri la lattina e te la scoli quasi d'un fiato. Senti la birra spumeggiare dentro di te come una limonata magica. Ti pare di avere acquisito di colpo dei superpoteri. Il ragazzo ride e te ne dà un'altra. Scommetto che non riesci a scolartene due di fila, dice.

Ok, pensi. *Ok*, *ok*.

La trovi in soggiorno con Kit. Ti insinui nella loro conversazione. *Insinuarsi: inserirsi con accortezza e quasi senza farsi notare,* come un filamento di carne viscida. O anche *cattivarsi la fiducia o il favore di qualcuno, di solito con astuzia, con arte*. Ma il massimo sarebbe insinuarsi insinuando, insinuarsi nel cuore di qualcuno, insinuargli un'idea, un sentimento.

Si sono zittite e ti guardano.

Posso parlarti un attimo?, dici a Elaine.

La trascini con te in fondo alle scale. Una festa fantastica, dici. Le sorridi. Sta andando alla grande.

Sí, dice Elaine, e poi: Che c'è?

In che senso?, dici.
Non volevi parlarmi?, dice lei.
Ah, già! Ridi. È curioso, da un lato non riesci a credere di esserti decisa alla fine, dall'altro sei rilassatissima perché sai che stai per dirglielo stavolta e sai che andrà bene. Anzi, ti sembra quasi di averlo già detto, ed Elaine reagisce con qualcosa tipo *Oh, Cristo, era ora. Aspettavo da una vita…*
Allora che c'è?, dice. Lancia un'occhiata distratta alla porta per poi tornare a guardarti.
Oh, niente, in realtà, dici tu. Volevo solo sapere come va.
Cosa? Ero nel bel mezzo di una conversazione, dice Elaine.
Ah, sí, dici. Anch'io. Prima, cioè.
Stai bene?, chiede Elaine.
Chi, io?
Sei strana, dice. Poi ti scruta. Sarai mica ubriaca?
No, dici. Ascolta…
Sei ubriaca, dice lei. Sei ciucca fradicia, cacchio.
Ho bevuto una birra, ammetti.
Piú di una, dice lei.
Non importa, dici. Ascoltami. Devo dirti una cosa.
Lei serra le labbra, ti fissa con occhi che sembrano laser. Il tuo cuore batte fortissimo, come se te ne avessero impiantato uno nuovo di zecca nel petto.
Allora?, dice.
Niente, pensavo che è bellissimo essere qui ora, al college, insieme, e organizzare una festa cosí. E a com'eravamo prima, due sfigatelle in un paesino sperduto. Insomma, ne abbiamo fatta di strada.
Sí. Ora torno da Kit, ok?
No, aspetta, dici. C'è una cosa che devo dirti…
Puoi dirmela dopo! Puoi dirmela in qualsiasi momento. Viviamo insieme, ricordi?
Si gira per andarsene. D'impulso, allunghi la mano e le afferri il vestito. Lei ruota su sé stessa con un'espressione gelida. Senti tra le dita la stoffa sottile, è un vestito nuovo.
Scusa, dici. È importante.
Elaine aspetta. L'aria vibra. Un amico del ragazzo con la birra aveva uno spinello, e lo spinello ti ha dato una bella botta.

Cerchi di concentrarti. Dovevi scolarti un altro drink, forse? Il che ti fa venire in mente una cosa, e scoppi a ridere di botto. Ti ricordi quel barman del Cesso che aveva una cotta per te e ci offriva sempre shottini pazzeschi?

È per questo che mi hai trascinato qui?, dice Elaine.

No, no. Smetti di ridacchiare, ti ricomponi. Da dove inizio? Allora, ti ricordi a casa, quando abbiamo conosciuto quello strano tipo, il russo...

Elaine alza gli occhi al soffitto. Cass, sono a una *festa*!

E allora?

E allora smettila coi ricordi, di parlarmi del passato!

No, ma...

Da quando ci siamo trasferite non fai che parlare del paese. Di quei pub di merda. Degli insegnanti. Dei *fienili*. Sono venuta qui per non saperne piú niente di quella roba. Si ammutolisce, hanno suonato il campanello. Non è jj, dici mentre Elaine si gira a guardare.

Eh?, fa lei con stizza. Chi ha parlato di jj?

Nessuno, dici.

Ti scruta. Non capisci cosa non abbia funzionato, perché sia andata tanto di merda. Forse dovremmo parlarne un'altra volta, dici.

Elaine sospira. Comincio davvero a chiedermi se siamo fatte l'una per l'altra, dice.

La fissi. Il cuore torna a picchiare. In che senso?

Nel senso che mi chiedo se non ci stiamo frenando a vicenda. Se questo rapporto non appartenga a una fase precedente della nostra vita.

Accenni a parlare, ma non sai cosa dire. Ti bruciano gli occhi, cerchi le parole, ma tutto sembra sfuggirti di mano, scivolare via. Scusa. Non voglio parlare di casa... non mi sono resa conto di...

Elaine ti guarda impassibile. L'alcol che hai bevuto, che hai bevuto per tutto il giorno, ti sale alla testa e ti si riversa addosso come un mare nero e mosso, e tu pensi che potresti piangere, no, pensi che potresti vomitare, ma una voce disperata e imperiosa si leva nel caos per esortarti: *Dillo! Dillo!* Per cui anche se non c'è momento piú sbagliato per dirglielo, cominci a parlare lo stesso. Il fatto è che io... io...

Ma l'espressione sulla faccia di Elaine è cambiata. Ha spalancato gli occhi, dilatato le narici. Nello stesso istante, cominci a renderti conto del trambusto che agita il soggiorno. Accanto alla porta d'ingresso, che è aperta, vedi persone che ridono – alcune sghignazzano, altre sono sconcertate – e poi, dalla ressa, ecco apparire...

Ma che cazzo, dice Elaine.

È tuo fratello. È PJ. Rimani a fissarlo, chiedendoti se stai sognando. Lui ti vede e ti saluta con la mano, poi si ferma, guarda incerto te e il tuo viso macchiato, e tu senti il ciclone della vergogna scatenarsi nel petto.

Elaine si gira verso di te con le mani sui fianchi, furiosa. Non so cosa ci fa qui!, ti senti gemere ansiosa. Non è stata una mia idea!

Lei alza le mani, si volta dall'altra parte disgustata. Merda! Merda! Ti scagli su PJ, lo afferri per le spalle. Che ci fai qui?, strilli. Non puoi essere qui!

Lui inizia a squittire, a spiegarsi, ma tu non lo lasci finire: lo giri e lo spingi fuori, in strada. Chiudi la porta dietro di te. Cosa ci fai qui?, ripeti. Non puoi piombare cosí in casa della gente!

Ho provato a chiamarti, insiste. Ma tu non rispondi mai.

Perché non voglio parlare!

È un'emergenza!, esclama con voce stridula e comincia a farfugliare, nomina papà, parla di pistole scoiattoli bunker e va avanti come un fiume di parole senza senso, finché non urli: Basta!

Lui trasalisce, ti guarda. Sembra piú piccolo, in città. La rabbia si è mescolata alla nausea e un dolore abominevole ti pulsa tra le gambe.

Cosa ci fai qui? La mamma sa che sei venuto?

Il fiume di parole esonda di nuovo: papà, la banca, la macchina, la caduta... Lo scuoti. Non mi stai ascoltando! Non puoi stare qua! Non puoi presentarti in questo modo! Hai capito?

Sono molto preoccupato per lui.

Cosa ti aspetti che faccia adesso?

Abbassa la testa. Pensavo che potessi parlargli, sussurra.

A papà?

Lui ti ascolta.

Ah! Non puoi fare a meno di ridere, al ricordo della faccia inorridita di tuo padre che ti guarda dall'alto mentre sei stesa sul pavimento della sala da ballo del *Burke's Hotel*, con la stranezza che ti trasuda da ogni poro, rivelando a tutti gli ospiti chi sei davvero. La porta d'ingresso si apre alle tue spalle. È uno scherzo?, dice Elaine. Pensi che sia divertente?

Va tutto bene, dici tu. Me ne occupo io.

Non può restare, dice lei.

Non resterà, le assicuri. Dammi solo un minuto, ok?

Non è una festa per bambini, dice lei. Lo stanno già postando su Twitter.

Se ne sta andando!, ripeti.

Elaine dà un'occhiata in fondo alla strada. Non si vede anima viva. Tu e la tua famiglia del cazzo, dice e chiude la porta.

Guardi PJ, che se ne sta lí ignaro come se aspettasse di essere prelevato dalla scuola calcio, e senti montare un nuovo rigurgito di rabbia. Non l'hai sentita?, dici. Te ne devi andare.

Lui ti guarda, senza capire. Pensano che sia intelligente, ma è un cretino fatto e finito! Ascoltami bene!, gli dici. Non me ne frega niente se papà ha la crisi di mezza età o qualunque altra cosa! Hai capito? Non me ne frega niente del garage! Non è piú la mia vita. Ora fammi il favore di andartene, cazzo!

Tuo fratello resta immobile, ha le guance arrossate. Sta per riattaccare la solfa, ma tu glielo impedisci. Da quella parte, gli dici, prendendolo per le spalle in modo da ruotarlo nella giusta direzione. Segui i binari del tram. Ti portano dritto alla stazione dei pullman. Ti saluto.

Non aspetti di vederlo andar via. Lo pianti lí, come un cane che non si fa spaventare, rientri in casa e sbatti la porta. Vai in cucina e prendi una lattina di non sai chi dal frigo, la apri e bevi. Quando suona il campanello hai il terrore che sia ancora lui, ma è solo un gruppetto di nuovi ospiti, per cui ti sposti in soggiorno.

Cos'è successo?, chiede Darl.

Eh?, fai tu.

Era tuo fratello quello?

Ah, sí, dici e ridi.

Cosa ci faceva qui?, chiede Darl. Pensavo che abitaste in campagna.

Sí, è fuori di testa, dici.
Darl ti guarda strano.
È tutto a posto, dici. Bevi un sorso dalla lattina e sorridi. La conversazione va oltre. Nel giro di un minuto o due, è come se PJ non fosse mai venuto.
Controlli il telefono e vedi il messaggio con cui in effetti ti diceva che pensava di venire. Non avevi capito però che parlasse di adesso. Credevi si trattasse di una vaga intenzione di venire a trovarti prima o poi. Comunque sia, non ha piú importanza.
Elaine ti fa un cenno dall'altro lato della stanza. Sorride, vuole che tu vada da lei. Non è piú arrabbiata, a quanto pare. Probabilmente l'ha colpita che tu abbia gestito la situazione con tanta rapidità. Forse l'incidente è stato addirittura positivo, perché l'ha distratta da ciò che era successo prima.
Sta parlando con un ragazzo dai capelli neri e gli occhi azzurri. Lo hai visto al college, studia Storia, se ricordi bene. Lei è l'amica di cui ti ho parlato, gli dice. Il ragazzo le sorride e inizia a parlare di uno che fa le parodie dei rapper famosi. Tu ridi. Ma in realtà non stai ascoltando. C'è qualcosa che ti ronza in testa. Gli scoiattoli: hai la sensazione che tuo fratello abbia detto che Papà *spara* agli scoiattoli. Non ricordi di avergli sentito dire quelle parole e tuttavia gli scoiattoli sono lí, nella tua testa. Decine di scoiattoli – è questa l'immagine che hai davanti –, cadaveri di scoiattoli sparsi nella foresta.
È impossibile. Papà non usa nemmeno le normali trappole per topi, solo quelle per catturarli vivi, senza infliggergli sofferenze. Devi essertelo immaginato, dici con severità a te stessa e torni a concentrare l'attenzione sul ragazzo e i suoi meme. Ma gli scoiattoli non se ne vanno: si aggirano frenetici nel sottobosco dei tuoi pensieri alla loro tipica maniera, con scatti e arresti repentini, studiandoti a fondo ogni volta che si fermano; e insieme agli scoiattoli ti immagini PJ che incespica sulla strada mentre si allontana con lo zaino in spalla, e per un attimo una mano fredda e umida sembra stringerti il cuore.
Non gli succederà niente, ti dici, i binari del tram lo porteranno dritto alla stazione dei pullman. Del resto, cosa si aspettava che facessi? Che preparassi una terapia psicologica? Che avresti convinto mamma e papà ad amarsi di nuovo con un toc-

co di bacchetta di magica? Pensava che avresti mollato tutto e saresti corsa a casa per sistemare le cose?

È questo che pensava?

È per questo che voleva vederti? Perché pensava di poterti convincere?

È per questo che è venuto da solo fino a Dublino?

Ecco, guarda qui, sta dicendo il ragazzo, che estrae il telefono e allarga con il pollice e l'indice un'immagine sullo schermo. Voglio vedere anch'io, dice Elaine affacciandosi dalla spalla del ragazzo.

Ti giri un poco per prendere il telefono e mandi un messaggio: «Sei arrivato alla stazione dei pullman?»

Sul telefono del ragazzo, un uomo in maglietta bianca a bordo di un'auto fa: Ehhhh ehhhh ehhhh Mom's spaghetti.

Forte! dice Elaine. Il ragazzo sorride a Elaine e poi a te. Tu ricambi il sorriso. Il messaggio non viene visualizzato. Sempre sorridendo, ti giri di nuovo, chiami PJ e accosti il telefono all'orecchio. Scatta subito la segreteria telefonica. È spento, ha spento il telefono? O ti sta ignorando? Oppure? Fammi uno squillo quando senti questo messaggio, mormori. Elaine ti guarda, ma il ragazzo non se ne accorge. Dovete vedere la sua imitazione di Lil Wayne, dice. Mentre cerca il video, chiede: Siete di Dublino? Elaine risponde e lui annuisce. Le persone con cui si può ragionare vengono sempre da qualche altra parte, dice. Fai un respiro profondo, ma non succede niente, ti manca il fiato. E vi conoscete bene voi due?, chiede il ragazzo. Elaine ti guarda nel modo in cui ti guarda ogni volta che qualcuno la guarda mentre lei guarda te. Diciamo cosí, risponde. C'è mancato poco che facessimo una cosa a tre una volta, vero Cass? Ti stringe la mano nella sua.

Non toccarmi, dici.

Lei sobbalza. Il ragazzo dei video sembra confuso. Anche tu sei confusa. Quelle parole, non hai idea da dove siano uscite. Ma a un tratto sei sopraffatta dal disgusto, come se ti guardassi allo specchio e vedessi il tuo riflesso in decomposizione. Stai bene, stella?, chiede Elaine. Non sai cosa dire. Ma la dici comunque. Ti odio, dici. Ti odio come la peste, dici. Con *ti* intendi *te stessa* ovviamente, la te stessa dello specchio, ma non hai tempo di spiegare adesso. Elaine ti tiene ancora la mano, la tiri via, poi ti giri e corri.

Senza capire come, ti ritrovi fuori a guardare in fondo alla strada, come se tuo fratello potesse essere ancora lí, come se in tutto questo tempo avesse camminato senza spostarsi di un metro, confidando nel tuo arrivo. Ma non è lí. Non c'è nessuno, solo le facciate vuote delle case disposte lungo una stessa linea, un centinaio di case su un lato, un centinaio sull'altro, e dopo questa strada un'altra strada poi un'altra e un'altra ancora, strade e strade e strade con case e case e case, e in ognuna di quelle case persone di cui non sai niente, persone che non hai mai visto. Vivi in città adesso. Se volessi trovare qualcuno, anche qualcuno cui vuoi bene, non sapresti da dove cominciare. E quando inizi a correre, non hai idea di dove stai andando.

Imelda.

Il viso è pallido come la cera e raggrinzito Piú di quanto non fosse già Da un angolo della bocca piegato verso il basso esce un rivolo di bava Gli occhi sono pieni di paura Pensiamo che abbia avuto un secondo infarto dice l'infermiera

Ti siedi accanto al letto Rose dici Sono io Imelda

Hal Hal sussurra lei Ba Ba Ba

Tre lunghi peli le spuntano dal mento È una vergogna che sia lasciata in queste condizioni dici all'infermiera È una vergogna Frughi nella borsa per vedere se hai un paio di pinzette Sai di averle ma non riesci a trovarle

L'infermiera le appoggia delicatamente una mano sulla spalla Non sente dolore dice a bassa voce

Provi a chiedere se il prete è già arrivato ma non ti vengono le parole Vi lascio sole per qualche minuto dice l'infermiera e chiude piano la porta dietro di sé

Prendi la mano di Rose Ora che sei sola con lei non sai cosa dire Hai l'orribile sensazione che sia colpa tua Che sia stata tu a farla ammalare con tutti i tuoi drammi Anche se sai che non è cosí Che è solo vecchia Vecchia Un frammento del passato

Un gioiello di vetro azzurro che giace in un campo senza che nessuno lo veda Il suo viso è cosí segnato Gli occhi che non riconoscono piú nulla Mio Dio Il tempo Cosa fa il tempo Potresti piangere dalla mattina alla sera e non sarebbe abbastanza

Sof dice lei con un rantolo Ka

Rose sussurri tu come se potesse sentirti Rose come se fosse la Rose di un tempo Come se potesse sentirti e riportarti nel suo cottage A casa tua A quel periodo orribile Papà ubriaco e pronto a menare le mani Mamma che strilla come un pipistrello I ragazzi che si prendono a mazzate La polizia che accosta La casa che lampeggia nella luce blu Daresti qualsiasi cosa pur di tornare in quello schifo Qualsiasi cosa

Fl Fo sussurra lei Fan

Prendi la sua mano nelle tue La baci L'accosti alla guancia chiudendo gli occhi

Frank dice lei

Levi lo sguardo

Un occhio acquoso ti osserva

Un puntino rosso brilla come brace nel vetro nero del televisore spento appeso in un angolo

Frank è qui dice

La porta si apre Entra un uomo

Dal passato Tutto torna

Per un attimo non lo riconosci Potrebbe essere chiunque Un uomo con la giacca a vento e i capelli radi Per strada gli passeresti accanto senza notarlo Poi in un istante cambia e lo riconosci come se aveste vissuto fianco a fianco per tutto questo tempo O come se il tempo non fosse passato affatto e tu fossi tornata bambina proprio come desideravi Siete sulla riva del torrente e lanciate bastoni in acqua

Ti alzi gli getti le braccia al collo

Dove sei stato? dici

Papà ha detto che eri morta

Morta? dici tu

Di cancro dice lui Come la mamma

Non ne ero sicuro dice Non sapevo se crederci

Ma pensavo che non volessi avere piú niente a che fare con gente come noi dici Dopo che ti eri sposata

Gente come voi? dici Eravate la mia famiglia

Lar abbassa lo sguardo

Ti ho scritto una lettera una volta dice Non ti è arrivata?

Tu scuoti la testa non riesci a parlare

Ho pagato una persona per scriverla Non l'ha mai spedita mi sa

Se ne sono andati in Inghilterra La famiglia al completo Papà Lar Christy JohnJoe Golly Hanno avuto altri problemi con i Finlay e se ne sono dovuti andare A Doncaster si sono rimessi a smontare auto a vendere ferraglia dicendosi sempre che sarebbero tornati a casa Senza mai tornare

È per questo che ve ne siete andati? chiedi Per via dei Finlay?

I suoi occhi sono azzurri e gentili Piú lo guardi piú ridiventa quello che era Malgrado il volto consumato il ragazzo che è in lui risplende come il sole Come se foste tornati indietro nel tempo

Come sta Dickie? chiede Lavora ancora al garage?

Oh dici agitando una mano Non parlarmene

Ho due figli però dici Tiri fuori il telefono e gli mostri le foto La femmina è al college a Dublino dici Si chiama Cassandra

Davvero? dice Bene bene Una dei nostri che fa il college a Dublino Ci avresti mai scommesso?

Ti illumini È sempre stato il migliore Lar

E tu? dice Hai figli?

Fa schioccare la lingua No dice

JohnJoe ne ha un paio giú a Chester e anche Golly ha una bella covata a Oz ma si è separato

La vita matrimoniale è tosta dici Non è per tutti

Sono stato in galera per un po' dice E quando sono uscito per papà si era messa male e sono tornato a casa per occuparmi di lui Non me sono mai andato mi sa

Sei rimasto con lui dici pensando *Dopo tutto quello che ha fatto*

Aveva bisogno di qualcuno che si prendesse cura di lui dice Alza le spalle Aveva bisogno di qualcuno

Tu non dici altro Vorresti chiederglielo ma non ce la fai Te lo dice lui comunque

È morto dice Sei mesi fa Quando c'è stata quell'alluvione terribile piú o meno L'avete avuta anche qui

È morto ripeti

Un sipario sembra calare sulla stanza o è dentro di te che cala? Lo ha ucciso l'alcol dice Non ha smesso di bere neanche quando ha perso le gambe

Ti mostra una foto sul suo telefono Una faccia bianca ed evanescente in una massa rosa e informe I segni della rabbia scomparsi nel grasso come se tuo padre fosse sprofondato nelle sabbie mobili Mani simili ad artigli che stringono i braccioli di una sedia a rotelle

Io non bevo piú una goccia dice Lar

Dopodiché tacete entrambi Rose ansima nel suo letto Il televisore spento ronza E tu ti ritrovi nella piccola casa dove papà aleggiava minaccioso sopra ogni cosa come il cielo e voi vivevate in balia dei suoi umori il sole il gelo le buriane Ora il cielo è scomparso e con lui anche i capricci del tempo

Lar ti abbraccia

Vorrei che qualcuno me lo avesse detto mormori con voce rotta sulla sua spalla

Lui ti carezza la schiena Ti dà un fazzoletto che ha preso dalla scatola sul comodino

Parlava mai di me? Mi nominava mai?

Lui fa un sospiro profondo

Parlava male dici

Lar si acciglia Cerca le parole giuste Pensava che non avresti dovuto sposare Dickie dice

E nonostante il mal di testa ti viene da ridere Puoi dirlo forte

È stata dura per lui dice

Ti sciogli dal suo abbraccio Ti asciughi gli occhi Dura per *lui*?

Pensava che non saresti andata fino in fondo mi sa Che non gli avresti opposto resistenza

Aveva delle aspettative mi sa dice guardandosi le mani giunte

Che mi sarei presa cura di lui dici Che lo avrei servito per il resto dei suoi giorni

Che saresti rimasta sempre la sua bambina dice Lar

Ti bruciano gli occhi Per un attimo pensi che il dolore ti schiaccerà Finché non si trasforma in rabbia Che è piú facile da gestire E non riusciva a guardare oltre dici Non c'è mai riuscito Fino alla fine Non riusciva neanche ad ammettere che ero ancora viva

Sai com'era fatto dice Lar Era un uomo orgoglioso Non avrebbe mai ammesso di aver sbagliato

Sí E chi è rimasto con lui l'ha pagata Mamma i ragazzi Lar che si è visto succhiare la vita Doveva toccare a te La sua bambina Non fossi stata incinta sarebbe toccato a te Raccogliere le sue lattine di birra Sprimacciargli i cuscini Lavargli le canottiere Per il resto della vita

Ma cosí com'è esplosa la rabbia svanisce A che scopo? Che senso ha rivangare il passato? È morto Che tutta quella miseria muoia con lui

Rose rigurgita sputa catarro Ha gli occhi chiusi Koll dice Curl

Sono contento di averti vista dice tuo fratello Ci speravo

Anche se pensavi che fossi morta

Sorride si guarda le mani Su una c'è un punto Una croce blu tatuata Perché sei venuto? chiedi Come hai saputo che Rose era malata? La casa di cura ha chiamato anche te? *Ma perché mai avrebbero dovuto chiamarlo?* pensi

Come hai fatto a sapere che Rose era qui?

Al che Lar alza lo sguardo Il sorriso scompare È nervoso Sta per dire qualcosa poi si ferma Serra le labbra

Che c'è? dici

Lar sospira alza la mano si scompiglia i capelli radi Poi si china in avanti poggiando i gomiti sulle ginocchia fa una faccia strana Imelda dice Tu sai che Rose aveva delle visioni Vedeva le cose prima che accadessero

Be' negli ultimi anni succede anche a me

Ero in carcere Ho cominciato ad avere delle visioni dice e si tocca la testa Come dei flash dice

Capisco dici Senti lo sconforto nel cuore

All'inizio ho dei mal di testa Vanno avanti per giorni a volte E quando smettono fatico a stare in piedi La sua voce si spegne Batte il piede sul pavimento Quando smettono

Serra gli occhi tirandosi i capelli Ti ricordi quella volta che i Finlay sono venuti a casa nostra? E quell'enorme cane nero che fissava il nostro ingresso da fuori?

Se ne stava lí fuori Con quegli occhi grandi come piattini Non l'ho mai dimenticato E poi l'ho rivisto In quei flash Lo stesso identico cane Lo giuro su Dio

Non sapevo cosa volesse dire sapevo solo che non portava niente di buono E dopo un po' ho pensato di venire qui a trovare Rose per chiederle se l'avesse visto anche lei Se sapesse qualcosa E l'ho trovata cosí

La tenda di nylon si agita anche se la finestra è chiusa Accanto a te l'anziana donna in pena farfuglia cose senza senso Vurl voll voll

Allora è vero Il cane è venuto a prenderla Sta morendo

Deve essere stato uno shock terribile dici

Almeno l'ho rivista prima che se ne andasse dice Quel cane mi ha fatto un favore

E ho visto anche te dice Non ti ho mai dimenticato in tutti questi anni Imelda Indipendentemente da quel che dicevano

Ho sempre pensato a te Ho sempre pregato per te Puoi sempre contare su di me Sono ancora tuo fratello

Sorride I suoi occhi di un azzurro terso Il suo viso stanco e screpolato L'odore d'alcol che emana è tale da stenderti Il ragazzo che stava al tuo fianco e gettava bastoni nel torrente Che per anni è stato il tuo unico amico

Non è mai scappato dalla casa di papà È ancora lí con i fantasmi e i demoni

Grazie dici e lo abbracci

Nel silenzio di quella stanza Solo il ronzio delle luci E l'anziana donna che farfuglia con il suo ultimo respiro Varl Svral svar vag

Vagiti sussurra Rose

Quei piccoli vagiti

E quando la guardi vedi le sue guance bagnate di lacrime

PJ.

Ecco una verità dell'universo, forse la verità principale: è impossibile comprendere che di noi all'universo interessa poco e niente. Non soltanto non gli interessa la vita. Non gli interessa nemmeno la *materia*. Quello che per noi è il tutto – la luce delle stelle, i marshmallow, le rane, la pallacanestro, l'elettricità, ogni singola persona che sia mai vissuta e morta, tutte le cose che esistono e tutta l'energia – è solo una piccolissima parte dell'universo. Il resto è oscurità: energia oscura, materia oscura, sono solo parole che gli scienziati usano per dire «non sappiamo che roba sia». Quello che chiamiamo universo è in buona sostanza un granello microscopico adagiato su questa gigantesca e incomprensibile oscurità, tipo un pelucco su un maglione XXXXXXXXXXL, e la vita è un granello nanometrico di quel granello.

Quindi, ripensandoci, chi se ne frega di salvare l'universo o quel che contiene, perché in buona sostanza niente di ciò che esiste dovrebbe stare lí. Cass aveva ragione.

Non capisci però perché ti abbia sgridato. Non capisci perché abbia dovuto *sbatterti fuori di casa*. Ti aveva detto che potevi andare a trovarla quando volevi, lo aveva detto, anche se ora lo nega. Come potevi sapere che c'era una festa? Cosa pensava che avresti fatto, che avresti chiesto una coppetta di gelato?

D'altra parte, cosa pensavi che avrebbe fatto lei? Che avrebbe mollato tutto per tornare a casa con te all'istante? Che sarebbe scesa dalla corriera per precipitarsi nel bosco e dire a papà ti voglio bene, come se cosí potesse sistemarsi tutto? Come in un cartone animato in cui qualcuno viene colpito in testa e perde la memoria, ma quando viene colpito di nuovo la memoria torna e allora sí che tutto si sistema? Sul serio, che razza di piano era? Solo un bambino poteva pensare che avrebbe funzionato, solo un idiota, e tu sei proprio un idiota, *idiota* ti dici, a voce cosí alta che un tipo si gira e tu abbassi gli occhi e corri via.

Il fatto è che non sei sicuro al cento percento di dove stai andando tanto di corsa. Eri cosí concentrato ad allontanarti da casa di tua sorella e a non voltarti perché lei non vedesse le tue lacrime, che non hai fatto molto caso alla direzione che stavi prendendo. E ora non sai benissimo dove ti trovi. Lei ha parlato di binari del tram e quando guardi su Google Maps vedi che sí, è vero, se segui sempre i binari del tram arrivi senz'altro alla stazione dei pullman. Ma per qualche motivo non ti trovi sulla strada con i binari del tram. Sei in un'altra via, con sacchi di immondizia, cataste di pallet e edifici sbarrati, e anche se Google Maps dice che la prossima traversa a destra ti riporterà ai binari del tram, quando te la trovi davanti non è proprio una strada, somiglia piú a un vicolo. E le pile di spazzatura sono talmente alte che non si riesce a vedere se questo vicolo arriva da qualche parte.

Hmm. Ti guardi intorno, in cerca di qualcuno a cui chiedere. Vedi uno appostato nel vano di un portone, con il cappuccio calato sul viso. Decidi di non disturbarlo. Non è la zona ideale in cui chiedere indicazioni, è questo il problema. Dài un'altra occhiata a Google Maps. L'opzione migliore è girare a sinistra, pare. Ti allontanerai dai binari, ma almeno ci sono i lampioni.

Percorri veloce quella via, poi la successiva, poi un'altra e pensi che stai facendo progressi finché non giri l'angolo e sbuchi dov'eri prima, tra i pallet. Guardi Google Maps, stupito, e senti un suono metallico, una specie di *plonk*, che sembra dirti: Non ho idea di cos'hai combinato, PJ. Ma non hai il tempo di approfondire la questione, perché il tipo che piantona il portone non è contento di rivederti e lascia la sua postazione, per cui te ne vai a razzo, ricordandoti una cosa che hai letto una volta sulle api, e cioè che i pesticidi che gli agricoltori spruzzano sulle piante contengono una neurotossina che distrugge la memoria delle api, per cui dimenticano la strada di casa e non sanno ritrovare l'alveare in cui vivono, ecco perché si stanno estinguendo. *Quando hanno guardato nelle arnie, non le hanno trovate piene di api morte, ma misteriosamente vuote.* Forse è quel che è successo a Cass, pensi. Forse l'inquinamento atmosferico di questa città le ha danneggiato il cervello e si è dimenticata qual è casa sua. Anche se in realtà sai che era cosí già da prima che si trasferisse a Dublino. Proprio mentre pensi questo, il telefono emette un segnale. Bene, bene, è ancora Cass, Miss Ambiente Tossico, Miss Neonicotinoidi – continua a chiamare, di sicuro per fare altre minacce. Be', per quanto ti riguarda può anche…

«TERRA A PJ VIENI PJ».

Aspetta un attimo, non è Cass.

«TUTTI I PJ A RACCOLTA, CI SIETE?»

Ethan? Wow, non ci credi! Rispondi: «Ehi!!!!»

«:) EHI AMICO, E' UN PO' CHE NON CI SENTIAMO!!! VOLEVO SOLO SAPERE COME VANNO LE COSE !!!! TUTTO OK?»

È pazzesco. In un istante, la tristezza che ti avvolgeva evapora e, malgrado ci sia ancora qualcosa in fondo alla tua mente che senti di non ricordare bene, l'eccitazione di scrivere questo messaggio e pregustare la sorpresa di Ethan si impone sul resto: «Indovina dove sono !!!!»

«NEL NIDO DELL'AQUILA???»

«Dublino!!!!»

«WOW MA DAVVERO?»

«Sí!!!!»

«MI STAI PRENDENDO IN GIRO?»

«No!!!! Sono davvero qui!!!!»

Segue una marea di faccine che ridono, faccine con gli occhiali da sole, con la testa che esplode, e nel turbinio di messaggi ti senti come se ti avessero riempito di caramelle e sorridi allo schermo del telefono nel buio di questa strada desolata.

«CHE CI FAI QUI? SEI CON I TUOI?»

«No, sono venuto da solo», rispondi con una punta di orgoglio.

«OMG SEI SCAPPATO DI CASA ALLA FINE???!!!»

«Ah ah No sono qui solo per stanotte Gli ho detto che stavo da un amico».

«LOL NON SANNO NEMMENO DOVE SEI?»

«No».

«LOL MA CHE FIGATA».

«DOVEVI DIRMELO PERO' POTEVO PORTARTI IN GIRO !!!!»

«Sí, – dici. – Avevo un po' di cose da fare», anche se in realtà non ci hai nemmeno pensato, a contattarlo; non vi scrivete da quando gli hanno hackerato il telefono. Ti senti un tantino in colpa, ma lui non sembra incazzato.

«DOVE SEI? VEDIAMOCI!»

«Fantastico! – dici ma poi: – Solo che non posso, devo partire a minuti».

«PARTIRE?!!!!»

«Sí, devo prendere la corriera».

«:(– ma poi: – NON HAI DETTO AI TUOI CHE STAVI DA UN AMICO????»

«Esatto».

«XCHE' PARTI ALLORA? I TUOI NON TI ASPETTANO FINO A DOMANI».

Sei cosí sorpreso che ti fermi di colpo. Ha ragione! Non si aspettano che tu rientri a casa stanotte. Si aspettano invece che tu dorma da Zargham. Come hai potuto dimenticarlo?

Il problema – te ne rendi conto adesso – è che il tuo piano prevede uno stacco netto, salta di punto in bianco dalla casa di Cass alla scena successiva, con voi due nel Bunker che parlate con papà e lui che si guarda intorno con un'espressione tipo Mi-è-appena-tornata-la-memoria e tutto si sistema e tutti sono cosí contenti che a nessuno, te compreso, viene in mente di fare domande come: Ma non dovevi dormire da Zargham? A quel punto dovrai imbastire qualcosa, inventarti che la mamma di Zargham stava male o un'altra balla, esponendoti però al rischio che quando tua mamma incontrerà la mamma di Zargham le chieda se sta meglio e quella risponda una roba del tipo Scusa? e la MERDA colpisca il ventilatore scatenando l'INFERNO...

«XCHE' NON DORMI DA ME? !!!!»

«Wow, – scrivi. – Sarebbe fantastico, ma...»

«SUL SERIO!!! ABBIAMO UN LETTO PER GLI OSPITI CI MANGIAMO UNA PIZZA E TI FACCIO VEDERE LA NUOVA AUTO DI MIO PADRE».

«Una pizza?»

«E HO UNA CATERVA DI DOPPIONI DI MAGIC TG DA DARTI».

Ti eri dimenticato i doppioni. E ora che sei venuto fin qui... «Davvero non è problema?» scrivi.

«LOL NESSUN PROBLEMA HO PARLATO COSÍ TANTO DI TE A MIA MADRE CHE NON VEDE L'ORA DI CONOSCERTI DOMANI TI PORTO NEI MIGLIORI NEGOZI DI VIDEO E ANDIAMO A VEDERE *BLACK DAWN*».

«Il film? È già uscito?»

«:) È USCITO DUE SETTIMANE FA L'HO GIA' VISTO DUE VOLTE!!!!»

«Porca troia! Fantastico!»

«AGGIUDICATO??? :) RESTA DOVE SEI CHE VENGO A PRENDERTI SUBITO!!!»

«Aspetta un attimo che cerco un cartello col nome della via».

«NON SERVE!!! HAI ANCORA L'APP SUL TEL!!!»

«App?»

«RRCORDI?? QUANDO PENSAVI DI VENIRE? L'APP PER TROVARE GLI AMICI SE TI PERDI...»

«Ah, giusto!» Pure di quella ti eri scordato.

«POSSO VEDERE IL POSTO ESATTO IN CUI TI TROVI».

«VICINISSIMO A CASA MIA!!!»

«RIMANI LI', 5 M. E ARRIVO».

«Fantastico!!!»

Rimetti in tasca il telefono e ti piazzi sotto un lampione, in attesa. Ethan sta per arrivare! È un bene anche perché al momento non hai idea di dove ti trovi. Si direbbe un quartiere di magazzini e parcheggi deserti, solo pochi minuti fa ti dava quasi i brividi. Ma ora i vetri rotti che scintillano nel canale di scolo, la fabbrica abbandonata, sono amici che non sapevi di avere. È come se avessi scoperto l'identità segreta della città: malgrado tutto sembri uguale, hai la sensazione che ogni angolo ti strizzi l'occhio con uno scintillio nascosto da sotto il suo squallido travestimento.

Mentre aspetti, ecco un'altra chiamata da Cass. La rifiuti con una risatina beffarda. Ti prepari a una serata di gran lunga migliore della sua festa di sfigati. Immagini quando a scuola dirai di aver già visto il film di *Black Dawn*. Ah sí, l'ho visto a Dublino (breve pausa, tono distaccato)... in IMAX. Il bello è che dormire da Ethan non è solo piú divertente del piano che volevi attuare; è anche piú onesto, perché hai detto alla mamma che avresti dormito a casa di un amico e ora ci dormirai, solo che l'amico è un altro.

È una coincidenza assurda. Non parli con Ethan da mesi e lui ti contatta proprio quando stavi per andartene dalla città! Un quarto d'ora e saresti stato sulla via di casa, il paese dei pazzi. Invece, stai per mangiare una pizza e prendere i doppioni di *Magic: The Gathering*, compreso Deathrite Shaman, e vedere la macchina del padre di Ethan e anche il cucciolo di uistití, sempre che ci sia tempo e proprio per questo cominci a chiederti, appoggiato al lampione rotto, ora accogliente e non piú intimidatorio come poco fa, se restare in città anche domani sera. Nel frattempo, in un anfratto della tua mente, prende forma un nuovo pensiero che non hai ancora fatto tuo fino in fondo: perché tornare? Perché non scappare davvero? Chiedere a Ethan se puoi rilanciare il vecchio piano di stare con lui per una o due settimane, vedere se la tua fuga convincerà papà a uscire dal bosco. In caso contrario, forse è il caso di iniziare a esplorare nuovi orizzonti. Ti vedi di nuovo con gli occhiali da sole a specchio mentre contempli lo skyline di Manhattan, con Elaine al tuo fianco in costume da bagno, spiaciuta per la festa, perché è stata Cass a mettertela contro: Tua sorella non mi ha mai detto che eri tanto maturo per la tua età, ti mormora nell'orecchio, e tu rispondi: Non ho una sorella.

E poi, nel bel mezzo di questi pensieri felici, avverti uno strano formicolio. Alzi gli occhi e vedi un'auto che si avvicina. Non che ci sia niente di strano, se non che è la prima auto che passa da quando sei qui. Inoltre va piano, molto piano, come se stesse cercando qualcuno. Ti chiedi se possa essere Ethan, ma anche da questa distanza non ti sembra il tipo di macchina che assoceresti a suo padre. A un tratto la strada perde un po' di magia. Tiri fuori il telefono e mandi un messaggio a Ethan: «Sei già uscito?»

La risposta è immediata: «SONO DIETRO L'ANGOLO :)», e ti senti sollevato. L'auto-lumaca si è ora fermata a mezzo isolato di distanza, e anche questo è rassicurante, forse si tratta solo di un corriere, anche se nessuno scende dall'auto. Forse si è perso e si è fermato a cercare l'indirizzo sul telefono. Il punto è che non vedi niente per via dei fari. La luce punta dritta su di te, hai la sensazione di essere osservato. Probabilmente non è cosí, probabilmente è solo la paranoia alimentata dalla strada deserta, non è che una stupida sensazione, tuttavia volti le spalle alla macchina. Ma nel girarti, realizzi che non è la mossa ideale, in primo luogo perché non ti accorgerai se lui (?) scende dall'auto, e poi perché devi capire se si tratta di Ethan, che però, anche se continui a dimenticarlo, non hai mai incontrato, per cui non sai al cento percento com'è fatto se non dalle foto del suo profilo, e lo stesso vale per lui con te. È abbastanza inverosimile che tiri dritto senza fermarsi, visto che sei l'unica persona in strada, eppure... Azzardi una rapida occhiata alle tue spalle. Non c'è traccia di lui, solo la macchina, la luce bianca dei fari. Quando ti giri di nuovo, vedi un'altra persona avvicinarsi dal lato opposto della strada. Ethan! Mentre lo pensi, ti rendi conto che non è lui: è una donna con un lungo cappotto. In qualche modo, vedere un'altra persona ti fa capire che è assurdo starsene da soli in attesa in una via come questa. Abbandoni il lampione e vai incontro alla donna. Nuovo piano: pensi di chiederle come tornare ai binari del tram, che ti porteranno in centro. Mentre cammini, scrivi un messaggio a Ethan (dov'è?) dicendogli che lo aspetti da un'altra parte e che può raggiungerti lí...

Ma poi ti fermi. Ora che ti sei avvicinato, ti accorgi che la donna non è affatto una donna. È un uomo, un vecchio, vecchio come il nonno, ma con capelli neri e ricci che gli cadono sulle spalle, come i re di un tempo. Indossa un lungo cappotto nero che gli arriva fino ai piedi, anzi, sembra quasi piú un mantello che un cappotto, e poi è di un pallore tremendo, da creatura che vive sottoterra, da larva, tanto che se dovessi descriverlo a qualcuno, pur con le migliori intenzioni del mondo, finiresti per paragonarlo alla Morte o Voldemort o qualcuno del genere. In pratica, l'ultima persona che vorresti incontrare se ti trovi da solo in una strada inquietante e deserta. Chiedergli indicazioni sulle rotaie del tram è fuori discussione, ma devi continuare a camminare, non puoi tornare indietro ora, sarebbe troppo strano. Un altro messaggio di Ethan: «ARRIVO NON ANDARTENE!!!» e la Gif di un cammello su uno skateboard e poi un altro messaggio: «RESTA LÍ». Non sai piú che fare perché Ethan è ovviamente vicinissimo, ma lo psicopatico è ancora piú vicino e si muove in modo sinistro, piú che un cammello su uno skateboard fa pensare a una sposa che avanza lungo la navata centrale di una chiesa, una sposa-uomo, vecchia e in nero, con in mano un fumetto di *My Little Pony* (ma che cavolo) al posto dei fiori. Ti fissa dal suo lato della strada – con un'intensità che i tuoi genitori hanno sempre bollato come maleducazione – e tu senti le guance bruciare e ti secchi perché non dovresti essere tu ad arrossire, visto che è lui il maleducato, perché non dovresti essere tu a vergognarti ma l'esatto opposto, e a un tratto ti monta la rabbia, una rabbia fetente per quella merda di psicopatico, ma anche per Ethan che ritarda, e per Cass che ha rovinato il tuo piano, e per mamma e papà che hanno rovinato il loro matrimonio, e per Zargham e Nev e Julian Webb e tanti altri, perché le persone con cui arrabbiarsi non mancano mai, ma per quanto tu sia arrabbiato e forse anche piú che arrabbiato, hai comunque paura perché non c'è nessuno che possa aiutarti, nemmeno una casa cui bussare, e mentre l'uomo si avvicina vedi che è ancora piú vecchio di quanto pensavi, ha enormi borse sotto gli occhi iniettati di sangue e uno strato di cipria, tanta di quella cipria che la sua faccia sembra trasformarsi in polvere, e poi senti l'odore, diciamo pure il tanfo, che si fa piú sgradevole a ogni passo e che per qualche motivo ti fa pensare allo scoiattolo con le sue budella minuscole sparse sul terreno della foresta sotto il tuo coltello, e allora senti la gola chiudersi, i polmoni che iniziano a bruciare, e nel modo piú furtivo digiti un altro messaggio a Ethan: «Dove cavolo sei?», e premi Invio...

E da molto vicino arriva un *ping*.

Guardi il vecchio. Il vecchio guarda te. Sulla sua faccia si apre la crepa di un sorriso. Per un attimo non riesci a muoverti, resti a bocca aperta. Poi corri.

Subito il rombo di un motore prende vita in fondo alla strada. Dietro di te senti una voce che grida, un'auto che si avvicina veloce, una portiera che si apre – altre voci, piú forti, ti infili in un vicolo, inciampi in un cumulo di rifiuti, è un vicolo cieco! Ora sei travolto dai fari, urli e gridi di nuovo, ma in quella luce che ti punta scorgi una via di fuga dietro i sacchi della spazzatura, ti lanci in quella direzione, e trovi i binari! I binari del tram! Corri verso quei solchi di ferro, un'auto ti si ferma davanti, la schivi, salti sui binari e senti un rombo, l'urlo di un clacson mentre un tram ti sfila accanto, e tu corri, corri, corri, finché non sbuchi in un posto che conosci – era cosí vicino e non lo sapevi! È la strada con i grandi magazzini dove la mamma ti ha comprato le scarpe per la cena del nonno. La strada brulica di gente che se ne va per i fatti suoi come se tutto fosse normale. Cerchi invano il volto del vecchio tra la folla, ti bruciano i polmoni, ma non hai il coraggio di fermarti. Imbocchi una traversa e, dopo pochi metri, qualcosa salta fuori dall'oscurità – una faccia sorridente, gialla, familiare...

È Pikachu!

E tu entri di corsa nel negozio di videogiochi.

La musica di sottofondo è tenue, il ragazzo dietro il bancone è concentrato sul suo telefono. Alza gli occhi, ti guarda e ti saluta con un cenno del capo. Lo saluti anche tu, cercando di reprimere il sibilo che ti esce dalla gola. Vai in fondo al negozio, prendi l'inalatore dallo zaino, inspiri, i polmoni si rilassano, le scintille che ti danzano davanti agli occhi scompaiono.

Vedi la gente passare davanti alla vetrina, gente normale che chiacchiera e ride, che ascolta quel che esce dai suoi auricolari, che porta borse della spesa, zaini di scuola, valigette.

Ti avvicini agli scaffali con i giochi, passi in rassegna titoli che conosci bene e pensi: *Che cosa è successo?*

Lo hai sognato? Ti sei immaginato tutto?

Tiri fuori il telefono dalla tasca. Niente. Ti mordi le labbra e ti chiedi se sia il caso di mandare un messaggio a Ethan. O forse no. Forse non è proprio il caso.

Mentre ci pensi, il telefono squilla. È papà! Ti ricordi che in realtà sei da Zargham, ma quando rispondi – Sei tu, papà? – senti che ti trema la voce e capisci che, se ti fa la domanda giusta, è probabile che gli tu dica dove sei e cosa è successo, e a quel punto lui salterà in macchina e verrà a prenderti.

Dall'altro capo arriva solo silenzio, un silenzio strano e disturbato, come se la notte stessa respirasse al telefono. Pronto?, dici. Da qualche parte, in sottofondo, arriva un rumore di voci – Pronto? Papà? – Poi le voci spariscono e torna quel silenzio sibilante che non è un silenzio vero e proprio, i suoni degli alberi neri, degli aghi di pino, dell'universo oscuro e incomprensibile che ti gira attorno come un branco di squali. Riattacchi e ti senti peggio che se papà non avesse chiamato affatto. Vorresti non aver mentito alla mamma. Vorresti che qualcuno al mondo sapesse dove sei.

Poi ti si accende una lampadina. Qualcuno lo sa.

«RRCORDI?? QUANDO PENSAVI DI VENIRE?»

L'applicazione che ti aveva detto di scaricare «COSÍ SO DOVE SEI» è ancora sul tuo telefono.

«POSSO VEDERE IL POSTO ESATTO IN CUI TI TROVI».

E se è in funzione adesso vuol dire che…

Ti giri verso la porta…

e intanto una mano cala sulla tua spalla.

Dickie.

Perfetto, mormora Victor, e ti porge il fucile. Lo imbracci con qualche difficoltà, lo punti, accosti l'occhio al mirino telescopico. Vedi?, dice.

L'oscurità preme su di te da ogni lato, comprime l'aria. Victor esce dalla Tana, attraversa il sottobosco fino all'ingresso del

Bunker, si accovaccia e guarda di sbieco il punto in cui ti trovi tu, inginocchiato sulla terra bagnata. E alle dieci sarà buio pesto, grida. Non vedrà nulla.

Si riferisce a Ryszard. A volte lo chiama «questo ragazzotto» o «questo sbarbatello» oppure «il tuo amico». Ma spesso non lo chiama in nessuno modo, limitandosi a un semplice «lui». Ci metti un po' a renderti conto che non sa come si chiama. A parte gli scarsi dettagli che gli hai fornito, non sa nulla del passato di Ryszard, delle sue motivazioni, della natura del vostro rapporto; non ha nessun interesse per lui, se non che è un avversario da sconfiggere. Perché lo fa? Non ha mai parlato di soldi, il pensiero non sembra neanche sfiorarlo. È per lealtà nei tuoi confronti? O la considera come una semplice estensione del suo compito originario? Un'ulteriore dimostrazione delle sue misure di sicurezza per il futuro?

Si china, sistema qualche fronda sul bordo della Tana, si raddrizza per controllare. Perfetto, dice ancora, e poi: Sul serio, non potrebbe andare meglio.

E tu? Perché lo fai? Pensi davvero di poter arrivare fino in fondo? Piú passano i minuti e piú ti senti debole, meno determinato, le tue mani sono fiacche e impotenti come i mucchi di foglie bagnate intorno a te, il tuo corpo intriso di umidità sembra dissolversi nella nebbia autunnale. Di tanto in tanto, come se ci avessi appena pensato, lanci un'idea dalla trincea, cose del tipo: *Ovviamente non è che dobbiamo sparare per davvero* o *Fargli prendere un bello spavento dovrebbe bastare*. Victor accetta di buon grado queste considerazioni, ma senza farsi distrarre dai suoi preparativi. Non sai nemmeno tu se credere a quello che dici. Sospetti non abbia piú importanza che tu ci creda o no, perché questa storia ha ormai una vita propria e si sta dirigendo verso la sua conclusione, con o senza di te.

Come si è arrivati a questo punto? Ti guardi indietro e non capisci quando con esattezza gli eventi hanno preso una piega sbagliata. È stata colpa di un passo falso ben preciso? Quando sei andato da Ryszard nell'officina vuota? O la notte in cui hai detto a Frank, nelle tue Stanze ammuffite, di comportarsi con dignità? O è stato l'insieme – gli anni passati a crescere una famiglia, a gestire un'attività, i tuoi piccoli amori, i tuoi desideri soffocati, la tua vita innocua – a condurti a questo momento? E se cosí fosse, tu di conseguenza cosa sei diventato?

C'è una cosa a cui non abbiamo ancora pensato, dice Victor. I complici. Si dirige verso il lato opposto della radura. E se questo tizio portasse con sé qualcun altro? In tal caso, dovremmo posizionarci in due punti diversi. Si volta verso di te. Che ne pensi?

Mi ha parlato di una ragazza, ricordi. Ha detto che è incinta. Per questo vuole i soldi.

Sí, certo, hanno tutti una storia strappalacrime, dice Victor. Tende l'indice e il pollice e mira al Bunker. È improbabile che la porti nel bosco, se aspetta un bambino. E penso che non si porterà nemmeno dei rinforzi. Non credo sia il tipo. Se la immagina come una cosa semplice e veloce, viene qui e se ne va con quel che riesce a spillare. È convinto che sarà un gioco da ragazzi. Ma non lo sarà, dico bene?

Suppongo di no.

Manco per niente, santo Dio.

Per un attimo regna il silenzio. Quando riprendi a parlare, la tua voce suona flebile, come il sussurro del vento tra le foglie. Tu pensi si possa fare qualcosa di brutto e restare comunque una brava persona?

Che vuoi dire?

Voglio dire, se fai qualcosa di cattivo, significa che eri cattivo fin dall'inizio?

Victor si strofina il naso. Non puoi essere cosí duro con te stesso, dice. Se uccidi qualcuno in guerra, nessuno pensa che sei cattivo, dico bene?

Non siamo in guerra.

Il mondo è una guerra continua, dice Victor. Non c'è mai stato un mondo senza guerra. Scusa, vado a prendere una cosa nel furgone. Torno subito. Esci da lí e sgranchisciti le gambe. Ci staremo un bel po' di tempo stanotte.

Senza fretta torna nella radura e scompare. Ha bisogno di prendersi una pausa dai tuoi piagnistei. E anche tu hai bisogno di una pausa. Ha ragione, le gambe ti fanno male. Ma tu non vuoi muoverti. Da quanto tempo sei inginocchiato? Inginocchiato? Ti viene in mente quando andavi a messa da bambino e fissavi rapito la Croce dietro l'altare, quella figura magica inchiodata al legno che, con le sue sofferenze insondabili e quei miracoli operati senza sforzo, sembrava incarnare i segreti della vita adulta. Pregavi all'epoca, pregavi per i tuoi piccoli desideri. Un buon voto nel test di ortografia. Una nuova squadra di Subbuteo. Diventare piú alto. Battere Frank. In cambio, prometto di non peccare mai piú.

Sei stato a messa altre volte da allora, ovviamente. Ci sei stato anche la settimana scorsa, per dire. Ma quanto è passato dall'ultima volta che hai pregato? Che hai pregato aspettandoti una risposta? O anche solo di essere ascoltato?

Ora al posto della Croce c'è il Bunker. Lo intravedi appena, una sagoma sepolcrale nella penombra. Quando i tuoi figli erano piccoli, quella era la casa dei loro scoiattoli. Sulla porta c'era un cartello che diceva «VIETATO L'INGRESSO AI GRANDI». Tu eri il cacciatore con il fucile che veniva sempre sconfitto. Ti stendevano a terra, ti montavano addosso. Ti ammazziamo, strillava Cass, e suo fratello le faceva eco: 'Mazziamo! E tu ti rotolavi gridando nel terreno del bosco e pensavi: *Che bel modo di morire*.

Ora, su quello stesso terreno, in quello stesso luogo sacro, un uomo morirà sul serio. Ucciderai un uomo sul serio, un uomo che hai amato, sull'amato terreno dove giocavi con i tuoi figli.

È un prezzo alto da pagare, vero? Dover togliere la vita a una persona.

Victor, accanto a te nella trincea, ti mette la mano sulla spalla.

Sono stato un idiota, sussurri.

La solitudine porta le persone a fare cose terribili, dice lui. Quando hai imboccato questa strada, non hai pensato neanche per un secondo che ti saresti sentito cosí solo, vero?

Le lacrime ti rigano le guance; Victor te le asciuga con le dita. Cosí solo e cosí a lungo, dice. A fare il fantasma di tuo fratello! Che modo di vivere la vita.

Ti gira verso di sé, perché lo guardi. I suoi occhi sono molto chiari e luminosi.

Non devi farlo per forza, Dickie, dice. C'è un'altra via.

Lo fissi, diviso tra la speranza e l'orrore.

Dire la verità. Tirare fuori tutto. Ammettere quello che hai fatto…

Un gemito si leva dal profondo del tuo corpo.

Ammetti quello che hai fatto, insiste. Dillo a Maurice, a Imelda, ai ragazzi.

Abbassi la testa, ti copri gli occhi con le mani.

Qual è l'alternativa? Uccidere un uomo? Vuoi che i tuoi figli abbiano per padre un assassino? Credi di poter fare una cosa simile e restare la stessa persona?

Ti copri gli occhi e anche le orecchie, e alzi la voce in un vagito per non dover sentire Victor. Ma lo senti comunque. È cosí che vuoi far vivere i tuoi figli? Che si nascondano per la vergogna, è davvero questo che vuoi? Dickie – ti toglie le mani dagli occhi – Dickie, non ti mentirò, sarà orribile. Per loro e per te. Resteranno feriti, traumatizzati. Non capiranno. Ti abbandoneranno.

Si china su di te, sussurra: Ma torneranno.

Gli alberi ti ruotano intorno come una giostra fuori controllo, e il volto di Victor resta impigliato in quel turbine e diventa una macchia indistinta. Ma la sua voce ti arriva chiara e ferma. I ragazzi ti vogliono bene, dice. Troveranno un sistema per capire. E anche Imelda, anche lei. L'amore è questo. È piú grande dei fatti. È piú grande della somma delle tue azioni. Puoi lasciarti alle spalle questa vita falsa e portare con te le cose belle. Ricominciare.

Devi solo fidarti delle persone che ti vogliono bene, dice. Devi solo aprire il cuore all'amore.

Sorride. Anche se è impossibile, i suoi occhi strabici riescono in qualche modo a fissare i tuoi; e la sua mano si alza di nuovo per carezzarti la guancia. Fai un respiro profondo, lasci che le sue labbra morbide si posino con dolcezza sulle tue, lasci che le palpebre pesanti si chiudano.

Poi le riapri.

Victor si è addentrato nella radura. Ha qualcosa in mano.

Questo è per te, dice. Ti passa l'oggetto, è avvolto in una busta di plastica.

L'ho ordinato sul dark web, dice. Me l'hanno spedito a pezzi, cinquanta pacchi diversi. L'ultimo è arrivato giusto ieri. Per tua fortuna.

Estrae l'oggetto dalla borsa. È lungo, pesante, nero, di metallo. Un cilindro con delle appendici, un parente alterato di qualcosa che riconosci.

Ho dovuto assemblarlo da me, dice Victor. Ha un aspetto strano ma spara bene. L'ho testato nel campo dietro casa mia, sui corvi. Forza, provalo.

Va bene, dici. Passi la mano sulla canna. Emana una sua energia, una specie di ronzio come quella delle grucce quando cercavi l'acqua. Come se ci fossero degli spiriti al suo interno, come se degli spiriti fossero scesi dal cielo scuro per riempirla.

Senti un tintinnio. Victor abbassa lo sguardo sulla sua mano aperta. Tiene qualcosa nel palmo: in un primo momento li scambi per denti, i suoi denti gialli. Poi lui li spinge all'interno del proprio fucile.

Con chi stavi parlando?, chiede.

Con nessuno, dici. Abbassi la canna del fucile e inserisci le cartucce.

Imelda.

Quando esci dalla casa di riposo il cielo si è fatto scuro Arriva la pioggia hanno detto e tu non ci credevi ma ora grandi nuvole nere incombono sul parcheggio e altre si vanno ammassando come tifosi prima di una partita e anche l'atmosfera di attesa è simile a quella che precede un calcio di inizio E per un attimo i ricordi affondano una lama gelida nel tuo cuore Povero Lar non ci sta con la testa Gli hai chiesto se ha un posto per dormire Potrebbe stare da te finché non torna in Inghilterra ma lui ha alzato le spalle Ha detto che si è organizzato e tu non gli hai piú chiesto nulla Non ce la facevi vero A reimmergerti in quella pazzia

Basta cosí lascia perdere

Fai un respiro profondo Sali in macchina ti dài una controllata nello specchietto retrovisore Una cosa è certa non sei in condizione di cenare Hai il viso gonfio a furia di piangere Indossi una vecchia felpa malconcia col cappuccio e un paio di jeans perché non hai avuto il tempo di cambiarti Ti chiedi se non sia il caso di chiamare e disdire ma poi mentre te ne stai lí a pensare il telefono squilla È lui Mike

Ascolta dice Mi dispiace ma è successa una cosa Un parto podalico in fattoria Devo andare lí col veterinario Scusami tanto

Guardi l'ammasso di nuvole Il primo pensiero che ti passa per la testa è la ragazza ovvio La domestica Mantieni però un tono disinvolto Sarà per un'altra volta dici Chissà Forse è meglio cosí

Non volevo cancellare precisa Mike nervoso Solo dirti che farò tardi Ci vorrà un'ora al massimo se non ti dà fastidio aspettare

La cena è quasi pronta dice e ride Va solo scaldata

Sicuro? chiedi

Sicurissimo dice lui Sai cosa faccio? Ti lascio la porta aperta cosí vieni da me e intanto che aspetti ti versi un bicchiere di vino Sarò tornato prima ancora che tu te ne renda conto

Va bene dici pensando che forse è la cosa migliore Staccare almeno per qualche ora dal manicomio della tua famiglia e dal tuo passato Ma ho solo una felpa addosso dici

E io sarò coperto di merda di vacca dalla testa ai piedi dice Siamo una coppia perfetta

Non puoi fare a meno di ridere Tutto a posto? chiede Hai una voce un po' strana

Ah dici tu asciugandoti gli occhi Niente di che Solo una giornata un po' movimentata

Ma quando metti in moto pensi con determinazione alla serata che si prospetta e ti senti subito un tantino meglio

Il crepuscolo cala sui prati mentre torni in paese Le sagome nere degli alberi scorrono fuori dal finestrino e dietro di loro appaiono e scompaiono i fantasmi blu delle montagne Quando eravate piccoli papà le indicava e vi raccontava di averci seppellito un forziere di monete d'oro su quelle montagne Se mai dovessi lasciarvi soli per qualche ragione vi dirò dov'è Cosí andate lí con le pale tirate fuori il forziere e non avrete problemi finché non torno

Ma poi se ne andava senza mai dirvi dove fosse il forziere

E dopo il matrimonio tu non lo hai piú visto

Il cielo si rabbuia L'oscurità si infittisce La strada è deserta Ci siete soltanto tu e gli alberi In questa penombra grigio-verde ti sembra di guidare sott'acqua Come se un fiume ti avesse catturato e travolto Con foglie e viticci che ti si sfregano addosso

Lo sciabordio delle pietre sotto di te Creature che ti guardano attraverso l'acqua torbida

Era venuto per accompagnarti in chiesa

Tu eri nel cottage di Rose Le damigelle d'onore mulinavano intorno a te La parrucchiera è arretrata di qualche passo per ammirarti Dio mi è testimone Non ho mai visto una sposa piú bella Voleva farti una foto da usare per i suoi volantini Tu guardavi il sole fuori dalla finestra Poi hanno bussato alla porta

Era papà in tight Dietro di lui in giardino un'auto una Jaguar d'epoca Color rosso sangue e con i nastri sul cofano Voleva accompagnarti lui Sei la mia unica figlia femmina no?

Tu ti sei voltata in cerca di Rose ma non l'hai vista Forse perché confusa nel trambusto O perché era andata a nascondersi Maurice sta già mandando un'auto hai detto

Spetta al padre ha detto papà Ho parlato con Maurice È d'accordo con me Andiamo o farai tardi

Gli hai creduto? Te ne importava qualcosa del resto? Pensavi solo alla chiesa Cosí hai sollevato l'orlo del vestito bianco a balze e ti sei incamminata nel fango fino all'auto Tuo padre ti ha tenuto la portiera aperta e tu ti sei infilata in macchina ammassando lo strascico intorno a te mentre lui richiudeva la portiera

Dio solo sa dove aveva pescato quell'auto I sedili in pelle Il cruscotto in noce Ma il riscaldamento era rotto Non si poteva spegnere e il sole picchiava Spaccava le pietre Tuo padre ha abbassato i finestrini Eppure sudavi nel vestito Alla radio i Dubliners cantavano *The Road To God Knows Where* Tuo padre teneva una lattina di birra incastrata fra le ginocchia Ha finto di non sentirti quando gli hai chiesto di non fumare Vi eravate appena allontanati dal cottage quando ha domandato Dunque sei proprio decisa?

Ti sei girata L'hai guardato I suoi occhi erano fissi sulla strada Avresti dovuto capirlo in quel momento Non guardava mai dove andava Ma hai detto Sí e basta

Ha emesso un sibilo Ti è partita la testa? ha detto Suo fratello? Il fratello di Frank?

Non sono affari tuoi hai detto tu Ci avevi pensato un migliaio di volte È la cosa giusta? E avevi sentito la voce di Frank parlarti nella testa come la voce di Dio *Va' in chiesa Ci vediamo lí* E ci stavi andando

Hai sentito un singulto e pensato che forse stava piangendo Lo hai mai amato? ha detto tuo padre Lo hai mai amato?

Dickie? hai chiesto

Frank! ha detto lui Frank! Hai già dimenticato il suo nome?

A quel punto è scattato qualcosa dentro di te Frank Frank Frank Frank Sono stufa di sentire parlare di lui Perché non te lo sei sposato tu se eri tanto pazzo di lui?

Poi sei stata sbalzata in avanti perché lui aveva schiacciato il freno Eravate su una stretta strada di campagna in mezzo al nulla La sua faccia si è girata verso di te emergendo dal calore dell'abitacolo come un mostro marino dalle onde e quando tuo padre ha parlato la sua voce era bassa con una specie di gorgoglio come se la rabbia lo stesse frantumando Sei un mostriciattolo gelido e feroce ha detto Lo sei sempre stata

Poi ha rimesso in moto con il volto indurito e la mascella che continuava a contrarsi come se stesse masticando un rottame metallico Ti sei riabbandonata al tuo sogno pensando solo alla chiesa

Ma era lí che stavate andando? Che strada hai preso? gli hai chiesto Lui non ha risposto ha solo bevuto un sorso di birra dalla sua lattina e tu hai sentito qualcosa alla bocca dello stomaco Gli hai chiesto ancora Ma è la strada per la chiesa?

Non stiamo andando in chiesa ha detto lui in tono secco e a quel punto sei stata travolta da un'onda

Non ti lascerò fare questa cosa ha detto Non ci stai con la testa Tu ti sei messa a urlare

Ti porto in Inghilterra ha detto e ci resterai finché non sarai rinsavita

È per il tuo bene ha ruggito Non mi farò disonorare da te

E non è finita lí Aveva pianificato tutto Il traghetto I ragazzi che lo seguivano con le tue cose nel furgone Ma tu te ne accorgevi a malapena Eri agitata Dovevi andare in chiesa Hai provato ad aprire la portiera ma era bloccata Hai implorato supplicato Hai anche cercato di afferrare il volante ma lui ti ha spinto sul sedile Quel tizio ti ha stregata ha ruggito Non ti rendi conto di che razza di persona è? Ci prova con la donna del fratello quando il corpo del povero Frank è ancora caldo È una roba scellerata Una presa in giro E non saranno i soldi e la ricchezza a renderla giusta

Tu sei ammutolita Eri scioccata

Mi ringrazierai ha detto Tra qualche mese ti renderai conto che questa è una follia e mi ringrazierai

Sei rimasta seduta in silenzio a sudare nel vestito Poi ti sei ricordata di una cosa e ti è venuto da ridere

La tua risata lo ha scosso Lo hai lasciato proseguire per la sua strada e intanto ridevi serena tra te

Cos'hai da ridere? ha detto lui

Tra qualche mese avrò un bambino hai detto tu

Lui non ha fiatato Pensavi che non ti avesse sentito E invece poco a poco la macchina si è fermata

I fiori dei cespugli di sambuco che crescevano sul ciglio della strada si infilavano nei finestrini Le api ronzavano Non c'era anima viva nel raggio di chilometri La sua faccia si è girata verso di te ancora una volta e quasi ti dispiaceva per lui perché avevi vinto Lo avevi sconfitto con il tuo infido corpo di donna

Sono incinta hai detto

Lui è diventato nero Sembrava una tempesta sul punto di scoppiare L'aria era pesante e tesa Sapevi che non potevi farci niente neanche volendo

Ma lui ha visto comunque un barlume di luce È di Frank?

Hai riso di nuovo È stato allora che ti ha colpito

Sí la sua principessa il suo angelo la sua bellezza immacolata Ti ha colpito con la lattina di birra La tua testa è schizzata di lato È stato come se ti fosse scoppiato un occhio Ma con l'altro occhio lo hai visto torcere la pancia rotonda sul sedile in modo da poter assalirti come si deve Le sue mani si sono avventate su di te allargando il velo di pizzo per stringerti la gola Ti ammazzo quant'è vero Iddio Sapevi che l'avrebbe fatto Che saresti morta lí in mezzo ai fiori

Proprio in quel momento un trattore è sbucato dalla curva e un piccolo contadino con in testa un basco si è sporto dalla cabina e ha chiesto se c'era qualche problema

Gli va dato atto tuo padre non era mai a corto di balle Ah ha risposto Un'ape è andata a infilarsi sotto il velo pensa te

Un'ape ha detto il contadino

Da non credere Deve sposarsi stamattina in paese Ma quest'ape maledetta l'ha punta sul suo bel faccino

Le vie del Signore sono imperscrutabili ha detto il contadino Ma state andando nella direzione sbagliata

Davvero? ha detto tuo padre

Sí Il contadino ha indicato la strada spiegando da che parte andare

Grazie mille ha detto tuo padre

Si figuri ha detto il contadino E felicitazioni E ha sventolato la mano come per salutare Ma anziché andarsene è stato lí a guardare finché tuo padre non ha rimesso in moto e fatto inversione

Avete proseguito in silenzio

In paese le strade erano deserte come se ogni essere vivente fosse in chiesa

Tuo padre si è fermato davanti al cancello È rimasto immobile per un momento Ti sei chiesta se sarebbe entrato lo stesso dopo tutto quello che era accaduto Ma poi ha parlato

Stammi a sentire adesso ha detto Gli angoli della bocca erano incurvati verso il basso Dagli occhi ingialliti traspariva una plumbea amarezza Queste sono le ultime parole che ti dirò

Vi maledirei entrambi ha detto Ma vi siete già maledetti da soli

Per cui ti dirò soltanto come andrà

Perderai tutto

La casa e la terra Il terreno sotto i piedi Il bambino che porti in grembo Tutto quello che hai svanirà Finirai sulla strada a chiedere l'elemosina agli sconosciuti E forse allora capirai cos'hai fatto

Una troia come te con le tue arie e i tuoi modi Credi di poter agire come ti pare Ma ci sono cose che il mondo non tollera Sposare quell'uomo Faresti meglio a impiccarti È questa la sacrosanta verità

Lo hai lasciato finire poi ti sei abbassata il velo sei scesa dall'auto Il vestito era rimasto bianco per miracolo Lo hai sentito riavviare il motore e allontanarsi Non ti sei voltata Ti sei incamminata verso il portone della chiesa Da sola

Se avesse saputo qual era il tuo piano forse sarebbe stato piú clemente con te Forse avresti dovuto dirglielo Che idiota era stato a pensare che tu avessi dimenticato Frank Quando tutti i tuoi pensieri erano per Frank Per mesi eri andata sulla sua tomba A parlare con il suo fantasma Preparandoti a quel momento Tuo padre avrebbe potuto torcerti il collo ma non impedirti di venire in chiesa Dove sapevi che lui ti aspettava scintillante e trasparente come se fosse uscito dalla televisione Risorto dalla terra con indosso il vestito con cui era stato sepolto Bello e intatto Una mano tesa pronta a condurti in paradiso

Ma quando hai aperto il portone hai trovato solo Dickie ad aspettarti

Dickie cereo Chi poteva biasimarlo? Cosa aveva pensato? Doveva aver capito ma non aveva mai detto niente Tornava ogni sera e preparava la cena Si occupava della stanza dei bambini Ti portava i dépliant per la nuova casa Chiedeva la tua opinione Cosa ne pensi di queste tende? O dovremmo optare per le tende a rullo? Cosa ne pensi di un parquet? Tu con i buchi nelle scarpe per via delle camminate fino a Naancross Tu con lo sporco sotto le unghie per aver grattato il terreno Vuoi una lavatrice che sia anche asciugatrice o preferisci due elettrodomestici separati?

Cercava di riportarti sulla Terra Doveva aver pensato che un giorno avresti recuperato il senno

Ti ha aspettato all'altare mentre papà se ne andava per non tornare mai piú Proprio come Frank

Dannazione! gridi da sola in macchina perché ora è di nuovo tutto sfocato Guidi e piangi È l'unica cosa che fai in questi giorni Sarai in uno stato pietoso con Mike Una merda totale Se almeno ti fossi ricordata di mettere un po' di rossetto

Ma ecco la strada che porta a casa tua Avevi detto a te stessa che non ci saresti tornata Per non dovergli raccontare altre bugie Tanto probabilmente è nella sua fortezza e se ti sbrighi puoi almeno cambiarti metterti un top una gonna Un paio di mutande decenti Se devi farlo fallo come si deve Per cui metti la freccia anche se la strada è vuota e giri Una puntata veloce nient'altro E poi non penserai piú a nessuna di queste cose A papà a Frank a Dickie a niente

Stasera è in gioco il futuro Del passato ne hai avuto abbastanza francamente Abbastanza da durarti una vita

Cass.

Fa caldo sul pullman e il tuo posto è proprio sopra il motore e vorresti appisolarti, ma ogni volta che ti si chiudono gli occhi ti svegli di colpo, assalita dal terrore che lui non ci sia, e devi fare uno sforzo per non allungare la mano e toccarlo, convincerti che è davvero qui con te. È cosí che deve sentirsi un genitore, vivere nella costante preoccupazione che i figli spariscano appena si volta da un'altra parte. Deve essere per questo che i genitori sono tutti matti come cavalli.

Sei andata di corsa fino alla stazione dei pullman. Il pullman non aveva ancora aperto le porte, ma non riuscivi a trovare tuo fratello tra le persone in attesa di salire. Comunque sapevi che non c'era. Hai ripercorso in senso inverso la strada coi binari e quelle vicine, hai fatto su e giú piú volte in un mare di facce che non erano la sua, presa da un panico che ha presto acquisito i contorni della disperazione. Finché non ti sei fermata a un incrocio, ti sentivi sola come mai ti eri sentita prima e hai fatto un respiro profondo, provando a metterti nei suoi panni. Cosa farebbe, dove andrebbe? In quel momento hai visto il negozio di videogiochi – ti è apparso come un dono, un Santo Graal scintillante, proprio dall'altra parte della strada. Quando lo hai trovato, era spaventato a morte o quasi. Lo hai afferrato per entrambe le mani come se fosse un lepricano sul punto di sparire di nuovo.

Non sembrava molto contento di vederti, il che era comprensibile. Gli hai urlato contro, non avresti dovuto ma ti era partito l'embolo. Sei andata con lui alla stazione dei pullman per assicurarti che salisse davvero, poi hai comprato un biglietto per te per assicurarti che non scendesse.

Da quel momento non ha detto granché. Gli hai chiesto di papà e della caccia agli scoiattoli, ma lui non ne ha voluto parlare. Sembrava in imbarazzo, come se si fosse pentito del trambusto che aveva creato. Ora guarda fuori dal finestrino, con una faccia che per certi versi non è la sua: pare diventato piú grande, piú triste, ha le guance infossate e la bocca serrata come se qualcuno gli avesse scaricato addosso tutte le preoccupazioni di adulto che avrà per il resto della vita.

C'è una casa lungo la strada con cartelli sul prato che parlano di codici a barre e scie chimiche e uno piú grande che dice che GLI UFO ESISTONO – ABBIAMO LE PROVE – INGRESSO LIBERO. Tornando al paese da Dublino la vedevate sempre e PJ chiedeva a papà se potevate fermarvi e papà diceva sempre: Un'altra volta. Ora lo stai osservando e sei quasi tentata di proporgli di scendere e dare un'occhiata. Per tirarlo un po' su. Ma fuori è già buio, forse l'avete già superata, quella casa. E comunque, quali prove potrebbero mai esserci nel giardino di una persona qualunque?

Ti arriva una notifica. Elaine ha postato un'altra foto della festa. Il tuo feed è pieno di immagini simili, pieno di Elaine che ride e sorride, sorride e ride. Nell'ultima, qualcuno le ha messo un diadema in testa. La fa sembrare la vincitrice di uno di quei concorsi di bellezza che guardavate insieme in camera sua, con ragazze che avevano sconfitto ogni avversità per diventare brand ambassador, regine dell'universo. Non ti ha mandato un messaggio per chiederti dove sei. Che direbbe se sapesse che stai tornando a casa? Sarebbe una conferma di quel che pensa di te. Forse eri tu la sua avversità e ora ti ha sconfitta.

La foto con il diadema ha già cinquanta like. Premi il dito su Silenzia. Poi, con un tocco delicato, senza rancore né rammarico, premi su Smetti di seguire.

Accanto a te, ma senza guardarti, PJ chiede: Lo dirai a mamma?

Cosa?

Che sono venuto a Dublino.

È questo che pensi? Che sto tornando a casa per fare la spia?

Tuo fratello non replica.

Be', non ci penso proprio.

Allora perché stai tornando?

Ehm, perché hai cercato di imbucarti alla mia festa e poi ti sei perso?

No, intendevo cosa dirai alla mamma?

Ah. Non preoccuparti. Le dirò che dovevo prendere un libro o qualche altra cosa, rispondi. Non farà domande. Scommetto che non se ne accorgerà nemmeno. Sai com'è fatta.

Tu *non* sai com'è fatta, ribatte tuo fratello. Lei è diversa.

Sono diversi tutti e due. E tu torni a vedere la faccia scavata di un adulto, quella bocca serrata.

Non preoccuparti, dice. Andrà tutto bene.

Un'altra notifica, compare una nuova foto. Non è di Elaine, stavolta. Mostra una ragazza coi capelli azzurri che ride come una matta mentre emerge da un buco scuro in una collinetta circondata da pietre oblunghe.

Chi è quella?, chiede PJ, guardando da sopra la tua spalla.

Nessuno, dici, e poi: Una ragazza del college.

È la tomba megalitica?

Sí, andava a visitarla oggi. Merle.

Eh?

Si chiama cosí. Merle.

Insieme alle numerose fotografie scattate all'interno e all'esterno del tumulo, Merle ha postato un lunghissimo testo sulle conoscenze astronomiche degli antichi, i quali costruirono la tomba in modo tale che, nel giorno piú buio dell'anno, la luce del sole penetrasse in una cavità del tetto e colpisse il cuore della camera funeraria. «Una metafora molto potente della rinascita», scrive Merle.

Dovrebbe visitare l'altra, dice PJ. Quella dove non ci sono turisti.

Sí, dici tu.

Sul serio, dice lui. È molto meglio.

Ha ragione: e ti viene in mente che domani potresti portarcela davvero, se ti va. Potresti vederti con lei e mostrarle i luoghi della zona e magari anche invitarla a casa. Te la immagini a tavola con mamma e papà che si sforzano di mettersi in sintonia con quel cardigan grigio sporco, quel candore germanico. Inizi a scriverle: «Ehi, indovina!» Poi ti fermi e guardi di nuovo fuori, la campagna buia che scorre misteriosa fuori del finestrino.

Il fatto è che, da quando siete saliti sul pullman, ti senti stranamente felice.

Sai che, una volta arrivata a casa, andrà di nuovo tutto a rotoli. Ti ricorderai quanto è incasinato il rapporto tra mamma e papà, per non parlare di quello tra loro e te. La mamma parlerà e parlerà e parlerà e tu ti sentirai assillata, trattata con condiscendenza e sminuita. Avrai l'impressione che papà ti giudichi e ti chieda al contempo compassione e tu non saprai cosa sia peggio. E in un attimo ti tornerà in mente perché hai iniziato a odiarlo: perché ti ha insegnato a essere giusta, integra, buona, e tu hai scoperto che non sapevi esserlo; perché tuo padre non può fare a meno di te, perché ha ancora bisogno di te come quando eri la sua bambina, anche se sei diventata odiosa, viscida, orribile e perversa. Perché sai che, se sapesse la verità, ti vorrebbe comunque bene, e per qualche ragione questo ti è insopportabile.

Sí: appena cominci a pensarci, capisci che questo ritorno a casa si trasformerà in un incubo. Tuttavia il pullman prosegue il suo viaggio e mentre il crepuscolo proietta ombre sempre piú lunghe, la tua felicità aumenta e non smette di aumentare.

Le tue palpebre tornano a farsi pesanti. Il calore ti avvolge con parole invitanti, «memorioso», «micia», «merle»... Prima di assopirti, dài un'altra occhiata al telefono. Siete in anticipo.

Saremo a casa per le dieci, dici.

3.

Dickie Resta calmo, dice lui. Non sparare finché non lo avrai nel mirino. Non sparare finché non sei sicuro.

È una raccomandazione sensata. Ma è il fucile a voler sparare. Senti la tensione sulle dita, come un cane che tira il guinzaglio, la percezione che il momento è vicino.

Victor se ne sta accanto a te, immobile come una roccia, con il fucile in spalla, il dito sul grilletto e l'occhio schiacciato sul mirino telescopico. È rimasto cosí per un'ora senza muoversi, parlando a malapena, mentre tu ti agitavi e tremavi al suo fianco. La nebbia ti si aggrappa addosso, densa come muschio. Sopra di te, intorno a te, l'oscurità cala tra gli alberi, sale dal suolo. È l'unico suono che senti, il silenzio che produce il calare delle tenebre.

E poi un ramoscello si spezza. Victor punta d'istinto il fucile – i tuoi nervi sussultano, il panico ti inonda il cervello…

Victor abbassa il fucile. Niente, dice.

Ti manca il fiato, il cuore ti martella tra le orecchie.

La paura ti ha ormai spossato. Il terrore è diventato indistinguibile dalla noia, un misto di tumulto e torpore. Se solo la famosa merda si decidesse a colpire questo ventilatore e tutto finisse davvero! Se solo arrivasse uno tsunami, una conflagrazione, un Ragnarök a divorare il mondo. Soffrire, morire in massa, nell'innocenza: per certi versi ti sembra meglio di una sola persona uccisa, meglio per tutti.

Controlli il telefono. Sono quasi le dieci.

E se non viene?

Verrà, dice Victor, sempre con l'occhio sul mirino.

E se non venisse stasera? Le dieci sono soltanto l'ora che ti ha dato per la consegna dei soldi. Non significa che verrà oggi. Forse non verrà prima di domani, pensi. Forse passeranno anni prima che venga e tu invecchierai qui nella foresta, inginocchiato in una buca.

Questo soggetto non ha intenzione di restare nei paraggi, dice Victor. Prendi i soldi e scappa, è cosí che la vede.

Già, dici, e il tuo piccolo barlume di speranza si spegne all'istante nell'oscurità. Victor se ne accorge, ti fraintende. Ma noi non glielo permetteremo, Dickie.

No, dici.

Lui ti guarda nell'oscurità che si espande. Non c'è altro modo, dice. E tu capisci che non c'è altro modo.

Sí, dici. Lo capisci. Devi solo indurirti. *Indurisciti!*, ordini a te stesso. Immagina di essere in giardino, circondato dalle azalee, con tuo padre che ti schiaffeggia l'orecchio.

Il rombo di un tuono, cosí forte che Victor abbassa il fucile e guarda in alto. In un attimo viene giú il diluvio, la pioggia colpisce le foglie, mille mitragliatrici che aprono il fuoco, il suono è quello.

Nel giro di un minuto sei fradicio. Il terreno intorno ai tuoi piedi inizia a inzupparsi d'acqua. Ti pare plausibile che stiamo qui fuori con un tempo cosí?

Victor ti guarda sconcertato. Plausibile?, dice.

Siamo venuti a caccia di scoiattoli, dici, e lui finisce per sbaglio sulla nostra strada, non è questa la storia che dovremmo raccontare? Ma chi se ne va a caccia con una buriana come questa?

Non dobbiamo attenerci a questa storia, se non ti va, dice. E non dobbiamo per forza inventarci una storia. Possiamo anche solo seppellirlo qui.

Quella parola – «seppellirlo» – colpisce nel segno piú di tutto il resto. Forse perché il suono e la sensazione della pala che affonda nel terreno ti sono ormai cosí familiari. Immagini da incubo straripano nella tua mente, domande innominabili. E se qualcuno lo scoprisse? E se nemmeno seppellirlo bastasse? E se lo seppellite e lui torna comunque? Chiudi gli occhi e fai un lungo respiro. Poi dici a bassa voce: Se andiamo fino in fondo, mi prometti che i miei figli non vedranno mai quei filmati? Puoi garantirmelo?

Victor ci riflette. Riesci sí e no a vederlo, tra la pioggia e il buio. Be', non sono in condizione di *garantirtelo*, dice infine. Se quest'uomo ha dei video sul telefono, nessuno può sapere a chi li ha dati. Potrebbero averceli cento persone. Anche mille, se è per questo. Siamo nel XXI secolo, potrebbe averli visti il mondo intero per quel che ne so. Ma sono pronto a scommettere che stanotte metteremo fine a questa faccenda. Se però vuoi la *garanzia* che i tuoi figli non vedano niente, è a loro che devi sparare, non al tuo amico.

Fissi Victor con orrore. Poi ti copri la bocca con una mano, strisci fuori dal fosso e scompari tra gli alberi.

Imelda Ti fermi in cima al vialetto ma invece di entrare in casa e cambiarti resti in macchina Te ne stai lí seduta e basta

La casa è buia Non c'è nessuno Anche se sta arrivando un temporale E piú fissi quei vetri neri piú ti arrabbi che nemmeno tuo marito ci sia per quanto volessi evitarlo Ti arrabbi che non ti dia la possibilità di mentirgli Che tra un'ora al massimo sarai da Big Mike e lui non sappia niente né tanto meno possa provare a fermarti È nel bosco con il suo troll e tu stai per buttarti tra le braccia di un altro uomo con tuo padre morto e Rose che sta per morire senza che gliene importi niente quando è stato proprio lui a condurti a questo

Al diavolo Dickie E al diavolo anche il rossetto Big Mike ti prenderà cosí come sei Giri la chiave nel blocchetto d'accensione I fari allagano di luce la facciata della casa Il motore strepita Acceleri in retromarcia e colpisci il vaso di una pianta FANCULO e spegni di nuovo il motore e spalanchi la portiera con una tale violenza da fartela rimbalzare contro il ginocchio e il dolore ti trafigge la gamba intera e tu sbatti i pugni sul volante e urli forte e da sola *Non ce la faccio!*

Non ce la fai Non ce la fai ad andare con un altro e poi tornare a casa e fingere che vada tutto bene quando invece va tutto male

E cosí decidi seduta stante che se proprio devi tradirlo glielo dirai prima cazzo Deve sapere tutto per filo e per segno cazzo Tiri fuori il telefono ma c'è la segreteria telefonica Tanto meglio Andrai nel bosco Lo affronterai nella sua tana Gli dirai in faccia che il vostro matrimonio è finito e per colpa sua

Entri in casa e cerchi una torcia Invano perché Dickie deve averle portate tutte nel bosco E mentre apri la porta sul retro Mentre ti chiedi se riuscirai a trovare la strada al buio In quel preciso istante come se ti stesse aspettando senti il rombo di un tuono proprio sopra di te e un secondo dopo piove a dirotto come se fosse arrivata la fine del mondo Ma se lui pensa che questo ti fermerà allora non ti conosce Te ne vai cosí Senza prendere neanche una giacca Sbattendo la porta dietro di te

In un attimo sei bagnata fradicia La pioggia ti travolge a ondate Il terreno è già una palude Le scarpe continuano ad affondare per cui te le togli e le lanci verso casa e procedi a piedi nudi nel campo in direzione degli alberi Ti sentirà Eccome se ti sentirà

Appena sei sul limitare della foresta senti il suono di una notifica È un messaggio di Big Mike «Tesoro ci vuole ancora un po' A dopo ♡♡♡♡♡» Lasci il messaggio aperto sullo schermo cosí potrai mostrarlo subito a Dickie Vedi questo? Tesoro è cosí che mi chiama E guarda quanti cuoricini Sono cinque

Cristo se mi sentirai Dickie Barnes Non sai cosa ti aspetta

PJ Wow, dice Cass.

Sí, dici tu.

Di punto in bianco la pioggia è talmente fitta che non si vede quasi niente dal finestrino. Perfino le auto si confondono nell'acqua, si distingue solo il pallore dei fari, che spumeggiano come lune in frantumi.

Arriveremo fradici se andiamo a piedi dal paese fino a casa, dice Cass. Ti guarda. Chiamo la mamma? Tu che dici, ci verrà a prendere?

È uscita, mi sa, dici. Doveva andare a Vivambiente, mi sa.

E papà? Vuoi chiamare papà?

Fingi di valutare la cosa, poi dici: Potremmo chiedere all'autista di farci scendere prima e tornare per il bosco. Ci mettiamo meno.

La pioggia martella sul tetto. Cass sembra scettica.

Conosco una scorciatoia, dici.

Io conosco una scorciatoia, replica piccata tua sorella. Me la sono *inventata*, la scorciatoia. Solo che ora è buio pesto.

Abbiamo il telefono, dici e poi, visto che lei non si decide: Macchina rossa-macchina blu?

Lei serra le labbra. Guardate entrambi fuori, nella notte che scorre. Passa un'auto, poi un'altra, ma è impossibile distinguere il colore.

Ok, ok, dice Cass e alza le mani. Vai, chiedi all'autista.

Augustina Il materasso nell'angolo è coperto di macchie nere di muffa. Sopra c'è la borsa con dentro tutte le tue cose. L'odore di umidità è pungente. Sei stata via per qualche mese, ma la casa sembra vuota da anni, il rudere di un passato lontano. Un albero spunta dal tetto della casa accanto. Come se la foresta se la stesse riprendendo, pezzo a pezzo.

Cosa guardi?, dice Ryszard, che ti si avvicina da dietro.

Il bosco, dici e indichi la finestra, anche se non c'è niente da vedere.

Come poteva pensare che qualcuno volesse vivere quaggiú?, dici.

Hmm. Non ti ascolta. Le sue mani si posano sui tuoi fianchi, poi scivolano in alto, verso il seno.

No, dici. Ma lui continua. Non posso, dici. Non in questa casa.

Hai già scopato con me in questa casa, dice. E anche con lui.

Ti giri e lo guardi. I suoi occhi, le sue labbra brillano di nero nella semioscurità. Dice cose del genere per vedere la tua reazione. In realtà non gli interessa, non è un tipo geloso.

Mike ti ha sistemata qui quando sua moglie ha scoperto la vostra storia. E comunque era diversa, allora. Niente muffa sul materasso, lenzuola di cotone. Cotone egiziano, a sentire lui. Quanto sei rimasta qui? Settimane? Mesi? Il tempo non aveva piú senso, ogni giorno era uguale all'altro. Lui ti forniva ogni lusso. Cibo da asporto ogni sera, creme e lozioni di ogni tipo per fare la doccia. Ma l'acqua oscillava tra il caldo e il freddo, come una persona con la febbre, e lui non voleva che uscissi perché avrebbero potuto vederti.

Tu avevi la sensazione che ti vedessero comunque, durante il giorno, quando eri sola. Come se ci fosse qualcuno appostato tra gli alberi e ti osservasse. Non gliene hai mai parlato, lui diceva sempre che non gli piacevano le pazze. Diceva che avrebbe lasciato sua moglie per te, che aspettava solo il momento giusto. Poi, col passare del tempo, ha smesso di venire. Giorno dopo giorno, notte dopo notte, sei rimasta a guardare il bosco da sola. Una sera, una macchina si è fermata davanti a casa. Hai pensato che qualcuno fosse venuto a ucciderti. Ma sei uscita lo stesso, per pura noia. Hai visto un bell'uomo scaricare pezzi di macchinari dal bagagliaio dell'auto. Quando ha lasciato il paese per sempre, sei andata con lui. Non saresti mai dovuta tornare.

Odio questo posto, dici.

Dopo stanotte non lo vedrai piú, dice lui. Prende il cappotto. Resta qui. Non uscire.

Le stesse cose che diceva sempre Mike, pensi. Ma tu replichi soltanto: Quanto starai via?

Lui alza le spalle. Devo solo prendere i soldi, dice. Ti stringe i fianchi e ti sussurra nell'orecchio: Poi saremo ricchi.

A volte lui ti fa pensare a una casa in cui nessuno ha mai vissuto. Splendente e invitante, ma non ancora finita. Con gli alberi sotto il pavimento che aspettano di prendere possesso delle stanze con le pareti bianco sporco.

Spegne la luce andandosene. Soltanto allora vedi la sua torcia sul tavolo. Come farà a orientarsi senza, con questa pioggia? È piú nervoso di quanto voglia ammettere, pensi. Corri alla porta, scruti con gli occhi il fronte del bosco, ma non lo vedi. Torni dentro, ti siedi al buio. È una follia, questo piano è tutta una follia. E sei folle anche tu, perché ti sei innamorata di lui e aspetti il suo bambino. Che gran follia tornare qui.

Dickie

Corri tra gli alberi il piú lontano possibile prima di fermarti e abbassare i pantaloni. Vomiti nell'oscurità e al tempo stesso svuoti l'intestino. E piangi. Ti esce di tutto questa notte. Ti pulisci con un fazzoletto di carta, senza sapere cosa farne, e alla fine lo ficchi tra la vegetazione del sottobosco. Poi, inalando l'aria con respiri irregolari, ti alzi.

Ora che ti sei svuotato, ti scopri piú calmo. Il panico se n'è andato insieme a tutto il resto. Ti rendi conto che Victor ha ragione: non c'è altro modo. Sí, è una follia. Starsene qui fuori al buio, con un fucile, in attesa di ammazzare una persona, ammazzarla a sangue freddo, è folle, assurdo, orribile. Ma quante cose sono folli, se ci pensi? La civiltà stessa è folle, è folle andare avanti come se niente fosse quando il mondo sta bruciando vivo. Quindi lascia stare, dimenticati i pensieri su ciò che è giusto e ciò che è sbagliato, il destino, le Erinni, il pentimento, l'espiazione. Guarda il problema per quello che è. Tutto ti sembrerà fin troppo semplice allora. Qualcuno sta cercando di portarti via qualcosa e tu devi impedirglielo. È molto probabile che ci riuscirai. È molto probabile che Ryszard morirà e non ci saranno conseguenze. Nessun ispettore con la pipa busserà alla tua porta, nessun battito cardiaco si leverà dal bosco per toglierti il sonno. Non sarai tormentato dai sensi di colpa, i tuoi figli non noteranno alcuna differenza in te e tu non verrai allontanato, esiliato. La verità è che ogni giorno la gente fa cose orribili, eppure il mondo continua a girare, le persone commettono atrocità e poi riprendono il solito tran tran. Di fatto, una morte è pressoché insignificante. Si tratta soltanto di riconoscerlo, di riconoscere le cose per quello che sono.

Con questa inquietante chiarezza, molto simile a un'assenza di gravità, ti prepari a tornare da dove sei venuto. Ma da dove sei venuto? Alla luce del telefono, non vedi altro che alberi, bianchi come scheletri e neri come orbite oculari; ti avvolgono fitti come la pioggia.

«Dickie! – Dal walkie-talkie agganciato alla giacca fuoriesce uno sfrigolio di suoni. – Sono quasi le dieci! Dove sei?»

Non lo so, dici. A un tratto il buio si è scaldato e tu stai sudando, ti senti appiccicoso, come se fossi al chiuso, in un locale zeppo di persone.

«Devi essere vicino, – dice il walkie-talkie. – Accendi la torcia del telefono, forse riesco a vederti».

Sollevi il telefono e lo ruoti intorno a te, disegnando un cerchio.

Vedi niente?, dici.

Pronto?, dici. Victor? Ma non arriva risposta.

Procedi incespicando nella direzione che ti sembra giusta. Gli alberi, viscidi di pioggia, premono su di te, come cani intorno al bestiame. Poi, in quella massa, nel fascio di luce del telefono… vedi…

Pronto, ripeti. Pronto?

Fai un bel respiro. Non pensare a quello che vedi. Devi solo tornare da dove sei venuto. Realisticamente, non puoi essere andato molto lontano. *Realisticamente*, sí! È su questo che devi concentrarti ora. Porti la mano agli occhi, ti sforzi di mettere a fuoco. È reale, il fucile che imbracci è reale. La luna è reale. Gli alberi sono reali.

I fantasmi non sono reali. Le facce non sono reali.

Imelda Poi muovi il primo passo tra gli alberi e subito è come se il mondo fosse stato cancellato per lasciare soltanto la pioggia e l'oscurità Come ha potuto pensare che tutto questo fosse preferibile? Come ha potuto abbandonarti per un posto cosí?

O forse ha ragione Geraldine È solo arrivato il momento Il matrimonio ha una data di scadenza come tutto il resto?

È questo che ha detto Non molto tempo fa ma prima che tutto questo cominciasse Eravate da Bojangles La banda al completo Ascoltate me ragazze ha detto Se aveste la possibilità di tornare indietro nel tempo e sapere quello che sapete oggi Lo rifareste? Lasciando da parte i figli una donna sana di mente sposerebbe di nuovo suo marito?

Be' siete rimaste tutte senza parole Perfino Una Dwan che di solito ha un punto di vista particolare

È stata Roisin a dire la sua alla fine Ti ha lasciata di stucco ricordi Quella che se l'era spassata da quando Martin l'aveva lasciata Milf Sempre di ottimo umore Eppure è stata lei a dire Non si può tornare indietro nel tempo

In che senso? ha chiesto Geraldine

Nel senso che non si può tornare indietro nel tempo Non è forse questo il punto? Del matrimonio cioè È per questo che ci si sposa Perché non si può tornare indietro nel tempo Si può solo andare avanti Perciò si promette di andare avanti insieme Di restare insieme anche se si cambierà Ci si ammalerà Si invecchierà È il voto nuziale

Un voto pensi adesso Sí E ti immagini di affrontare Dickie *Hai fatto un voto Il giorno del nostro matrimonio Hai fatto un voto!*

Ma non riesci a ricordare quale fosse il voto

Devi averlo fatto anche tu Ti rivedi al cospetto del prete Ma eri cosí fuori di te A malapena ti rendevi conto di quello che accadeva

È impossibile pensare sotto questa pioggia Non sai nemmeno se stai andando nella direzione giusta C'è un viottolo o un sentiero che conosci ma non si vede nulla e poi Qualcosa ti colpisce dritto nell'occhio

Deve essere un ramo Barcolli all'indietro e cadi sulle foglie bagnate L'occhio ti brucia come se avesse preso fuoco Lo stesso occhio di allora Del giorno del matrimonio E quando ti rialzi e inciampi in avanti senti di nuovo quella vocina ridere nella tua testa e dirti Alla fine forse sei tornata indietro nel tempo Imelda Forse il tuo desiderio si avvererà

Assurdo Ma il dolore è lo stesso Come se avesse aspettato tutto questo tempo per tornare Ricordi di aver cercato di individuare Frank mentre eri a tavola Sforzavi gli occhi come se potessi indurlo a manifestarsi se avessi guardato bene

E poi l'uomo che avevi appena sposato ti ha condotta per mano La band ha suonato *Wonderwall* per il primo ballo Ti sei vista nello specchio sulla parete opposta avvolta nella mussola Una nube bianca di tristezza Un fantasma Dickie con le mani sui tuoi fianchi Gli invitati che ti sorridevano da tutte le parti e i loro volti gioiosi ti circondavano in un muro di meraviglie come quello della canzone e le mani di Dickie erano un muro e la nuova casa era un muro e la pila di regali era un muro e tutti quei muri ti crollavano addosso e tu ti sentivi sepolta viva

E in fondo alla sala hai pensato di vedere papà levare un bicchiere con una smorfia lasciva sul viso come a dire Allora stellina sei soddisfatta? Sei contenta adesso?

Cass Il pullman accosta e si ferma con uno stridio di freni. Sul lato opposto della strada vedi il viottolo che porta alle case non finite e il sentiero che prendevi per arrivare al Bunker e vieni colta da una zaffata di eccitazione: *Sono tornata! Sono tornata!* Ma appena metti il piede a terra, ti rendi conto di aver commesso un errore. Il vento ti strattona, la pioggia ti colpisce con schiaffi gelidi come se fossi in mare aperto sul ponte di una nave in balia delle onde. Ti giri verso PJ, che sta già digrignando i denti. È meglio restare sul pullman – devi gridare per importi sul temporale. Prenderemo un taxi in paese. Cosa?, urla tuo fratello. Forza, risaliamo, ripeti indicando il pullman. Ma la corriera è già ripartita e scompare nella pioggia.

Non avete scelta. Ti avvolgi le braccia intorno al corpo e attraversi di corsa la strada deserta. PJ ti segue. Dopo avere attraversato, però, tuo fratello si ferma. Che c'è?, chiedi.

Lui non risponde. La pioggia esplode sull'asfalto. È freddissima, le gocce sembrano schegge di ghiaccio.

Non so se è una buona idea, dice.

Di che parli? Della scorciatoia?

Si volta indietro, triste in viso. È chiaro che qualcosa lo preoccupa, ma non vuol dire cosa. Il suo sguardo preoccupato oscilla tra te e il bosco. Poi ti chiede se hai visto *Pet Sematary*.

Ma che cazzo dici?, replichi. Lui si lancia in una confusa dissertazione sulle cose che tornano quando non dovrebbero o qualcosa del genere, non riesci a seguirlo davvero, anche perché è dura distinguere le parole con questa pioggia che viene giú come se qualcuno ti rovesciasse addosso una vasca d'acqua dopo l'altra. Ma non abbiamo mai avuto un animale domestico, gli dici, cercando di non perdere la pazienza. Muoviamoci, che ne dici? Almeno il bosco ci coprirà un po'.

Imbocchi il viottolo. Con riluttanza, PJ arranca dietro di te. Siete quasi arrivati al complesso fantasma, quando noti qualcosa: una luce in una delle case. Non sapevo che ci vivessero delle persone, dici.

Sí, dice PJ.

Sí ci vivono o...?

Tuo fratello non risponde: prosegue nella direzione opposta, verso il sentiero. Ora sei tu a fermarti. È il caso di bussare a quella porta? Ripararvi finché non smette di piovere? Ma in questo preciso momento la luce si spegne e qualcosa ti fa rabbrividire, cosí segui PJ che procede tra le pozzanghere e i rovi.

Big Mike Alla tua sinistra Cantwell House spunta dagli alberi come un fantasma grigio. I magazzini Creaghan sono chiusi. La foresta in lontananza è un mare nero. Il ripetitore del telefono la sorveglia dall'alto della collina. È sempre piú difficile vederci, con questa pioggia.

Hai duemila sterline in contanti nella tasca sinistra, una pistola a salve della fattoria sul sedile posteriore. Non le farai del male. Ma devi essere deciso.

Tuo padre ripeteva sempre che non ci si può mai fidare di una donna: era per lui quel che si dice un articolo di fede. Il grande scherzo che Dio si è inventato è stato quello di creare un corpo di donna per poi metterci un cervello di donna, questo diceva. Come affidare un negozio di dolci a un avvelenatore. Lei non ti aveva mai dato l'impressione della persona subdola. Eppure se ne esce con questa mossa. Non dice una parola sul fatto che è tornata, ma si fa vedere in Main Street, cazzo. Hai dovuto scoprirlo dal tuo caposquadra. Ho visto la tua ex cameriera oggi. Persona interessante. Soprattutto il suo stato era interessante. E ridacchiava.

Giochetti mentali, è cosí che operano. Sapeva che lo saresti venuto a sapere. Comparire all'improvviso per metterti in agitazione, è questo il suo piano. Ma non si aspetta di vederti stasera. Non ha ancora giocato il suo asso nella manica, l'hai battuta sul tempo.

Ti lasci alle spalle la casa dei Barnes. Non sei lontano ormai. Non perdere la traversa. Ci siamo.

Parcheggi a metà del vialetto e ti fermi un attimo. Non ci sono luci accese in casa, ma tu sai che lei c'è. Rientra nel suo profilo, la faccia tosta di piazzarsi in casa tua appena tornata in paese per metterti alle strette. Quando l'avevi sistemata lí, lei non faceva che lamentarsi. È troppo umida, troppo fredda, non funziona niente. Non le piaceva il bosco. Cosa l'ha indotta a tornare? Non dirà mai per i soldi, ma sei pronto a scommettere che ha saputo di te e Imelda. L'idea che tu stia con un'altra le manda ai pazzi. Sono gelose per natura. Anche quelle belle, anzi, specialmente loro. All'inizio è tutto rose e fiori, poi volteggiano sopra di te come avvoltoi per l'eternità.

Sono mesi che non vieni quaggiú: da quando lei se n'è andata. Troppo deprimente, la vista di queste case. Una volta ci venivi ogni giorno, passavi a trovarla per questo o quel motivo. Aveva una maglietta verde – Little Miss Innocent. La prima volta che l'hai notata, notata davvero, indossava quella maglietta. Stirava e le sue braccia nude che si muovevano avanti e indietro tra le nuvole di vapore avevano un non so che. Per non parlare di quegli occhi verdi che si alzavano a incrociare i tuoi per poi riabbassarsi. Ti si è conficcato nella testa, quello sguardo, tanto che non riuscivi piú a ragionare.

Le hai detto che saresti scappato con lei. Lei non voleva tornare in Brasile. Ok, allora Thailandia. Patagonia, Costa Rica. Non me ne frega niente, basta che sia caldo e che nessuno ci trovi. Una follia, ovviamente. Sono cose che si dicono nella foga del momento. D'altra parte, perché no? Se il mercato non fosse crollato, avresti potuto vendere quelle case. Ripulire i conti a poco a poco, nell'arco di sei mesi diciamo. Poi, un bel giorno, te ne saresti andato. Avresti trascorso il resto dei tuoi giorni giocando a golf e bevendo piña colada. Invece sei bloccato qui nella ragnatela di merda tessuta da Joan.

Basta. Concentrati. Quando la notizia che è incinta si spargerà, per te sarà come l'esplosione di una bomba, non importa di chi è il bambino. E allora potrai dire addio a Imelda, a Joan e molto probabilmente anche al garage. Sí, ha pensato a tutto.

Controlli il telefono, mandi un messaggio veloce a Imelda. «Sto per arrivare Tesoro Non vedo l'ora». Poi prendi la pistola coi proiettili a salve e scendi dall'auto.

Little Miss Innocent – bello scherzo. Se un uomo avesse idea di quel che passa per la testa di una donna, scapperebbe a gambe levate, diceva sempre tuo padre.

Che possa marcire.

Dickie Ma i volti non sono infelici. Ridono, sono contenti. Tutto sta andando piú che bene. La band suona le prime battute. Tu ti guardi attorno in cerca di Imelda.

«Dickie! – gracchia il walkie-talkie. – Cristo, Dickie, dove diavolo sei?»

Al matrimonio, dici a bassa voce.

«Cosa? Non ti sento, cosa?»

Sorridi agli invitati, ai volti arrossati e lucidi, ai concessionari d'auto che tuo padre ha ritenuto opportuno invitare, i Nolan di Banagher, i Tighes di Rathcoole; fai un piccolo cenno di saluto, aprendoti un varco nel caldo afoso della sala per il primo ballo.

Sí, un vero successo, pensi. Certo, peccato che Paddy Joe non sia potuto venire. La gente si sarà chiesta di sicuro perché. E il padre della sposa? Te lo sei chiesto anche tu. Un discorso in meno, hai detto agli invitati. E senz'altro è stato meglio cosí. Dio sa se non hai corso abbastanza rischi.

Tua madre ti ha implorato di procedere in modo diverso. Perché non pensi a qualcosa di piú contenuto, ha detto. Perché fare tutto in pompa magna? Ma tu hai insistito. Doveva essere grandioso, doveva essere all'altezza di Frank. Non volevi che sembrasse un premio di consolazione. Troveremo la gioia in questa tragedia, è questo che le hai detto. Lo dobbiamo a Frank.

E avevi ragione, non è vero? Anche se, come immaginavi, ci sarebbe voluto un po' perché la gente si convincesse. Agli angoli delle strade, nei pub, alla stazione di servizio, gridando da una pompa all'altra mentre facevano il pieno, i compaesani hanno discusso se fosse la cosa giusta da fare. Ma adesso erano d'accordo, erano tutti dalla tua parte, Dickie, ora facevano il tifo per te come un tempo facevano il tifo per Frank sul campo da calcio. Il giovane Barnes è venuto su bene, dicevano. Aveva fatto progressi, se l'era cavata, a cominciare dal garage. Aveva messo da parte le sue idee per onorare la famiglia di fronte a un grande dolore. E non stava forse sposando la ragazza piú bella delle quattro province?

La tua storia era di stimolo per tutti. E cosí avevano riempito la chiesa, avevano cantato gli inni e pianto al momento del voto nuziale e, al termine della cerimonia, si erano messi in fila sul portone – piú numerosi che al funerale, perfino – per stringerti la mano. Sollevati dal peso delle condoglianze, cosí insufficienti da imbarazzare, ti avevano guardato negli occhi come se ti vedessero per la prima volta. Bravo, Dickie, dicevano. *Maith an fear*. Un bravo ragazzo.

Soltanto la puntura dell'ape aveva rovinato la festa; lei indossava ancora il velo. D'altra parte, era davvero cosí grave? Suggeriva l'idea che un residuo di dolore indugiasse sotto la superficie; metteva a tacere chi avrebbe potuto trovare la festa sconveniente, troppo gioiosa. Nel volto velato di Imelda, chiunque volesse poteva scorgere quanto avevate sofferto, quanto vi era costato arrivare a quel punto.

Ora, mentre la musica suonava e tu conducevi Imelda sulla pista, hai tirato un sospiro di sollievo. Eri in dirittura d'arrivo, ce l'avevi fatta. Per la prima volta dopo tanto tempo (la prima in assoluto?) sentivi un terreno solido sotto i piedi. Ti sei girato verso di lei e le hai sorriso. Ma quando le hai messo le mani sui fianchi, lei ha fatto un salto e si è allontanata. Le hai chiesto sottovoce se andava tutto bene. Lei ti ha guardato per un attimo come se non sapesse chi fossi. Poi ha sollevato l'orlo del vestito, si è girata e se n'è andata di corsa.

Forse dovevi aspettarti una cosa del genere. Era stata strana per tutto il giorno e durante i discorsi ti era sembrato di cogliere in lei una notevole agitazione, come se sotto il velo stesse covando una disperazione crescente e inspiegabile. Tendeva la testa da una parte all'altra, come se cercasse qualcosa, qualcuno: suo padre, hai pensato. E ora, mentre correva via, ti sei chiesto se lo avesse infine individuato tra la folla. Ma lei ha proseguito per la porta della sala da ballo scomparendo dalla tua vista.

Gli ospiti erano troppo sorpresi per reagire. La musica si è fermata, la band ha fissato incredula il punto in cui lei si era dileguata. E tu, con un sorriso di ghiaccio sul viso, sotto le luci della discoteca, ti sei ritrovato da solo a barcollare sulla pista da ballo, senza sapere che fare. Per un attimo, ti è sembrato che tutto potesse crollare. Ti è sembrato di vedere le crepe fendere veloci il pavimento, aprire squarci sulle pareti, con gli invitati che strabuzzavano gli occhi e si guardavano, come se si fossero svegliati da un sogno. Poi hai visto tua madre osservare impassibile la scena a capotavola e, colto da un'ispirazione improvvisa, sei andato da lei e l'hai presa per mano. Era vestita di grigio, il massimo che poteva concedersi nel suo dolore: grigio pietra, come una statua, e anche il suo viso era quello di una statua. Non una parola, non il minimo movimento per tutto il giorno, come se temesse che il minimo segno di vita potesse far esplodere il dolore dalle ossa del viso e distruggerla. Tuttavia si è alzata dalla sedia come se quello fosse il piano fin dall'inizio. Le sue dita giacevano flosce nella tua mano, fredde come marmo vivo. La band ha ripreso a suonare; e voi avete ballato insieme sulle note di quella musica monotona. Gli invitati hanno assistito allo spettacolo con sorrisi affettuosi e applausi e hanno preso le macchine fotografiche: come se fosse il primo ballo, come se pensassero davvero che lei fosse Imelda o non importasse che non fosse Imelda ma la tua addolorata madre che ballava sulla pista con un volto inespressivo. Ti sei reso conto che credevano in te, nella persona che avevano conosciuto lí, quella sera, testimoni della tua trasformazione da ragazzo strano e imbranato in immagine e somiglianza di tuo fratello. Ti avevano accettato come uno di loro e qualsiasi cosa potesse scuotere quell'accettazione andava rifiutata e basta. Era questo il senso dell'appartenenza.

Era la misura del tuo successo, del successo di quella sera, eppure – nel momento del tuo trionfo – hai avvertito un brivido gelido e strano, simile all'orribile sensazione che avevi provato al college quando, schiacciando il tasto sbagliato, la tesina su cui stavi lavorando si era cancellata di botto. E piú pensavi che non poteva essere sparita nel nulla, piú la sua sparizione acquistava consistenza. Ma cosa era stato cancellato alla festa? Cosa avevi perso? Mentre la canzone raggiungeva il suo apice e gli invitati si univano al ritornello, tu cercavi senza posa una risposta senza però trovarla: avevi solo quella sensazione, gelida e persistente, di essere *esposto* come non ti era mai capitato, come se certe protezioni, certi incantesimi che ti avevano protetto per tutta la vita a tua insaputa, fossero a un tratto scomparsi, lasciandoti solo e senza nome, perso tra estranei.

Terminata la canzone, è arrivato lo scroscio di un applauso; tua madre si è sciolta da te e, con voce dura e roca, ha detto: Per l'amor di Dio, Dickie, va' subito da tua moglie.

Ti sei allontanato incespicando; qualcuno ti ha messo in mano una birra, ma non hai bevuto per paura che ti attraversasse come se fossi fatto d'aria. Nel caldo, avevano tutti un aspetto strano e raccapricciante, con il sudore che luccicava sulle guance; quei corpi che ti spintonavano somigliavano a una foresta di mezzanotte, bianca come ossa e nera come una tomba, ti spingevano in avanti, bloccavano il tuo cammino per poi ritrarsi, come se ti guidassero lungo un sentiero segreto…

«Dickie, Dickie, rispondi! – La voce di Victor sfrigola dal walkie-talkie. – Dickie, ci sei?»

Sí, dici esitando. Sí, sono qui.

«Dove sei? Dove sei?»

Ti guardi attorno. Il vento fischia nella radura, gli alberi si inchinano davanti a te, stregoni di una messa nera. La sala da ballo, gli invitati, la pinta di birra in mano, tutto è scomparso.

Ma il sentiero è ancora lí.

Molto vicino, dici. Arrivo.

Imelda Correvi Ti bruciavano gli occhi per la vergogna Il vestito ti si appiccicava alla schiena per il caldo Correvi piú veloce che potevi Fuori dalla reception con le colonne e il legno scuro per poi imboccare il corridoio e salire lo scalone senza sapere dove andare Finché non hai raggiunto la tua stanza Ti sei fiondata dentro sbattendo la porta dietro di te

La suite nuziale del *Burke's Hotel* La stanza piú sontuosa in cui fossi mai entrata Tutta d'oro e sormontata da uno stemma Una bottiglia di champagne in un secchio su un tavolino Pile di regali sul comò Pentole piatti bicchieri lenzuola Il resto della tua vita ammucchiato in una piramide e legato con dei nastri

Sei andata alla finestra e hai tirato la tenda Hai guardato fuori ma senza vedere niente L'ultima speranza si è spenta con dolcezza E mentre te ne stavi lí ti sei chiesta come avessi potuto crederci e tutto quello per cui avevi vissuto ti è apparso come il sogno di una bambina come una favola

La verità è che Frank non era un grande campione di affidabilità nel migliore dei casi Dinamico Sano come un pesce I poveri giocatori dell'under 10 che aspettavano sotto la pioggia il loro allenatore E i matrimoni Di sicuro non facevano per lui Non riusciva a parlare del proprio se non dopo cinque birre e un tiro di coca

Sí le probabilità erano sempre state scarse Adesso ti era chiaro

Da sotto salivano suoni lontani la musica e le risate e mentre ascoltavi ti sei ricordata una cosa Una storia che avevi sentito una volta Parlava di un viaggiatore che si ritrovava a una festa magica nel cuore di una montagna Bella gente che balla e ride Tutta vestita d'oro Unisciti a noi gli dicono Sono contenti di vederlo e lui se la spassa con loro Si diverte un mondo pensando che andrà avanti in eterno Poi la festa finisce e lui si sveglia al mattino sulla collina

Torna a casa alla sua casa ma sono passati cento anni e nel suo villaggio non c'è piú nessuno Tutti spariti la sua famiglia la sua vita

Cosa gli è rimasto da fare se non sparire anche lui?

Hai acceso la tv e ti sei stesa sul letto Il conduttore del programma pubblicizzava extension per capelli

Forse l'Inghilterra dopotutto Una prostituta finita in un ricovero per senzatetto a Cricklewood Una strega cenciosa che beveva sidro dietro la stazione

Domani hai detto ad alta voce

Poi la porta si è aperta e lui era lí

PJ

Le cose tornano sempre. Gli uccelli. Le comete. Le foglie sugli alberi.

Sí, è vero.

Rinascere, dice tua sorella. È l'essenza della natura.

Sí, ottima osservazione, dici. Me l'ero dimenticato.

Sai che sta solo cercando di tirarti su di morale, ma non funziona. Hai questa brutta sensazione, come quando in un film una persona scende le scale di un seminterrato al buio e tu mentre guardi pensi che nessuno lo farebbe mai, ma quel qualcuno ora sei tu e continui a scendere. La foresta intorno a te sbadiglia, è come una bocca con un milione di denti, e il modo in cui le foglie nere e bagnate scintillano e gocciolano alla luce della torcia ti ricorda di nuovo le budella degli scoiattoli, come se l'intera foresta ne fosse piena. Quanto vorresti tornare indietro! Ma sai che Cass riderebbe se lo dicessi, e inoltre c'è qualcuno (chi?) nella casa del sesso, quindi non puoi e continui ad andare avanti.

Mi ero dimenticata che il segnale è una merda qui, dice Cass dando un'occhiata al telefono. Prende un secondo e poi sparisce. Una tacca e via.

Papà dice che sono gli spiriti.

Gli spiriti?

Sí, dice che gli spiriti controllano la rete.

Tua sorella non commenta. Guarda in alto e intorno a sé, nella notte totale. Dove siamo?

Nella direzione giusta, penso, dici tu.

Pensi?, dice Cass. Che fine ha fatto il sentiero?

È questo il sentiero, rispondi. Deve essere un po' invaso dalla vegetazione. Anche se in effetti cominci a chiederti se sia davvero il sentiero o anche solo *un* sentiero, perché al momento non riconosci niente. È come se il bosco si fosse rimodellato o trasformato in un bosco del tutto diverso, anche se ovviamente è impossibile.

Non ci siamo persi, vero?

È solo il temporale, dici tu.

Ha ripreso a tuonare, la pioggia cade a catinelle KKKSSCCCCCHHHHH. Ti chiedi se riusciresti a ritrovare la strada, semmai decidessi di tornare indietro. Sempre che ci sia ancora una strada da trovare.

Poi, nel putiferio, un suono chiaro, simile a un campanello. *Ping*. Un secondo dopo: Oh, mio Dio, dice Cass.

Che c'è?

Niente. È solo che… pubblicheranno la mia poesia.

Cosa?

Ho appena ricevuto una mail. Ride. In un bosco, nel cuore della notte. Assurdo.

Hai scritto una poesia?, dici.

Per una piccola rivista universitaria, dice. Niente di che.

Uscirà su una rivista?, dici. Una vera rivista? Fatta di carta?

Non la legge nessuno, dice lei.

Wow, dici. Magari diventi famosa.

Ride di nuovo e ti dice che, quando diventerà una poeta milionaria che vive in una grande villa, tu sarai il benvenuto e potrai stare da lei quando vuoi. Poi alza una mano. Aspetta un attimo, dice. Non hai sentito niente?

No, dici, ma poi chiedi: Tipo cosa?

Non lo so, dice lei. Un fruscio, dice. Come se qualcuno si muovesse tra gli alberi.

Non è il rumore che fa la pioggia?

Lei non risponde.

E ve ne restate lí a fissare il buio, con le orecchie tese.

Augustina A luci spente, la casa sembra piú piccola, una costruzione minuscola nella morsa della tempesta. Le pareti tremano, il vento è come una grande mano che batte il palmo sul tetto – no, un attimo. Qualcuno sta battendo davvero. Ti precipiti in corridoio, accendi la luce, vedi una sagoma nel vetro.

Augustina! Apri!

Ma non è la sagoma di Ryszard. E la voce non è la sua voce.

Ti vedo! Apri 'sta cazzo di porta!

Spegni di nuovo la luce e torni di corsa in cucina. Come mai è qui? Perché?

La mano picchia ancora sulla porta. Poi un tintinnio e il suono metallico di una chiave che viene inserita nella serratura, simile a un gorgoglio intestinale.

Lasciami in pace, gridi dal fondo del corridoio.

È in casa adesso. È ai piedi delle scale. Accende la luce. Lasciarti in pace? Sei in casa mia, cazzo! Fa un passo verso di te. Poi un altro. Tu indietreggi in cucina. Scusa, balbetti. Non starò a lungo.

Nessuno ti ha chiesto di tornare!, urla Mike.

Non rimango, ripeti. Me ne vado subito. Dovevo solo prendere una cosa. Non riesci a capire se ti ascolta. I suoi occhi sono neri, sinistri. Ti prego, singhiozzi. Sono incinta.

Ma questo lo fa solo arrabbiare di piú. Incinta?, dice. Incinta? E inizia a gridare, parole senza senso, soldi, strada, ricatto – ti guarda minaccioso, ruglia come un orso, tu singhiozzi, ti stringi lo stomaco tra le mani. Poi un braccio gli cinge il collo e lui cade all'indietro. Ryszard, fradicio di pioggia, gli si aggrappa alla schiena e lo colpisce alla testa con un pugno. Mike allunga una mano sopra la spalla per conficcargli le dita negli occhi, barcolla all'indietro e lo schiaccia contro lo stipite della porta.

La luce si riaccende, si spegne di nuovo.

Imelda Dickie si è avvicinato Si è inginocchiato accanto a te Posso dare un'occhiata? ha detto E ha sollevato il velo Luci colorate ti hanno trafitto gli occhi come ferri roventi Ti sei vista nello specchio rossa gonfia scorticata

Non è stata un'ape ha detto

Chi ti ha fatto questo? Lui?

Non hai risposto Lui chi? Che importanza aveva? Ti sei girata verso il muro

Dickie è andato al secchio dello champagne Ha preso un cubetto di ghiaccio lo ha avvolto in un fazzoletto ti ha messo l'involto sull'occhio Con delicatezza Tienilo cosí ha detto e tu lo hai fatto Sei rimasta lí sdraiata e hai sentito il freddo pungente sulla pelle

Intanto Dickie si è seduto sul letto accanto a te Ha appoggiato i gomiti sulle ginocchia e si è preso la testa tra le mani e tu hai visto le sue spalle iniziare a tremare Cosa ho fatto? ha detto

Senza il velo hai potuto vederlo chiaramente per la prima volta Era la prima cosa che vedevi con chiarezza da un bel po' E mentre lui se ne stava seduto al tuo fianco hai capito che era un fantasma anche lui Che Frank se n'era andato e lo aveva lasciato lí come aveva lasciato te Senza piú una vita ma ancora costretta a vagare su questa terra

Lui pensava che quella sera tutto sarebbe cambiato Si aspettava che accadesse qualcosa una trasformazione o un'evoluzione proprio come te E invece eccovi Voi due soli in una stanza

Avresti voluto consolarlo Era cosí triste Ma cosa potevi dire? Quale conforto può dare un fantasma a un altro fantasma? Cosí ti sei tirata su a sedere e l'hai guardato piangere e in un qualche anfratto della tua mente è riemerso il ricordo di quello che tua madre ti aveva detto da bambina sui segreti tra una donna e un uomo che avresti scoperto la tua prima notte di nozze E ti sei chiesta se intendesse dire che non c'è niente nient'altro che niente Che era questo il segreto Nessun incantesimo Nessuna magia Solo due persone in una stanza che vedono per la prima volta la vita distendersi all'infinito davanti a loro E allora sei tornata a sdraiarti hai chiuso gli occhi hai pensato Se solo Dio ti avesse fatto morire lí

È stato allora che l'hai sentito

Cass La foresta è un mare di goblin che ti schiaffeggiano, ti tirano, ti pungono, ti afferrano per le braccia e le caviglie. Corri fino a non poterne piú. Poi ti fermi e, boccheggiando, sollevi il telefono. PJ ti fissa, gocciolante di pioggia, pallido in viso. Punti la torcia del telefono sugli alberi intorno a voi. Ovunque la sposti non vedi che la stessa massa indistinta. Be', ora ci siamo proprio persi, dici. Fai brillare di nuovo la luce su PJ. Perché ti sei messo a correre?

E tu perché correvi?, ribatte lui.

Ti seguivo?

Pensavo di aver visto qualcosa, confessa.

Un gatto?, dici. Un gatto zombie resuscitato?

PJ guarda in terra e stringe le labbra.

Allora, dove siamo?

Tuo fratello riflette, poi schiocca le dita. Dobbiamo guardare da che lato cresce il muschio sugli alberi. Quello è il nord, penso.

Lo pensi o è il nord?

È il nord, dice, è il nord di sicuro.

Guardate gli alberi vicini ma o non c'è muschio per niente o ce n'è su tutti i lati.

Foresta del cazzo, dici. PJ riconosce che non ha molta importanza, perché comunque non sa in che direzione sia casa.

Dickie Cammini nel buio. I sentieri si dividono, non fanno che dividersi. Scegli quale prendere senza stare a pensarci, tanto portano tutti allo stesso posto.

«Dickie, – gracchia il walkie-talkie. – Dickie, credo che abbiamo compagnia».

Porti il mirino del fucile all'occhio. Con il visore notturno tutto appare due volte piú scuro, come se ogni forma di vita fosse stata cancellata dal pianeta. In futuro, il mondo sarà sempre cosí. Una tenebra illuminata solo dai nemici.

Augustina Dietro di te, il silenzio regna di nuovo in casa. Le chiavi di Mike sono nel blocchetto di accensione. Fai inversione e acceleri verso la strada. La borsa con tutto quello che hai è sul sedile posteriore, le duemila sterline in contanti sono invece nella tua tasca sinistra.

Imelda La prima volta hai pensato di essertelo immaginato

Poi lo hai sentito di nuovo come un colpo alla porta

Dickie! hai detto

Lui ha alzato la testa smettendo di singhiozzare Gli hai preso le mani e te le sei appoggiate sulla pancia

Senti? hai detto

E lui ha alzato gli occhi guardandoti a bocca aperta in ginocchio accanto al letto

Eccola qua hai detto È lei

Lei Tu sapevi che era una lei Scalciava di continuo come se avesse appena imparato a farlo Ciao Ciao Sono qui Ciao

PJ

È ridicolo, dice tua sorella e apre la tastiera.

Che fai?, chiedi.

Chiamo papà, dici.

Il sangue ti si gela nelle vene. No!, esclami.

Questo posto mi sta facendo sclerare!, grida lei. Tu ti avventi sul telefono, ma lei si scansa e ti allontana. Ma che cazzo!, grida. Smettila, non sei piú un bambino! Ti avvicini di nuovo, ma lei ti spinge via come quando eravate piccoli. È ancora piú grande e piú forte adesso. Per cui non ti resta che guardarla con odio a metri di distanza mentre lei si rannicchia, pronta a difendersi, con il telefono accostato all'orecchio.

Imelda

Sei rimasta a lungo ferma a quel modo con lui inginocchiato davanti a te e le sue mani sulle tue mani sulla tua pancia come se la tua pancia fosse il mondo intero e lo era davvero per quel che ti riguardava

E allo stesso tempo hai sentito il mondo riunirsi intorno a voi o forse eravate voi a riunirvi al suo interno perché capivi che d'ora in poi le cose dovevano cambiare Non c'era piú tempo per lamentarsi Non c'era piú tempo per giocare ai fantasmi tristi Dovevate tornare a essere di carne e ossa e subito Tutti e due insieme Capivi inoltre che anche lui lo aveva capito *Ci siamo* hai detto Mi sa di sí ha detto lui Non si scappa Hai riso Lui ha riso con te ha poggiato l'orecchio sulla tua pancia la festa dentro la montagna

E quello era il voto ti sei resa conto Lí e allora Quel lungo momento Ci siamo Due persone che dovevano essere morte e sepolte Eravate lí adesso in una stanza in un paese insieme vivi Era questo che la bambina vi diceva battendo nella tua pancia Siete vivi stava dicendo la bambina È un miracolo Non smetterò di scalciare finché non l'avrete capito

Dickie A un tratto, nella pioggia, senti un suono familiare anche se ti ci vuole qualche secondo per riconoscerlo. Cristo! Non hai messo il telefono in modalità silenziosa. Frughi nella tasca, lo tiri fuori e vedi «CASS».

E per un lungo istante ti blocchi. Osservi il telefono risplendere sul palmo, accendersi, spegnersi, accendersi, spegnersi: nei recessi della tua mente si agita il ricordo nebbioso di quando tua figlia era ancora abbastanza piccola da stare nella tua mano e tu sentivi il suo cuore battere sul palmo.

Imelda E poi di punto in bianco la notifica di un messaggio sul telefono Dev'essere Dickie Sta pensando a quello cui pensi tu Ti ricordi quando Sí Mi ha aperto gli occhi Anche a me Pensi che possiamo farcela? Sí possiamo provare Resta dove sei che torno

E invece no «Sto per arrivare Tesoro Non vedo l'ora»

Big Mike Te l'eri dimenticato Ti fermi lí in mezzo al bosco

Dickie Poi la voce di Victor gracchia di nuovo dal walkie-talkie: «Dickie! Lo vedo! Ho un contatto visivo!»

Tu silenzi il telefono, lo rimetti in tasca.

PJ Cass stacca il telefono dall'orecchio, si inoltra fra gli alberi senza voltarsi verso di te.

Imelda Fai per a rispondere Ma non sai cosa dire Non puoi mica andare da lui con l'occhio gonfio Lascia perdere per ora Ci penserai poi quando sarai a casa Ci penserai dopo aver portato via Dickie da questo bosco che è la cosa principale al momento Non va bene starsene fuori con un tempo simile Bunker o no

Cass Ti spingi nella foresta. Il nero è totale, anche con la torcia: come camminare nella materia oscura.

Imelda No È da un po' che non sta bene Non è piú lui Ci sono stati tanti di quei cambiamenti Forse parlare con qualcuno lo aiuterebbe Magari Una conosce uno bravo Domani la chiami Sí pensi e già che ci sei chiami anche Lar Digli di venire Insisti stavolta C'è spazio a sufficienza Cosa penseranno le ragazze di lui? Delle tue vere origini? Potrebbe andare a genio a Roisin Le potrà predire il futuro Incontrerai un cane nero

E in questo istante il tuo sorriso scompare Ti fermi in mezzo al bosco

E ti pare proprio di scorgerlo nell'ombra Come se fosse davvero lí di fronte a te

E ti viene da pensare che è venuto a prendere Rose

Mentre ti fissa con quei suoi occhi che sembrano piattini

Dickie Nessun contatto visivo, no. Ma qualcosa senti, o almeno pensi di sentirlo. E quando sollevi il mirino attraverso il telescopio… è quello? È lontano, ma non si sta avvicinando?

PJ È cosí buio che vedi Cass a mala pena, un'ombra tra le ombre. La sensazione di scendere scale che provavi prima è sparita. Ora sei nel seminterrato. E lei deve provare la stessa sensazione, perché è con un filo di voce nel buio che ti chiede: Dimmi qualcosa di scientifico.

Scientifico?

Una verità scientifica, qualcosa. Ho bisogno di distrarmi.

Va bene, dici. Preferisci un campo scientifico in particolare?

Scegli tu.

Ci pensi un attimo. Sapevi che nel tuo corpo ci sono piú cellule batteriche che cellule umane?

Sul serio?

Molte di piú. Solo nell'intestino ci sono cinquecento tipi diversi di batteri. Ci puoi riempire una bottiglia da due litri con i batteri che hai in corpo. Alcuni geni umani hanno un'origine batterica.

È disgustoso, dice tua sorella.

Sí, dici tu. Ma è interessante. La gente si preoccupa tanto di che tipo di persona è. Ma se le tue cellule non-umane sono dieci volte di piú delle cellule umane, in un certo senso non sei comunque tu.

Toglie un po' di pressione, in un certo senso, dici. Penso che se le persone sapessero di essere in gran parte batteri, si risolverebbero molti problemi.

Cass ride. Quindi tu sei di sicuro tu, dice. A prescindere dai batteri. Tu sei tu al cento percento. Scuote la testa: e per un momento, una scarica di felicità si impadronisce di te, lí nel vento e sotto la pioggia, come se in qualche modo il futuro dovesse sistemarsi davvero, malgrado tutto.

Poi Cass dice: Ehi, guarda! Non è quell'albero strano?

Imelda E senza sapere perché cominci a correre Piú veloce che puoi A correre da Dickie come sei corsa via da lui al matrimonio Ma il terreno è infido Le radici e i cespugli ti afferrano i piedi I rami ti infilzano ti schiaffeggiano ti tagliano ti colpiscono L'oscurità stessa ti spinge indietro come se cercasse di impedirti di raggiungerlo Come se non volesse lasciarti arrivare in tempo Ma in tempo per cosa? In tempo per cosa?

Cass Sí, dici. Dobbiamo aver preso la strada giusta alla fine.

Dickie Sí, è... una figura! Rossa, bianca e dorata, cosí calda e cosí radiosa in questa nera oscurità. Prometeica! Che cosa incredibile è la vita!

Imelda È come un sogno piú corri meno ti sembra di avvicinarti alla meta Ma continui a correre Sai che lui è lí Che sei vicina

Dickie «È quasi arrivato! Sei in posizione?» Sí, sei in posizione. Sí, sei pronto. Sei pronto da molto tempo – ora te ne rendi conto.

Imelda Dickie! gridi Ma la pioggia soffoca le tue parole

PJ Lo vedete finalmente, il Bunker è davanti a voi.

Non sembra esserci nessuno lí dentro, dice Cass. Credo che possiamo ripararci un minuto.

E qualcosa urla dentro di te, un orrore torpido.

Cass, sussurri. Ma non sai da dove cominciare, come descriverlo.

Dickie Alzi il fucile. Fai un respiro profondo. Ogni giorno le persone devono fare cose brutte, persino sbagliate. A volte devi sacrificarti per coloro che ami. A volte ciò a cui rinunci è la parte migliore di te.

Imelda Cosí corri ancora piú forte Ancora piú veloce Come se potessi tornare al passato Toglierti di nuovo il velo Asciugargli di nuovo gli occhi Sdraiarti di nuovo sul letto con lui

Cass PJ si ferma e si gira verso di te, le braccia penzoloni e gli occhi spalancati, e sussurra: Mi dispiace di averti fatto perdere la festa.

Dickie Il mondo è com'è. Non è colpa tua. Tutto quello che puoi fare è pensare alla tua famiglia. Fare del tuo meglio per proteggerla dal peggio. E quando il mondo irrompe, assicurarti che non soffra.

Imelda Mettere le sue mani sulle tue mani sulla tua pancia e dirgli ancora Il mondo è questo adesso Sarà come lo faremo noi

Dickie «Ce ne sono due! Li vedi?» Sí, vedi le loro torce lampeggiare nella boscaglia, comparire e sparire. Ma tu resti calmo – non sei mai stato cosí calmo.

Cass Sono contenta che tu me l'abbia fatta perdere, gli sussurri. Sono contenta di averti trovato.

Dickie Inginocchiati, appoggia il gomito sulla coscia, il fucile contro la spalla.
Ricordati perché lo fai.

PJ Un *clic* da qualche parte… un lampo di luce…

Imelda Non è troppo tardi Possiamo ricominciare

Cass Scoiattolo grigio!, gridi e afferri la mano di tuo fratello…

Per amore. Lo stai facendo per amore.

Ringraziamenti.

Si ringraziano: Hermione Thompson, Mitzi Angel, Simon Prosser, Natasha Fairweather, Matthew Marland, Milo Walls, Mary Chamberlain, Yasmin McDonald, Sarah Bannan, Ailbhe Reddy, Ciaran O'Neill, Hannah Lennon, Christopher e Kathleen Murray, Christian Dupont e la Burns Library del Boston College.

Grazie all'Arts Council of Ireland per il sostegno finanziario.

Grazie a Joe Nugent e Annemarie Lawless per la loro amicizia e i loro racconti.

A Miriam Parker: il mio amore e la mia gratitudine sempre.

Nota al testo.

La cit. in esergo è tratta da J. Donne, *Oh per tormentarmi gli opposti in me convergono*, sonetto sacro XIX, in *Poesie sacre e profane*, prefazione di V. Woolf, traduzione di R. Tavelli, Feltrinelli, Milano 2004, p. 205.

La cit. a p. 520 è tratta da W. H. Auden, *1 settembre 1939*, in *Un altro tempo*, a cura di N. Gardini, Adelphi, Milano 1997.

Indice

Questo libro è stampato su carta contenente fibre certificate FSC®
e con fibre provenienti da altre fonti controllate.

FSC
www.fsc.org
MISTO
Carta da fonti gestite
in maniera responsabile
FSC® C115118

Stampato su carta HOLMEN con fibra vergine
proveniente da foreste sostenibili
www.holmen.com/paper

Stampato per conto della Casa editrice Einaudi
presso ELCOGRAF S.p.A. - Stabilimento di Cles (Tn)
nel mese di gennaio 2025

C.L. 26372

Edizione						Anno			
1	2	3	4	5	6	2025	2026	2027	2028